Miasto kości

CASSANDRA CLARE

Miasto kości

Tom I trylogii „Dary Anioła”

Przełożyła Anna Reszka

Wydawnictwo MAG
Warszawa 2013

Tytuł oryginału:
City of Bones. The Mortal Instruments – Book One

Redakcja:
Joanna Figlewska

Korekta:
Urszula Okrzeja

Ilustracja na okładce:
Cliff Nielsen

Opracowanie okładki:
Piotr Chyliński

Projekt typograficzny, skład i łamanie:
Tomek Laisar Fruń

ISBN 978-83-7480-376-2
Wydanie III

Wydawca:
Wydawnictwo MAG
ul. Krypska 21 m. 63, 04-082 Warszawa
tel./fax (0-22) 813 47 43
e-mail: kurz@mag.com.pl
http://www.mag.com.pl

Wyłączny dystrybutor:
Firma Księgarska Jacek Olesiejuk Sp. z o.o.
ul. Poznańska 91, 05-850 Ożarów Maz.
tel. (22) 721-30-00
www.olesiejuk.pl

Druk i oprawa:
drukarnia@dd-w.pl

Mojemu dziadkowi

Podziękowania

Chciałabym podziękować mojej grupie pisarskiej, Massachusetts All-Stars: Ellen Kushner, Delii Sherman, Kelly Link, Gavinowi Grantowi, Holly Black i Sarah Smith. A także Tomowi Holtowi i Peg Kerr za dodawanie otuchy, zanim jeszcze powstała książka, i Justinowi Larbalestierowi i Eve Sinaiko za dzielenie się przemyśleniami, kiedy już powstała. Mojej matce i ojcu za oddanie, uczucie i niezachwianą wiarę, że w końcu stworzę coś nadającego się do publikacji. Jimowi Hillowi i Kate Connor za zachętę i wsparcie. Ericowi za motocykle wampirów jeżdżące na demonicznej energii i Elce za to, że w czerni wygląda lepiej niż wdowy jej wrogów. Theo i Valowi za stworzenie pięknych obrazów do mojej prozy. Mojemu wytwornemu agentowi Barry'emu Goldblattowi i utalentowanemu wydawcy Karen Wojtyle. Holly za to, że przeżyła razem ze mną tę książkę, i Joshowi, dzięki któremu było warto.

„Nie zmrużyłem oka.
Pomiędzy zmysłem strasznego
Czynu a jego spełnieniem istnieje
Faza przejściowa, jakby senny koszmar:
W tej przerwie dusza i śmiertelne ciało
Wchodzą w spór; człowiek, ofiara ich waśni,
Jest jak państewko w dniach wojny domowej".

– William Szekspir, „Juliusz Cezar"
(tłum. Stanisław Barańczak)

Część pierwsza

Zejście w mrok

„Nie zaśpiewałem o Chaosie ani
O wiekuistej Nocy; nauczyła
Muza niebiańska mnie, jak się zapuścić
W głąb i wspiąć w górę...”.

– John Milton, „Raj utracony”
(tłum. Maciej Słomczyński)

1

Pandemonium

– Chyba jaja sobie ze mnie robisz – rzucił bramkarz, zaplatając ręce na potężnej piersi. Spojrzał z góry na chłopca w czerwonej kurtce zapinanej na suwak i pokręcił ogoloną głową. – Nie możesz tego wnieść.

Mniej więcej pięćdziesiątka nastolatków stojących przed Pandemonium pochyliła się i nadstawiła uszu. Na wejście do klubu, zwłaszcza w niedzielę, długo się czekało, a w kolejce zwykle działo się niewiele. Bramkarze byli ostrzy i od razu wyłapywali każdego, kto wyglądał tak, jakby miał spowodować kłopoty.

Piętnastoletnia Clary Fray czekająca w kolejce ze swoim najlepszym przyjacielem Simonem przesunęła się odrobinę do przodu razem ze wszystkimi, w nadziei na rozrywkę.

– Daj spokój, człowieku. – Chłopak podniósł nad głowę jakiś przedmiot. Było to coś w rodzaju drewnianej pałki zaostrzonej na jednym końcu. – To część mojego kostiumu.

Wykidajło uniósł brew.

– Co to jest?

Chłopak uśmiechnął się szeroko. Zdaniem Clary wyglądał całkiem normalnie jak na bywalca Pandemonium. Włosy ufarbowane na odblaskowy niebieski kolor sterczały mu wokół głowy jak macki wystraszonej ośmiornicy, ale nie miał żadnych wymyślnych tatuaży, wielkich metalowych sztabek w uszach ani ćwieków w wargach.

– Jestem pogromcą wampirów. – Zgiął pałkę z taką łatwością, jakby to było źdźbło trawy. – Widzisz? To atrapa. Z gumy piankowej.

Jego duże oczy wydawały się trochę za bardzo zielone, były koloru płynu przeciw zamarzaniu albo wiosennej trawy. Bramkarz wzruszył ramionami, nagle znudzony.

– Dobra, wchodź.

Chłopak prześliznął się obok niego szybko i zwinnie jak węgorz. Clary podobał się jego sposób chodzenia, lekkie kołysanie ramion, potrząsanie włosami. Na takich jak on jej matka miała określenie: niefrasobliwy.

– Pomyślałaś, że jest niezły? – zapytał z rezygnacją w głosie Simon. – Tak?

Clary dźgnęła go łokciem w żebra, ale nic nie odpowiedziała.

***

W środku było pełno dymu z suchego lodu. Kolorowe światła tańczyły po parkiecie, zmieniając klub w wielobarwną bajkową krainę błękitów, jadowitych zieleni, gorących różów i złota.

Chłopak w czerwonej kurtce, z leniwym uśmiechem błąkającym się po wargach, pogłaskał długi miecz o klindze ostrej jak brzytwa. To było takie łatwe – trochę czaru rzuconego na ostrze, żeby wyglądało nieszkodliwie. Kolejny czar na oczy i w chwili, kiedy bramkarz na niego spojrzał, wejście miał pewne. Oczywiście poradziłby sobie bez tych sztuczek, ale one też były elementem zabawy: zwodzenie Przyziemnych, robienie wszystkiego otwarcie na ich oczach, rajcowanie się pustym wyrazem ich twarzy.

Chłopak przesunął wzrokiem po parkiecie, na którym w wirujących słupach dymu to znikały, to pojawiły się szczupłe nogi odziane w jedwabie albo czarne skóry. Dziewczyny potrząsały w tańcu długimi włosami, chłopcy kręcili biodrami, naga skóra lśniła od potu. Aż biła od nich witalność, fale energii przyprawiające go o zawrót głowy. Pogardliwie skrzywił usta. Oni nawet nie wiedzieli, jakimi są szczęściarzami. Nie mieli pojęcia, jak to jest wegetować w martwym świecie, gdzie słońce wisi na niebie jak wypalony węgielek. Ich życie płonęło jasno jak płomień świecy... i równie łatwo było je zgasić.

Zacisnął dłoń na rękojeści miecza i wszedł na parkiet. W tym momencie od tłumu tańczących odłączyła się dziewczyna i ruszyła w jego stronę. Zmierzył ją wzrokiem. Była piękna jak na człowieka – miała długie włosy koloru czarnego atramentu i oczy jak dwa węgle. Była ubrana w sięgającą do ziemi białą suknię z koronkowymi rękawami, z rodzaju tych, które kobiety nosiły, kiedy świat był młodszy. Na szyi miała cienki srebrny łańcuszek, a na nim ciemnoczerwony wisiorek wielkości dziecięcej pięści. Wystarczyło, że zmrużył oczy, by stwierdzić, że jest cenny. Kiedy dziewczyna się do niego zbliżyła, napłynęła mu do ust ślinka. Energia życiowa pulsowała w niej jak krew tryskająca z otwartej rany. Mijając go, uśmiechnęła się i rzuciła mu prowokujące spojrzenie. Odwrócił się i ruszył za nią, czując na wargach przedsmak jej śmierci.

To zawsze było łatwe. Już czuł moc jej życia krążącą mu w żyłach. Ludzie to głupcy. Mieli coś tak cennego, a w ogóle tego nie strzegli. Oddawali swój skarb za pieniądze, za paczuszki z proszkiem, za czarujący uśmiech obcego. Dziewczyna wyglądała jak blady duch sunący przez kolorowy dym. Gdy dotarła do ściany, odwróciła się do niego z uśmiechem i uniosła suknię. Miała pod nią botki sięgające do połowy ud.

Podszedł do niej powoli. Bliskość dziewczyny wywołała mrowienie na jego skórze. Z odległości kilku kroków już nie była taka doskonała. Zobaczył rozmazany tusz pod oczami, pot sklejający włoski na karku. Poczuł jej śmiertelność, słodki odór zgnilizny. Mam cię, pomyślał.

Jej usta wykrzywił chłodny uśmiech. Przesunęła się w bok, a on zobaczył za nią zamknięte drzwi z napisem wykonanym czerwoną farbą: „Wstęp wzbroniony – Magazyn". Dziewczyna sięgnęła za siebie, przekręciła gałkę i wśliznęła się do środka. Chłopak dostrzegł stosy pudeł, splątane kable. Rzeczywiście składzik. Obejrzał się za siebie; nikt na niego nie patrzył. Tym lepiej, skoro zależało jej na prywatności.

Wsunął się za nią do pomieszczenia, nieświadomy tego, że jest obserwowany.

***

– Niezła muzyka, co? – rzucił Simon.

Clary nie odpowiedziała. Tańczyli czy też raczej robili coś, co mogło uchodzić za taniec – dużo kiwania się w przód i w tył, od czasu do czasu gwałtowny skłon, jakby któreś z nich zgubiło szkła kontaktowe – na niewielkiej przestrzeni między grupą nastolatków w metalicznych gorsetach a młodą azjatycką parą, która obściskiwała się tak zapamiętale, że końcówki kolorowych włosów obojga splatały się ze sobą jak winorośl. Chłopak z przekłutą wargą i plecakiem w kształcie misia rozdawał darmowe tabletki ziołowej ekstazy, a jego workowate spodnie łopotały na wietrze wytwarzanym przez wiatrownicę. Clary nie zwracała uwagi na najbliższe otoczenie; obserwowała niebieskowłosego chłopaka, który przebojem wcisnął się do klubu. Teraz krążył w tłumie, jakby czegoś szukał. Coś w sposobie jego poruszania się przywodziło jej na myśl...

– Jeśli chodzi o mnie, świetnie się bawię – ciągnął Simon.

Wydawało się to mało prawdopodobne. W dżinsach i starej bawełnianej koszulce z napisem „Wyprodukowane w Brooklynie" Simon pasował do Pandemonium jak pięść do nosa. Jego świeżo umyte włosy były ciemnobrązowe zamiast zielone albo różowe, przekrzywione okulary zsunęły mu się na czubek nosa. Nie wyglądał na ponurego osobnika, kontemplującego moce ciemności, tylko na grzecznego chłopca, który wybiera się do klubu szachowego.

– Uhm – mruknęła Clary.

Doskonale wiedziała, że przyszedł do Pandemonium tylko dlatego, że ona lubiła ten klub. On sam uważał go za nudny. Właściwie ona też nie miała pewności, dlaczego to miejsce jej się podoba. Może dlatego że wszystko tutaj – ubrania, muzyka – było jak ze snu, jak z innego życia, nie tak zwyczajnego i nudnego jak prawdziwe. Poza tym, z powodu nieśmiałości najlepiej czuła się w towarzystwie Simona.

Niebieskowłosy chłopak właśnie schodził z parkietu. Wyglądał na trochę zagubionego, jakby nie znalazł osoby, której szukał. Clary przemknęła przez głowę myśl, co by się stało, gdyby do niego podeszła, przedstawiła się i zaproponowała, że oprowadzi go po klubie. Może tylko wytrzeszczyłby oczy, jeśli też był nieśmiały. A może byłby wdzięczny i zadowolony, lecz starałby się tego nie okazać, jak to chłopcy... Ona jednak wiedziałaby swoje. Może...

Niebieskowłosy nagle się wyprostował i wyraźnie ożywił, niczym pies myśliwski, który złapał trop. Clary podążyła za jego wzrokiem i zobaczyła dziewczynę w białej sukni.

No tak, pomyślała, zdaje się, że o to chodziło. Powietrze zeszło z Claire, jak z przekłutego balonu. Tamta dziewczyna była wspaniała, z rodzaju tych, które Clary lubiła rysować – wysoka i smukła, z długimi czarnymi włosami opadającymi kaskadą na plecy. Na szyi miała czerwony wisiorek, widoczny nawet z tej odległości; pulsował w światłach parkietu jak serce oddzielone od ciała.

– Uważam, że dzisiaj wieczorem DJ Nietoperz wykonuje świetną robotę. Zgadasz się ze mną?

Clary przewróciła oczami. Simon nienawidził transowej muzyki. Nic nie odpowiedziała, ponieważ całą uwagę skupiła na dziewczynie w białej sukni. W półmroku, w kłębach dymu i sztucznej mgły jej jasna suknia świeciła jak latarnia morska. Nic dziwnego, że niebieskowłosy szedł za nią jak zaczarowany i niczego więcej nie dostrzegał... nawet dwóch ciemnych postaci depczących mu po piętach, kiedy lawirował przez tłum.

Clary przestała tańczyć. Zauważyła, że tamci dwaj to wysocy chłopcy w czarnych ubraniach. Nie umiałaby powiedzieć, skąd wie, że śledzą niebieskowłosego, ale była tego pewna. Widziała, jak za nim idą, ostrożnie, czujnie, z gracją. W jej piersi zaczął pączkować nieokreślony lęk.

– I chciałbym jeszcze dodać, że ostatnio bawię się w transwestytyzm i sypiam z twoją matką. Uznałem, że powinnaś o tym wiedzieć.

Dziewczyna dotarła do drzwi z napisem „Wstęp wzbroniony" i skinęła na niebieskowłosego. Oboje wśliznęli się do środka. Clary już to widywała, pary wymykające się w ciemne zakamarki klubu, żeby się obściskiwać, ale teraz sytuacja była o tyle dziwna, że tę dwójkę śledzono.

Stanęła na palcach, próbując coś dojrzeć ponad tłumem. Dwaj ubrani na czarno chłopcy stali przed zamkniętymi drzwiami i najwyraźniej się ze sobą naradzali. Jeden z nich miał jasne włosy, drugi ciemne. Blondyn sięgnął pod kurtkę i wyjął coś długiego i ostrego. Przedmiot zalśnił w stroboskopowych światłach. Nóż.

– Simon! – krzyknęła Clary, chwytając przyjaciela za ramię.

– Co? – Simon zrobił przestraszoną minę. – Wcale nie sypiam z twoją mamą. Ja tylko próbowałem zwrócić twoją uwagę. Co prawda, Jocelyn jest atrakcyjną kobietą, jak na swoje lata...

– Widzisz tamtych typków? – Pokazując ręką, Clary omal nie uderzyła niechcący czarnej dziewczyny, która tańczyła obok nich. Widząc jej wściekłe spojrzenie, rzuciła pospiesznie: – Przepraszam! Przepraszam! – Odwróciła się z powrotem do Simona. – Widzisz tamtych dwóch facetów przy drzwiach?

Simon zmrużył oczy i wzruszył ramionami.

– Nic nie widzę.

– Jest ich dwóch. Śledzą chłopaka z niebieskimi włosami...

– Tego, który wpadł ci w oko?

– Tak, ale nie o to chodzi. Blondyn wyjął nóż.

– Jesteś pewna? – Simon wytężył wzrok, ale po chwili pokręcił głową. – Nadal nikogo nie widzę.

– Jestem pewna.

Simon wyprostował się i rzucił zdecydowanym tonem:

– Sprowadzę kogoś z ochrony. Ty tutaj zostań.

I ruszył do wyjścia, przepychając się przez tłum.

Clary odwróciła się w samą porę, by zobaczyć, że blondyn wchodzi do pomieszczenia z drzwiami opatrzonymi napisem „Wstęp wzbroniony", a jego towarzysz idzie za nim. Rozejrzała się. Simon nadal torował sobie drogę przez parkiet, ale nie posunął się zbyt daleko do przodu. Nawet gdyby teraz krzyknęła, nikt by jej nie usłyszał, a zanim przybędzie ochrona, może stać się coś strasznego. Clary przygryzła wargę i zaczęła przeciskać się przez mrowie tańczących.

***

– Jak masz na imię?

Dziewczyna odwróciła się i uśmiechnęła. Słabe światło przesączało się do magazynu przez szare od brudu zakratowane okienka. Na podłodze walały się zwoje kabli elektrycznych, części dyskotekowych lustrzanych kul i pojemniki po farbie.

– Isabelle.

– Ładnie. – Podszedł do niej, stąpając ostrożnie wśród drutów, w obawie, że któryś z nich ożyje. W nikłym oświetleniu dziewczyna, odziana w biel niczym anioł, wyglądała na półprzezroczystą, jakby wyblakłą. Przyjemnie byłoby ją zniewolić. – Nie widziałem cię tu wcześniej.

– Pytasz, czy często tu przychodzę? – Zachichotała, zasłaniając usta ręką.

Na nadgarstku, tuż pod mankietem sukni, nosiła bransoletkę. Ale kiedy się do niej zbliżył, zobaczył, że to nie bransoletka, tylko wytatuowany na skórze wzór z zawijasów.

Zamarł w pół kroku.

– Ty...

Dziewczyna poruszała się z szybkością błyskawicy. Zaatakowała go otwartą dłonią. Cios w pierś pozbawił go tchu, jakby był ludzką istotą. Zatoczył się do tyłu. Raptem w jej ręce pojawił się bat; zalśnił złoto, kiedy nim strzeliła, i owinął się wokół jego kostek. Gdy poderwała go w górę gwałtownym szarpnięciem, z impetem runął na ziemię. Zaczął się wić, kiedy znienawidzony metal wgryzł się mu głęboko w skórę. Dziewczyna się zaśmiała, stojąc nad nim, a on pomyślał oszołomiony, że powinien był to przewidzieć. Żadna śmiertelniczka nie włożyłaby takiej sukni. Isabelle ubierała się w ten sposób, żeby zasłonić ciało... całe ciało.

Mocno szarpnęła bicz, zaciskając pętlę. Uśmiechnęła się jadowicie.

– Jest wasz, chłopcy.

Z tyłu rozbrzmiał cichy śmiech. Ktoś dźwignął go z podłogi i cisnął na jeden z betonowych słupów. Wykręcono mu ręce do tyłu i związano je drutem. Za plecami czuł wilgotny kamień. Podczas gdy próbował się uwolnić, ktoś obszedł kolumnę i stanął przed nim: chłopak, młody jak Isabelle i równie ładny. Jego oczy jarzyły się jak kawałki bursztynu.

– Jest was więcej? – zapytał.

Niebieskowłosy poczuł, że pod mocno zaciśniętymi pętami zbiera się krew. Jego nadgarstki były od niej śliskie.

– Więcej?

– Daj spokój. – Kiedy jasnooki chłopak uniósł ręce, czarne rękawy zsunęły się, ukazując runy namalowane atramentem na nadgarstkach, na grzbietach dłoni i w ich wnętrzu. – Wiesz, kim jestem.

– Nocnym Łowcą! – wysyczał.

Twarz jego prześladowcy rozjaśniła się w szerokim uśmiechu.

– Mamy cię.

***

Clary pchnęła drzwi prowadzące do magazynu i weszła do środka. Przez chwilę myślała, że pomieszczenie jest puste. Jedyne okna znajdowały się wysoko i były zakratowane; sączył się przez nie stłumiony uliczny hałas, klaksony samochodów, pisk hamulców. Wewnątrz cuchnęło starą farbą, na grubej warstwie kurzu pokrywającej podłogę odznaczały się rozmazane ślady butów.

Nikogo tu nie ma, stwierdziła, rozglądając się ze zdziwieniem. W składziku było zimno, mimo sierpniowego upału panującego na zewnątrz. Clary poczuła, że pot na jej plecach zamienia się w lód. Zrobiła krok do przodu i zaplątała się w kable elektryczne. Schyliła się, żeby uwolnić tenisówkę z wnyków... i nagle usłyszała głosy: dziewczęcy śmiech, ostrą odpowiedź chłopaka.

Kiedy się wyprostowała, zobaczyła ich, jakby raptem zmaterializowali się między jednym a drugim mrugnięciem powieki. Była tam dziewczyna w długiej białej sukni, z czarnymi włosami opadającymi na plecy, niczym wilgotne wodorosty, i dwaj chłopcy: wysoki i ciemnowłosy jak ona oraz drugi, niższy od niego, którego włosy lśniły jak złoto w nikłym świetle wpadającym przez zakratowane okna. Blondyn stał z rękami w kieszeniach naprzeciwko niebieskowłosego punka przywiązanego do betonowej kolumny czymś, co wyglądało na strunę od fortepianu. Uwięziony chłopak miał twarz ściągniętą bólem i strachem.

Z sercem dudniącym w piersi Clary schowała się za najbliższy słup i wyjrzała zza niego ostrożnie. Jasnowłosy chodził w tę i z powrotem przed jeńcem, z rękami skrzyżowanymi na piersi.

– No więc? Nadal mi nie powiedziałeś, czy są tu jacyś inni z twojego rodzaju.

Twojego rodzaju? O czym on mówi, zdziwiła się Clary. Może trafiłam w sam środek wojny gangów.

– Nie wiem, o co ci chodzi. – Głos jeńca był zbolały, ale ton opryskliwy.

– On ma na myśli inne demony – po raz pierwszy odezwał się czarnowłosy. – Wiesz, co to są demony, prawda?

Chłopak przywiązany do kolumny poruszył ustami i odwrócił głowę.

– Demony – powiedział blondyn, przeciągając samogłoski i kreśląc to słowo palcem w powietrzu. – Według religijnej definicji są to mieszkańcy piekła, słudzy szatana, ale w rozumieniu Clave to każdy zły duch, który pochodzi spoza naszego wymiaru...

– Wystarczy, Jace – przerwała mu dziewczyna.

– Isabelle ma rację – poparł ją wyższy chłopak. – Nikt tutaj nie potrzebuje lekcji semantyki... czy demonologii.

To wariaci, pomyślała Clary.

Blondyn uniósł z uśmiechem głowę. W tym geście było coś gwałtownego i dzikiego, co przypomniało Clary filmy dokumentalne o lwach, które oglądała na Discovery Channel. Te wielkie koty w taki sam sposób unosiły łby i węszyły w powietrzu, szukając zdobyczy.

– Isabelle i Alec twierdzą, że za dużo mówię – stwierdził chłopak o imieniu Jace. – Ty też tak uważasz?

Niebieskowłosy nie odpowiedział, ale nadal poruszał ustami.

– Mógłbym podzielić się z wami pewną informacją – przemówił w końcu. – Wiem, gdzie jest Valentine.

Jasnowłosy spojrzał na kolegę. Alec wzruszył ramionami.

– Valentine gryzie ziemię, a ty próbujesz z nami pogrywać – stwierdził Jace.

– Zabij go, Jace – powiedziała Isabelle, potrząsając włosami. – On nic nam nie powie.

Blondyn uniósł rękę, a Clary zobaczyła błysk noża. Broń była niezwykła – miała klingę przezroczystą jak kryształ i ostrą jak odłamek szkła, a rękojeść wysadzaną czerwonymi kamieniami.

Jeniec gwałtownie zaczerpnął tchu.

– Valentine wrócił! – krzyknął, szarpiąc się w więzach. – Wiedzą o tym wszystkie Piekielne Światy, ja to wiem i mogę wam powiedzieć, gdzie on jest...

W lodowatych oczach Jace'a nagle zabłysła wściekłość.

– Na Anioła, kiedy tylko łapiemy któregoś z was, dranie, każdy twierdzi, że wie, gdzie jest Valentine. My również wiemy, gdzie on jest. W piekle. A ty... – gdy Jace obrócił nóż w ręce, jego brzeg zamigotał jak płomień – zaraz do niego dołączysz.

Tego było już za wiele dla Clary. Wyszła zza kolumny i krzyknęła:

– Przestań! Nie możesz tego zrobić.

Chłopak odwrócił się gwałtownie, tak zaskoczony, że nóż wypadł mu z ręki i z brzękiem uderzył o betonową posadzkę. Isabelle i Alec też się obejrzeli, z identycznym wyrazem osłupienia na twarzach. Niebieskowłosy zawisł w pętach, kompletnie zdezorientowany.

Pierwszy doszedł do siebie Alec.

– Co to jest? – zapytał, patrząc na swoich towarzyszy, jakby oni mogli wiedzieć, skąd się wziął intruz.

– Dziewczyna – odparł Jace, który już zdążył odzyskać panowanie nad sobą. – Na pewno widywałeś je wcześniej. Twoja siostra też nią jest. – Zrobił krok w stronę Clary, marszcząc brwi, jakby nie mógł uwierzyć własnym oczom. – Ziemska dziewczyna – stwierdził tonem odkrywcy. – I widzi nas.

– Oczywiście, że was widzę – obruszyła się Clary. – Nie jestem ślepa.

– Owszem, jesteś, tylko o tym nie wiesz. – Blondyn schylił się po nóż, a potem rzucił szorstko: – Lepiej się stąd wynoś, jeśli masz dość oleju w głowie.

– Nigdzie nie idę – oświadczyła Clary. – Jeśli to zrobię, zabijecie go. – Wskazała na jeńca.

– To prawda – przyznał Jace, obracając nóż między palcami. – A co cię obchodzi, czy go zabijemy, czy nie?

– Bo... bo... – zaczęła się jąkać Clary. – Nie można sobie tak po prostu chodzić i zabijać ludzi.

– Masz rację. Nie można zabijać ludzi. – Spojrzał na jeńca, który miał zamknięte oczy, jakby zemdlał. – Ale to nie jest ludzka istota, dziewczyno. Może wygląda i mówi jak człowiek, może nawet krwawi jak człowiek, ale jest potworem.

– Jace, wystarczy – rzuciła ostrzegawczo Isabelle.

– Zwariowaliście – stwierdziła Clary. – Już wezwałam policję. Będzie tu lada chwila.

– Ona kłamie – odezwał się Alec, ale na jego twarzy malowało się powątpiewanie. – Jace...

Nie dokończył, bo w tym momencie jeniec wydał z siebie przenikliwy, zawodzący okrzyk, zerwał pęta, którymi był przywiązany do kolumny, i rzucił się na blondyna.

Upadli razem i potoczyli się po podłodze. Niebieskowłosy zaczął szarpać swojego prześladowcę rękami, które lśniły, jakby były zakończone metalem. Clary rzuciła się do ucieczki, ale jej stopy zaplątały się w zwoje kabli. Runęła na ziemię z takim impetem, że zaparło jej dech. Usłyszała krzyk dziewczyny, a kiedy się podniosła, zobaczyła, że jeniec siedzi na piersi Jace'a. Krew lśniła na jego ostrych jak brzytwy pazurach.

Isabelle z batem w ręce i Alec już biegli w ich stronę. Niebieskowłosy ciął przeciwnika szponami, a kiedy ten uniósł rękę, żeby się zasłonić, pazury rozorały ją do krwi. Punk zaatakował ponownie... i wtedy jego plecy smagnął bicz. Chłopak krzyknął i upadł na bok.

Jace, szybki jak bat Isabelle, wykonał obrót i wbił nóż w pierś jeńca. Spod rękojeści trysnęła ciemna ciecz. Chłopak wygiął się w łuk, zaczął się prężyć i charczeć. Jace wstał z podłogi; jego czarna koszula była teraz miejscami jeszcze czarniejsza, mokra od krwi. Spojrzał z odrazą na drgające ciało, schylił się i wyrwał nóż z rany, śliski od czarnej posoki.

Ranny otworzył oczy, wbił płonący wzrok w swojego pogromcę i wysyczał:

– Niech więc tak będzie. Wyklęci dopadną was wszystkich.

Wydawało się, że Jace zawarczał w odpowiedzi. Demon przewrócił oczami i wpadł w konwulsje. Jego ciało zaczęło się kurczyć, zapadać w sobie, stawało się coraz mniejsze, aż w końcu zniknęło.

Clary uwolniła się od kabli, wstała z podłogi i ruszyła tyłem do wyjścia. Nikt nie zwracał na nią uwagi. Alec podszedł do Jace'a, wziął go za ramię i podciągnął mu rękaw, żeby przyjrzeć się ranie. Clary odwróciła się powoli... i zobaczyła, że na jej drodze stoi Isabelle ze złotym batem w ręce; widniały na nim ciemne plamy. Dziewczyna wykonała szeroki zamach i szarpnęła mocno, kiedy koniec bicza owinął się wokół nadgarstka uciekinierki. Clary syknęła z bólu.

– Głupia mała Przyziemna – wycedziła Isabelle. – Przez ciebie Jace mógł zginąć.

– On jest wariatem – odparowała Clary, próbując się uwolnić. Bat głębiej wpił się w jej skórę. – Wszyscy jesteście szaleni. Za kogo się uważacie? Za samozwańczych zabójców? Policja...

– Policja zwykle nie wykazuje zainteresowania, jeśli nie ma ciała – zauważył Jace. Trzymając się za rękę, szedł w ich stronę, lawirując między kablami. Alec podążał za nim z posępną miną.

Clary spojrzała tam, gdzie niedawno leżał niebieskowłosy. Na podłodze nie było nawet plamki krwi, żadnego śladu, że chłopak w ogóle istniał.

– Jeśli cię to ciekawi, po śmierci wracają do swojego wymiaru – wyjaśnił zabójca.

– Uważaj, Jace! – syknął jego towarzysz.

Blondyn rozłożył ręce. Jego twarz znaczył upiorny wzór z plamek krwi. Z szeroko rozstawionymi jasnymi oczami i płowymi włosami nadal przypominał Clary lwa.

– Ona nas widzi, Alec – powiedział. – Już i tak za dużo wie.

– Co mam z nią zrobić? – zapytała Isabelle.

– Puść ją – odparł cicho Jace.

Dziewczyna posłała mu zaskoczone, niemal gniewne spojrzenie, ale nawet nie próbowała się spierać. Bez słowa zwinęła bat. Clary rozmasowała obolały nadgarstek, zastanawiając się, jak, do licha, ma się stąd wydostać.

– Może powinniśmy zabrać ją ze sobą? – zaproponował Alec. – Założę się, że Hodge chętnie by z nią porozmawiał.

– Nie ma mowy, żebyśmy zabrali ją do Instytutu – oświadczyła Isabelle. – To Przyziemna.

– Naprawdę? – Cichy, spokojny głos Jace'a był jeszcze gorszy niż warczenie Isabelle czy gniewny ton Aleca. – Miałaś kiedyś do czynienia z demonami, mała? Spotykałaś się z czarownikami, rozmawiałaś z Nocnymi Dziećmi? Czy...

– Nie nazywam się „mała" – przerwała mu Clary. – I nie mam pojęcia, o czym mówisz.

Naprawdę? – odezwał się głos w jej głowie. Widziałaś, jak tamten chłopak rozpływa się w powietrzu. Jace nie jest szalony... Tylko chciałabyś, żeby był.

– Nie wierzę w... demony czy kimkolwiek jesteście...

– Clary? – W drzwiach magazynu stał Simon, a obok niego potężny bramkarz, który przy wejściu stemplował gościom ręce. – Wszystko w porządku? Dlaczego jesteś sama? Co się stało z tamtymi facetami. No wiesz, tymi z nożami?

Clary obejrzała się przez ramię na trójkę zabójców. Jace miał na sobie zakrwawioną koszulę i nadal ściskał sztylet w ręce. Uśmiechnął się do niej szeroko i wzruszył ramionami w na pół drwiącym, pół przepraszającym geście. Najwyraźniej nie był zaskoczony, że nowo przybyli ich nie widzą.

Clary również. Powoli odwróciła się do Simona. Wiedziała, jak musi wyglądać w jego oczach, kiedy tak stoi sama w magazynku, ze stopami zaplątanymi w plastikowe kable.

– Wydawało mi się, że weszli tutaj, ale chyba jednak nie – powiedziała nieprzekonująco. – Przepraszam. – Zobaczyła, że mina Simona nagle zmienia się ze zmartwionej w zakłopotaną, i przeniosła wzrok na bramkarza, który wyglądał na zirytowanego. – To była pomyłka.

Stojąca za nią Isabelle zachichotała.

***

– Nie wierzę – oświadczył Simon z uporem, podczas gdy Clary, stojąc na chodniku przed Pandemonium, rozpaczliwie próbowała złapać taksówkę.

Zamiatacze już przeszli ulicą, kiedy oni byli w klubie, i teraz cała Orchard lśniła od oleistej wody.

– Właśnie. Można by przypuszczać, że powinny tu być jakieś taksówki. Dokąd wszyscy jeżdżą w niedzielę o północy? – Clary wzruszyła ramionami i odwróciła się do przyjaciela. – Myślisz, że będziemy mieli więcej szczęścia na Houston?

– Nie mówię o taksówkach. Tobie nie wierzę. Nie wierzę, że ci goście z nożami tak po prostu zniknęli.

Clary westchnęła.

– Może nie było żadnych facetów z nożami? Może wszystko sobie tylko wyobraziłam?

– Wykluczone. – Simon uniósł rękę wysoko nad głowę, ale taksówki tylko śmigały obok nich, rozbryzgując brudną wodę. – Widziałem twoją minę, kiedy wszedłem do tego magazynku. Wyglądałaś na poważnie wystraszoną, jakbyś zobaczyła ducha.

Clary pomyślała o chłopcu o kocich oczach. Spojrzała na nadgarstek i zobaczyła cienką czerwoną pręgę w miejscu, gdzie owinął się bat Isabelle.

Nie, nie zobaczyłam ducha, pomyślała. To było coś dziwniejszego.

– To była po prostu pomyłka – powiedziała ze znużeniem.

Sama nie bardzo wiedziała, dlaczego nie mówi mu prawdy. Oczywiście, nie licząc tego, że uznałby ją za wariatkę. To, co się wydarzyło, czarna krew pieniąca się na nożu Jace'a, ton jego głosu, kiedy zapytał: „Rozmawiałaś z Nocnymi Dziećmi?"... Cóż, wolała zatrzymać to dla siebie.

– Bardzo kłopotliwa pomyłka – zgodził się Simon. Obejrzał się na klub, pod którym nadal stała kolejka ciągnąca się przez pół kwartału. – Wątpię, czy jeszcze kiedyś wpuszczą nas do Pandemonium.

– A co się przejmujesz? Przecież nienawidzisz Pandemonium.

Clary znowu pomachała ręką, kiedy z mgły wyłonił się żółty samochód. Tym razem taksówka zatrzymała się z piskiem na rogu, a kierowca zatrąbił.

– Nareszcie! Mieliśmy szczęście. – Simon otworzył drzwi samochodu i wśliznął się na tylne siedzenie pokryte skajem.

Clary usiadła obok niego i wciągnęła znajomy zapach nowojorskiej taksówki cuchnącej starym dymem papierosowym, skórą i lakierem do włosów.

– Jedziemy do Brooklynu – rzucił Simon do taksówkarza, a potem odwrócił się do niej. – Wiesz, że możesz wszystko mi powiedzieć, tak?

Clary zawahała się, a potem skinęła głową.

– Jasne, Simon. Wiem, że mogę.

Zatrzasnęła za sobą drzwi. Taksówka ruszyła w noc.

2

Sekrety i kłamstwa

Ciemny książę siedział na czarnym rumaku, za nim powiewała sobolowa peleryna. Złoty diadem spinał jego złote loki, przystojna twarz była ogarnięta szałem bitwy, a...

– A jego ręka wyglądała jak bakłażan – mruknęła ze złością Clary.

Rysunek po prostu jej nie wychodził. Z westchnieniem wydarła następną kartkę ze szkicownika, zmięła ją i cisnęła w pomarańczową ścianę sypialni. Podłoga już była zasłana kulkami papieru – wyraźny znak, że twórcze soki nie płyną w niej tak, jak by sobie życzyła. Po raz tysięczny żałowała, że nie jest taka jak matka. Wszystko, co Jocelyn rysowała, malowała albo szkicowała, zawsze było piękne i najwyraźniej osiągnięte bez wysiłku.

Clary zdjęła słuchawki, przerywając w połowie piosenkę Stepping Razor, i pomasowała bolące skronie. Dopiero wtedy usłyszała głośny, przenikliwy dźwięk telefonu rozbrzmiewający w całym mieszkaniu. Rzuciła szkicownik na łóżko i pobiegła do salonu, gdzie na stoliku przy drzwiach stał czerwony aparat w stylu retro.

– Czy to Clarissa Fray? – Głos po drugiej stronie linii brzmiał znajomo, ale nie od razu go rozpoznała.

Clary nerwowo zaczęła nawijać kabel na palec.

– Taaak?

– Cześć, jestem jednym tych z chuliganów z nożami, których spotkałaś zeszłej nocy w Pandemonium. Obawiam się, że zrobiłem na tobie złe wrażenie, i mam nadzieję, że dasz mi szansę, żeby to naprawić...

– Simon! – Clary odsunęła słuchawkę od ucha, kiedy przyjaciel wybuchnął śmiechem. – To wcale nie jest zabawne!

– Oczywiście, że jest. Po prostu tego nie dostrzegasz.

– Głupek. – Clary z westchnieniem oparła się o ścianę. – Nie śmiałbyś się, gdybyś tu był, kiedy wczoraj wróciłam.

– Dlaczego?

– Moja mama. Nie była zadowolona, że wróciliśmy tak późno. Wkurzyła się. Było nieprzyjemnie.

– A czy to nasza wina, że był taki ruch! – zaprotestował Simon. Jako najmłodszy z trójki dzieci czujnie reagował na wszelką rodzinną niesprawiedliwość.

– Tak, jasne, ale ona nie widzi tego w ten sposób. Rozczarowałam ją, zawiodłam, sprawiłam, że się niepokoiła, bla, bla, bla. Jestem zmorą jej życia. – Z lekkimi wyrzutami sumienia Clary naśladowała sposób mówienia matki.

– Więc masz szlaban? – domyślił się Simon.

Mówił dość głośno. Clary słyszała w tle gwar głosów, kilka przekrzykujących się osób. Skrzywiła się, słysząc donośny brzęk talerzy.

– Jeszcze nie wiem. Mama i Luke wyszli rano. Jeszcze nie wróciła. A tak przy okazji, gdzie jesteś? U Erica?

– Tak. Właśnie skończyliśmy ćwiczyć. Eric czyta dzisiaj swoją poezję w Java Jones. – Simon mówił o kawiarni niedaleko mieszkania Clary, w której nieraz wieczorami grano żywą muzykę. – Cały zespół idzie, żeby dać mu wsparcie. Przyjdziesz?

– Jasne. – Clary się zawahała, szarpiąc nerwowo kabel telefonu. – Zaczekaj. Jednak nie.

– Zamknijcie się, chłopaki, dobra?! – wrzasnął Simon. Sądząc po tym, jak słabo go słyszała, Clary domyśliła się, że trzyma słuchawkę z dala od ust. Chwilę później spytał zaniepokojonym tonem: – To miało znaczyć: tak czy nie?

– Nie wiem. – Clary przygryzła wargę. – Mama nadal jest na mnie zła za wczorajszą noc. Wolałabym nie wkurzyć jej jeszcze bardziej, nawet prosząc o coś. Jeśli mam wpakować się w kłopoty, nie chcę, żeby to się stało z powodu gównianych wierszy Erica.

– Daj spokój, nie są takie złe. – Eric był najbliższym sąsiadem Simona, znali się od dziecka. Nie przyjaźnili się ze sobą tak jak Simon i Clary, ale w pierwszej klasie liceum stworzyli zespół rockowy z jeszcze dwoma kolegami, Mattem i Kirkiem, i co tydzień ćwiczyli w garażu rodziców Erica. – Poza tym, to nie jest znów taka wielka prośba. Chodzi o wieczór poetycki w kawiarni tuż za rogiem. Nie zapraszam cię przecież na żadną orgię w Hoboken. Twoja mama też może przyjść, jeśli chce.

– Orgia w Hoboken!

Po tym okrzyku, prawdopodobnie Erica, ogłuszająco zadźwięczały talerze. Clary wyobraziła sobie matkę słuchającą jego poezji i zadrżała w duchu.

– Nie wiem. Jeśli wszyscy się tu zjawicie, nie będzie zachwycona.

– Więc przyjdę po ciebie sam i z resztą spotkamy się już na miejscu. Twoja mama nie będzie miała nic przeciwko temu. Ona mnie kocha.

Clary musiała się roześmiać.

– To świadectwo jej wątpliwego gustu, jeśli pytasz mnie o zdanie.

– Nikt cię nie pytał. – Simon rozłączył się pośród wrzasków swoich kumpli.

Clary odwiesiła słuchawkę i rozejrzała się po salonie. Było w nim pełno dowodów artystycznych ciągot matki: od ręcznie robionych aksamitnych poduszek rozrzuconych po ciemnoczerwonej sofie po ściany obwieszone obrazami w ramach, głównie pejzażami, które przedstawiały kręte ulice śródmieścia Manhattanu oświetlone złotym światłem, zimowe sceny z Prospect Park, szare sadzawki pokryte koronkową warstewką białego lodu.

Na półce nad kominkiem stało zdjęcie ojca Clary oprawione w ramki. Zamyślonego jasnowłosego mężczyzny w wojskowym mundurze, z widocznymi śladami zmarszczek mimicznych w kącikach oczu. Był żołnierzem służącym za granicą. Jocelyn trzymała kilka jego medali w małej szkatułce stojącej przy łóżku. Po tym, jak Jonathan Clark wpadł samochodem na drzewo niedaleko Albany i zmarł jeszcze przed narodzinami córki, były dla Clary jedyną pamiątką po ojcu.

Po jego śmierci Jocelyn wróciła do panieńskiego nazwiska. Nigdy nie mówiła o mężu, ale na nocnej szafce trzymała szkatułkę z jego wygrawerowanymi inicjałami J.C. Oprócz medali było w niej parę fotografii, obrączka ślubna i pojedynczy pukiel jasnych włosów. Czasami Jocelyn otwierała pudełko, bardzo delikatnie brała w ręce lok, trzymała go przez chwilę i chowała z powrotem.

Chrobot klucza obracającego się w zamku drzwi wejściowych wyrwał Clary z zamyślenia. Pospiesznie rzuciła się na sofę i udawała, że jest pogrążona w lekturze jednej z książek w miękkich okładkach, których stos matka zostawiła na stole.

Jocelyn uważała czytanie za uświęcony sposób spędzania czasu i zwykle nie przerywała córce nawet po to, żeby na nią nakrzyczeć.

Drzwi otworzyły się z impetem i do mieszkania wszedł tyczkowaty mężczyzna obładowany wielkimi prostokątami tektury. Kiedy je rzucił na podłogę, Clary zobaczyła, że są to kartonowe pudła złożone na płasko. Luke wyprostował się i odwrócił do niej z uśmiechem.

– Cześć, wuj... cześć, Luke – powiedziała Clary.

Jakiś rok temu poprosił ją, żeby przestała mówić do niego wujku, bo czuł się przez to staro albo jak bohater *Chaty wuja Toma*. Poza tym przypomniał jej delikatnie, że nie jest jej krewnym, tylko bliskim przyjacielem matki, który zna ją od chwili narodzin.

– Gdzie mama?

– Parkuje samochód – odparł Luke, przeciągając się z westchnieniem. Był w swoim zwykłym stroju: starych dżinsach i flanelowej koszuli. Na nosie miał przekrzywione okulary w złotych oprawkach. – Przypomnij mi jeszcze raz, dlaczego w tym budynku nie ma windy?

– Bo jest stary, ale ma duszę – odparła natychmiast Clary, na co Luke zareagował szerokim uśmiechem. – Po co te pudła?

Uśmiech zniknął z twarzy Luke'a.

– Twoja matka chce zapakować parę rzeczy – wyjaśnił, unikając jej wzroku.

– Jakich rzeczy? – zainteresowała się Clary.

Luke machnął ręką.

– Tych, które walają się po całym domu. Zawadzają. Wiesz, że ona nigdy niczego nie wyrzuca. Co robisz? Uczysz się? – Wyjął książkę z jej ręki i przeczytał na głos: – „Świat nadal zaludniają owe pstre istoty, z których zrezygnowała bardziej trzeźwa filozofia. We śnie i na jawie nadal okrążają go wróżki i chochliki, duchy i demony...”*. – Opuścił książkę i spojrzał na Clary znad okularów. – To do szkoły?

– *Złota gałąź*? Nie. Przecież jeszcze są wakacje. – Clary odebrała mu książkę. – To mojej mamy.

– Tak czułem.

Clary odłożyła książkę na stół.

– Luke?

– Hm? – Już zapomniał o książce i teraz grzebał w torbie z narzędziami stojącej przy kominku. – A, jest. – Wyjął rolkę pomarańczowej plastikowej taśmy i spojrzał na nią z wielką satysfakcją.

– Co byś zrobił, gdybyś zobaczył coś, czego nikt inny nie widział?

Taśma wypadła mu z ręki i uderzyła o kaflowy kominek. Luke ukląkł, żeby ją podnieść. Nie patrzył na Clary.

– Chodzi ci o to, że gdybym był jedynym świadkiem zbrodni czy coś takiego?

– Nie. Mam na myśli sytuację, kiedy wokół było pełno ludzi, a tylko ty coś zobaczyłeś. Jakby to było niewidzialne dla wszystkich oprócz ciebie.

Luke się zawahał, nadal klęcząc z rolką taśmy w ręce.

---

* *Złota gałąź* James George Frazer (tłum. Henryk Krzeczkowski), PIW 1971.

– Wiem, że to brzmi wariacko, ale... – ciągnęła Clary nerwowym tonem.

Luke spojrzał na nią. Jego oczy były bardzo niebieskie za szkłami okularów.

– Clary, jesteś artystką jak twoja matka, co oznacza, że widzisz świat inaczej niż przeciętni ludzie. To twój dar, dostrzegać piękno i grozę w zwyczajnych rzeczach. On nie czyni cię wariatką... Po prostu jesteś inna i nie ma w tym nic złego.

Clary podciągnęła nogi i oparła brodę na kolanach. Oczami wyobraźni ujrzała magazyn, złoty bat Isabelle, niebieskowłosego chłopca miotającego się w śmiertelnych drgawkach i płowe oczy Jace'a. Piękno i groza.

– Myślisz, że gdyby żył mój tata, też byłby artystą?

Luke wyglądał na zaskoczonego, ale zanim zdążył odpowiedzieć, drzwi się otworzyły i do pokoju weszła matka Clary, stukając obcasami na wypolerowanej drewnianej podłodze. Wręczyła przyjacielowi kluczyki od samochodu i spojrzała na córkę.

Jocelyn Fray była szczupłą, drobną kobietą o rudych włosach, ciemniejszych o kilka odcieni niż włosy Clary i dwa razy dłuższych. Teraz miała je zebrane w kok, przebity grafitową szpilką. Na lawendową bawełnianą koszulkę włożyła kombinezon poplamiony farbą, a do tego brązowe buty turystyczne o podeszwach umazanych farbą olejną.

Ludzie zawsze mówili Clary, że wygląda zupełnie jak matka, ale ona nie dostrzegała podobieństwa. Tylko figury miały identyczne: obie szczupłe, o małych piersiach i wąskich biodrach. Clary wiedziała, że nie jest taka piękna jak Jocelyn. Żeby uchodzić za piękność, trzeba być smukłą i wysoką. Dziewczyna niska, mierząca niewiele ponad pięć stóp wzrostu, może co najwyżej liczyć na określenie „ładna". Nie śliczna czy piękna, tylko ładna. A jeśli dorzucić do tego marchewkowe włosy i piegowatą twarz, jest jak Raggedy Ann przy lalce Barbie.

Jocelyn miała wdzięczny nawet sposób chodzenia i na ulicy większość ludzi odwracała się, żeby na nią popatrzeć. Clary natomiast potykała się o własne stopy. Ludzie odwrócili się za nią tylko raz, kiedy przeleciała obok nich, spadając ze schodów.

– Dzięki, że wniosłeś pudła – powiedziała Jocelyn, uśmiechając się do przyjaciela. Kiedy Luke nie odwzajemnił uśmiechu, żołądek Clary wykonał lekki podskok; najwyraźniej coś się działo. – Przepraszam, że tyle czasu zabrało mi znalezienie miejsca. W parku jest dzisiaj chyba z milion ludzi...

– Mamo? – przerwała jej córka. – Po co są te pudła?

Jocelyn przygryzła wargę. Luke ponaglił ją, wskazując wzrokiem na Clary. Matka nerwowym ruchem odgarnęła pasmo włosów za ucho i usiadła obok niej na sofie.

Z bliska Clary zobaczyła, jak bardzo matka jest zmęczona. Pod oczami miała wielkie sińce, wargi blade z niewyspania.

– Chodzi o zeszłą noc? – zapytała Clary.

– Nie – rzuciła Jocelyn pospiesznie, ale po chwili wahania przyznała: – Może trochę. Nie powinnaś postępować tak jak wczoraj, sama wiesz.

– Już przeprosiłam. O co chodzi? Mam szlaban?

– Nie masz szlabanu. – W głosie matki brzmiało wyraźne napięcie. Spojrzała na Luke'a, ale on pokręcił głową.

– Powiedz jej, Jocelyn.

– Możecie nie rozmawiać ze sobą tak, jakby mnie tu nie było? – rozgniewała się Clary. – Dowiem się wreszcie, o co chodzi? Co masz mi powiedzieć?

Jocelyn westchnęła ciężko.

– Jedziemy na wakacje.

Twarz Luke'a była bez wyrazu, jak odbarwione płótno.

– Więc w czym rzecz? – Clary pokręciła głową i oparła się o poduszki. – Jedziecie na wakacje? Nie rozumiem, o co tyle zamieszania?

– Rzeczywiście nie rozumiesz. Miałam na myśli, że jedziemy na wakacje wszyscy troje: ty, ja i Luke. Na farmę.

– Aha. – Clary spojrzała na Luke'a, ale on wyglądał przez okno, z zaciśniętymi ustami i rękoma skrzyżowanymi na piersi. Ciekawe, co go tak zdenerwowało. Przecież uwielbiał starą farmę w północnej części stanu Nowy Jork. Sam ją kupił, odremontował przed dziesięciu laty i jeździł tam, kiedy tylko mógł. – Na jak długo?

– Do końca lata – odparła Jocelyn. – Przyniosłam pudła na wypadek, gdybyś chciała spakować jakieś książki, przybory do malowania...

– Do końca lata? – Wzburzona Clary usiadła prosto. – Nie mogę, mamo. Mam swoje plany. Simon i ja zamierzaliśmy wydać przyjęcie na powitanie szkoły, umówiłam się na spotkania z moją grupą artystyczną i zostało mi jeszcze dziesięć lekcji u Tisch...

– Przykro mi z powodu Tisch. A pozostałe rzeczy można odwołać. Simon zrozumie, twoja grupa też.

Clary usłyszała ton nieustępliwości w głosie matki i zrozumiała, że mówi poważnie.

– Ale ja zapłaciłam za te lekcje. Oszczędzałam przez cały rok! Sama obiecałaś. – Odwróciła się do Luke'a. – Powiedz jej! Powiedz jej, że to niesprawiedliwe!

Luke nie odwrócił się od okna, ale mięsień na jego policzku drgnął.

– Ona jest twoją matką. To jej decyzja.

– Nie przyjmuję takiego tłumaczenia. – Clary zwróciła się do matki: – Dlaczego?

– Muszę się stąd wyrwać. – Kąciki ust Jocelyn drżały. – Potrzebuję spokoju i ciszy, żeby malować. I z pieniędzmi ostatnio jest krucho...

– Więc sprzedajmy trochę akcji taty – podsunęła gniewnym głosem Clary. – Zwykle tak robisz, prawda?

– To nie fair – żachnęła się matka.

– Posłuchaj, jeśli chcesz jechać, jedź. Ja tu zostanę. Mogę pracować, w Starbucksie albo gdzie indziej. Simon mówi, że tam zawsze przyjmują. Jestem wystarczająco dorosła, żeby zadbać o siebie...

– Nie! – Ostry ton Jocelyn sprawił, że Clary aż podskoczyła. – Oddam ci pieniądze za lekcje rysunku, ale jedziesz z nami. Nie masz wyboru. Jesteś za młoda, żeby zostać sama. Mogłoby ci się coś stać.

– Na przykład co? Co mogłoby mi się stać?

W tym momencie rozległ się trzask. Clary odwróciła się zaskoczona i zobaczyła, że Luke przewrócił jedno ze zdjęć oprawionych w ramki i opartych o ścianę. Wyraźnie zdenerwowany, odstawił je z powrotem na miejsce. Kiedy się wyprostował, usta miał zaciśnięte w wąską kreskę.

– Wychodzę – rzucił krótko.

Jocelyn przygryzła wargę.

– Zaczekaj. – Dogoniła go w przedpokoju, kiedy sięgał do klamki.

Clary obróciła się na sofie i zaczęła podsłuchiwać:

– ...Bane. Dzwoniłam do niego wiele razy przez ostatnie trzy tygodnie. Wciąż odzywała się automatyczna sekretarka. Podobno jest w Tanzanii. Co mam zrobić?

Luke pokręcił głową.

– Jocelyn, nie możesz wiecznie się do niego zwracać.

– Ale Clary...

– To nie Jonathan – syknął Luke. – Nie jesteś sobą, odkąd to się stało, ale Clary to nie Jonathan.

Co ma z tym wspólnego mój ojciec? – pomyślała ze zdziwieniem Clary.

– Przecież nie mogę trzymać jej w domu i nigdzie nie wypuszczać. Ona nigdy się z tym nie pogodzi.

– Oczywiście, że nie! – Luke był naprawdę rozgniewany. – Nie jest domowym zwierzątkiem, tylko nastolatką. Prawie dorosłą.

– Gdybyśmy wyjechały z miasta...

– Powiedz jej, Jocelyn. – Ton Luke'a był twardy. – Mówię poważnie. – Sięgnął do klamki.

W tym momencie drzwi się otworzyły, a Jocelyn wydała cichy okrzyk.

– Jezu! – krzyknął Luke.

– To tylko ja – odezwał się Simon. – Choć już mi mówiono, że podobieństwo jest uderzające. – Pomachał Clary od progu. – Jesteś gotowa?

Jocelyn odjęła rękę od ust i rzuciła oskarżycielsko:

– Simon, podsłuchiwałeś?

Chłopak zamrugał.

– Nie, po prostu akurat przyszedłem. – Przeniósł wzrok z pobladłej twarzy pani Fray na ponurą jej przyjaciela. – Coś się stało? Mam sobie iść?

– Nie przejmuj się – uspokoił go Luke. – Już skończyliśmy. – Przepchnął się obok gościa i z łoskotem zbiegł po schodach. Na dole zamknął z trzaskiem drzwi.

Simon stał w progu z niepewną miną.

– Mogę przyjść później – zaproponował. – Naprawdę. Nie ma sprawy.

– To mogłoby... – zaczęła Jocelyn, ale Clary już zerwała się z kanapy.

– Daj spokój, Simon. Wychodzimy. – Zdjęła torbę z wieszaka przy drzwiach, przewiesiła ją przez ramię i rzuciła matce gniewne spojrzenie. – Do zobaczenia, mamo.

Jocelyn przygryzła wargę.

– Clary, nie sądzisz, że powinnyśmy porozmawiać?

– Będziemy miały mnóstwo czasu na rozmowę „na wakacjach" – rzuciła Clary zgryźliwie i zauważyła z satysfakcją, że matka się wzdryga. – Nie czekaj na mnie. Wzięła Simona za ramię i pociągnęła go za drzwi.

Przyjaciel zatrzymał się i obejrzał z przepraszającą miną na matkę Clary, która stała w przedpokoju z ciasno splecionymi dłońmi, drobna i osamotniona.

– Do widzenia, pani Fray! – zawołał przez ramię. – Miłego wieczoru.

– Och, zamknij się, Simon – warknęła Clary i trzasnęła drzwiami, zagłuszając odpowiedź Jocelyn.

***

– Jezu, kobieto, nie wyrywaj mi ręki – zaprotestował Simon, kiedy Clary pociągnęła go w dół po schodach.

Przy każdym gniewnym kroku tupała zielonymi tenisówkami na drewnianych stopniach; torba obijała się jej o biodro. Spojrzała w górę, żeby sprawdzić, czy matka nie patrzy na nią groźnie z podestu, ale drzwi mieszkania były zamknięte.

– Przepraszam – bąknęła, puszczając nadgarstek przyjaciela.

Zatrzymała się u stóp schodów.

Kamienica z elewacją z piaskowca, jak większość na Park Slope, była kiedyś rezydencją bogatej rodziny. O dawnej świetności świadczyły spiralne schody, wyszczerbiona marmurowa posadzka w holu i duży świetlik w dachu. Teraz trzypiętrowy budynek Clary i jej matka dzieliły z lokatorką z dołu, starszą kobietą, która w swoim mieszkaniu świadczyła usługi parapsychologiczne. Prawie w ogóle nie wychodziła z domu, klienci też rzadko się pojawiali. Złota tabliczka na jej drzwiach głosiła: „Madame Dorothea, jasnowidz i prorokini".

Zza uchylonych drzwi mieszkania sąsiadki napływał do holu intensywny zapach kadzidła. Ze środka dobiegał cichy szmer głosów.

– Miło widzieć, że interes kwitnie – rzucił Simon. – Trudno w dzisiejszych czasach o dobrego proroka.

– Musisz zawsze być sarkastyczny? – ofuknęła go Clary.

Przyjaciel zamrugał, wyraźnie zaskoczony.

– Myślałem, że lubisz, kiedy jestem dowcipny i ironiczny.

Clary już miała coś odpowiedzieć, kiedy drzwi Madame Dorothei otworzyły się szerzej i wyszedł przez nie wysoki mężczyzna o skórze barwy syropu klonowego, złotych oczach jak u kota i kręconych ciemnych włosach. Kiedy się uśmiechnął, błysnęły oślepiająco białe ostre zęby.

Clary zakręciło się w głowie. Przez chwilę miała wrażenie, że zaraz zemdleje.

Simon zmierzył ją zaniepokojonym wzrokiem.

– Dobrze się czujesz? Wyglądasz, jakbyś miała zasłabnąć.

– Co? – Clary popatrzyła na niego oszołomiona. – Nie, nic mi nie jest.

Ale przyjaciel nie pozwolił się zbyć.

– Wyglądasz, jakbyś zobaczyła ducha.

Clary pokręciła głową. Nie dawało jej spokoju jakieś niejasne wspomnienie, jednak kiedy próbowała się skupić, rozpłynęło się jak pasmo mgły.

– Nic. Wydawało mi się, że widziałam kota Dorothei, ale to chyba było tylko złudzenie. – Dostrzegłszy zdziwione spojrzenie Simona, dodała obronnym tonem: – Od wczoraj nic nie jadłam. Trochę kręci mi się w głowie.

Simon objął ją.

– Chodź, zjemy coś.

***

– Po prostu nie mogę uwierzyć, że ona jest taka – powiedziała Clary po raz czwarty, końcem nacho zgarniając z talerza resztkę guacamole. Siedzieli w meksykańskiej knajpce, właściwie dziurze w ścianie zwanej Nacho Mama. – Jakby szlaban co drugi tydzień nie wystarczał, to teraz jeszcze resztę lata spędzę na wygnaniu.

– Wiesz, że twoja mama czasami taka się staje – pocieszył ją Simon. – Zależy, czy robi wdech, czy wydech. – Uśmiechnął się nad wegańskim burrito.

– Jasne, możesz sobie żartować, bo to nie ciebie ciągną Bóg wie gdzie na Bóg wie jak długo...

– Clary! – Simon przerwał jej tyradę. – To nie na mnie jesteś wściekła. A zresztą nie wyjeżdżasz na wieki.

– Skąd wiesz?

– Bo znam twoją mamę. Jesteśmy przyjaciółmi od... ilu?... od dziesięciu lat? Wiem, że ona czasami dziwnie się zachowuje, ale na pewno jej przejdzie.

Clary wzięła ostrą papryczkę z talerza i w zamyśleniu ugryzła kawałek.

– Naprawdę? To znaczy, myślisz, że naprawdę ją znasz? Czasami się zastanawiam, czy ktokolwiek ją zna.

– Nie bardzo rozumiem.

Clary wciągnęła z sykiem powietrze, żeby ostudzić żar w ustach.

– Ona nigdy nie mówi o sobie. Nic nie wiem o jej wcześniejszym życiu, o rodzinie ani o tym, jak poznała mojego tatę. Nie ma nawet zdjęć ślubnych. Zupełnie, jakby jej życie zaczęło się, kiedy mnie urodziła. I zawsze tak odpowiada, kiedy ją pytam.

– Och, jakie to słodkie. – Simon się skrzywił.

– Wcale nie. Raczej dziwne. Dziwne jest, że nic nie wiem o moich dziadkach. To znaczy, wiem, że rodzice mojego taty nie byli dla niej zbyt mili, ale czy rzeczywiście mogli być aż tacy źli? Co to za ludzie, którzy nie chcą nawet poznać własnej wnuczki?

– Może ona ich nienawidzi? – podsunął Simon. – Może byli agresywni albo coś w tym rodzaju? Skądś ma te blizny.

Clary wytrzeszczyła oczy.

– Co ma?

Simon przełknął wielki kęs burrito.

– Takie małe cienkie blizny. Na plecach i ramionach. Jak wiesz, widziałem twoją matkę w kostiumie kąpielowym.

– Nigdy nie zauważyłam żadnych blizn – oświadczyła Clary stanowczym tonem. – Chyba coś ci się przywidziało.

Simon popatrzył na nią i już miał coś powiedzieć, ale zabrzęczała jej komórka. Clary wyłowiła ją z torby, spojrzała na numer wyświetlony na ekranie i spochmurniała.

– To mama.

– Widzę po twojej minie. Porozmawiasz z nią?

– Nie teraz – odparła Clary. Kiedy telefon przestał dzwonić i włączyła się poczta głosowa, poczuła znajome wyrzuty sumienia. – Nie chcę się z nią kłócić.

– Zawsze możesz zostać u mnie – zaproponował Simon. – Jak długo zechcesz.

– Najpierw zobaczymy, czy już się trochę uspokoiła.

Choć Jocelyn siliła się na lekki ton, w jej głosie było słychać napięcie: „Kochanie, przepraszam, że tak nagle wyskoczyłam z planami wakacyjnymi. Przyjdź do domu, to porozmawiamy".

Clary nie odsłuchała wiadomości do końca, tylko wyłączyła telefon. Czuła się jeszcze bardziej winna, ale jednocześnie nadal była zła na matkę.

– Chce pogadać.

– A ty chcesz z nią rozmawiać?

– Sama nie wiem. – Clary przesunęła dłonią po powiekach. – Naprawdę wybierasz się na ten wieczór poetycki?

– Obiecałem, że przyjdę.

Clary wstała od stolika.

– Więc pójdę z tobą. Zadzwonię do niej, jak się skończy.

Pasek torby zsunął się jej z ramienia. Simon poprawił go z roztargnieniem, przypadkiem muskając palcami jej nagą skórę.

Powietrze na dworze było tak przesiąknięte wilgocią, że Clary od razu skręciły się włosy, a Simonowi bawełniana koszulka przykleiła się do pleców.

– Coś nowego z zespołem? – spytała Clary. – Kiedy rozmawialiśmy przez telefon, w tle słyszałam spory gwar.

Twarz przyjaciela pojaśniała.

– Wszystko idzie świetnie. Matt mówi, że zna kogoś, kto załatwi nam występ w Scarp Bar. Cały czas wybieramy nazwę.

– Tak? – Clary ukryła uśmiech. Zespół nie tworzył żadnej muzyki. Jego członkowie głównie siedzieli w salonie Simona i kłócili się o nazwę oraz logo kapeli. Clary czasami się zastanawiała, czy któryś z nich w ogóle gra na jakimś instrumencie. – Jakie są propozycje?

– Wahamy się między Spiskiem Morskich Warzyw a Pandą Twardą Jak Skała.

Clary potrząsnęła głową.

– Obie są okropne.

– Eric zaproponował Kryzys Krzesła Ogrodowego.

– Może Eric powinien zostać przy grach komputerowych.

– Ale wtedy musielibyśmy poszukać nowego perkusisty.

– Ach, więc Eric jest perkusistą? Myślałam, że po prostu wyciągał od ciebie pieniądze, a potem opowiadał dziewczynom w szkole, że jest w zespole, żeby zrobić na nich wrażenie.

– Wcale nie. Właśnie rozpoczął nowy rozdział w życiu. Ma dziewczynę. Chodzą ze sobą od trzech miesięcy.

– Czyli praktycznie są małżeństwem – skwitowała Clary, obchodząc parę z wózkiem, w którym siedziała mała dziewczynka z żółtymi plastikowymi spinkami we włosach i tuliła do siebie lalkę ze złoto-szafirowymi skrzydłami wróżki. Clary kątem oka zauważyła lekki ruch, jakby te skrzydła trzepotały. Pospiesznie odwróciła głowę.

– Co oznacza, że jestem ostatnim członkiem zespołu, który nie ma dziewczyny – ciągnął Simon. – A przecież o to w tym wszystkim chodzi. O zdobywanie dziewczyn.

– Myślałam, że chodzi o muzykę. – Na Berkeley Street jakiś mężczyzna z laską stanął jej na drodze. Clary czym prędzej uciekła od niego wzrokiem. Bała się, że jeśli będzie na kogoś zbyt długo patrzeć, nagle wyrosną mu skrzydła, dodatkowe ręce albo długie rozdwojone języki jak u węży. – Poza tym, kogo interesuje, czy masz dziewczynę?

– Mnie – odparł Simon ponuro. – Wkrótce w całej szkole zostaną tylko dwaj samotni mężczyźni: ja i nasz woźny Wendell. A on cuchnie środkiem do mycia szyb.

– Przynajmniej wiesz, że nadal jest wolny.

Simon spiorunował ją wzrokiem.

– To nie jest zabawne, Fray.

– Zawsze zostaje ci Sheila Barbarino – podsunęła mu przyjaciółka.

Siedziała za Sheilą na lekcjach matematyki w dziewiątej klasie. Za każdym razem, kiedy koleżanka upuszczała ołówek, co zdarzało się często, Clary miała okazję oglądać jej bieliznę wysuwającą się zza paska wyjątkowo nisko skrojonych dżinsów.

– To właśnie z nią Eric chodzi od trzech miesięcy – oznajmił Simon. – Poradził mi, żebym po prostu ocenił, która dziewczyna w szkole ma najbardziej rozkołysane ciało, i umówił się z nią od razu w pierwszy dzień szkoły.

– Eric jest seksistowską świnią – oświadczyła Clary. Nagle stwierdziła, że wcale nie chce wiedzieć, która dziewczyna w szkole ma, zdaniem Simona, najbardziej rozkołysane ciało. – Może powinniście nazwać zespół Seksistowskie Świnie?

– Brzmi nieźle – przyznał Simon.

Clary pokazała mu język i sięgnęła do torby, bo znowu zabrzęczała jej komórka. Wyjęła ją z kieszonki zamykanej na zamek błyskawiczny.

– Twoja mama?

Clary kiwnęła głową. Ujrzała matkę w myślach, kruchą i samotną w przedpokoju ich mieszkania, i ogarnęły ją wyrzuty sumienia.

Spojrzała na Simona i zobaczyła troskę w jego oczach. Twarz przyjaciela była jej tak dobrze znana, że mogłaby narysować ją we śnie. Pomyślała o pustych tygodniach, które ją bez niego czekają, i schowała telefon z powrotem do torby.

– Chodźmy, bo spóźnimy się na występ – powiedziała.

3

Nocny Łowca

Kiedy dotarli do Java Jones, Eric już stał na scenie. Z mocno zaciśniętymi powiekami kołysał się w przód i w tył przed mikrofonem. Na tę okazję ufarbował końcówki włosów na różowo. Siedzący za nim Matt nierytmicznie bębnił na djembe i wyglądał na naćpanego.

– To będzie koszmar – szepnęła Clary, chwyciła Simona za rękaw i pociągnęła do drzwi. – Jeszcze możemy uciec.

Simon zdecydowanie pokręcił głową.

– Jestem człowiekiem honoru i dotrzymuję słowa. – Wyprostował się. – Przyniosę ci kawy, jeśli znajdziesz dla nas miejsce. Jeszcze coś chcesz?

– Tylko kawę. Czarną... jak moja dusza.

Simon ruszył w stronę baru, mamrocząc pod nosem, że jest dużo, dużo lepiej, niż się spodziewał. Clary poszła szukać wolnych miejsc.

Jak na poniedziałek, w barze kawowym panował tłok. Większość sfatygowanych kanap i foteli była zajęta przez nastolatków cieszących się wolnym wieczorem. W końcu Clary znalazła niezajętą dwuosobową kanapkę w ciemnym kącie w głębi sali. Obok siedziała tylko jasnowłosa dziewczyna w pomarańczowym topie, zajęta swoim iPodem.

Dobrze, pomyślała Clary. Eric nas tutaj nie znajdzie, żeby zapytać, jak nam się podobała jego poezja.

Blondynka pochyliła się i dotknęła jej ramienia.

– Przepraszam.

Clary spojrzała na nią zaskoczona.

– To twój chłopak? – zapytała dziewczyna.

Clary podążyła za jej spojrzeniem, gotowa odpowiedzieć: „Nie, nie znam go", ale zorientowała się, że nieznajoma pyta o Simona, który właśnie szedł w ich stronę. Miał bardzo skupioną minę, bo starał się nie rozlać ani kropli z dwóch styropianowych kubków.

– Eee, nie, to mój przyjaciel.

Dziewczyna się rozpromieniła.

– Milutki. Ma dziewczynę?

Clary wahała się o sekundę za długo.

– Nie.

Blondynka spojrzała na nią podejrzliwie.

– Jest gejem?

Przed odpowiedzią uratowało ją przybycie Simona. Dziewczyna usiadła prosto, kiedy postawił kawę na stoliku i opadł na kanapę obok Clary.

– Nienawidzę, kiedy brakuje im normalnych kubków. Te parzą.

Nachmurzony, podmuchał na palce. Obserwując go, Clary starała się ukryć uśmiech. Normalnie nie zastanawiała się nad tym, czy Simon jest przystojny, czy nie. Miał ładne ciemne oczy i przez ostatni rok nabrał ciała. Gdyby zadbał o właściwą fryzurę...

– Gapisz się na mnie – stwierdził Simon. – Dlaczego? Mam coś na twarzy?

Powinnam mu powiedzieć. O dziwo, jakoś nie miała na to ochoty. Byłabym złą przyjaciółką, gdybym tego nie zrobiła.

– Nie patrz teraz, ale tamta blondynka uważa, że jesteś milutki – wyszeptała.

Wzrok Simona pomknął ku dziewczynie, która z wielkim zainteresowaniem przeglądała egzemplarz „Shonen Jump".

– Ta w pomarańczowym topie? – Kiedy Clary skinęła głową, Simon zrobił powątpiewającą minę. – Dlaczego tak sądzisz?

Powiedz mu. No dalej, powiedz.

Clary otworzyła usta, ale przerwał jej przeraźliwy wizg sprzężenia. Skrzywiła się i zasłoniła uszy, podczas gdy Eric mocował się na scenie z mikrofonem.

– Przepraszam was! – krzyknął. – Cześć, jestem Eric, a przy bębnach siedzi mój przyjaciel Matt. Pierwszy wiersz nosi tytuł „Bez tytułu". – Wykrzywił twarz w wielkiej boleści i zaryczał do mikrofonu:. – „Chodźcie, moja niszczycielska siło, moje nikczemne lędźwie! Obłóż każdą wypukłość suchym żarem!".

Simon zsunął się niżej na kanapce.

– Proszę, nie mów nikomu, że go znam.

Clary zachichotała.

– Kto używa słowa „lędźwie"?

– Eric – powiedział ponuro Simon. – We wszystkich jego wierszach występują lędźwie.

– „Nabrzmiała jest moja udręka!" – wył Eric. – „Agonia narasta w środku".

– Założę się – mruknęła Clary i zsunęła się na siedzeniu obok Simona. – No więc, ta dziewczyna, która uważa, że jesteś milutki...

– Mniejsza o to – przerwał jej Simon. – Chciałem o czymś z tobą porozmawiać.

Clary zamrugała zaskoczona i rzuciła pospiesznie:

– Wściekły Kret to nie jest dobra nazwa dla zespołu.

– Nie chodzi o zespół, tylko o to, o czym mówiliśmy wcześniej. Że nie mam dziewczyny.

– Aha. – Clary wzruszyła ramieniem. – Sama nie wiem. Zaproś Jaidę Jones. – Wymieniła jedną z dziewczyn z St. Xavier, którą naprawdę lubiła. – Jest miła i cię lubi.

– Nie chcę zapraszać Jaidy Jones.

– Dlaczego? – Clary nagle poczuła złość. – Nie lubisz bystrych dziewczyn? Nadal szukasz „rozkołysanego ciała"?

– Nie – odparł Simon, wyraźnie ożywiony. – Nie chcę jej zapraszać na randkę, bo to byłoby nieuczciwe...

Urwał w pół zdania. Clary nachyliła się do niego i kątem oka dostrzegła, że blondynka też się pochyla. Najwyraźniej podsłuchiwała.

– Dlaczego?

– Bo lubię kogoś innego – odparł jej przyjaciel.

– W porządku.

Simon miał zielonkawą twarz, jak wtedy, gdy złamał kostkę, grając w piłkę nożną w parku, a potem musiał sam dokuśtykać do domu. Clary zastanawiała się, jakim cudem sympatia do jakiejś dziewczyny mogła teraz doprowadzić go do takiego stanu.

– Chyba nie jesteś gejem, co?

Simon jeszcze bardziej zzieleniał.

– Gdybym nim był, to lepiej bym się ubierał.

– Więc kto to jest? – zapytała Clary.

Już miała dodać, że jeśli jest zakochany w Sheili Barbario, Eric skopie mu tyłek, ale nagle usłyszała, że ktoś za nią głośno kaszle. Czy też raczej krztusi się, żeby nie wybuchnąć śmiechem.

Odwróciła głowę. Kilka stóp od niej na wyblakłej zielonej kanapie siedział Jace. Był w tym samym ciemnym ubraniu, które nosił poprzedniej nocy w klubie. Jego gołe ręce były pokryte słabymi białymi kreskami przypominającymi stare blizny, na nadgarstkach miał grube metalowe bransolety; spod lewej wystawała rękojeść noża. Patrzył prosto na nią, kącik jego wąskich ust wykrzywiał grymas rozbawienia. Gorsze niż wrażenie, że się z niej naśmiewa, okazało się dla Clary przekonanie, że nie było go tutaj jeszcze pięć minut temu.

– Co się stało? – Simon podążył za jej wzrokiem, ale sądząc po pustym wyrazie twarzy, nikogo nie zobaczył.

On nie, ale ja cię widzę, pomyślała Clary. Jace pomachał jej ręką, a potem wstał i bez pośpiechu ruszył w stronę drzwi. Clary rozchyliła usta ze zdumienia. Tak po prostu sobie odchodził.

Poczuła dłoń Simona na ramieniu. Pytał, czy coś się stało, ale ona ledwo go słyszała.

– Zaraz wracam – rzuciła i zerwała się z kanapy, omal nie zapominając odstawić kubka z kawą. Popędziła do wyjścia.

Simon odprowadził ją zdziwionym wzrokiem.

***

Clary wypadła na ulicę, przerażona, że Jace zniknie w mroku jak duch. Ale on stał oparty niedbale o ścianę. Właśnie wyjął coś z kieszeni i teraz przy tym majstrował. Gdy trzasnęła drzwiami baru, spojrzał na nią zaskoczony.

W szybko zapadającym zmierzchu jego włosy wyglądały na miedzianozłote.

– Poezja twojego przyjaciela jest okropna – stwierdził.

Clary wytrzeszczyła oczy, zaskoczona.

– Co?

– Powiedziałem, że jego poezja jest okropna. Zupełnie, jakby połknął słownik i zaczął wymiotować słowami jak leci.

– Nie obchodzi mnie poezja Erica. – Clary była wściekła. – Chcę wiedzieć, dlaczego mnie śledzisz.

– A kto powiedział, że cię śledzę?

– Ja. I w dodatku podsłuchiwałeś. Wyjaśnisz mi, o co chodzi, czy mam zadzwonić na policję?

– I co im powiesz? – rzucił Jace ze zjadliwą ironią. – Że prześladują cię niewidzialni ludzie? Uwierz mi, mała, że policja nie zaaresztuje kogoś, kogo nie widzi.

– Już ci mówiłam, że nie nazywam się „mała". Mam na imię Clary.

– Wiem. Ładne imię. Clary, Clarissa, jak to zioło, clary sage, czyli szałwia. W dawnych czasach ludzie sądzili, że jedzenie jej nasion pozwala zobaczyć baśniowy ludek. Wiedziałaś o tym?

– Nie mam pojęcia, o czym mówisz.

– Niewiele wiesz, co? – W złotych oczach Jace'a malowała się pogarda. – Wydaje się, że jesteś Przyziemną, ale jednak mnie widzisz. To zagadka.

– Co to jest Przyziemna?

– To osoba ze świata ludzi. Ktoś taki jak ty.

– Ale przecież ty jesteś człowiekiem – powiedziała Clary.

– Owszem, ale nie takim jak ty. – Mówił niedbałym tonem, jakby go nie obchodziło, czy ona mu uwierzy, czy nie.

– Uważasz się za lepszego. To dlatego się z nas śmiałeś.

– Śmiałem się, bo bawią mnie wasze deklaracje miłości, zwłaszcza nieodwzajemnionej. I dlatego że Simon jest najbardziej przyziemnym z Przyziemnych, jakiego w życiu spotkałem. W dodatku Hodge uznał, że możesz być niebezpieczna, ale jeśli nawet tak jest, z pewnością o tym nie wiesz.

– Ja jestem niebezpieczna? – powiedziała Clary ze zdumieniem. – Wczoraj widziałam, jak zabijasz. Widziałam, jak wsadzasz tamtemu chłopakowi nóż pod żebra i...

Widziałam, jak on ciebie tnie pazurami ostrymi jak brzytwy. Widziałam, jak krwawisz, a teraz wyglądasz, jakby nic ci się nie stało, dokończyła w myślach.

– Może i jestem zabójcą, ale przynajmniej o tym wiem – odparł Jace. – Czy ty możesz powiedzieć to samo o sobie?

– Jestem zwykłą ludzką istotą, jak sam stwierdziłeś. Kto to jest Hodge?

– Mój nauczyciel. Na twoim miejscu nie nazywałbym tak pochopnie siebie kimś zwyczajnym. – Nachylił się do niej. – Pokaż mi prawą dłoń.

– Prawą dłoń?

Jace skinął głową.

– Jeśli to zrobię, zostawisz mnie w spokoju?

– Oczywiście. – W jego głosie brzmiało rozbawienie.

Clary niechętnie wyciągnęła rękę.

W nikłym świetle sączącym się przez okna jej ręka była wyjątkowo blada i w dodatku piegowata. Clary poczuła się naga, jakby zdjęła koszulę i pokazała mu piersi. Jace ujął jej dłoń i obejrzał uważnie.

– Nic. – W jego głosie niemal było słychać rozczarowanie. – Jesteś leworęczna?

– Nie. Dlaczego?

Puścił jej rękę i wzruszył ramionami.

– Większość dzieci Nocnych Łowców dostaje w bardzo młodym wieku Znak na prawej dłoni. Albo na lewej, jeśli są leworęczne jak ja. To trwały Znak, który zapewnia im szczególny talent do posługiwania się bronią.

Pokazał jej grzbiet swojej lewej dłoni. Zdaniem Clary, wyglądała zupełnie normalnie.

– Nic nie widzę.

– Odpręż umysł – powiedział Jace. – Zaczekaj, aż obraz do ciebie dotrze. To tak, jakbyś czekała, aż coś wyłoni się na powierzchnię wody.

– Jesteś stuknięty – stwierdziła Clary, ale odprężyła się i zaczęła wpatrywać w rękę Jace'a.

Widziała cienkie kreski na kostkach, długie paliczki palców... I nagle, jak słowa na sygnalizacji ulicznej „Nie przechodzić", na wierzchu dłoni pojawił się czarny wzór podobny do oka. Clary mrugnęła i rysunek zniknął.

– Tatuaż?

Jace uśmiechnął się z zadowoleniem i cofnął rękę.

– Czułem, że dasz radę. To nie jest tatuaż, tylko Znak. Runy wypalone na skórze.

– Dzięki nim lepiej władacie bronią? – Clary trudno było w to uwierzyć, choć może nie trudniej niż w istnienie zombie.

– Różne Znaki pełnią różne funkcje. Niektóre są trwałe, ale większość znika w trakcie używania.

– Więc dlatego twoje ramiona nie są dzisiaj całe pokryte atramentem? – zapytała Clary. – Nawet kiedy się skupię?

– Tak. – Jace wyglądał na zadowolonego. – Wiedziałem, że masz Wzrok. Co najmniej. – Spojrzał w niebo. – Już prawie ciemno. Powinniśmy iść.

– My? Sądziłam, że zostawisz mnie w spokoju.

– Skłamałem – wyznał Jace bez cienia zakłopotania. – Hodge powiedział, że muszę przyprowadzić cię do Instytutu. Chce z tobą porozmawiać.

– Po co chce ze mną rozmawiać?

– Bo teraz znasz prawdę – wyjaśnił Jace. – Co najmniej od stu lat nie było Przyziemnego, który by o nas wiedział.

– O nas? Masz na myśli ludzi takich jak ty? Ludzi, którzy wierzą w demony?

– Ludzi, którzy je zabijają – rzekł Jace. – Jesteśmy Nocnymi Łowcami. A przynajmniej sami tak siebie nazywamy. Podziemni mają dla nas mniej pochlebne określenia.

– Podziemni?

– Nocne Dzieci. Czarownicy. Skrzaty. Magiczny lud zamieszkujący ten wymiar.

Clary potrząsnęła głową.

– Mów dalej. Przypuszczam, że są również wampiry, wilkołaki i zombie?

– Oczywiście, że są. Choć zombie głównie występują dalej na południe, tam gdzie kapłani wudu.

– A co z mumiami? One włóczą się tylko po Egipcie?

– Nie bądź śmieszna. Nikt nie wierzy w mumie.

– Naprawdę?

– Oczywiście – zapewnił Jace. – Posłuchaj, Hodge wszystko ci wyjaśni, kiedy się z nim spotkasz.

Clary skrzyżowała ręce na piersi.

– A jeśli ja nie chcę się z nim spotkać?

– To twój problem. Możesz pójść z własnej woli albo pod przymusem.

Clary nie mogła uwierzyć własnym uszom.

– Grozisz, że mnie porwiesz?

– Jeśli tak to widzisz, to owszem.

Clary już miała zaprotestować, kiedy z jej torby dobiegło brzęczenie. Znowu odezwała się komórka.

– Odbierz, jeśli chcesz – powiedział łaskawie Jace.

Telefon przestał dzwonić, potem znowu zaczął, głośno i natarczywie. Clary zmarszczyła brwi. Mama naprawdę musiała być wkurzona. Odwróciła się i zaczęła grzebać w torbie. Zanim wyłowiła aparat, ten rozdzwonił się po raz trzeci. Przyłożyła go do ucha.

– Mama?

– Och, Clary, dzięki Bogu. – Po plecach Clary przebiegł dreszcz strachu. W głosie matki brzmiała panika. – Posłuchaj mnie...

– Wszystko w porządku, mamo. Jestem w drodze do domu...

– Nie! – Głos Jocelyn był zdławiony z przerażenia. – Nie przychodź do domu! Rozumiesz, Clary? Nie waż się przychodzić do domu. Idź do Simona. Idź prosto do niego i zostań tam, aż będę mogła... – Przerwał jej hałas w tle; odgłos, jakby coś upadło i się roztrzaskało, a potem coś ciężkiego runęło na podłogę...

– Mamo! – krzyknęła Clary do słuchawki. – Mamo, wszystko w porządku?

Z komórki dobiegało głośne buczenie i szumy. Po chwili przebił się przez nie głos matki:

– Obiecaj mi, że nie przyjdziesz do domu. Idź do Simona. Zadzwoń do Luke'a i powiedz mu, że mnie znalazł... – Jej słowa zagłuszył trzask rozłupywanego drewna.

– Kto cię znalazł?! Mamo, dzwoniłaś na policję?

Zamiast odpowiedzi usłyszała dźwięk, którego miała nigdy nie zapomnieć: głośne szuranie, a po nim głuchy huk. Chwilę później matka gwałtownie zaczerpnęła tchu i powiedziała niesamowicie spokojnym głosem:

– Kocham cię, Clary.

Komórka umilkła.

– Mamo! – krzyknęła Clary do telefonu. – Mamo, jesteś tam?

„Połączenie zakończone", wyświetliło się na ekranie. Tylko dlaczego Jocelyn miałaby tak nagle się rozłączyć?

– Clary. – Jace po raz pierwszy wymówił jej imię. – Co się dzieje?

Zignorowała go, gorączkowo wybierając numer domowego telefonu. Nikt nie odebrał. Usłyszała jedynie sygnał, że linia jest zajęta.

Clary zaczęły się trząść ręce. Gdy ponownie próbowała zadzwonić do domu, komórka wyślizgnęła się jej z dłoni i upadła na chodnik. Clary uklękła, podniosła telefon i stwierdziła, że już nie zadziała. Z przodu widniało długie pęknięcie.

– Cholera! – Prawie we łzach cisnęła aparat na ziemię.

– Przestań. – Jace wziął ją za nadgarstek i pomógł jej wstać. – Coś się stało?

– Daj mi swoją komórkę – zażądała Clary, bezceremonialnie wyrywając z kieszeni jego koszuli czarne metalowe urządzenie. – Muszę...

– To nie jest komórka – powiedział Jace spokojnie, nawet nie próbując odzyskać swojej własności. – To Sensor. Nie będziesz mogła go użyć.

– Ale ja muszę zadzwonić na policję!

– Najpierw powiedz mi, co się stało.

Clary próbowała uwolnić rękę z jego uścisku, ale trzymał ją mocno.

– Mogę ci pomóc.

Wściekłość zalała ją gorącą falą. Bez zastanowienia uderzyła go w twarz. Jej paznokcie rozorały mu policzek. Zaskoczony Jace odsunął się gwałtownie. Uwolniona Clary popędziła ku światłom Siódmej Alei.

Kiedy dotarła do głównej ulicy, obejrzała się, żeby sprawdzić, jak daleko za nią jest Jace. Ale on wcale jej nie ścigał; zaułek był pusty. Przez chwilę niepewnie wpatrywała się w mrok. Żadnego ruchu. W końcu okręciła się na pięcie i pobiegła do domu.

4

Pożeracz

Noc była upalna, bieg do domu przypominał pływanie w gorącej zupie. Na rogu swojego kwartału Clary trafiła na czerwone światła. Podskakiwała niecierpliwie na chodniku, podczas gdy samochody śmigały przez skrzyżowanie. Próbowała znowu zadzwonić do domu, ale stwierdziła, że Jace nie kłamał. Okazało się, że to naprawdę nie jest komórka. Przynajmniej nie wyglądała jak telefony, które Clary widywała do tej pory. Na przyciskach Sensora widniały nie cyfry, tylko dziwaczne symbole. I nie było żadnego ekranu.

Zbliżając się do domu, Clary zobaczyła, że okna na drugim piętrze są oświetlone. Mama jest na górze, pomyślała. Wszystko w porządku. Ale żołądek jej się ścisnął, kiedy weszła do holu. Panowały w nim ciemności; do tej pory nikt nie wymienił przepalonej żarówki. Wydawało się, że w mroku przemykają jakieś cienie. Z duszą na ramieniu Clary ruszyła do schodów.

– Dokąd się wybierasz?

Odwróciła się gwałtownie.

– Co...

Jej oczy jeszcze nie zdążyły przyzwyczaić się do ciemności, ale dostrzegła zarys dużego fotela pod zamkniętymi drzwiami mieszkania Madame Dorothei. Siedząca w nim stara kobieta wyglądała jak wielka poducha. Clary widziała tylko okrągły kontur upudrowanej twarzy, biały koronkowy wachlarz w ręce, ziejącą dziurę ust, kiedy się odezwała.

– Twoja matka narobiła strasznego hałasu – poskarżyła się Dorothea. – Co ona wyprawia? Przesuwa meble?

– Nie sądzę...

– I lampa na klatce się przepaliła, zauważyłaś? – Sąsiadka postukała wachlarzem w poręcz fotela. – Twoja matka nie może powiedzieć swojemu chłopakowi, żeby wymienił żarówkę?

– Luke nie jest...

– Świetlik też trzeba by umyć. Jest brudny. Nic dziwnego, że w holu jest ciemno jak w piwnicy.

„Luke nie jest gospodarzem domu", chciała powiedzieć Clary, ale ugryzła się w język. To było typowe dla ich starej sąsiadki. Gdy raz zmusiła Luke'a, żeby przyszedł i wymienił żarówkę, potem zaczęła go prosić o setki innych rzeczy – zrobienie zakupów, przepchanie rury. Kiedyś kazała mu porąbać siekierą starą kanapę, żeby można ją było wynieść z mieszkania, nie wyrywając drzwi z zawiasów.

Clary westchnęła.

– Poproszę go.

– Lepiej to zrób. – Dorothea zamknęła wachlarz szybkim ruchem nadgarstka.

Przeczucie, że stało się coś złego, przerodziło się niemal w pewność, kiedy Clary dotarła pod drzwi swojego mieszkania. Były lekko uchylone, na podest wylewał się snop światła. Z narastającym strachem Clary otworzyła je szerzej.

W środku jarzyły się wszystkie lampy. Blask aż zakłuł ją w oczy.

Klucze i torebka matki leżały w przedpokoju na małej półce z kutego żelaza, tam gdzie zawsze je zostawiała.

– Mamo?! – zawołała Clary. – Mamo, wróciłam.

Żadnej odpowiedzi. W salonie oba okna były otwarte, lekkie białe zasłony powiewały w przeciągu jak niespokojne duchy. Dopiero kiedy wiatr ustał i firanki znieruchomiały, Clary zobaczyła, że poduszki z kanapy są rozrzucone po całym pokoju. Niektóre były rozerwane, ze środka wylewały się ich bawełniane wnętrzności. Półki przewrócono, książki walały się po całej podłodze. Ławeczka do fortepianu leżała otwarta na boku, a wokół niej rozsypane nuty Jocelyn.

Najbardziej zniszczone były obrazy. Każdy został wycięty z ramy i porwany na strzępy. Sprawca musiał to zrobić nożem; płótna nie da się podrzeć gołymi rękami. Puste ramy wyglądały jak obrane do czysta kości.

– Mamo! – krzyknęła Clary, bliska histerii. – Gdzie jesteś! Mamusiu!

Nie nazywała tak Jocelyn, odkąd skończyła osiem lat.

Z łomoczącym sercem pobiegła do kuchni. Drzwiczki wszystkich szafek były otwarte, z rozbitej butelki wylewał się na linoleum ciemnoczerwony sos tabasco. Pod Clary ugięły się kolana. Wiedziała, że powinna wybiec z mieszkania, poszukać telefonu i zadzwonić na policję. Ale najpierw musiała znaleźć matkę, upewnić się, że nic jej nie jest. A próbowała walczyć z włamywaczami...

Tylko jacy złodzieje nie wzięliby ze sobą portfela, telewizora, odtwarzacza DVD czy drogich laptopów?

Clary zajrzała do sypialni matki. Przez chwilę wydawało się, że przynajmniej ten pokój jest nietknięty. Własnoręcznie przez Jocelyn zrobiona narzuta w kwiaty leżała na kołdrze starannie wygładzona. Znad stolika nocnego uśmiechała się do Clary jej własna twarz, pięcioletnia, szczerbata, w koronie marchewkowych włosów. Z piersi dziewczyny wyrwał się szloch. Mamo, co się z tobą stało?

Odpowiedziała jej cisza. Nie, nie cisza. Z głębi mieszkania dobiegł dźwięk, od którego Clary zjeżyły się włoski na karku. Coś zostało przewrócone, ciężki przedmiot uderzył o podłogę z głuchym łoskotem. Następnie rozległ się odgłos ciągnięcia... Zbliżał się do sypialni. Z żołądkiem ściśniętym ze strachu Clary odwróciła się powoli.

Gdy zobaczyła, że w drzwiach nikogo nie ma, poczuła falę ulgi. Potem spojrzała w dół.

Na podłodze siedziała przycupnięta długa łuskowata istota ze skupiskiem czarnych oczu osadzonych z przodu sklepionej czaszki. Wyglądała jak skrzyżowanie aligatora ze stonogą, miała gruby spłaszczony pysk i kolczasty ogon, którym groźnie uderzała o boki. Liczne nogi były ugięte, jakby stwór szykował się do skoku.

Z gardła Clary wyrwał się krzyk. Zachwiała się do tyłu, potknęła i upadła w chwili, gdy potwór zaatakował. Przetoczyła się na bok i napastnik chybił o cal. Z rozpędu przejechał po śliskiej drewnianej podłodze, żłobiąc w niej pazurami głębokie bruzdy. Z jego krtani wydobyło się ciche warczenie.

Clary zerwała się i wybiegła na korytarz, ale gad okazał się szybszy. Skoczył znowu i wylądował nad drzwiami. Zawisł tam jak gigantyczny złośliwy pająk i łypał na nią licznymi oczami.

Gdy rozwarł szczęki, ukazał się rząd kłów ociekających zielonkawą śliną. Zaczął charczeć i syczeć, wysuwając długi czarny jęzor. Ku swojemu przerażeniu, Clary uświadomiła sobie, że stwór coś do niej mówi.

– Dziewczyna. Ciało. Krew. Jeść, och, jeść.

Gdy powoli ruszył w dół po ścianie, zamiast przerażenia Clary poczuła coś w rodzaju lodowatego spokoju. Istota stała teraz na podłodze i pełzła w jej stronę. Cofając się, Clary chwyciła stojące na biurku ciężkie zdjęcie w ramkach – ona, matka i Luke wsiadali do samochodzików na Coney Island – i cisnęła nim w potwora.

Pocisk trafił gada w środek tułowia, odbił się i spadł na podłogę pośród dźwięku roztrzaskującego się szkła. Potwór chyba nawet tego nie zauważył, bo zbliżał się do niej, miażdżąc stopami szklane odłamki.

– Kości, kruszyć, wysysać szpik, wypijać żyły... – syczał.

Clary dotknęła plecami ściany. Nie mogła już dalej się cofać. Gdy poczuła wstrząsy na biodrze, omal nie wyskoczyła ze skóry. Wsadziła rękę do kieszeni i wyłowiła z niej tajemniczy przedmiot, który zabrała Jace'owi. Sensor drżał jak wibrująca komórka. Twardy plastik niemal parzył ją w rękę. Clary zamknęła urządzenie w dłoni i w tym momencie stwór skoczył.

Rzucił się na nią i zbił ją z nóg, tak że głową i ramionami uderzyła o podłogę. Próbowała przekręcić się na bok, ale napastnik był zbyt ciężki. Siedział na niej, przygważdżając oślizłym cielskiem, od którego robiło się jej niedobrze.

– Jeść, jeść – zawodził. – Ale nie wolno. Połykać, żreć.

Gorący oddech, który owiewał jej twarz, cuchnął krwią. Clary nie mogła zaczerpnąć tchu. Miała wrażenie, że zaraz popękają jej żebra. Ramię miała unieruchomione między sobą a stworem.

W dłoni ściskała Sensor. Zaczęła się wiercić, próbując uwolnić rękę.

– Valentine się nie dowie. Nic nie mówił o dziewczynie. Valentine nie będzie zły. – Bezwargie usta zadrżały, paszcza się otworzyła powoli, fala cuchnącego gorącego oddechu buchnęła jej prosto w twarz.

Clary w końcu udało się oswobodzić rękę. Z dzikim wrzaskiem uderzyła potwora. Chciała roznieść go na strzępy, oślepić. Niemal zapomniała o Sensorze. Kiedy gad rzucił się na nią z rozdziawioną paszczą, wbiła mu Sensor między zęby i poczuła gorącą ślinę na nadgarstku. Żrące krople rozlały się po nagiej skórze jej twarzy i szyi. Jakby z oddali usłyszała własny krzyk.

Napastnik wyglądał na zaskoczonego. Szarpnął się gwałtownie z Sensorem między zębami. Zawarczał głucho i gniewnie, odrzucił głowę do tyłu. Clary zobaczyła ruch jego przełyku. Będę następna, pomyślała w panice. Będę...

Nagle stwór wpadł w drgawki, stoczył się z niej na plecy i zaczął wierzgać w powietrzu licznymi nogami. Clary prawie dotarła do drzwi, kiedy usłyszała świst powietrza koło ucha. Próbowała się uchylić, ale było za późno. Jakiś przedmiot trafił ją w tył czaszki. Upadła do przodu. W ciemność.

***

Światło kłuło ją przez powieki, niebieskie, białe, czerwone. Wysoki zawodzący dźwięk przypominał krzyk przerażonego dziecka. Clary zakrztusiła się i otworzyła oczy.

Leżała na zimnej, wilgotnej trawie. Nad sobą miała nocne niebo, cynowy blask gwiazd przyćmiewał światła miasta. Obok niej klęczał Jace. Srebrne bransolety na jego nadgarstkach rzucały iskry, kiedy rwał na paski kawałek płótna.

– Nie ruszaj się.

Clary miała wrażenie, że od tego zawodzenia zaraz pękną jej bębenki w uszach. Odwróciła głowę w bok i za karę jej plecy przeszył silny ból. Leżała na trawniku za wypielęgnowanymi różami Jocelyn. Listowie częściowo zasłaniało jej ulicę, gdzie przy chodniku stał radiowóz z włączonym kogutem, błyskając niebiesko-białym światłem. Wokół niego już zebrał się mały tłumek sąsiadów. Drzwi samochodu otworzyły się i wysiedli z niego dwaj policjanci w niebieskich mundurach.

Policja, pomyślała Clary. Spróbowała usiąść i znowu się zakrztusiła. Zaczęła konwulsyjnie orać palcami wilgotną ziemię.

– Mówiłem ci, żebyś się nie ruszała – syknął Jace. – Pożeracz ugryzł cię w kark. Był półmartwy, więc nie miał dużo jadu, ale musimy zabrać cię do Instytutu. Leż nieruchomo.

– Ten stwór... potwór... mówił. – Clary zadrżała.

– Już raz słyszałaś mówiącego demona. – Jace delikatnie wsunął jej pod szyję pasek zrolowanego materiału i zawiązał go. Opatrunek był posmarowany czymś woskowatym, jak balsam, którego matka używała do pielęgnowania dłoni wysuszonych przez farby i terpentynę.

– Tamten demon w Pandemonium... wyglądał jak człowiek.

– To był eidolon. Zmiennokształtny. Pożeracze wyglądają, jak wyglądają. Są niezbyt atrakcyjne, ale za głupie, żeby się tym przejmować.

– Mówił, że mnie zje.

– Ale nie zjadł. Zabiłaś go. – Jace skończył wiązać opatrunek i wyprostował się.

Ku uldze Clary ból w karku zniknął. Usiadła z trudem.

– Przyjechała policja. – Jej głos brzmiał jak skrzeczenie żaby. – Powinniśmy...

– Nic nie mogą zrobić. Ktoś pewnie usłyszał, jak krzyczysz, i zadzwonił na komisariat. Dziesięć do jednego, że to nie są prawdziwi policjanci. Demony mają swoje sposoby na zacieranie śladów.

– Moja mama – wykrztusiła Clary. Miała spuchnięte gardło.

– W twoich żyłach krąży trucizna Pożeracza. Jeśli nie pójdziesz teraz ze mną, za godzinę będziesz martwa. – Wstał z ziemi i wyciągnął do niej rękę. – Chodźmy.

Gdy Clary stanęła z jego pomocą na nogach, cały świat się przekrzywił. Jace położył dłoń na jej plecach i nie pozwolił upaść. Pachniał ziemią, krwią i metalem.

– Możesz chodzić? – zapytał.

– Chyba tak. – Przez gęste krzewy oblepione kwiatami Clary ujrzała nadchodzących ścieżką policjantów. Wysoka, smukła kobieta trzymała w ręce latarkę. Kiedy ją uniosła, Clary zobaczyła, że jest to szkieletowa dłoń pozbawiona ciała, z ostro zakończonymi kośćmi zamiast palców.

– Jej ręka...

– Mówiłem ci, że to mogą być demony. – Jace spojrzał na tył domu. – Musimy się stąd wynosić. Da się przejść zaułkiem?

Clary potrząsnęła głową.

– Jest ślepy...

Urwała raptownie, gdy chwycił ją atak kaszlu. Zasłoniła usta, a kiedy odsunęła rękę, zobaczyła, że jest cała czerwona. Jęknęła.

Jace chwycił Clary za nadgarstek i odwrócił jej rękę tak, że na białą, wewnętrzną część przedramienia padł blask księżyca. Na jasnej skórze wyraźnie rysowała się siateczka niebieskich żył, niosących zatrutą krew do serca, do mózgu. W palcach Jace'a pojawiło się coś srebrnego i ostrego. Pod Clary ugięły się kolana. Próbowała zabrać rękę, ale trzymał ją mocno. Poczuła piekący pocałunek na skórze, a kiedy Jace ją puścił, tuż pod zgięciem nadgarstka ujrzała atramentowy czarny symbol, taki sam jak te, które pokrywały jego ciało. Wzór był utworzony z nakładających się na siebie kręgów.

– Co to ma być?

– To cię na chwilę ukryje – powiedział Jace i wsunął za pasek przedmiot, który Clary z początku wzięła za nóż. Była to długa, fosforyzująca rurka grubości palca wskazującego, zwężająca się ku czubkowi. – Moja stela.

Clary nie pytała, co to jest. Była skupiona na tym, żeby nie upaść. Ziemia unosiła się i opadała pod jej nogami.

– Jace – wyszeptała i osunęła się na niego.

Złapał ją z taką łatwością, jakby codziennie ratował mdlejące dziewczyny. Może i tak było. Wziął ją na ręce i powiedział jej coś do ucha, co zabrzmiało jak „przymierze". Clary odchyliła głowę i spojrzała na niego, ale zobaczyła tylko gwiazdy wirujące na ciemnym niebie. A potem wszystko ogarnęła ciemność i nawet ramiona Jace'a nie mogły uchronić jej przed upadkiem.

5

Clave i Przymierze

– Myślisz, że się obudzi? To już trzy dni.

– Trzeba dać jej czas. Trucizna demona to mocna rzecz, a ona jest Przyziemną. Nie ma runów, żeby dodały jej sił tak jak nam.

– Przyziemni strasznie łatwo umierają, nie uważasz?

– Isabelle, wiesz, że mówienie o śmierci w pokoju chorego przynosi pecha.

***

Trzy dni. Myśli Clary biegły powoli jak gęsta krew albo miód. Muszę się obudzić.

Ale nie mogła.

Sny nawiedzały ją jeden po drugim, rzeka obrazów niosła ją jak liść miotany przez prąd. Widziała matkę w szpitalnym łóżku, jej oczy wyglądające jak sińce na białej twarzy. Widziała Luke'a na górze kości. Jace'a z białymi skrzydłami wyrastającymi z pleców, Isabelle, nagą i oplecioną batem niczym spiralą ze złotych pierścieni, Simona z krzyżami wypalonymi na dłoniach. Anioły spadające z nieba. Płonęły w locie.

***

– Mówiłam ci, że to ta dziewczyna.

– Wiem. Kruszyna z niej, prawda? Jace mówił, że zabiła Pożeracza.

– Tak. Myślałem, że jest wróżką, kiedy zobaczyłem ją pierwszy raz. Ale nie jest wystarczająco ładna, żeby nią być.

– Cóż, nikt nie wygląda dobrze, kiedy ma w żyłach truciznę demona. Hodge zamierza wezwać Braci?

– Mam nadzieję, że nie, Alec. Przyprawiają mnie o dreszcze. Każdy, kto się tak okalecza...

– My też się okaleczamy.

– Tak, ale nie na stałe. I nie zawsze to boli...

– Jeśli jesteś w odpowiednim wieku. A skoro już o tym mowa, to gdzie się podziewa Jace? Uratował ją, prawda? Można by pomyśleć, że będzie zainteresowany jej zdrowiem.

– Hodge mówi, że nie odwiedził jej, odkąd ją tu przyniósł. Chyba rzeczywiście nie obchodzi go jej stan.

– Czasami zastanawiam się, czy... Patrz! Poruszyła się!

– Chyba jednak będzie żyła. Powiem Hodge'owi.

***

Clary czuła się tak, jakby ktoś zaszył jej powieki. Kiedy je rozchyliła i zamrugała po raz pierwszy od trzech dni, wydawało jej się, że się rozrywają.

Nad sobą ujrzała czyste niebieskie niebo, białe pierzaste chmury i pulchne aniołki ze złotymi wstążkami na nadgarstkach. Umarłam? Czy rzeczywiście tak wygląda niebo? Zamknęła oczy i po chwili otworzyła je znowu. Tym razem zrozumiała, że patrzy na sklepiony drewniany sufit, pomalowany w rokokowe motywy obłoków i cherubinów.

Z trudem dźwignęła się na łokciach. Bolało ją wszystko, zwłaszcza kark. Rozejrzawszy się, stwierdziła, że leży na jednym z wielu łóżek, ustawionych w długim rzędzie. Wszystkie miały metalowe wezgłowia i płócienną pościel. Obok niej na małym stoliku nocnym stał biały dzbanek i kubek. Koronkowe zasłonki w oknach odcinały światło, ale z zewnątrz dobiegał słaby, wszechobecny szum nowojorskiej ulicy.

– A więc nareszcie się obudziłaś. Hodge będzie zadowolony. Wszyscy myśleliśmy, że umrzesz we śnie.

Clary się odwróciła. Na sąsiednim łóżku przysiadła Isabelle. Kruczoczarne włosy miała zaplecione w dwa grube warkocze sięgające poniżej pasa. Białą suknię zastąpiły dżinsy i obcisły niebieski top, ale na szyi nadal jarzył się czerwony wisiorek. Ciemne spiralne tatuaże zniknęły. Jej skóra była teraz nieskazitelna i kremowa jak śmietana.

– Przykro mi, że was rozczarowałam. – Głos Clary zgrzytał jak papier ścierny. – Czy to jest Instytut?

Isabelle przewróciła oczami.

– Jest coś, czego Jace ci nie powiedział?

Clary zakaszlała.

– To Instytut, prawda?

– Tak. Jesteś w izbie chorych, jeśli jeszcze się tego nie domyśliłaś.

Nagły kłujący ból sprawił, że Clary chwyciła się za brzuch i wciągnęła z sykiem powietrze.

Isabelle spojrzała na nią przestraszona.

– Dobrze się czujesz?

Ból osłabł, ale Clary poczuła pieczenie w gardle i dziwne zawroty głowy.

– Mój żołądek.

– A, racja. Prawie zapomniałam. Hodge mówił, żeby ci to dać, kiedy się obudzisz. – Isabelle sięgnęła po ceramiczny dzbanek, nalała trochę jego zawartości do kubka i podała go Clary. Był wypełniony mętnym płynem, który lekko parował. Pachniał intensywnie ziołami i czymś jeszcze. – Nie jadłaś nic od trzech dni. To pewnie dlatego jest ci niedobrze.

Clary ostrożnie pociągnęła łyk. Napój był pyszny, gęsty, z przyjemnym maślanym posmakiem.

– Co to jest?

Isabelle wzruszyła ramionami.

– Jedna z herbatek ziołowych Hodge'a. Zawsze działają. – Wstała z łóżka i przeciągnęła się jak kot. – A tak przy okazji, jestem Isabelle Lightwood. Mieszkam tutaj.

– Znam twoje imię. Ja nazywam się Clary Fray. Jace mnie tu przyniósł?

Isabelle pokiwała głową.

– Hodge był wściekły. Zabrudziłaś krwią cały dywan w holu. Gdyby moi rodzice tu byli, Jace na pewno dostałby szlaban. – Zmierzyła ją uważnym spojrzeniem. – Twierdzi, że sama zabiłaś demona Pożeracza.

W umyśle Clary pojawił się obraz monstrum z paskudną paszczą. Zadrżała i mocniej ścisnęła kubek.

– Chyba tak.

– Ale przecież jesteś Przyziemną.

– Zadziwiające, co? – Clary przez chwilę rozkoszowała się wyrazem źle maskowanego zdumienia na twarzy dziewczyny. – Gdzie Jace?

Isabelle wzruszyła ramionami.

– Gdzieś. Powinnam komuś powiedzieć, że się obudziłaś. Hodge będzie chciał z tobą porozmawiać.

– Hodge to nauczyciel Jace'a, tak?

– Hodge uczy nas wszystkich. Tam jest łazienka. – Isabella pokazała ręką. – Na wieszaku do ręczników zostawiłam kilka swoich starych ciuchów, gdybyś chciała się przebrać.

Clary pociągnęła kolejny łyk z kubka i stwierdziła, że jest pusty. Już nie była głodna ani nie miała zawrotów głowy. Czuła ulgę. Odstawiła naczynie na stolik i otuliła się kołdrą.

– Co się stało z moimi ubraniami?

– Były całe we krwi i truciźnie. Jace je spalił.

– Naprawdę? Powiedz mi, czy on zawsze jest taki nieuprzejmy, czy zachowuje się tak tylko wobec zwykłych ludzi?

– Jest niegrzeczny wobec wszystkich – odparła Isabelle nonszalanckim tonem. – I właśnie dlatego jest tak diabelnie sexy. Nie mówiąc o tym, że zabił więcej demonów niż ktokolwiek inny w jego wieku.

Clary spojrzała na nią z konsternacją.

– Nie jest twoim bratem?

Isabelle wybuchnęła głośnym śmiechem.

– Jace? Moim bratem? Nie. Skąd ci to przyszło do głowy?

– Przecież mieszka tu z tobą. Zgadza się?

– Tak, ale...

– Dlaczego nie ze swoimi rodzicami?

Przez krótką chwilę Isabelle miała niepewną minę.

– Bo nie żyją.

Clary otworzyła usta ze zdumienia.

– Zginęli w wypadku?

– Nie. – Isabelle odgarnęła za ucho ciemny kosmyk. – Matka umarła przy jego narodzinach. Ojciec został zamordowany, kiedy Jace miał dziesięć lat. On wszystko widział.

– Och! – zawołała Clary. – Byli... demonami?

Isabelle ruszyła do drzwi.

– Posłuchaj, lepiej powiadomię wszystkich, że się obudziłaś. Od trzech dni czekają, aż otworzysz oczy. A, w łazience jest mydło. Może chcesz się trochę obmyć? Cuchniesz.

Clary spiorunowała ją wzrokiem.

– Dzięki.

– Bardzo proszę.

***

Ubranie Isabelle wyglądało na niej śmiesznie. Clary musiała kilka razy podwinąć nogawki dżinsów, zanim przestała się o nie potykać. Głęboko wycięty dekolt czerwonego topu tylko podkreślał brak tego, co Eric nazwałby „zderzakiem".

Clary umyła się w małej łazience, korzystając z twardego lawendowego mydła. Wytarła się białym ręcznikiem do rąk. Wilgotne włosy okalały jej twarz pachnącymi splotami. Zerknęła na swoje odbicie w lustrze. Wysoko na lewym policzku miała fioletowy siniak, wargi były suche i spuchnięte.

Muszę zadzwonić do Luke'a, pomyślała. Na pewno jest gdzieś tutaj telefon. Może pozwolą jej z niego skorzystać, kiedy już porozmawia z Hodge'em.

Swoje tenisówki znalazła ustawione równo w nogach szpitalnego łóżka. Do sznurowadeł były przywiązane klucze. Clary włożyła buty, wzięła głęboki wdech i poszła szukać Isabelle.

Po wyjściu z sali Clary rozejrzała się zaskoczona. Pusty korytarz wyglądał jak te, którymi czasami uciekała w snach – był mroczny i nie widziała jego końca. Na ścianach wisiały w równych odstępach szklane kinkiety w kształcie róż, powietrze pachniało kurzem i woskiem ze świec.

W oddali usłyszała słaby, delikatny dźwięk, jakby dzwoneczków poruszanych przez wiatr. Ruszyła wolno przed siebie, sunąc ręką po ścianie. Burgundowa i jasnoszara wiktoriańska tapeta wyblakła ze starości. Po obu stronach ciągnęły się zamknięte drzwi.

Dźwięk, za którym szła, stawał się coraz głośniejszy. Wkrótce zorientowała się, że to ktoś gra na fortepianie – po amatorsku, ale z niezaprzeczalnym talentem. Nie potrafiła jednak rozpoznać melodii.

Za rogiem trafiła na szeroko otwarte drzwi. Zajrzała do środka i zobaczyła coś, co wyglądało na pokój muzyczny. W kącie stał fortepian, pod przeciwległą ścianą rząd krzeseł, na środku obleczona w pokrowiec harfa.

Przy instrumencie siedział Jace. Jego smukłe ręce z wprawą wciskały klawisze. Był boso, w dżinsach i szarej bawełnianej koszulce, płowe włosy miał zmierzwione, jakby dopiero wstał z łóżka. Patrząc na szybkie, pewne ruchy jego dłoni, Clary przypomniała sobie, jak się czuła, kiedy niósł ją w objęciach, a gwiazdy wirowały nad jej głową niczym deszcz srebrnej lamety.

Jace musiał usłyszeć jej kroki, bo odwrócił się na stołku i zapytał:

– Alec? To ty?

– To nie Alec, tylko ja. – Weszła do pokoju. – Clary.
Klawisze brzęknęły w ostatnim akordzie. Jace wstał.

– Nasza Śpiąca Królewna? Kto obudził cię pocałunkiem?

– Nikt. Sama się obudziłam.

– Był ktoś przy tobie?

– Isabelle. Potem poszła chyba po Hodge'a. Kazała mi czekać, ale...

– Powinienem był ją ostrzec, że masz zwyczaj nie robić tego, co ci każą. – Jace zmierzył ją wzrokiem. – To ubranie Isabelle? Śmiesznie w nim wyglądasz...

– Chciałabym zauważyć, że moje spaliłeś.

– To był zwykły środek ostrożności. – Jace zamknął lśniącą czarną pokrywę fortepianu. – Chodź, zaprowadzę cię do Hodge'a.

***

Instytut był ogromną, rozległą budowlą, która wyglądała jak nie wzniesiona według planu architektonicznego, tylko jakby została naturalnie wydrążona w skale przez wodę i czas. Przez uchylone drzwi Clary widziała niezliczone identyczne małe pokoiki, każdy z łóżkiem, nocną szafką i dużą drewnianą szafą. Wysokie sufity były podtrzymywane przez jasne kamienne łuki, pokryte misternie rzeźbionymi obrazkami. Clary zauważyła pewne powtarzające się motywy: anioły, miecze, słońca i róże.

– Dlaczego tutaj jest tyle sypialni? – zapytała. – Myślałam, że to instytut badawczy.

– To część mieszkalna. Naszym obowiązkiem jest zapewnić schronienie każdemu Nocnemu Łowcy, który o to poprosi. Możemy pomieścić tu dwieście osób.

– Ale większość pokojów jest pusta.

– Ludzie przychodzą i odchodzą. Nikt nie zostaje długo. Zwykle jesteśmy tylko my: Alec, Isabelle, Max, ich rodzice, ja i Hodge.

– Max?

– Poznałaś piękną Isabelle? Alec to jej starszy brat. Najmłodszy, Max, jest teraz z rodzicami za granicą.

– Na wakacjach?

– Niezupełnie. – Jace się zawahał. – Można ich uznać za... dyplomatów, a Instytut za coś w rodzaju ambasady. Teraz przebywają w rodzinnym kraju Nocnych Łowców. Biorą udział w bardzo delikatnych negocjacjach pokojowych. Wzięli ze sobą Maksa, bo jest jeszcze mały.

– Rodzinny kraj Nocnych Łowców? – Clary wirowało w głowie. – Jak się nazywa?

– Idris.

– Nigdy o nim nie słyszałam.

– Nic dziwnego. – W jego głosie znowu zabrzmiało irytujące poczucie wyższości. – Przyziemni nic o nim nie wiedzą. Jego granic strzegą czary ochronne. Gdybyś próbowała je przekroczyć i wejść do Idrisu, po prostu zostałabyś w mgnieniu oka przeniesiona od jednej granicy do drugiej. Nawet nie wiedziałabyś, co się stało.

– Więc nie ma go na mapach?

– Nie na mapach Przyziemnych. Na swój użytek możesz uważać go za mały kraj między Niemcami a Francją.

– Ale między Niemcami a Francją nie ma nic, no może z wyjątkiem kawałka Szwajcarii.

– Właśnie.

– Domyślam się, że tam byłeś. To znaczy w Idrisie.

– Dorastałem tam. – Głos Jace'a był neutralny, ale ton sugerował, że kolejne pytania na ten temat nie będą mile widziane. –

Większość nas się tam wychowywała. Oczywiście Nocni Łowcy są na całym świecie. Musimy być wszędzie, bo wszędzie grasują demony. Ale dla Nocnego Łowcy „domem" zawsze będzie Idris.

– Jak Mekka albo Jerozolima – powiedziała w zadumie Clary. – Więc wychowujecie się w Idrisie, a potem, kiedy dorastacie...

– Wysyłają nas tam, gdzie jesteśmy potrzebni – odparł krótko Jace. – Niektórzy, jak Isabelle czy Alec, dorastają z dala od kraju rodzinnego, tam gdzie mieszkają ich rodzice. Ponieważ tutaj są wszystkie zasoby i kadry Instytutu, i Hodge... – Urwał. – Oto biblioteka.

Pod drewnianymi drzwiami w kształcie łuku leżał zwinięty w kłębek błękitny pers o żółtych oczach. Kiedy się zbliżyli, uniósł głowę i zamiauczał.

– Cześć, Church. – Jace pogładził jego grzbiet bosą stopą. Kot zmrużył oczy.

– Zaczekaj – powiedziała Clary. – Alec, Isabelle i Max to jedyni Nocni Łowcy w twoim wieku, których znasz?

Jace przestał głaskać Churcha.

– Tak.

– Musisz się czuć trochę samotny.

– Mam wszystko, czego mi trzeba. – Jace pchnął drzwi i wszedł do środka.

Po chwili wahania Clary podążyła za nim.

***

Biblioteka była kolistym pomieszczeniem o suficie zwężającym się ku górze, jakby mieściła się w wieży z iglicą. Wzdłuż ściany ciągnęły się półki pełne książek, tak wysokie, że między nimi w równych odstępach rozmieszczono drabiny na kółkach. Księgozbiór też nie był zwyczajny; składał się z woluminów oprawionych w skórę i aksamit, zaopatrzonych w solidne zamki i zawiasy z mosiądzu i srebra, o grzbietach ze złoconymi literami, wysadzanych klejnotami. Wyglądały na zniszczone nie tylko ze starości, ale przede wszystkim od częstego używania.

Podłoga z wypolerowanego drewna była inkrustowana kawałkami szkła i marmuru oraz półszlachetnymi kamieniami. Razem tworzyły wzór, którego Clary nie potrafiła odszyfrować. Mogły to być konstelacje albo nawet mapa świata. Musiałaby pewnie wspiąć się na wieżę i spojrzeć na inkrustacje z góry, żeby się zorientować, co przedstawiają.

Środek pokoju zajmowało imponujące dębowe biurko. Wielki, ciężki blat, z wiekiem mocno zmatowiały, spoczywał na plecach dwóch aniołów wyrzeźbionych z tego samego drewna, o złoconych skrzydłach i twarzach wykrzywionych w grymasie cierpienia, jakby pod ogromnym brzemieniem pękały im kręgosłupy. Za biurkiem siedział chudy mężczyzna o szpakowatych włosach, z długim, ptasim nosem.

– Miłośniczka książek, jak widzę – rzucił na powitanie, uśmiechając się do Clary. – O tym mi nie wspomniałeś, Jace.

Jace zachichotał. Stał za nią, z rękami w kieszeniach i irytującym uśmieszkiem na twarzy.

– Niewiele rozmawialiśmy w czasie naszej krótkiej znajomości – powiedział. – I jakoś nie wypłynął temat naszych upodobań czytelniczych.

Clary spiorunowała go wzrokiem i odwróciła się z powrotem do chudzielca.

– Skąd pan wie, że lubię książki? – zapytała.

– Z wyrazu twojej twarzy, kiedy tu weszłaś – odparł, wstając z krzesła. – Nie przypuszczam, żebym to ja zrobił na tobie takie wrażenie.

Clary omal nie krzyknęła cicho, gdy obszedł biurko. Przez moment wydawało się jej, że jest dziwnie zdeformowany. Lewe ramię było umiejscowione wyraźnie wyżej niż prawe. Ale kiedy się zbliżył, zobaczyła, że coś, co wyglądało jak garb, jest tak naprawdę siedzącym mu na ramieniu ptakiem o lśniących piórach i błyszczących czarnych oczach.

– To jest Hugo – przedstawił go właściciel. – Jako kruk wie dużo rzeczy. Ja nazywam się Hodge Starkweather, jestem profesorem historii i nie wiem nawet w przybliżeniu tyle, co on.

Clary zaśmiała się mimo woli i uścisnęła jego wyciągniętą rękę.

– Clary Fray.

– Miło cię poznać – powiedział Hodge. – Znajomość z osobą, która potrafiła zabić Pożeracza gołymi rękami, to dla mnie prawdziwy zaszczyt.

– Nie gołymi rękami, tylko... nie pamiętam, jak to się nazywa, ale... – Clary czuła się dziwnie, przyjmując gratulacje z takiego powodu.

– Ona ma na myśli mój Sensor – wtrącił Jace. – Wepchnęła go Pożeraczowi do gardła. Pewnie udusiły go runy. Powinienem był wspomnieć wcześniej, że będę potrzebował nowego.

– Jest kilka zapasowych w magazynie broni – powiedział Hodge. Kiedy uśmiechnął się do Clary, wokół jego oczu pojawiło się tysiąc małych zmarszczek, niczym rysy na starym obrazie. – Niezły refleks. Jak wpadłaś na to, żeby użyć Sensora jako broni?

Zanim Clary zdążyła odpowiedzieć, usłyszała czyjś śmiech. Była tak oszołomiona widokiem książek i samym Hodge'em, że nie zauważyła Aleca siedzącego w wielkim czerwonym fotelu stojącym przy pustym kominku.

– Nie mogę uwierzyć, że kupiłeś tę historyjkę, Hodge – powiedział.

Z początku Clary nie zarejestrowała jego słów, ponieważ całą uwagę skupiła na jego wyglądzie. Jako jedynaczkę fascynowało ją rodzinne podobieństwo, a teraz, w pełnym świetle, dostrzegła, jak bardzo Alec przypomina siostrę. Mieli takie same kruczoczarne włosy, identyczne wąskie brwi wygięte na końcach ku górze, taką samą bladą skórę z lekkimi rumieńcami. Ale, o ile Isabelle była pewna siebie, wręcz arogancka, jej brat kulił się w fotelu, jakby chciał ukryć się przed całym światem. Miał rzęsy długie i ciemne jak Isabelle, ale, podczas gdy jej oczy były czarne, jego przypominały barwą granatowe butelkowe szkło. Spoglądały na nią z wrogością, czystą i skoncentrowaną jak kwas.

– Nie jestem pewien, co masz na myśli, Alec. – Hodge uniósł brew. Clary nie umiała określić jego wieku. Miał siwiznę we włosach i nosił szary, starannie odprasowany tweedowy garnitur. Wyglądałby jak dobrotliwy profesor college'u, gdyby nie gruba blizna, która przecinała prawy bok jego twarzy. Ciekawe, skąd ją miał. – Sugerujesz, że Clary nie zabiła demona?

– Oczywiście, że nie zabiła. Spójrz na nią, Hodge, to Przyziemna i w dodatku jeszcze dzieciak. Wykluczone, żeby poradziła sobie z Pożeraczem.

– Nie jestem żadnym dzieciakiem – zaprotestowała Clary. – Mam szesnaście lat... skończę w niedzielę.

– Jest w tym samym wieku co Isabelle – zauważył Hodge. – Nazwałbyś swoją siostrę dzieckiem?

– Isabelle pochodzi z jednego z największych w historii rodów Nocnych Łowców – odparł sucho Alec. – A to jest dziewczyna z New Jersey.

– Z Brooklynu! – sprostowała z oburzeniem Clary. – I co z tego? Właśnie zabiłam demona w moim domu, a ty się zachowujesz jak dupek, bo nie jestem bogatym, rozpuszczonym bachorem takim jak ty i twoja siostra.

– Jak mnie nazwałaś? – Alec był wyraźnie zaskoczony.

Jace się roześmiał.

– Ona ma rację, Alec – powiedział. – Musisz raczej uważać na demony z mostów i tuneli.

– To nie jest zabawne, Jace – przerwał mu Alec, wstając z fotela. – Zamierzasz pozwolić na to, żeby tu stała i mnie wyzywała?

– Owszem – odparł Jace. – Dobrze ci to zrobi. Potraktuj to jak trening wytrzymałości.

– Może i jesteśmy *parabatai*, ale twoja niefrasobliwość wystawia moją cierpliwość na próbę – oświadczył Alec.

– A twój upór moją. Kiedy ją znalazłem, leżała na podłodze w kałuży krwi umierającego demona, którą ją przygniatał. Widziałem, jak Pożeracz znika. Jeśli nie ona go zabiła, to kto?

– Pożeracze są głupie. Może sam trafił się żądłem w szyję. Takie rzeczy już się zdarzały...

– Teraz sugerujesz, że popełnił samobójstwo?

Alec zacisnął szczęki.

– Tak czy inaczej, nie powinno jej tutaj być. Nie bez powodu Przyziemni nie są wpuszczani do Instytutu. Gdyby ktoś się o niej dowiedział, odpowiadalibyśmy przed Clave.

– To nie do końca prawda – wtrącił Hodge. – Prawo pozwala nam w pewnych sytuacjach oferować schronienie Przyziemnym.

Pożeracz zaatakował wcześniej matkę Clary, a ona mogła być następna.

Zaatakował. Czyżby to był eufemistyczny odpowiednik słowa „zabił"? Kruk siedzący na ramieniu Hodge'a zakrakał cicho.

– Pożeracze to maszyny typu „szukaj i zniszcz" – stwierdził Alec. – Działają na rozkaz czarowników albo potężnych demonów. Po co któryś z nich miałby interesować się domem zwykłych Przyziemnych? – Kiedy spojrzał na Clary, dziewczyna ujrzała w jego oczach wyraźną niechęć. – Jakieś pomysły?

– To musiała być pomyłka – podsunęła Clary.

– Demony nie popełniają tego rodzaju pomyłek. Jeśli ścigały twoją matkę, musiał istnieć jakiś powód. Gdyby była niewinna...

– Co to znaczy „niewinna"? – Clary na razie zachowała spokój.

Alec się zmieszał.

– Ja...

– On ma na myśli, że to bardzo niezwykłe, żeby potężny demon, z rodzaju tych, które mogą rozkazywać pomniejszym duchom, interesował się sprawami ludzi – odezwał się Hodge. – Żaden Przyziemny nie może wezwać demona, ponieważ brakuje wam mocy, ale było paru, zdesperowanych i głupich, którzy znaleźli wiedźmę albo czarownika, żeby to za nich zrobili.

– Moja mama nic nie wie o żadnych czarownikach. Ona nie wierzy w magię. – Nagle Clary przyszła do głowy pewna myśl. – Madame Dorothea... Mieszka na dole i jest czarownicą. Może demony właśnie ją ścigały i przez pomyłkę dopadły moją mamę?

Hodge uniósł brwi.

– Pod wami mieszka wiedźma?

– To zwykła wróżbiarka, oszustka – powiedział Jace. – Już się jej przyjrzałem. Nie ma powodu, żeby interesował się nią jakiś czarownik, chyba że zależałoby mu na opanowaniu rynku niedziałających szklanych kul.

– A zatem wracamy do punktu wyjścia. – Hodge pogłaskał kruka. – Chyba pora zawiadomić Clave.

– Nie! – wykrzyknął Jace. – Nie możemy...

– Zachowanie obecności Clary w tajemnicy miało sens, dopóki nie byliśmy pewni, czy dojdzie do siebie – zauważył Hodge. – Ale teraz, kiedy się obudziła, jest od ponad stu lat pierwszą Przyziemną, która przekroczyła próg Instytutu. Znacie zasady dotyczące Przyziemnych i ich wiedzy na temat Nocnych Łowców. Clave musi zostać poinformowane, Jace.

– Oczywiście – poparł go Alec. – Mogę przekazać wiadomość mojemu ojcu...

– Ona nie jest Przyziemną – rzekł spokojnie Jace.

Brwi Hodge'a sięgnęły prawie linii włosów. Alec zaniemówił, kompletnie zaskoczony. W ciszy, która nagle zapadła, Clary usłyszała szelest skrzydeł Hugo.

– Ale przecież nią jestem – powiedziała.

– Nie, nie jesteś. – Jace odwrócił się do Hodge'a i przełknął ślinę, jakby był lekko zdenerwowany. – Tamtej nocy zjawili się Du'sien przebrani za policjantów. Musieliśmy ich ominąć. Clary nie miała sił uciekać, a nie było czasu, żeby się ukryć. Mogła umrzeć, więc użyłem steli. Zrobiłem znaku *mendelin* na jej ramieniu. Pomyślałem...

– Zwariowałeś? – Hodge uderzył ręką w biurko tak mocno, jakby chciał rozłupać blat. – Wiesz, co mówi Prawo na temat umieszczania Znaków na Przyziemnych. Ty... właśnie ty powinieneś wiedzieć o tym najlepiej!

– Ale podziałało – zauważył Jace. – Clary, pokaż im rękę.

Clary popatrzyła na niego zdumiona, ale zrobiła to, o co prosił. Pamiętała, że tamtej nocy, w zaułku, ręka wydawała się jej bardzo podatna na zranienie. Teraz, tuż pod zgięciem nadgarstka, dostrzegła trzy nakładające się kręgi, ledwo widoczne, jak wspomnienie blizny, która z czasem zblakła.

– Widzicie, znak prawie zniknął – powiedział Jace. – A jej nic się nie stało.

– Nie w tym rzecz. – Hodge ledwo panował nad gniewem. – Mogłeś zmienić ją w Wyklętą.

Wysoko na policzkach Aleca wykwitły dwie jaskrawe plamy.

– Nie mogę uwierzyć, że to zrobiłeś, Jace. Tylko Nocni Łowcy mogą nosić Znaki Przymierza... Przyziemnych one zabijają...

– Nie słuchaliście mnie? Ona nie jest Przyziemną. To wyjaśnia dlaczego nas widzi. Musi mieć w sobie krew Clave.

Clary opuściła rękę. Nagle ogarnął ją chłód.

– Ale ja nie jestem... To niemożliwe.

– To pewne – stwierdził Jace, nie patrząc na nią. – W przeciwnym razie Znak, który zrobiłem na twojej ręce...

– Wystarczy, Jace – przerwał mu Hodge z niezadowoleniem w głosie. – Nie ma potrzeby dalej jej straszyć.

– Ale mam rację, prawda? To wyjaśnia również, co się stało z jej matką. Jeśli była Nocnym Łowcą na wygnaniu, mogła mieć wrogów w Podziemnym Świecie.

– Moja matka nie była Nocnym Łowcą!

– W takim razie twój ojciec – powiedział Jace. – Co z nim?

Clary twardo odwzajemniła jego spojrzenie.

– Umarł. Zanim się urodziłam.

Jace drgnął.

– Jeśli jej ojciec był Nocnym Łowcą, a matka Przyziemną... – zaczął Alec – cóż, wszyscy wiemy, że takie małżeństwa są niezgodne z Prawem, więc może się ukrywali.

– Mama by mi powiedziała – zapewniła Clary, ale pomyślała o braku innych zdjęć ojca oprócz tego jednego w ramce i o tym, że matka nigdy o nim nie mówiła.

– Niekoniecznie, wszyscy mamy sekrety – stwierdził Jace.

– Luke, przyjaciel domu – powiedziała Clary. – On by wiedział. – Na myśl o nim ogarnęły ją wyrzuty sumienia i przerażenie. – Pewnie szaleje z niepokoju, minęły już trzy dni. Jest tutaj telefon? Mogę do niego zadzwonić? Proszę.

Jace się zawahał. Spojrzał na Hodge'a. Nauczyciel skinął głową i odsunął się od biurka. Za nim stał globus z mosiądzu, zupełnie niepodobny do tych, które do tej pory widywała Clary; kraje i lądy miały inne kontury. Obok niego zobaczyła staromodny czarny telefon ze srebrną tarczą. Gdy sięgnęła po słuchawkę i przyłożyła ją do ucha, znajomy sygnał podziałał na nią kojąco. Luke odebrał po trzecim sygnale.

– Halo?

– Luke! To ja, Clary.

– Clary. – Usłyszała ulgę w jego głosie. I jeszcze coś, czego nie potrafiła zidentyfikować. – Nic ci nie jest?

– Wszystko w porządku. Przepraszam, że wcześniej nie zadzwoniłam. Moja mama...

– Wiem. Była tu policja.

– Więc nie miałeś od niej wiadomości. – Rozwiała się resztka nadziei, że matka uciekła z domu i gdzieś się ukryła. Było wykluczone, żeby nie skontaktowała się z Lukiem. – Co powiedziała policja? – Na wspomnienie funkcjonariuszki ze szkieletową dłonią Clary zadrżała.

– Tylko to, że Jocelyn zaginęła. Gdzie jesteś?

– W mieście. Nie wiem gdzie dokładnie. Z przyjaciółmi. Ale zgubiłam portfel. Jeśli masz trochę gotówki, mogłabym wziąć taksówkę i przyjechać do ciebie...

– Nie – uciął krótko Luke.

Clary w ostatniej chwili przytrzymała słuchawkę, która zaczęła się wyślizgiwać z jej spoconej dłoni.

– Co?

– Nie – powtórzył Luke. – To zbyt niebezpieczne. Nie możesz tu przyjechać.

– Moglibyśmy...

– Posłuchaj. – Ton głosu Luke'a był ostry. – Nie wiem, w co wplątała się twoja matka, ale nie mam z tym nic wspólnego. Lepiej zostań tam, gdzie jesteś.

– Ale ja nie chcę tu zostać. – Zorientowała się, że mówi płaczliwym głosem dziecka. – Nie znam tych ludzi. Ty...

– Nie jestem twoim ojcem, Clary. Już ci to mówiłem.

Łzy zapiekły ją w oczy.

– Przepraszam. Ja tylko...

– Nie proś mnie więcej o żadne przysługi – zapowiedział Luke. – Mam własne kłopoty. Nie chcę zajmować się jeszcze twoimi. – Rozłączył się bez pożegnania.

Clary stała oszołomiona i gapiła się na telefon. Jednostajny sygnał brzęczał jej w uchu jak natrętna osa. Wykręciła ponownie numer Luke'a, ale nie odbierał. W końcu włączyła się poczta głosowa. Clary rzuciła słuchawkę. Ręce jej się trzęsły.

Jace obserwował ją, oparty o poręcz fotela Aleca.

– Domyślam się, że nie był szczęśliwy, kiedy cię usłyszał?

Clary miała wrażenie, że jej serce skurczyło się do wielkości orzecha. Czuła mały twardy kamyk w piersi.

Nie będę płakać, pomyślała. Nie przed tymi ludźmi.

– Chciałbym porozmawiać z Clary – oznajmił Hodge. – Sam na sam – dodał, widząc minę Jace'a.

– Dobrze – rzucił Alec, wstając z fotela.

– To niesprawiedliwe – sprzeciwił się Jace. – Ja ją znalazłem. Ja uratowałem jej życie! Chcesz, żebym został, prawda? – zwrócił się do Clary.

Uciekła wzrokiem i nic nie odpowiedziała, ze strachu, że zacznie płakać. Jakby z oddali usłyszała śmiech Aleca.

– Kto by z tobą wytrzymał przez tyle czasu?

– Nie bądź śmieszna. – W głosie Jace'a zabrzmiało rozczarowanie. – Zresztą jak chcesz. Będziemy w magazynie broni.

Wychodząc z biblioteki, z trzaskiem zamknął za sobą drzwi. Clary piekły oczy, jak zawsze, kiedy zbyt długo starała się pohamować płacz. Hodge wyglądał jak szara rozmazana plama.

– Usiądź – powiedział. – Tutaj, na kanapie.

Clary opadła z wdzięcznością na miękkie poduszki. Policzki miała mokre. Wytarła je ręką.

– Zwykle nie płaczę. Zaraz mi przejdzie.

– Ludzie zwykle płaczą nie wtedy, kiedy są zdenerwowani albo przestraszeni, tylko wtedy, gdy są sfrustrowani. Twoja frustracja jest zrozumiała. Przeżyłaś ciężkie chwile.

– Ciężkie? – Clary wytarła oczy rąbkiem koszulki Isabelle. – A żeby pan wiedział.

Hodge przyciągnął sobie krzesło zza biurka i usiadł naprzeciwko niej. Oczy miał szare jak jego włosy i tweedowa marynarka, ale biła z nich dobroć.

– Przynieść ci coś do picia? – zapytał. – Herbaty?

– Nie chcę herbaty – odparła Clary. – Chcę odnaleźć mamę. A potem dowiedzieć się, kto ją porwał, i go zabić.

– Niestety, na razie nie ma mowy o srogiej zemście, więc może być herbata albo nic.

Clary opuściła mokrą koszulkę i zapytała:

– Więc co mam zrobić?

– Mogłabyś na początek opowiedzieć mi, co się stało. – Hodge pogrzebał w kieszeni marynarki, wyjął z niej starannie złożoną chustkę i podał Clary, a ona przyjęła ją z nieskrywanym zdumieniem. Nie znała nikogo, kto nosiłby przy sobie płócienne chusteczki. – Demon, na którego się natknęłaś w swoim mieszkaniu, był pierwszym, jakiego w życiu widziałaś? Nie miałaś pojęcia, że takie stworzenia istnieją?

Clary się zawahała.

– Widziałam wcześniej jednego, ale nie zdawałam sobie sprawy, że to jest demon. Kiedy pierwszy raz zobaczyłam Jace'a...

– Racja, oczywiście, całkiem zapomniałem. – Hodge pokiwał głową. – W Pandemonium. To był pierwszy raz?

– Tak.

– I twoja mama nigdy o nich nie wspominała, nie opowiadała o innym świecie, którego większość ludzi nie widzi? Nie przejawiała szczególnego zainteresowania mitami, bajkami, legendami o fantastycznych...

– Nienawidziła tego wszystkiego. Nawet filmów Disneya. Nie lubiła, kiedy czytałam mangę. Mówiła, że to dziecinne.

Hodge podrapał się po głowie.

– Bardzo dziwne – mruknął.

– Wcale nie – zaprotestowała Clary. – Moja matka nie była dziwna. Była najbardziej normalną osobą na świecie.

– Normalni ludzie nie zastają swoich mieszkań splądrowanych przez demony – zauważył Hodge życzliwym tonem.

– A czy to nie mogła być pomyłka?

– Gdyby to była pomyłka, a ty byłabyś zwyczajną dziewczyną, demon by cię nie zaatakował. A gdyby nawet, twój umysł wziąłby go za coś zupełnie innego: wściekłego psa albo nawet inną ludzką istotę. To, że go widziałaś, że do ciebie mówił...

– Skąd pan wie, że do mnie mówił?

– Jace mi powiedział.

– Syczał. – Clary zadrżała na to wspomnienie. – Mówił, że chce mnie zjeść, ale chyba się bał.

– Pożeracze zwykle pozostają pod władzą silniejszego demona – wyjaśnił Hodge. – Nie są bystre ani samodzielne. Powiedział, czego szuka jego pan?

Clary zastanawiała się przez chwilę.

– Mówił coś o Valentinie, ale...

Hodge wyprostował się tak gwałtownie, że Hugo, który siedział wygodnie na jego ramieniu, poderwał się w powietrze z gniewnym krakaniem.

– O Valentinie?

– Tak – powiedziała Clary. – To samo imię słyszałam w Pandemonium od chłopaka... to znaczy, demona...

– Wszyscy je znamy – przerwał jej Hodge. Mówił spokojnym głosem, ale lekko drżały mu ręce. Hugo, który już wrócił na swoje miejsce, niespokojnie zatrzepotał piórami.

– To demon?

– Nie, Valentine jest... był... Nocnym Łowcą.

– Nocnym Łowcą? Dlaczego pan mówi, że był?

– Bo nie żyje – odparł krótko Hodge. – Od piętnastu lat.

Clary zapadła się w poduszki sofy. W głowie jej dudniło. Może jednak powinna była poprosić o tę herbatę.

– A nie może chodzić o kogoś innego o takim samym imieniu? – zapytała.

Śmiech Hodge'a bardziej przypominał warknięcie.

– Nie. Ale to mógłby być ktoś, kto użył jego imienia, żeby przesłać wiadomość. – Wstał z krzesła i z rękami splecionymi na plecach podszedł do biurka. – Wybrałby odpowiedni moment.

– Dlaczego?

– Ze względu na Porozumienia.

– Negocjacje pokojowe? Jace mi o nich wspomniał. Z kim ma być zawarty pokój?

– Z mieszkańcami Podziemnego Świata – odparł cicho Hodge, spoglądając na nią z góry. Jego usta tworzyły cienką kreskę. – Wybacz, to musi być dla ciebie zagmatwane.

– Tak pan myśli?

Hodge oparł się o biurko, z roztargnieniem głaszcząc pióra Hugo.

– Mieszkańcy Podziemnego Świata dzielą z nami Świat Cieni. Panujący między nami pokój zawsze był niepewny.

– Chodzi o wampiry, wilkołaki i...

– Wróżki i skrzaty – dokończył Hodge. – Natomiast dzieci Lilith, jako półdemony, są czarownikami.

– A kim są Nocni Łowcy?

– Czasami nazywamy siebie Nefilim – wyjaśnił Hodge. – W Biblii było to potomstwo ludzi i aniołów. Legenda o pochodzeniu Nocnych Łowców głosi, że zostali stworzeni ponad tysiąc lat temu, kiedy demony z innych światów dokonały inwazji na ludzkość. Pewien czarownik wezwał anioła Razjela, a ten zmieszał w kielichu trochę swojej krwi z krwią ludzi i dał im ją do wypicia. Ci, którzy wypili krew anioła, stali się Nocnymi Łowcami, podobnie jak ich dzieci i wnuki. Naczynie to nazwano później Kielichem Anioła. Oczywiście legenda to nie przekaz historyczny, ale faktem pozostaje, że kiedy szeregi

Nocnych Łowców się przerzedzały, zawsze można było stworzyć nowych, korzystając z Kielicha.

– Można było?

– Tak, gdyż Kielich przepadł. Valentine zniszczył go tuż przed śmiercią. Spowodował wielki pożar i spłonął w nim razem ze swoją rodziną, żoną i dzieckiem. Z posiadłości zostały same zgliszcza. Od tamtej pory nic nie zbudowano na jej miejscu. Mówi się, że ta ziemia jest przeklęta.

– A jest?

– Możliwe. Clave czasami nakłada klątwy jako karę za łamanie Prawa. Valentine złamał najważniejsze. Podniósł rękę na innych Nocnych Łowców. W czasie ostatnich Porozumień on i jego Krąg oprócz setek Podziemnych zabili dziesiątki swoich współbraci. Z trudem ich pokonano.

– Dlaczego Valentine wystąpił przeciwko Nocnym Łowcom?

– Nie pochwalał Porozumień. Gardził Podziemnymi i głosił, że należy ich wszystkich wymordować, żeby oczyścić ten świat dla ludzi. Choć mieszkańcy Podziemnego Świata nie są demonami ani najeźdźcami, uważał, że są demoniczni z natury i to wystarczy. Clave się z nim nie zgadzało. Jego zdaniem pomoc Podziemnych jest konieczna, jeśli mamy na dobre przepędzić demony. I rzeczywiście, jak można twierdzić, że czarodziejski ludek nie należy do tego świata, skoro jest tutaj dłużej niż my?

– Podpisano Porozumienia?

– Tak, podpisano. Kiedy mieszkańcy Podziemnego Świata zobaczyli, że Clave staje w ich obronie przeciwko Valentinowi i jego Kręgowi, zrozumieli, że Nocni Łowcy nie są ich wrogami. O ironio, swoim powstaniem Valentine doprowadził do rozejmu. – Hodge usiadł na krześle. – Wybacz mi ten nudny wykład, ale taki właśnie był Valentine. Podżegacz, wizjoner, człowiek pewny siebie, o wielkim uroku osobistym. I zabójca. A teraz ktoś występuje w jego imieniu...

– Ale kto? I co ma z tym wspólnego moja matka?

Hodge wstał.

– Nie wiem. Ale zrobię wszystko, żeby się dowiedzieć. Wyślę wiadomość do Clave i do Cichych Braci. Może będą chcieli z tobą porozmawiać.

Clary nie spytała, kim są Cisi Bracia. Miała dość pytań i odpowiedzi, które jeszcze bardziej mąciły jej w głowie. Podniosła się z kanapy.

– Jest szansa, że będę mogła pójść do domu?

Hodge zrobił zmartwioną minę.

– Niestety, nie. I tak będzie najrozsądniej.

– Potrzebuję paru rzeczy, skoro mam tu zostać. Ubrań...

– Damy ci pieniądze, żebyś kupiła sobie nowe.

– Proszę. Muszę zobaczyć, czy... Muszę sprawdzić, co w domu.

Hodge się zawahał, a potem skinął głową.

– Jeśli Jace się zgodzi, możecie pójść razem. – Odwrócił się do biurka i zaczął przekładać jakieś papiery. Po chwili zerknął przez ramię, a kiedy zobaczył, że Clary stoi bezradnie, dodał: – Znajdziesz go w magazynie broni.

– Nie wiem, gdzie to jest.

Hodge uśmiechnął się krzywo.

– Church cię zaprowadzi.

Clary spojrzała na tłustego persa, który leżał zwinięty przy drzwiach i wyglądał jak miniaturowa otomana. Kiedy się zbliżyła do wyjścia, wstał leniwie. Jego futerko zafalowało jak woda. Z królewskim miauknięciem wyszedł na korytarz. Kiedy Clary obejrzała się przez ramię, zobaczyła, że Hodge coś pisze na kawałku papieru. Wysyła wiadomość do tajemniczego Clave, domyśliła się. Miała przeczucie, że nie są to mili ludzie. Zastanawiała się, jaka będzie ich odpowiedź.

***

Czerwony atrament wyglądał na białym papierze jak krew. Marszcząc brwi, Hodge Starkweather starannie zrolował list i zagwizdał na Hugona. Ptak zakrakał cicho i usiadł mu na nadgarstku. Hodge się skrzywił. Lata temu, w czasie Powstania, odniósł poważną ranę i nawet tak niewielki ciężar – podobnie jak zmiana pór roku, temperatury czy wilgotności albo zbyt gwałtowny ruch ręką – sprawiał, że w ramieniu odzywał się dawny ból, a wraz z nim przykre wspomnienia, które wolałby pogrzebać.

Były jednak wspomnienia, które nie blakły. Kiedy zamknął oczy, obrazy zabłysły pod jego powiekami jak żarówki. Krew i ciała, stratowana ziemia, białe podium zbryzgane krwią. Krzyki umierających. Zielone, falujące pola Idrisu i bezkresne błękitne niebo, przeszyte wieżami Szklanego Miasta. Ból straty wezbrał w nim jak fala. Hodge zacisnął pięść, a Hugo, trzepocząc gniewnie skrzydłami, dziobnął go w palec. Pokazała się krew. Hodge otworzył dłoń i wypuścił ptaka. Kruk okrążył jego głowę i poleciał w górę do świetlika. Po chwili zniknął.

Hodge otrząsnął się z przykrych wspomnień i sięgnął po następną kartkę. Pisząc, nie zauważył, że szkarłatne krople zaplamiły papier.

6

Wyklęty

Magazyn broni wyglądał dokładnie tak, jak powinien wyglądać, sądząc po nazwie. Na ścianach wyłożonych metalem wisiały wszelkiego rodzaju miecze, sztylety, piki, bagnety, pałki, bicze, maczugi, haki i łuki. Na hakach dyndały miękkie skórzane kołczany pełne strzał, a także worki z butami, ochraniaczami na nogi, nadgarstki i ramiona. Pomieszczenie pachniało metalem, skórą i pastą do polerowania stali. Alec i Jace, już nie bosy, siedzieli przy długim stole pośrodku sali i pochylali głowy nad jakimś przedmiotem, który leżał między nimi. Kiedy Clary zamknęła za sobą drzwi, Jace podniósł wzrok.

– Gdzie Hodge? – zapytał.

– Pisze do Cichych Braci.

– Brr! – Alec się wzdrygnął.

Clary wolno zbliżyła się do stołu, czując na sobie jego wzrok.

– Co robicie?

– Wykańczamy broń. – Jace odsunął się na bok, żeby mogła zobaczyć, co leży na blacie: trzy cienkie pręty ze zmatowiałego srebra. Nie wyglądały na ostre ani szczególnie niebezpieczne. – Sanvi, Sansanvi i Semangelaf. Serafickie noże.

– Nie wyglądają na noże. Jak je zrobiliście? Sztuczkami magicznymi?

Na twarzy Aleca pojawił się wyraz zgrozy, jakby poprosiła go, żeby włożył tutu i wykonał piruet.

– Zabawna rzecz, że wszyscy Przyziemni mają obsesję na punkcie magii – zauważył Jace. – Szczególnie że nawet nie wiedzą, co to słowo oznacza.

– Ja wiem – burknęła Clary.

– Tylko tak ci się wydaje. Magia to mroczna, elementarna siła, a nie różdżki sypiące iskrami, kryształowe kule i gadające złote rybki.

– Nie mówiłam o złotych rybkach, ty...

Jace przerwał jej, machając ręką.

– To, że nazwiesz elektrycznego węgorza gumową kaczką, nie oznacza, że zrobisz z niego maskotkę, prawda? I niech Bóg pomoże nieszczęśnikowi, który zechce wykąpać się z kaczuszką.

– Pleciesz bzdury – stwierdziła Clary.

– Wcale nie – odparł z godnością Jace.

– Owszem – dość nieoczekiwanie poparł go Alec. – Posłuchaj, my nie uprawiamy magii, jasne? Tylko tyle musisz wiedzieć na ten temat.

Clary chciała na niego warknąć, ale się powstrzymała. Alec wyraźnie jej nie lubił – nie było sensu robić sobie z niego wroga. Zwróciła się do Jace'a:

– Hodge powiedział, że mogę iść do domu.

Jace omal nie upuścił serafickiego miecza, który trzymał w ręce.

– Co takiego?

– Żeby przejrzeć rzeczy mojej matki – dodała szybko Clary. – Jeśli ze mną pójdziesz.

– Jace... – zaczął Alec, ale przyjaciel go zignorował.

– Jeśli naprawdę chcecie udowodnić, że moja mama albo tata byli Nocnymi Łowcami, trzeba przeszukać jej rzeczy. A raczej to, co z nich zostało.

– W króliczej norze. – Jace uśmiechnął się krzywo. – Dobry pomysł. Jeśli zbierzemy się teraz, będziemy mieli jeszcze trzy, cztery godziny dziennego światła.

– Chcecie, żebym poszedł z wami? – zapytał Alec, kiedy Jace i Clary ruszyli do drzwi. Już podnosił się z krzesła, z wyczekiwaniem w oczach.

– Nie. – Jace nawet się nie odwrócił. – Wszystko w porządku, poradzimy sobie.

Spojrzenie, które Alec posłał Clary, było jadowite jak trucizna. Z ulgą zamknęła za sobą drzwi.

Musiała prawie truchtać, żeby nadążyć za długimi krokami Jace'a prowadzącego ją korytarzem.

– Masz klucz do domu?

Clary spojrzała na swoje sznurówki.

– Tak.

– To dobrze. Co prawda, nie moglibyśmy się włamać, ale lepiej nie alarmować strażników, jeśli jacyś tam są.

– Skoro tak twierdzisz.

Korytarz rozszerzył się w wyłożone marmurem foyer z czarną metalową bramą osadzoną w jednej ze ścian. Dopiero kiedy Jace wcisnął guzik, Clary zorientowała się, że to winda. Jadąc im na spotkanie, trzeszczała i jęczała.

– Jace?

– Tak?

– Skąd wiedziałeś, że mam w sobie krew Nocnych Łowców? Po czym poznałeś?

Winda zatrzymała się z przeraźliwym zgrzytem. Gdy Jace odsunął drzwi, Clary ujrzała wnętrze przypominające klatkę dla ptaków, całe z czarnego metalu i złoconych ozdobnych detali.

– Zgadywałem – odparł Jace, zamykając za nimi drzwi. – Uznałem, że to najbardziej prawdopodobne wyjaśnienie.

– Zgadywałeś? Musiałeś być dość pewny, zważywszy na to, że mogłeś mnie zabić.

Po wciśnięciu guzika w ścianie winda ruszyła z szarpnięciem i wibrującym jękiem, który Clary poczuła aż w kościach.

– Byłem pewien na dziewięćdziesiąt procent.

– Rozumiem.

Ton jej głosu sprawił, że Jace odwrócił się i na nią spojrzał. Spoliczkowany, aż się zachwiał. Złapał się za twarz, bardziej z zaskoczenia niż bólu.

– Za co to było, do diabła?

– Za pozostałe dziesięć procent – powiedziała Clary.

Resztę jazdy na dół odbyli w ciszy.

***

Przez całą podróż metrem na Brooklyn Jace milczał. Mimo to Clary trzymała się blisko niego i czuła lekkie wyrzuty sumienia, zwłaszcza kiedy zobaczyła czerwony ślad na jego policzku.

Milczenie jej nie przeszkadzało; dzięki niemu mogła pomyśleć. Wciąż odtwarzała w pamięci rozmowę z Lukiem. Sprawiało jej to przykrość, jak dotykanie bolącego zęba, ale nie mogła się powstrzymać.

Na pomarańczowej ławce w głębi wagonu siedziały dwie nastolatki i chichotały. Tego rodzaju dziewczyn Clary nigdy nie lubiła w St. Xavier: różowe klapki i sztuczna opalenizna. Zastanawiała się przez chwilę, czy nie śmieją się z niej, ale z zaskoczeniem stwierdziła, że patrzą na Jace'a.

Przypomniała sobie dziewczynę z kawiarni, która gapiła się na Simona. Wszystkie miały zawsze taki wyraz twarzy, kiedy uważały kogoś za milutkiego. Po tym, co się wydarzyło, prawie zapomniała, że Jace jest przystojny. Nie miał delikatnego wyglądu kamei jak Alec, jego twarz była bardziej interesująca. W dziennym świetle jego oczy przypominały barwą złoty syrop i... patrzyły prosto na nią.

– Wszystko w porządku? – spytał Jace, unosząc brew.

Clary natychmiast zmieniła się w zdrajczynię własnej płci.

– Tamte dziewczyny po drugiej stronie wagonu gapią się na ciebie.

Jace przybrał dość zadowoloną minę.

– Oczywiście, że tak. Jestem oszałamiająco atrakcyjny.

– Nie słyszałeś, że skromność to atrakcyjna cecha?

– Tylko u brzydkich ludzi. Potulni może kiedyś odziedziczą Ziemię, ale w tej chwili należy ona do zarozumiałych, takich jak ja. – Mrugnął do dziewczyn, a one zachichotały, chowając twarze za włosami.

Clary westchnęła.

– Jak to możliwe, że cię widzą?

– Stosowanie czarów jest upierdliwe. Czasami po prostu się nie przejmujemy.

Incydent z dziewczynami z metra najwyraźniej poprawił mu nastrój. Kiedy wyszli ze stacji i ruszyli w stronę domu Clary, wyjął z kieszeni seraficki nóż i zaczął go obracać między palcami, nucąc coś pod nosem.

– Musisz to robić? – zapytała Clary. – To irytujące.

Jace zamruczał głośniej, niemiłosiernie fałszując „Sto lat" albo „Hymn Bojowy Republiki".

– Przepraszam, że cię uderzyłam – bąknęła Clary.

Jace przestał nucić.

– Ciesz się, że uderzyłaś mnie, a nie Aleca. On by ci oddał.

– Zdaje się, że tylko czeka na okazję – stwierdziła Clary, kopiąc pustą puszkę po napoju gazowanym. – Jak on was nazwał? Para... coś tam?

– *Parabatai*, czyli dwaj wojownicy, którzy walczą razem i są sobie bliżsi niż bracia. Alec jest kimś więcej niż moim najlepszym przyjacielem. Nasi ojcowie też w młodości byli *parabatai*. Jego ojciec jest moim chrzestnym. Dlatego z nimi mieszkam. To moja adoptowana rodzina.

– Ale nie nazywasz się Lightwood.

– Nie.

Clary chciała zapytać, jak brzmi jego nazwisko, ale właśnie dotarli pod dom. Serce zaczęło jej łomotać tak mocno, że na pewno było je słychać na mile stąd. W uszach jej szumiało, dłonie zrobiły się wilgotne od potu. Stojąc pod bukszpanowym żywopłotem, powoli uniosła wzrok. Spodziewała się, że zobaczy żółtą policyjną taśmę na drzwiach frontowych, rozbite szkło na trawniku, wokół same gruzy.

Ale nie dostrzegła żadnych śladów zniszczenia. Skąpana w przyjemnym popołudniowym blasku kamienica jakby jaśniała. Przy krzewach róż pod oknami Madame Dorothei leniwie bzyczały pszczoły.

– Wygląda tak samo jak zawsze – stwierdziła Clary.

– Na zewnątrz. – Jace sięgnął do kieszeni dżinsów i wyjął z niej metalowo-plastikowe urządzenie, które wcześniej Clary mylnie wzięła za komórkę.

– Więc to jest Sensor? Jak działa?

– Jak radio. Wyłapuje częstotliwości, ale pochodzące z całkiem innego źródła.

– Demoniczne fale ultrakrótkie?

– Coś w tym rodzaju. – Jace ruszył w stronę domu, trzymając Sensor w wyciągniętej ręce. Zmarszczył brwi, kiedy urządzenie zabrzęczało na szczycie schodów. – Odbiera śladową aktywność, ale może to tylko pozostałości po tamtej nocy? Nic nie wskazuje na obecność demonów. Sygnał jest za słaby.

Clary wypuściła powietrze z płuc. Nawet nie zdawała sobie sprawy, że wstrzymuje oddech.

– To dobrze.

Schyliła się po klucze. Kiedy się wyprostowała, zobaczyła zadrapania na drzwiach wejściowych. Ostatnim razem było chyba zbyt ciemno, żeby mogła je zauważyć. Długie i równoległe, wyglądały jak ślady pazurów, które głęboko rozorały drewno.

Jace dotknął jej ramienia.

– Ja wejdę pierwszy – powiedział.

Clary zamierzała oświadczyć, że nie musi się za nim ukrywać, ale słowa nie chciały wyjść z jej ust. Czuła na języku smak strachu, jak wtedy, gdy pierwszy raz zobaczyła Pożeracza. Ostry i metaliczny, jakby polizała starą monetę.

Jace pchnął drzwi jedną ręką, a drugą, w której trzymał Sensor, pokazał, żeby szła za nim. W holu Clary zamrugała, żeby przyzwyczaić oczy do półmroku. Żarówka nadal się nie paliła, świetlik był tak brudny, że całkowicie odcinał światło, na wyszczerbionej posadzce kładły się gęste cienie. Przez szczelinę pod zamkniętymi drzwiami mieszkania Madame Dorothei nie przesączał się żaden blask. Przez chwilę Clary zastanawiała się z niepokojem, czy sąsiadce nic się nie stało.

Jace przesunął dłonią po balustradzie. Gdy zabrał rękę, okazało się, że jest mokra, poplamiona czymś, co w nikłym oświetleniu wyglądało na ciemnoczerwony płyn.

– Krew.

– Może moja. – Głos Clary zabrzmiał piskliwie. – Z tamtej nocy.

– Do tej pory dawno by skrzepła – orzekł Jace. – Chodźmy.

Ruszył w górę po schodach. Clary trzymała się blisko niego. Na podeście było ciemno, tak że wypróbowała trzy klucze, zanim w końcu wsunęła do zamka właściwy. Pochylony nad nią Jace obserwował ją ze zniecierpliwieniem.

– Nie chuchaj mi w kark – syknęła. Ręce jej drżały. W końcu drzwi otworzyły się z cichym szczękiem.

Jace odciągnął ją do tyłu.

– Ja wejdę pierwszy.

Po krótkiej chwili wahania Clary odsunęła się, żeby go przepuścić. Z mieszkania wiało chłodem. W przedpokoju było wręcz zimno i Clary dostała gęsiej skórki, idąc za Jace'em krótkim korytarzykiem.

Pokój dzienny okazał się pusty. Zupełnie pusty – tak jak wtedy, gdy się wprowadziły. Ściany i podłoga były nagie, meble zniknęły, ściągnięto nawet zasłony z okien. Tylko ledwo widoczne jaśniejsze kwadraty wskazywały miejsca, gdzie niedawno wisiały obrazy Jocelyn. Clary odwróciła się – jak we śnie – i poszła do kuchni. Jace ruszył za nią, marszcząc brwi.

Z kuchni też wszystko zabrano: lodówkę, krzesła, stół. Szafki kuchenne stały otworem, świecąc nagimi półkami.

– Po co demonom mikrofalówka? – zapytała Clary.

Jace pokręcił głową i skrzywił się.

– Nie wiem, ale nie wyczuwam żadnej demonicznej obecności. Myślę, że nieproszeni goście już dawno sobie poszli.

Clary rozejrzała się jeszcze raz. Z roztargnieniem zauważyła, że ktoś wyczyścił rozlany sos tabasco.

– Zadowolona? – rzucił Jace. – Nic tu nie ma.

Clary pokręciła głową.

– Chcę obejrzeć mój pokój.

Spojrzał na nią, jakby chciał coś powiedzieć, ale się rozmyślił.

– Skoro musisz. – Schował seraficki nóż do kieszeni.

Lampa w korytarzu była zgaszona, ale Clary nie potrzebowała światła, żeby się poruszać po własnym domu. Dotarła do drzwi sypialni i sięgnęła do gałki. Była zimna, tak zimna, że prawie parzyła, zupełnie jakby dotykało się sopla gołą ręką. Zobaczyła czujne spojrzenie stojącego za nią Jace'a, ale już obracała gałkę, albo raczej próbowała to zrobić, bo napotkała opór, jakby z drugiej strony oblepiało ją coś gęstego i kleistego...

Drzwi otworzyły się gwałtownie, zbijając ją z nóg, tak że poleciała przez cały korytarz, rąbnęła w ścianę i przewróciła się na brzuch. W uszach jej dudniło, kiedy dźwignęła się na kolana.

Jace, przyklejony do ściany, grzebał w kieszeni. Twarz miał zastygłą w wyrazie zaskoczenia. Nad nim majaczył mężczyzna – ogromny niczym gigant z bajki, potężny jak pień dębu. W ogromnej trupio bladej łapie trzymał wielką siekierę. Z brudnego cielska zwisały podarte, niechlujne szmaty, posklejane włosy tworzyły jeden zmierzwiony kołtun. Stwór śmierdział potem i gnijącym mięsem. Dobrze, że Clary nie widziała jego demonicznego oblicza. Tył był wystarczająco obrzydliwy.

Tymczasem Jace zdążył wyjąć seraficki nóż. Uniósł go z okrzykiem:

– Sansanvi!

Z pręta wysunęło się ostrze. Na ten widok Clary przypomniały się stare filmy: bagnety ukryte w laskach i zwalniane po naciśnięciu guzika. Ale nigdy wcześniej nie widziała takiej broni: długości przedramienia, o klindze ostrej i przezroczystej jak szkło, ze świecącą rękojeścią. Jace zamachnął się nią i ciął napastnika. Gigant z rykiem zachwiał się do tyłu.

Jace rzucił się w stronę Clary, złapał ją za ramię, podniósł z podłogi i pchnął przed sobą korytarzem. Usłyszała, że stwór biegnie za nimi. Jego kroki brzmiały tak, jakby na podłogę spadały ołowiane odważniki.

Wypadli z mieszkania na podest. Jace zatrzasnął drzwi wejściowe. Clary usłyszała kliknięcie automatycznego zamka i wstrzymała oddech. Od potężnego uderzenia aż zatrzęsła się futryna. Clary cofnęła się do schodów.

– Biegnij na dół! – Oczy Jace'a jarzyły się szaleńczym podnieceniem. – Uciekaj...

Rozległ się kolejny łoskot i tym razem zawiasy ustąpiły. Drzwi wyleciały na zewnątrz i zmiotłyby Jace'a, gdyby nie uskoczył. Nagle znalazł się na szczycie schodów, wywijając mieczem. Spojrzał na Clary i krzyknął, ale ona go nie usłyszała, bo olbrzym wyskoczył z rykiem przez roztrzaskane drzwi i popędził prosto na niego. Clary rozpłaszczyła się na ścianie, kiedy ją mijał, zostawiając za sobą falę gorąca i smrodu. Siekiera ze świstem przecięła powietrze. Jace w ostatniej chwili uchylił się przed ciosem w głowę i ostrze trafiło w balustradę. Wbiło się w nią głęboko.

Jace się roześmiał, co chyba rozwścieczyło stwora, bo zostawił siekierę i zaatakował go gołymi pięściami. Chłopak zatoczył nad głową koło serafickim nożem i wbił go po rękojeść w ramię napastnika. Wielkolud przez chwilę chwiał się, a następnie rzucił do przodu z wyciągniętymi rękami. Jace uskoczył w bok, ale nie dość szybko. Gigant złapał go w potężne łapska, po czym zatoczył się i runął w dół, ciągnąc go ze sobą. Rozległ się krzyk Jace'a, a potem seria głuchych łoskotów. W końcu zapadła cisza.

Clary zerwała się i zbiegła na dół. Jace leżał u stóp schodów, z ramieniem podgiętym pod siebie pod nienaturalnym kątem. Jego nogi przygniatał olbrzym z rękojeścią noża sterczącą z ramienia. Nie był martwy, ruszał się, a na wargach miał krwawą pianę. Twarz, którą Clary dopiero teraz zobaczyła, miał trupio bladą, pergaminową, poznaczoną czarną siecią straszliwych blizn, które zniekształcały jego rysy. Oczodoły wyglądały jak czerwone ropiejące jamy. Walcząc z mdłościami, Clary pokonała chwiejnie kilka ostatnich stopni, przekroczyła drgającego giganta i uklękła obok Jace'a.

Był nieruchomy. Położyła mu dłoń na ramieniu i poczuła, że koszula chłopaka lepi się od krwi, jego albo giganta, nie potrafiła tego stwierdzić.

– Jace?

Otworzył oczy.

– Nie żyje? – zapytał.

– Prawie – odparła ponuro Clary.

– Do diabła. – Skrzywił się. – Moje nogi...

– Nie ruszaj się.

Clary przesunęła się za jego głowę, chwyciła go pod pachy i pociągnęła. Jace jęknął z bólu, kiedy jego nogi wysunęły się spod dogorywającego potwora. Dźwignął się z podłogi, przyciskając lewą rękę do piersi. Clary też wstała.

– Co z twoją ręką? – spytała.

– Nic, złamana – odparł spokojnie Jace. – Możesz sięgnąć do mojej kieszeni?

Clary skinęła głową.

– Której?

– W kurtce po prawej. Wyjmij seraficki miecz i podaj mi go.

Stał nieruchomo, a Clary nerwowo wsunęła dłoń do jego kieszeni. Była tak blisko, że czuła jego zapach: potu, mydła i krwi. Ciepły oddech łaskotał ją w kark. Nie patrząc na niego, szybko wyjęła broń.

– Dzięki. – Jace przesunął szybko palcami po rękojeści, wypowiadając nazwę: – Sanvi. – Tak jak poprzednio, srebrna rurka zmieniła się w groźnie wyglądający sztylet, który świecił własnym blaskiem. – Nie patrz.

Stanął nad gigantem, uniósł broń nad głowę i opuścił gwałtownie. Z gardła giganta trysnęła krew, obryzgała buty Jace'a.

Clary spodziewała się, że olbrzym skurczy się i zniknie jak chłopak w Pandemonium, ale tak się nie stało. Powietrze przesycał zapach krwi: ciężki, metaliczny. Jace wydał z siebie taki odgłos, jakby się zakrztusił. Był biały jak płótno. Clary nie potrafiła stwierdzić, czy z bólu, czy z obrzydzenia.

– Mówiłem ci, żebyś nie patrzyła.

– Myślałam, że on zniknie. Wróci do swojego wymiaru... Sam tak mówiłeś.

– Powiedziałem, że tak się dzieje z demonami, kiedy umierają. – Krzywiąc się, Jace ściągnął kurtkę, obnażając lewe ramię. – To nie był demon.

Prawą ręką wyjął zza paska gładki przedmiot w kształcie różdżki, którego parę dni wcześniej użył do zrobienia kręgów na jej nadgarstku. Na ten widok Clary poczuła pieczenie na przedramieniu. Dostrzegłszy jej minę, Jace uśmiechnął się blado.

– To jest stela. – Dotknął nią znajdującego się na obojczyku atramentowego wzoru w kształcie osobliwej gwiazdy, której dwa ramiona wystawały poza resztę znaku i nie były z nim połączone. – A oto, co się dzieje, kiedy Nocni Łowcy zostają ranni.

Końcem steli nakreślił linię łączącą dwa ramiona gwiazdy. Kiedy opuścił rękę, znak zaświecił, jakby został pokryty fosforyzującym atramentem. Na oczach Clary zagłębił się w ciele niczym ciężki przedmiot tonący w wodzie. Został po nim nikły ślad: blada, cienka, ledwo widoczna blizna.

W umyśle Clary pojawił się niewyraźny obraz jak ze snu: Jocelyn w kostiumie kąpielowym, jej łopatki i kręgosłup pokryte wąskimi bliznami. Wiedziała, że plecy matki wcale tak nie wyglądają. Mimo to wizja nie dawała jej spokoju.

Jace westchnął głęboko; wyraz bólu i napięcia zniknął z jego twarzy. Poruszył ręką w górę i w dół, najpierw wolno i ostrożnie, potem energiczniej. Zacisnął pięść. Najwyraźniej ze złamaną ręką było już wszystko w porządku.

– Zdumiewające – powiedziała Clary. – Jakim cudem...?

– To był *iratze*, leczący Znak – wyjaśnił Jace. – Aktywuje go dokończenie stelą. – Wsunął różdżkę z powrotem za pasek i włożył kurtkę. Czubkiem buta trącił trupa. – Będziemy musieli zdać relację Hodge'owi. Chyba się wkurzy – dodał, jakby myśl o reakcji nauczyciela sprawiała mu satysfakcję.

Clary pomyślała, że Jace należy do osób, które po prostu lubią, kiedy coś się dzieje.

– Dlaczego miałby się wkurzyć? – spytała. – Ten stwór to nie demon i dlatego Sensor go nie wykrył, zgadza się?

Jace kiwnął głową.

– Widzisz blizny na jego twarzy?

– Tak.

– Zostały zrobione stelą. Taką jak ta. – Poklepał różdżkę zatkniętą za pasek. – Pytałaś mnie, co się dzieje, kiedy wycina się Znaki na kimś, kto nie ma wśród przodków żadnego Nocnego Łowcy. Jeden Znak wystarczy, żeby spalić delikwenta, a wiele, w dodatku potężnych? Wyrytych na ciele całkiem zwyczajnej ludzkiej istoty bez kropli krwi Nocnych Łowców w żyłach? Sama widzisz. – Wskazał brodą na trupa. – Runy są piekielnie bolesne. Naznaczeni wariują, cierpienie pozbawia ich rozumu. Stają się gwałtownymi, bezmyślnymi zabójcami. Nie śpią, nie jedzą, jeśli się ich do tego nie zmusi, i zwykle szybko umierają. Runy dają wielką siłę i mogą być wykorzystane w dobrym celu, ale można też użyć ich do czegoś złego. Wyklęci są źli.

Clary popatrzyła na niego z przerażeniem.

– Ale dlaczego ktoś miałby sobie coś takiego robić?

– Nikt sam sobie tego nie robi. Inni mu to robią. Czarownik albo jakiś Podziemny, który zszedł na złą drogę. Wyklęci są lojalni wobec tego, kto ich naznaczył, i bezwzględni jako zabójcy. Potrafią również wykonywać proste rozkazy. To tak, jakby mieć armię niewolników. – Przekroczył martwego olbrzyma i obejrzał się na Clary przez ramię. – Wracam na górę.

– Ale tam nic nie ma.

– Może być ich więcej – powiedział Jace takim tonem, jakby miał nadzieję, że właśnie tak jest. – Ty zaczekaj tutaj. – Ruszył po schodach.

– Nie robiłabym tego na twoim miejscu – rozległ się w holu znajomy głos. – Tam, skąd przyszedł ten pierwszy, jest ich więcej.

Jace, który już był prawie na szczycie schodów, odwrócił się zaskoczony. Clary zrobiła to samo, choć od razu wiedziała, kto to mówi. Ten akcent był nie do podrobienia.

– Madame Dorothea?

Stara kobieta skłoniła głowę. Stała w drzwiach swojego mieszkania, ubrana w coś, co wyglądało jak namiot z fioletowego jedwabiu. Na jej nadgarstkach i szyi lśniły złote łańcuchy. Długie włosy z borsuczymi pasemkami wymykały się z koka upiętego na czubku głowy.

Jace wytrzeszczył oczy.

– Ale...

– Kogo jest więcej? – zapytała Clary.

– Wyklętych – odparła Dorothea wesołym tonem, który zupełnie nie pasował do okoliczności. Rozejrzała się po holu. – Ale narobiliście bałaganu. I na pewno nie zamierzaliście posprzątać. Typowe.

– Przecież pani jest Przyziemną – wykrztusił w końcu Jace.

– Jaki spostrzegawczy – skomentowała z rozbawieniem Dorothea. – W twojej osobie Clave rzeczywiście wyłamuje się z szablonu.

Wyraz zaskoczenia zniknął z twarzy Jace'a, zastąpiony przez rodzący się gniew.

– Wie pani o Clave? Wiedziała pani, że w tym domu są Wyklęci, i nie zawiadomiła Clave? Samo istnienie Wyklętych jest zbrodnią przeciwko Przymierzu...

– Ani Clave, ani Przymierze nic dla mnie nie zrobiły – oświadczyła Madame Dorothea z gniewnym błyskiem w oczach. – Nic nie jestem im winna. – Na chwilę jej nowojorski akcent zmienił się w inny, bardziej chropawy, którego Clary nie rozpoznała.

– Przestań, Jace! – krzyknęła i zwróciła się do sąsiadki: – Jeśli pani wie o Clave i Wyklętych, może również ma pani pojęcie, co się stało z moją matką?

Dorothea pokręciła głową. Jej kolczyki się zakołysały, a na twarzy pojawił się wyraz litości.

– Radzę ci zapomnieć o matce. Ona odeszła.

Podłoga pod Clary uniosła się i opadła.

– Ma pani na myśli, że nie żyje?

– Nie. – Dorothea wypowiedziała to słowo prawie z niechęcią. – Jestem pewna, że żyje. Na razie.

– Więc muszę ją znaleźć – oświadczyła Clary. Świat znieruchomiał. Za nią stał Jace i dotykał jej łokcia, jakby chciał ją podtrzymać, ale ona ledwo go zauważała. – Rozumie pani. Muszę ją znaleźć, zanim...

Madame Dorothea uniosła rękę.

– Nie chcę się mieszać w sprawy Nocnych Łowców.

– Ale znała pani moją matkę. Była pani sąsiadką...

– Clave prowadzi oficjalne śledztwo – przerwał jej Jace. – Zawsze możemy tutaj wrócić z Cichymi Braćmi.

– Och, na... – Dorothea zerknęła na swoje drzwi, a potem na Jace'a i Clary. – Myślę, że możecie wejść – ustąpiła w końcu. – Powiem wam, co wiem. – W progu przystanęła i zmierzyła ich groźnym wzrokiem. – Ale jeśli wygadasz się komuś, że ci pomogłam, Nocny Łowco, obudzisz się jutro z wężami zamiast włosów i dodatkową parą rąk.

– To mogłoby być niezłe. Ta dodatkowa para rąk – stwierdził Jace. – Przydatna w walce.

– Nie, jeśli będą wyrastać z twojego... – Dorothea uśmiechnęła się do niego – karku.

– O, rany! – mruknął Jace.

– Właśnie, o, rany, młody Waylandzie. – Madame Dorothea wmaszerowała do mieszkania. Fioletowa szata powiewała za nią jak kolorowa flaga.

Clary spojrzała na Jace'a.

– Wayland?

– Tak mam na nazwisko. – Jace wyglądał na poruszonego. – Nie powiem, żeby mi się podobało to, że ona je zna.

Clary popatrzyła w ślad za sąsiadką. Światła w mieszkaniu były włączone. Już od wejścia buchał ze środka ciężki zapach kadzidła, mieszając się nieprzyjemnie z odorem krwi.

– Mimo wszystko uważam, że możemy z nią porozmawiać. Co mamy do stracenia?

– Gdy spędzisz trochę więcej czasu w naszym świecie, drugi raz mnie o to nie zapytasz – odparł Jace.

7

Drzwi do piątego wymiaru

Mieszkanie Madame Dorothei miało podobny rozkład jak mieszkanie Clary, ale gospodyni inaczej wykorzystała przestrzeń. Przedpokój cuchnący kadzidłem był cały obwieszony koralikowymi zasłonami i astrologicznymi plakatami. Jeden przedstawiał znaki zodiaku, inny przewodnik po magicznych chińskich symbolach, a jeszcze inny dłoń z rozpostartymi palcami, ze starannie opisaną każdą linią. Łaciński napis umieszczony nad ręką głosił: „*In Manibus Fortuna*". Wzdłuż ściany najbliższej drzwi biegły wąskie półki z książkami.

Jedna z koralikowych zasłon zagrzechotała, kiedy Madame Dorothea wsadziła przez nią głowę do przedpokoju.

– Interesuje was chiromancja? – zapytała, widząc spojrzenie Clary. – Czy tylko węszysz?

– Ani jedno, ani drugie. Naprawdę potrafi pani przepowiadać przyszłość?

– Moja matka miała wielki talent. Widziała przyszłość człowieka w jego dłoni albo w liściach na dnie filiżanki herbaty. Nauczyła mnie parę sztuczek. – Gospodyni przeniosła wzrok na

Nocnego Łowcę. – A skoro już mowa o herbacie, chciałbyś się napić, młody człowieku?

– Czego? – burknął wyraźnie podenerwowany Jace.

– Herbaty. Uspokaja żołądek i pomaga się skupić. To cudowny napój.

– Ja poproszę – powiedziała Clary. Właśnie sobie uświadomiła, że minęło bardzo dużo czasu, odkąd coś jadła albo piła. Czuła się tak, jakby od chwili przebudzenia funkcjonowała na czystej adrenalinie.

Jace też się ugiął.

– Dobrze, ale pod warunkiem, że to nie będzie earl grey – powiedział, marszcząc nos. – Nienawidzę bergamotki.

Madame Dorothea zachichotała i zniknęła za koralikową zasłoną.

Clary uniosła brew.

– Nienawidzisz bergamotki?

Jace podszedł do półki i zaczął odczytywać tytuły książek.

– Przeszkadza ci to?

– Chyba jesteś jedynym facetem w moim wieku, który nie tylko ma pojęcie, co to jest bergamotka, ale wie również, że można ją odnaleźć w earl greyu.

– Cóż, nie jestem taki jak inni faceci – stwierdził z wyniosłą miną Jace. – Poza tym – dodał, zdejmując książkę z półki – w Instytucie mamy obowiązkowe lekcje na temat podstawowych medycznych zastosowań roślin.

– Domyślam się, że twoje lekcje to coś w rodzaju „Rzeźni nr 101" albo „Ścinania głowy dla początkujących".

Jace przerzucił stronicę.

– Bardzo zabawne, Fray.

Clary oderwała wzrok od plakatu z dłonią.

– Nie nazywaj mnie tak.

Spojrzał na nią zaskoczony.

– Dlaczego? Przecież to twoje nazwisko, prawda?

Przed oczami Clary pojawił się obraz Simona, który patrzył za nią, kiedy wybiegła z Java Jones. Wtedy ostatni raz się widzieli. Wróciła spojrzeniem do plakatu, mrugając.

– Nieważne.

– Rozumiem – powiedział Jace. Clary poznała po jego tonie, że rzeczywiście rozumie, bardziej, niżby sobie tego życzyła. Usłyszała, że odstawia książkę z powrotem na półkę. – Tu są same śmieci. Trzyma je na widoku, żeby zrobić wrażenie na Przyziemnych. – W jego głosie brzmiał niesmak. – Ani jednego poważnego tekstu.

– Sam fakt, że to nie jest magia, którą ty... – zaczęła Clary z rozdrażnieniem.

Jace łypnął na nią wściekle.

– Ja nie uprawiam żadnej magii – oświadczył. – Zapamiętaj sobie, że ludzkie istoty nie mają nic wspólnego z magią. Między innymi to czyni ich ludźmi. Czarownice i czarownicy mogą się nią zajmować, bo mają w sobie demoniczną krew.

Clary przez chwilę rozmyślała nad jego słowami.

– Ale przecież widziałam, jak stosujesz magię. Korzystałeś z zaczarowanej broni...

– Używam narzędzi, które są magiczne. I żeby to robić, muszę przejść rygorystyczny trening. Chronią mnie również tatuaże runiczne. Gdybyś, na przykład, próbowała posłużyć się jednym z serafickich noży, pewnie wypaliłby ci skórę, a może nawet by cię zabił.

– A gdybym miała tatuaże? – zapytała Clary. – Mogłabym wtedy używać twojej broni?

– Nie – odparł z irytacją Jace. – Znaki to nie wszystko. Są jeszcze testy, próby, poziomy szkolenia. Posłuchaj, po prostu o tym zapomnij, dobra? Trzymaj się z daleka od mojej broni. Nie dotykaj żadnej bez mojego pozwolenia.

– Cóż, właśnie pokrzyżowałeś moje plany sprzedania jej na eBayu – rzuciła Clary.

– Sprzedania na czym?

Clary się uśmiechnęła.

– Mitycznym miejscu o wielkiej magicznej mocy.

Jace wyglądał na zdezorientowanego. Wzruszył ramionami.

– Większość mitów to prawda, przynajmniej w części – stwierdził.

– Zaczynam w to wierzyć.

W tym momencie zagrzechotała koralikowa zasłona i pojawiła się w niej głowa Madame Dorothei.

– Herbata na stole. Nie stójcie tu jak osły. Wejdźcie do salonu.

– Jest tutaj salon? – zdziwiła się Clary.

– Oczywiście, że jest – obruszyła się Dorothea. – Gdzie indziej miałabym przyjmować gości?

– Tylko zostawię kapelusz lokajowi – powiedział Jace.

Madame Dorothea posłała mu gniewne spojrzenie.

– Gdybyś był w połowie tak zabawny, za jakiego się uważasz, mój chłopcze, byłbyś dwa razy bardziej zabawny, niż jesteś. – Zniknęła z powrotem za zasłoną, a jej głośne „Hm!" omal nie zagłuszyło grzechotu koralików.

Jace zmarszczył brwi.

– Nie jestem pewien, co miała na myśli.

– Naprawdę? A ja doskonale ją zrozumiałam – oświadczyła Clary.

Weszła za zasłonę, nim zdążył odpowiedzieć.

W salonie było tak ciemno, że Clary musiała kilka razy zamrugać, żeby jej oczy przyzwyczaiły się do półmroku. Całą lewą ścianę zasłaniały czarne aksamitne kotary. Z sufitu zwisały na cienkich sznurkach wypchane ptaki i nietoperze, z lśniącymi czarnymi koralikami zamiast oczu. Na podłodze leżały perskie dywany z frędzlami. Przy każdym kroku wzbijały się z nich kłębki kurzu. Niski stolik otaczały wyściełane różowe fotele. Na jednym jego końcu leżała talia kart tarota przewiązana jedwabną wstążką, w drugim końcu stała kryształowa kula umieszczona na złotej podstawce. Środek zajmował srebrny serwis do herbaty: talerz z górą kanapek, niebieski dzbanek, z którego snuła się cienka strużka białej pary, i dwie filiżanki na spodkach.

– Jejku! – zawołała cicho Clary. – Wygląda wspaniale. – Opadła na jeden z foteli; okazał się bardzo wygodny.

Dorothea uśmiechnęła się z chytrym błyskiem w oku.

– Poczęstujcie się herbatą – powiedziała, biorąc do ręki dzbanek. – Mleko? Cukier?

Clary zerknęła z ukosa na Jace'a, który usiadł obok niej i już zdążył sięgnąć po talerz z kanapkami. Teraz oglądał je uważnie.

– Cukier – poprosiła Clary.

Jace wzruszył ramionami, wziął kanapkę i odstawił talerz. Clary obserwowała go czujnie, kiedy ugryzł pierwszy kęs. Znowu wzruszył ramionami.

– Ogórek – stwierdził, odpowiadając na jej spojrzenie.

– Moim zdaniem tartinki z ogórkiem to przekąska w sam raz do herbaty, a wy jak sądzicie? – zapytała Madame Dorothea.

– Nienawidzę ogórków – oświadczył Jace i oddał resztę kanapki Clary.

Okazało się, że sandwicz jest doprawiony odpowiednią ilością majonezu i pieprzu. Był to jej pierwszy posiłek od nachos, które zjadła z Simonem. W brzuchu burczało jej z głodu.

– Ogórek i bergamotka – powiedziała. – Jest jeszcze coś, czego nienawidzisz, a o czym powinnam wiedzieć?

Jace spojrzał nad brzegiem filiżanki na Dorotheę.

– Kłamców – rzucił krótko.

Gospodyni spokojnie odstawiła dzbanek.

– Możesz nazywać mnie kłamcą, jeśli chcesz. To prawda, że nie jestem wiedźmą. Ale moja matka nią była.

Jace zakrztusił się herbatą.

– To niemożliwe.

– Dlaczego niemożliwe? – zapytała Clary. Spróbowała herbaty. Była gorzka, z mocnym dymnym posmakiem.

Jace westchnął głośno.

– Bo są pół ludźmi, pół demonami. Wszystkie wiedźmy i czarownicy to mieszańcy. A jako mieszańcy nie mogą mieć dzieci. Są bezpłodni.

– Jak muły – powiedziała w zamyśleniu Clary, przypominając sobie lekcje biologii. – Muły są bezpłodnymi krzyżówkami.

– Twoja wiedza na temat inwentarza żywego jest zdumiewająca – stwierdził Jace. – Wszyscy mieszkańcy Podziemnego Świata są po części demonami, ale tylko czarownicy są dziećmi obojga demonicznych rodziców. To dlatego mają największą moc.

– Wampiry i wilkołaki też są po części demonami? A wróżki?

– Wampiry i wilkołaki to rezultat chorób przyniesionych przez demony z ich rodzimych wymiarów. Większość demonicznych chorób jest śmiertelna dla ludzi, ale w tych wypadkach powodowały jedynie dziwne zmiany w zainfekowanych, nie zabijając ich. Jeśli chodzi o wróżki...

– Wróżki to upadłe anioły – wtrąciła Dorothea – wyrzucone z nieba za swoją dumę.

– To legenda – stwierdził Jace. – Mówi się również, że są potomstwem demonów i aniołów, co zawsze wydawało mi się bardziej prawdopodobne. Dobro i zło, zmieszane. Wróżki są piękne jak, podobno, anioły, ale mają w sobie dużo złośliwości i okrucieństwa. Zauważysz również, że większość nich unika światła słonecznego w południe...

– Bo diabeł nie ma mocy jak tylko w ciemności – powiedziała cicho Dorothea, cytując stare porzekadło.

Jace łypnął na nią spode łba.

– Podobno? – powtórzyła Clary. – Masz na myśli to, że anioły nie...

– Dość o aniołach – przerwała jej Dorothea. – To prawda, że czarownicy nie mają dzieci. Moja matka adoptowała mnie, bo chciała mieć pewność, że ktoś zadba o to miejsce, kiedy ona odejdzie. Nie muszę sama uprawiać magii. Wystarczy, że będę go doglądać i strzec.

– Czego strzec? – zapytała Clary.

– Czego? – Sąsiadka mrugnęła okiem i sięgnęła po kanapkę, ale talerz był pusty. Clary zjadła wszystko. Dorothea zachichotała. – Dobrze widzieć młodą kobietę, która je do syta. W moich czasach dziewczyny były duże i silne, a nie takie gałązki jak dzisiaj.

– Dzięki – mruknęła Clary. Pomyślała o wąskiej talii Isabelle i nagle poczuła się jak wieloryb. Z trzaskiem odstawiła pustą filiżankę.

Madame Dorothea natychmiast porwała filiżankę i zajrzała w nią ze skupieniem. Między jej wyskubanymi brwiami pojawiła się zmarszczka.

– Co? – spytała Clary nerwowo. – Potłukłam porcelanę czy co?

– Ona czyta z fusów – wyjaśnił Jace znudzonym tonem, ale pochylił się razem z Clary, podczas gdy Dorothea z posępną miną obracała naczynie w rękach.

– Jest źle? – spytała Clary.

– Ani źle, ani dobrze. Raczej niejasno. – Dorothea spojrzała na Jace'a i zażądała: – Daj mi swoją filiżankę.

– Ale ja jeszcze nie skończyłem... – zaprotestował.

Stara kobieta wyrwała mu naczynie z ręki i wlała resztkę herbaty z powrotem do dzbanka. Marszcząc brwi, spojrzała na to, co zostało na dnie.

– Widzę przemoc w twojej przyszłości, dużo krwi rozlanej przez ciebie i przez innych. Zakochasz się w niewłaściwej osobie. I będziesz miał wroga.

– Tylko jednego? To dobra wiadomość. – Jace rozparł się w fotelu.

Gospodyni odstawiła jego filiżankę i sięgnęła znowu po naczynie Clary. Pokręciła głową.

– Nic tutaj nie da się odczytać. Obrazy są pogmatwane, niezrozumiałe. – Spojrzała na Clary. – Masz blokadę w głowie?

– Co? – zdziwiła się Clary.

– Coś w rodzaju czaru, który może wymazać ci pamięć albo zaćmić Wzrok.

Clary potrząsnęła głową.

– Nie, oczywiście, że nie.

Jace się pochylił.

– Chwileczkę. Wprawdzie ona twierdzi, że nie pamięta, żeby miała Wzrok przed tym tygodniem, ale może...

– Może po prostu rozwinęłam się z opóźnieniem – warknęła Clary. – I nie łyp na mnie tylko dlatego, że tak powiedziałam.

Jace zrobił urażoną minę.

– Nie zamierzałem.

– Już się szykowałeś, dobrze wiem.

– Może – przyznał Jace. – Ale to nie oznacza, że nie mam racji. Coś blokuje twoją pamięć. Jestem tego prawie pewien.

– Dobrze, spróbujmy czegoś innego. – Dorothea odstawiła filiżankę i sięgnęła po karty tarota owiązane wstążką. Ułożyła je w wachlarz i podsunęła Clary. – Muśnij je ręką, aż trafisz na taką, która wyda ci się zimna albo gorąca, albo będzie się lepić do twoich palców. Wtedy ją wyciągnij i mi podaj.

Clary posłusznie dotknęła kart. Były chłodne i śliskie, ale żadna nie wydawała się szczególnie ciepła, zimna czy klejąca. W końcu wybrała jedną na chybił trafił.

– As kielichów. – Dorothea wyglądała na zdeprymowaną. – Karta miłości.

Clary odwróciła kartę. Wydawała się jej ciężka. Obrazek z przodu, gruby od prawdziwej farby, przedstawiał rękę trzymającą puchar przed promienistym słońcem pomalowanym na złoto. Na samym kielichu, zrobionym ze złota i wysadzanym rubinami, był wygrawerowany wzór z mniejszych słońc. Clary znała ten styl jak własny oddech.

– To dobra karta? – zapytała.

– Niekoniecznie. Ludzie robią najgorsze rzeczy w imię miłości – powiedziała Madame Dorothea z błyszczącymi oczami. – Ale to potężna karta. Co oznacza dla ciebie?

– To, że namalowała ją moja matka – odparła Clary, rzucając kartę na stół. – Mam rację?

Dorothea pokiwała głową z wyrazem satysfakcji na twarzy.

– Namalowała całą talię. W prezencie dla mnie.

– To pani tak twierdzi. – Jace wstał. – Jak dobrze pani znała swoją sąsiadkę?

– Jace, nie musisz... – zaczęła Clary.

Dorothea rozparła się w fotelu i przycisnęła karty do bujnej piersi.

– Jocelyn wiedziała, kim ja jestem, a ja wiedziałam, kim jest ona. Nie rozmawiałyśmy o tym zbyt dużo. Czasami wyświadczała mi przysługi, jak namalowanie talii kart, a ja w zamian przekazywałam jej plotki z Podziemnego Świata. Poprosiła mnie, żebym zwracała uwagę na pewne imię. I robiłam to.

– Co to za imię? – Wyraz twarzy Jace'a był nieprzenikniony.

– Valentine.

Clary wyprostowała się gwałtownie.

– Ale to...

– Co pani miała na myśli, mówiąc, że wie, kim jest Jocelyn? – zapytał Jace.

– Jocelyn jest, kim jest – odparła Dorothea. – W przeszłości była Nocnym Łowcą, tak jak ty. Jedną z Clave.

– Nie – wyszeptała Clary.

Sąsiadka spojrzała na nią niemal dobrotliwie.

– To prawda. Postanowiła mieszkać w tym domu, bo...

– Bo to jest Sanktuarium – dokończył Jace. – Prawda? Pani matka stworzyła tę kryjówkę i się nią opiekowała. Doskonałe miejsce, w którym mogli się schronić zbiegli Podziemni. Tym właśnie się pani zajmuje, tak? Ukrywa pani tutaj przestępców.

– To wy tak ich nazywacie – zauważyła Dorothea. – Znasz motto Przymierza?

– *Sed lex dura lex* – odpowiedział Jace automatycznie. – Twarde prawo, ale prawo.

– Czasami Prawo jest zbyt surowe. Wiem, że Clave zabrałoby mnie od matki, gdyby mogło. Mam pozwalać, żeby to samo robili innym?

– Więc jest pani filantropką. – Jace się skrzywił. – I pewnie mam jeszcze uwierzyć, że Podziemni nie płacą pani za schronienie?

Dorothea uśmiechnęła się szeroko, pokazując złote trzonowce.

– Nie wszyscy mogą stawiać na wygląd, tak jak ty.

Jace puścił to pochlebstwo mimo uszu.

– Powinienem donieść Clave o pani...

– Nie możesz! – Clary zerwała się z fotela. – Obiecałeś.

– Nigdy niczego nie obiecywałem – oświadczył Jace buntowniczo. Podszedł do ściany i odsunął jedną z aksamitnych stor. – Zechce mi pani powiedzieć, co to jest?

– Przecież to są drzwi – znowu wtrąciła się Clary.

Rzeczywiście, to były drzwi, dziwnie osadzone w ścianie między dwoma oknami wykuszowymi. Widoczne z zewnątrz, nie mogły prowadzić do żadnej kryjówki. Wyglądały jak zrobione z lekko błyszczącego metalu, bardziej żółtego i plastycznego niż mosiądz, ale ciężkiego jak żelazo. Gałka miała kształt oka.

– Zamknij się! – rzucił gniewnie Jace. – To Brama, tak?

– Drzwi do piątego wymiaru – odparła spokojnie Dorothea, kładąc karty na stole. – Wymiary to nie tylko linie proste – dodała, widząc puste spojrzenie Clary. – Są również nisze, zakamarki, fałdy, ukryte kąty. Trochę trudno to wyjaśnić komuś, kto nigdy nie studiował teorii wymiarów, ale, krótko mówiąc, te drzwi mogą cię przenieść do dowolnego miejsca w naszym wymiarze. To...

– Luk ratunkowy – dopowiedział Jace. – Właśnie dlatego twoja matka tu zamieszkała. Bo mogła uciec w każdej chwili.

– Więc dlaczego nie... – Clary urwała przerażona. – Z mojego powodu. Nie chciała zostawić mnie tamtej nocy i dlatego nie uciekła.

Jace pokręcił głową.

– Nie możesz się obwiniać.

Czując łzy zbierające się pod powiekami, Clary przepchnęła się obok Jace'a do drzwi.

– Chcę zobaczyć, dokąd zamierzała pójść – oświadczyła. – Muszę zobaczyć....

– Clary, nie!

Jace próbował ją zatrzymać, ale ona już sięgnęła do klamki. Gałka obróciła się szybko w jej ręce, drzwi stanęły otworem, jakby je pchnęła. Dorothea z okrzykiem zerwała się z fotela, ale było już za późno. Zanim Clary zdążyła dokończyć zdanie, poleciała w pustkę na łeb na szyję.

8

Wybrana broń

Była zbyt zaskoczona, żeby krzyczeć. Najgorsze okazało się uczucie spadania; serce i żołądek podeszły jej do gardła. Rozłożyła ręce, próbując czegoś się złapać, żeby tylko spowolnić pęd.

Jej dłonie zamknęły się na konarach. Zerwała z nich liście i z impetem gruchnęła na ziemię, uderzając biodrem i ramieniem w twardą glebę. Przekręciła się na plecy i zaczerpnęła tchu. Już zaczynała siadać, kiedy ktoś na niej wylądował.

Przygnieciona, upadła na wznak. Czyjeś czoło zderzyło się z jej czołem, kolana z kolanami. Wypluła z ust nie swoje włosy i próbowała wydostać się z plątaniny rąk i nóg, uwolnić się spod ciężaru, który groził jej zmiażdżeniem.

– Au! – z oburzeniem syknął jej do ucha Jace. – Uderzyłaś mnie łokciem.

– Ty na mnie spadłeś.

Jace podparł się rękoma i spojrzał na nią łagodnie. Clary widziała nad jego głową błękitne niebo, parę gałęzi, narożnik domu wyłożonego szarymi deskami.

– Nie zostawiłaś mi dużego wyboru, nie sądzisz? Po tym, jak postanowiłaś radośnie skoczyć przez Bramę, jakbyś w biegu wsiadała do pociągu. Masz szczęście, że nie wyrzuciło nas do East River.

– Nie musiałeś skakać za mną.

– Owszem, musiałem. Jesteś zbyt niedoświadczona, żeby beze mnie poradzić sobie w niebezpiecznej sytuacji.

– To słodkie. Może ci wybaczę.

– Wybaczysz mi? Co?

– To, że kazałeś mi się zamknąć.

Jace zmrużył oczy.

– Ja nie... No dobrze, wyrwało mi się, ale ty...

– Mniejsza o to. – Zaczynała jej drętwieć ręka przygnieciona ciałem. Przekręciła się na bok, żeby ją uwolnić, i zobaczyła brązową spłacheć wyschniętego trawnika, ogrodzenie z siatki drucianej i większy fragment szarego domu, zadziwiająco znajomego.

Zamarła.

– Wiem, gdzie jesteśmy.

– Co?

– To dom Luke'a. – Clary usiadła, odpychając Jace'a.

Jace wstał z gracją i wyciągnął do niej rękę. Zignorowała go i sama podniosła się z ziemi. Potrząsnęła zdrętwiałą ręką.

Stali przed jednym z szeregowych domów ciągnących się wzdłuż nabrzeża Williamsburga. Od East River wiał wiatr, poruszając małym szyldem wiszącym nad kamiennymi frontowymi schodkami. Jace odczytał go na głos: „Księgarnia Garrowaya. Używane, nowe, wyczerpane nakłady. W soboty zamknięte". Ciemne wejściowe drzwi były zamknięte na kłódkę. Na słomiance leżała nietknięta poczta z kilku dni.

– On mieszka w księgarni? – spytał Jace, patrząc na Clary.

– Na jej tyłach. – Clary rozejrzała się po pustej ulicy, która z jednej strony graniczyła z Mostem Williamsburg, a z drugiej z opuszczoną cukrownią. Na przeciwległym brzegu leniwie płynącej rzeki za drapaczami chmur dolnego Manhattanu zachodziło słońce, obrysowując je złotem. – Jak się tutaj dostaliśmy?

– Przez Bramę – odparł Jace, przyglądając się kłódce. – Ona może cię przenieść do każdego miejsca, o którym pomyślisz.

– Ale ja wcale nie myślałam o tym miejscu – zaprotestowała Clary. – W ogóle o żadnym nie myślałam.

– Musiałaś – rzucił krótko Jace, nie bawiąc się w dalsze wyjaśnienia. – A skoro już tutaj jesteśmy...

– Tak?

– Co zamierzasz zrobić?

– Chyba pójść sobie – powiedziała z goryczą Clary. – Luke zabronił mi tutaj przychodzić.

Jace pokręcił głową.

– I posłuchasz go?

Clary objęła się rękoma. Mimo upału zrobiło się jej zimno.

– A mam wybór?

– Zawsze jest wybór – stwierdził Jace. – Na twoim miejscu byłbym ciekawy, co u Luke'a. Masz klucze do jego domu?

Clary pokręciła głową.

– Nie, ale czasami Luke zostawia tylne drzwi niezamknięte.

Wskazała na wąską uliczkę między dwoma rzędami domów. Obok równo ustawionych plastikowych pojemników na śmieci leżały stosy złożonych gazet i worek ze zgniecionymi butelkami po wodzie. Luke przynajmniej dbał o środowisko.

– Jesteś pewna, że nie ma go w domu? – zapytał Jace.

– Samochodu nigdzie nie widać, księgarnia jest zamknięta, światła zgaszone.

– Więc prowadź.

Wąskie przejście między szeregowcami kończyło się wysokim płotem z siatki otaczającym mały ogródek Luke'a, w którym jedynymi roślinami były chwasty wyrastające spomiędzy popękanych kamiennych płyt.

– Przełazimy – powiedział Jace, wpychając czubek buta w otwór w siatce.

Zaczął się wspinać. Ogrodzenie grzechotało tak głośno, że Clary rozejrzała się z niepokojem. Na szczęście, w sąsiednim domu nie paliły się światła. Jace przeszedł przez siatkę i zeskoczył na drugą stronę. W tym momencie rozległ się przeraźliwy wrzask.

Przez chwilę Clary myślała, że Jace wylądował na bezdomnym kocie. Tymczasem z krzaków wyskoczył ciemny kształt – za duży jak na kota – i popędził przez podwórko, trzymając się nisko przy ziemi. Jace zerwał się i pobiegł za nim z morderczym wyrazem twarzy.

Clary zaczęła się wspinać na ogrodzenie. Kiedy przerzuciła nogi przez siatkę, dżinsy Isabelle zahaczyły o skręcony drut i rozerwały się na boku. Clary spadła na drugą stronę i zaryła butami w miękką ziemię. Jednocześnie Jace ryknął triumfalnie:

– Mam go! – Siedział okrakiem na leżącym na wznak osobniku, który zasłaniał sobie głowę rękami. Jace chwycił go za nadgarstek. – No, dalej, zobaczmy twoją twarz...

– Złaź ze mnie, pretensjonalny dupku – warknął intruz, odepchnął swojego prześladowcę i usiadł. Rozbite okulary zsunęły mu się na czubek nosa.

Clary zatrzymała się w pół kroku.

– Simon?

– O, Boże! – jęknął Jace z rezygnacją. – A ja miałem nadzieję, że złapałem coś interesującego.

***

– Ale dlaczego ukrywałeś się w krzakach? – spytała Clary, strzepując liście z włosów Simona, który z naburmuszoną miną znosił jej troskliwość. – Zupełnie tego nie rozumiem.

– W porządku, wystarczy, sam sobie poradzę, Fray – rzucił burkliwie Simon, odsuwając się od Clary.

Siedzieli na stopniach kuchennego ganku Luke'a. Jace opierał się o poręcz i twardo udawał, że ich ignoruje. Czyścił sobie paznokcie stelą. Clary korciło, żeby go spytać, czy Clave pochwala takie zachowanie.

– Luke wiedział, że tu jesteś?

– Oczywiście, że nie wiedział – odparł z irytacją Simon. – Nie pytałem go, ale jestem pewien, że ma dość rygorystyczne zasady, jeśli chodzi o przypadkowych nastolatków czających się w krzakach na jego podwórku.

– Nie jesteś przypadkowy, on cię zna. – Clary chciała dotknąć jego policzka, nadal lekko krwawiącego od zadrapania gałęzią. – Najważniejsze, że jesteś cały i zdrowy.

– Cały i zdrowy? – Simon parsknął śmiechem. – Masz pojęcie, co przeszedłem przez te kilka dni? Kiedy cię widziałem ostatnio, wybiegłaś z Javy jak nietoperz z piekła, a potem po prostu zniknęłaś. Nie odbierałaś komórki, telefon domowy był wyłączony, później Luke powiedział mi, że jesteś u jakichś krewnych, a przecież wiem, że nie masz żadnej rodziny. Pomyślałem, że czymś cię wkurzyłem.

– A co takiego niby zrobiłeś? – Clary sięgnęła po jego rękę, ale ją zabrał.

– Nie wiem – powiedział. – Coś.

Jace, nadal oglądając paznokcie, zaśmiał się cicho pod nosem.

– Jesteś moim najlepszym przyjacielem – zapewniła Clary. – Nie byłam na ciebie wściekła.

– Jasne – rzucił Simon kwaśnym tonem. – I nawet nie raczyłaś do mnie zadzwonić i oznajmić, że zamieszkałaś z farbowanym, podrabianym fanem gotyku, którego poznałaś w Pandemonium. A ja przez ostatnie trzy dni zastanawiałem się, czy jeszcze żyjesz.

– Z nikim nie zamieszkałam – oświadczyła Clary, zadowolona, że jest ciemno, bo poczerwieniała na twarzy.

– Tak na marginesie, moje włosy to naturalny blond – wtrącił Jace.

– Więc co robiłaś przez ostatnie trzy dni? – zapytał Simon z podejrzliwością w ciemnych oczach. – Naprawdę masz cioteczną babkę Matyldę, która złapała ptasią grypę, a ty musiałaś się nią opiekować?

– Tak powiedział Luke?

– Nie. Powiedział, że pojechałaś z wizytą do chorej krewnej i na wsi twoja komórka pewnie nie ma zasięgu. I tak mu nie uwierzyłem. Kiedy przegonił mnie z frontowego ganku, obszedłem dom i zajrzałem przez kuchenne okno. Zobaczyłem, że pakuje swój worek marynarski, jakby wybierał się na weekend. Właśnie wtedy postanowiłem się tu pokręcić i mieć oko na wszystko.

– Dlaczego? Bo się pakował?

– Załadował do niej mnóstwo broni. – Simon starł krew z policzka rękawem bawełnianej koszulki. – Noże, parę sztyletów, a nawet miecz. Zabawne, że niektóre klingi wyglądały, jakby świeciły. – Przeniósł wzrok z Clary na Jace'a i z powrotem. Ton jego głosu był ostry jak brzytwa. – Teraz powiesz, że mi się przywidziało?

– Nic podobnego. – Clary spojrzała na Jace'a. Ostatnie promienie zachodzącego słońca odbijały się w jego oczach, wydobywając z nich złote iskry. – Zamierzam powiedzieć mu prawdę.

– Wiem.

– Powstrzymasz mnie?

Jace spojrzał na stelę, którą trzymał w ręce.

– Ja złożyłem przysięgę Przymierzu. Ciebie nic nie wiąże.

Clary odwróciła się do Simona i wzięła głęboki wdech.

– Zatem słuchaj.

***

Słońce całkiem schowało się za horyzont i ganek pogrążył się w ciemności, zanim Clary skończyła mówić. Simon słuchał jej długich wyjaśnień z niemal beznamiętnym wyrazem twarzy. Skrzywił się jedynie raz, kiedy doszła do incydentu z Pożeraczem. Gdy wreszcie umilkła, w gardle miała zupełnie sucho. Nagle zamarzyła o szklance wody.

– Jakieś pytania?

Simon uniósł rękę.

– Nawet kilka.

Clary westchnęła ze znużeniem.

– Dobrze, zaczynaj.

– On jest... Powtórz, proszę, jak oni się nazywają. – Simon wskazał na Jace'a.

– Nocnym Łowcą – przypomniała Clary.

– Pogromcą demonów – wyjaśnił Jace. – Zabijam je. To wcale nie jest takie skomplikowane.

Simon wrócił spojrzeniem do Clary.

– Naprawdę? – Zmrużył oczy, jakby się spodziewał usłyszeć, że nic z tego nie jest prawdą i w rzeczywistości Jace jest zbiegłym niebezpiecznym szaleńcem, z którym Clary postanowiła się zaprzyjaźnić ze względów humanitarnych.

– Naprawdę.

Na twarzy Simona pojawił się wyraz napięcia.

– I wampiry istnieją? Wilkołaki, czarownicy i tak dalej?

Clary przygryzła wargę.

– Tak słyszałam.

– Tych również zabijasz? – spytał Simon, zwracając się do Jace'a, który już schował stelę do kieszeni i teraz przyglądał się nienagannie wypielęgnowanym paznokciom, szukając jakiegoś defektu.

– Tylko kiedy są niegrzeczni.

Przez chwilę Simon siedział w milczeniu i patrzył na swoje stopy. Clary zaczęła się zastanawiać, czy obciążenie go tego rodzaju rewelacjami nie było złym pomysłem. Jej przyjaciel miał dużo bardziej racjonalny umysł niż inni ludzie, których znała. Mógł nie znieść takiej wiedzy, świadomości, że istnieje coś, na co nie ma logicznego wyjaśnienia. Nachyliła się do niego z niepokojem. W tym momencie Simon uniósł głowę i powiedział:

– To wszystko jest super.

Jace wyglądał na równie zaskoczonego jak Clary.

– Super?

Simon z entuzjazmem pokiwał głową, aż podskoczyły ciemne loki na jego czole.

– Zdecydowanie. To zupełnie jak „Dungeons & Dragons", tyle że w realu.

Jace popatrzył na niego, jakby miał przed sobą dziwaczny rodzaj owada.

– Co takiego?

– To gra komputerowa – wyjaśniła Clary z lekkim zakłopotaniem. – Ludzie udają, że są czarnoksiężnikami albo elfami, że zabijają potwory i inne takie.

Jace osłupiał, a Simon uśmiechnął się szeroko.

– Nigdy nie słyszałeś o „D&D"? No wiesz, lochy, smoki?

– Słyszałem o lochach – odparł Jace. – O smokach też, choć one prawie wyginęły.

Simon zrobił rozczarowaną minę.

– Nigdy nie zabiłeś smoka?

– Pewnie nigdy nie spotkał również mierzącej sześć stóp gorącej kobiety-elfa w futrzanym bikini – rzuciła Clary z irytacją. – Daj spokój, Simon.

– Prawdziwe elfy mają jakieś osiem cali wzrostu – zauważył Jace. – I gryzą.

– Ale wampirzyce są gorące, prawda? – zainteresował się Simon. – To znaczy, niektóre z nich to niezłe towary, co?

Clary obawiała się przez chwilę, że Jace skoczy przez ganek i udusi Simona, ale on na serio zastanowił się nad pytaniem.

– Niektóre z nich może.

– Super – powtórzył Simon.

Clary uznała, że woli, kiedy się kłócą.

– Przeszukamy wreszcie ten dom czy nie? – Jace zsunął się z poręczy ganku.

Simon wstał ze schodów.

– Jestem gotów. Czego szukamy?

– My? Nie pamiętam, żebym cię zapraszał.

– Jace! – syknęła gniewnie Clary.

– Tylko żartowałem. – Jace wykrzywił kącik ust w ledwie dostrzegalnym uśmieszku. Usunął się na bok, przepuszczając ją pierwszą. – Idziemy?

Gdy Clary sięgnęła w ciemności do klamki, zapaliło się światło na ganku, oświetlając wejście. Spróbowała przekręcić gałkę u drzwi prowadzących do księgarni.

– Zamknięte na klucz – stwierdziła.

– Pozwólcie, Przyziemni. – Jace odsunął ją delikatnie, wyjął z kieszeni stelę i przyłożył do drzwi.

Simon obserwował go z niechęcią. Clary podejrzewała, że żadna liczba gorących wampirzyc nie byłaby w stanie sprawić, żeby kiedyś polubił Jace'a.

– Niezły z niego numer, co? – mruknął Simon. – Jak go znosisz?

– Uratował mi życie.

Simon zerknął na nią z ukosa.

– Jak...

Drzwi otworzyły się ze szczęknięciem.

– Idziemy – rzucił Jace, chowając stelę do kieszeni.

Na drewnie, tuż nad jego głową, Clary zobaczyła Znak na drzwiach. Gdy wchodzili do środka, już zdążył zblaknąć. Znaleźli się w małym magazynie o nagich ścianach obłażących z farby. Wszędzie stały kartonowe pudła z napisami zrobionymi markerem: Beletrystyka, Poezja, Kuchnia, Podróże, Romans.

– Mieszkanie jest tam. – Clary ruszyła w głąb pomieszczenia.

– Zaczekaj. – Jace chwycił ją za ramię.

Spojrzała na niego z niepokojem.

– Coś nie w porządku?

– Nie wiem. – Ruszył między dwoma wysokimi stosami pudeł i po chwili zagwizdał. – Możesz tu podejść i na coś spojrzeć?

Clary rozejrzała się niepewnie. Mrok rozpraszała jedynie wpadająca przez okno poświata lampy zapalonej na ganku.

– Ale ciemno...

W tym momencie pomieszczenie zalało jasne światło. Simon zamrugał i odwrócił głowę.

– Au!

Jace zachichotał. Stał z uniesioną ręką na zapieczętowanym pudle. Blask przesączał się przez palce jego zamkniętej dłoni.

– Czarodziejskie światło – powiedział.

Simon mruknął coś pod nosem. Tymczasem Clary już szła między pudłami w stronę Jace'a. Czarodziejskie światło rzucało niesamowitą poświatę na jego twarz.

– Spójrz na to – powiedział, wskazując na ścianę.

Z początku Clary myślała, że chodzi mu coś, co wyglądało jak para ozdobnych kinkietów. Dopiero po chwili stwierdziła, że są to metalowe obręcze przymocowane do krótkich łańcuchów, osadzonych w ścianie.

– To są ...

– Kajdany – powiedział Simon, zatrzymując się obok niej. – To jest...

– Tylko nie mów „pokręcone". – Clary rzuciła mu ostrzegawcze spojrzenie. – Rozmawiamy o Luke'u.

Jace przesunął dłonią po wnętrzu jednej z metalowych pętli. Kiedy ją cofnął, palce miał pokryte czerwonobrązowym pyłem.

– Krew. I zobaczcie. – Wskazał na ścianę, w której były osadzone łańcuchy. Wokół nich tynk wyraźnie odchodził od muru. – Ktoś próbował je wyrwać. Sądząc po śladach, bardzo się starał.

Serce Clary zaczęło bić mocniej.

– Myślisz, że Luke'owi coś się stało?

Jace opuścił czarodziejskie światło.

– Lepiej to sprawdźmy.

Drzwi do mieszkania nie były zamknięte na klucz. Zaprowadziły ich do salonu Luke'a, wypełnionego książkami, mimo setek ich zgromadzonych w magazynie. Na sięgających do sufitu półkach były poustawiane w dwóch rzędach. Głównie poezja i beletrystyka, ale również mnóstwo fantastyki. W swoim czasie Clary przebrnęła tutaj przez całe *Chronicles of Prydain*, skulona w oknie wykuszowym, podczas gdy słońce zachodziło nad East River.

– Myślę, że on jest gdzieś niedaleko – stwierdził Simon, stojąc w progu małej kuchenki. – Ekspres włączony, kawa jeszcze gorąca.

Clary rozejrzała się po mieszkaniu. W zlewie stały naczynia. Kurtki Luke'a wisiały w szafie na ubrania. Poszła dalej korytarzem i otworzyła drzwi małej sypialni. Wyglądała tak samo jak zawsze: niepościelone łóżko z szarą narzutą, płaskie poduszki, biurko zasłane drobniakami. Kiedy tu wchodzili, była pewna, że zastaną to miejsce wywrócone do góry nogami, Luke'a związanego i rannego albo jeszcze gorzej. Teraz nie wiedziała, co ma myśleć.

Przecięła korytarz i zajrzała do małego pokoju gościnnego, w którym często zostawała na noc, kiedy mama wyjeżdżała z miasta w interesach. Siedzieli wtedy do późna i oglądali stare horrory w czarno-białym śnieżącym telewizorze. Trzymała nawet tutaj spakowany plecak z zapasowymi rzeczami, żeby nie nosić ich ciągle ze sobą tam i z powrotem.

Uklękła i wyciągnęła go teraz spod łóżka za oliwkowozielone paski. Był pokryty znaczkami, z których większość dostała od Simona. „Gracze robią to lepiej". „Otaku". „Jeszcze nie król". W środku znajdowało się trochę złożonych ubrań, zapasowa bielizna, szczotka do włosów, a nawet szampon. Dzięki Bogu, pomyślała. Kopniakiem zamknęła drzwi pokoju i szybko się przebrała. Za duże, a teraz w dodatku poplamione trawą i przepocone ciuchy Isabelle zamieniła na własne sprane sztruksy, miękkie i wygodne, oraz niebieski top z nadrukiem w postaci chińskich znaków. Ubrania Isabelle wcisnęła do plecaka, zarzuciła go na ramiona i wyszła z sypialni. Miło było mieć znowu coś własnego.

Jace'a i Simona znalazła w gabinecie, również pełnym książek. Akurat przeglądali zawartość zielonego worka marynarskiego, który leżał na biurku. Rzeczywiście okazał się pełen broni. Oprócz noży w pochwach był tam zwinięty bat i coś, co wyglądało jak metalowy pierścień o brzegach ostrych jak brzytwa.

– To chakram – wyjaśnił Jace, podnosząc wzrok, kiedy Clary weszła do pokoju. – Broń Sikhów. Obracasz nim na palcu wskazującym i puszczasz. Są rzadkie i trudne w użyciu. Dziwne, że Luke coś takiego ma. Kiedyś była to ulubiona broń Hodge'a. A przynajmniej on tak twierdzi.

– Luke zbiera różne rzeczy, no wiesz, dzieła sztuki – powiedziała Clary, wskazując na półkę za biurkiem, zastawioną figurkami z brązu i rosyjskimi ikonami. Najbardziej podobał się jej posążek hinduskiej bogini zniszczenia Kali, która z mieczem i odciętą głową w rękach tańczyła z zamkniętymi oczami. Obok biurka stał antyczny chiński parawan z różowego palisandru. – Ładne rzeczy.

Jace ostrożnie odłożył chakram na bok. Z worka wysypało się trochę odzieży.

– A tak przy okazji, to chyba twoje.

Spomiędzy ubrań wyciągnął fotografię w drewnianych ramkach, z długim pionowym pęknięciem na szkle. Odchodziła o niego cała sieć drobnych rys przecinających uśmiechnięte twarze Clary, Jocelyn i Luke'a.

– Owszem. – Clary wyjęła zdjęcie z jego ręki.

– Jest uszkodzone – zauważył Jace.

– Wiem. Ja je rozbiłam, kiedy rzuciłam nim w Pożeracza. – Po minie Jace'a poznała, że świta mu w głowie ta sama myśl. – A to oznacza, że Luke był w moim mieszkaniu już po ataku. Może nawet dzisiaj...

– Musiał być ostatnią osobą, która przed nami przeszła przez Bramę – stwierdził Jace. – Dlatego tutaj trafiliśmy. Nie myślałaś o żadnym konkretnym miejscu, więc Brama wysłała nas w to samo, co naszego poprzednika.

– Miło, że Dorothea wspomniała nam o jego wizycie – zauważyła Clary z przekąsem.

– Pewnie jej zapłacił, żeby milczała. Albo ona ufa mu bardziej niż nam. Co oznacza, że Luke może nie być...

– Hej! – Simon wpadł do gabinetu, wyraźnie przestraszony. – Ktoś idzie.

Clary chwyciła zdjęcie.

– Luke?

Simon pokiwał głową.

– Tak. Ale nie sam. Jest z nim dwóch ludzi.

– Ludzi? – Jace pokonał gabinet w dwóch susach, wyjrzał na korytarz i zaklął pod nosem. – To czarownicy.

Clary wytrzeszczyła oczy.

– Czarownicy? Ale...

Jace cofnął się do pokoju.

– Jest stąd jakieś inne wyjście? Tylne drzwi?

Clary potrząsnęła głową. Ogarnął ją strach. Kroki w korytarzu były coraz wyraźniejsze.

Jace rozejrzał się gorączkowo. Jego wzrok spoczął na chińskim parawanie.

– Tam – powiedział. – Szybko.

Clary rzuciła fotografię w ramce na biurko i skoczyła za parawan, ciągnąc za sobą Simona. Jace ledwo zdążył się ukryć, ze stelą w ręce, kiedy drzwi się otworzyły i do gabinetu Luke'a weszli ludzie. Clary usłyszała trzy męskie głosy. Spojrzała nerwowo na Simona, który był bardzo blady, a potem na Jace'a, rysującego czubkiem steli na wewnętrznej części parawanu coś w rodzaju kwadratu. Zakreślony fragment zrobił się przezroczysty jak szyba. Simon z cichym sykiem wciągnął powietrze przez zęby. Jace potrząsnął głową i bezgłośnie powiedział: „My ich widzimy, ale oni nie mogą nas zobaczyć".

Clary przygryzła wargę i zajrzała przez kwadratowe okienko. Zobaczyła cały pokój jak na dłoni: półki z książkami, worek marynarski na biurku i Luke'a. Stał przy drzwiach – lekko przygarbiony, zaniedbany, w okularach podsuniętych na czubek głowy. Miała duszę na ramieniu, choć wiedziała, że okno, które wyczarował Jace, jest jak lustro weneckie w policyjnej sali przesłuchań. Na karku czuła oddech Simona.

Luke odwrócił się w stronę drzwi.

– Nie krępujcie się – rzucił Luke tonem pełnym sarkazmu. – Obejrzycie wszystko dokładnie. Miło, że okazujecie takie zainteresowanie moimi zbiorami.

Z kąta gabinetu dobiegł cichy śmiech. Jace niecierpliwym gestem postukał we framugę „okna" i otworzył je szerzej, tak że ujrzeli cały pokój. Oprócz gospodarza znajdowali się w nim dwaj mężczyźni, obaj w długich czerwonych szatach z odrzuconymi kapturami. Jeden był chudy, z eleganckim siwym wąsem i szpiczastą bródką. Kiedy się uśmiechnął, błysnęły oślepiająco białe zęby. Drugi, przysadzisty i zbudowany jak zapaśnik, miał krótko obcięte rudawe włosy i zaczerwienioną skórę, lśniącą na kościach policzkowych, jakby była zbyt mocno naciągnięta.

– To są czarownicy? – spytała szeptem Clary.

Jace nie odpowiedział. Stał bez ruchu, sztywny i napięty jak sprężyna. Boi się, że pobiegnę do Luke'a, pomyślała Clary. Żałowała, że nie może go uspokoić. W tych dwóch mężczyznach odzianych w grube szaty koloru krwi tętniczej było coś przerażającego.

– Uznaj to za przyjacielską wizytę, Graymark – powiedział mężczyzna z siwym wąsem. W uśmiechu pokazał zęby tak ostre, że wyglądały jak spiłowane.

– Nie ma w tobie nic przyjacielskiego, Pangborn. – Luke siedział na brzegu biurka w taki sposób, że zasłaniał worek marynarski i jego zawartość przed wzrokiem tamtego.

Clary zauważyła, że twarz i ręce ma mocno posiniaczone, palce obtarte i zakrwawione, na szyi długie cięcie znikające pod kołnierzem. Co, u licha, mu się stało?

– Nie dotykaj cennych rzeczy, Blackwell – ostrzegł Luke surowym tonem.

Potężny rudzielec zdjął z półki posążek Kali i przesunął po nim serdelkowatymi palcami.

– Ładne.

– Stworzona, żeby walczyć z demonami, których nie może zabić żaden bóg ani człowiek – rzekł Pangborn, odbierając mu figurkę. – „O, Kali, matko pełna szczęścia! Uwodzicielko potężnego Śiwy, tańczysz w delirycznej radości, klaszcząc w dłonie. Twoja sztuka porusza wszystko, co żyje, a my jesteśmy tylko twymi bezradnymi zabawkami".

– Bardzo ładne – skomentował Luke. – Nie wiedziałem, że studiowałeś hinduskie mity.

– Wszystkie mity są prawdą – stwierdził Pangborn. – Nawet to zapomniałeś?

Po plecach Clary przebiegł dreszcz.

– Niczego nie zapomniałem – oświadczył Luke. Choć wyglądał na odprężonego, Clary widziała napięcie w ułożeniu jego ramion. – Zapewne przysłał was Valentine?

– Tak – przyznał Pangborn. – Pomyślał, że może zmieniłeś zdanie.

– Nie mam w czym zmieniać zdania. Już wam mówiłem, że nic nie wiem. A tak przy okazji, ładne pelerynki.

– Dzięki – odparł Blackwell z chytrym uśmiechem. – Zdarłem je z dwóch martwych czarowników.

– To oficjalne szaty Porozumienia, tak? – zapytał Luke. – Zostały z Powstania?

Pangborn zaśmiał się cicho.

– Łupy wojenne.

– Nie boicie się, że ktoś może omyłkowo wziąć was za prawdziwe istoty?

– Nie, kiedy podejdzie bliżej – odparował Blackwell.

Pangborn pogładził brzeg szaty.

– Pamiętasz Powstanie, Lucian? – spytał cicho. – To był wielki i straszny dzień. Pamiętasz, jak razem ćwiczyliśmy przed bitwą?

Luke się skrzywił.

– Przeszłość to przeszłość. Nie wiem co powiedzieć, panowie. Nie mogę wam pomóc. Nic nie wiem.

– „Nic" to takie ogólnikowe słowo, takie niekonkretne – zauważył z melancholią w głosie Pangborn. – Z pewnością ktoś, kto ma tyle książek, musi coś wiedzieć.

– Jeśli chcecie wiedzieć, gdzie znaleźć wiosną jaskółkę dymówkę, mogę podpowiedzieć wam stosowny tytuł. Ale jeśli chcecie wiedzieć, gdzie się podział Kielich Anioła...

– „Podział się" to chyba niewłaściwe określenie – stwierdził Pangborn. – Lepsze byłoby „został ukryty". Ukryty przez Jocelyn.

– Chyba tak – zgodził się Luke. – Więc jeszcze wam nie powiedziała, gdzie jest Kielich?

– Jeszcze nie odzyskała przytomności – odparł Pangborn, rozkładając ręce. – Valentine jest rozczarowany. Nie mógł się doczekać spotkania z nią.

– Jocelyn raczej nie podzielała jego sentymentów – mruknął Luke.

Pangborn zarechotał.

– Zazdrosny? Nadal coś do niej czujesz, Graymark?

Palce Clary zaczęły tak mocno drżeć, że musiała spleść dłonie. Jocelyn? Czy to możliwe, że mówią o mojej matce?

– Nigdy nie żywiłem wobec niej żadnych szczególnych uczuć – oświadczył Luke. – Dwoje Nocnych Łowców na wygnaniu. Łatwo zrozumieć, że połączył nas wspólny los. Ale nie zamierzam krzyżować planów Valentine'a wobec niej, jeśli on się o to martwi.

– Nie powiedziałbym, że się martwi – rzekł Pangborn. – Raczej jest ciekawy. Wszyscy zastanawialiśmy się, czy jeszcze żyjesz. W ludzkiej postaci.

Luke uniósł brew.

– I?

– Wyglądasz całkiem dobrze – przyznał Pangborn z niechęcią. Odstawił posążek Kali na półkę. – Było też dziecko, prawda? Dziewczynka?

Luke zrobił zaskoczoną minę.

– Co?

– Nie udawaj głupiego – warknął Pangborn. – Wiemy, że ta suka miała córkę. Znaleźliśmy jej zdjęcia w mieszkaniu, sypialnię...

– Myślałem, że pytacie o moje dzieci – przerwał mu gładko Luke. – Tak, Jocelyn miała córkę. Clarissę. Przypuszczam, że dziewczyna uciekła. Valentine was przysłał, żebyście ją znaleźli?

– Nie nas – odparł Pangborn. – Ale szuka jej.

– Moglibyśmy przetrząsnąć ten dom – wtrącił Blackwell.

– Nie radziłbym – ostrzegł Luke, wstając z biurka. W jego spojrzeniu była zimna groźba, ale wyraz twarzy się nie zmienił. – Dlaczego sądzicie, że ona nadal żyje? Myślałem, że Valentine wysłał Pożeracza do ich mieszkania. Wystarczy odrobina jego trucizny i po większości ludzi nie zostaje nawet ślad.

– Znaleźliśmy tam tylko martwego Pożeracza – zdradził Pangborn. – To wzbudziło podejrzenia Valentine'a.

– Wszystko wzbudza jego podejrzenia – zauważył Luke. – Może Jocelyn zabiła Pożeracza? Z pewnością jest do tego zdolna.

Blackwell odchrząknął.

– Może.

Luke wzruszył ramionami.

– Posłuchajcie, nie mam pojęcia, gdzie jest dziewczyna, ale przypuszczam, że nie żyje. W przeciwnym razie już dawno by się pojawiła. Tak czy inaczej, nie stanowi wielkiego zagrożenia.

Ma piętnaście lat, nigdy nie słyszała o Valentinie i nie wierzy w demony.

Pangborn się zaśmiał.

– Szczęściara.

– Już nie – powiedział Luke.

Blackwell uniósł brwi.

– Jesteś zły, Lucian.

– Nie zły, tylko poirytowany. Nie zamierzam krzyżować planów Valentine'owi, rozumiecie? Nie jestem głupcem.

– Naprawdę? Dobrze, że wreszcie zacząłeś cenić własną skórę, Lucian. Nie zawsze byłeś taki pragmatyczny.

– Wiesz, że wymienilibyśmy Jocelyn na Kielich? – zagadnął Pangborn konwersacyjnym tonem. – Bezpiecznie dostarczoną prosto pod twoje drzwi. To obietnica samego Valentine'a.

– Nie jestem zainteresowany – oznajmił Luke. – Nie mam pojęcia, gdzie jest wasz cenny Kielich, i nie chcę mieszać się w waszą politykę. Nienawidzę Valentine'a, ale go szanuję. Wiem, że skosi wszystkich na swojej drodze, i zamierzam trzymać się z dala od niego, kiedy to się stanie. Jest potworem... maszyną do zabijania.

– Patrzcie, kto to mówi – skomentował ironicznie Blackwell.

– Domyślam się, że to są przygotowania do usunięcia się Valentine'owi z drogi? – Pangborn wskazał długim palcem na worek marynarski leżący na biurku. – Wynosisz się z miasta, Lucian?

Luke wolno pokiwał głową.

– Jadę na wieś. Chcę na jakiś czas się przyczaić.

– Moglibyśmy cię powstrzymać – rzucił Blackwell od niechcenia.

Kiedy Luke się uśmiechnął, jego twarz całkiem się zmieniła. Już nie był miłym, spokojnym człowiekiem o wyglądzie naukowca, który w parku popychał huśtawkę i uczył Clary jeździć na trójkołowym rowerku. W jego oczach nagle pojawił się nowy wyraz: dziki, groźny, zimny.

– Możecie spróbować.

Pangborn zerknął na swojego towarzysza, a kiedy Blackwell wolno pokręcił głową, wrócił spojrzeniem do gospodarza.

– Zawiadomisz nas, jeśli nagle odzyskasz pamięć?

Luke nadal się uśmiechał.

– Będziesz pierwszy na mojej liście telefonów do wykonania.

Pangborn krótko skinął głową.

– Chyba już pójdziemy. Niech cię Anioł strzeże, Lucian.

– Anioł nie strzeże takich jak ja. – Luke sięgnął po worek marynarski i go zawiązał. – Idziemy, panowie?

Dwaj mężczyźni nałożyli kaptury i wyszli z pokoju. Luke podążył za nimi. W progu na chwilę zatrzymał się i rozejrzał, jakby sprawdzał, czy czegoś nie zapomniał. Potem starannie zamknął za sobą drzwi.

Clary stała jak wrośnięta i słuchała, jak zatrzaskują się frontowe drzwi, a potem brzęczą klucze, gdy Luke z powrotem zakładał kłódkę. Wciąż miała przed oczami jego twarz, kiedy powiedział, że nie interesuje go, co się stało z jej matką.

Poczuła dłoń na ramieniu.

– Clary? – Simon mówił z wahaniem, niemal łagodnie. – Dobrze się czujesz?

Bez słowa pokręciła głową. Wcale nie czuła się dobrze. Właściwie odnosiła wrażenie, że może być tylko gorzej.

– Oczywiście, że nie. – Jace głos miał ostry i zimny jak lodowe odłamki. Gwałtownym ruchem odsunął parawan. –

Przynajmniej wiemy, kto wysłał demona do twojej matki. Ci ludzie uważają, że ona ma Kielich Anioła.

– To niedorzeczne i wykluczone! – oburzyła się Clary.

– Może – przyznał Jace, opierając się o biurko Luke'a. Miał zmatowiałe oczy, jak przydymione szkło. – Widziałaś wcześniej tych ludzi?

– Nie. – Clary potrząsnęła głową. – Nigdy.

– Zdaje się, że Luke ich zna. Był z nimi zaprzyjaźniony.

– Nie powiedziałbym, że zaprzyjaźniony – sprzeciwił się Simon. – Wydawało mi się, że tamci dwaj hamują wrogość.

– Nie zabili go – skonstatował Jace. – Uważają, że coś wie.

– Może – zgodziła się Clary. – Albo po prostu nie chcieli zabijać Nocnego Łowcy.

Jace parsknął krótkim śmiechem. Clary aż przeszły ciarki.

– Wątpię.

– Skąd ta pewność? – Clary zmierzyła go wzrokiem. – Znasz ich?

– Czy ich znam? – Rozbawienie zniknęło z głosu Jace'a. – Można tak powiedzieć. To oni zamordowali mojego ojca.

9

Krąg i Bractwo

Clary zbliżyła się do Jace'a, żeby dotknąć jego ramienia i jakoś go pocieszyć. Coś powiedzieć. Cokolwiek. Co się mówi komuś, kto właśnie ujrzał zabójców swojego ojca? Te rozterki okazały się bezsensowne. Jace odtrącił jej rękę, jakby go oparzyła.

– Powinniśmy iść – stwierdził, ruszając do wyjścia. Clary i Simon pospieszyli za nim. – Nie wiadomo, kiedy może wrócić Luke.

Wydostali się tylnymi drzwiami, a potem Jace zamknął je za nimi, używając steli. Ruszyli cichą ulicą. Księżyc wisiał nad miastem jak medalion, rzucając perłowe refleksy na wody East River. Daleki szum samochodów jadących Mostem Williamsburg przypominał przytłumiony łopot skrzydeł.

– Czy ktoś raczy mnie poinformować, dokąd idziemy? – zapytał Simon.

– Do metra – odparł spokojnie Jace.

– Chyba żartujesz. Zabójcy demonów jeżdżą metrem?

– Tak jest szybciej niż samochodem.

– Spodziewałem się czegoś bardziej odlotowego. Na przykład furgonetki z napisem „Śmierć demonom" na boku albo...

Jace nawet nie zadał sobie trudu, żeby mu przerwać. Clary zerknęła na niego z ukosa. Czasami, kiedy Jocelyn była naprawdę na nią zła albo w jednym z tych swoich nastrojów, kiedy czymś się zamartwiała, przybierała maskę „przerażającego spokoju", jak nazywała go Clary; kojarzył się jej ze zwodniczo grubą warstwą lodu tuż przed pęknięciem pod jej ciężarem. Jace był teraz przerażająco spokojny. Miał twarz bez wyrazu, ale w bursztynowych oczach płonął żar.

– Simon, wystarczy – powiedziała.

Przyjaciel rzucił jej spojrzenie, jakby pytał: „Po czyjej jesteś stronie?". Clary go zignorowała. Nadal obserwowała Jace'a, kiedy skręcali w Kent Avenue. W blasku latarni włosy tworzyły wokół jego głowy niesamowitą aureolę. Clary myślała o porywaczach matki. W pewnym sensie była zadowolona, że to ci sami ludzie, którzy przed laty zabili ojca Jace'a, bo teraz musiał jej pomóc odnaleźć Jocelyne, chciał tego czy nie. Nie mógł zostawić jej samej.

***

– Mieszkasz tutaj? – Simon gapił się na starą katedrę z wybitymi oknami i żółtą policyjną taśmą na drzwiach. – Przecież to kościół.

Jace sięgnął pod koszulę i zdjął z szyi łańcuszek. Wisiał na nim mosiężny klucz, który wyglądał tak, jakby pasował do starego kufra ukrytego na strychu. Kiedy wcześniej wychodzili z Instytutu, Jace nie zamknął za sobą drzwi, tylko je zatrzasnął.

– Uważamy, że dobrze jest mieszkać na poświęconej ziemi.

– Rozumiem, ale, bez obrazy, to straszna rudera – zauważył Simon, patrząc z powątpiewaniem na płot z kutego żelaza otaczający stary budynek, na śmieci walające się obok schodów.

Clary wyobraziła sobie, że bierze jedną z nasyconych terpentyną szmat Jocelyn i wyciera obraz, który miała przed oczami, zmywając czar jak starą farbę.

I udało się. Spod fałszywej fasady zaczął przeświecać prawdziwy widok, niczym światło przez ciemne szkło. Clary zobaczyła wysokie iglice katedry, lśniące okna z szybkami w ołowianych ramkach, mosiężną tablicę z nazwą Instytutu przymocowaną do kamiennej ściany przy drzwiach wejściowych. Dopiero po dłuższej chwili, niemal z żalem pozwoliła tej wizji zniknąć.

– To czar, Simonie – powiedziała. – W rzeczywistości wszystko wygląda inaczej.

– Jeśli takie jest twoje pojęcie o czarze, to chyba jeszcze się zastanowię, czy pozwolę siebie zmienić.

Jace włożył klucz do zamka i obejrzał się przez ramię na Simona.

– Nie jestem pewien, czy zdajesz sobie sprawę z zaszczytu, jakiego zaraz dostąpisz. Będziesz pierwszym Przyziemnym, który wejdzie do Instytutu.

– Prawdopodobnie wszystkich innych odstrasza zapach.

– Nie zwracaj na niego uwagi – poradziła Clary i szturchnęła przyjaciela łokciem. – On zawsze mówi to, co mu przyjdzie do głowy. Bez żadnych filtrów.

– Filtry są do papierosów i kawy – mruknął Simon pod nosem, przekraczając próg. – Przydałoby mi się teraz jedno i drugie.

Clary też nagle zatęskniła za kawą, kiedy szli w górę krętymi kamiennymi schodami. Na każdym stopniu był wyryty hieroglif, a ona zaczynała niektóre z nich rozpoznawać. Męczyły ją niczym zasłyszane gdzieś słowa w obcym języku. Miała wrażenie, że gdyby bardziej się skupiła, mogłaby doszukać się w nich sensu.

Wsiedli do windy i w milczeniu pojechali na górę. Clary nadal myślała o kawie, o wielkich kubkach z dużą ilością mleka, jakie codziennie rano szykowała matka. Czasami Luke przynosił torby słodkich rogalików z piekarni Golden Carriage w Chinatown. Na myśl o nim Clary poczuła ściskanie w żołądku. Straciła apetyt.

Winda zatrzymała się z sykiem i po chwili znaleźli się w znajomym przedpokoju. Jace zdjął kurtkę, rzucił ją na krzesło i zagwizdał cicho. Po chwili bezszelestnie zjawił się pers. Jego żółte oczy jarzyły się w półmroku.

– Church – powiedział Jace, głaszcząc ulubieńca. – Gdzie Alec? Gdzie Hodge?

Kot wygiął grzbiet i zamiauczał. Jace zmarszczył nos, co w innych okolicznościach Clary mogłaby uznać za urocze.

– Są w bibliotece? – Jace się wyprostował, a Church pomaszerował korytarzem, zerkając za siebie.

Jace ruszył za nim, jakby to była najbardziej naturalna rzecz na świecie. Gestem ręki pokazał gościom, żeby szli za nim.

– Nie lubię kotów – oznajmił Simon. Idąc wąskim przejściem, potrącał Clary ramieniem.

– Jak znam Churcha, jest mało prawdopodobne, żeby on polubił ciebie – rzucił Jace przez ramię.

Na widok licznych drzwi po obu stronach kolejnego korytarza, Simon uniósł brwi.

– Ilu ludzi tu właściwie mieszka?

– To jest miejsce, gdzie Nocni Łowcy mogą się zatrzymać, kiedy są w mieście – wyjaśniła Clary. – Coś w rodzaju schroniska połączonego z instytutem badawczym.

– Myślałem, że to kościół.

– Na zewnątrz tak.

– Dziwne.

Clary usłyszała zdenerwowanie w nonszalanckim tonie Simona. Wzięła go za rękę i splotła jego palce ze swoimi. Dłoń miał wilgotną, ale jej gest przyjął z wdzięcznością.

– Wiem, że to dziwne – powiedziała cicho. – Ale po prostu musisz się do tego wszystkiego przyzwyczaić. Zaufaj mi.

– Tobie ufam. – Ciemne oczy Simona były poważne. – Nie ufam jemu.

Zerknął na Jace'a, który szedł kilka kroków przed nimi i najwyraźniej rozmawiał z kotem.

Clary zastanawiała się, o czym dyskutują. O polityce? Operze? Wysokich cenach tuńczyków?

– Postaraj się – szepnęła. – Teraz on jest moją jedyną szansą na to, że znajdę matkę.

Po ciele Simona przebiegł lekki dreszcz.

– Nie podoba mi się tutaj – wyznał cicho.

Clary sama czuła się dziś rano po przebudzeniu tak, jakby wszystko w Instytucie było zarazem obce i znajome. Najwyraźniej Simon odbierał to miejsce wyłącznie jako obce, dziwne i nieprzyjazne.

– Nie musisz ze mną zostawać – powiedziała, choć w metrze kłóciła się z Jace'em, że chce zatrzymać przy sobie Simona. Twierdziła, że po trzech dniach obserwowania Luke'a jej przyjaciel zapewne zna drobne szczegóły, które mogą się okazać użyteczne.

– Ale zostanę – odparł Simon.

Puścił jej rękę, bo akurat weszli do ogromnego pomieszczenia. Okazało się, że jest to kuchnia, w przeciwieństwie do reszty

Instytutu bardzo nowoczesna, ze stalowymi blatami i przeszklonymi szafkami na naczynia. Obok czerwonego żeliwnego pieca stała Isabelle z okrągłą łyżką w ręce. Ciemne włosy miała upięte na czubku głowy. Z garnka unosiła się para, obok leżały przygotowane składniki: pomidory, siekany czosnek i cebula, paski ciemnych ziół, tarty ser, jakieś orzechy w łupinkach, garść oliwek i cała ryba ze szklistymi oczami.

– Gotuję zupę – oznajmiła Isabelle, celując łyżką w Jace'a. – Jesteś głodny? – W tym momencie zobaczyła Simona i Clary. – O, Boże! – jęknęła z rezygnacją. – Przyprowadziłeś kolejnego Przyziemnego? Hodge cię zabije.

Simon odchrząknął.

– Jestem Simon – przedstawił się z godnością.

Isabelle go zignorowała.

– Wytłumacz się, Wayland! – zażądała.

Jace łypnął gniewnie na kota.

– Mówiłem ci, żebyś zaprowadził mnie do Aleca, podstępny Judaszu!

Church wygiął grzbiet, mrucząc z zadowoleniem.

– Nie obwiniaj Churcha – zbeształa go Isabelle. – To nie jego wina, że Hodge cię zabije. – Zanurzyła łyżkę w garnku.

Clary zastanawiała się, jak smakuje taka orzechowo-rybno-oliwkowo-pomidorowa zupa.

– Musiałem go przyprowadzić, Isabelle – zaczął się tłumaczyć Jace. – Dzisiaj widziałem tych dwóch ludzi, którzy zabili mojego ojca.

Dziewczyna na chwilę znieruchomiała, ale kiedy się odwróciła, wyglądała bardziej na zdenerwowaną niż zaskoczoną.

– Nie sądzę, żeby on był jednym z nich. – Wskazała łyżką na Simona.

Ku zdumieniu Clary przyjaciel nic nie powiedział. Stał jak urzeczony i z rozdziawionymi ustami gapił się na Isabelle. Oczywiście, pomyślała z irytacją. Dziewczyna była dokładnie w jego typie: wysoka, efektowna i piękna. Właściwie, jeśli się nad tym zastanowić, wszystkim mogła się podobać. Clary przez głowę przemknęła myśl, co by się stało, gdyby wylała zawartość garnka na głowę Isabelle. Mniejsza o smak zupy.

– Oczywiście, że nie – powiedział Jace. – Myślisz, że jeszcze by żył, gdyby to był on?

Isabelle obrzuciła obojętnym spojrzeniem Simona.

– Pewnie nie – przyznała i niby niechcący upuściła kawałek ryby na podłogę.

Church rzucił się na niego żarłocznie.

– Nic dziwnego, że nas tutaj przyprowadził – skomentował z niesmakiem Jace. – Nie mogę uwierzyć, że znowu karmisz go rybami. Już jest pękaty.

– Wcale nie. Poza tym, wy nigdy nie jecie tego, co ugotuję. Przepis na zupę dostałam od rusałki z Chelsea Market. Zapewniała, że jest pyszna...

– Gdybyś umiała gotować, może bym jadł – wymamrotał Jace.

Isabelle zamarła z uniesioną łyżką.

– Co powiedziałeś?

Jace ruszył do lodówki.

– Że zamierzam poszukać czegoś do przekąszenia.

– Właśnie tak mi się wydawało. – Isabelle znowu zajęła się mieszaniem zupy.

Simon nadal się na nią gapił. Clary, z niewiadomych powodów wściekła, rzuciła plecak na podłogę i poszła za Jace'em do lodówki.

– Nie mogę uwierzyć, że jesz – syknęła.

– A co powinienem robić? – zapytał z irytującym spokojem.

W lodówce było pełno kartonów mleka, których data ważności minęła kilka tygodni wcześniej, i plastikowych pojemników z napisami zrobionymi czerwonym atramentem: „Hodge. Nie ruszać".

– O rany, zupełnie jak stuknięty współlokator – zauważyła Clary z rozbawieniem.

– Hodge? On po prostu lubi porządek. – Jace wyjął i otworzył jeden z pojemników. – Mmm. Spaghetti.

– Nie psuj sobie apetytu! – krzyknęła Isabelle.

– Właśnie nie zamierzam – odparł Jace. Kopniakiem zamknął drzwi lodówki i wyjął z szuflady widelec. – Chcesz trochę?

Clary potrząsnęła głową.

– Oczywiście, że nie, skoro zjadłaś wszystkie kanapki – powiedział z pełnymi ustami Jace.

– Nie było ich wcale dużo. – Clary zerknęła na Simona, któremu najwyraźniej udało się wciągnąć Isabelle w rozmowę. – Możemy teraz poszukać Hodge'a?

– Zdaje się, że masz ochotę stąd uciec? – zauważył Jace.

– Nie chcesz mu opowiedzieć, co widzieliśmy?

– Jeszcze się nie zdecydowałem. – Jace odstawił pojemnik i w zamyśleniu zlizywał sos z palców. – Ale skoro tak bardzo chcesz iść...

– Chcę.

– Dobrze.

Wydawał się niesamowicie spokojny, nie przerażająco spokojny jak w drodze do Instytutu, ale dużo bardziej opanowany, niż powinien być. Clary zastanawiała się, jak często pozwala dostrzec swoje prawdziwe ja za tą fasadą, twardą i lśniącą jak lakier na japońskich szkatułkach jej matki.

– Gdzie idziecie? – Simon popatrzył na nich, kiedy już byli przy drzwiach. Ciemne kosmyki opadały mu na oczy.

Wygląda na głupio oszołomionego, pomyślała Clary nieżyczliwie. Zupełnie, jakby ktoś zdzielił go pałką w głowę.

– Poszukać Hodge'a – odparła. – Muszę mu opowiedzieć, co się stało u Luke'a.

– Powiesz mu, że widziałeś tych ludzi, Jace? – spytała Isabelle. – Tych, którzy...

– Nie wiem. Na razie zachowaj to dla siebie.

Dziewczyna wzruszyła ramionami.

– Dobrze. Zamierzasz wrócić na zupę?

– Nie.

– Myślisz, że Hodge będzie miał ochotę trochę zjeść?

– Nikt nie chce żadnej zupy.

– Ja chcę – wyrwał się Simon.

– Na pewno nie – stwierdził Jace. – Po prostu chcesz się przespać z Isabelle.

– To nieprawda. – Simon był wyraźnie przerażony.

– Jakie to pochlebne – mruknęła Isabelle nad garnkiem, ale uśmiechała się zadowolona.

– Ależ tak. Zapytaj ją. Ona cię odtrąci, podczas gdy ty będziesz rozpamiętywał swoje upokorzenie. – Pstryknął palcami. – Pospiesz się, Przyziemny, mamy zadanie do wykonania.

Simon uciekł wzrokiem, czerwony z zakłopotania. Clary, która jeszcze chwilę wcześniej czułaby złośliwą satysfakcję, rozgniewała się na Jace'a.

– Zostaw go w spokoju! – warknęła. – Nie musisz być sadystą tylko dlatego, że on nie jest jednym z was.

– Jednym z nas – poprawił ją Jace, ale wyraz jego oczu złagodniał. – Idę poszukać Hodge'a, a ty jak chcesz.

Gdy drzwi kuchni zamknęły się za nim, Isabelle nalała trochę zupy do miski i przesunęła ją po blacie w stronę Simona. Nie patrzyła na niego, ale nadal uśmiechała się z wyższością. Zupa była ciemnozielona, pływało w niej coś brązowego.

– Idę z Jace'em – oznajmiła Clary. – Simon?

– Chybtuzostane – wymamrotał cicho, wbijając wzrok w podłogę.

– Co?

– Ja zostaję. – Simon rozsiadł się na stołku. – Jestem głodny.

– Świetnie.

Clary wyszła z kuchni ze ściśniętym gardłem, jakby połknęła coś bardzo gorącego albo bardzo zimnego. Church ocierał się o jej nogi.

Na korytarzu stał Jace i obracał w palcach jeden z serafickich noży. Schował go, kiedy ją zobaczył.

– Miło z twojej strony, że zostawiłaś papużki same.

Clary spiorunowała go wzrokiem.

– Dlaczego zawsze jesteś takim dupkiem?

– Dupkiem? – Jace miał taką minę, jakby zamierzał się roześmiać.

– To, co powiedziałeś Simonowi...

– Próbowałem oszczędzić mu bólu. Isabelle wytnie mu serce i podepcze je butami na szpilkach. Właśnie tak postępuje z chłopcami.

– Tobie to zrobiła? – rzuciła Clary.

Jace tylko potrząsnął głową i zwrócił się do Churcha:

– Hodge. Tym razem naprawdę Hodge. Zaprowadzisz nas gdzie indziej, to przerobię cię na rakietę tenisową.

Pers prychnął i dumnie ruszył korytarzem. Clary, która szła za Jace'em, widziała zmęczenie i napięcie w mięśniach jego pleców. Zastanawiała się, czy kiedykolwiek bywa odprężony.

– Jace...

Obejrzał się przez ramię.

– Co?

– Przepraszam. Za to, że na ciebie warknęłam.

Jace zachichotał.

– O który raz ci chodzi?

– Ty też na mnie warczysz.

– Wiem – powiedział ku jej zaskoczeniu. – Jest w tobie coś...

– Irytującego?

– Niepokojącego.

Chciała zapytać, czy to dobrze, czy źle, ale ugryzła się w język. Za bardzo się bała, że Jace w odpowiedzi rzuci jakiś żart. Próbowała znaleźć inny temat do rozmowy.

– Isabelle zawsze robi wam obiad? – spytała w końcu.

– Dzięki Bogu, nie. Kiedy Lightwoodowie są na miejscu, gotuje nam Maryse, jej matka. Jest świetną kucharką. – Miał rozmarzony wzrok, zupełnie jak Simon, kiedy patrzył na Isabelle.

– Więc dlaczego nie nauczyła córki gotować?

Mijali właśnie pokój muzyczny, gdzie rano zastała Jace'a grającego na fortepianie. W kątach już zbierały się gęste cienie.

– Bo dopiero od niedawna kobiety są Nocnymi Łowcami na równi z mężczyznami – odparł wolno Jace. – To znaczy w Clave zawsze były kobiety. Znały runy, ćwiczyły z bronią i uczyły sztuki zabijania, ale tylko najzdolniejsze zostawały wojowniczkami. Musiały walczyć o prawo do szkolenia. Maryse należała do pierwszego pokolenia kobiet Clave, które przeszły normalny trening od początku do końca. Myślę, że nigdy nie nauczyła

Isabelle gotować, bo bała się, że wtedy jej córka będzie już na zawsze skazana na siedzenie w kuchni.

– A tak by się stało? – zaciekawiła się Clary. Przypomniała sobie, z jaką pewnością siebie i wprawą Isabelle używała bata w Pandemonium.

Jace zaśmiał się cicho.

– Na pewno nie. Isabelle jest jednym z najlepszych Nocnych Łowców, jakich znam.

– Lepszym niż Alec?

W tym momencie Church, który szedł przed nimi ciemnym korytarzem, zatrzymał się nagle i miauknął. Następnie usiadł u stóp krętych metalowych schodów prowadzących w górę ku mglistej poświacie.

– A więc jest w oranżerii. Żadna niespodzianka.

Minęła chwila, zanim Clary się zorientowała, że Jace mówi do kota.

– W oranżerii?

Jace wszedł na pierwszy stopień.

– Hodge lubi tam przesiadywać. Hoduje rośliny lecznicze na nasz użytek. Większość nich rośnie tylko w Idrisie. Myślę, że przypominają mu rodzinny dom.

Clary ruszyła za nim po schodach. Jej kroki dźwięczały na metalowych stopniach. Jace szedł cicho jak duch.

– Jest lepszy od Isabelle? – zapytała ponownie. – To znaczy, Alec.

Jace zatrzymał się i spojrzał na nią z góry, wychylając się przez poręcz. Clary przypomniał się niedawny sen: spadające płonące anioły.

– Lepszy? W zabijaniu demonów? Niezupełnie. Jeszcze żadnego nie zabił.

– Naprawdę?

– Nie wiem dlaczego. Może dlatego że zawsze ochrania Izzy i mnie.

Dotarli na szczyt schodów i stanęli przed podwójnymi drzwiami, które zdobiły motywy z liści i winorośli. Jace popchnął je ramieniem.

Już od progu uderzyła Clary intensywna woń żywych roślin, ziemi i korzeni. Spodziewała się czegoś mniejszego, takiego jak nieduża szklarnia na tyłach St. Xavier, w której przyszli studenci biologii klonowali zielony groszek. Tutaj zobaczyła ogromne pomieszczenie o szklanych ścianach i rzędy drzew o gęstym listowiu, które wydychały chłodne powietrze pachnące zielenią. Były tam również krzewy oblepione czerwonymi, fioletowymi i czarnymi jagodami oraz małe drzewka z owocami o dziwnych kształtach.

Clary wzięła głęboki wdech.

– Pachnie...

Wiosną, zanim upał spali liście i zwarzy płatki kwiatów, dodała w myślach.

– Domem – dokończył Jace. – Przynajmniej jeśli chodzi o mnie.

Uniósł zwieszającą się gałąź i przeszedł pod nią. Clary zrobiła to samo.

W sposobie rozplanowania oranżerii niewprawne oko Clary nie potrafiło dostrzec żadnego wzorca, natomiast wszędzie, gdzie spojrzała, widziała orgię kolorów. Po lśniącym zielonym żywopłocie spływały kaskadą niebieskofioletowe kwiaty, wijące się pnącze było obsypane pomarańczowymi pączkami niczym klejnotami. Na otwartej przestrzeni, pod pniem drzewa o zwisających gałęziach i srebrzystozielonych liściach, obok skalnej sadzawki wyłożonej kamieniami, stała niska granitowa ławka. Siedział na niej Hodge z czarnym ptakiem na ramieniu i w zadumie patrzył na wodę, ale gdy się zbliżyli, uniósł głowę i spojrzał w górę. Clary podążyła za jego wzrokiem i zobaczyła szklany dach oranżerii lśniący jak powierzchnia odwróconego jeziora.

– Wyglądasz, jakbyś na coś czekał – stwierdził Jace, zrywając liść z najbliższej gałęzi i obracając go w palcach. Jak na kogoś, kto sprawiał wrażenie bardzo opanowanego, miał dużo nerwowych nawyków. A może po prostu lubił ciągle być w ruchu.

– Zamyśliłem się. – Hodge wstał z ławki. Kiedy uważniej im się przyjrzał, uśmiech zniknął z jego twarzy. – Co się stało? Wyglądacie, jakbyście...

– Zostaliśmy zaatakowani – odparł krótko Jace. – Przez Wyklętego.

– Wyklęci wojownicy? Tutaj?

– Widzieliśmy tylko jednego – powiedział Jace.

– Ale Dorothea mówiła, że jest ich więcej – dodała Clary.

– Dorothea? – Hodge uniósł rękę. – Byłoby łatwiej, gdybyście opowiedzieli mi wszystko po kolei.

– Racja. – Jace rzucił Clary ostrzegawcze spojrzenie, zanim zdążyła się odezwać, a następnie zrelacjonował popołudniowe wydarzenia, pomijając tylko jeden szczegół: że ludzie w mieszkaniu Luke'a byli tymi samymi, którzy kiedyś zabili jego ojca. – Przyjaciel matki Clary, czy kimkolwiek on jest naprawdę, używa nazwiska Luke Garroway. Ale dwaj mężczyźni, którzy twierdzili, że są wysłannikami Valentine'a, zwracali się do niego per Lucian Graymark.

– A oni nazywają się...

– Pangborn i Blackwell.

Hodge zbladł. Na zszarzałej twarzy jego blizna wyglądała jak skręcona z czerwonego drutu.

– Jest tak, jak się obawiałem – powiedział. – Krąg się odradza.

Clary spojrzała pytająco na Jace'a ale on też najwyraźniej nie wiedział, o czym mówi Hodge.

– Krąg?

Hodge potrząsnął głową, jakby chciał się uwolnić od pajęczyn oplatających jego mózg.

– Chodźcie ze mną. Czas, żebym wam coś pokazał.

***

W blasku lamp gazowych palących się w bibliotece wypolerowane powierzchnie dębowych mebli lśniły jak klejnoty. Częściowo ukryte w cieniu surowe twarze aniołów podtrzymujących ciężkie biurko wyglądały na jeszcze bardziej zbolałe. Clary usiadła na czerwonej kanapie i podwinęła nogi, Jace przycupnął obok niej na poręczy.

– Hodge, jeśli potrzebujesz pomocy...

– Nie. – Nauczyciel wyłonił się zza biurka, otrzepując kurz ze spodni. – Znalazłem.

W ręce trzymał dużą księgę oprawioną w brązową skórę. Przekartkował ją, mrugając jak sowa i mamrocząc pod nosem:

– Gdzie... gdzie... a, jest! – Odchrząknął i zaczął czytać na głos: – „Niniejszym przyrzekam bezwarunkowe posłuszeństwo Kręgowi i jego zasadom... Będę w każdej chwili gotowy poświęcić życie, żeby zachować czystość rodów Idrisu i bronić świata śmiertelników, którego bezpieczeństwo nam powierzono".

Jace się skrzywił.

– Co to jest?

– Przysięga wierności składana Kręgowi Razjela dwadzieścia lat temu – wyjaśnił Hodge dziwnie znużonym głosem.

– Przyprawia o dreszcze – stwierdziła Clary. – Kojarzy się z faszystowską organizacją albo czymś takim.

Hodge odłożył książkę na biurko. Miał poważną i równie udręczoną minę jak anioły dźwigające ogromne biurko.

– Krąg był kierowaną przez Valentine'a grupą Nocnych Łowców, którzy postanowili wybić mieszkańców Podziemnego Świata i przywrócić świat do poprzedniego, „czystszego" stanu. Mieli zaczekać, aż Podziemni przybędą do Idrisu na podpisanie Porozumień, które trzeba odnawiać co piętnaście lat, żeby zachowały magiczną moc. Wtedy zamierzali wymordować wszystkich delegatów, bezbronnych i zaskoczonych. Sądzili, że ten straszliwy czyn doprowadzi do wojny między ludźmi a mieszkańcami Podziemnego Świata. A oni zamierzali ją wygrać.

– To było Powstanie – dodał Jace, przypominając sobie lekcje historii. – Nie wiedziałem, że organizacja Valentine'a i jego zwolenników miała nazwę.

– Ta nazwa rzadko jest dzisiaj wymawiana – powiedział Hodge. – Istnienie Kręgu pozostaje hańbą dla Clave. Większość dokumentów, które go dotyczyły, została zniszczona.

– Więc skąd masz egzemplarz ich przysięgi? – zapytał Jace.

Hodge wahał się przez krótką chwilę. Clary to zauważyła i poczuła dreszcz przebiegający jej po plecach.

– Bo pomogłem ją napisać – wyznał w końcu nauczyciel.

– Należałeś do Kręgu – stwierdził Jace.

– Tak. Wielu z nas należało. – Hodge patrzył prosto przed siebie. – Matka Clary również.

Clary drgnęła gwałtownie, jakby ją spoliczkował.

– Co?

– Powiedziałem...

– Słyszałam, co pan powiedział! Moja matka nigdy nie należałaby do czegoś takiego. Do organizacji siejącej nienawiść.

– To nie była... – zaczął Jace, ale Hodge mu przerwał.

– Wątpię, żeby miała duży wybór – rzekł wolno, jakby te słowa sprawiały mu ból.

Clary wytrzeszczyła oczy.

– O czym pan mówi? Dlaczego miałaby nie mieć wyboru?

– Bo była żoną Valentine'a – odparł Hodge.

Część druga

Łatwe jest zejście do piekieł

Facilis descensus Averno;
Noctes atque dies patet atri ianua Ditis;
Sed revocare gradum superasque evader ad auras,
Hoc opus, hic labor est.

–Wergiliusz, „Eneida"

10

Miasto Kości

Zapadła pełna zaskoczenia cisza, a potem Clary i Jace zaczęli mówić jednocześnie.

– Valentine miał żonę? Był żonaty? Myślałem...

– To niemożliwe! Moja matka nigdy by... Ona miała tylko jednego męża! Mojego ojca!

Hodge ze znużeniem uniósł ręce.

– Dzieci...

– Nie jestem dzieckiem! – obruszyła się Clary. – I nie chcę tego więcej słuchać.

– Clary.

Łagodność w głosie Hodge'a aż zabolała Clary. Dziewczyna odwróciła się powoli i spojrzała na niego. Pomyślała, że to dziwne, że z tymi siwymi włosami i blizną na twarzy wygląda dużo starzej niż jej matka. A jednak kiedyś oboje byli „młodymi ludźmi", razem wstąpili do Kręgu, znali Valentine'a.

– Moja matka by nie... – Już nie była pewna, czy dobrze zna Jocelyn. Matka stała się dla niej obcą osobą, kłamczuchą ukrywającą sekrety. Czego by nie zrobiła?

– Twoja matka opuściła Krąg – powiedział Hodge. Nie ruszył w jej stronę, tylko patrzył na nią ptasim nieruchomym wzrokiem. – Gdy się zorientowała, jak ekstremalne stały się poglądy Valentine'a, gdy już wiedzieliśmy, do czego się szykuje, wielu z nas odeszło. Lucian pierwszy. To był cios dla Valentine'a. Przyjaźnili się. – Hodge pokręcił głową. – Potem Michael Wayland. Twój ojciec, Jace.

Jace uniósł brwi, ale się nie odezwał.

– Inni pozostali lojalni. Pangborn, Blackwell, Lightwoodowie...

– Lightwoodowie? Masz na myśli Roberta i Maryse? – Jace wyglądał na wstrząśniętego. – A ty? Kiedy ty odszedłeś?

– Nie odszedłem – odparł cicho Hodge. – Oni też nie. Za bardzo baliśmy się tego, co on może zrobić. Po Powstaniu lojaliści tacy jak Blackwell i Pangborn uciekli. My zostaliśmy i współpracowaliśmy z Clave. Podaliśmy im nazwiska. Pomogliśmy wytropić zbiegów. Dzięki temu mogliśmy liczyć na łagodniejszą karę.

– Łagodniejszą?

Hodge dostrzegł szybkie spojrzenie Jace'a.

– Myślisz o przekleństwie, które mnie tutaj wiąże, prawda? Zawsze zakładałeś, że to czar zemsty rzucony przez gniewnego demona albo czarownika. Pozwalałem ci tak myśleć. Ale to nie jest prawda. Klątwa została rzucona przez Clave.

– Za przynależność do Kręgu? – zapytał Jace z wyrazem zdumienia na twarzy.

– Za to, że nie opuściłem go przed Powstaniem.

– Ale Lightwoodowie nie zostali ukarani – zauważyła Clary. – Dlaczego? Zrobili to samo co pan.

– W ich wypadku wzięto pod uwagę okoliczności łagodzące. Byli małżeństwem, mieli dziecko. Choć nie jest tak, że mieszkają na tej wysuniętej placówce, daleko od domu, z własnego wyboru. Zostaliśmy tutaj wypędzeni, my troje. A raczej nas czworo. Alec był niemowlęciem, kiedy opuściliśmy Szklane Miasto. Mogą jeździć do Idrisu wyłącznie w służbowych sprawach i tylko na krótko. Ja nie mogę wrócić nigdy. Nigdy więc nie zobaczę Szklanego Miasta.

Jace wytrzeszczył oczy. Zupełnie, jakby patrzył na swojego nauczyciela nowymi oczami, pomyślała Clary, choć to nie on się zmienił.

– Twarde prawo, ale prawo – zacytował.

– Ja cię tego nauczyłem. – W suchym głosie Hodge'a brzmiała nuta rozbawienia. – A teraz z kolei uczniowie przypominają mi moje własne lekcje. I słusznie. – Wyglądał, jakby chciał opaść na najbliższe krzesło, ale stał prosto. W jego sztywnej postawie zostało coś z żołnierza, którym kiedyś był.

– Dlaczego wcześniej nie powiedział mi pan, że moja matka była żoną Valentine'a – zapytała Clary. – Znał pan jej nazwisko...

– Znałem ją jako Jocelyn Fairchild, a nie Jocelyn Fray – wyjaśnił Hodge. – A ty tak się upierałaś, że nic nie wiesz o Świecie Cieni. W końcu przekonałaś mnie, że nie chodzi o Jocelyn, którą znałem. A może nie chciałem w to uwierzyć? Nikt nie chciałby powrotu Valentine'a. – Znowu pokręcił głową. – Gdy posłałem dziś rano po Braci z Miasta Kości, nie spodziewałem się, jakie będziemy mieli dla nich wieści. Kiedy Clave się dowie, że Valentine wrócił i szuka Kielicha, zrobi się wielkie poruszenie. Mam tylko nadzieję, że nie dojdzie do naruszenia Porozumień.

– Założę się, że Valentine'owi by się to spodobało – wtrącił Jace. – Ale dlaczego tak bardzo zależy mu na Kielichu?

Twarz Hodge'a poszarzała.

– Czy to nie oczywiste? Chce stworzyć armię.

– Kolacja! – W drzwiach biblioteki stała Isabelle z łyżką w ręce. – Przepraszam, jeśli przeszkadzam.

– Dobry Boże, nadeszła chwila grozy – mruknął Jace.

Hodge też wyglądał na przerażonego.

– Ja... ja... ja zjadłem bardzo obfite śniadanie – wymamrotał. – To znaczy lunch. Nie dam rady nic w siebie wcisnąć...

– Wylałam zupę – oznajmiła Isabelle. – Zamówiłam chińszczyznę na mieście.

Jace zeskoczył z biurka i się przeciągnął.

– Świetnie. Umieram z głodu.

– Może jednak spróbuję zjeść odrobinę – wykrztusił Hodge.

– Obaj jesteście beznadziejnymi kłamcami – stwierdziła ponuro Isabelle. – Wiem, że nie lubicie, jak gotuję...

– Więc przestań gotować – poradził jej rozsądnie Jace. – Zamówiłaś wieprzowinę mu shu. Wiesz, że ją uwielbiam.

Isabelle wywróciła oczyma.

– Tak. Jest w kuchni.

– Super. – Mijając Isabelle, Jace zmierzwił jej włosy.

Hodge też się zatrzymał i poklepał ją po ramieniu. Potem zabawnie skłonił głowę w przepraszającym geście i wyszedł na korytarz. Czy rzeczywiście zaledwie kilka minut wcześniej Clary dostrzegła w nim ducha dawnego wojownika?

Isabelle odprowadziła ich obu wzrokiem, obracając łyżkę w palcach poznaczonych bliznami.

– Naprawdę jest? – spytała Clary.

– Kto kim? – zapytała Isabelle.

– Jace. Naprawdę jest strasznym kłamcą?

Dopiero teraz Isabelle spojrzała na Clary.

– Wcale nie jest kłamcą. Nie w ważnych sprawach. Powie ci najstraszniejszą prawdę, ale nie będzie kłamał. – Po chwili dodała cicho: – Dlatego na ogół lepiej o nic go nie pytać, jeśli nie jesteś pewna, czy chcesz usłyszeć odpowiedź.

***

Kuchnia była ciepła, pełna światła i słodko-słonego aromatu chińszczyzny. Zapach przypomniał Clary dom. Patrzyła na swój talerz, bawiła się widelcem i unikała zerkania na Simona, który gapił się na Isabelle oczami bardziej szklanymi niż u kaczki po pekińsku.

– Myślę, że to nawet romantyczne – stwierdziła Isabelle i wciągnęła perełki tapioki przez wielką różową słomkę.

– Co? – zapytał Simon, natychmiast czujny.

– Ta cała historia z matką Clary. – Jace i Hodge już ją o wszystkim poinformowali. Pominęli jedynie szczegół, że Lightwoodowie też należeli do Kręgu i że Clave na wszystkich nałożyło klątwę. – Była żoną Valentine'a, a teraz on zmartwychwstał i jej szuka. Może chce, żeby znowu byli razem?

– Wątpię, żeby w tym celu wysyłał Pożeracza do jej domu – odezwał się Alec.

Zjawił się w kuchni, kiedy podano jedzenie. Nikt nie go pytał, gdzie był, a on sam też nie próbował się tłumaczyć. Siedział obok Jace'a, naprzeciwko Clary, i starannie omijał ją wzrokiem.

– Fakt, że nie taki byłby mój pierwszy krok – zgodził się Jace. – Najpierw słodycze i kwiaty, potem listy z przeprosinami, a dopiero później hordy żarłocznych demonów. W takiej właśnie kolejności.

– Może wcześniej posłał jej słodycze i kwiaty – powiedziała Isabelle. – Nie wiemy.

– Isabelle, ten człowiek ściągnął na Idris lawinę zniszczenia, jakiej ten kraj nigdy nie widział, wysłał Nocnych Łowców przeciwko Podziemnym i sprawił, że ulice Szklanego Miasta spłynęły krwią – cierpliwie wyjaśnił Hodge.

– Zło jest ekscytujące – rzuciła Isabelle.

Simon przybrał groźną minę, ale speszył się, kiedy zobaczył, że Clary na niego patrzy.

– Więc dlaczego Valentine tak bardzo pragnie tego Kielicha i dlaczego sądzi, że mama Clary go ma? – zapytał.

– Mówił pan, że Valentine chce stworzyć armię Nocnych Łowców – zwróciła się Clary do Hodge'a. – Można w tym celu użyć Kielicha?

– Tak.

– I Valentine po prostu podejdzie do jakiegoś gościa na ulicy i zrobi z niego Nocnego Łowcę, korzystając z mocy Kielicha? – Simon się pochylił. – Na mnie też by podziałała?

Hodge zmierzył go długim spojrzeniem.

– Możliwe – odparł w końcu. – Ale najprawdopodobniej jesteś już za stary. Kielich działa na dzieci. Na dorosłego nie będzie miał żadnego wpywu albo od razu go zabije.

– Armia dzieci – wyszeptała Isabelle.

– Dzieci szybko rosną – zauważył Jace. – Za kilka lat stałyby się siłą, której trzeba by stawić czoło.

– Zmienić bandę dzieciaków w wojowników... – Simon się zamyślił. – Sam nie wiem. Słyszałem o gorszych rzeczach. Nie rozumiem, po co tyle zachodu, żeby ukryć przed nim Kielich.

– Pomijając taki drobiazg, że Valentine bez wątpienia wykorzystałby swoją armię, żeby zaatakować Clave, problem polega na tym, że tylko nielicznych da się zmienić w Nefilim – wyjaśnił Hodge. – Większość ludzi nie przeżyłaby transformacji. Kandydatów trzeba najpierw dokładnie sprawdzić, wybrać obdarzonych największą siłą i wytrzymałością. Ale Valentine nie zawracałby sobie tym głowy. Użyłby Kielicha wobec każdego dziecka, które wpadłoby mu w ręce, i sformował armię z dwudziestu procent ocalałych.

Alec popatrzył na nauczyciela z takim samym przerażeniem, jak Clary.

– Skąd wiesz, że by to zrobił? – spytał.

– Bo taki miał plan, kiedy był w Kręgu. Twierdził, że to jedyny sposób, żeby stworzyć siłę potrzebną do obrony naszego świata.

– Ale to byłoby morderstwo. – Isabelle była zielona na twarzy. – On planował zabijanie dzieci.

– Mówił, że przez tysiąc lat dbaliśmy o bezpieczeństwo tego świata, więc nadeszła pora, żeby teraz ludzie spłacili dług – powiedział Hodge.

– Własnymi dziećmi? – zapytał z płonącą twarzą Jace. – To wbrew wszelkim naszym zasadom i przysięgom. Mamy przecież chronić bezbronnych, strzec ludzkości...

Hodge odsunął talerz.

– Valentine jest szalony. Błyskotliwy, ale szalony. Nie obchodzi go nic oprócz zabijania demonów i Podziemnych. Nic oprócz oczyszczania świata. Poświęciłby dla sprawy własnego syna i nie rozumiałby, że ktoś inny za nic tego nie zrobi.

– Miał syna? – zainteresował się Alec.

– Mówiłem w przenośni – odparł Hodge, sięgając po chusteczkę. Wytarł czoło i schował ją do kieszeni. Ręka lekko mu drżała. – Kiedy spłonęła jego posiadłość, sądzono, że sam podłożył ogień, żeby przeszła wraz z Kielichem w ręce Clave. W zgliszczach znaleziono kości Valentine'a i jego żony.

– Ale moja matka przeżyła – odezwała się Clary. – Nie zginęła w tamtym pożarze.

– I zdaje się, że Valentine również ocalał – stwierdził Hodge. – Clave nie będzie zadowolone, że zostało oszukane. Co ważniejsze, będzie chciało odzyskać Kielich. Ale przede wszystkim musi się postarać, żeby Valentine go nie zdobył.

– A ja uważam, że najpierw powinniśmy odszukać matkę Clary – oświadczył Jace. – I znaleźć Kielich, zanim dostanie go Valentine.

Plan spodobał się Clary, ale Hodge miał taką minę, jakby Jace zaproponował doświadczenie z nitrogliceryną.

– Wykluczone.

– Więc co mamy robić?

– Nic. Najlepiej zostawić wszystko wyszkolonym i doświadczonym Nocnym Łowcom.

– Ja jestem wyszkolony – przypomniał Jace. – I doświadczony.

– Wiem, że nadal jesteś dzieckiem albo prawie. – Ton Hodge'a był twardy, niemal ojcowski.

Jace spojrzał na niego spod przymrużonych powiek. Długie rzęsy rzucały cień na wydatne kości policzkowe. U kogoś innego byłaby to nieśmiała, wręcz przepraszająca mina, ale jego twarzy nadała groźny wyraz.

– Nie jestem dzieckiem.

– Hodge ma rację – odezwał się Alec. Patrzył na Jace'a z troską, a nie, jak większość ludzi, ze strachem. – Valentine jest niebezpieczny. Wiem, że jesteś dobrym Nocnym Łowcą, pewnie najlepszym w naszym wieku, ale on jest najlepszy ze wszystkich, jacy kiedykolwiek istnieli. Pokonanie go wymagało ciężkiej walki.

– Właściwie nie został pokonany – wtrąciła Isabelle. – Przynajmniej na to wygląda.

– Ale ze względu na Porozumienia nie ma tutaj nikogo oprócz nas – zauważył Jace. – Jeśli czegoś nie zrobimy...

– Zrobimy – zapewnił Hodge. – Jeszcze dzisiaj wyślę wiadomość do Clave. Jeśli tak zadecydują, może nawet jutro zjawić się tu oddział Nefilim. Ty już swoje zrobiłeś. Oni zajmą się resztą.

– Nie podoba mi się to – oświadczył Jace. Jego oczy nadal się jarzyły.

– Nie musi ci się podobać – powiedział Alec. – Wystarczy, że się zamkniesz i nie zrobisz niczego głupiego.

– A co z moją matką? – zapytała Clary. – Ona nie może czekać, aż zjawi się jakiś przedstawiciel Clave. Valentine ją przetrzymuje, tak powiedzieli Pangborn i Blackwell, i może ją... – Nie potrafiła wykrztusić słowa „torturować", ale wiedziała, że nie tylko ona o tym myśli. Nagle wszyscy przy stole zaczęli unikać jej spojrzenia.

Z wyjątkiem Simona.

– Skrzywdzić – dokończył za nią. – Ale tamci wspomnieli również, że jest nieprzytomna i że Valentine nie jest zadowolony z tego powodu. Zdaje się, że czeka, aż ona się obudzi.

– Na jej miejscu pozostałabym nieprzytomna – wymamrotała cicho Isabelle.

– Ale to może stać się w każdej chwili. – Clary podniosła głos. – Sądziłam, że Clave przysięgało bronić ludzi. Czy już dawno nie powinni przybyć tutaj Nocni Łowcy? Nie powinni jej szukać?

– Byłoby łatwiej, gdyby mieli choć najmniejsze pojęcie, gdzie szukać – warknął Alec.

– Ale my mamy – rzekł Jace.

– Tak? – Clary spojrzała na niego zaskoczona. – Gdzie?

– Tutaj. – Jace pochylił się i dotknął palcem jej skroni, tak delikatnie, że na twarz Clary wypełzł rumieniec. – Wszystko, co potrzebujemy wiedzieć, jest w twojej głowie, pod tymi ładnymi rudymi lokami.

Clary odruchowo dotknęła włosów.

– Nie sądzę...

– Więc co zamierzasz zrobić? – spytał Simon ostrym tonem. – Otworzyć jej głowę, żeby zajrzeć do środka?

Oczy Jace'a zabłysły, ale głos brzmiał spokojnie.

– Nie. Cisi Bracia mogą wydobyć z niej wspomnienia.

– Nienawidzę Cichych Braci. – Isabelle aż się wzdrygnęła.

– A ja się ich boję – wyznał szczerze Jace. – To nie to samo.

– Mówiłeś, zdaje się, że to bibliotekarze – przypomniała sobie Clary.

– Bo są bibliotekarzami.

Simon zagwizdał.

– Cisi Bracia to archiwiści, ale nie tylko – wtrącił Hodge. Mówił takim tonem, jakby zaczynał tracić cierpliwość. – Żeby wzmocnić umysł, postanowili przyjąć na siebie najsilniejsze runy, jakie kiedykolwiek stworzono. Ich moc jest tak wielka, że... – Urwał, a Clary usłyszała w głowie głos Aleca: „Okaleczają się". – Zniekształca ich ciała. Oni nie są wojownikami w takim sensie, jak Nocni Łowcy. Wykorzystują potęgę rozumu, a nie siłę fizyczną.

– Potrafią czytać w myślach? – spytała cicho Clary.

– Między innymi. Należą do pogromców demonów budzących największy strach.

– Sam nie wiem – odezwał się Simon. – Nie wydaje mi się to takie straszne. Wolałbym, żeby ktoś pogrzebał mi w głowie, niż ją uciął.

– Więc jesteś większym idiotą, niż wyglądasz – stwierdził Jace, patrząc na niego z pogardą.

– Jace ma rację – poparła go Isabelle. – Cisi Bracia przyprawiają mnie o gęsią skórkę.

Hodge zacisnął w pięść leżącą na stole rękę.

– Są bardzo potężni – powiedział. – Chodzą po omacku i nie mówią, ale potrafią otworzyć umysł człowieka tak, jak rozbija się orzech. I zostawiają go samego, krzyczącego w ciemności, jeśli uznają, że tak trzeba.

Clary spojrzała przerażona na Jace'a.

– Chcesz mnie oddać w ich ręce?

– Chcę, żeby ci pomogli. – Jace nachylił się nad stołem, tak że widziała ciemniejsze bursztynowe plamki w jego jasnych oczach. – Może nie będziemy szukać Kielicha. Zajmie się tym Clave. Ale to, co jest w twojej głowie, należy do ciebie. Ktoś ukrył tam sekrety, których sama nie potrafisz wydobyć. Nie chcesz poznać prawdy o własnym życiu?

– Nie chcę nikogo w swojej głowie – odparła słabo Clary. Wiedziała, że Jace ma rację, ale myśl o zdaniu się na łaskę istot, które nawet Nocni Łowcy uważali za straszne, mroziła jej krew w żyłach.

– Pójdę z tobą – obiecał Jace. – I będę przy tobie przez cały czas.

– Wystarczy. – Simon zerwał się od stołu, czerwony z gniewu. – Zostaw ją w spokoju.

Alec zamrugał, jakby dopiero teraz go zauważył. Odgarnął z oczu włosy i spytał ze zdziwieniem:

– Co ty tutaj jeszcze robisz, Przyziemny?

Simon go zignorował.

– Powiedziałem: zostaw ją w spokoju.

Jace zmierzył go długim, łagodnym, ale zarazem jadowitym spojrzeniem.

– Alec ma rację – przemówił w końcu. – Instytut ma obowiązek udzielać schronienia Nocnym Łowcom, a nie ich ziemskim przyjaciołom. Zwłaszcza jeśli nadużyli gościnności.

Isabelle wstała i wzięła Simona za ramię.

– Odprowadzę go.

Przez chwilę wydawało się, że Simon stawi opór, ale on zobaczył, że Clary patrzy na niego i lekko kręci głową. Poddał się więc i, zachowując dumną minę, dał się wyprowadzić z kuchni.

Clary wstała od stołu i oznajmiła:

– Jestem zmęczona. Idę spać.

– Prawie nic nie zjadłaś... – zaprotestował Jace.

– Nie jestem głodna.

W holu było chłodniej niż w kuchni. Clary oparła się o ścianę i odciągnęła koszulkę przyklejoną do ciała. W głębi korytarza widziała oddalające się sylwetki Isabelle i Simona. Wkrótce wchłonęły je cienie. Gdy w milczeniu obserwowała tych dwoje, czuła dziwne ściskanie w żołądku. Jak to się stało, że Simon trafił pod skrzydła Isabelle? Na razie ostatnie wydarzenia nauczyły Clary tego, że bardzo łatwo jest stracić wszystko, co uważało się za dane na zawsze.

***

Pokój był cały w złocie i bieli, ściany lśniły jak polakierowane, sklepienie znajdujące się wysoko w górze jarzyło się jak diamenty. Clary miała na sobie zieloną aksamitną suknię, a w ręku trzymała złoty wachlarz. Kiedy spoglądała za siebie, jej głowa wydawała się dziwnie ciężka z powodu upiętego na czubku głowy koka, z którego wymykały się niesforne loki.

– Widzisz kogoś bardziej interesującego ode mnie? – zapytał Simon.

W jej śnie okazał się znakomitym tancerzem. Gdy prowadził ją w tłumie, czuła się jak liść niesiony przez nurt rzeki. Był cały ubrany na czarno, jak Nocny Łowca, i ten kolor pasował do jego ciemnych włosów, ciemnej karnacji i białych zębów. Jest przystojny, pomyślała Clary ze zdziwieniem.

– Nie ma tu nikogo bardziej interesującego od ciebie – zapewniła go Clary. – Chodzi o samo miejsce. Jeszcze nigdy takiego nie widziałam.

Obejrzała się znowu, kiedy mijali fontannę ustawioną pośrodku stołu: ogromną srebrną czarę z posągiem syreny trzymającej w ręce naczynie, z którego tryskał szampan i spływał po jej nagich plecach. Ludzie napełniali kieliszki, śmiejąc się i rozmawiając. Syrena spojrzała na Clary i uśmiechnęła się do niej, pokazując białe zęby, ostre jak u wampira.

– Witajcie w Szklanym Mieście – rozległ się głos, który nie należał do Simona.

Clary zobaczyła, że jej przyjaciel zniknął, a ona teraz tańczy z Jace'em, ubranym w czarną koszulę z tak cienkiej bawełny, że prześwitywały przez nią ciemne Znaki. Na szyi miał brązowy łańcuch, a jego włosy i oczy wyglądały na bardziej złote niż zwykle. Przyszło jej do głowy, żeby namalować jego portret lekko zmatowioną złotą farbą, taką jak na rosyjskich ikonach.

– Gdzie Simon? – zapytała, kiedy okrążali fontanny szampana. Dostrzegła Isabelle i Aleca, oboje w królewskich błękitach. Trzymali się za ręce jak Hansel i Gretel w ciemnym lesie.

– To jest miejsce dla żywych – odparł Jace. Jego dłonie były zimne. Czuła je wyraźniej niż ręce Simona.

Zmrużyła oczy.

– Co masz na myśli?

Jace nachylił się, muskając wargami jej ucho. Jego usta wcale nie były zimne.

– Obudź się, Clary – wyszeptał. – Obudź się, obudź się.

***

Zerwała się i usiadła na łóżku, dysząc. Włosy miała przyklejone do karku, mokrego od zimnego potu. Nadgarstki były uwięzione w mocnym uścisku. Próbowała je wyrwać, ale wtedy zobaczyła, kto je trzyma.

– Jace?

– Tak. – Siedział na brzegu łóżka rozchełstany i zaspany, z zapuchniętymi oczami i potarganymi włosami.

– Puść mnie.

– Przepraszam. – Uwolnił jej ręce. – Próbowałaś mnie uderzyć, kiedy wymówiłem twoje imię.

– Chyba jestem podenerwowana. – Rozejrzała się po małej sypialni z ciemnymi meblami. Po słabym świetle wpadającym przez uchylone okno poznała, że właśnie świta. Jej plecak stał oparty o ścianę. – Jak się tutaj znalazłam? Nie pamiętam...

– Znalazłem cię śpiącą na podłodze w holu. – Jace mówił z rozbawieniem w głosie. – Hodge pomógł mi cię zanieść do łóżka. Pomyślałem, że będzie ci wygodniej w pokoju gościnnym niż w izbie chorych.

– O rany, nic nie pamiętam. – Przeczesała rękami skołtunione włosy, odgarniając je z oczu. – A tak przy okazji, która godzina?

– Koło piątej.

– Rano? – Clary wytrzeszczyła oczy. – Lepiej podaj dobry powód, dla którego mnie obudziłeś.

– A co, miałaś dobry sen?

Clary nadal słyszała muzykę w uszach, czuła ciężkie klejnoty muskające jej policzki.

– Nie pamiętam.

Jace wstał.

– Przybył jeden z Cichych Braci, żeby się z tobą zobaczyć. Hodge przysłał mnie, żebym cię obudził. Właściwie zaproponował, że sam to zrobi, ale ponieważ jest piąta rano, uznałem, że będziesz mniej zrzędliwa, jeśli zobaczysz po przebudzeniu kogoś miłego.

– To znaczy ciebie?

– A kogóż by innego?

– Przecież nie zgodziłam się na spotkanie z Cichym Bratem – przypomniała burkliwie Clary.

– Chcesz odnaleźć matkę czy nie?

Clary spiorunowała go wzrokiem.

– Musisz tylko zobaczyć się z bratem Jeremiaszem. To wszystko. Może nawet go polubisz. Ma świetne poczucie humoru jak na faceta, który nigdy nic nie mówi.

Clary oparła głowę na rękach.

– Wyjdź – warknęła. – Muszę się ubrać.

Gdy tylko zamknął za sobą drzwi, wstała z łóżka. Choć dopiero świtało, w pokoju już czuło się wilgotny upał. Clary przymknęła okno i poszła do łazienki. W ustach miała smak tektury.

Pięć minut później wsunęła stopy w zielone tenisówki, włożyła obcięte dżinsy i czarny T-shirt. Ach, gdyby tak mogła zamienić swoje chude, piegowate nogi na smukłe i gładkie Isabelle. Niestety, mogła sobie tylko pomarzyć. Zebrała włosy w koński ogon i wyszła na korytarz. Jace czekał na nią pod drzwiami.

Przy jego nogach kręcił się niespokojnie i pomrukiwał Church.

– Co mu jest? – zapytała Clary.

– Cisi Bracia przyprawiają go o niepokój.

– Zdaje się, że nie tylko jego.

Jace uśmiechnął się słabo. Gdy ruszyli ciemnym korytarzem, kot miauknął, ale nie poszedł za nimi. Dobrze chociaż, że grube kamienne mury katedry zachowały trochę nocnego chłodu.

Kiedy dotarli do biblioteki, Clary ze zdziwieniem stwierdziła, że wszystkie lampy są wyłączone. Pokój rozjaśniała jedynie mleczna poświata, która wpadała przez wysokie okna osadzone w sklepieniu. Hodge siedział za ogromnym biurkiem. Miał na sobie garnitur, a jego szpakowate włosy wyglądały na srebrne w nikłym blasku wczesnego poranka. Przez chwilę Clary myślała, że Jace zrobił jej kawał i że nauczyciel jest sam. Potem zobaczyła, że z półmroku wyłania się jakaś postać, i uświadomiła sobie, że to, co z początku wzięła za cień, jest wysokim mężczyzną w ciężkiej szacie, długiej do ziemi. Twarz nieznajomego zasłaniał obszerny kaptur. Samo okrycie było koloru pergaminu, z biegnącymi wzdłuż rąbka i rękawów misternymi runicznymi wzorami, które wyglądały jak namalowane zakrzepłą krwią. Clary zjeżyły się włoski na przedramionach i karku, powodując niemal bolesne mrowienie.

– To jest brat Jeremiasz z Cichego Miasta – przemówił Hodge.

Gdy mężczyzna ruszył w jej stronę, szata zafalowała wokół jego chudej postaci. Clary dopiero po chwili zrozumiała, co jest dziwnego w jego sposobie poruszania się. Idąc, nie robił najmniejszego hałasu. Nie było słychać żadnych kroków, ciężkie okrycie nie wydawało nawet lekkiego szelestu. Clary przyszło do głowy, że ma do czynienia z duchem, ale kiedy zatrzymał się przed nią, poczuła dziwną słodką woń kadzidła i krwi, zapach żywej istoty.

– A to, Jeremiaszu, jest dziewczyna, o której ci pisałem. – Hodge wstał zza biurka. – Clarissa Fray.

Zakapturzona głowa odwróciła się wolno w jej stronę. Clary poczuła zimno w koniuszkach palców.

– Cześć – bąknęła cicho.

Nie usłyszała żadnej odpowiedzi.

– Doszedłem do wniosku, że miałeś rację, Jace – rzekł Hodge.

– Bo miałem. Jak zwykle.

Nauczyciel zignorował zaczepkę i mówił dalej:

– W nocy wysłałem list do Clave, ale wspomnienia Clary należą do niej i tylko ona może postanowić, co z nimi zrobić. Jeśli chce pomocy Cichych Braci, niech sama o tym zadecyduje.

Clary milczała. Dorothea stwierdziła, że w jej umyśle jest blokada, za którą coś się kryje. Oczywiście chciała wiedzieć, co to jest. Ale stojąca przed nią mroczna postać była taka... milcząca. Cisza płynęła od niej niczym fala, czarna i gęsta jak atrament. Mroziła ją do szpiku kości.

Brat Jeremiasz nadal miał twarz zwróconą w jej stronę, ale pod kapturem było widać tylko ciemność.

To jest córka Jocelyn?

Clary aż się cofnęła i głośno zaczerpnęła tchu. Słowa rozbrzmiały w jej głowie, jakby sama je pomyślała... Ale przecież tego nie zrobiła.

– Tak – odparł Hodge i dodał szybko: – Ale jej ojciec był Przyziemnym.

To nie ma znaczenia, rzekł Jeremiasz. *Krew Clave jest dominująca.*

– Wymienił pan imię mojej matki. – Clary na próżno usiłowała dostrzec coś pod kapturem. – Znał ją pan?

– Bracia prowadzą archiwa i przechowują akta wszystkich członków Clave – wyjaśnił Hodge. – Szczegółowe akta...

– Nie takie szczegółowe, skoro nie wiedzieli, że ona nadal żyje – zauważył Jace.

Prawdopodobnie jakiś czarownik pomógł Jocelyn zniknąć. Zwykłym Nocnym Łowcom nie jest łatwo uciec przed Clave. W głosie Jeremiasza nie było żadnych emocji – ani aprobaty, ani nagany.

– Czegoś nie rozumiem – powiedziała Clary. – Dlaczego Valentine uważa, że moja mama ma Kielich Anioła? Skoro, jak pan twierdzi, zadała sobie tyle trudu, żeby zniknąć, po co miałaby zabierać go ze sobą?

– Żeby nie wpadł w ręce jej byłego męża – odparł Hodge. – Ona najlepiej wie, co się stanie, jeśli Valentine zdobędzie Kielich. I przypuszczam, że Clave też nie ufała mu po tym, jak już raz im się wymknął.

– Domyślam się. – W głosie Clary wyraźnie pobrzmiewał ton wątpliwości.

Cała historia wydawała się nieprawdopodobna. Clary próbowała wyobrazić sobie matkę uciekającą pod osłoną ciemności, z dużym złotym pucharem ukrytym w kieszeni kombinezonu. Niestety, nie udało się jej przywołać takiego obrazu.

– Jocelyn zwróciła się przeciwko mężowi, kiedy odkryła, co on zamierza zrobić z Kielichem – ciągnął Hodge. – Całkiem uzasadnione jest założenie, że zrobiłaby wszystko, co w jej mocy, żeby Kielich nie dostał się w jego ręce. Clave szukałoby najpierw jej, gdyby wiedziało, że ona nadal żyje.

– Wydaje się, że ludzie uznani przez Clave za martwych, wcale martwi nie są – rzuciła z przekąsem Clary. – Może powinni zainwestować w dokumentację dentystyczną.

– Mój ojciec nie żyje – wtrącił Jace z napięciem w głosie. – Nie potrzebuję dokumentacji dentystycznej, żeby o tym wiedzieć.

Clary spojrzała na niego z rozdrażnieniem.

– Posłuchaj, nie miałam na myśli...

Wystarczy, przerwał jej brat Jeremiasz. *Jest prawda do wyjawienia, jeśli będziesz dostatecznie cierpliwa, żeby jej wysłuchać.*

Uniósł ręce i szybkim ruchem zdjął kaptur z głowy. Clary z trudem stłumiła okrzyk. Głowa archiwisty była łysa, gładka i biała jak jajo, z ciemnymi wgłębieniami zamiast oczu. Wargi przecinał wzór z ciemnych linii, które przypominały szwy chirurgiczne. Dopiero teraz Clary zrozumiała, co Isabelle miała na myśli, mówiąc o okaleczeniu.

Bracia z Cichego Miasta nie kłamią, oświadczył Jeremiasz. *Jeśli chcesz ode mnie prawdy, dostaniesz ją, ale w zamian poproszę cię o to samo.*

Clary dumnie uniosła brodę.

– Ja też nie kłamię.

Umysł nie potrafi kłamać. Chcę twoich wspomnień.

Gdy Jeremiasz zbliżył się do niej, poczuła duszący zapach krwi i atramentu. Ogarnęła ją panika.

– Zaczekaj...

– Clary – przemówił Hodge łagodnym tonem – jest całkiem możliwe, że twoje wspomnienia, które powstały bez udziału świadomości, bo byłaś wtedy zbyt mała, są pogrzebane albo stłumione, ale brat Jeremiasz potrafi do nich sięgnąć. Bardzo by nam to pomogło.

Clary nie odpowiedziała, tylko przygryzła wargę. Nie mogła znieść myśli, że ktoś sięgnie do jej wspomnień, tak osobistych i ukrytych, że nawet ona sama nie potrafiła do nich dotrzeć.

– Ona nie musi robić niczego, na co nie ma ochoty – powiedział nagle Jace. – Prawda?

Clary uprzedziła Hodge'a, zanim zdążył się odezwać.

– Wszystko w porządku. Zgadzam się.

Brat Jeremiasz krótko skinął głową i przysunął się do niej bezszelestnie. Po plecach Clary przebiegł dreszcz.

– Czy to będzie bolało? – zapytała szeptem.

Archiwista nie odpowiedział, tylko dotknął jej twarzy wąskimi, białymi rękami. Skórę na palcach miał cienką jak pergamin, całą pokrytą runami. Clary czuła w nich moc, w postaci silnego mrowienia, jakby przeszył ją prąd. Zamknęła oczy, ale dopiero kiedy dostrzegła wyraz niepokoju w oczach Hodge'a.

Pod jej powiekami zawirowały kolory. Poczuła ucisk w głowie, rękach i stopach. Zacisnęła dłonie, stawiając opór temu przyciąganiu, tej ciemności. Miała wrażenie, jakby przygniatało ją coś twardego, jakby powoli miażdżył ją wielki ciężar. Usłyszała własny cichy okrzyk i nagle zrobiło się jej zimno. Przez ułamek sekundy widziała skutą lodem ulicę, szare budynki majaczące w górze, eksplozję bieli i zamarzające drobinki ostre jak igły...

– Wystarczy.

Głos Jace'a przebił się przez zimowy chłód. Sypiący śnieg zniknął jak fajerwerk z białych iskier. Clary otworzyła oczy.

Zobaczyła bibliotekę, ściany pełne książek, zaniepokojone miny Hodge'a i Jace'a. Brat Jeremiasz stał bez ruchu, jak posąg z kości słoniowej ozdobiony czerwonym atramentem. Clary poczuła szczypanie na wnętrzach dłoni. Spojrzała w dół i zobaczyła czerwone półksiężyce w miejscach, gdzie paznokcie wbiły się w skórę.

– Jace! – syknął Hodge z naganą.

– Spójrz na jej ręce – odparował chłopak.

Hodge położył szeroką dłoń na jej ramieniu.

– Dobrze się czujesz?

Clary wolno pokiwała głową. Przygniatający ciężar zniknął, ale czuła pot we włosach i bluzkę przyklejoną do pleców jak taśma klejąca.

Masz w umyśle blokadę, powiedział brat Jeremiasz. *Nie można dotrzeć do twoich wspomnień.*

– Blokadę? – zapytał Jace. – Czy to znaczy, że stłumiła swoje wspomnienia?

Nie. To znaczy, że zostały oddzielone od jej świadomości przez czar. Tutaj nie mogę nic zrobić. Dziewczyna musi przybyć do Miasta Kości i stanąć przed Bractwem.

– Czar? – powtórzyła Clary z niedowierzaniem. – Kto i po co miałby rzucać na mnie czar?

Nikt nie odpowiedział na jej pytanie. Jace spojrzał na nauczyciela. Hodge był dziwnie blady jak na człowieka, który sam wpadł na pomysł, żeby zwrócić się do Cichych Braci.

– Ona nie musi tam iść, jeśli nie chce... – zaczął Jace.

– W porządku. – Clary wzięła głęboki wdech. Piekły ją dłonie. Miała wielką ochotę położyć się w jakimś ciemnym miejscu i odpocząć. – Pójdę tam. Chcę poznać prawdę. Muszę wiedzieć, co siedzi w mojej głowie.

Jace skinął głową.

– Dobrze. W takim razie idę z tobą.

***

Było tak, jakby po wyjściu z Instytutu trafili prosto do rozgrzanego namiotu. Wilgotne powietrze duszące miasto przypominało gęstą zupę.

– Nie rozumiem, dlaczego musimy jechać osobno, a nie z bratem Jeremiaszem – narzekała Clary. Stali na rogu przed Instytutem. Ulice były opustoszałe, nie licząc śmieciarki toczącej się z łoskotem jezdnią. – Wstydzi się pokazać z Nocnymi Łowcami czy coś w tym rodzaju?

– Bracia to Nocni Łowcy – powiedział Jace.

Jakoś udawało mu się wyglądać świeżo mimo upału.

– Pewnie poszedł po swój samochód? – rzuciła sarkastycznie Clary.

Jace uśmiechnął się szeroko.

– Coś w tym rodzaju.

Clary potrząsnęła głową.

– Wiesz, czułabym się dużo lepiej, gdyby jechał z nami Hodge.

– A ja nie jestem dla ciebie dostateczną ochroną?

– Nie ochrony teraz potrzebuję, tylko kogoś, kto pomoże mi myśleć. – Nagle coś sobie przypomniała i zakryła dłonią usta. – Simon!

– Nie, ja jestem Jace. Simon to podstępna mała łasica z kiepską fryzurą i dziwacznym pojęciem o modzie.

– Och, zamknij się – burknęła Clary, bardziej automatycznie niż z rzeczywistą urazą. – Chciałam do niego zadzwonić, zanim pójdę spać. Sprawdzić, czy bezpiecznie dotarł do domu.

Jace pokręcił głową i spojrzał w niebo, jakby zaraz miało się otworzyć i wyjawić mu tajemnice świata.

– Tyle się dzieje, a ty się martwisz o łasicę?

– Nie nazywaj go tak. Wcale nie wygląda jak łasica.

– Może masz rację. Spotkałem w życiu parę atrakcyjnych łasic. On raczej przypomina szczura.

– Wcale nie...

– Pewnie leży w domu w kałuży własnej śliny. Poczekaj, aż Isabelle się nim znudzi. Będziesz musiała zbierać go do kupy.

– A jest prawdopodobne, że Isabelle się nim znudzi? – zainteresowała się Clary.

Jace zastanawiał się przez chwilę.

– Tak – zawyrokował w końcu.

Clary przyszło do głowy, że Isabelle jest bystrzejsza, niż sądzi Jace. Może sobie uświadomi, jakim świetnym facetem jest Simon: zabawnym, bystrym, fajnym. I zaczną się umawiać. Ta myśl napełniła ją irracjonalnym przerażeniem.

Pogrążona w zadumie, dopiero po dłuższej chwili zdała sobie sprawę, że Jace coś do niej mówi. Kiedy nań spojrzała, zobaczyła krzywy uśmiech na jego twarzy.

– Czego? – rzuciła nieuprzejmie.

– Chciałbym, żebyś przestała tak rozpaczliwie próbować zwrócić na siebie moją uwagę – powiedział. – To staje się krępujące.

– Sarkazm to ostatnia deska ratunku dla osób o upośledzonej wyobraźni – oświadczyła Clary.

– Nic na to nie poradzę. Używam swojego ciętego dowcipu, żeby ukryć wewnętrzny ból.

– Twój ból wkrótce zrobi się zewnętrzny, jeśli nie zejdziesz z jezdni. Chcesz, żeby przejechała cię taksówka?

– Nie bądź śmieszna. W tej okolicy nie da się złapać taksówki.

Jakby na znak, w tym samym momencie do krawężnika podjechał czarny samochód z przyciemnionymi szybami i z cichym pomrukiem silnika zatrzymał się obok Jace'a. Był długi, smukły i niski jak limuzyna.

Jace zerknął na niego z ukosa. W jego spojrzeniu było rozbawienie, ale również pewien niepokój. Clary też przyjrzała się pojazdowi, starając się dojrzeć, jak wygląda naprawdę pod osłoną czaru.

Zobaczyła powóz Kopciuszka, ale nie różowy, złoty i niebieski jak wielkanocne jajko, tylko czarny jak aksamit, o ciemno zabarwionych oknach. Koła i skórzane wykończenia również były czarne. Na metalowej czarnej ławce woźnicy siedział brat Jeremiasz, trzymając wodze dłońmi odzianymi w rękawiczki. Jego twarz pozostawała ukryta pod kapturem pergaminowej szaty. Dwa konie zaprzężone do powozu, czarne jak smoła, parskały i niecierpliwie grzebały kopytami.

– Wsiadaj – ponaglił Jace.

Clary nadal stała na chodniku z rozdziawionymi ustami, więc chwycił ją za ramię i niemal wepchnął do środka. Sam wskoczył tuż za nią i nim zdążył zamknąć drzwi, pojazd ruszył. Jace opadł na siedzenie wyściełane błyszczącym pluszem, zmierzył ją wzrokiem i powiedział:

– Osobista eskorta do Miasta Kości nie jest powodem do kręcenia nosem.

– Wcale nie kręciłam nosem. Po prostu byłam zaskoczona. Nie spodziewałam się... to znaczy, myślałam, że to samochód.

– Wyluzuj i ciesz się jazdą nowiutkim powozem – poradził Jace.

Clary wywróciła oczami i bez słowa zaczęła wyglądać przez okno. Można by sądzić, że powóz konny nie będzie miał szans na ulicach Manhattanu, ale, o dziwo, poruszali się po śródmieściu łatwo i bezszelestnie wśród hałaśliwych autobusów, taksówek

i SUV-ów tarasujących aleję. Gdy żółta taksówka nagle zmieniła przed nimi pas, zajeżdżając im drogę, Clary stłumiła okrzyk i napięła mięśnie... ale konie skoczyły w górę. Powóz uniósł się nad ziemią, cicho pożeglował tuż nad przeszkodą, kołysząc się lekko, i spłynął na drugą stronę. Gdy dotknął kołami jezdni, Clary obejrzała się i zobaczyła, że kierowca spokojnie pali papierosa i gapi się przed siebie, niczego nieświadomy.

– Zawsze uważałam, że taksówkarze nie zwracają uwagi na ruch uliczny, ale to jest zupełnie niedorzeczne – stwierdziła słabym głosem.

– Po prostu teraz potrafisz przejrzeć czar... – odparł Jace.

– Tylko wtedy, kiedy się skupię – powiedziała Clary. – Trochę boli mnie od tego głowa.

– Założę się, że to z powodu blokady mózgu. Bracia się tym zajmą.

– I co wtedy?

– Wtedy będziesz widzieć świat taki, jaki jest... nieskończony – odparł Jace z ironicznym uśmiechem.

– Nie cytuj Blake'a.

Uśmiech stał się mniej ironiczny.

– Nie sądziłem, że rozpoznasz tekst. Nie wyglądasz mi na kogoś, kto czyta dużo poezji.

– Wszyscy znają ten cytat dzięki Doorsom.

Jace spojrzał na nią pustym wzrokiem.

– The Doors. Zespół.

– Skoro tak twierdzisz.

– Pewnie nie masz za dużo czasu na słuchanie muzyki ze względu na charakter... swojej pracy – orzekła Clary, jednocześnie myśląc o Simonie, dla którego muzyka była całym życiem.

Jace wzruszył ramionami.

– Czasami słyszę zawodzący chór potępieńców.

Clary zerknęła na niego z ukosa, żeby sprawdzić, czy nie żartuje, ale twarz miał zupełnie bez wyrazu.

– Wczoraj w Instytucie grałeś na fortepianie, więc musisz...

Powóz znowu się uniósł. Clary chwyciła kurczowo za brzeg siedzenia i wytrzeszczyła oczy, gdy zaczęli się toczyć po dachu autobusu M1. Z tego punktu obserwacyjnego widziała górne piętra starych kamienic stojących wzdłuż alei, ozdobionych gargulcami i misternymi gzymsami.

– Tylko się wygłupiałem – powiedział Jace, nie patrząc na nią. – Mój ojciec uparł się, żebym grał na jakimś instrumencie.

– Zdaje się, że był surowy ten twój ojciec.

– Wcale nie – zaprzeczył Jace ostrym tonem. – Rozpieszczał mnie. Nauczył wszystkiego: posługiwania się bronią, demonologii, wiedzy tajemnej, starożytnych języków. Dawał mi wszystko, o co poprosiłem. Konie, broń, książki, nawet sokoła do polowań.

Broń i książki to nie są rzeczy, o których większość dzieciaków marzy jako o prezencie pod choinkę, pomyślała Clary, kiedy powóz miękko opadł na jezdnię.

– Dlaczego nie powiedziałeś Hodge'owi, że znasz ludzi, którzy rozmawiali z Lukiem? Że to oni zabili twojego tatę?

Jace spuścił wzrok na swoje dłonie. Były smukłe i wypielęgnowane, ręce artysty, a nie wojownika. Na palcu lśnił pierścień, który już wcześniej zauważyła. Można by sądzić, że w chłopaku noszącym biżuterię jest coś babskiego, ale wcale tak nie było. Solidny i ciężki sygnet z ciemnego srebra, które wyglądało jak osmalone, miał wygrawerowaną literę W.

– Bo domyśliłby się, że chcę zabić Valentine'a w pojedynkę. I nigdy nie pozwoliłby mi spróbować.

– Chcesz zabić go z zemsty?

– Chcę wymierzyć sprawiedliwość – odparł Jace. – Nie wiedziałem, kto zabił mojego ojca. Teraz wiem i mam szansę zrobić to co do mnie należy i wszystko naprawić.

Clary nie rozumiała, w jaki sposób zamordowanie człowieka może cokolwiek naprawić, ale wyczuła, że nie ma sensu dzielić się tym spostrzeżeniem.

– Ale przecież wiedziałeś, kto go zabił – przypomniała. – Sam mówiłeś, że to tamci dwaj...

Jace nawet na nią nie spojrzał, więc umilkła. Jechali teraz przez Astor Place. Piesi poruszali się jak muchy w smole, wręcz przytłoczeni ciężkim powietrzem. Kilka grup bezdomnych dzieciaków żebrało pod dużą rzeźbą z brązu, trzymając przed sobą kartonowe tablice z prośbą o pieniądze. Clary zauważyła dziewczynę w jej wieku, z gładko wygoloną głową, opartą o brązowoskórego chłopca z dredami i twarzą ozdobioną kilkunastoma kółkami. Kiedy powóz toczył się obok nich, chłopak odwrócił głowę, a w jego oczach Clary dostrzegła błysk. Jedno z nich wyglądało, jakby było pozbawione źrenicy.

– Miałem dziesięć lat – odezwał się nagle Jace. Twarz miał bez wyrazu, jak zwykle, kiedy rozmawiali o jego ojcu. – Mieszkaliśmy w wiejskiej rezydencji. Ojciec zawsze twierdził, że z dala od ludzi jest najbezpieczniej. Usłyszałem, jak zbliżają się podjazdem, i popędziłem do niego, żeby go o tym uprzedzić. Kazał mi się ukryć, więc to zrobiłem. Pod schodami. Potem zobaczyłem tych mężczyzn. Byli z nimi inni, ale nie ludzie, tylko Wyklęci. Złapali mojego ojca i poderżnęli mu gardło. Krew dopłynęła aż do moich butów. Nie poruszyłem się.

Minęła chwila, zanim Clary zrozumiała, o czym mówi Jace, i kolejna, zanim odzyskała głos.

– Tak mi przykro, Jace.

Jego oczy błyszczały w ciemności.

– Nie rozumiem, dlaczego Przyziemni zawsze przepraszają za to, czemu nie są winni.

– Ja nie przepraszam. To wyraz... współczucia. Przykro mi, że jesteś nieszczęśliwy.

– Nie jestem nieszczęśliwy. Tylko ludzie pozbawieni celu są nieszczęśliwi. Ja mam cel.

– Masz na myśli zabijanie demonów czy zemstę za śmierć ojca?

– Jedno i drugie.

– Czy twój ojciec naprawdę by chciał, żebyś zamordował tych ludzi? Tylko z zemsty?

– Nocny Łowca, który zabija swojego brata, jest gorszy od demona i właśnie tak trzeba go potraktować – oświadczył Jace, jakby recytował tekst z podręcznika.

– Ale czy wszystkie demony są złe? – zapytała Clary. – Bo jeśli nie wszystkie wampiry i nie wszystkie wilkołaki są złe, może...

Jace odwrócił się do niej z irytacją.

– To nie to samo. Wampiry, wilkołaki, a nawet czarownicy, są po części ludźmi. Należą do tego świata, urodzili się tutaj. Natomiast demony pochodzą z innych światów, z innych wymiarów. Są intruzami i pasożytami, które wykorzystują nasz świat. Nie potrafią budować, tylko niszczyć. Nie tworzą, tylko drenują jakieś miejsce, zostawiają po sobie zgliszcza, a kiedy już jest martwe, przenoszą się do następnego. Pragną życia, nie tylko twojego czy mojego, ale wszelkiego życia i całego świata, jego rzek, miast, oceanów, wszystkiego. A jedyne, co stoi im na przeszkodzie i nie pozwala zniszczyć tego wszystkiego... – wskazał za okno powozu, jakby miał na myśli ruch uliczny, wieżowce w śródmieściu, korki na Houston Street – ...to Nefilim.

– Aha – mruknęła Clary, bo nic innego nie przyszło jej do głowy. – Ile jest tych innych światów?

– Nikt tego nie wie. Setki? Może miliony.

– I to są... martwe światy? Wykorzystane? – Clary żołądek podszedł do gardła, ale może powodem było jedynie gwałtowne szarpnięcie, kiedy przeskoczyli nad fioletowym mini. – To takie smutne.

– Tego nie powiedziałem. – Wpadające do wnętrza pojazdu ciemnopomarańczowe światło przefiltrowane przez miejski smog podkreślało ostry profil Jace'a. – Są pewnie inne żywe światy, takie jak nasz. Niestety, tylko demony mogą się między nimi przemieszczać, bo w większości są bezcielesne, choć tak naprawdę nikt dokładnie nie wie dlaczego. Wielu czarowników próbowało i żadnemu się nie udało. Nic pochodzącego z Ziemi nie może przedostać się przez bariery, które oddzielają światy. Gdybyśmy umieli je pokonać, moglibyśmy uniemożliwić intruzom przechodzenie tutaj, ale nikt nie ma pojęcia, jak to zrobić. Prawdę mówiąc, przybywa ich tu coraz więcej. Kiedyś zdarzały się jedynie małe inwazje demonów i zawsze z łatwością je odpierano. Ale ostatnio jest coraz gorzej. Clave wciąż musi wysyłać Nocnych Łowców, a oni często nie wracają.

– Gdybyście mieli Kielich, moglibyście powiększyć szeregi pogromców demonów? – zapytała ostrożnie Clary.

– Jasne. Ale od lat nie mamy Kielicha, a ponieważ wielu z nas ginie młodo, nasze szeregi się kurczą.

– Czy wy nie... eee... – Clary szukała odpowiedniego słowa. – Nie rozmnażacie się?

Jace parsknął śmiechem. W tym samym momencie powóz tak gwałtownie skręcił w lewo, że Clary aż zarzuciło na drzwi. Jace złapał ją i przytrzymał mocno. Poczuła chłodny dotyk na spoconej skórze. To był jego sygnet.

– Oczywiście, że się rozmnażamy – powiedział spokojnie. – To jedno z naszych ulubionych zajęć.

Clary odsunęła się od niego pospiesznie i z płonącą twarzą wyjrzała przez okno. Zobaczyła, że zbliżają się do dużej bramy z kutego żelaza, z treliażami po bokach.

– Jesteśmy na miejscu – oznajmił Jace, gdy koła dotąd gładko toczące się po asfalcie zaturkotały na bruku.

Kiedy przejeżdżali pod łukiem, Clary dostrzegła na nim napis: New York Marble Cemetery.

– Wydawało mi się, że przestali grzebać ludzi na Manhattanie wiek temu, bo zabrakło miejsca – zauważyła.

Jechali wąską alejką z wysokimi kamiennymi murami po obu stronach.

– Miasto Kości istnieje dłużej.

Powóz zatrzymał się z gwałtownym szarpnięciem. Clary aż podskoczyła, kiedy Jace wyciągnął rękę, ale on jedynie otworzył okno po jej stronie. Ramię miał umięśnione, pokryte złotymi włoskami delikatnymi jak puch.

– Nie macie wyboru, tak? – zapytała. – Musicie być Nocnymi Łowcami. Nie możecie po prostu się wycofać.

– Nie. – Powóz zatrzymał się na rozległym placu porośniętym trawą i otoczonym przez omszałe mury. Przez otwarte drzwi napłynęło do środka parne, lepkie powietrze. – Ale nawet gdybym miał wybór, nadal robiłbym to, co robię.

– Dlaczego?

Jace uniósł brew.

– Bo jestem w tym dobry.

Wysiadł z powozu. Clary zsunęła się na brzeg siedzenia i zwiesiła nogi nad ziemią. Do bruku było dość daleko, ale skoczyła. Od uderzenia zabolały ją stopy, ale na szczęście nie upadła. Odwróciła się z triumfalną miną i zobaczyła, że Jace patrzy na nią z wyrzutem.

– Pomógłbym ci wysiąść.

Clary zamrugała.

– W porządku. Nie musiałeś.

Obejrzała się i zobaczyła, że brat Jeremiasz zsiada z kozła cicho jak duch. Nie rzucał cienia na trawę wypaloną przez słońce.

Chodźcie, powiedział. Ruszył przed siebie w głąb mrocznego ogrodu, oddalając się od powozu i dodających otuchy świateł Drugiej Alei. Najwyraźniej oczekiwał, że podążą za nim.

Sucha trawa chrzęściła pod nogami, marmurowe ściany po obu stronach były gładkie, z wyrytymi nazwiskami i datami. Dopiero po chwili Clary zorientowała się, że to są nagrobki. Po jej plecach przebiegł zimny dreszcz. A gdzie ciała? W murach, pogrzebane na stojąco, jakby ludzi zamurowano żywcem?

Z wrażenia zapomniała śledzić drogę. Kiedy zderzyła się z czymś bez wątpienia żywym, krzyknęła głośno.

To był Jace.

– Nie wrzeszcz tak. Obudzisz umarłych.

Clary spojrzała na niego, marszcząc brwi.

– Dlaczego się zatrzymaliśmy?

Jace wskazał na brata Jeremiasza, który stał przed posągiem trochę wyższym od niego, umieszczonym na omszałej podstawie. Był to anioł wyrzeźbiony z marmuru tak gładkiego, że niemal przezroczystego. Twarz miał gniewną, piękną i smutną. W długich białych dłoniach trzymał kielich o krawędzi wysadzanej marmurowymi klejnotami. Na widok rzeźby odżyło w pamięci Clary jakieś niemiłe wspomnienie. Na postumencie była wyryta data „1234", a wokół niej słowa „Nephilim: Facilis Descensus Averni".

– To ma być Kielich Aniołów? – zapytała Clary.

Jace skinął głową.

– I motto Nefilim, Nocnych Łowców.

– Co ono oznacza?

Zęby Jace'a zabłysły w mroku.

– „Nocni Łowcy, W Czerni Wyglądacie Lepiej Niż Wdowy Naszych Wrogów od 1234".

– Jace...

To znaczy „Łatwe jest zejście do piekieł", powiedział Jeremiasz.

– Miłe i radosne – skomentowała Clary, ale mimo upału po jej skórze przebiegł dreszcz.

– To taki mały żart Braci – dodał Jace. – Sama zobaczysz.

Tymczasem brat Jeremiasz wyciągnął lekko świecącą stelę z wewnętrznej kieszeni szaty i przesunął jej końcem po runicznym wzorze wyrytym na postumencie rzeźby. Usta kamiennego anioła otworzyły się nagle w niemym krzyku, a w trawie u stóp Cichego Brata pojawiła się dziura. Wyglądała jak świeżo wykopany grób.

Clary powoli zbliżyła się do krawędzi otworu i zajrzała w głąb. Zobaczyła granitowe stopnie o brzegach wygładzonych przez lata używania. Oświetlały je pochodnie, płonące gorącą zielenią i lodowatym błękitem, osadzone w równych odstępach. Sam dół ginął w ciemnościach.

Jace ruszył po schodach pewnym krokiem, jakby znalazł się w, co prawda niezbyt komfortowej, ale znajomej sytuacji. Przy pierwszej pochodni zatrzymał się i obejrzał na Clary.

– Chodź – ponaglił ją niecierpliwym tonem.

Ledwo Clary postawiła stopę na pierwszym schodku, poczuła lodowaty uścisk na ręce. Zdziwiona spojrzała w górę. Lodowate białe palce brata Jeremiasza wpijały się w jej nadgarstek. Pod kapturem dostrzegła jaśniejszą plamę jego twarzy pokrytej bliznami.

Nie bój się, przemówił głos w jej głowie. *Trzeba czegoś więcej niż ludzki krzyk, żeby obudzić umarłych.*

Kiedy ją puścił, Clary popędziła w dół z sercem dudniącym w piersi. Jace czekał na nią u stóp schodów. Wyjął jedną z zielonych pochodni z uchwytu i trzymał ją na wysokości oczu. W jej blasku jego skóra nabrała zielonkawego odcienia.

– Wszystko w porządku? – zapytał.

Clary skinęła głową, nie ufając własnemu głosowi. Schody kończyły się wąskim podestem, a dalej zaczynał się długi, czarny tunel, pofałdowany od skręconych korzeni drzew. Na jego końcu było widać niebieskawą poświatę.

– Jest tak... ciemno – wyszeptała Clary.

– Chcesz wziąć mnie za rękę?

Clary schowała dłonie za plecami jak małe dziecko.

– Nie traktuj mnie z góry.

– Trudno byłoby mi traktować ciebie z dołu. Jesteś za niska. – Jace zmierzył ją wzrokiem. Pochodnia sypnęła iskrami, kiedy się poruszył. – Nie róbmy ceregieli, bracie Jeremiaszu. Proszę prowadzić. My pójdziemy za panem.

Clary drgnęła. Archiwista wciąż ją zaskakiwał, pojawiając się znienacka. Wyminął ją bezszelestnie i ruszył w głąb tunelu. Po chwili Clary podążyła za nim, odpychając rękę Jace'a.

***

Ciche Miasto ukazało się Clary w postaci kamiennych łuków wznoszących się wysoko nad jej głową i znikających w oddali niczym równe rzędy drzew w sadzie. Sam marmur był czysty, barwy lekko poszarzałej kości słoniowej, twardy i wypolerowany, miejscami wysadzany wąskimi pasami onyksu, jadeitu i jaspisu. Gdy zagłębili się w las łuków, Clary zobaczyła, że posadzka jest pokryta takimi samymi runami, jakie czasami widywała na skórze Jace'a: liniami prostymi, spiralami i kręgami.

Kiedy we trójkę przeszli pod pierwszym łukiem, po jej lewej stronie zamajaczyło coś dużego i białego jak góra lodowa przed dziobem „Titanica". Był to sześcian z białego gładkiego kamienia z czymś w rodzaju drzwi osadzonych pośrodku. Przypominał jej dziecięcy domek, na tyle duży, że mogłaby stanąć w środku wyprostowana. Albo prawie.

– To mauzoleum – powiedział Jace, kierując światło pochodni na budowlę. Clary zobaczyła Znak wyryty na drzwiach zaryglowanych żelaznymi sztabami. – Grobowiec. Tutaj chowamy naszych zmarłych.

– Wszystkich? – Chciała zapytać, czy jego ojciec też jest tutaj pochowany, ale Jace już ruszył dalej. Pospieszyła za nim. Nie chciała zostać sama z bratem Jeremiaszem w tym strasznym miejscu. – A mówiłeś, zdaje się, że to biblioteka.

Ciche Miasto składa się z wielu poziomów, wtrącił Jeremiasz. *I nie wszyscy zmarli są tutaj pochowani. Jest jeszcze inny cmentarz, w Idrisie, dużo większy. Na tym poziomie są mauzolea i stosy pogrzebowe.*

– Stosy pogrzebowe?

Ci, którzy giną w bitwie, zostają spaleni, a ich prochy wykorzystuje się do budowy marmurowych łuków, które tu widzisz. Krew i kości zabójców demonów są same w sobie potężną ochroną przeciwko złu. Nawet po śmierci Clave służy swojej sprawie.

Jakie to męczące, pomyślała Clary, walczyć przez całe życie i nawet po śmierci nie móc odpocząć od wojowania. Po obu stronach, jak okiem sięgnąć, widziała równe rzędy kwadratowych białych krypt z drzwiami zamkniętymi od zewnątrz. Zrozumiała teraz, dlaczego nazywają to Cichym Miastem. Jego jedynymi mieszkańcami byli niemi Bracia i gorliwie strzeżeni zmarli.

Dotarli do następnych schodów prowadzących w dół, w jeszcze większy mrok. Jace wysunął pochodnię przed siebie. Na ścianach zatańczyły cienie.

– Schodzimy na drugi poziom, gdzie mieszczą się archiwa i sale narad – powiedział, jakby chciał dodać jej otuchy.

– A gdzie są kwatery dla żywych? – spytała Clary, nie tylko z uprzejmości. Naprawdę była ciekawa. – Gdzie śpią Bracia?

Śpią?

Ciche słowo zawisło między nimi w ciemności. Jace się roześmiał. Płomień pochodni zamigotał.

– Oczywiście musiałaś zapytać.

U stóp schodów zagłębili się w kolejny tunel i dotarli nim do kwadratowego pawilonu. W każdym z jego czterech rogów wznosiła się iglica wyciosana z kości. W długich onyksowych uchwytach zamocowanych wzdłuż boków kwadratu płonęły pochodnie. Powietrze pachniało dymem i popiołem. Na środku pomieszczenia stał długi stół z czarnego bazaltu pociętego białymi żyłami. Za nim, na ciemnej ścianie wisiał czubkiem w dół ogromny srebrny miecz o rękojeści w kształcie rozpostartych skrzydeł. Za stołem siedzieli rzędem Cisi Bracia, wszyscy w takich samych szatach z kapturami koloru pergaminu, jaką nosił Jeremiasz.

Przybyliśmy, powiedział archiwista, nie tracąc czasu. *Clarisso, stań przed Radą.*

Clary zerknęła na Jace'a, ale ujrzawszy jego skonfundowaną minę, zrozumiała, że raczej nie może liczyć na jego pomoc; brat Jeremiasz najwyraźniej przemówił tylko w jej głowie. Spojrzała na długi rząd milczących postaci zakutanych w ciężkie szaty. Podłoga pawilonu była wyłożona kwadratowymi płytami w kolorach złotego brązu i ciemnej czerwieni. Tuż przed stołem znajdował się większy kwadrat z czarnego marmuru ozdobiony wypukłym parabolicznym wzorem ze srebrnych gwiazd.

Clary weszła na środek czarnego kwadratu, jakby stawała przed plutonem egzekucyjnym. Uniosła głowę.

– No dobrze, co teraz? – zapytała.

Bracia wydali z siebie odgłos, który sprawił, że Clary zjeżyły się włoski na rękach i karku. Dźwięk przypominał westchnienie albo jęk. Potem jednocześnie odrzucili kaptury, odsłaniając twarze pokryte bliznami i puste oczodoły.

Choć Clary już widziała oblicze brata Jeremiasza, jej żołądek ścisnął się w supeł. Miała wrażenie, jakby patrzyła na rząd szkieletów ze średniowiecznych drzeworytów, na których martwi chodzili, rozmawiali i tańczyli na stosach żywych ciał. Zaszyte usta uśmiechały się do niej upiornie.

Rada cię pozdrawia, Clarisso Fray. W jej głowie nie odezwał się jeden cichy głos, tylko dwanaście. Niektóre były ciche i ochrypłe, inne głębokie, ale wszystkie natarczywe i ponaglające. Napierały na kruche bariery otaczające jej umysł.

– Przestańcie! – Zaskoczyła ją siła i zdecydowanie własnego głosu. Zgiełk w jej umyśle ucichł nagle jak płyta, która przestała się obracać. – Możecie wejść do mojej głowy, ale dopiero wtedy, gdy będę gotowa.

Jeśli nie chcesz naszej pomocy, nie musimy tego robić. To ty o nią poprosiłaś.

– Wy też jesteście ciekawi, co siedzi w moim umyśle – stwierdziła Clary. – Ale to nie oznacza, że możecie być niedelikatni.

Brat siedzący pośrodku splótł cienkie białe palce i podparł nimi brodę.

Intrygująca zagadka. Jego głos był oschły i spokojny. *Jeśli nie będziesz się opierać, użycie siły okaże się niepotrzebne.*

Clary zgrzytnęła zębami. Chciała stawić im opór, przepędzić tych intruzów z głowy. Jak ma wytrzymać naruszenie jej najbardziej intymnej, osobistej sfery...?

Całkiem możliwe, że to już się stało, przypomniała sobie. A teraz oni jedynie próbują dokopać się do tej dawnej zbrodni, kradzieży pamięci. Gdyby im się udało, odzyskałaby to, co jej zabrano. Zamknęła oczy.

– Zaczynajcie – powiedziała.

Pierwszy kontakt był cichy jak szept, delikatny jak muśnięcie spadającego liścia.

Podaj Radzie swoje nazwisko.

Clarissa Fray.

Do pierwszego dołączyły inne.

Kim jesteś?

Jestem Clary. Moja matka to Jocelyn Fray. Mieszkam przy 807 Berkeley Place na Brooklynie. Mam piętnaście lat. Nazwisko mojego ojca to...

I nagle, jakby pstryknął przełącznik w jej mózgu, na wewnętrznej stronie zaciśniętych powiek zaczęły się przesuwać obrazy. Matka ciągnie ją za rękę, biegnąc ciemną ulicą między stertami brudnego śniegu. Groźne, ołowiane niebo, rzędy czarnych drzew o nagich gałęziach. Pusty prostokąt wykopany w ziemi, prosta trumna opuszczana do dołu. *Z prochu powstałeś, w proch się obrócisz.* Jocelyn otulona patchworkową kołdrą, ze łzami spływającymi po policzkach, szybko zamyka szkatułkę i chowa ją pod poduszkę, kiedy Clary wchodzi do pokoju. Na wieczku są wyryte inicjały: J.C.

Obrazy napływały coraz szybciej, jak w książeczce z rysunkami, które wyglądają, jakby się poruszały, kiedy przewraca się stronice. Clary kuca na szczycie schodów i patrzy w dół na wąski korytarz. Luke z zielonym workiem marynarskim przy nogach, Jocelyn stoi przed nim i kręci głową. „Dlaczego teraz, Lucian? Myślałam, że nie żyjesz...". Clary zamrugała. Luke wyglądał inaczej, prawie jak obcy człowiek, z brodą, z długimi splątanymi włosami. Potem widok zasłoniły jej gałęzie. Bawiła się w parku, wśród czerwonych kwiatów śmigały zielone wróżki, cienkie jak zapałki. Zachwycona sięgnęła po jedną z nich, a wtedy matka porwała ją na ręce z okrzykiem przerażenia. Później znowu była zima i czarna ulica. Biegły skulone pod parasolem, Jocelyn ciągnęła ją między wielkimi zaspami śniegu. Pośród bieli zamajaczyły granitowe drzwi. Nad nimi widniało wyryte słowo: WSPANIAŁY. Przedsionek pachnący żelazem i topniejącym śniegiem. Palce miała zdrętwiałe z zimna. Ktoś ujął ją pod brodę i uniósł jej twarz. Zobaczyła napis na ścianie. W oczy rzuciły się jej dwa wyrazy: MAGNUS BANE.

Nagły ból przeszył jej prawe ramię. Krzyknęła, obrazy zniknęły, a ona pomknęła w górę i wystrzeliła na powierzchnię świadomości jak po skoku do wody. Policzek miała przyciśnięty do czegoś zimnego. Otworzyła oczy i zobaczyła srebrne gwiazdy. Zamrugała kilka razy, zanim sobie uświadomiła, że leży na marmurowej podłodze, z kolanami podciągniętymi do piersi. Kiedy się poruszyła, znowu poczuła silny ból w ręce.

Usiadła ostrożnie. Miała zdartą do krwi skórę na lewym łokciu; musiała na niego upaść. Rozejrzała się zdezorientowana i zobaczyła, że Jace na nią patrzy nieporuszony, ale wokół jego ust widać napięcie.

Magnus Bane. Te słowa coś oznaczały, ale co? Zanim zdążyła zadać to pytanie na głos, odezwał się brat Jeremiasz.

Blokada w twoim umyśle jest silniejsza, niż przypuszczaliśmy. Bezpiecznie może ją usunąć tylko ten, kto ją założył. Gdybyśmy my tego spróbowali, zabilibyśmy cię.

Clary wstała z podłogi, trzymając się za zranione ramię.

– Ale ja nie wiem, kto ją założył. Gdybym wiedziała, nie przychodziłabym tutaj.

Odpowiedź na to pytanie jest wpleciona w wątek twoich myśli, powiedział brat Jeremiasz. *Widziałaś ją w swoim śnie na jawie.*

– Magnus Bane? Nie rozumiem tego!

Wystarczy. Brat Jeremiasz wstał zza stołu. Jakby to był sygnał, pozostali Bracia też podnieśli się z krzeseł. Ukłonili się Jace'owi w niemym geście pożegnania i ruszyli między kolumnami. Został tylko Jeremiasz.

– Wszystko w porządku z twoją ręką? – Jace podbiegł do Clary i chwycił ją za nadgarstek. – Pokaż.

– Au! Nic mi nie jest. Uważaj, bo tylko pogarszasz sprawę. – Clary próbowała zabrać rękę.

– Zakrwawiłaś Mówiące Gwiazdy – stwierdził Jace. Rzeczywiście na biało-srebrnym marmurze widniała duża czerwona plama. – Założę się, że jest na to jakieś prawo. – Odwrócił jej rękę delikatniej, niż się spodziewała. Przygryzł dolną wargę i zagwizdał.

Clary spojrzała w dół i zobaczyła, że całe przedramię od łokcia do nadgarstka ma umazane krwią. Czuła w nim sztywność i bolesne pulsowanie.

– Teraz zaczniesz rwać koszulę na pasy, żeby obandażować mi rękę? – zażartowała. Nienawidziła widoku krwi, szczególnie własnej.

– Jeśli chciałaś, żebym podarł na sobie ubranie, wystarczyło poprosić. – Jace sięgnął do kieszeni i wyjął z niej stelę. – To byłby o wiele mniej bolesny sposób.

Mając w pamięci poprzedni raz, Clary przygotowała się na silne pieczenie, ale poczuła, że świecący instrument tylko muska ranę i lekko ją rozgrzewa.

– Już – powiedział Jace, prostując się. – Następnym razem, kiedy postanowisz się zranić, żeby przyciągnąć moją uwagę, pomyśl, że czułe słówka działają cuda.

Usta Clary drgnęły w mimowolnym uśmiechu. Poruszyła ręką. Choć nadal pokrywała ją krew, rana zniknęła, podobnie jak ból i sztywność.

– Zapamiętam to – powiedziała, a kiedy Jace się odwrócił, dodała: – I dzięki.

Nie patrząc na nią, schował stelę z powrotem do kieszeni, ale Clary wydawało się, że się rozluźnił. Zacierając ręce, zwrócił się do archiwisty:

– Bracie Jeremiaszu, byłeś bardzo milczący przez cały czas. Z pewnością masz jakieś przemyślenia, którymi chciałbyś się z nami podzielić?

Polecono mi wyprowadzić was z Cichego Miasta, i to wszystko, odrzekł archiwista.

Clary nie była pewna, czy jej się nie zdawało, ale w jego „głosie" usłyszała lekko urażony ton.

– Zawsze moglibyśmy sami się odprowadzić – podsunął z nadzieją Jace. – Sądzę, że pamiętam drogę...

Cuda Cichego Miasta nie są dla oczu niewtajemniczonych, rzekł Jeremiasz i odwrócił się do nich plecami, bezszelestnie zamiatając szatą. *Tędy*.

Kiedy wyszli na powierzchnię, Clary głęboko zaczerpnęła gęstego powietrza, rozkoszując się odorem miejskiego smogu, brudu i ludzkości. Jace rozejrzał się w zamyśleniu.

– Będzie padać – stwierdził.

Clary spojrzała na szare niebo. Miał rację.

– Wracamy do Instytutu powozem?

Jace przeniósł wzrok z nieruchomego jak posąg brata Jeremiasza na pojazd majaczący jak czarny cień pod łukiem prowadzącym na ulicę. Potem uśmiechnął się szeroko.

– Nie ma mowy. Nienawidzę karet. Weźmy taksówkę.

11

Magnus Bane

Jace pochylił się i zabębnił w szybę oddzielającą ich od kierowcy.

– W lewo! Skręcaj w lewo! Mówiłem, żeby jechać Broadwayem, zakuty łbie!

Taksówkarz tak gwałtownie szarpnął kierownicę, że Clary wpadła na Jace'a i krzyknęła zaskoczona.

– A dlaczego mamy jechać Broadwayem? – spytała.

– Umieram z głodu – oświadczył Jace. – A w domu nie ma nic oprócz resztek chińszczyzny. – Wyjął telefon z kieszeni i zaczął wybierać numer. – Alec! Pobudka! – Przez chwilę słuchał zirytowanego mamrotania rozmówcy. – Spotkajmy się w Taki na śniadaniu. Tak, słyszałeś. Na śniadaniu. Co? To tylko kilka przecznic. Zbieraj się.

Rozłączył się i schował komórkę do jednej z licznych kieszeni, akurat kiedy zatrzymali się przy krawężniku. Dał kierowcy zwitek banknotów i wypchnął Clary z taksówki. Stanąwszy na chodniku, przeciągnął się jak kot i szeroko rozłożył ręce.

– Witaj w najlepszej restauracji w Nowym Jorku.

Trudno było w to uwierzyć, patrząc na niski ceglany budynek, zapadnięty pośrodku jak nieudany suflet. Sfatygowany neon z nazwą restauracji wisiał krzywo i migotał. Fasada nie miała okien. Przed wąskimi drzwiami stali dwaj mężczyźni w długich płaszczach i nasuniętych na czoło filcowych kapeluszach.

– Wygląda mi to na więzienie – stwierdziła Clary.

– W więzieniu nie można zamówić spaghetti *fra diavolo*, i to takiego, że palce lizać. Przynajmniej tak sądzę.

– Nie chcę spaghetti. Chcę wiedzieć, co to jest Magnus Bane.

– Nie co, tylko kto. To nazwisko.

– Znasz go?

– To czarownik – wyjaśnił Jace. – Jedyny czarownik, który potrafiłby założyć na twój umysł taką blokadę. No, może jeszcze któryś z Cichych Braci, ale najwyraźniej nie zrobił tego żaden z nich.

– Znasz go czy o nim słyszałeś? – zapytała Clary, którą szybko zmęczył rzeczowy ton Jace'a.

– Nazwisko wydaje się znajome...

– Hej! – To był Alec. Wyglądał, jakby dopiero zwlókł się z łóżka i wciągnął dżinsy na piżamę. Nieuczesane włosy sterczały mu na wszystkie strony. Podszedł do nich długim krokiem, patrząc na Jace'a i jak zwykle ignorując Clary. – Izzy jest w drodze. Przyprowadzi Przyziemnego.

– Simona? – zdziwił się Jace. – A skąd on się wziął?

– Zjawił się z samego rana. Pewnie nie mógł wytrzymać bez Izzy. Żałosne. – Alec mówił z takim rozbawieniem, że Clary miała ochotę go kopnąć. – To wchodzimy czy nie? Umieram z głodu.

– Ja też – powiedział Jace. – Chętnie wrąbię smażone mysie ogony.

– Co? – Clary osłupiała.

Jace wyszczerzył zęby.

– Spokojnie. To tylko tania jadłodajnia.

Gdy stanęli pod frontowymi drzwiami, jeden z mężczyzn się wyprostował, a Clary dostrzegła jego twarz pod kapeluszem. Skórę miał ciemnoczerwoną, paznokcie u rąk niebiesko-czarne. Clary zesztywniała na ten widok, ale Jace i Alec nie wyglądali na zaniepokojonych. Powiedzieli coś do mężczyzny, a on przepuścił ich, odsuwając się na bok.

– Kto to był, Jace? – wyszeptała Clary, kiedy drzwi zamknęły się za nimi.

– Masz na myśli Clancy'ego? Odstrasza niepożądanych gości.

Jace rozejrzał się po jasno oświetlonej sali i ruszył w stronę upatrzonego miejsca.

Mimo braku okien w środku było przyjemnie. Przytulne drewniane boksy miały miękkie siedziska i oparcia z kolorowych poduszek. Blondynka w różowo-białym fartuszku kelnerki odliczała resztę krępemu mężczyźnie we flanelowej koszuli. Gdy zobaczyła Jace'a, pomachała mu i pokazała gestem, że mogą usiąść, gdzie chcą.

– On jest demonem! – syknęła Clary.

Kilku klientów obejrzało się na nią. Chłopak ze sterczącymi niebieskim dredami, siedzący obok pięknej hinduskiej dziewczyny o długich czarnych włosach i złotych skrzydłach, które wyrastały jej z pleców i wyglądały jak z gazy, łypnął na nią ponuro, marszcząc brwi. Clary była zadowolona, że restauracja jest prawie pusta.

– Nie – powiedział Jace, wślizgując się na siedzenie.

Clary chciała usiąść obok niego, ale uprzedził ją Alec, więc usadowiła się ostrożnie naprzeciwko nich; ramię nadal miała sztywne mimo zabiegów Jace'a. Czuła się pusta w środku i lekka, jakby Cisi Bracia wygarnęli z niej wnętrzności. Trochę kręciło się jej w głowie.

– Clancy jest ifrytem – wyjaśnił Jace. – To czarownicy pozbawieni magicznej mocy. Półdemony, które nie potrafią rzucać czarów.

– Biedaczyska – mruknął Alec, sięgając po menu.

Clary też wzięła kartę i wytrzeszczyła oczy na widok wymienionych w niej specjałów: szarańczy w miodzie, dań z surowego mięsa, surowych ryb i kanapki z zapiekanym nietoperzem. Na stronie z napojami polecano krew z beczki. Ku uldze Clary okazało się, że jest to krew zwierzęca, a nie ludzkie grupy A, B czy O Rh ujemne.

– Kto jada całe surowe ryby? – zapytała.

– Kelpie – odparł Alec. – Selkie. Może czasami nimfy.

– Nie zamawiaj żadnego czarodziejskiego jedzenia – ostrzegł Jace, patrząc na nią znad swojego menu. – Od niego ludzie czasami wariują. W jednej chwili wcinasz zaczarowaną śliwkę, a w następnej biegasz goła po Madison Avenue z rogami na głowie. – Po chwili dodał pospiesznie: – Tylko nie pomyśl, że ja to robiłem.

Alec się roześmiał.

– Pamiętasz...

W historii, którą zaczął snuć, było tyle tajemniczych nazw i nieznanych imion, że Clary nawet nie próbowała jej śledzić. Obserwując Aleca, zwróciła uwagę na jego ożywienie, na niemal gorączkową energię, której wcześniej w nim nie widziała. W obecności przyjaciela wyraźnie się zmienił. Gdyby miała narysować ich razem, Jace byłby lekko zamazany, natomiast Alec wyraźny i ostry, same kąty i czyste płaszczyzny.

Jace patrzył na Aleca, uśmiechał się lekko i stukał paznokciem w szklankę wody. Clary wyczuła, że myśli o czymś innym. Nagle ogarnęło ją współczucie dla Aleca. Nie było łatwo lubić Jace'a. „Śmiałem się z was, bo bawią mnie wasze deklaracje miłości, zwłaszcza nieodwzajemnionej".

Jace spojrzał na przechodzącą kelnerkę i zapytał, przerywając Alecowi w pół zdania:

– Dostaniemy wreszcie kawę?

Przyjaciel umilkł. Raptem opuścił go cały entuzjazm.

– Ja...

– Dla kogo to całe surowe mięso? – wtrąciła się pospiesznie Clary, pokazując na trzecią stronę karty.

– Dla wilkołaków – odparł Jace. – Choć sam też nie mam nic przeciwko krwistemu stekowi od czasu do czasu. – Sięgnął przez stół i przekartkował menu Clary. – Ludzkie jedzenie jest na końcu.

Clary z rosnącym zdumieniem przejrzała całkiem zwyczajny wybór dań.

– Mają tu koktajle owocowe?

– Morelowo-śliwkowy z miodem z dzikich kwiatów jest po prostu boski – podpowiedziała Isabelle, która właśnie się zjawiła z Simonem u boku. – Posuń się.

Clary usiadła pod samą ścianą, tak że czuła zimne cegły przyciśnięte do ramienia. Simon zajął miejsce obok Isabelle i posłał przyjaciółce lekko zakłopotany uśmiech. Clary go nie odwzajemniła.

– Musisz koniecznie go spróbować.

Clary nie była pewna, czy Isabelle mówi do niej, czy do Simona, więc nie odpowiedziała. W twarz połaskotały ją włosy Isabelle o zapachu wanilii. Clary zebrało się na kichanie.

Nienawidziła waniliowych perfum. Nigdy nie rozumiała, dlaczego niektóre dziewczyny chcą pachnieć jak deser.

– Jak poszło w Mieście Kości? – zapytała Isabelle, otwierając menu. – Dowiedzieliście się, co siedzi w głowie Clary?

– Mamy nazwisko – zaczął Jace. – Magnus...

– Zamknij się – syknął Alec i uderzył go kartą dań po ramieniu.

– Jezu! – Jace z urażoną miną pomasował ramię. – W czym problem?

– Wiesz, że tu aż się roi od Podziemnych, więc postaraj się zachować szczegóły naszego śledztwa w sekrecie.

– Śledztwa? – Isabelle się roześmiała. – Zostaliśmy detektywami? Może powinniśmy wszyscy wybrać sobie pseudonimy.

– Dobry pomysł – uznał Jace. – Ja będę baronem Hotschaft von Hugenstein.

Alec wypluł wodę z powrotem do szklanki. W tym momencie zjawiła się kelnerka, żeby przyjąć zamówienie. Z bliska okazała się ładną blondynką o niepokojących oczach: jednolicie niebieskich, bez białek i źrenic.

– Już wybraliście?

Jace uśmiechnął się szeroko.

– To co zwykle.

Kelnerka odwzajemniła uśmiech, pokazując ostre, małe zęby.

– Ja też – powiedział Alec, ale na niego dziewczyna nawet nie spojrzała.

Isabelle zamówiła koktajl owocowy, Simon kawę, a Clary, po chwili wahania, zdecydowała się na dużą kawę i naleśniki kokosowe. Kelnerka mrugnęła do niej niebieskim okiem i pobiegła do kuchni.

– Ona też jest ifrytem? – zapytała Clary, odprowadzając ją wzrokiem.

– Kaelie? – upewnił się Jace. – Nie. Chyba półelfem.

– Ma oczy nimfy – zauważyła Isabelle.

– Naprawdę nie wiecie, kim ona jest? – zdziwił się Simon.

Jace pokręcił głową.

– Szanuję jej prywatność. – Trącił łokciem Aleca. – Hej, wypuść mnie na chwilę.

Przyjaciel odsunął się z ponurą miną. Jace podszedł do Kaelie, która stała oparta o bar i przez drzwi rozmawiała z kucharzem. Clary widziała tylko jego pochyloną głowę w wysokim białym czepku. Przez otwory wycięte z boków wystawały długie, kosmate uszy.

Kiedy Jace objął Kaelie, przytuliła się do niego i uśmiechnęła. Ciekawe, co miał na myśli, mówiąc o poszanowaniu jej prywatności.

Isabelle wywróciła oczami.

– Naprawdę nie powinien spoufalać się z kelnerkami.

Alec spojrzał na siostrę.

– Chyba nie myślisz, że on tak na serio? To znaczy, że ją lubi.

Isabelle wzruszyła ramionami.

– To Podziemna – powiedziała krótko, jakby ten fakt wszystko wyjaśniał.

– Nie rozumiem – odezwała się Clary.

Dziewczyna spojrzała na nią bez zainteresowania.

– Czego nie rozumiesz?

– Tej całej historii z Podziemnymi. Nie polujecie na nich, bo nie są demonami, ale nie są również ludźmi. Wampiry zabijają, piją krew...

– Tylko złe wampiry wysysają krew z żywych ludzi – wtrącił Alec. – A te możemy zabijać.

– A czym są wilkołaki? Przerośniętymi szczeniakami?

– One zabijają demony – wyjaśniła Isabelle. – Więc jeśli nie sprawiają nam kłopotów, my też zostawiamy je w spokoju.

To tak, jak pozwalać żyć pająkom, bo zjadają komary, pomyślała Clary.

– Więc Podziemni są dostatecznie dobrzy, żeby żyć, dostatecznie dobrzy, żeby przygotowywać wam jedzenie, dostatecznie dobrzy, żeby z nimi flirtować... ale tak naprawdę niewystarczająco dobrzy? To znaczy, nie tak dobrzy jak ludzie.

Isabelle i Alec spojrzeli na nią z takimi minami, jakby mówiła w urdu.

– Są inni niż ludzie – podsumował Alec.

– Lepsi od Przyziemnych? – zapytał Simon.

– Nie – odparła Isabelle zdecydowanym tonem. – Można zmienić Przyziemnego w Nocnego Łowcę. My też od nich pochodzimy. Ale nie da się przyjąć Podziemnego do Clave. Nie wytrzymują mocy runów.

– Więc są słabi? – spytała Clary.

– Tego bym nie powiedział. – Jace wsunął się z powrotem na swoje miejsce obok Aleca. Włosy miał zmierzwione, na jego policzku został ślad szminki. – Przynajmniej jeśli chodzi o peri, dżiny, ifryty i Bóg wie co jeszcze. – Uśmiechnął się promiennie, bo zjawiła się Kaelie z zamówionym jedzeniem.

Clary uważnie przyjrzała się swoim naleśnikom. Wyglądały fantastycznie: złotobrązowe, polane miodem. Spróbowała kawałek, patrząc w ślad za Kaelie, która oddalała się, kołysząc się na wysokich obcasach.

Kęs rozpłynął się w ustach.

– Mówiłem, że to najlepsza restauracja na Manhattanie – powiedział Jace, sięgając palcami po frytki.

Clary zerknęła na Simona, który z opuszczoną głową mieszał kawę.

– Mmm – zamruczał Alec z pełnymi ustami.

– Właśnie – poparł go Jace i spojrzał na Clary. – Nasza niechęć nie jest jednostronna. Może nie zawsze lubimy Podziemnych, ale oni nas też nie lubią. Kilkaset lat Porozumień nie jest w stanie wymazać tysięcy lat wrogości.

– Ona na pewno nie wie, co to są Porozumienia – odezwała się Isabelle znad szklanki.

– Wiem – oświadczyła Clary.

– A ja nie – wtrącił Simon.

– Owszem, ale nikogo to nie obchodzi. – Jace obejrzał frytkę, zanim wsadził ją do ust. – Lubię towarzystwo niektórych Podziemnych, ale tylko czasami i w określonych sytuacjach. Nie jesteśmy zapraszani na te same przyjęcia.

– Zaczekaj. – Isabelle nagle usiadła prosto. – Jak brzmiało to nazwisko? To w głowie Clary.

– Ja go nie wymieniłem – odparł Jace. – A przynajmniej nie dokończyłem. Magnus Bane.

– To chyba niemożliwe... Ale właściwie jestem prawie pewna... – Isabelle sięgnęła do portmonetki i wyjęła z niej złożony kawałek niebieskiego papieru. Rozwinęła go. – Spójrzcie.

Alec wyciągnął rękę po kartkę, przebiegł ją wzrokiem i podał Jace'owi, wzruszając ramionami.

– To zaproszenie na przyjęcie. Gdzieś w Brooklynie. Nienawidzę Brooklynu.

– Nie bądź takim snobem – skarcił go przyjaciel. Potem, tak samo jak Isabelle, usiadł prosto i popatrzył uważnie na Isabelle. – Skąd to masz, Izzy?

Dziewczyna niedbale machnęła ręką.

– Od tamtego kelpie z Pandemonium. Miał ich cały plik. Mówił, że będzie świetnie.

– Co to jest? – zapytała Clary niecierpliwym tonem. – Pokażecie nam wreszcie czy nie?

Jace obrócił kartkę tak, żeby mogli ją przeczytać. Zaproszenie było wydrukowane na cienkim papierze podobnym do pergaminu, pokryte drobnym, eleganckim, pajęczym pismem. Czarownik Magnus Wielki wydawał przyjęcie w swoim skromnym domu i obiecywał gościom „cudowny wieczór nieziemskich rozkoszy".

– Magnus – przeczytał Simon. – Jak Magnus Bane?

– Wątpię, czy na tym obszarze metropolitalnym jest wielu czarowników o imieniu Magnus – odparł Jace.

– Czy to znaczy, że musimy iść na to przyjęcie? – spytał Alec.

– Niczego nie musimy – powiedział Jace, czytając drobny druk na zaproszeniu. – Ale z tego, co tu jest napisane, wynika, że Magnus Bane to Wysoki Czarownik Brooklynu. – Spojrzał na Clary. – Jeśli chodzi o mnie, ciekaw jestem, co nazwisko Wysokiego Czarownika Brooklynu robi w twojej głowie.

***

Przyjęcie rozpoczynało się dopiero po północy, więc musieli coś zrobić z całym dniem. Jace i Alec zniknęli w sali z bronią, a Isabelle oznajmiła, że wybiera się z Simonem na spacer do Central Parku, żeby pokazać mu baśniowe kręgi. Przyjaciel zapytał Clary, czy chce iść z nimi, a ona, tłumiąc morderczą wściekłość, odmówiła pod pozorem zmęczenia.

Właściwie nie skłamała. Naprawdę była wyczerpana po zbyt wczesnej pobudce, a poza tym jeszcze nie całkiem doszła do siebie po zatruciu demonicznym jadem. Leżała bez butów na łóżku w swoim pokoju w Instytucie i próbowała zasnąć. Niestety, sen nie przychodził. Kofeina buzowała w jej żyłach jak woda sodowa, przez głowę przelatywały pomieszane obrazy. Widziała twarz matki patrzącej na nią z wyrazem paniki w oczach. Widziała Mówiące Gwiazdy, słyszała głosy Cichych Braci. Skąd się wzięła blokada w jej umyśle? Dlaczego założył ją tam potężny czarownik? Jakie wspomnienia utraciła, jakich przeżyć nie mogła sobie przypomnieć. A może wszystko, co pamiętała, było kłamstwem...?

Nie mogąc dłużej znieść natłoku myśli, wstała z łóżka i na bosaka poczłapała do biblioteki. Może Hodge jej pomoże.

Ale w bibliotece było pusto. Przez rozsunięte zasłony wpadały ukośne promienie popołudniowego słońca i kładły się na podłodze złotymi smugami. Na biurku leżała książka, której fragmenty czytał im Hodge. Jej zniszczona skórzana oprawa lśniła. Obok na swojej grzędzie spał Hugo z dziobem schowanym pod skrzydłem.

Mama znała tę książkę, pomyślała Clary. Dotykała jej, czytała. Na widok rzeczy, która była częścią życia jej matki, poczuła ściskanie w dołku. Pospiesznie przeszła przez pokój i położyła dłonie na książce. Skóra była ciepła, nagrzana od słońca. Clary przewróciła okładkę.

Spomiędzy stronic coś się wysunęło i sfrunęło na podłogę u jej stóp. Clary schyliła się i zobaczyła, że to złożona fotografia. Podniosła ją i wygładziła w zamyśleniu.

Zdjęcie przedstawiało grupę młodych ludzi, niewiele starszych od niej. Clary zorientowała się, że zrobiono je dwadzieścia lat temu, ale nie z powodu ubrań – które, jak u większości Nocnych Łowców, były czarne i nierzucające się w oczy – tylko dlatego że od razu rozpoznała matkę. Jocelyn, siedemnasto- albo osiemnastoletnia, miała włosy długie do połowy pleców i trochę okrąglejszą twarz, z mniej wyraźnie zarysowanym podbródkiem i ustami. Wygląda zupełnie jak ja, pomyślała oszołomiona Clary.

Jocelyn obejmowała ramieniem jakiegoś chłopca. Ten widok wstrząsnął Clary do głębi. Nigdy nie przyszło jej do głowy, że matka mogła chodzić z kimś innym niż jej ojciec, bo Jocelyn nie umawiała się z mężczyznami ani nie wydawała się zainteresowana romansami.

Pod tym względem różniła się od innych samotnych kobiet, które na różne sposoby szukały tatusiów dla swoich dorastających dzieci. Na przykład, matka Simona umieściła swój profil na JDate.

Chłopak był przystojny, o włosach tak jasnych, że prawie białych, i czarnych oczach.

– To Valentine, kiedy miał siedemnaście lat.

Clary aż podskoczyła, omal nie upuszczając fotografii. Hugo obudził się i zakrakał gniewnie, strosząc pióra.

W drzwiach stał Hodge i patrzył na nią z zaciekawieniem.

– Przepraszam – bąknęła Clary, odkładając zdjęcie na biurko i cofając się pospiesznie. – Nie zamierzałam myszkować w pańskich rzeczach.

– Nic się nie stało. – Hodge przeszedł przez pokój i dotknął fotografii pomarszczoną, pokrytą bliznami ręką, dziwnie kontrastującą z nienagannymi mankietami tweedowej marynarki. – To przecież część twojej przeszłości.

Clary zbliżyła się do biurka, jakby zdjęcie przyciągało ją z siłą magnesu. Białowłosy chłopak uśmiechał się do Jocelyn, mrużąc oczy w sposób, który świadczył o tym, że naprawdę ją lubi. Na

Clary nikt nigdy tak nie patrzył. Valentine ze swoją chłodną twarzą o delikatnych rysach zupełnie nie przypominał jej roześmianego ojca o płomiennych włosach, które po nim odziedziczyła.

– Valentine wygląda... całkiem miło.

– Nie był miły – powiedział Hodge z krzywym uśmiechem. – Ale był czarujący, bystry i bardzo elokwentny. Rozpoznajesz kogoś jeszcze?

Clary jeszcze raz przyjrzała się fotografii. Na lewo od Valentine'a stał chudy chłopak z szopą jasnobrązowych włosów. Miał długie ręce i niezgrabną sylwetkę, świadczące o tym, że jeszcze rośnie.

– To pan?

Hodge pokiwał głową.

– I...?

Clary musiała wpatrywać się w zdjęcie przez dłuższą chwilę, zanim dostrzegła coś znajomego w chłopcu tak młodym, że prawie nierozpoznawalnym. W końcu zdradziły go okulary i oczy jasnoniebieskie jak morska woda.

– Luke.

– Lucian. Ci tutaj... – Hodge nachylił się nad zdjęciem i pokazał parę eleganckich, ciemnowłosych nastolatków. Dziewczyna, o pół głowy przerastająca chłopaka, miała rysy ostre i drapieżne, niemal okrutne. – To Lightwoodowie. A tu... – Zwrócił jej uwagę na przystojnego młodzieńca o kręconych ciemnych włosach, kwadratowej szczęce i rumieńcach na twarzy. – Michael Wayland.

– W niczym nie przypomina Jace'a – stwierdziła Clary.

– Jace odziedziczył wygląd po matce.

– To fotografia szkolna?

– Nie. To zdjęcie Kręgu zrobione w chwili jego powstania. Dlatego Valentine, jako przywódca, stoi z przodu, a Luke, zastępca, po jego prawej stronie.

Clary odwróciła wzrok.

– Nadal nie rozumiem, dlaczego moja matka wstąpiła do takiej organizacji.

– Musisz zrozumieć...

– Wciąż pan to powtarza – przerwała mu Clary rozgniewanym tonem. – Nie rozumiem, dlaczego muszę wszystko zrozumieć. Niech pan powie mi prawdę, a ja albo zrozumiem, albo nie.

Kącik ust Hodge'a drgnął.

– Jak chcesz. – Nauczyciel wyciągnął rękę i pogłaskał Hugo, który spacerował po brzegu biurka. – Porozumienia nigdy nie miały poparcia całego Clave. Zwłaszcza najstarsze rody były przywiązane do dawnych czasów, kiedy Podziemnych po prostu się zabijało. Nie tyle z nienawiści, ile dla poczucia bezpieczeństwa. Łatwiej walczyć z zagrożeniem w postaci bezimiennej masy, anonimowej grupy, niż z jednostkami, które trzeba ocenić każdą z osobna. Poza tym większość nas znała kogoś, kto został ranny albo zabity przez Podziemnych. Nie ma to jak moralny radykalizm młodych. Dziecku łatwo jest wierzyć w dobro i zło, jasność i mrok. Valentine nigdy nie utracił swojego destrukcyjnego idealizmu ani zażartej nienawiści do wszystkiego, co uważał za „nieludzkie".

– Ale kochał moją matkę – zauważyła Clary.

– Tak. Kochał twoją matkę. I kochał Idris...

– Co takiego wspaniałego było w Idrisie? – Clary usłyszała burkliwy ton w swoim pytaniu.

– To był... jest dom Nefilim, gdzie mogą być naprawdę sobą, miejsce, gdzie nie muszą się ukrywać ani rzucać czarów. Miejsce pobłogosławione przez Anioła. Nie możesz powiedzieć, że widziałaś prawdziwe miasto, dopóki nie zobaczysz szklanych wież Alicante. Jest piękniejsze, niż potrafisz sobie wyobrazić. – W jego głosie pobrzmiewały tęsknota i ból.

Clary nagle przypomniał się niedawny sen.

– Czy w Szklanym Mieście odbywały się kiedyś... tańce?

Hodge zamrugał, jakby obudził się ze snu.

– Co tydzień. Ja nigdy tam nie chodziłem, ale twoja matka tak. I Valentine. – Zaśmiał się cicho. – Byłem raczej typem naukowca. Całe dnie spędzałem w bibliotece w Alicante. Książki, które tu widzisz, to tylko niewielka część skarbów, jakie się w niej znajdują. Myślałem, że kiedyś wstąpię do Bractwa, ale po tym, co zrobiłem, oczywiście mnie nie chcieli.

– Przykro mi – bąknęła Clary. Jej umysł nadal wypełniały obrazy ze snu.

Czy tam, gdzie tańczyli, stała fontanna z syreną? Czy Valentine był ubrany na biało, tak że moja matka nawet przez koszulę widziała Znaki na jego skórze?

– Mogę je zatrzymać? – spytała, wskazując na zdjęcie.

Po twarzy Hodge'a przemknął cień wahania.

– Wolałbym, żebyś nie pokazywała go Jace'owi – powiedział. – I bez fotografii zmarłego ojca ma wystarczająco dużo problemów.

– Oczywiście. – Clary przycisnęła zdjęcie do piersi. – Dziękuję.

– Nie ma za co. – Hodge spojrzał na nią pytająco. – Przyszłaś do biblioteki, żeby się ze mną zobaczyć czy w jakimś innym celu?

– Zastanawiałam się, czy nie miał pan wiadomości od Clave. O Kielichu. I... mojej mamie.

– Dostałem dziś rano krótką odpowiedź.

– Przysyłają ludzi? Nocnych Łowców? – Clary słyszała niecierpliwość we własnym głosie

– Tak.

– Więc dlaczego jeszcze ich tu nie ma?

– Istnieje obawa, że Instytut jest obserwowany przez Valentine'a. Im mniej on wie, tym lepiej. – Na widok jej żałosnej miny Hodge westchnął. – Przykro mi, że nie mogę powiedzieć nic więcej, Clarisso. Nie cieszę się zaufaniem Clave, nawet teraz. Niewiele mi mówią. Szkoda, że nie mogę ci pomóc.

Ból w jego głosie powstrzymał ją przed naciskaniem o więcej informacji.

– Może pan – powiedziała. – Mam kłopoty z zasypianiem. Wciąż za dużo myślę. Gdyby pan...

– Ach, ten niespokojny umysł. – Jego głos był pełen współczucia. – Mogę coś ci dać. Zaczekaj tutaj.

***

Mikstura, którą przyniósł jej Hodge, pachniała przyjemnie jałowcem i liśćmi. Clary wąchała ją, idąc korytarzem. Niestety, buteleczka nadal była otwarta, kiedy Clary weszła do sypialni i zobaczyła Jace'a rozciągniętego na łóżku i przeglądającego jej szkicownik. Z okrzykiem zdumienia wypuściła fiolkę z ręki. Jasnozielona zawartość rozlała się po drewnianej podłodze.

– O, rany – mruknął Jace, siadając. – Mam nadzieję, że to nie było nic ważnego.

– Tylko wywar nasenny – odparła gniewnie Clary, dotykając buteleczki czubkiem tenisówki. – A teraz już go nie ma.

– Gdyby był tutaj Simon, ululałby cię do snu.

Clary nie była w nastroju, żeby bronić przyjaciela. Opadła na łóżko i wzięła do ręki szkicownik.

– Zwykle nie pozwalam ludziom go oglądać.

– Dlaczego? – Jace był rozchełstany, jakby jeszcze przed chwilą spał. – Jesteś całkiem niezłą artystką. Momentami doskonałą.

– Może dlatego, że to jest jak... pamiętnik. Z tą różnicą, że nie wyrażam myśli słowami, tylko obrazami, więc są tu same rysunki. Ale nadal jest to prywatna własność.

Jace zrobił urażoną minę.

– Dziennik bez żadnego rysunku mojej podobizny? A gdzie gorące fantazje? Okładki romansów? Gdzie...

– Wszystkie dziewczyny, które poznajesz, zakochują się w tobie? – zapytała cicho Clary.

Pytanie spuściło z niego powietrze jak szpilka przekłuwająca balon.

– To nie jest miłość – odparł Jace po chwili. – Przynajmniej...

– Spróbuj nie być czarujący przez cały czas – poradziła mu Clary. – To może przynieść wszystkim ulgę.

Jace spojrzał na swoje ręce. Choć młode i niepomarszczone, były, podobnie jak dłonie Hodge'a, usiane drobnymi białymi bliznami.

– Opowiedzieć ci bajkę na dobranoc?

Clary zmierzyła go wzrokiem.

– Mówisz poważnie?

– Zawsze jestem poważny.

Przyszło jej do głowy, że być może z powodu wyczerpania oboje zachowują się trochę nienormalnie. Ale Jace nie wyglądał na zmęczonego. Raczej na smutnego. Clary odłożyła szkicownik na szafkę nocną i wyciągnęła się na boku, kładąc głowę na poduszce.

– Dobrze.

– Zamknij oczy.

Posłuchała go bez protestu. Blask lampki nocnej zatańczył na jej powiekach jak małe gwiezdne rozbłyski.

– Był sobie kiedyś chłopiec... – zaczął Jace.

Clary natychmiast mu przerwała:

– Nocny Łowca?

– Oczywiście. – W jego głosie pojawił się ton rozbawienia, ale zaraz zniknął. – Kiedy chłopiec miał sześć lat, ojciec dał mu sokoła do polowań. „Sokoły to drapieżniki, zabijają inne ptaki", powiedział. „Nocni Łowcy nieba". Sokół nie lubił chłopca, chłopiec nie lubił sokoła. Jego ostry dziób przyprawiał go o niepokój, jasne oczy wciąż go obserwowały. Gdy tylko chłopiec się doń zbliżał, ptak atakował go dziobem i pazurami. Przez wiele tygodni jego nadgarstki i ręce wciąż krwawiły. Nie wiedział, że ojciec wybrał sokoła, który przez ponad rok żył na wolności, i dlatego oswojenie go było prawie niemożliwe. Ale chłopiec próbował, bo ojciec kazał mu wytrenować sokoła, a on chciał zadowolić ojca. Przebywał z sokołem cały czas, nie dawał mu spać, wciąż do niego mówiąc albo nawet grając muzykę, bo zmęczonego ptaka łatwiej oswoić. Nauczył się używać sprzętu: rękawicy, pęt, kaptura, rzemienia, którym przywiązywał sobie sokoła do nadgarstka. Powinien trzymać go w ciemności, ale nie potrafił się do tego zmusić. Zamiast tego siadał tam, gdzie ptak mógł go widzieć, dotykał go i głaskał po skrzydłach, żeby zdobyć jego zaufanie. Karmił go z ręki, ale z początku ptak nie chciał jeść. Później jadł tak łapczywie, że kaleczył mu dziobem dłonie. Ale chłopiec był zadowolony, bo zrobili postępy. Chodziło mu o to, żeby ptak dobrze go poznał, nawet jeśli ranił go do krwi. Chłopiec zaczął dostrzegać, że sokół jest piękny, że jego smukłe skrzydła są stworzone do szybkiego lotu, że jest silny i szybki, dziki i łagodny. Kiedy nurkował ku ziemi, poruszał się jak światło. Gdy nauczył się krążyć i wracać na jego nadgarstek, chłopiec omal nie krzyczał z radości. Czasami ptak wskakiwał mu na ramię i wsadzał dziób w jego włosy. Chłopiec wiedział, że sokół go kocha, a kiedy był pewien, że nie tylko jest oswojony, ale i doskonale wytrenowany, poszedł do ojca i pokazał mu, czego dokonał. Spodziewał się pochwały, ale ojciec wziął ptaka, teraz oswojonego i ufnego, i skręcił mu kark. „Mówiłem ci, że masz uczynić go posłusznym", powiedział i rzucił bezwładne ciało na ziemię. „A ty nauczyłeś go kochać. Sokoły nie mają być kochanymi, domowymi pupilami. Są dzikie, gwałtowne i okrutne. Ten ptak nie został wytresowany, tylko złamany". Później, kiedy chłopiec został sam, płakał nad przyjacielem, aż w końcu ojciec przysłał sługę po martwego ptaka i kazał go pogrzebać. Chłopiec już nigdy więcej nie płakał i nigdy nie zapomniał tego, czego się nauczył: że kochać to niszczyć i że być kochanym to znaczy zostać zniszczonym.

Clary, która leżała nieruchomo i prawie nie oddychała, przekręciła się na plecy i otworzyła oczy.

– To okropna historia – powiedziała z oburzeniem.

Jace podciągnął kolana pod brodę.

– Naprawdę? – spytał w zadumie.

– To historia o dręczeniu dziecka. Ojciec chłopca to potwór. Powinnam się domyślić, że właśnie coś takiego Nocni Łowcy uważają za bajkę do poduszki. Wszystko, co powoduje nocne koszmary...

– Czasami Znaki przyprawiają o nocne koszmary – powiedział Jace. – Jeśli się je zrobi w zbyt młodym wieku. – Spojrzał na nią w zamyśleniu. Blask późnego popołudnia sączył się przez zasłony, zmieniając jego twarz w studium kontrastów.

Chiaroscuro, pomyślała Clary. Światłocień.

– To dobra historia, jeśli się nad tym zastanowić. Ojciec po prostu stara się uczynić chłopca silniejszym. Nieugiętym – dodał Jace.

– Ale musisz nauczyć się trochę naginać – stwierdziła Clary i ziewnęła. Mimo że historia ją poruszyła, melodia głosu Jace'a sprawiła, że ogarnęła ją senność. – Bo inaczej się złamiesz.

– Nie, jeśli jesteś dostatecznie silna – odparł z przekonaniem Jace.

Wyciągnął rękę i musnął wierzchem dłoni jej policzek. Clary poczuła, że jej oczy same się zamykają. Miała wrażenie, że jej kości zrobiły się miękkie, a ona sama zaraz się rozpłynie i zniknie. Zapadając w sen, usłyszała w głowie echo słów: „Dawał mi wszystko, co chciałem. Konie, broń, książki, nawet sokoła do polowań".

Próbowała coś powiedzieć, ale sen chwycił ją w sidła i pociągnął w otchłań.

***

Obudził ją natarczywy głos.

– Wstawaj!

Clary powoli rozwarła sklejone powieki. Poczuła łaskotanie na twarzy. Czyjeś włosy. Usiadła gwałtownie i uderzyła głową w coś twardego.

– Au! Uderzyłaś mnie!

To była Isabelle. Zapaliła lampę stojącą przy łóżku i z urazą popatrzyła na Clary, masując czoło. Jej sylwetka wyglądała jakby lśniła. Isabelle miała na sobie długą srebrną spódnicę i cekinowy top, jej paznokcie były pomalowane błyszczącym lakierem, pasma srebrnych koralików wplecione we włosy. Wyglądała jak bogini księżyca. Clary natychmiast ją znienawidziła.

– Nikt ci nie kazał tak się nade mną pochylać. Wystraszyłaś mnie śmiertelnie. – Clary też rozmasowała obolałe miejsce tuż nad brwią. – A tak przy okazji, czego właściwie chcesz?

Isabelle pokazała na ciemne nocne niebo.

– Dochodzi północ. Musimy iść na przyjęcie, a ty jeszcze nie jesteś gotowa.

– Zamierzałam ubrać się w te rzeczy. – Clary wskazała na dżinsy i T-shirt. – Czy to jakiś problem?

– Czy to jest problem? – Isabelle wyglądała, jakby zaraz miała zemdleć. – Oczywiście, że to jest problem! Żaden Podziemny nie włożyłby takich ciuchów. Poza tym idziemy na przyjęcie. Będziesz się wyróżniać z tłumu w takim... swobodnym stroju. – Najwyraźniej chciała użyć dużo gorszego określenia.

– Nie wiedziałam, że mamy się wystroić – powiedziała kwaśno Clary. – Nie wzięłam za sobą żadnych wyjściowych ubrań.

– Będziesz musiała pożyczyć moje.

– O, nie. – Clary pomyślała o za dużej koszulce i spodniach, które musiała kilka razy podwinąć. – To znaczy, nie mogę, naprawdę.

Uśmiech Isabelle był równie lśniący jak jej paznokcie.

– Nalegam.

***

– Naprawdę wolałabym włożyć swoje rzeczy – stwierdziła Clary, wiercąc się, kiedy Isabelle ustawiła ją przed dużym lustrem w swojej sypialni.

– Nie możesz. Wyglądasz w nich na osiem lat, a co gorsza, zupełnie jak Przyziemna.

Clary buntowniczo zacisnęła szczękę.

– Nic z twoich ciuchów nie będzie na mnie pasować.

– Zobaczymy.

Clary obserwowała w lustrze Isabelle buszującą w garderobie. Jej pokój wyglądał tak, jakby w środku eksplodowała kula dyskotekowa. Na czarnych ścianach były namalowane odblaskowe złote kręgi. Wszędzie walały się ubrania: na podłodze, na rozbebeszonym łóżku, na poręczach krzeseł. Wylewały się z dużej szafy stojącej pod jedną ze ścian. Toaletka z lustrem obwiedzionym różowym futerkiem była zaśmiecona cekinami, błyszczykami, słoiczkami z różem i pudrem.

– Ładny pokój – powiedziała Clary, myśląc z tęsknotą o swoich pomarańczowych ścianach.

– Dzięki. Sama go pomalowałam. – Isabelle wyszła z garderoby i rzuciła jej coś czarnego i śliskiego.

Clary złapała tę rzecz w powietrzu.

– Wygląda na strasznie małą – stwierdziła.

– Rozciąga się. Przymierz.

Clary pospiesznie weszła do małej łazienki urządzonej na jasnoniebiesko. Wciągnęła sukienkę przez głowę; była ciasna, z ramiączkami wąskimi jak spaghetti. Starając się nie oddychać zbyt głęboko, wróciła do sypialni. Isabelle siedziała na łóżku, majtając zawieszonym na dużym palcu sandałkiem ozdobionym sztrasami.

– Dobrze, że jesteś taka płaska – zauważyła. – Ja nie mogłabym jej nosić bez stanika.

Clary łypnęła na nią spode łba.

– Jest za krótka.

– Nie za krótka, tylko w sam raz. – Isabelle zaczęła czegoś szukać nogą pod łóżkiem. Po chwili wykopnęła spod niego parę wysokich butów i czarne kabaretki. – Będziesz w nich wyglądać na wyższą.

– Racja, bo jestem mała i płaska jak deska. – Clary obciągnęła sukienkę, ale i tak ledwo zakryła górną część ud. Rzadko nosiła spódnice, zwłaszcza mini, więc czuła się nieswojo, pokazując nogi w całej okazałości. – Jeśli jest za krótka na mnie, jak musi wyglądać na tobie?

Isabelle uśmiechnęła się szeroko.

– Ja noszę ją jako spódnicę.

Clary usiadła na łóżku i włożyła rajstopy. Buty okazały się trochę luźne w łydkach, ale nie zsuwały się jej z nóg. Zasznurowała je i wstała. Spojrzała na siebie w lustrze i stwierdziła, że połączenie czarnej sukienki, kabaretek i wysokich butów jest całkiem, całkiem. Jedyne, co psuło efekt...

– Włosy – powiedziała Isabelle. – Trzeba coś z nimi zrobić. Koniecznie. Siadaj. – Rozkazującym gestem wskazała na toaletkę.

Clary usiadła posłusznie i zacisnęła powieki, a Isabelle zaczęła rozplatać jej warkocze – niezbyt delikatnie – czesać włosy i wsuwać w nie spinki. Otworzyła oczy, gdy poczuła na twarzy puszek, a potem gęstą chmurę duszącego pudru. Zakaszlała i z wyrzutem łypnęła na swoją dręczycielkę.

Isabelle się roześmiała.

– Nie patrz tak na mnie. Spójrz na siebie.

Clary zobaczyła w lustrze, że Isabelle upięła jej włosy na czubku głowy i umocowała je błyszczącymi spinkami. Nagle przypomniała sobie sen: ciężką fryzurę ciągnącą w dół jej głowę, taniec z Simonem... Poruszyła się niespokojnie.

– Nie wstawaj – skarciła ją Isabelle. – Jeszcze nie skończyłyśmy. – Sięgnęła po kredkę. – Otwórz oczy.

Clary spełniła polecenie.

– Mogę cię o coś zapytać?

– Jasne. – Isabelle z wprawą operowała kredką.

– Alec jest gejem?

Isabelle drgnęła, kredka zsunęła się po czole Clary, rysując długą czarną kreskę od kącika oka do linii włosów.

– Cholera!

– Nic się nie stało...

– Owszem. – Isabelle mówiła tak, jakby była bliska płaczu. Zaczęła grzebać wśród kosmetyków walających się po blacie toaletki. W końcu znalazła wacik i podała go Clary. – Masz, wytrzyj się. – Usiadła na brzegu łóżka, pobrzękując bransoletkami na kostkach, i spojrzała na nią przez zasłonę włosów. – Jak się domyśliłaś?

– Ja...

– Absolutnie nie możesz nikomu powiedzieć.

– Nawet Jace'owi?

– Zwłaszcza Jace'owi!

– Dobrze – powiedziała oschłym głosem Clary. – Nie zdawałam sobie sprawy, że to taka straszna rzecz.

– Byłaby straszna dla moich rodziców. Wydziedziczyliby go i wyrzucili z Clave...

– Nie można być gejem i Nocnym Łowcą?

– Nie ma żadnej obowiązującej reguły. Ale ludzie tego nie lubią. No, może ci w naszym wieku w trochę mniejszym stopniu... Chyba – dodała niepewnie, a Clary uświadomiła sobie, jak niewielu rówieśników tak naprawdę zna Isabelle. – Inaczej jest ze starszym pokoleniem. Normalnie się o tym nie mówi.

– Aha – bąknęła Clary, żałując, że w ogóle poruszyła ten temat.

– Kocham mojego brata – powiedziała cicho Isabelle. – Zrobiłabym dla niego wszystko. Ale w tej kwestii nic nie mogę zrobić.

– Dobrze, że przynajmniej ma ciebie – niezręcznie pocieszyła ją Clary i pomyślała o tym, że Jace uważa miłość za niszczycielską siłę. – Naprawdę myślisz, że Jace'owi by się to nie spodobało?

– Nie wiem. – Isabelle najwyraźniej miała już dość tej rozmowy. – Ale to nie moja decyzja.

– Chyba nie – przyznała Clary.

Nachyliła się do lustra, żeby wacikiem zebrać nadmiar tuszu, i omal nie upuściła go ze zdziwienia. Co Isabelle z nią zrobiła? Jej kości policzkowe były wyraźnie zarysowane, oczy głębokie, tajemnicze i świetliście zielone.

– Wyglądam jak moja mama – stwierdziła oszołomiona.

Isabelle uniosła brwi.

– Co? Za staro? Może jeszcze trochę brokatu.

– Nie, żadnego brokatu – zaprotestowała Clary pospiesznie. – Jest dobrze. Podoba mi się.

– Świetnie. – Isabelle zerwała się z łóżka. – Chodźmy.

– Muszę jeszcze po coś pójść do mojego pokoju – oznajmiła Clary, ruszając do drzwi. – I... Będę potrzebowała broni? A ty?

– Mam jej dużo. – Isabelle z uśmiechem podniosła najpierw jedną, potem drugą nogę, tak że jej bransoletki zabrzęczały jak świąteczne dzwoneczki. – Na przykład to. Lewa jest ze złota, które jest trujące dla demonów, a prawa z pobłogosławionego żelaza, na wypadek, gdybym trafiła na nieprzyjazne wampiry albo złe skrzaty. Na obu są wyryte runy, więc mogę zadać niezłego kopniaka.

– Polowanie na demony i moda – skomentowała Clary. – Nigdy bym nie pomyślała, że mogą iść ze sobą w parze.

Isabelle wybuchnęła głośnym śmiechem.

– Zdziwiłabyś się.

***

Chłopcy już czekali w holu. Byli ubrani na czarno. Nawet Simon miał na sobie trochę za duże czarne spodnie i własną koszulkę odwróconą na drugą stronę, żeby ukryć logo zespołu. Jace i Alec opierali się niedbale o ścianę i wyglądali na znudzonych, natomiast on trzymał się z boku. Podniósł wzrok, kiedy zjawiła się Isabelle ze złotym biczem owiniętym wokół nadgarstka i z metalowymi bransoletami podzwaniającymi na kostkach. Można było się spodziewać, że Simon osłupieje – Isabelle rzeczywiście przyciągała wzrok – ale on tylko prześliznął się po niej spojrzeniem i wytrzeszczył oczy na widok Clary.

– Co to jest? – wykrztusił. – To, co masz na sobie.

Clary spojrzała na siebie. Narzuciła lekką kurtkę, żeby czuć się mniej naga, i wzięła plecak ze swojego pokoju. Ale Simon nie patrzył na plecak, tylko na jej nogi, jakby nigdy wcześniej ich nie widział.

– Sukienka – powiedziała sucho Clary. – Wiem, że nie noszę ich zbyt często, ale doprawdy...

– Jest strasznie krótka – zauważył wyraźnie zmieszany.

Nawet w stroju pogromcy demonów wyglądał jak chłopiec, który przychodzi do domu dziewczyny, żeby umówić się na randkę, jest uprzejmy dla jej rodziców i dobry dla zwierząt domowych.

Jace natomiast wyglądał jak chłopak, który przychodzi do czyjegoś domu, żeby go spalić dla zabawy.

– Podoba mi się twoja sukienka – powiedział, odsuwając się od ściany. Jego spojrzenie przesunęło się po niej leniwie. – Ale wymaga czegoś ekstra.

– Nagle stałeś się ekspertem od mody? – odparowała Clary, ale jej głos zabrzmiał niepewnie. Jace stał tak blisko niej, że czuła jego ciepło i słaby zapach spalenizny po świeżo zrobionych Znakach.

Wyjął coś z kieszeni kurtki i jej podał. Był to długi, cienki sztylet w skórzanej pochwie, o rękojeści wysadzanej pojedynczym czerwonym kamieniem w kształcie róży.

Clary potrząsnęła głową.

– Nawet nie wiedziałabym, jak tego użyć...

Jace wcisnął jej sztylet do ręki i zamknął wokół niego jej palce.

– Nauczysz się. Masz to we krwi.

Clary powoli opuściła rękę.

– Dobrze.

– Mogłabym dać ci futerał zapinany na udzie – zaproponowała Isabelle. – Mam ich mnóstwo.

– Oczywiście, że nie – odezwał się Simon.

Clary posłała mu zirytowane spojrzenie.

– Dzięki, ale to nie w moim stylu. – Wsunęła nóż do zewnętrznej kieszeni plecaka. Gdy zapięła zamek i podniosła wzrok, zobaczyła, że Jace patrzy na nią spod przymrużonych powiek.

– I jeszcze ostatnia rzecz – powiedział.

Wyciągnął spinkę z jej włosów, tak że opadły ciepłą, ciężką falą na jej szyję. Uczucie łaskotania na nagiej skórze było nowe, ale dziwnie przyjemne.

– Tak jest dużo lepiej – stwierdził, a Clary pomyślała, że jego głos również brzmi trochę niepewnie.

12

Przyjęcie

Kierując się wskazówkami umieszczonymi na zaproszeniu, dotarli do przemysłowej okolicy Brooklynu, gdzie wzdłuż ulic stały fabryki i magazyny. Niektóre, jak zauważyła Clary, przerobiono na lofty i galerie, ale mimo to ponure, przysadziste budynki z zaledwie kilkoma zakratowanymi oknami wyglądały złowrogo i niegościnnie.

Od metra szli na piechotę. Prowadziła ich Isabelle za pomocą Sensora, który najwyraźniej miał wbudowane coś w rodzaju systemu nawigacyjnego. Simon, który uwielbiał gadżety, był nim zafascynowany. Clary celowo wlokła się za nimi, kiedy przecinali zapuszczony park o niestrzyżonej trawie, pożółkłej od letniego upału. Po prawej stronie na tle nocnego, bezgwiezdnego nieba rysowały się czarne iglice kościoła.

– Pospiesz się – syknął jej do ucha poirytowany Jace, który specjalnie zwolnił, żeby iść obok niej. – Nie chcę wciąż oglądać się za siebie i sprawdzać, czy nic ci się nie stało.

– Więc się nie oglądaj.

– Ostatnim razem, kiedy zostawiłem cię samą, napadł cię demon – przypomniał Jace.

– Z pewnością nie chciałabym zepsuć tak miłego nocnego spaceru swoją nagłą śmiercią.

– Jest cienka granica między sarkazmem a otwartą wrogością, a ty zdaje się, ją przekroczyłaś – stwierdził Jace. – O co chodzi?

Clary przygryzła wargę.

– Dziś rano grzebali mi w mózgu dziwni, odpychający faceci. Teraz idę na spotkanie z dziwnym, odpychającym gościem, który pierwszy grzebał w moim mózgu. A jeśli nie spodoba mi się to, co znajdzie?

– Dlaczego sądzisz, że ci się nie spodoba?

Clary odgarnęła włosy ze spoconej skóry.

– Nienawidzę, kiedy odpowiadasz pytaniem na pytanie.

– Wcale nie. Uważasz, że to czarujące. Tak czy inaczej, nie wolałabyś znać prawdy?

– Nie. To znaczy, może. Nie wiem. – Westchnęła. – A ty?

– To jest ta ulica! – zawołała Isabelle, która wyprzedziła ich o ćwierć kwartału.

Szli wąską aleją ze starymi magazynami po obu stronach. Wiele szczegółów wskazywało na to, że teraz urządzono w nich zwykłe mieszkania – skrzynki na kwiaty w oknach, firanki powiewające na wilgotnym nocnym wietrze, plastikowe śmietniki na podjazdach. Clary rozglądała się w skupieniu, ale nie potrafiła stwierdzić, czy właśnie tę ulicę widziała podczas seansu w Mieście Kości. W jej wizji była prawie zasypana śniegiem.

Poczuła, że Jace muska palcami jej ramię.

– Oczywiście. Zawsze.

Zerknęła na niego z ukosa, marszcząc brwi.

– Co?

– Prawda. Oczywiście, że chciałbym ją...

– Jace! – Alec stał na chodniku niedaleko nich.

Clary zastanawiała się, dlaczego jego głos brzmi tak donośnie. Jace zabrał dłoń z jej ramienia i odwrócił się do przyjaciela.

– Tak?

– Zdaje się, że dotarliśmy na miejsce. – Alec pokazywał coś, czego Clary nie mogła dojrzeć, bo było zasłonięte przez duży czarny samochód.

– Co tam masz?

Jace podszedł do Aleca. Clary usłyszała jego śmiech, a kiedy się do nich zbliżyła, zobaczyła, na co patrzą: kilka motocykli, smukłych i srebrnych, o niskim czarnym zawieszeniu. Naoliwione cylindry i rury wyglądały jak żyły. Było w tych pojazdach coś organicznego, jak w biomechanoidach z obrazów Gigera.

– Wampiry – powiedział Jace.

– Wyglądają całkiem jak motocykle – stwierdził Simon, podchodząc do nich z Isabelle u boku. Dziewczyna zmarszczyła brwi na widok motorów.

– Bo to są motocykle, ale zmienione tak, że mogą jeździć na demonicznej energii – wyjaśniła. – Korzystają z nich wampiry, żeby w nocy szybko się przemieszczać. Nie jest to zgodne z Przymierzem, ale...

– Słyszałem, że niektóre mogą latać. – Alec mówił z takim entuzjazmem jak Simon o nowej grze wideo. – Albo stają się niewidzialne po pstryknięciu przełącznika. Albo działają pod wodą.

Jace zszedł z krawężnika i zaczął obchodzić pojazdy, przyglądając się im uważnie. Przesunął dłonią po jednym ze smukłych podwozi, na którym widniały słowa namalowane srebrną farbą: *Nox Invictus*.

– Zwycięska noc – przetłumaczył.

Alec popatrzył na niego dziwnie.

– Co robisz?

Clary zobaczyła, że Jace wsuwa rękę pod kurtkę.

– Nic.

– Pospieszmy się – ponagliła ich Isabelle. – Nie stroiłam się po to, żeby podziwiać, jak łazicie po rynsztoku i oglądacie motory.

– Są ładne i miło na nie popatrzeć – stwierdził Jace, wracając na chodnik. – Sama musisz przyznać.

– Na mnie też – odparowała Isabelle, która nie zamierzała niczego przyznawać. – Ruszmy się wreszcie.

Jace spojrzał na Clary.

– To ten budynek? – zapytał, wskazując na czerwony ceglany magazyn.

Clary odetchnęła głęboko.

– Chyba tak – powiedziała niepewnie. – Wszystkie wyglądają tak samo.

– Jest tylko jeden sposób, żeby się dowiedzieć – oświadczyła Isabelle i zdecydowanym krokiem zaczęła wchodzić po schodach.

Reszta podążyła za nią i stłoczyła się w ciasnym, cuchnącym przedsionku. Goła żarówka wisząca na sznurku oświetlała duże drzwi obite metalem i domofon z rzędem dzwonków od mieszkań. Tylko na jednym widniało nazwisko: Bane.

Isabelle wcisnęła guzik. Nie doczekawszy się żadnej reakcji, nacisnęła go znowu. Już miała spróbować trzeci raz, kiedy Alec złapał ją za nadgarstek.

– Nie bądź niegrzeczna.

Siostra spiorunowała go wzrokiem.

– Alec...

W tym momencie drzwi się otworzyły i w progu stanął szczupły mężczyzna. Zmierzył ich zaciekawionym wzrokiem. Isabelle pierwsza odzyskała rezon i posłała mu promienny uśmiech.

– Magnus? Magnus Bane?

– To ja.

Mężczyzna stojący w drzwiach był wysoki i chudy jak tyczka, miał gęste czarne włosy skręcone w szpikulce tworzące koronę wokół głowy. Kształt przymrużonych oczu i złoty odcień opalonej skóry świadczyły o sporej domieszce azjatyckiej krwi. Ubrany w dżinsy i czarną koszulę ozdobioną dziesiątkami metalowych klamerek, miał usta pomalowane na granatowo, a oczy obwiedzione grafitowym brokatem, tak że wyglądał jak w masce szopa pracza. Przeczesał najeżone włosy upierścienioną ręką i w zadumie przyjrzał się przybyszom.

– Dzieci Nefilim – rzekł w końcu. – No, no. Nie pamiętam, żebym was zapraszał.

Isabelle wyjęła niebieską kartkę i pomachała nią jak białą flagą.

– Mam zaproszenie, a to są moi przyjaciele. – Królewskim gestem wskazała resztę grupy.

Magnus wyjął jej papier z ręki i spojrzał na niego, krzywiąc usta.

– Musiałem być pijany – stwierdził z niesmakiem i szerzej otworzył drzwi. – Wchodźcie. Tylko nie próbujcie mordować moich gości.

Jace zmierzył go wzrokiem.

– Nawet jeśli któryś z nich rozleje drinka na moje nowe buty?

– Nawet wtedy. – Błyskawicznym ruchem Bane wyrwał z jego ręki stelę i uniósł ją. – A to lepiej schowaj, Nocny Łowco.

Równie szybko wsunął narzędzie do kieszeni jego dżinsów, uśmiechnął się szeroko i ruszył w górę po schodach, zostawiając wyraźnie zdeprymowanego Jace'a, żeby przytrzymał drzwi pozostałym.

– Chodźcie, zanim ktoś pomyśli, że to moje przyjęcie – powiedział Jace, przywołując ich gestem.

Wszyscy zaśmiali się nerwowo i weszli do środka, przepychając się obok niego. Tylko Isabelle zatrzymała się w progu i pokręciła głową.

– Postaraj się go nie wkurzyć, proszę, bo wtedy nam nie pomoże.

Jace zrobił znudzoną minę.

– Wiem, co robię.

– Mam nadzieję. – Isabelle wyminęła go, szeleszcząc spódnicą.

Mieszkanie Magnusa znajdowało się na szczycie długich chwiejnych schodów. Clary szybko pożałowała, że dotknęła balustrady, żeby się przytrzymać. Poręcz lepiła się od czegoś zielonkawego i lśniącego.

– Błe. – Simon aż się otrząsnął, ale zaoferował jej róg swojej koszulki, żeby wytarła sobie rękę. Clary z wdzięcznością przyjęła pomoc. – Wszystko w porządku? Wydajesz się... nieobecna.

– Po prostu on wygląda tak znajomo. To znaczy, Magnus.

– Myślisz, że chodzi do St. Xaviera?

– Bardzo zabawne.

– Masz rację. Jest za stary na ucznia. Zdaje się, że w zeszłym roku uczył mnie chemii.

Clary się roześmiała. Natychmiast obok niej znalazła się Isabelle.

– Ominęło mnie coś śmiesznego?

Simon miał dość przyzwoitości, żeby zrobić zakłopotaną minę, ale nic nie powiedział.

– Niczego nie przegapiłaś – odburknęła Clary.

I została z tyłu. Pożyczone od Isabelle buty na grubej gumowej podeszwie zaczynały uwierać ją w stopy. Kiedy dotarła na szczyt schodów, kulała, ale gdy tylko weszła do mieszkania Magnusa, zapomniała o bólu.

Loft był ogromny i prawie całkowicie pozbawiony mebli. Okna sięgające od podłogi do sufitu pokrywała gruba warstwa brudu i farby, która odcinała większość światła wpadającego z ulicy. Łukowate, osmalone sadzą sklepienie podtrzymywały wielkie metalowe słupy oplecione kolorowymi lampkami. Drzwi, wyjęte z zawiasów i ułożone w jednym końcu pomieszczenia na powgniatanych koszach na śmieci, służyły za prowizoryczny bar. Kobieta o liliowej skórze, ubrana w metaliczny gorset, stawiała na ladzie drinki w wysokich kieliszkach z barwionego szkła; znajdujący się w środku płyn przybierał odcień krwistej czerwieni, jaskrawego błękitu albo jadowitej zieleni. Nawet jak na nowojorską barmankę pracowała z zadziwiającą szybkością; zapewne pomagał jej fakt, że miała drugą parę długich, wdzięcznych ramion. Na jej widok Clary przypomniał się posążek hinduskiej bogini z kolekcji Luke'a.

Reszta gości była równie dziwna. Przystojny chłopak z mokrymi zielono-czarnymi włosami uśmiechnął się do niej znad talerza z surową rybą. Zęby miał ostre jak rekin. Obok niego stała dziewczyna z kwiatami wplecionymi w długie włosy o kolorze ciemnoblond. Spod krótkiej zielonej sukienki wystawały żabie stopy z błoną pławną. Grupa młodych kobiet, tak bladych, że Clary się zastanawiała, czy nie mają scenicznego białego makijażu, sączyła z kryształowych kieliszków szkarłatny płyn zbyt gęsty jak na wino. Środek pokoju był zajęty przez tańczących. Dudniąca muzyka odbijała się od ścian, choć Clary nigdzie nie widziała zespołu.

– Podoba ci się przyjęcie?

Odwróciła się i zobaczyła Magnusa opartego o jedną z kolumn. Jego oczy lśniły w półmroku. Clary rozejrzała się i stwierdziła, że Jace i reszta zniknęli, wchłonięci przez tłum. Próbowała się uśmiechnąć.

– Z jakiej to okazji? – spytała.

– Urodzin mojego kota.

– O! A gdzie jubilat?

– Nie wiem – z powagą odparł Bane. – Pewnie uciekł.

Od wymyślenia dowcipnej odpowiedzi wybawiło Clary pojawienie się zaginionych towarzyszy. Alec jak zwykle miał ponurą twarz, a Jace, z wieńcem z małych świecących kwiatów na szyi, wyglądał na zadowolonego z siebie.

– Gdzie Simon i Isabelle? – zapytała Clary.

– Na parkiecie. – Jace machnął ręką.

Clary wypatrzyła ich na zatłoczonym kawałku podłogi. Simon robił to co zwykle zamiast tańczenia, to znaczy z nieszczęśliwą miną podskakiwał jak piłka. Isabelle zataczała wokół niego kręgi, wijąc się jak wąż i muskając palcami jego pierś. Patrzyła na niego w taki sposób, jakby planowała zaciągnąć go w ciemny kąt. Clary objęła się rękoma. Jeśli zaczną tańczyć jeszcze trochę bliżej siebie, nie będą musieli szukać ustronnego miejsca.

– Słuchaj, naprawdę musimy porozmawiać... – zwrócił się Jace do gospodarza.

– Magnusie Bane! – Grzmiący głos należał do niskiego mężczyzny, który wyglądał na trzydzieści parę lat. Miał gładko ogoloną głowę i kozią bródkę. Uniósł drżący palec i wycelował go w czarownika. – Ktoś właśnie wlał święconą wodę do zbiornika mojego motocykla. Jest kompletnie zniszczony! Wszystkie przewody się stopiły.

– Stopiły? – mruknął Magnus. – To potworne.

– Chcę wiedzieć, kto to zrobił. – Mężczyzna obnażył długie, zaostrzone wilcze zęby. Clary patrzyła na niego z fascynacją. Nie tak wyobrażała sobie wampirze kły. Te były cienkie i ostre jak igły. – O ile pamiętam, zarzekałeś się, że nie będzie tu dzisiaj żadnych wilkołaków, Bane.

– Nie zaprosiłem żadnego Dziecka Księżyca – oświadczył Magnus, oglądając swoje błyszczące paznokcie. – I to wyłącznie z powodu waszej głupiej waśni. Jeśli ktoś dopuścił się sabotażu na twoim motorze, nie był to mój gość i dlatego... – uśmiechnął się czarująco – ...nie biorę na siebie odpowiedzialności za to, co się stało.

Wampir z wściekłością dźgnął palcem w stronę Bane'a.

– Próbujesz mi wmówić, że...

Wskazujący palec Magnusa drgnął ledwo dostrzegalnie. Wampir zakrztusił się i chwycił za gardło. Nadal poruszał ustami, ale nie wydobywał się z nich żaden dźwięk.

– Już nie jesteś tutaj mile widziany – oznajmił spokojnie czarownik. – Wyjdź.

Rozpostarł palce dłoni. Wampir odwrócił się gwałtownie, jakby ktoś chwycił go za ramiona i okręcił. Pomaszerował przez tłum, kierując się do drzwi.

Jace zagwizdał cicho.

– To było imponujące.

– Masz na myśli ten mały napad złego humoru? – Magnus spojrzał w sufit. Dopiero teraz Clary ze zdziwieniem zauważyła, że jego źrenice są pionowe i wąskie jak u kota. – Wiem. Jaki jest problem z dziewczyną?

W tym momencie Alec wydał z siebie zdławiony dźwięk. Clary z pewnym opóźnieniem zorientowała się, że to jest śmiech. Powinien częściej ćwiczyć, pomyślała.

– To my wlaliśmy święconą wodę do zbiornika paliwa – wyznał.

– Zamknij się, Alec! – syknął Jace.

– Domyśliłem się – powiedział Magnus z rozbawieniem. – Małe i mściwe z was dranie, co? Wiecie, że ich motory jeżdżą na demonicznej energii. Wątpię, czy biedak będzie w stanie go naprawić.

– Mniej o jedną pijawkę na wymyślnej machinie – skwitował Jace. – Moje serce krwawi.

– Słyszałem, że niektórzy potrafią na nich latać – wtrącił z ożywieniem Alec. Prawie się uśmiechał.

– To tylko bajki opowiadane przez stare wiedźmy – rzucił lekceważąco Bane. Jego kocie oczy błyszczały. – I właśnie z tego powodu chcieliście zepsuć mi przyjęcie? Żeby zniszczyć parę motorów?

– Nie. – Jace przybrał rzeczowy ton. – Musimy z tobą porozmawiać. Najlepiej gdzieś na osobności.

Magnus uniósł brew.

Cholera, pomyślała Clary, kolejny.

– Mam kłopoty z Clave?

– Nie – uspokoił go Jace.

– Prawdopodobnie nie – dorzucił Alec. – Au! – Spiorunował wzrokiem przyjaciela, który kopnął go w kostkę.

– Nie – powtórzył Jace. – Możemy rozmawiać pod pieczęcią Przymierza. Jeśli nam pomożesz, wszystko, co powiesz, stanie się poufne.

– A jeśli nie pomogę?

Jace szeroko rozłożył ręce. Runy wytatuowane na jego dłoniach były czarne i wyraźne.

– Może nic. A może wizyta z Cichego Miasta.

– Niezły wybór mi oferujesz, mały Nocny Łowco. – Głos czarownika był słodki jak miód wylany na kawałki lodu.

– To nie jest żaden wybór – przyznał Jace.

– Właśnie to miałem na myśli.

***

W sypialni Magnusa panowała orgia kolorów: kanarkowożółta pościel i kapa na materacu rozłożonym na podłodze, jaskrawoniebieska toaletka zastawiona większą liczbą słoiczków z cieniami i podkładami niż u Isabelle. Tęczowe aksamitne zasłony na oknach sięgających od podłogi do sufitu, dywan z poskręcanej wełny.

– Ładne mieszkanie – pochwalił Jace, odsuwając ciężką zasłonę. – Chyba się opłaca być Wysokim Czarownikiem Brooklynu?

– Opłaca – przyznał Magnus. – Ale kiepsko z pakietem socjalnym. Nie obejmuje opieki dentystycznej. – Zamknął za sobą drzwi i oparł się o nie, krzyżując ręce na piersi. T-shirt podjechał w górę, odsłaniając pasek płaskiego, złotego brzucha bez pępka. – No, więc, co tam knujecie w swoich małych podstępnych łebkach?

– Właściwie to nie oni, tylko ja chciałam z panem porozmawiać – odezwała się Clary, uprzedzając Jace'a.

Bane skierował na nią swoje nieludzkie oczy.

– Nie jesteś jedną z nich – stwierdził. – Nie należysz do Clave, ale widzisz Niewidzialny Świat.

– Moja matka była jedną z Clave – wyjaśniła Clary. Po raz pierwszy powiedziała to głośno i z przekonaniem. – Ale trzymała to w tajemnicy. Nie wiem dlaczego.

– Zapytaj ją.

– Nie mogę. Ona... – Clary się zawahała – zniknęła.

– A twój ojciec?

– Umarł, zanim się urodziłam.

Magnus sapnął z irytacją.

– Jak powiedział kiedyś Oscar Wilde: „Stratę jednego z rodziców można uważać za nieszczęście. Utrata obojga wygląda na niedbalstwo".

Clary usłyszała, że Jace wciąga powietrze przez zęby.

– Nie straciłam matki. Porwał ją Valentine.

– Nie znam żadnego Valentine'a – oświadczył Magnus, ale jego oczy rozbłysły jak migoczące płomienie świec. Kłamał. – Przykro mi z powodu twojej tragicznej sytuacji, ale nie rozumiem, co to wszystko ma wspólnego ze mną. Gdybyś mogła mi powiedzieć...

– Ona nie może nic powiedzieć, bo nie pamięta – wtrącił Jace ostrym tonem. – Ktoś wykasował jej wspomnienia. Poszliśmy do Cichego Miasta, żeby Bracia spróbowali wydobyć je z jej głowy. Dostaliśmy dwa słowa. Chyba się domyślasz, jakie.

Zapadła krótka cisza. W końcu Magnus wykrzywił kącik ust w gorzkim uśmiechu.

– Mój podpis. Kiedy go zostawiałem, wiedziałem, że to szaleństwo i głupota. Akt nieposkromionej pychy...

– Podpisał pan mój umysł? – W głosie Clary brzmiało niedowierzanie.

Magnus błyskawicznym ruchem nakreślił w powietrzu jakieś litery. Kiedy opuścił rękę, wisiały przed ich oczami, jarzące się złotem, a jego pomalowane oczy i usta zalśniły w ich odbitym blasku. MAGNUS BANE.

– Byłem dumny ze swojego dzieła – rzekł wolno, patrząc na Clary. – Taka czysta, taka doskonała. Miałaś wszystko zapominać w chwili, kiedy coś zobaczysz. Żaden obraz skrzata, wróżki czy długonogiego potwora nie mógł cię prześladować w twoim niewinnym śnie śmiertelniczki. Ona tego chciała.

– Kto tego chciał? – spytała Clary głosem piskliwym z napięcia.

Magnus westchnął i pod jego oddechem ogniste litery rozsypały się w świetlisty popiół. I choć Clary dokładnie wiedziała, co Bane zaraz powie, odczuła jego słowa jak cios w serce.

– Twoja matka.

13

Wspomnienie bieli

– Moja matka mi to zrobiła? – Zaskoczenie i oburzenie nie zabrzmiały przekonująco nawet w jej własnych uszach. Rozejrzawszy się, dostrzegła współczucie w oczach Jace'a. I Aleca. Nawet on się domyślił i było mu jej żal. – Dlaczego?

– Nie wiem. – Magnus rozłożył długie białe ręce. – Moja praca nie polega na zadawaniu pytań. Robię to, za co mi płacą.

– W ramach Przymierza – dodał Jace głosem miękkim jak kocie futro.

Bane skłonił głowę.

– Oczywiście.

– Więc dla Przymierza gwałt na umyśle jest w porządku? – zapytała z goryczą Clary. Kiedy nikt nie odpowiedział, opadła na łóżko Magnusa. – To się stało tylko raz? Miałam zapomnieć coś szczególnego? Co to było?

Magnus podszedł do okna nerwowym krokiem.

– Chyba nie rozumiesz. Kiedy pierwszy raz cię zobaczyłem, miałaś jakieś dwa latka. Wyglądałem przez okno – gdy stuknął palcem w szybę, posypał się z niej kurz i płatki farby –

i zobaczyłem, jak biegnie ulicą, trzymając coś zawiniętego w koc. Zdziwiłem się, kiedy stanęła pod moimi drzwiami. Wyglądała tak zwyczajnie, tak młodo. – Blask księżyca obrysował jego jastrzębi profil srebrem. – Odwinęła koc. W środku byłaś ty. Postawiła cię na podłodze, a ty zaczęłaś biegać, brać do rączek różne rzeczy, szarpać mojego kota za ogon, a kiedy cię podrapał, rozwrzeszczałaś się jak upiór, więc zapytałem twoją matkę, czy nie jesteś półkrwi banshee. Nie roześmiała się. – Magnus umilkł. Wszyscy słuchali go z uwagą, nawet Alec. – Powiedziała, że jest Nocnym Łowcą. Nie było sensu kłamać w tej sprawie. Widziałem Znaki Przymierza, choć zblakły z czasem i wyglądały jak słabe srebrne blizny na jej skórze. – Potarł brokatowy makijaż wokół oczu. – Miała nadzieję, że urodziłaś się ze ślepym Wewnętrznym Okiem. Niektórych Nocnych Łowców trzeba uczyć dostrzegania Świata Cieni. Ale tamtego popołudnia przyłapała cię, jak drażniłaś się ze skrzatem, który utknął w żywopłocie. I wtedy zrozumiała, że widzisz. Dlatego przyszła do mnie, żeby zapytać, czy można pozbawić cię Wzroku. – Clary gwałtownie wciągnęła powietrze, ale Bane spokojnie mówił dalej. – Wytłumaczyłem jej, że okaleczenie tej części twojego mózgu może ci zaszkodzić, a nawet doprowadzić do szaleństwa. Nie płakała. Nie należała do kobiet, które szlochają na zawołanie. Spytała mnie, czy jest inny sposób, a ja odpowiedziałem, że mógłbym sprawić, żebyś zapominała istoty ze Świata Cieni w tej samej chwili, w której je zobaczysz. Zastrzegłem jedynie, że musi do mnie przychodzić co dwa lata, kiedy czar zacznie słabnąć.

– I przychodziła? – spytała cicho Clary.

Magnus skinął głową.

– Widywałem cię co dwa lata od tamtego pierwszego razu. Obserwowałem, jak rośniesz. Byłaś jedynym dzieckiem, które widziałem na różnych etapach dorastania. Ludzie raczej niechętnie dopuszczają czarowników w pobliże swoich dzieci.

– Więc od razu poznałeś Clary, gdy tylko stanęliśmy w drzwiach – stwierdził Jace. – Musiałeś.

– Oczywiście, że tak. – W głosie Magnusa zabrzmiało rozdrażnienie. – I to był dla mnie szok. Ale jak ty byś się zachował na moim miejscu? Ona mnie nie znała. Nie powinna znać. Sam fakt, że się tutaj zjawiła, oznaczał, że czar przestał działać. I rzeczywiście termin kolejnej wizyty wypadał miesiąc temu. Po powrocie z Tanzanii podjechałem nawet pod twój dom, ale Jocelyn mi powiedziała, że uciekłaś po kłótni. Obiecała, że zadzwoni do mnie, kiedy wrócisz, ale tego nie zrobiła. – Wzruszył ramionami.

Na ciele Clary wystąpiła gęsia skórka. Wspomnienie podziałało na nią jak zimny prysznic. Stała z Simonem w holu swojego domu i próbowała sobie uświadomić, co takiego dostrzegła kątem oka... Wydawało mi się, że widziałam kota Dorothei, ale to chyba było tylko złudzenie.

Tylko że jej sąsiadka nie miała kota.

– Był pan tam wtedy – powiedziała. – Widziałam, jak pan wychodzi z mieszkania Dorothei. Pamiętam pańskie oczy.

Magnus wyglądał, jakby chciał zamruczeć.

– To prawda, że zapadam w pamięć – przyznał z dumą, ale zaraz pokręcił głową. – Nie powinnaś mnie pamiętać. Gdy tyko cię zobaczyłem, rzuciłem czar potężny jak mur. Miałaś się o niego rozbić, że użyję psychologicznej terminologii.

Kiedy wpadasz na psychiczny mur, nabawiasz się psychicznych siniaków?

– Jeśli zdejmie pan ze mnie czar, będę mogła przypomnieć sobie wszystko, co zapomniałam? – spytała. – Odzyskam wszystkie wspomnienia, które mi pan ukradł?

– Nie mogę go zdjąć. – Bane był zmieszany.

– Co? – rzucił Jace z wściekłością. – Dlaczego? Clave wymaga...

Magnus popatrzył na niego zimno.

– Nie lubię, kiedy mi się mówi, co mam robić, mały Nocny Łowco.

Jace wyraźnie nie spodobało się określenie „mały", ale nie zdążył się odgryźć, bo uprzedził go Alec, pytając cicho:

– Nie wie pan, jak to odwrócić? To znaczy, czar.

Bane westchnął.

– Przede wszystkim zdjęcie czaru jest o wiele trudniejsze niż jego rzucenie. Ten jest wyjątkowo misterny, a wysiłek, jaki włożyłem w jego stworzenie... gdybym popełnił najmniejszy błąd, odkręcając wszystko, jej umysł byłby na zawsze uszkodzony. Poza tym, czar już zaczyna słabnąć, a z czasem jego skutki same znikną.

Clary spojrzała na niego.

– I wtedy odzyskam wszystkie wspomnienia?

– Nie wiem. Może wrócą jednocześnie, a może etapami. Możliwe również, że nigdy nie przypomnisz sobie tego, co zapomniałaś przez lata. Prośba twojej matka była wyjątkowa w mojej karierze zawodowej. Nie mam pojęcia, co się stanie.

– Ale ja nie chcę czekać. – Trzymając ręce na kolanach, Clary tak mocno splotła palce, że zbielały ich koniuszki. – Przez całe życie mam wrażenie, że coś jest ze mną nie w porządku. Jakby czegoś mi brakowało albo było uszkodzone. Teraz już wiem...

– Niczego ci nie uszkodziłem. – Magnus wykrzywił usta w gniewnym grymasie, pokazując ostre, białe zęby. – Każdy nastolatek na tym świecie czuje się podobnie jak ty. Wydaje mu się, że jest inny, wyobcowany, nie na miejscu, jak królewicz przez pomyłkę urodzony w rodzinie wieśniaków. W twoim wypadku ta odmienność jest prawdziwa. Jesteś inna. Może nie lepsza, ale inna. Różnić się to nie przelewki. Chcesz wiedzieć, jak to jest, kiedy rodzice są dobrymi, religijnymi ludźmi chodzącymi do kościoła, a ty nosisz diabelskie piętno? – Wskazał na swoje oczy, rozpościerając palce. – Kiedy ojciec wzdryga się na twój widok, a matka wiesza się w stodole, doprowadzona do obłędu tym, co zrobiła? Kiedy miałem dziesięć lat, ojciec próbował utopić mnie w strumieniu. Broniłem się, jak umiałem. Spłonął na miejscu. Wtedy poszedłem do starszych Kościoła po pomoc. Ukryli mnie. Mówi się, że litość to nieprzyjemna rzecz, ale jest lepsza niż nienawiść. Kiedy odkryłem, kim naprawdę jestem, półczłowiekiem, znienawidziłem samego siebie. To najgorsza rzecz, jaka może się komuś przytrafić.

Kiedy Magnus skończył mówić, w pokoju zapadła cisza. Ku zaskoczeniu Clary przerwał ją Alec.

– To nie była pana wina. Nie można nic poradzić na to, jaki się ktoś urodził.

– Mam to wszystko już za sobą – odparł Bane. – Myślę, że mnie rozumiecie. Inny nie znaczy lepszy, Clarisso. Twoja matka starała się ciebie chronić. Nie czyń jej wyrzutów z tego powodu.

Clary przestała ściskać dłonie.

– Nie obchodzi mnie, że jestem inna. Ja po prostu chcę być sobą.

Magnus zaklął w języku, którego Clary nie znała. Jego słowa zabrzmiały jak trzask płomieni.

– W porządku. Posłuchaj, nie mogę odkręcić tego, co zrobiłem, ale mogę dać ci coś innego. Niewielką część tego, co byłoby twoje, gdybyś została wychowana jako Nefilim.

Podszedł do szafy z książkami i wyjął z niej ciężki wolumin oprawiony w pleśniejący zielony aksamit. Gdy zaczął go kartkować, posypał się kurz i skrawki sczerniałej tkaniny. Stronice były cienkie, z niemal przezroczystego pergaminu o barwie skorupki jaja. Widniały na nich pojedyncze czarne runy.

Na ten widok Jace uniósł brwi i zapytał:

– Czy to egzemplarz Szarej Księgi?

Magnus nie odpowiedział, tylko gorączkowo przewracał kartki.

– Hodge ma jeden – odezwał się Alec. – Kiedyś mi go pokazał.

– Nie jest szara, tylko zielona – stwierdziła Clary.

– Gdyby istniała taka choroba jak nieuleczalny literalizm, umarłabyś w dzieciństwie – powiedział Jace, strzepując kurz z parapetu. – Chodzi o Gramarye, co oznacza „magiczną ukrytą mądrość". Są w niej skopiowane wszystkie runy, które anioł Razjel zapisał w oryginalnej Księdze Przymierza. Nie ma wielu egzemplarzy, bo każdy musi być specjalnie zrobiony. Niektóre runy są tak potężne, że wypalają zwykłe kartki.

Alec był pod wrażeniem.

– Nie wiedziałem.

Jace usiadł na parapecie i zwiesił nogi nad podłogą.

– Nie wszyscy przesypiają lekcje historii.

– Ja nie...

– Owszem, tak. W dodatku ślinisz się na biurko.

– Zamknij się – rzucił Magnus, ale powiedział to łagodnym tonem. Podszedł do Clary i ostrożnie położył gruby tom na jej kolanach. – Kiedy otworzę księgę, przyjrzyj się zaznaczonej stronicy. Patrz na nią, aż poczujesz, że coś się zmienia w twoim umyśle.

– Będzie bolało? – spytała Clary z niepokojem.

– Wiedza zawsze boli – odparł Bane i wyprostował się, zostawiając otwartą książkę na jej kolanach.

Clary spojrzała na czystą białą kartkę z czarnym Znakiem. Wyglądał jak spirala ze skrzydłami, ale kiedy przekrzywiła głowę, zmienił się w laskę oplecioną winoroślą. Zmieniający się wzór łaskotał jej umysł jak piórko muskające wrażliwą skórę. Miała ochotę zamknąć oczy, ale trzymała je otwarte, aż ją zapiekły, a obraz zaczął się rozmazywać. I raptem usłyszała i poczuła kliknięcie w głowie, jakby w zamku obrócił się klucz.

Znak nagle się wyostrzył, a w głowie Clary pojawiła się myśl: pamiętaj. Odczytałaby Znak, gdyby był słowem, ale oprócz tego jednego miał jeszcze wiele innych znaczeń. Zawierało się w nim pierwsze dziecięce wspomnienie światła wpadającego między szczeblami kołyski, zapach deszczu i ulic miasta, ból niezapomnianej straty, ukłucie zapamiętanego upokorzenia, okrutne roztargnienie podeszłego wieku, kiedy odległą przeszłość widzi się z całą ostrością, a najświeższe wydarzenia giną w mroku niepamięci.

Z lekkim westchnieniem Clary odwróciła następną kartkę, a potem jeszcze jedną, chłonąc obrazy i doznania. Smutek. Myśl. Siła. Ochrona. Łaska. Krzyknęła rozczarowana, kiedy Magnus zabrał księgę z jej kolan.

– Wystarczy – powiedział i odniósł tom z powrotem na półkę. Otrzepał ręce o spodnie, zostawiając na nich szare ślady. – Gdybyś przeczytała wszystkie runy na raz, rozbolałaby cię głowa.

– Ale...

– Większość dzieci Nocnych Łowców uczy się po jednym Znaku na każdej lekcji przez wiele lat – odezwał się Jace. – Szara Księga zawiera runy, których nawet ja nie znam.

– Coś podobnego – rzucił Bane z sarkazmem.

Jace go zignorował.

– Magnus pokazał ci Znak zrozumienia i zapamiętywania, który otwiera umysł na czytanie i rozpoznawanie pozostałych.

– Potrafi również obudzić uśpione wspomnienia – dodał czarownik. – Może w ten sposób szybciej je odzyskasz. To wszystko, co mogę dla ciebie zrobić.

Clary spuściła wzrok.

– Nadal nie pamiętam nic o Kielichu Anioła.

– A więc o to chodzi? – Magnus był naprawdę zdumiony. – O Kielich Anioła? Posłuchaj, przeszukałem twoje wspomnienia i mogę cię zapewnić, że nie ma w nich nic na temat Darów Anioła.

– Darów Anioła? – powtórzyła Clary jak echo. – Myślałam...

– Anioł dał pierwszym Nocnym Łowcom trzy przedmioty: Kielich, Miecz i Lustro. Cisi Bracia mają Miecz. Kielich i Lustro były w Idrisie, przynajmniej dopóki nie zjawił się Valentine.

– Nikt nie wie, gdzie jest Lustro – powiedział Alec. – Nikt nie wie tego od wieków.

– Interesuje nas Kielich – oznajmił Jace. – Valentine go szuka.

– I dlatego chcecie go znaleźć, zanim on to zrobi? – domyślił się Magnus.

– Mówił pan, zdaje się, że nie wie, kto to jest Valentine? – przypomniała Clary.

– Kłamałem – przyznał Bane. – Jak wiecie, nie jestem jasnowidzem. Nie muszę mówić prawdy. A tylko głupiec narażałby się na zemstę Valentine'a.

– Myślisz, że właśnie o to mu chodzi? – zapytał Jace. – O zemstę?

– Tak przypuszczam. Poniósł wielką klęskę, a raczej nie należy do ludzi, którzy z godnością znoszą porażki.

Alec spojrzał twardo na Magnusa.

– Brał pan udział w Powstaniu?

Bane zwarł się z nim wzrokiem.

– Tak. Zabiłem wielu waszych.

– Członków Kręgu – powiedział szybko Jace. – Nie naszych...

– Ten, kto z uporem wypiera się brzydkich stron tego, co robi, nigdy nie wyciągnie nauki ze swoich błędów – stwierdził Magnus, nadal patrząc na Aleca.

Alec oblał się rumieńcem.

– Nie wydaje się pan zaskoczony tym, że Valentine żyje – zauważył, unikając wzroku Magnusa.

Bane rozłożył ręce.

– A wy?

Jace otworzył usta, ale zaraz je zamknął. Wyglądał na skonsternowanego. W końcu zapytał:

– Więc nie pomożesz nam szukać Kielicha?

– Nie zrobiłbym tego nawet gdybym mógł – odparł Magnus. – A tak się składa, że nie mogę. Nie mam pojęcia, gdzie on jest, i nie chcę wiedzieć. Jak już wspomniałem, tylko głupiec... i tak dalej.

– Bez Kielicha nie możemy... – zaczął Alec.

– Stworzyć was więcej. Tak, wiem. Ale może nie wszyscy uważają to za nieszczęście. Prawdę mówiąc, gdybym miał wybierać między Clave a Valentine'em, wybrałbym Clave. Oni przynajmniej nie przysięgali zetrzeć nas w pył. Ale Clave również nie zasłużyło na moją bezgraniczną lojalność. Tak więc na razie poczekam. A teraz, jeśli już skończyliście, chciałbym wrócić na przyjęcie, nim goście zaczną się nawzajem pożerać.

Jace, który cały czas zaciskał i otwierał dłonie, wyglądał, jakby zaraz miał rzucić jakąś gniewną uwagę, ale przyjaciel położył mu dłoń na ramieniu. Mimo półmroku panującego w pokoju, Clary odniosła wrażenie, że Alec ściska go całkiem mocno.

– A to jest możliwe? – zapytał.

Magnus popatrzył na niego z lekkim rozbawieniem.

– Już się zdarzało.

Jace mruknął coś do Aleca, a kiedy ten go puścił, podszedł do Clary i spytał cicho:

– Wszystko w porządku?

– Chyba tak. Nie czuję się inaczej...

Bane, który już stał przy drzwiach, niecierpliwie pstryknął palcami.

– Ruszajcie się, dzieciaki. Jedynym, co może migdalić się w mojej sypialni, jest moja łaskawość.

– Migdalić się? – powtórzyła Clary, jakby nigdy nie słyszała wcześniej tego słowa.

– Łaskawość? – zawtórował jej Jace ze zwykłej przekory.

Magnus warknął krótkie słowo, które zabrzmiało jak „wynocha".

Gdy wreszcie go posłuchali, Bane wyszedł za nimi, ale najpierw zamknął na klucz drzwi sypialni. Clary stwierdziła, że odgłosy dobiegające z przyjęcia brzmią jakoś inaczej. Może po prostu zmieniła się jej percepcja. Wszystko wydawało się wyraźniejsze, kontury były ostre i krystalicznie czyste. Zobaczyła, że na małą scenę pośrodku pokoju wchodzi grupa muzyków w powiewnych strojach w głębokich odcieniach fioletu, złota i zieleni. Ich wysokie głosy były dźwięczne i eteryczne.

– Nienawidzę elfowych bandów – powiedział Magnus, kiedy muzycy zaczęli wykonywać następną zniewalającą pieśń o melodii delikatnej i przezroczystej jak kryształ górski. – Potrafią grać tylko rzewne kawałki.

Jace się roześmiał.

– Gdzie jest Isabelle? – spytał, rozglądając się po pokoju.

Clary ogarnął niepokój i wyrzuty sumienia. Całkiem zapomniała o Simonie. Obróciła się, wypatrując znajomych chudych pleców i szopy ciemnych włosów.

– Nigdzie go nie widzę. To znaczy, ich.

– Jest. – Alec dostrzegł siostrę i pomachał do niej z wyrazem ulgi na twarzy. – Tam. Uważajcie na phoukę.

– Na phoukę? – powtórzył Jace, zerkając na chudego mężczyznę o brązowej skórze, w zielonej kraciastej kamizelce, który zmierzył wzrokiem Isabelle, gdy przechodziła obok niego.

– Uszczypnął mnie, kiedy go wcześniej mijałem – wyjaśnił Alec. – W intymne miejsce.

– Niechętnie ci to uświadamiam, ale skoro interesuje się twoimi intymnymi miejscami, prawdopodobnie nie zainteresuje go twoja siostra.

– Niekoniecznie – odezwał się Magnus. – Faerie nie są wybredne.

Jace wykrzywił usta, patrząc na czarownika, i warknął niegrzecznie:

– Jeszcze tu jesteś?

Zanim Bane zdążył odpowiedzieć, dotarła do nich Isabelle, z różowymi wypiekami twarzy i mocno zionąca alkoholem.

– Jace! Alec! Gdzie byliście? Wszędzie was szukałam...

– Gdzie Simon? – przerwała jej Clary.

Isabelle się zachwiała.

– Jest szczurem – oświadczyła ponurym tonem.

– Coś ci zrobił? – Alec był pełen braterskiej troski. – Dotykał cię? Jeśli czegoś próbował...

– Nie, to nie to – zirytowała się Isabelle. – On jest szczurem.

– Upiła się – stwierdził Jace i odwrócił się zdegustowany.

– Wcale nie – zaprzeczyła z oburzeniem Isabelle. – No, może trochę, ale nie w tym rzecz. Chodzi o to, że Simon wypił jeden z tych niebieskich drinków. Mówiłam mu, żeby tego nie robił, ale nie chciał słuchać i zmienił się w szczura.

– W szczura? – powtórzyła Clary z niedowierzaniem. – Chyba nie masz na myśli...

– Mam na myśli szczura – obstawała przy swoim Isabelle. – Małego. Brązowego. Z łysym ogonem.

– Clave się to nie spodoba – zaniepokoił się Alec. – Zamiana Przyziemnych w szczury na pewno jest wbrew Prawu.

– Technicznie rzecz biorąc, to nie ona go zmieniła – zauważył Jace. – Najgorsze, o co można ją oskarżyć, to zaniedbanie.

– A kogo obchodzi głupie Prawo?! – krzyknęła Clary, łapiąc Isabelle za nadgarstek. – Mój najlepszy przyjaciel jest gryzoniem!

– Au! – Isabelle próbowała się uwolnić. – Puść mnie!

– Nie, dopóki mi nie powiesz, gdzie on jest. – Clary jeszcze nigdy nie miała tak wielkiej ochoty kogoś uderzyć, jak teraz Isabelle. – Nie mogę uwierzyć, że po prostu go zostawiłaś. Pewnie jest przerażony...

– Jeśli ktoś go nie nadepnął – wtrącił Jace.

– Nie zostawiłam go, uciekł pod bar – zaprotestowała Isabelle, pokazując palcem. – Puść! Zgnieciesz mi bransoletkę.

– Jędza! – rzuciła Clary z wściekłością i mocno odepchnęła rękę zaskoczonej Isabelle.

Nie zaczekała na jej reakcję, tylko pobiegła do baru. Opadła na kolana i zajrzała w ciemność. W mroku cuchnącym pleśnią dostrzegła jedynie parę błyszczących, badawczych oczu.

– Simon? – szepnęła zdławionym głosem. – To ty?

Szczur odrobinę przesunął się do przodu. Jego wąsy drżały. Clary widziała małe okrągłe uszy, przylegające płasko do głowy, i ostry czubek nosa. Zwalczyła mdłości; nigdy nie lubiła tych dużych, żółtawych zębów skorych do gryzienia. Żałowała, że Simon nie zmienił się w chomika.

– To ja. Clary. Wszystko w porządku?

Za nią pojawili się nocni Łowcy. Isabelle wyglądała teraz bardziej na zirytowaną niż bliską łez i skruszoną.

– Jest tam? – zapytał Jace.

Clary, nadal klęcząc, skinęła głową.

– Cii, wystraszycie go. – Wsunęła ostrożnie palce pod brzeg baru i lekko nimi poruszyła. – Proszę, wyjdź, Simon. Każemy Magnusowi odwrócić czar. Wszystko będzie dobrze.

Rozległ się pisk i spod baru wychynął różowy nos. Clary z okrzykiem ulgi wzięła stworzonko na ręce.

– Simon! Zrozumiałeś!

Szczur, skulony w jej dłoniach, pisnął żałośnie. Zachwycona Clary przytuliła go do piersi.

– Och, moje biedactwo – zaczęła przemawiać pieszczotliwie jak do prawdziwego zwierzątka. – Biedny Simon, wszystko będzie dobrze, obiecuję...

– Ja bym go tak nie żałował – odezwał się Jace. – Pewnie to jedyny moment w jego życiu, kiedy zbliżył się do drugiej bazy.

– Zamknij się! – Clary spiorunowała go wzrokiem, ale przestała tulić szczura. Jego wąsy drżały, z gniewu, podniecenia czy po prostu strachu. Nie potrafiła tego stwierdzić. – Sprowadź Magnusa – poleciła ostrym tonem. – Musimy go odmienić.

– Nie spiesz się tak. – Jace uśmiechał się szeroko. Drań. Wyciągnął rękę, jakby chciał pogłaskać Simona. – Jest śliczny. Spójrz na ten mały różowy nosek. – Szczur obnażył długie żółte zęby i kłapnął nimi. Jace pospiesznie cofnął rękę. – Izzy, idź po naszego wspaniałego gospodarza.

– Dlaczego ja? – Isabelle zrobiła nadąsaną minę.

– Bo to twoja wina, że Przyziemny został szczurem, idiotko – odburknął Jace. – Nie możemy go tutaj zostawić.

W tym momencie Clary uświadomiła sobie, jak rzadko któreś z nich, oprócz Isabelle, wymawia imię Simona.

– Chętnie byś go tu zostawił, gdyby nie ona – odparowała Isabelle. W to ostatnie słowo udało się jej włożyć tyle jadu, że uśmierciłby słonia. Następnie oddaliła się dumnym krokiem, powiewając spódnicą.

– Nie mogę uwierzyć, że pozwoliła ci wypić ten niebieski drink – powiedziała Clary do szczura. – Teraz widzisz, co się dzieje, kiedy ktoś jest płytki.

Simon zapiszczał ze złością. Jednocześnie Clary usłyszała czyjś chichot. Gdy podniosła wzrok, zobaczyła, że nad nią pochyla się Magnus. Isabelle stała za nim z wściekłym wyrazem twarzy.

– *Rattus norvegicus* – orzekł Magnus, zerknąwszy na Simona. – Zwykły szczur wędrowny, nic egzotycznego.

– Nie obchodzi mnie, jaki to gatunek – zirytowała się Clary. – Chcę go odczarować.

Bane w zamyśleniu podrapał się po głowie, sypiąc brokatem. W końcu powiedział krótko:

– Nie ma sensu.

– Powiedziałem to samo – wtrącił Jace z zadowoloną miną.

– Nie ma sensu?! – Clary krzyknęła tak głośno, że Simon schował głowę pod jej kciuk. – Jak pan może tak mówić?

– Bo za kilka godzin sam wróci do swojej postaci – wyjaśnił Magnus. – Działanie koktajlu jest krótkotrwałe. Nie ma sensu rzucać czaru transformacji; to tylko spotęgowałoby uraz. Przyziemni ciężko znoszą zbyt dużą ilość magii. Ich organizmy nie są do niej przyzwyczajone.

– Wątpię, czy jego organizm jest przyzwyczajony do bycia szczurem – odparowała Clary. – Jest pan czarownikiem. Nie może pan po prostu odwrócić czaru?

Bane zastanawiał się przez chwilę.

– Nie.

– To znaczy, że pan nie chce tego zrobić.

– Nie za darmo, kochanie, a nie stać cię na mnie.

– Nie mogę również pojechać z nim do domu metrem – stwierdziła Clary, bliska rozpaczy. – Upuszczę go albo straż miejska aresztuje mnie za przewożenie zwierząt w publicznych środkach komunikacji. – Gdy Simon piskiem wyraził swoją irytację, dodała pospiesznie: – Nie znaczy to oczywiście, że jesteś utrapieniem.

W tym momencie przy drzwiach powstało zamieszanie. Do dziewczyny, która coś krzyczała, przyłączyło się sześcioro czy siedmioro innych gości. Gniewne głosy wybijały się ponad gwar przyjęcia i muzykę. Magnus przewrócił oczami.

– Przepraszam – powiedział i ruszył przez tłum w stronę zbiegowiska.

Isabelle westchnęła ciężko.

– To tyle, jeśli chodzi o jego pomoc.

– Wiesz co, zawsze możesz schować szczura do plecaka – podpowiedział Alec.

Clary spojrzała na niego uważnie i doszła do wniosku, że to nie jest taki zły pomysł. Najchętniej wsadziłaby Simona do kieszeni, ale w ciasnych ciuchach Isabelle oczywiście ich nie było. Prawdę mówiąc, nie mogła się nadziwić, jak w ogóle ta dziewczyna się w nich mieści.

Zdjęła plecak i znalazła w nim kryjówkę dla małego brązowego szczura, który kiedyś był Simonem. Umieściła go między zrolowanym swetrem a szkicownikiem. Stworzonko przycupnęło na jej portmonetce i spojrzało na nią z wyrzutem.

– Przykro mi – powiedziała Clary ze szczerym żalem.

– Nie przejmuj się – rzucił Jace. – Zawsze jest dla mnie zagadką, dlaczego Przyziemni z uporem biorą na siebie odpowiedzialność za to, czemu nie są winni. Przecież nie wlałaś koktajlu do gardła temu idiocie.

– Gdyby nie ja, wcale by go tutaj nie było – stwierdziła cicho Clary.

– Nie pochlebiaj sobie. Przyszedł tu z powodu Isabelle.

Clary z gniewem zamknęła plecak i wstała.

– Wynoszę się stąd. Mam dość tego miejsca.

Okazało się, że goście awanturujący się przy drzwiach to grupa wampirów, łatwo rozpoznawalnych po bladej cerze i kruczoczarnych włosach.

Muszą je farbować, pomyślała Clary. Niemożliwe, żeby wszyscy byli naturalnymi brunetami, a poza tym niektórzy mieli jasne brwi. Głośno skarżyli się na to, że ktoś uszkodził ich motocykle i że zniknęło paru ich kumpli.

– Pewnie się upili i gdzieś zasnęli – powiedział Magnus i znudzonym gestem machnął ręką. – Wszyscy wiedzą, że kiedy wypijecie za dużo Krwawych Mary, lubicie zmieniać się w nietoperze albo kupki pyłu.

– Mieszają wódkę z prawdziwą krwią – szepnął Jace do ucha Clary.

Muśnięcie jego oddechu przyprawiło ją o dreszcz.

– Tak, zrozumiałam, dzięki.

– Nie możemy chodzić i sprawdzać wszystkich kupek kurzu, żeby potem rano się nie okazało, że to Gregor – powiedziała dziewczyna z odętymi ustami i domalowanymi brwiami.

– Gregorowi nic nie będzie – uspokoił ją Bane. – Rzadko zamiatam. A jutro chętnie odeślę niedobitków do hotelu, samochodem z ciemnymi szybami oczywiście.

– Ale co z naszymi motocyklami? – dopytywał się chudy chłopak z jasnymi odrostami, źle świadczącymi o fryzjerze. W lewym uchu miał złoty kolczyk w kształcie słupka. – Naprawienie ich zajmie nam wiele godzin.

– Macie czas do wschodu słońca – zauważył Magnus. Jego cierpliwość wyraźnie się kończyła. – Proponuję, żebyście już zaczęli. – Podniósł głos. – No dobrze, wystarczy! Przyjęcie skończone! Wszyscy wynocha! – Machnął rękami, sypiąc wokół brokatem.

Pojedynczym ogłuszającym brzdęknięciem zespół zakończył granie. Uczestnicy przyjęcia wydali głośny jęk zawodu, ale posłusznie ruszyli w stronę drzwi. Żaden się nie zatrzymał, żeby podziękować gospodarzowi za przyjęcie.

– Chodźmy. – Jace popchnął Clary w stronę wyjścia.

Tłum był tak gęsty, że Clary trzymała plecak przed sobą, opiekuńczo obejmując go rękami. Nagle ktoś uderzył ją mocno w ramię. Krzyknęła i odsunęła się w bok. Poczuła czyjąś dłoń na plecaku. Obejrzała się i zobaczyła wampira z kolczykiem, który uśmiechał się do niej szeroko.

– Hej, ślicznotko. Co masz w torbie?

– Wodę święconą – odpowiedział za nią Jace, który zjawił się u jej boku niczym dżinn wyskakujący z butelki. Sarkastyczny, arogancki jasnowłosy dżinn.

– O, Nocny Łowca. Przerażające. – Wampir mrugnął i wtopił się w tłum.

– Wampiry to straszne primadonny – westchnął Magnus stojący w drzwiach. – Szczerze mówiąc, sam nie wiem, dlaczego wydaję te przyjęcia.

– Z powodu kota – przypomniała mu Clary.

Bane się ożywił.

– Racja. Prezes Miau zasługuje na każde poświęcenie. – Spojrzał na podążającą za nią eskortę Nocnych Łowców. – Wychodzicie?

Jace skinął głową.

– Nie chcemy nadużywać twojej gościnności.

– Jakiej gościnności? Powiedziałbym, że miło było was poznać, ale to nieprawda. Oczywiście wszyscy jesteście czarujący, a jeśli chodzi o ciebie... – Mrugnął do Aleca brokatowym okiem. – Zadzwonisz do mnie?

Wyraźnie zdumiony Alec zarumienił się i coś wymamrotał. Pewnie stałby w progu całą noc, gdyby Jace nie złapał go za łokieć i nie wyciągnął za drzwi. Isabelle podążyła za nimi. Clary już miała pójść w ich ślady, kiedy poczuła lekkie klepnięcie w ramię. To był Magnus.

– Mam dla ciebie wiadomość – oznajmił. – Od twojej matki.

Clary była tak zaskoczona, że omal nie upuściła plecaka.

– Od mojej matki? To znaczy prosiła, żeby pan mi coś przekazał?

– Niezupełnie. – Kocie oczy Magnusa, przecięte pionowymi źrenicami niczym zielonozłota ściana rysami, po raz pierwszy tej nocy były poważne. – Ale znałem ją tak, jak ty nie znałaś. Zrobiła to, co zrobiła, żeby trzymać cię z dala od świata, którego nienawidziła. Wszystkie jej działania, ucieczka, ukrywanie się, kłamstwa, jak je nazwałaś, były po to, żeby zapewnić ci bezpieczeństwo. Nie marnuj jej poświęcenia, ryzykując życie. Ona by tego nie chciała.

– Nie chciałaby, żebym ją ratowała?

– Nie, jeśli oznaczałoby to narażenie się na niebezpieczeństwo.

– Ale ja jestem jedyną osobą, którą obchodzi to, co się z nią stanie...

– Nie jedyną.

Clary zamrugała.

– Nie rozumiem. Czy jest coś... Magnusie, jeśli coś wiesz...

– Jeszcze jedno – przerwał jej bezceremonialnie. Jego spojrzenie pomknęło ku drzwiom, za którymi właśnie zniknęli Jace, Alec i Isabelle. – Pamiętaj, że kiedy twoja matka uciekła ze Świata Cieni, to nie przed potworami się ukrywała. Nie przed czarownikami, wilkołakami, goblinami ani nawet przed samymi demonami, tylko przed nimi. Przed Nocnymi Łowcami.

***

Czekali na nią przed magazynem. Jace, z rękami w kieszeniach, opierał się o poręcz schodów i obserwował wampiry, które kręciły się wokół zepsutych motocykli, przeklinając i narzekając. Miał na twarzy lekki uśmieszek. Młodzi Lightwoodowie stali kawałek dalej. Na widok wycierającej oczy Isabelle Clary poczuła falę irracjonalnego gniewu. Ta dziewczyna ledwo znała Simona i nie ją spotkało nieszczęście. To ona miała prawo się rozkleić, a nie Nocna Łowczyni.

Jace odsunął się od poręczy i ruszył za nią bez słowa. Wydawał się pogrążony w myślach. Isabelle i Alec szli z przodu i wyglądało na to, że się kłócą. Clary trochę przyspieszyła kroku, wyciągnęła szyję i nadstawiła uszu.

– To nie twoja wina – mówił Alec. Miał znużony głos, jakby nie pierwszy raz prowadził z siostrą podobną rozmowę. Ciekawe, ilu chłopaków Isabelle przypadkiem zamieniła w szczury. – Ale to powinno cię nauczyć, żeby tak często nie chodzić na przyjęcia z udziałem Podziemnych. Zawsze wynika z nich więcej kłopotu, niż są warte.

Isabelle głośno pociągnęła nosem.

– Gdyby coś mu się stało, ja... nie wiem, co bym zrobiła.

– Pewnie to co wcześniej – stwierdził Alec znudzonym tonem. – Przecież wcale nie znałaś go tak dobrze.

– To nie znaczy, że nie...

– Co? Kochasz go? – Alec podniósł głos. – Trzeba kogoś lepiej poznać, żeby go pokochać.

– Nie tylko o to chodzi. – W głosie Isabelle zabrzmiała nuta smutku. – Nie bawiłeś się dobrze na przyjęciu?

– Nie.

– Myślałam, że może polubisz Magnusa. Jest miły, prawda?

– Miły? – Alec spojrzał na nią, jakby oszalała. – Miłe są kotki. A czarownicy... – Zawahał się i dokończył: – Nie.

– Myślałam, że zostaniecie przyjaciółmi. – Makijaż Isabelle zalśnił jak łzy, kiedy spojrzała na brata.

– Mam przyjaciół – odparł Alec i obejrzał się przez ramię.

Spojrzał na Jace'a, ale on tego nie zauważył. Szedł ze spuszczoną głową, zatopiony w myślach.

Pod wpływem impulsu Clary sięgnęła do plecaka i... zmarszczyła brwi. Był otwarty.

Odtworzyła w pamięci ostatnie chwile przyjęcia. Z całą pewnością zasunęła zamek błyskawiczny. Z dudniącym sercem rozchyliła teraz plecak i zajrzała do środka.

Przypomniała sobie, jak kiedyś skradziono jej portmonetkę w metrze. W pewnym momencie otworzyła torbę i zobaczyła, że jest pusta. Z wrażenia zaschło jej w ustach. Upuściłam ją gdzieś? Zgubiłam? Tak czy inaczej nie było jej. Teraz było podobnie, ale tysiąc razy gorzej. Odsunęła na bok ubrania i szkicownik, gorączkowo zaczęła grzebać w plecaku, aż paznokciami zgarnęła piasek z dna. Nic.

Zatrzymała się w pół kroku. Jace, który szedł tuż przed nią, obejrzał się ze zniecierpliwioną miną. Alec i Isabelle byli już przecznicę dalej.

– Co się stało? – spytał, a ona wyczuła, że zaraz rzuci jakąś sarkastyczną uwagę. Musiał jednak dostrzec wyraz jej twarzy, bo tego nie zrobił. – Clary?

– Zniknął – wyszeptała. – Simon. Był w plecaku...

– Sam wyszedł?

Nie było to nierozsądne pytanie, ale Clary, zmęczona i ogarnięta paniką, zareagowała nierozsądnie.

– Oczywiście, że nie! – krzyknęła. – Myślisz, że chciałby zginąć pod kołami samochodu albo zostać złapany przez kota...

– Clary...

– Zamknij się! – wrzasnęła i zamierzyła się na niego plecakiem. – To ty powiedziałeś, żeby nie zawracać sobie głowy odczarowaniem...

Jace zręcznie uchylił się przed ciosem. Wyjął plecak z jej ręki i obejrzał go uważnie.

– Zamek jest rozerwany – stwierdził. – Z zewnątrz. Ktoś otworzył go siłą.

Kręcąc głową, Clary zdołała jedynie wyszeptać:

– Ja nie...

– Wiem – powiedział Jace łagodnym głosem. Potem przyłożył złożone dłonie do ust i zawołał: – Alec! Isabelle! Idźcie! Dogonimy was.

Dwie postacie, znajdujące się już daleko w przodzie, przystanęły. Alec się zawahał, ale siostra złapała go za ramię i pociągnęła w stronę wejścia do metra. Jace wziął Clary za ramiona i obrócił delikatnie. Pozwoliła mu się zaprowadzić z powrotem pod dom Magnusa; idąc, potykała się o dziury w chodniku. Niewielki przedsionek wypełniał odór zwietrzałego alkoholu i słodki, osobliwy zapach, który kojarzył się jej z Nocnymi Łowcami. Jace zabrał rękę z jej pleców i wcisnął przycisk z nazwiskiem Bane.

– Jace – szepnęła Clary.

– Co?

Clary przez chwilę szukała słów.

– Myślisz, że z nim wszystko w porządku?

– Z Simonem? – Jace się zawahał, a Clary pomyślała o słowach Isabelle: „Nie zadawaj mu pytania, jeśli nie potrafisz znieść odpowiedzi". Ale on, zamiast odpowiedzieć, znowu wcisnął guzik, tym razem mocniej.

W domofonie wreszcie zagrzmiał głos Magnusa:

– Kto śmie zakłócać mi odpoczynek?

– Jace Wayland. – Minę miał dość niepewną. – Pamiętasz? Jestem z Clave.

– A, tak. Ten z niebieskimi oczami?

– Ma na myśli Aleca – podpowiedziała Clary.

– Nie. Moje oczy są zwykle określane jako złote – rzucił Jace do domofonu. – I świetliste.

– A, ten. – W głosie Magnusa zabrzmiało rozczarowanie. Gdyby Clary nie była tak zdenerwowana, pewnie by się roześmiała. – Lepiej wejdź na górę.

Czarownik otworzył im drzwi. Był ubrany w jedwabne kimono z nadrukowanymi sylwetkami smoków i złoty turban, a na jego twarzy malował się wyraz ledwo hamowanej irytacji.

– Spałem – oznajmił burkliwie.

Jace wyglądał tak, jakby miał zamiar powiedzieć coś niegrzecznego, pewnie na temat turbanu, ale Clary go uprzedziła:

– Przepraszamy, że pana niepokoimy...

Coś małego i białego wyjrzało zza kostek czarownika. Miało futro w zygzakowate szare pasy i różowe, słabo owłosione uszy, które nadawały mu wygląd dużej myszy.

– Prezes Miau? – domyśliła się Clary.

Bane skinął głową.

– Wrócił.

Jace przyjrzał się pręgowanemu stworzonku i stwierdził:

– To nie jest kot. Bardziej przypomina chomika.

– Łaskawie zapomnę, że to powiedziałeś – oświadczył Magnus i stopą wepchnął Prezesa Miau zza siebie. – Po co właściwie przyszliście?

Clary pokazała mu rozerwany plecak.

– Simon zaginął.

– Może gdzieś się schował – zasugerował Bane. – Niełatwo jest przyzwyczaić się do bycia szczurem, zwłaszcza komuś tak tępemu.

– Simon nie jest tępy – zaprotestowała gniewnie Clary.

– To prawda – zgodził się Jace. – On tylko wygląda na tępego. Tak naprawdę jego inteligencja jest średnia. – Mówił lekkim tonem, ale ułożenie ramion świadczyło o napięciu. – Kiedy wychodziliśmy, jeden z twoich gości otarł się o Clary. Myślę, że to on rozerwał zamek i wyjął szczura. To znaczy, Simona.

Magnus zmierzył go wzrokiem.

– I?

– Muszę się dowiedzieć, kto to był – oznajmił Jace. – Przypuszczam, że to wiesz. Jesteś Wysokim Czarownikiem Brooklynu. Myślę, że w twoim mieszkaniu niewiele się dzieje bez twojej wiedzy.

Bane przyjrzał się brokatowemu paznokciowi.

– Nie mylisz się.

– Proszę nam powiedzieć – odezwała się Clary. Poczuła, że dłoń Jace'a zaciska się na jej nadgarstku. Niestety, nie była w stanie milczeć. – Proszę.

Magnus z westchnieniem opuścił rękę.

– Dobrze. Widziałem, jak jeden z motocyklowych wampirów wychodzi z brązowym szczurem w rękach. Szczerze mówiąc, myślałem, że to jeden z nich. Czasami Nocne Dzieci zmieniają się w szczury albo nietoperze, kiedy się upiją.

Dłonie Clary zaczęły drżeć.

– Ale teraz pan sądzi, że to był Simon?

– To tylko domysł, ale całkiem prawdopodobny.

– Jeszcze jedno. – Mimo spokojnego głosu Jace był czujny, tak jak wcześniej w jej mieszkaniu, zanim natknęli się na Wyklętego. – Gdzie jest ich kryjówka?

– Ich co?

– Kryjówka wampirów? Tam pojechali, prawda?

– Pewnie tak. – Magnus miał taką minę, jakby wolał być w innym miejscu.

– Musisz mi powiedzieć, gdzie to jest.

Bane pokręcił głową.

– Nie mam ochoty narazić się Nocnym Dzieciom dla Przyziemnego, którego nawet nie znam.

– Proszę zaczekać – przerwała mu Clary. – Czego mogą chcieć od Simona? Myślałam, że nie wolno im krzywdzić ludzi...

– Mam zgadywać? Uznali go za oswojonego szczura i pomyśleli, że będzie zabawnie zabić maskotkę Nocnych Łowców. Nie przepadają za wami, nieważne, co na ten temat mówią Porozumienia... Zresztą w Przymierzu nie ma nic na temat zabijania zwierząt.

– Zabiją go? – wykrztusiła Clary.

– Niekoniecznie – rzekł pospiesznie Magnus. – Może sądzą, że jest jednym z nich.

– Więc co się z nim stanie? – zapytała Clary.

– Cóż, kiedy zmieni się z powrotem w człowieka, zabiją go. Ale może macie jeszcze kilka godzin.

– W takim razie musi nam pan pomóc – oświadczyła Clary. – Inaczej Simon umrze.

Magnus zmierzył ją wzrokiem. W jego oczach cynizm mieszał się odrobiną współczucia.

– Wszyscy umierają, moja droga – powiedział. – Możesz równie dobrze przyzwyczaić się do tej myśli.

Chciał zamknąć drzwi, ale Jace zablokował je stopą. Bane westchnął.

– Co jeszcze?

– Nadal nie powiedziałeś nam, gdzie jest ich kryjówka – przypomniał Jace.

– I nie zamierzam. Już wam mówiłem...

Clary wepchnęła się przed Jace'a.

– Namieszał pan w moim mózgu, zabrał mi wspomnienia. Nie może pan zrobić dla mnie tego jednego?

Magnus zmrużył błyszczące kocie oczy. Gdzieś w głębi mieszkania zamiauczał Prezes Miau. Czarownik powoli opuścił głowę i uderzył nią o ścianę, raz, niezbyt delikatnie.

– Stary Hotel Dumont. Na Górnym Manhattanie.

– Wiem, gdzie to jest. – Jace wyglądał na zadowolonego.

– Musimy natychmiast się tam dostać – powiedziała Clary. – Ma pan Bramę?

– Nie – odparł z irytacją Bane. – Trudno je skonstruować i stanowią niemałe ryzyko dla właściciela. Mogą przez nie przejść różni nieproszeni goście, jeśli nie pilnuje się ich właściwie. Jedyne, jakie znam w Nowym Jorku, to ta u Dorothei i jedna w Renwick, ale obie są za daleko, żeby próbować tam dotrzeć, nawet gdybyś była pewna, że właściciele pozwolą z nich skorzystać, a prawdopodobnie tego nie zrobią. Rozumiesz? A teraz już idźcie. – Magnus spojrzał znacząco na stopę nadal blokującą drzwi.

Jace się nie poruszył.

– Jeszcze jedno. Jest tu w okolicy jakaś świątynia?

– Dobry pomysł – pochwalił go Bane. – Jeśli wybierasz się do kryjówki wampirów, lepiej najpierw się pomódl.

– Potrzebujemy broni – wyjaśnił Jace cierpkim tonem. – Więcej, niż oni mają na nas.

Magnus pokazał ręką.

– Na Diamond Street jest kościół katolicki. Wystarczy?

Jace kiwnął głową i zabrał nogę.

– To...

Drzwi się zatrzasnęły. Clary oddychała ciężko jak po biegu i gapiła się na nie, dopóki Jace nie wziął jej za ramię, nie sprowadził ze schodów i nie pociągnął w noc.

14

Hotel Dumort

W nocy kościół przy Diamond Street wyglądał widmowo. Jego gotyckie łukowate okna odbijały blask księżyca jak srebrne lustra. Płot z kutego żelaza otaczający budowlę był pomalowany na matową czerń. Clary szarpnęła bramą, ale wisiała na niej solidna kłódka.

– Zamknięte – powiedziała, zerkając przez ramię na Jace'a.

Jace wyjął stelę.

– Puść mnie.

Podczas gdy majstrował przy zamku, Clary obserwowała jego szczupłe plecy, grę mięśni pod krótkimi rękawami bawełnianej koszulki. Blask księżyca zmienił barwę jego włosów – ze złotych na srebrne.

Kłódka z brzękiem upadła na ziemię, przedstawiała sobą teraz poskręcany kawałek metalu. Jace wyglądał na zadowolonego z siebie.

– Jak zwykle jestem w tym zadziwiająco dobry – powiedział.

Clary nagle ogarnęła irytacja.

– Kiedy skończy się część wieczoru poświęcona samochwalstwu, może pójdziemy uratować mojego najlepszego przyjaciela przed wykrwawieniem się na śmierć?

– Wykrwawieniem – powtórzył Jace. – Wielkie słowo.

– A ty jesteś wielkim...

– Cii, nie przeklinaj w kościele.

– Jeszcze nie jesteśmy w kościele – mruknęła Clary, idąc za nim kamienną ścieżką do podwójnych frontowych drzwi.

Z najwyższego punktu bogato zdobionego kamiennego łuku spoglądał w dół rzeźbiony anioł. Ostro zakończone iglice rysowały się na tle nocnego nieba. Clary uświadomiła sobie, że to jest ten sam kościół, który dostrzegła wcześniej z parku McCarrena. Przygryzła wargę.

– Nie wydaje ci się, że wyłamywanie zamka w drzwiach świątyni, jest niewłaściwe? – zapytała.

Twarz Jace'a był spokojna.

– Wcale tego nie zrobimy – powiedział, chowając stelę do kieszeni. Położył szczupłą brązową dłoń z koronkowym wzorem z delikatnych białych blizn tuż nad zasuwą. – W imię Clave proszę o wejście do tego świętego miejsca. W imię Bitwy, Która Nigdy Się Nie Kończy, proszę o prawo do użycia waszej broni. W imię anioła Razjela, proszę o pobłogosławienie mojej misji przeciwko ciemności.

Clary wytrzeszczyła oczy. Jace się nie poruszył, a kiedy nocny wiatr zdmuchnął mu włosy na oczy, tylko zamrugał. Już miała się odezwać, kiedy drzwi otworzyły się ze skrzypieniem zawiasów, ukazując chłodne, ciemne pomieszczenie oświetlone punkcikami ognia.

Jace się cofnął.

– Ty pierwsza.

Kiedy Clary weszła do środka, otoczyła ją fala chłodnego powietrza, niosąca zapach kamienia i wosku. W stronę ołtarza ciągnęły się ciemne rzędy ławek, pod odległą ścianą jarzyły się świece. Clary uświadomiła sobie, że oprócz Instytutu, który tak naprawdę się nie liczył, nigdy wcześniej nie była w kościele. Widywała wnętrza na zdjęciach i na filmach, jak chociażby w scenie z monstrualnym kapłanem wampirem w jednej z jej ulubionych kreskówek. W świątyni człowiek powinien czuć się bezpiecznie, ale ona nie mogła tego powiedzieć o sobie. W ciemnościach majaczyły różne dziwne kształty. Zadrżała.

– Kamienne mury nie przepuszczają ciepła – stwierdził Jace.

– Nie o to chodzi. Wiesz, ja nigdy wcześniej nie byłam w kościele.

– Byłaś w Instytucie.

– Mam na myśli prawdziwy kościół. Z mszami i tak dalej.

– Tak. No cóż, to jest nawa, ta z ławkami. Ludzie siedzą w nich podczas mszy. – Ruszyli przejściem. Ich głosy odbijały się od kamiennych ścian. – Tu, gdzie stoimy, jest apsyda. A tam ołtarz, przy którym kapłan odprawia eucharystię. Zawsze znajduje się po wschodniej stronie kościoła.

Kiedy Jace ukląkł, Clary przez chwilę myślała, że się modli. Sam ołtarz był wysoki, z ciemnego granitu, przykryty czerwonym płótnem. Za nim majaczył ozdobny złoty parawan z namalowanymi postaciami świętych i męczenników. Każdy miał nad głową płaski złoty dysk.

– Co robisz? – szepnęła Clary.

Jace położył dłonie na kamiennej posadzce i zaczął macać, jakby czegoś szukał. Spod jego rąk wzbijał się kurz.

– Szukam broni.

– Tutaj?

– Jest ukryta zwykle koło ołtarza. Trzymana specjalnie dla nas, żebyśmy mogli jej użyć w razie konieczności.

– To jakiś rodzaj umowy między wami a Kościołem katolickim?

– Niezupełnie. Demony istnieją na Ziemi tak długo jak my. Występują na całym świecie, pod różnymi postaciami: greckich daimonów, perskich daeva, hinduskich asura, japońskich oni. Większość systemów wierzeń godzi się z ich istnieniem i jednocześnie z nimi walczy w taki czy inny sposób. Nocni Łowcy nie są związani z jedną religią i dlatego wszystkie pomagają nam w naszej walce. Mógłbym równie dobrze zwrócić się o pomoc do żydowskiej synagogi, świątyni szintoistycznej albo... A, jest.

Clary uklękła obok niego i na jednym z oczyszczonych z kurzu ośmiokątnych kamieni zobaczyła wyryty Znak. Rozpoznała go równie łatwo, jakby czytała słowo po angielsku. Oznaczał „Nefilim".

Jace wyjął stelę i dotknął nią kamienia. Płyta odsunęła się ze zgrzytem. W ukrytym pod nią ciemnym schowku znajdowało się długie drewniane pudełko. Jace uniósł jego wieko i z satysfakcją przyjrzał się starannie ułożonym przedmiotom.

– Co to jest? – zapytała Clary.

– Fiolki ze święconą wodą, błogosławione noże, stalowe i srebrne miecze – odparł Jace, kładąc broń na posadzce obok siebie. – Drut z elektrum, niezbyt przydatny w tej chwili, ale dobrze jest mieć coś na wszelki wypadek, srebrne kule, czary ochronne, krucyfiksy, gwiazdy Dawida...

– Jezu! – mruknęła Clary.

– Wątpię, czy zmieściłby się tu.

– Jace!

– Co?

– Nie wiem, ale tego rodzaju żarty w takim miejscu wydają się niestosowne.

Jace wzruszył ramionami.

– Właściwie nie jestem wierzący.

Clary spojrzała na niego zaskoczona.

– Naprawdę?

Jace pokiwał głową, przyglądając się fiolce z przezroczystym płynem. Włosy opadły mu na twarz, ale ich nie odgarnął. Clary świerzbiły palce, żeby zrobić to za niego.

– Myślałaś, że jestem religijny?

– Cóż... – Clary się zawahała. – Skoro są demony, musi być również...

– Co musi być? – Jace schował buteleczkę do kieszeni. – A, masz na myśli, że jeśli jest to... – spojrzał na podłogę – musi istnieć i to. – Wskazał sufit.

– To chyba logiczne, nie?

Jace wyjął z pudła miecz i obejrzał jego rękojeść.

– Wiesz, co ci powiem? Zabijam demony przez jedną trzecią mojego życia. Odesłałem ich chyba z pięćset do jakiegoś piekielnego wymiaru, z którego wypełzły. Przez cały ten czas nie widziałem ani jednego anioła. I nigdy nie słyszałem o kimś, kto by widział.

– Ale przecież to anioł stworzył Nocnych Łowców – przypomniała Clary. – Tak mówił Hodge.

– Ładna historyjka. – Jace spojrzał na nią zmrużonymi kocimi oczami. – Mój ojciec wierzył w Boga. Ja nie.

– Wcale?

Clary nie była pewna, dlaczego go naciska, skoro sama nigdy nie zastanawiała się nad tym, czy ona wierzy w Boga i anioły, a zapytana, odpowiedziałaby, że nie. Korciło ją jednak, żeby skruszyć tę skorupę cynizmu, którą otaczał się Jace, i zmusić go do przyznania, że w coś wierzy, coś czuje, na czymś mu zależy.

– Ujmę to w ten sposób. – Jace wsunął dwa noże za pasek. Słabe światło wpadające przez witrażowe okna malowało jego twarz w kolorowe plamy. – Mój ojciec wierzył w sprawiedliwego Boga. *Deus volt*, brzmiała jego dewiza, „ponieważ tak chce Bóg". Było to motto krzyżowców. Oni też szli do boju, na śmierć, tak jak mój ojciec. A kiedy zobaczyłem, jak leży martwy w kałuży własnej krwi, nie przestałem wierzyć w Boga, tylko w to, że nas kocha. Może jakiś istnieje, a może nie, ale nie sądzę, żeby to miało znaczenie. Tak czy inaczej, jesteśmy zdani na siebie.

***

Byli jedynymi pasażerami w wagonie kolejki jadącej w górę Manhattanu. Clary siedziała w milczeniu i rozmyślała o Simonie. Jace od czasu do czasu zerkał na nią, jakby chciał coś powiedzieć, ale po chwili znowu zapadał w nietypowe dla niego milczenie.

Kiedy wysiedli z metra, ulice były opustoszałe, powietrze ciężkie, o posmaku metalu, pralnie, zakłady usługowe i małe sklepy spożywcze ukryte za drzwiami z blachy falistej. Po godzinnych poszukiwaniach w końcu znaleźli hotel w bocznej uliczce odchodzącej od Sto Szesnastej. Wcześniej mijali go dwa razy, sądząc, że to kolejny opuszczony dom mieszkalny, zanim Clary zauważyła przekrzywiony szyld, częściowo zasłonięty przez karłowate drzewo. Napis powinien brzmieć „Hotel Dumont", ale ktoś zamalował N i zastąpił ją literą R.

– Hotel Dumort – przeczytał Jace. – Urocze.

Clary uczyła się francuskiego tylko przez dwa lata, ale to wystarczyło, żeby zrozumiała żart.

– *Du mort,* śmierci.

Jace pokiwał głową. Był czujny, jak kot, który dostrzegł mysz chowającą się za kanapą.

– Ale to nie może być hotel – stwierdziła Clary. – Okna są zabite deskami, drzwi zamurowane... – Umilkła, widząc jego spojrzenie. – Racja. Wampiry. Tylko jak dostają się do środka?

– Wlatują – odparł Jace, wskazując górne piętra budynku.

Kiedyś musiał być to elegancki, wręcz luksusowy hotel. Kamienną fasadę zdobiły misternie rzeźbione zawijasy i *fleur-de-lis*, teraz, po latach kontaktu ze skażonym powietrzem i kwaśnymi deszczami, poszarzałe i zniszczone.

– My nie latamy – zauważyła Clary.

– Istotnie – zgodził się Jace. – My wyłamujemy zamki i wchodzimy. – Ruszył przez ulicę w stronę hotelu.

– Latanie wydaje się bardziej zabawne – stwierdziła Clary, biegnąc za nim.

– W tej chwili wszystko wydaje się bardziej zabawne.

Clary nie wiedziała, czy Jace powiedział to serio. Wyczuwała w nim podniecenie myśliwego. Wcale nie wyglądał na tak niezadowolonego, jak twierdził. Zabił więcej demonów niż ktokolwiek w jego wieku. Trudno tego dokonać, wzbraniając się przed walką.

Podmuch gorącego wiatru poruszył liście na rachitycznym drzewie rosnącym przed hotelem, zgarnął śmieci z popękanych chodników, cisnął je do rynsztoków. Okolica była dziwnie wymarła. Na Manhattanie zwykle można kogoś spotkać na ulicach, nawet o czwartej nad ranem. Kilka ulicznych latarni nie paliło się, ale stojąca najbliżej hotelu rzucała nikły żółty blask na ścieżkę z płyt prowadzącą do dawnych frontowych drzwi.

– Trzymaj się z dala od światła – powiedział Jace, chwytając ją za rękaw. – Mogą obserwować nas z okien. I nie patrz w górę.

Ostrzegł ją za późno, bo Clary już zdążyła spojrzeć na wybite okna na najwyższych piętrach. Przez chwilę zdawało się jej, że w jednym widzi jakiś ruch, biały kształt, który mógł być twarzą albo ręką zaciągającą ciężką storę...

– Chodź. – Jace pociągnął ją za sobą w cień murów.

Clary czuła napięcie w mięśniach pleców, przyspieszony puls w nadgarstkach, głośny szum krwi w uszach. Słabe odgłosy ruchu ulicznego wydawały się bardzo odległe. Jedynym dźwiękiem był chrzęst jej butów na zaśmieconym chodniku. Żałowała, że nie potrafi chodzić bezszelestnie jak Nocny Łowca. Może kiedyś poprosi Jace'a, żeby ją tego nauczył.

Za rogiem budynku wśliznęli się w alejkę, która zapewne kiedyś służyła jako droga dojazdowa dla dostawców. Była wąska, pełna śmieci: spleśniałych kartonowych pudeł, szklanych i plastikowych butelek, rozrzuconych patyków, które Clary wzięła w pierwszej chwili za wykałaczki, ale z bliska stwierdziła, że przypominają...

– Kości – powiedział Jace beznamiętnym głosem. – Psie, kocie. Nie przyglądaj się za bardzo. Chodzenie po śmietniku wampirów rzadko bywa przyjemne.

Clary zwalczyła odruch wymiotny.

– Cóż, przynajmniej wiemy, że jesteśmy we właściwym miejscu – skwitowała lekkim tonem. I jakby w nagrodę, dostrzegła przelotny błysk szacunku w oczach Jace'a.

– O, tak, jesteśmy we właściwym miejscu – potwierdził. – Teraz musimy tylko wymyślić, jak dostać się do środka.

Okna na parterze i pierwszym piętrze zamurowano. Nie było widać żadnych drzwi ani schodów przeciwpożarowych.

– Musieli jakoś odbierać dostawy, skoro kiedyś działał tu hotel. – Jace zastanawiał się na głos. – Przecież nie wnosili ich przez frontowe drzwi, a zresztą nie ma tam miejsca, żeby mogły zatrzymywać się ciężarówki. Musi więc gdzieś być tu inne wejście.

Clary pomyślała o małych sklepikach spożywczych w pobliżu jej domu na Brooklynie. Kiedy wcześnie rano szła do szkoły, widziała, jak odbierają dostawy. Właściciele koreańskich delikatesów otwierali metalowe klapy osadzone w chodniku przed frontowymi drzwiami, żeby wnieść pudła z papierowymi ręcznikami i jedzeniem dla kotów do magazynu znajdującego się w piwnicy.

– Założę się, że w ziemi są drzwi. Pewnie zagrzebane pod tymi wszystkimi śmieciami.

Jace skinął głową.

– Też mi to przyszło do głowy. – Westchnął ciężko. – Chyba będziemy musieli coś z nimi zrobić. Możemy zacząć od tego kontenera. – Bez entuzjazmu wskazał na duży śmietnik.

– Wolałbyś stanąć twarzą w twarz z hordą demonów? – spytała Clary.

– Przynajmniej nie roiłyby się od robactwa. A w każdym razie, większość. Kiedyś w kanałach pod Grand Central tropiłem pewnego demona...

– Nie! – Clary ostrzegawczo uniosła rękę. – Teraz nie jestem w nastroju.

– Chyba pierwszy raz słyszę coś takiego od dziewczyny.

– Trzymaj się mnie, a nie będzie ostatni.

Kącik ust Jace'a drgnął.

– No dobrze, to jest nie pora na jałowe przekomarzania. Musimy odholować ten śmietnik. – Podszedł do kontenera. – Złap za drugi uchwyt. Przewrócimy go.

– Narobimy za dużo hałasu – sprzeciwiła się Clary, ale stanęła z boku wielkiego pojemnika. Był to typowy miejski śmietnik w kolorze ciemnozielonym, upstrzony dziwnymi plamami. Cuchnął jeszcze bardziej niż inne. Od gęstego, słodkawego odoru zrobiło się jej niedobrze. – Lepiej go popchnijmy.

– Posłuchaj...

– Naprawdę myślicie, że wam się uda? – dobiegł z mroku czyjś głos.

Clary obejrzała się i zamarła, wpatrując się w ciemność u wlotu zaułka. Przez krótką chwilę paniki zastanawiała się, czy to nie był omam słuchowy, ale Jace też znieruchomiał, a na jego twarzy odmalowało się zdziwienie. Rzadko coś go zaskakiwało, a jeszcze rzadziej komuś udawało się do niego podkraść. Odsunął się od śmietnika i sięgnął ręką do paska.

– Kto tam? – zapytał spokojnie.

– *Dios mio*. – Głos był męski, rozbawiony, z miękkim hiszpańskim akcentem. – Nie jesteście stąd, co?

Z najgęstszej ciemności powoli wyłonił się chłopak, niewiele starszy od Jace'a i pewnie jakieś sześć cali niższy. Był szczupły, miał wielkie ciemne oczy i skórę koloru miodu, jak na obrazach Diego Rivery. Był ubrany w czarne spodnie i białą koszulę rozpiętą pod szyją. Gdy zbliżył się do światła, wiszący na jego piersi złoty łańcuch zalśnił słabo.

– Sam widzisz – odparł ostrożnie Jace, nadal trzymając rękę przy pasie.

– Nie powinno was tu być. – Nieznajomy przeczesał ręką gęste czarne loki, które opadały mu na czoło. – To miejsce jest niebezpieczne.

Chce nam dać do zrozumienia, że to zła okolica, pomyślała Clary i omal się nie roześmiała, choć sytuacja wcale nie była zabawna.

– Wiemy – powiedziała. – Ale zabłądziliśmy.

Chłopak wskazał na kontener.

– Co zamierzacie z nim zrobić?

Nie umiem kłamać na poczekaniu, pomyślała Clary i spojrzała z nadzieją na Jace'a. On, niestety, od razu ją rozczarował, mówiąc wprost:

– Próbujemy dostać się do hotelu. Pomyśleliśmy, że za tym śmietnikiem mogą być drzwi do piwnicy.

Oczy chłopaka rozszerzyły się z niedowierzania.

– *Puta madre*. Po co mielibyście to robić?

Jace wzruszył ramionami.

– Dla żartu. No wiesz, dla zabawy.

– Nie rozumiecie. To miejsce jest nawiedzone, przeklęte, pechowe. – Chłopak energicznie potrząsnął głową i powiedział po hiszpańsku kilka słów, które, jak podejrzewała Clary, miały coś wspólnego z głupotą zepsutych białych dzieciaków. – Chodźcie ze mną. Zaprowadzę was do metra.

– Wiemy, gdzie jest metro – odparł Jace.

Chłopak zaśmiał się cichym, wibrującym śmiechem.

– *Claro*. Oczywiście, że wiecie, ale jeśli pójdziecie ze mną, nikt nie będzie was zaczepiał. Nie chcecie kłopotów, prawda?

– To zależy – powiedział Jace i lekko rozchylił kurtkę. Błysnęła broń wsunięta za pasek. – Ile ci płacą, żebyś odciągał ludzi od tego hotelu?

Chłopak się obejrzał, a Clary zdrętwiała, kiedy wyobraziła sobie wąski zaułek pełen niewyraźnych postaci o białych twarzach, czerwonych ustach i lśniących kłach. Kiedy nieznajomy ponownie spojrzał na Jace'a, usta miał zaciśnięte w wąską kreskę.

– Kto mi płaci, *chico*?

– Wampiry. Ile ci płacą? A może chodzi o coś innego. Obiecali, że uczynią cię jednym z nich, dadzą wieczne życie, żadnego bólu, żadnych chorób, żadnej śmierci? Bo takie życie jest nic niewarte. Wlecze się niemiłosiernie, kiedy nie możesz oglądać świata słonecznego, *chico*.

Twarz chłopaka pozostała bez wyrazu.

– Mam na imię Raphael, a nie *chico* – oświadczył.

– Ale wiesz, o czym mówimy? – zapytała Clary. – Wiesz o wampirach?

Raphael odwrócił głowę w bok i splunął. Kiedy znowu na nich spojrzał, jego oczy były pełne iskrzącej się nienawiści.

– *Los vampiros, si*, zwierzęta pijące krew. Jeszcze nim zabito hotel deskami, opowiadano różne historie. Śmiechy późno w nocy, znikanie małych zwierząt, różne odgłosy... – Pokręcił głową. – Wszyscy w okolicy wiedzą, że lepiej trzymać się z dala od tego miejsca, ale co można zrobić? Wezwać policję i poskarżyć się na wampiry?

– Widziałeś je? – spytał Jace. – Albo znasz kogoś, kto je widział?

– Było kiedyś paru chłopaków, grupka przyjaciół – zaczął wolno Raphael. – Wpadli na świetny, ich zdaniem, pomysł, żeby wejść do hotelu i zabić potwory. Wzięli pistolety i noże pobłogosławione przez kapłana. Nikt więcej ich nie widział. Moja ciotka znalazła później ich ubrania przed domem.

– Przed swoim domem? – upewnił się Jace.

– *Si*. Jednym z tych chłopaków był mój brat. – Raphael powiedział to beznamiętnym tonem. – Teraz już wiecie, dlaczego czasami przychodzę tutaj w środku nocy, kiedy wracam do domu od cioci, i dlaczego was ostrzegłem. Jeśli wejdziecie do środka, już stamtąd nie wyjdziecie.

– Tam jest mój przyjaciel – wyjaśniła Clary. – Przyszliśmy po niego.

– Aha, więc pewnie nie uda mi się was zniechęcić.

– Nie – przyznał Jace. – Ale nie martw się. Nie przydarzy nam się to, co twoim przyjaciołom. – Wyjął zza paska jeden z anielskich noży i uniósł go. Emanujący z ostrza słaby blask oświetlił jego kości policzkowe, pogłębiając cienie pod oczami. – Zabiłem wiele wampirów. One mogą umrzeć, choć ich serca nie biją.

Raphael gwałtownie zaczerpnął tchu i powiedział coś po hiszpańsku, zbyt cicho i szybko, żeby Clary zrozumiała. Podszedł do nich, omal nie potykając się o stos zgniecionych plastikowych opakowań.

– Wiem, kim jesteście. Słyszałem o was od starego *padre* z St. Cecilia. Myślałem, że to tylko bajki.

– Wszystkie bajki są w części prawdziwe – powiedziała Clary, ale tak cicho, że chłopak chyba jej nie usłyszał. Patrzył na Jace'a, zaciskając pięści.

– Chcę pójść z wami – oznajmił.

Jace pokręcił głową.

– Wykluczone.

– Mogę wam pokazać, jak dostać się do środka.

Jace machnął ręką, ale wyraźnie miał ochotę skorzystać z tej propozycji.

– Nie możemy cię zabrać.

– Dobrze. – Raphael minął go i kopniakiem rozrzucił stos śmieci leżący pod ścianą, odsłaniając metalową kratę. Następnie schylił się i podniósł ją, chwytając za cienkie, zardzewiałe pręty. – Oto, jak mój brat i jego przyjaciele weszli do środka. Prowadzi do piwnicy, chyba.

Clary wstrzymała oddech, gdy z dołu buchnął odór zgnilizny. Nawet w ciemności dostrzegła karaluchy biegające po zwałach śmieci.

Jace wykrzywił kąciki ust w lekkim uśmiechu. Nadal ściskał w ręce anielski nóż. Na widok czarodziejskiego światła padającego na jego twarz Clary przypominało się, jak Simon trzymał latarkę pod brodą i opowiadał jej straszne historie, kiedy mieli po jedenaście lat.

– Dzięki – rzucił krótko.

– Wejdźcie tam i zróbcie dla swojego przyjaciela to, czego ja nie potrafiłem zrobić dla brata – odparł Raphael. Twarz miał bardzo bladą.

Jace wsunął seraficki nóż za pasek i spojrzał na Clary.

– Idź za mną – powiedział i jednym zwinnym ruchem wsunął się przez kratę stopami do przodu. Clary wstrzymała oddech, czekając na krzyk agonii albo zaskoczenia, ale usłyszała tylko cichy stuk butów lądujących na twardej ziemi. – Wszystko w porządku! – dobiegł z dołu stłumiony głos. – Skacz, a ja cię złapię.

Clary spojrzała na Raphaela.

– Dzięki za pomoc.

Chłopak nic nie odpowiedział, tylko wyciągnął rękę, żeby jej pomóc. Jego palce były zimne. Spadanie trwało zaledwie sekundę, a na dole już czekał na nią Jace. Kiedy Clary ześliznęła się prosto w jego ramiona, sukienka podsunęła się jej w górę, a jego dłoń musnęła jej udo. Prawie natychmiast ją puścił.

– Wszystko w porządku? – zapytał.

Clary szybko obciągnęła sukienkę.

– Tak.

Jace wyjął zza pasa świecący anielski miecz i rozejrzał się w jego blasku. Stali w płytkim, niskim wnętrzu o popękanej betonowej posadzce. Z widocznej między rysami ziemi wyrastały czarne pnącza i pełzły po ścianach. Otwór bez drzwi powadził do następnego pomieszczenia.

Słysząc za sobą hałas, Clary odwróciła się gwałtownie. Zaledwie kilka stóp od niej wylądował na ugiętych nogach Raphael. Wyprostował się i uśmiechnął.

Jace zrobił wściekłą minę.

– Mówiłem ci...

– Słyszałem. – Chłopak niedbale machnął ręką. – I co mi teraz zrobisz? Nie mogę wrócić tą samą drogą, a wy nie możecie mnie tutaj zostawić, żeby martwi mnie znaleźli, prawda?

– Zastanawiam się nad tym – powiedział Jace.

Wyglądał na zmęczonego. Clary zauważyła sińce pod jego oczami.

– Musimy iść tędy, w stronę schodów. – Raphael pokazał ręką. – Oni są na wyższych piętrach hotelu. Zobaczycie.

Minął Jace'a i przeszedł przez wąski otwór. Jace popatrzył za nim, kręcąc głową.

– Naprawdę zaczynam nienawidzić Przyziemnych – stwierdził.

***

Dolne piętro hotelu było labiryntem korytarzy prowadzących do pustych magazynów, opuszczonej pralni, w której spleśniałe ręczniki piętrzyły się w zbutwiałych wiklinowych koszach, i do upiornej kuchni z rzędami blatów z nierdzewnej stali ciągnącymi się w ciemność. Większość schodów biegnących na górę zniknęła. Nie rozpadły się ze starości, tylko zostały zniszczone. Pod ścianami leżały stosy desek z resztkami niegdyś luksusowych perskich dywanów, które teraz wyglądały jak wykwity pleśni.

Clary nie mogła się nadziwić, co wampiry mają przeciwko schodom? W końcu znaleźli jedne nieuszkodzone, ukryte za pralnią. Najwyraźniej w czasach przed windami korzystały z nich pokojówki, żeby wnosić na górę pościel. Stopnie pokrywała gruba warstwa kurzu podobna do drobnego szarego śniegu. Clary od razu zaczęła kaszleć.

– Cii – syknął Raphael. – Usłyszą cię. Jesteśmy blisko miejsca, gdzie śpią.

– Skąd wiesz? – zapytała szeptem. W ogóle nie powinno go tutaj być. Jakie miał prawo robić jej wykłady?

– Czuję to. – Chłopak wyglądał na równie przerażonego jak ona. – A ty?

Clary pokręciła głową. Jedyne, co czuła, to dziwny chłód panujący w hotelu. Po duszącym upale nocy przenikał ją do kości.

Na szczycie schodów znajdowały się drzwi z napisem „Lobby", ledwo widocznym pod wieloletnią warstwą brudu. Kiedy Jace je pchnął, posypała się z nich rdza. Clary wstrzymała oddech...

Duże foyer okazało się puste. Spod gnijącej wykładziny sterczały rozłupane deski podłogowe. Z niegdyś centralnego punktu holu, imponujących, kręconych schodów ze złoconymi balustradami, wyłożonych grubym dywanem w kolorach złota i szkarłatu, zostały teraz jedynie górne stopnie prowadzące w ciemność. Reszta kończyła się w powietrzu tuż nad ich głowami. Widok był równie surrealistyczny jak na abstrakcyjnych obrazach Magritte'a, które uwielbiała Jocelyn. Ten mógłby nosić tytuł „Schody donikąd", pomyślała Clary.

– Co wampiry mają przeciwko schodom? – Jej głos zabrzmiał sucho jak pokrywający wszystko wokół kurz

– Nic – odparł Jace. – Po prostu nie widzą potrzeby ich używania.

– Pokazują w ten sposób, że to miejsce należy do nich. – Raphael wydawał się niemal podekscytowany. Jego oczy błyszczały.

Jace łypnął na niego z ukosa.

– Widziałeś kiedyś wampira? – zapytał.

Raphael spojrzał na niego z roztargnieniem.

– Wiem, jak wyglądają. Są bledsze i chudsze niż ludzie, ale bardzo silnie. Chodzą cicho jak koty i atakują z szybkością węży. Są piękne i straszne. Jak ten hotel.

– Uważasz, że jest piękny? – zdziwiła się Clary.

– Nadal widać, jak tu było kiedyś, dawno temu. Ten hotel przypomina starą kobietę, której czas zabrał urodę. Trzeba sobie wyobrazić, jak te schody wyglądały przed laty, z gazowymi lampami przy stopniach, płonącymi jak świetliki w ciemności, balkonami pełnymi ludzi. Nie tak jak teraz, kiedy są... – Urwał, szukając odpowiedniego słowa.

– Skrócone – podsunął drwiąco Jace.

Raphael zrobił taką minę, jakby nagle wyrwano go zamyślenia. Zaśmiał się krótko i odwrócił.

– A tak przy okazji, gdzie one są? – zapytała Clary. – To znaczy, wampiry.

– Pewnie na górze – odparł Jace. – Lubią być wysoko, kiedy śpią. Jak nietoperze. A niedługo będzie świtać.

Niczym marionetki przyczepione do sznurków, Clary i Raphael jednocześnie unieśli głowy. Zobaczyli jedynie sufit pokryty freskami, spękany i miejscami czarny, jakby osmalony przez płomienie. Widoczne po ich lewej stronie łukowate przejście wiodło w ciemność. Po obu jego bokach stały kolumny ozdobione rzeźbionymi motywami liści i kwiatów. Zanim Raphael opuścił głowę, Clary dostrzegła w zagłębieniu jego szyi bliznę, bardzo białą na tle brązowej skóry.

– Myślę, że powinniśmy wrócić do schodów służbowych – wyszeptała. – Tutaj czuję się jak na widelcu.

Jace skinął głową.

– Zdajesz sobie sprawę, że kiedy tam dotrzemy, będziesz musiała zawołać Simona i mieć nadzieję, że cię usłyszy?

Clary była ciekawa, czy na jej twarzy odmalował się strach.

– Ja...

Przerwał jej krzyk mrożący krew w żyłach. Clary odwróciła się gwałtownie.

Raphael zniknął, ale na warstwie kurzu, w miejscu gdzie musiał przejść... albo zostać przeciągnięty, nie było śladów stóp. Clary odruchowo wyciągnęła rękę do Jace'a, lecz on już biegł w stronę łukowatego przejścia i cieni, które za nim majaczyły. Nie widziała go, ale podążyła za skaczącym czarodziejskim światłem jak wędrowiec, który idzie przez bagna prowadzony przez zdradliwe błędne ogniki.

Za łukiem znajdowała się dawna sala balowa. Zniszczona podłoga z białego marmuru była tak popękana, że przypominała morze dryfującego arktycznego lodu. Wzdłuż ścian biegły półkoliste balkony o zardzewiałych poręczach. Między nimi wisiały lustra w złotych ramach, każde zwieńczone złoconą głową kupidyna. W wilgotnym powietrzu unosiły się pajęczyny, niczym stare ślubne welony.

Raphael stał pośrodku pokoju, z rękami zwieszonymi po bokach. Clary podbiegła do niego i zapytała bez tchu:

– Wszystko w porządku?

Chłopak wolno pokiwał głową.

– Wydawało mi się, że zobaczyłem ruch w ciemności. Ale chyba mi się przywidziało.

– Postanowiliśmy wrócić do schodów dla służby – oznajmił Jace. – Na tym piętrze nic nie ma.

Raphael pokiwał głową.

– Dobry pomysł.

Ruszył do drzwi, nie patrząc, czy idą za nim. Zrobił tylko kilka kroków, kiedy Jace zawołał cicho:

– Raphael!

Kiedy się odwrócił, Jace rzucił nożem.

Chłopak zareagował błyskawicznie, ale nie dość szybko. Ostrze trafiło w cel, siła uderzenia ścięła go z nóg i runął na zniszczoną marmurową posadzkę. W słabym blasku czarodziejskiego światła jego krew miała czarny kolor.

– Jace! – Clary patrzyła na niego z niedowierzaniem, wstrząśnięta.

Mówił, że nienawidzi Przyziemnych, ale nigdy...

Kiedy próbowała przyjść z pomocą rannemu, Jace odepchnął ją na bok, rzucił się na chłopaka i chwycił nóż sterczący z jego piersi.

Ale tym razem Raphael był szybszy. Złapał nóż i krzyknął, kiedy jego dłoń dotknęła rękojeści w kształcie krzyża. Umazana krwią broń upadła z brzękiem na podłogę. Jace złapał jedną ręką Raphaela za koszulę, w drugiej ściskał Sanvi. Klinga rozjarzyła się tak silnym blaskiem, że Clary zobaczyła kolory: królewski błękit łuszczących się tapet, złote plamki na marmurowej posadzce, czerwoną plamę rozprzestrzeniającą się na piersi rannego.

Raphael się roześmiał, błyskając ostrymi, białymi siekaczami.

– Chybiłeś – rzucił drwiąco. – Nie trafiłeś mnie w serce.

– Poruszyłeś się w ostatniej chwili – zauważył Jace. – To było bardzo nietaktowne.

Raphael zmarszczył brwi i splunął. Clary cofnęła się o krok, patrząc na niego z coraz większym przerażeniem.

– Kiedy się domyśliłeś? – Jego hiszpański akcent zniknął bez śladu.

– W zaułku – odparł Jace. – Ale chciałem, żebyś wprowadził nas do hotelu. Gdybyśmy wkroczyli tam bezprawnie, nie chroniłoby nas Przymierze. Uczciwa gra. Kiedy nie zaatakowałeś nas od razu, pomyślałem, że może się myliłem. Potem zobaczyłem bliznę na twojej szyi. – Odsunął się trochę, nadal trzymając ostrze przy gardle Raphaela. – Kiedy wcześniej zauważyłem łańcuszek, przyszło mi do głowy, że wygląda jak te, na których wiesza się krzyżyk. I robiłeś to, kiedy szedłeś z wizytą do rodziny, tak? Ślad po małym oparzeniu to drobiazg, skoro wasze rany tak szybko się goją?

Raphael się roześmiał.

– I tyle ci wystarczyło? Moja blizna?

– Kiedy zniknąłeś z foyer, nie zostawiłeś śladów na kurzu. I wtedy już miałem pewność.

– To nie twój brat przyszedł tutaj szukać potworów, prawda? – odezwała się Clary. – To byłeś ty.

– Oboje jesteście bardzo bystrzy – stwierdził Raphael. – Ale niewystarczająco. Spójrzcie w górę. – Wskazał na sufit.

Jace odepchnął jego rękę, nie spuszczając z niego wzroku.

– Clary? Co widzisz?

Clary wolno uniosła głowę. Żołądek miała ściśnięty ze strachu. „Trzeba sobie wyobrazić, jak te schody wyglądały przed laty, z gazowymi lampami przy stopniach, płonącymi jak świetliki w ciemności, balkonami pełnymi ludzi". Teraz balkony też były pełne, tyle że wampirów o śmiertelnie bladych twarzach i czerwonych ustach rozciągniętych w uśmiechu rozbawienia.

Jace nadal patrzył na Raphaela.

– Wezwałeś ich, tak?

Raphael uśmiechnął się szeroko. Krew już przestała płynąć z rany na jego piersi.

– A czy to ma znaczenie? Jest ich za dużo, nawet dla ciebie, Wayland.

Jace nie odpowiedział. Nie poruszył się, ale oddychał szybko. Clary niemal czuła jego pragnienie, żeby zabić wampira, wbić mu nóż w serce i raz na zawsze zetrzeć z twarzy jego ironiczny uśmieszek.

– Nie zabijaj go, Jace – rzuciła ostrzegawczo.

– Dlaczego?

– Może wykorzystamy go jako zakładnika.

Oczy Jace'a się rozszerzyły.

– Zakładnika?

Było ich coraz więcej, wypełniali łukowate przejście, poruszali się cicho jak Bracia z Miasta Kości. Tylko że Bracia nie mieli takiej bladej skóry ani rąk zakończonych pazurami...

Clary zwilżyła suche usta.

– Wiem, co robię. Postaw go na nogi, Jace.

Jace spojrzał na nią i wzruszył ramionami.

– Dobrze.

– To nie jest zabawne – warknął Raphael.

– Dlatego nikt się nie śmieje. – Jace wstał, szarpnięciem postawił go na nogi i odwrócił plecami do siebie, przystawiając czubek noża do jego łopatki. – Mogę przebić ci serce również od tyłu. Na twoim miejscu nawet bym nie drgnął.

Clary odwróciła się w stronę nadchodzących ciemnych postaci. Wyciągnęła przed siebie rękę.

– Zatrzymajcie się, bo inaczej to ostrze znajdzie się w sercu Raphaela – powiedziała.

Przez tłum przebiegł cichy szmer, który mógł być szeptem albo śmiechem.

– Stójcie! – powtórzyła Clary. W tym samym momencie Jace prawdopodobnie dźgnął lekko wampira, bo Raphael krzyknął z zaskoczenia i bólu.

Jeden z wampirów powstrzymał gestem ręki swoich towarzyszy. Clary rozpoznała w nim chudego blondyna z kolczykami, którego widziała na przyjęciu u Magnusa.

– Ona mówi poważnie – powiedział. – To Nocni Łowcy.

Jakaś wampirzyca przepchnęła się przez tłum i stanęła u jego boku: ładna Azjatka o niebieskich włosach, w spódnicy ze srebrnej folii. Clary była ciekawa, czy w ogóle są jakieś brzydkie albo grube wampiry. Może ci krwiopijcy woleli nie powiększać swojego grona o nieatrakcyjnych ludzi? A może brzydcy ludzie po prostu nie chcieli żyć wiecznie.

– Nocni Łowcy wtargnęli na nasze terytorium i dlatego nie chroni ich Przymierze – oświadczyła dziewczyna. – Zabijmy ich. Oni zabili dość naszych.

– Kto z was jest przywódcą? – spytał Jace władczym tonem. – Niech wystąpi.

Azjatka obnażyła ostre zęby.

– Nie używaj wobec nas języka Clave, Nocny Łowco. Przychodząc tutaj, naruszyłeś wasze cenne Przymierze. Prawo nie będzie cię chronić.

– Wystarczy, Lily! – rzucił blondyn ostrym tonem. – Naszej pani tutaj nie ma. Jest w Idrisie.

– Ktoś musi wami rządzić w jej imieniu – zauważył Jace.

W sali zapadła cisza. Wampiry stojące na balkonach wychyliły się przez poręcze, żeby słyszeć, co się dzieje.

– Kieruje nami Raphael – rzekł w końcu jasnowłosy wampir.

Azjatka syknęła z dezaprobatą.

– Jacob...

– Proponuję wymianę – pospiesznie wtrąciła Clary, uprzedzając tyradę Lily. – Na pewno już wiecie, że wróciliście dzisiaj z przyjęcia w większym gronie, niż na nie przyszliście. Jest teraz z wami mój przyjaciel Simon.

Jacob uniósł brwi.

– Twój przyjaciel jest wampirem?

– Ani wampirem, ani Nocnym Łowcą – odparła Clary, widząc, że Lily mruży jasne oczy. – Jest zwykłym człowiekiem.

– Nie zabieraliśmy do domu żadnych ludzi z przyjęcia Magnusa. To byłoby naruszenie Przymierza.

– Zmienił się w szczura – wyjaśniła Clary. – Małego brązowego szczura. Ktoś pewnie pomyślał, że to oswojone zwierzątko albo...

Urwała w pół zdania. Wszyscy patrzyli na nią jak na wariatkę. Ogarnęła ją rozpacz.

– Przekonajmy się, czy dobrze zrozumiałam – powiedziała Lily. – Proponujesz wymienić Raphaela na szczura?

Clary spojrzała bezradnie na Jace'a. Jego wzrok mówił: „To był twój pomysł. Radź sobie sama".

– Tak – potwierdziła, odwracając się z powrotem do wampirów. – Taką właśnie wymianę proponujemy.

Gapili się na nią w milczeniu. Ich białe twarze były niemal bez wyrazu. W innych okolicznościach Clary uznałaby, że wyglądają na zdezorientowanych.

Słyszała za sobą chrapliwy oddech Jace'a. Była ciekawa, czy zastanawia się, dlaczego pozwolił jej się tutaj przyciągnąć. Ciekawe, czy ją znienawidzi.

– Chodzi ci o tego szczura?

Clary zamrugała. Przed tłum wysunął się chudy czarny chłopak z dredami. Trzymał w rękach coś brązowego.

– Simon? – szepnęła Clary.

Szczur zapiszczał i zaczął się miotać w dłoniach wampira. Ten z odrazą spojrzał na gryzonia.

– O, rany! Myślałem, że to Zeke. Zastanawiałem się, dlaczego przybrał akurat taką postać. – Chłopak potrząsnął głową, aż podskoczyły mu dredy. – Weź go sobie. Już pięć razy mnie ugryzł.

Clary sięgnęła po Simona niecierpliwym gestem, ale nim zdążyła zrobić krok w stronę chłopaka, drogę zagrodziła jej Lily.

– Chwileczkę – powiedziała. – Skąd mamy wiedzieć, że nie zabierzecie szczura, a potem i tak nie zabijecie Raphaela?

– Damy wam słowo – odparła Clary bez namysłu i od razu tego pożałowała.

Czekała na wybuch wesołości, ale nikt się nie roześmiał. Raphael zaklął cicho po hiszpańsku. Lily spojrzała na Jace'a.

– Clary! – W jego głosie pobrzmiewał ton rozdrażnienia i desperacji. – Czy to naprawdę...

– Nie ma przysięgi, nie ma wymiany – oświadczyła natychmiast Lily, wykorzystując jego niepewność. – Elliott, trzymaj szczura.

Gdy chłopak z dredami mocniej ścisnął Simona, ten zatopił zęby w jego ręce.

– To boli, koleś! – warknął chłopak.

Clary skorzystała z okazji i szepnęła do Jace'a:

– Po prostu przysięgnij! Co ci szkodzi?

– Dla mnie przysięga nie jest tym samym, co dla Przyziemnych – odburknął gniewnie Jace. – Będę nią związany na wieki.

– Tak? A co się stanie, jeśli ją złamiesz?

– Nie złamałbym jej nigdy, w tym rzecz...

– Lily ma rację – odezwał się Jacob. – Przysięga jest konieczna. Dajcie słowo, że nie skrzywdzicie Raphaela, kiedy oddamy wam szczura.

– Nie skrzywdzę Raphaela – z miejsca oświadczyła Clary. – Choćby nie wiem co.

Lily uśmiechnęła się pobłażliwie.

– Nie ciebie się obawiamy.

Spojrzała na Nocnego Łowcę, który trzymał Raphaela tak mocno, że zbielały mu kostki. Na jego koszuli pojawiły się między łopatkami plamy potu.

– Dobrze, przysięgam – wykrztusił w końcu Jace.

– Złóż przysięgę na Anioła – zażądała Lily. – Całą.

Jace pokręcił głową.

– Ty pierwsza.

Jego słowa wywołały szmer w tłumie. Jacob wyglądał na zaniepokojonego, Lily na wściekłą.

– Nic z tego, Nocny Łowco.

– Mamy waszego przywódcę. – Przycisnął czubek noża do gardła Raphaela. – A wy co? Szczura.

Ściśnięty przez Elliotta Simon pisnął. Clary z trudem się powstrzymała, żeby nie wyrwać go z rąk wampira.

– Jace...

Lily spojrzała na przywódcę.

– Panie?

Raphael trzymał opuszczoną głowę, ciemne loki zasłaniały mu twarz. Krew zabarwiła kołnierz jego koszuli, ściekała po nagiej brązowej skórze.

– To bardzo ważny szczur, skoro przyszliście po niego aż tutaj – rzekł w końcu. – Ty pierwszy powinieneś złożyć przysięgę, Nocny Łowco.

Jace chwycił go mocniej. Clary zobaczyła jego napięte mięśnie pod skórą, zbielałe palce i wykrzywione kąciki ust, kiedy starał się opanować gniew.

– Ten szczur to Przyziemny – rzucił ostrym tonem. – Jeśli go zabijecie, będziecie podlegać Prawu.

– Jest na naszym terytorium. Przymierze nie chroni intruzów, wiesz o tym.

– Wy go tutaj przynieśliście – wtrąciła Clary. – On nie naruszył waszego terytorium.

– To szczegóły techniczne – skwitował Raphael, uśmiechając się mimo noża na gardle. – Poza tym, myślicie, że nie słyszymy plotek krążących w Podziemnym Świecie jak krew w żyłach? Valentine wrócił. Wkrótce nie będzie Przymierza ani Porozumień.

Jace gwałtownie uniósł głowę.

– Gdzie o tym usłyszeliście?

Raphael skrzywił się pogardliwie.

– Wszyscy Podziemni o tym wiedzą. Tydzień temu zapłacił czarownikowi za bandę Pożeraczy. Wziął swojego Wyklętego i szuka Kielicha Anioła. Kiedy go znajdzie, nie będzie już między nami fałszywego pokoju, tylko wojna. Żadne Prawo nie powstrzyma mnie przed wydarciem ci serca na ulicy, Nocny Łowco...

Tego było za wiele dla Clary. Rzuciła się na ratunek przyjacielowi. Odepchnęła Lily i wyrwała szczura z rąk Elliotta. Simon wdrapał się jej po ramieniu, rozpaczliwie wczepiając się pazurkami w rękaw.

– Już dobrze – wyszeptała. – Wszystko w porządku.

Rzuciła się do ucieczki, ale poczuła, że ktoś łapie ją za kurtkę. Próbowała się uwolnić z rąk Lily, szczupłych, kościstych, o czarnych paznokciach, ale jej wysiłki były mało skuteczne z powodu strachu, że upuści Simona, który trzymał się jej rękawa pazurkami i zębami.

– Puszczaj! – krzyknęła, kopiąc wampirzycę.

Czubek jej buta trafił w cel, bo Lily wrzasnęła z bólu i wściekłości, a następnie uderzyła przeciwniczkę w twarz z taką siłą, że jej głowa odskoczyła do tyłu,

Clary zachwiała się i omal nie upadła. Usłyszała, jak Jace wykrzykuje jej imię. Odwróciła się i zobaczyła, że puścił Raphaela i pędzi w jej stronę. Próbowała do niego podbiec, ale Jacob chwycił ją za ramiona, wbijając w nie palce.

Krzyknęła, ale jej głos został zagłuszony przez ryk, kiedy Jace wyciągnął z kurtki szklaną fiolkę i chlusnął na nich jej zawartością. Clary poczuła chłodną wilgoć na policzku i usłyszała wrzask Jacoba, kiedy jego skóra zaczęła dymić po zetknięciu się ze święconą wodą. Wampir puścił Clary, wyjąc jak zwierzę. Lily zawołała jego imię i skoczyła mu na pomoc. W tym całym pandemonium Clary poczuła, że ktoś chwyta ją za nadgarstek. Próbowała się wyrwać.

– Przestań, idiotko, to ja – wysapał jej do ucha Jace.

W tym momencie Clary dostrzegła majaczącą za nim znajomą postać. Krzyknęła ostrzegawczo, a Jace zrobił unik i obrót w chwili, gdy Raphael skoczył na niego z obnażonymi zębami, szybki jak kot. Kłami zahaczył koszulę Nocnego Łowcy przy ramieniu i rozerwał materiał wzdłuż. Jace się zachwiał, a wampir przywarł do niego jak pająk, kłapiąc zębami tuż przy jego gardle. Clary gorączkowo szukała w plecaku sztyletu...

Mały brązowy szczur przebiegł pod jej nogami i skoczył na napastnika.

Raphael krzyknął, kiedy Simon zawisł na jego przedramieniu, z zębami wbitymi głęboko w ciało. Wampir puścił Nocnego Łowcę i zatoczył się do tyłu. Krew trysnęła z jego ręki, z ust poleciał stek hiszpańskich przekleństw.

Jace rozdziawił usta ze zdumienia.

– Sukin...

Tymczasem Raphael złapał równowagę, oderwał szczura od swojej ręki i cisnął go na marmurową posadzkę. Simon pisnął z bólu i popędził do przyjaciółki. Clary schyliła się i wzięła go na ręce. Przytuliła go mocno do piersi. Pod palcami czuła serduszko dudniące w małej piersi.

– Simon – wyszeptała. – Simon...

– Nie ma na to czasu. – Jace mocno chwycił ją za rękę. W drugiej trzymał świecący nóż. – Ruszaj się.

Pociągnął ją w stronę tłumu. Wampiry zaczęły się cofać przed omiatającym je blaskiem serafickiego ostrza. Wszystkie krzywiły się i syczały jak koty.

– Dość tego! – krzyknął Raphael, patrząc groźnie na kulące się, zdezorientowane wampiry. Jego ramię ociekało krwią, w ustach błyskały ostre siekacze. – Łapać ich! Zabić oboje! Szczura też!

Wampiry posłusznie ruszyły do ataku. Niektóre szły, inne sunęły, jeszcze inne spadały z balkonów jak czarne nietoperze. Jace przyspieszył kroku, kierując się ku odległej ścianie. Clary próbowała mu się wyrwać.

– Nie powinniśmy zostać i walczyć czy coś w tym rodzaju? – spytała.

– Dlaczego?

– Nie wiem. Na filmach tak właśnie się robi w podobnej sytuacji.

Czuła, że Jace drży. Czyżby się bał? Nie, on po prostu się śmiał.

– Ty... – wykrztusił. – Jesteś najbardziej...

– Najbardziej co? – obruszyła się Clary.

Szli ostrożnie, żeby nie potknąć się o połamane meble i rozbity marmur zaścielający podłogę. Jace trzymał anielskie ostrze wysoko nad głową. Wampiry otaczały jasny krąg światła, które rzucała broń. Clary zastanawiała się, jak długo blask będzie je odstraszać.

– Nic – odparł Jace. – To nie jest żadna sytuacja, jasne? Zostawiam to słowo na takie chwile, kiedy rzeczy naprawdę przyjmują zły obrót.

– Więc teraz nie jest źle? Co w takim razie masz na myśli? Nuklearny...

Krzyknęła, bo w tym momencie Lily pokonała świetlną barierę i rzuciła się na Nocnego Łowcę, warcząc i obnażając zęby. Jace wyrwał zza pasa drugi nóż i przeciął nim powietrze. Dziewczyna cofnęła się z wrzaskiem. Na jej ramieniu wykwitło długie cięcie. Kiedy się zachwiała, jej miejsce zajęły inne wampiry.

Jest ich tyle... – pomyślała Clary. Za dużo...

Sięgnęła do paska i zacisnęła palce na rękojeści sztyletu. Był zimny i obcy. Nie wiedziała, jak się posługiwać nożem. Nigdy nikogo nie uderzyła, nie mówiąc o zadźganiu. Opuściła nawet lekcję WF-u, na której uczono ich, jak bronić się przed rabusiami albo gwałcicielami, mając do dyspozycji zwykłe przedmioty, takie jak: kluczyki od samochodu albo długopis. Wyciągnęła nóż i uniosła drżącą rękę...

Szyby eksplodowały do środka w deszczu rozbitego szkła. Clary krzyknęła. Zobaczyła, że wampiry, które dzieliła od nich zaledwie długość ramienia, odwracają się zaskoczone, a na ich twarzach zdumienie miesza się z przerażeniem. Przez rozbite okna wskoczyły do środka tuziny smukłych kształtów. Poruszały się na czterech łapach, nisko przy ziemi. Sierść lśniła w blasku księżyca, oczy jarzyły się niebieskim ogniem, z gardeł wydobywał się głuchy pomruk, który brzmiał jak szum wodospadu.

Wilki.

– Teraz to jest dopiero sytuacja – powiedział Jace.

15

W opałach

Wilki przyczaiły się do skoku, warcząc, i oszołomione wampiry zaczęły się cofać. Tylko Raphael został na miejscu. Trzymał się za zranione ramię, koszulę miał brudną i poplamiona krwią.

– *Los Niños de la Luna* – wysyczał.

Nawet Clary, mimo słabej znajomości hiszpańskiego, zrozumiała, co powiedział przywódca wampirów. „Dzieci Księżyca", wilkołaki.

– Myślałam, że oni się nienawidzą – szepnęła do Jace'a. – Wampiry i wilkołaki.

– Owszem. Nigdy nie wdzierają się nawzajem do swoich kryjówek. Nigdy. Przymierze tego zabrania. – Mówił niemal z oburzeniem. – Coś musiało się wydarzyć. To źle. Bardzo źle.

– Czy może być gorzej, niż było?

– Szykuje się wojna – odparł Jace.

– Jak śmiecie tutaj wchodzić?! – ryknął Raphael. Twarz miał szkarłatną z gniewu.

Największy z wilków, cętkowany szary potwór z zębami jak u rekina, zachichotał. Kiedy ruszył do przodu, między jednym krokiem a drugim uniósł się jak wezbrana fala i zmienił postać. Teraz był wysokim, mocno umięśnionym mężczyzną o długich włosach skręconych w siwe sploty przypominające powrozy. Miał na sobie dżinsy i grubą skórzaną kurtkę, ale jego szczupła, ogorzała twarz zachowała w sobie coś wilczego.

– Nie przyszliśmy, żeby walczyć – powiedział. – Przyszliśmy po dziewczynę.

Raphael wyglądał jednocześnie na wściekłego i zdumionego.

– Po kogo?

– Po ludzką dziewczynę. – Wilkołak sztywno wyciągnął przed siebie rękę, pokazując na Clary.

Ona też była zbyt zaskoczona, żeby się ruszyć. Simon, wiercący się dotąd w jej dłoniach, znieruchomiał. Stojący za nią Jace wymamrotał pod nosem przekleństwo.

– Nie mówiłaś, że znasz jakieś wilkołaki. – Silił się na beznamiętny ton, ale Clary wyczuła, że jest równie zdziwiony jak ona.

– Nie znam – odszepnęła.

– To źle – skwitował Jace.

– Już to mówiłeś.

– Czasami warto coś powtórzyć.

– Nie warto. – Clary przysunęła się do niego. – Jace, wszyscy się na mnie gapią.

Na twarzach zwróconych w jej stronę malowało się zdumienie. Raphael zmrużył oczy i zwrócił się do intruza.

– Nie możecie jej dostać – oświadczył. – Naruszyła nasz teren, więc należy do nas.

Wilkołak się roześmiał.

– Cieszę się, że to powiedziałeś.

W trakcie skoku jego sylwetka zafalowała i siwowłosy mężczyzna znowu zmienił się w wilka ze zjeżoną sierścią i rozwartymi szczękami. Trafił Raphaela prosto w pierś i obaj runęli na podłogę, warcząc. Jak na rozkaz, wampiry ze wściekłym rykiem zaatakowały wilkołaki. Na środku sali balowej wywiązała się zażarta walka.

Podobnego harmidru Clary jeszcze nigdy nie słyszała. Gdyby obrazom Boscha towarzyszył dźwięk, brzmiałby właśnie tak.

Jace zagwizdał.

– Raphael naprawdę ma wyjątkowo kiepską noc.

– I co z tego? – Clary nie miała współczucia dla wampira. – Co robimy?

Jace się rozejrzał. Stali w kącie, odcięci od reszty pomieszczenia przez kotłującą się masę ciał. Na razie ich ignorowano, ale nie mogło to trwać długo. Zanim Clary zdążyła podzielić się tą myślą z Jace'em, szczur wyrwał się z jej rąk, skoczył na podłogę i pomknął do butwiejącego stosu aksamitnych draperii.

– Simon! – krzyknęła Clary. – Simon, stój!

– Co on wyprawia...? – Jace chwycił ją za ramię. – Nie goń go. On ucieka. Właśnie tak zachowują się szczury.

Clary rzuciła mu wściekłe spojrzenie.

– To nie szczur, tylko Simon. Ugryzł Raphaela, żeby cię ratować, niewdzięczny kretynie. – Szarpnięciem uwolniła rękę i pobiegła za przyjacielem, który popiskiwał i szarpał pazurkami fałdy draperii. Gdy Clary zrozumiała, co chce jej powiedzieć, rozsunęła zasłony. Były śliskie od pleśni, ale za nimi zobaczyła...

– Drzwi – wyszeptała. – Ty genialny szczurze.

Simon pisnął, kiedy podniosła go z ziemi. Za nią już stał Jace.

– Drzwi? Otwierają się?

Clary chwyciła za gałkę i odwróciła się do niego z zawiedzioną miną.

– Zamknięte na klucz.

Jace uderzył ramieniem w drzwi – i zaklął, bo nawet nie drgnęły.

– Moje ramię już nigdy nie będzie takie samo. Mam nadzieję, że się mną zaopiekujesz, żebym wrócił do zdrowia.

– Tylko je wyłam, dobrze?

– Clary... – Jace patrzył poza nią rozszerzonymi oczami.

Odwróciła się. Z kłębowiska walczących wyrwał się duży wilk i teraz biegł w jej stronę, z uszami przylegającymi do wąskiej głowy i zwisającym z pyska czerwonym językiem. Był ogromny, szaro-czarny, cętkowany. Jace, przeklinając, znowu zaatakował drzwi ramieniem. Clary krzyknęła, wyszarpnęła sztylet zza paska i się zamachnęła.

Nigdy wcześniej nie rzucała bronią, nigdy nawet o tym nie pomyślała. Co najwyżej, zdarzyło się jej kilka razy ją narysować, więc sama była najbardziej zaskoczona, kiedy nóż poleciał do celu i wbił się w bok zwierzęcia.

Wilk zawył. Trzej jego kompani już pędzili w ich stronę. Jeden zatrzymał się przy rannym, ale pozostali dwaj gnali prosto na nich. Clary krzyknęła, Jace ponownie rzucił się na drzwi, aż w końcu ustąpiły z przeraźliwym zgrzytem zardzewiałego żelastwa i pękającego drewna.

– Do trzech razy sztuka – wysapał, trzymając się za ramię. Zanurkował w ciemność i odwrócił się, niecierpliwie wyciągając do niej rękę. – Chodź.

Clary skoczyła za nim i zamknęła drzwi. W tej samej chwili dwa ciężkie cielska uderzyły w nie z hukiem. Zaczęła szukać zasuwy, ale okazało się, że została wyrwana przez Jace'a.

– Schyl się – powiedział, a kiedy to zrobiła, na butwiejącym drewnie wyciął stelą jakieś linie.

Kiedy Clary podniosła głowę, zobaczyła, że wyrzeźbił coś w rodzaju sierpa, trzy równoległe kreski i gwiazdę z promieniami. „Żeby zatrzymać pościg".

– Straciłam sztylet – wyznała. – Przepraszam.

– Zdarza się. – Jace schował stelę do kieszeni. – Ten Znak je powstrzyma, ale nie na długo. Lepiej się pospieszmy. – Po drugiej stronie nadal było słychać głuche uderzenia.

Clary się rozejrzała. Znajdowali się w wilgotnym korytarzu. W ciemność panującą w górze prowadziły wąskie drewniane schody z zakurzonymi poręczami. Simon wystawił nos z kieszeni kurtki, jego czarne oczy błyszczały w półmroku jak paciorki.

– Ty pierwszy. – Clary skinęła głową w stronę schodów.

– Lubię być pierwszy. – Jace chciał się uśmiechnąć, ale był na to zbyt zmęczony. – Będziemy szli powoli. Nie wiadomo, czy schody utrzymają nasz ciężar.

Stopnie skrzypiały i jęczały jak staruszka narzekająca na bóle i strzykanie w stawach. Clary krzyknęła, kiedy kawałek balustrady został jej w dłoni. Jace zachichotał i wziął ją za rękę.

– Trzymaj się mnie.

Simon wydał dźwięk, który zabrzmiał jak prychnięcie, ale Jace chyba go nie usłyszał. Stopnie biegły spiralą przez całą wysokość budynku. Mijali kolejne podesty, ale żadnych drzwi. Gdy dotarli na czwarte piętro, stłumiona eksplozja wstrząsnęła całą klatką schodową. Z dołu wzbiła się chmura kurzu.

– Sforsowali drzwi – stwierdził Jace ponuro. – Cholera... Myślałem, że wytrzymają dłużej.

– Biegniemy? – zapytała Clary.

– Teraz tak.

Gdy popędzili w górę, schody uginały się pod ich ciężarem, a gwoździe przelatywały obok nich jak pociski. Na piątym podeście Clary usłyszała cichy tupot wilczych łap daleko w dole. A może to była tylko wyobraźnia? Wiedziała, że jeszcze nie mają gorącego oddechu na karku, ale warczenie i wycie stawało się coraz głośniejsze, bardzo prawdziwe i przerażające.

Na szóste półpiętro prawie wskoczyli. Clary dyszała. Oddech palił ją w płucach, ale na widok drzwi wydała cichy okrzyk radości. Były ciężkie, stalowe, nabite nitami i zablokowane cegłą. Nawet nie zdążyła się zastanowić, dlaczego są uchylone, bo Jace otworzył je kopniakiem, pociągnął ją na drugą stronę i zatrzasnął je za nimi. Dzięki Bogu, pomyślała Clary, słysząc kliknięcie zamka.

Rozejrzała się. Nad sobą miała nocne niebo usiane gwiazdami jak garściami diamentów. Nie było czarne, tylko granatowe, tuż przed świtem. Stali na nagim łupkowym dachu zwieńczonym ceglanymi kominami. Na jednym jego końcu stał na podwyższeniu stary zbiornik wody, pokryty grubą warstwą brudu, na drugim leżała góra gratów przyrzuconych ciężkim brezentem.

– Tędy pewnie wchodzą i wychodzą – stwierdził Jace, oglądając się na drzwi. Clary widziała go teraz wyraźnie w bladym świetle przedświtu. Wywołane napięciem zmarszczki wokół oczu wyglądały jak płytkie nacięcia. Krew na ubraniu, głównie Raphaela, była czarna. – A raczej wlatują.

– Może są tu gdzieś schody pożarowe – podsunęła Clary. Ruszyła ostrożnie na skraj dachu. Nigdy nie lubiła wysokości, więc na widok ulicy znajdującej się dziesięć pięter niżej ścisnął jej się żołądek. Kręta metalowa drabinka, nadal przyczepiona do kamiennej fasady hotelu, okazała się złomem nieużywanym od lat. – Albo nie.

Obejrzała się na drzwi osadzone w podobnej do kabiny budowli wznoszącej się na środku dachu. Całe się trzęsły, gałka aż podskakiwała. Mogły wytrzymać zaledwie parę minut, może mniej.

Jace przytknął dłonie do oczu. Pot ściekał mu za koszulę. Wilgotne powietrze wręcz ich przytłaczało. Clary żałowała, że nie pada. Deszcz rozbiłby tę bańkę upału jak nabrzmiały pęcherz.

– Myśl, Wayland, myśl... – mamrotał Jace.

W głębi umysłu Clary zaczął się formować jakiś kształt. Pod powiekami zatańczył Znak: dwa trójkąty skierowane w dół, połączone pojedynczą kreską – jak para skrzydeł...

– To jest to – wyszeptał Jace, opuszczając ręce. Wyglądał na rozgorączkowanego, jego nakrapiane złotem oczy błyszczały. – Nie mogę uwierzyć, że wcześniej na to nie wpadłem. – Popędził na drugi koniec dachu, ale po kilku krokach zatrzymał się i obejrzał. – Chodź, Clary.

Przez chwilę stała oszołomiona, ale przepędziła z głowy migoczące obrazy i ruszyła za nim. Tymczasem Jace już ciągnął za róg brezentowej płachty. Spod niej wyłoniły się nie rupiecie, tylko lśniący chrom, wytłaczana skóra, błyszczący lakier.

– Motocykle?

Jace przerzucił nogę przez siodełko wielkiego, czerwonego harleya ze złotymi płomieniami na zbiorniku paliwa i na zderzakach. Zerknął na nią przez ramię.

– Wskakuj.

Clary wytrzeszczyła oczy.

– Żartujesz? Umiesz w ogóle tym jeździć? Masz kluczyki?

– Nie potrzebuję kluczyków – odparł Jace. – One są zasilane demoniczną energią. Wsiadasz czy wolisz jechać sama?

Clary usiadła za nim na siodełku. Gdzieś w głębi umysłu cichy głos szeptał jej, że to bardzo zły pomysł.

– Dobrze, a teraz mnie obejmij – powiedział Jace.

Poczuła, że twarde mięśnie jego brzucha napinają się, kiedy się pochylił i włożył czubek steli do stacyjki. Ku zdumieniu Clary motocykl obudził się z pomrukiem do życia. Ukryty w jej kieszeni Simon zapiszczał głośno.

– Wszystko w porządku – uspokoiła go. – Jace! – krzyknęła ponad warkotem silnika. – Co robisz?

Odkrzyknął coś, co zabrzmiało jak:

– Włączam ssanie!

– Pospiesz się!

W tym momencie drzwi otworzyły się z hukiem, wyrwane z zawiasów. Wilki wypadły na dach i popędziły prosto ku nim. Nad nimi leciały wampiry, wypełniając nocne powietrze wrzaskami drapieżców.

Motocykl ruszył tak gwałtownie, że żołądek Clary obił się o kręgosłup. Kurczowo chwyciła za pasek Jace'a, gdy wystrzelili do przodu jak z procy. Opony ślizgały się na dachówkach, wilki ze skowytem pierzchały przed nimi na boki. Jace coś krzyknął, ale jego słowa zagłuszył hałas kół, wiatru i silnika. Skraj dachu zbliżał się bardzo szybko. Clary chciała zamknąć oczy, ale z jakiegoś powodu trzymała je szeroko otwarte, kiedy przemknęli nad gzymsem i runęli jak kamień ku ziemi, dziesięć pięter w dół.

***

Jeśli Clary krzyczała, później tego nie pamiętała. To było jak jazda kolejką górską, kiedy tory gwałtownie opadają, a człowiek mknie w pustkę, bezsensownie macha rękami, a żołądek owija mu się wokół uszu. Gdy motocykl wyrównał lot z silnym szarpnięciem i krztuszeniem silnika, właściwie nie była zaskoczona. Zamiast pędzić w dół, teraz wznosili się ku niebu usianemu diamentami.

Clary obejrzała się i zobaczyła grupę wampirów stojących na dachu, otoczonych przez wilki. Odwróciła głowę. Miała nadzieję, że nigdy więcej nie zobaczy tego hotelu.

Jace wydawał z siebie dzikie okrzyki radości i ulgi. Clary ciasno objęła go w pasie.

– Mama zawsze mówiła, że mnie zabije, jeśli przejadę się z chłopcem na motorze! – zawołała, przekrzykując świst wiatru w uszach i ogłuszający huk silnika.

Nie mogła usłyszeć śmiechu Jace'a, ale poczuła, że brzuch mu się trzęsie.

– Nie powiedziałaby tego, gdyby mnie znała! – odkrzyknął z przekonaniem. – Jestem świetnym motocyklistą.

W tym momencie Clary coś się przypomniało.

– Mówiliście, zdaje się, że tylko niektóre z pojazdów wampirów mogą latać?

Jace zręcznie ominął światła uliczne, które właśnie zmieniły się z czerwonych na zielone. Clary słyszała klaksony samochodów, syreny ambulansów, syk drzwi autobusów zatrzymujących się na przystankach, ale nie śmiała spojrzeć w dół.

– To prawda!

– Skąd wiedziałeś, że to akurat jeden z nich?

– Nie wiedziałem! – Jace wykonał jakiś manewr, po którym motocykl uniósł się prawie pionowo w powietrze.

Clary wrzasnęła.

– Powinnaś spojrzeć w dół! Jest fantastycznie!

W końcu ciekawość zwyciężyła. Clary przełknęła ślinę i otworzyła oczy, pokonując strach i zawroty głowy.

Znajdowali się wyżej, niż przypuszczała. Przez chwilę ziemia wirowała pod nią jak szalona, tworząc rozmazany krajobraz świateł i cieni. Oddalali się od parku, lecąc na wschód w stronę autostrady, która wiła się po prawej stronie miasta.

Clary czuła drętwienie w rękach, ucisk w piersi. Widok rzeczywiście był piękny: wysoki las wież ze srebra i szkła, szary połyskujący pas East River, która wcinała się między Manhattan a przedmieścia jak blizna. Jej włosy rozwiewał zimny wiatr, przyjemnie chłodził skórę po wielu dniach upału i lepkiego powietrza. Ale do tej pory jeszcze nigdy nie leciała samolotem, więc przerażała ją pusta przestrzeń dzieląca ich od ziemi. Nie mogła się powstrzymać przed mrużeniem oczu, kiedy mknęli nad rzeką. Przed Mostem Queensboro Jace zawrócił na południe, w dół wyspy. Niebo zaczynało jaśnieć, w oddali Clary widziała skrzący się łuk Mostu Brooklyńskiego, a za nim na horyzoncie zarys Statuy Wolności.

– Wszystko w porządku?! – zawołał Jace.

Clary nie odpowiedziała, tylko jeszcze mocniej objęła go w pasie. Jace zatoczył koło i poleciał w stronę mostu. Clary widziała gwiazdy między linami. Po moście jechał z turkotem pociąg, wiozący zaspanych pasażerów. Ona też często jeździła tą linią. Nagle poczuła zawroty głowy. Mocno zacisnęła powieki, walcząc z mdłościami.

– Clary?! Dobrze się czujesz?

Potrząsnęła głową, nie otwierając oczu, samotna w ciemności, na wietrze, z mocno dudniącym sercem. Raptem coś ostrego podrapało ją w pierś. Nie zareagowała w pierwszej chwili, ale drapanie stawało się coraz bardziej natarczywe. Rozchyliła powiekę i zobaczyła, że szczur wystawił łepek z kieszeni i niecierpliwie szarpie pazurkami jej kurtkę.

– Wszystko w porządku, Simon – powiedziała z wysiłkiem, nie patrząc w dół. – To był tylko most...

Simon drapnął ją znowu i wskazał łapką na nabrzeże Brooklynu znajdujące się po ich lewej stronie. Oszołomiona Clary spojrzała w tamtą stronę i ponad linią magazynów i fabryk zobaczyła żółty skrawek słońca, niczym brzeg złotej monety.

– Tak, bardzo ładny wschód słońca – powiedziała, zamykając oczy.

Jace cały zesztywniał, jakby został postrzelony.

– Wschód słońca?! – wrzasnął i gwałtownie skręcił w prawo.

Clary otworzyła oczy i stwierdziła, że pędzą ku wodzie, która już zaczynała przybierać migotliwą niebieskawą barwę w porannym brzasku. Przysunęła się do Jace'a, uważając, żeby nie zgnieść Simona.

– Co ci się nie podoba we wschodzie słońca?

– Przecież ci mówiłem! Te motory jeżdżą na demonicznej energii! – Zwolnił tak bardzo, że lecieli teraz na poziomie rzeki, prawie ślizgali się po jej powierzchni, kołami wzbijając pianę. Woda pryskała Clary w twarz. – Kiedy wzejdzie słońce...

Silnik zaczął się dławić. Jace zaklął soczyście i dodał gazu. Motocykl skoczył do przodu, znowu się zakrztusił i szarpnął pod nimi jak koń stający dęba. Jace wciąż jeszcze przeklinał, kiedy słońce wyjrzało zza horyzontu, zalewając świat niszczycielskim blaskiem. Clary widziała każdą skałę, każdy kamyk, gdy przemknęli nad wąskim nabrzeżem Brooklynu i znaleźli się nad autostradą, już pełną samochodów. Z trudem ją pokonali, muskając kołami dach przejeżdżającej ciężarówki. Dalej ciągnął się zaśmiecony parking ogromnego supermarketu.

– Trzymaj się mocno! – krzyknął Jace, kiedy motocykl zakaszlał i szarpnął się pod nimi. – Trzymaj się, Clary...

Motor pochylił się gwałtownie i uderzył w asfalt, najpierw przednimi kołami. Chwiejąc się, wystrzelił do przodu, a następnie wszedł w długi ślizg, podskakując na nierównym gruncie. Głowa Clary kiwała się w tył i w przód z taką siłą, że omal nie pękł jej kark. W powietrzu rozszedł się swąd spalonej gumy. Choć motor zwolnił, uderzył w betonowe ogrodzenie parkingu z takim impetem, że Clary puściła pasek Jace'a i wyleciała z siodełka. Przed upadkiem ledwo zdążyła zwinąć się w kłębek. Ręce trzymała sztywno przed sobą i modliła się, żeby Simon nie został zmiażdżony, kiedy runęli na ziemię.

Poczuła silny ból w ramieniu. Coś chlusnęło jej w twarz. Zakaszlała, przetoczyła się na plecy i chwyciła za kieszeń. Była pusta. Próbowała wymówić imię Simona, ale zabrakło jej tchu. Ze świstem wciągnęła powietrze. Twarz miała mokrą, wilgoć spływała jej za kołnierz.

Czy to krew? Zamroczona otworzyła oczy. Cała była poobijana, ramiona bolały ją i piekły jak otarte do żywego mięsa. Leżała na boku, do połowy w kałuży brudnej wody. Zobaczyła szczątki motocykla zamieniające się w kupkę popiołu, kiedy padły na nie pierwsze promienie słońca.

Jace z trudem dźwignął się na nogi i puścił się biegiem w jej stronę. Po paru krokach zwolnił. Rękaw koszuli miał oderwany, przez całą lewą rękę biegło długie krwawe zadrapanie. Twarz pokryta potem, kurzem i krwią była biała jak płótno pod szopą ciemnozłotych włosów. Clary nie rozumiała, dlaczego Jace patrzy na nią w ten sposób. Czyżby jej urwana noga leżała po drugiej stronie parkingu w kałuży krwi?

Gdy zaczęła się podnosić, poczuła dłoń na ramieniu.

– Clary?

– Simon!

Klęczał obok niej i mrugał oszołomiony, jakby również nie mógł uwierzyć własnym oczom. Ubranie miał pogniecione i brudne. Zgubił gdzieś okulary, ale poza tym był cały i zdrowy. Bez szkieł wydawał się młodszy, bezbronny i nieco zdezorientowany. Dotknął jej twarzy, ale Clary cofnęła się gwałtownie.

– Au!

– Nic ci nie jest? – zapytał z troską w głosie. – Wyglądasz świetnie. Jeszcze nigdy nie widziałem...

– To dlatego że nie masz okularów – powiedziała Clary słabym głosem.

Spodziewała się ciętej riposty, ale Simon tylko ją objął i mocno przytulił. Jego ubranie cuchnęło krwią, potem i brudem, serce biło jak oszalałe. Choć bolały ją otarte miejsca na ciele, czuła ulgę, że nic mu nie jest.

– Clary – powiedział ochryple. – Myślałem... myślałem, że ty...

– Nie wrócę po ciebie? Oczywiście, że wróciłam. Oczywiście.

Również go objęła. Wszystko w nim było znajome, od spranego T-shirtu po obojczyk, na którym spoczywała jej broda. Znowu wymówił jej imię, a ona pogłaskała go po plecach kojącym gestem. Kiedy obejrzała się przez ramię, zobaczyła, że Jace odwraca głowę, jakby blask wstającego słońca raził go w oczy.

16

Spadające anioły

Hodge był wściekły. Kiedy Clary i chłopcy weszli do Instytutu, kuśtykający, cali brudni i zakrwawieni, czekał na nich w holu, a za nim czaili się Isabelle i Alec. Na ich widok od razu zaczął wygłaszać kazanie, którego nie powstydziłaby się Jocelyn. Nie omieszkał im wypomnieć, że go okłamali, i oświadczył, że nigdy więcej nie zaufa Jace'owi. Do przemowy dorzucił również kilka uwag o łamaniu Prawa, wyrzuceniu z Clave, hańbie dla starego rodu Waylandów. Na koniec przeszył Jace'a wzrokiem.

– Swoją samowolą naraziłeś innych na niebezpieczeństwo. Tego incydentu nie pozwolę ci zbyć wzruszeniem ramion!

– Nie mogę niczego zbyć wzruszeniem ramion – powiedział Jace. – Mam jedno zwichnięte.

– Nie łudzę się, że fizyczny ból będzie dla ciebie nauczką – rzekł z ponurą furią Hodge. – Po prostu następne dni spędzisz w izbie chorych, a Alec i Isabelle będą cię obskakiwać. Pewnie ci się to spodoba.

Nauczyciel miał rację, ale nie we wszystkim: Jace i Simon wylądowali w izbie chorych, ale opiekowała się nimi tylko Isabelle.

Clary – która poszła się umyć – zjawiła się kilka godzin później. Hodge opatrzył jej opuchnięte stłuczone ramię, a dwadzieścia minut pod prysznicem zmyło drobinki asfaltu z jej skóry, lecz nadal była cała obolała.

Kiedy zamknęła za sobą drzwi, Alec, który siedział na parapecie i wyglądał jak chmura gradowa, łypnął na nią spode łba.

– A, to ty.

Zignorowała go.

– Hodge powiedział, że niedługo przyjdzie, i ma nadzieję, że uda się wam podtrzymać tlące się w was iskierki życia, zanim tu dotrze – powiedziała do Simona i Jace'a. – Albo coś w tym stylu.

– Wolałbym, żeby się pospieszył – burknął Jace. Siedział na łóżku w brudnym ubraniu, oparty o puchate poduszki.

– Dlaczego? – zapytała Clary. – Coś cię boli?

– Nie. Mam wysoki próg bólu. Nawet nie tyle próg, ile duże i gustownie urządzone foyer. Ale łatwo się nudzę. – Mrugnął do niej. – Pamiętasz, jak mi obiecałaś w hotelu, że jeśli przeżyjemy, ubierzesz się w strój pielęgniarki i umyjesz mnie gąbką?

– Chyba źle usłyszałeś – stwierdziła Clary. – To Simon obiecał ci mycie gąbką.

Jace mimo woli zerknął na Simona, a ten uśmiechnął się do niego szeroko i powiedział:

– Jak tylko stanę z powrotem na nogach, przystojniaku.

Clary zaśmiała się i podeszła do przyjaciela, który najwyraźniej czuł się nieswojo wśród tuzina poduszek i koców. Usiadła na brzegu łóżka.

– Jak się czujesz?

– Jakby ktoś wymasował mnie tarką do sera. – Simon skrzywił się, podciągając nogi. – Mam złamaną kość w stopie. Była tak spuchnięta, że Isabelle musiała rozciąć mi but.

– Cieszę się, że dobrze się tobą opiekuje. – Clary pozwoliła sobie na nutę sarkazmu w głosie.

Simon pochylił się, nie odrywając od niej wzroku.

– Chciałbym z tobą porozmawiać.

Clary z lekkim ociąganiem skinęła głową.

– Idę do swojego pokoju. Przyjdź do mnie, jak tylko Hodge was poskłada, dobrze?

– Jasne.

Ku jej zaskoczeniu pocałował ją w policzek. Było to zaledwie muśnięcie wargami, ale kiedy się odsunęła, poczuła rumieniec na twarzy. Pewnie dlatego że wszyscy się na nas gapili, pomyślała, wstając.

Na korytarzu zdeprymowana dotknęła policzka. Przyjacielskie cmoknięcie niewiele znaczyło, ale zupełnie nie leżało w charakterze Simona. Może próbował dać coś do zrozumienia Isabelle? Mężczyźni! Trudno dojść z nimi do ładu. I jeszcze na dodatek Jace, z tym swoim zachowaniem rannego księcia. Dobrze, że wyszła, nim zaczął się skarżyć na szorstką pościel.

– Clary!

Odwróciła się zaskoczona. Korytarzem biegł za nią Alec. Zatrzymał się, kiedy ona przystanęła.

– Muszę z tobą porozmawiać.

Spojrzała na niego zaskoczona.

– O czym?

Zawahał się. Z bladą cerą i ciemnoniebieskimi oczami był równie piękny jak jego siostra, ale w przeciwieństwie do niej robił wszystko, żeby nie przyciągać uwagi. Nosił rozciągnięte swetry, jego włosy wyglądały, jakby sam je obcinał po ciemku. Najwyraźniej czuł się nieswojo we własnej skórze.

– Myślę, że powinnaś wrócić do domu – powiedział.

Clary wiedziała, że Alec jej nie lubi, ale mimo to odebrała jego słowa jak policzek.

– Ostatnim razem, kiedy tam byłam, roiło się w nim od Wyklętych i Pożeraczy. Z kłami. Wierz mi, że bardzo chciałabym wrócić do domu, ale...

– Na pewno masz krewnych, u których mogłabyś się zatrzymać. – W jego głosie brzmiała nuta desperacji.

– Nie mam. Poza tym Hodge chce, żebym została.

– Niemożliwe. To znaczy, nie po tym, co zrobiłaś...

– A co zrobiłam?

Alec przełknął ślinę.

– Omal nie zabiłaś Jace'a.

– Omal... O czym ty mówisz?

– Pobiegłaś na ratunek swojemu przyjacielowi... Wiesz, na jakie niebezpieczeństwo go naraziłaś? Wiesz...

– Masz na myśli Jace'a? – przerwała mu Clary. – Dla twojej wiadomości: cała ta wyprawa to był jego pomysł. To on zapytał Magnusa, gdzie jest kryjówka wampirów. Zakradł się do kościoła po broń. Gdybym z nim nie poszła, zrobiłby to sam.

– Nic nie rozumiesz – stwierdził Alec. – Nie znasz go, a ja tak. On uważa, że musi ratować świat, i jest gotów nawet zginąć. Czasami myślę, że on naprawdę chce umrzeć, ale to nie znaczy, że powinnaś go do tego zachęcać.

– Nie łapię. Jace jest Nefilim, a przecież wy właśnie to robicie. Ratujecie ludzi, zabijacie demony, narażacie się na niebezpieczeństwo. Pod jakim względem ta ostatnia noc była wyjątkowa?

Alec stracił panowanie nad sobą.

– Pod takim, że mnie zostawił! – krzyknął. – Normalnie byłbym razem z nim, osłaniałbym go, pilnował jego pleców, dbał o bezpieczeństwo. Ale ty... ty jesteś kulą u nogi, Przyziemna. – To ostatnie słowo rzucił jak zniewagę.

– Jestem Nefilim, tak jak wy – oświadczyła Clary.

Alec wykrzywił usta.

– Może. Ale bez wyszkolenia jesteś niezbyt przydatna, prawda? Twoja matka wychowała cię w zwykłym świecie i tam jest twoje miejsce. Nie tutaj, bo przez ciebie Jace zachowuje się... jakby nie był jednym z nas. Zmuszasz go, żeby łamał przysięgę Clave, żeby naruszał Prawo...

– Wiadomość z ostatniej chwili – warknęła Clary. – Do niczego go nie zmuszam. Jace robi, co chce. Ty powinieneś to wiedzieć najlepiej.

Spojrzał na nią, jakby była szczególnie odrażającym rodzajem demona, jakiego nigdy wcześniej nie widział.

– Wy, Przyziemni, jesteście strasznymi egoistami. Nie macie pojęcia, co Jace dla was zrobił, jak bardzo się narażał. Nie mówię tylko o jego bezpieczeństwie. Już stracił ojca i matkę. Chcesz, żeby jeszcze stracił tę rodzinę, która mu pozostała?

Wściekłość wezbrała w Clary jak czarna fala. Na Aleca, bo po części miał rację. Na wszystko i wszystkich: na oblodzoną drogę, która zabrała jej ojca, zanim ona się urodziła, na Simona, że omal nie dał się zabić, na Jace'a za to, że jest męczennikiem i nie dba o to, czy zginie. Na Luke'a za udawanie, że mu na niej zależy, podczas gdy to wszystko okazało się kłamstwem. I na Jocelyn za to, że nie była nudną, normalną, chaotyczną matką, którą zawsze udawała, ale kimś zupełnie innym, osobą heroiczną, wyjątkową i dzielną, jakiej Clary nigdy nie znała. I nie było jej tutaj, kiedy ona najbardziej jej potrzebowała.

– Porozmawiajmy o egoizmie – wycedziła tak zjadliwym tonem, że Alec zrobił krok do tyłu. – Nie dbasz o nikogo na tym świecie oprócz siebie, Lightwood. Nic dziwnego, że nie zabiłeś ani jednego demona. Za bardzo się o siebie boisz.

– Kto ci to powiedział? – wykrztusił Alec.

– Jace.

Zachwiał się, jakby go spoliczkowała.

– On by tego nie zrobił.

– Ale zrobił. – Clary widziała, jak bardzo go zraniła, i poczuła zadowolenie Teraz dla odmiany niech pocierpi ktoś inny. – Możesz gadać, ile chcesz, o honorze, uczciwości i o tym, że Przyziemni nie mają ani jednego, ani drugiego, ale gdybyś był uczciwy, przyznałbyś, że cały ten raban podniosłeś dlatego, że go kochasz. To nie ma nic wspólnego z...

Alec zareagował błyskawicznie. Pchnął ją na ścianę tak mocno, że uderzyła tyłem czaszki w drewnianą boazerię, a w jej głowie rozległ się ostry trzask. Jego twarz znalazła się kilka cali od jej twarzy, usta wyglądały jak biała kreska, oczy były wielkie i czarne.

– Nie waż się nigdy, przenigdy powiedzieć mu czegoś takiego, bo cię zabiję – wyszeptał. – Przysięgam na Anioła, że cię zabiję.

Ból w ramionach, za które ją trzymał, stał się tak silny, że Clary syknęła mimo woli. Alec zamrugał, jakby się budził, i puścił ją raptownie. Bez słowa odwrócił się i popędził z powrotem do izby chorych. Zataczał się, jakby był pijany albo miał zawroty głowy.

Clary rozmasowała obolałe ramiona, patrząc za nim, przerażona tym, co zrobiła.

Dobra robota. Teraz naprawdę się postarałaś, żeby cię znienawidził.

***

Od razu padła na łóżko, ale mimo wyczerpania sen nie przychodził. W końcu wyjęła z plecaka szkicownik i zaczęła rysować, trzymając go na kolanach. Z początku kreśliła coś od niechcenia. Detal kruszącej się fasady hotelu wampirów: gargulec z kłami i wyłupiastymi oczami. Pusta ulica, samotna latarnia otoczona sadzawką żółtego blasku, mroczna postać oparta o słup. Narysowała Raphaela w zakrwawionej białej koszuli, z blizną na gardle. Potem Jace'a na dachu, patrzącego w dół z wysokości dziesięciu pięter. Nie bał się, tylko sprawiał wrażenie, jakby korcił go skok, jakby był pełen wiary we własną niezwyciężoność. Przedstawiła go ze skrzydłami wygiętymi w łuk jak na posągu anioła w Mieście Kości.

W końcu zaczęła szkicować matkę. Powiedziała Jace'owi, że po przeczytaniu Szarej Księgi nie czuje się inaczej, i w dużej części to była prawda. Teraz jednak, kiedy próbowała wyobrazić sobie twarz Jocelyn, uświadomiła sobie, że w jej wspomnieniach jedno się zmieniło. Teraz widziała jej blizny, małe białe ślady pokrywające plecy i ramiona matki, jakby stała w śnieżycy.

Świadomość, że jej obraz, który nosiła w sobie całe życie, był maską, bolała. Clary wsunęła szkicownik pod poduszkę. Piekły ją oczy.

Nagle rozległo się pukanie do drzwi. Ciche, niepewne. Clary szybko wytarła oczy.

– Wejdź.

To był Simon. Dopiero teraz zwróciła uwagę na to, w jakim jest stanie. Nie wziął prysznica, ubranie miał podarte i brudne, włosy splątane. Zawahał się w progu, dziwnie oficjalny.

Clary przesunęła się w bok, robiąc mu miejsce na łóżku. Nie czuła się niezręcznie. Przez lata sypiali nawzajem w swoich domach, robili namioty i forty z koców, kiedy byli mali, a potem, gdy podrośli, do późna czytali komiksy.

– Znalazłeś okulary – zauważyła Clary. Jedno szkło było porysowane.

– Miałem je w kieszeni. Przetrwały w lepszym stanie, niż się spodziewałem. Będę musiał napisać miły list do LensCrafters. – Usiadł obok niej ostrożnie.

– Hodge cię opatrzył?

Simon kiwnął głową.

– Tak. Nadal czuję się tak, jakby mnie obito lewarkiem, ale nic mam nic złamanego... już nie. – Gdy na nią spojrzał, jego oczy za zniszczonymi szkłami były takie same jak zawsze: ciemne, poważne, okolone rzęsami, za które dziewczyny są gotowe zabić. – Clary, to, że po mnie przyszłaś, że ryzykowałaś...

– Nic nie mów. – Uniosła rękę. – Ty też zrobiłbyś to dla mnie.

– Oczywiście – powiedział – ale zawsze myślałem, że tak już jest między nami. Wiesz.

Clary odwróciła się twarzą do niego.

– Co masz na myśli? – spytała zdziwiona.

Simon był wyraźnie zaskoczony, że musi wyjaśniać tak oczywiste rzeczy.

– Mam na myśli to, że zawsze ja potrzebowałem ciebie bardziej niż ty mnie.

– To nieprawda – zaprotestowała Clary.

– Prawda – powiedział Simon z irytującym spokojem. – Ty nigdy nikogo tak naprawdę nie potrzebowałaś, Clary. Zawsze byłaś taka... niezależna. W zupełności wystarczały ci ołówki i wymyślone światy. Często musiałem powtarzać coś sześć albo siedem razy, zanim odpowiedziałaś, tak byłaś daleko. Odwracałaś się do mnie z takim zabawnym uśmiechem, a wtedy ja wiedziałem, że całkiem o mnie zapomniałaś i właśnie sobie przypomniałaś o moim istnieniu. Ale nigdy nie byłem na ciebie wściekły. Połowa twojej uwagi jest lepsza niż cała kogoś innego.

Clary ujęła jego rękę. Czuła puls pod skórą.

– Kochałam w życiu tylko trzy osoby – oświadczyła. – Mamę, Luke'a i ciebie. I straciłam wszystkich oprócz ciebie. Nawet nie myśl o tym, że nie jesteś dla mnie ważny.

– Moja mama mówi, że człowiekowi wystarczą tylko trzy osoby, na których może polegać, żeby osiągnąć samorealizację. – Simon mówił lekkim tonem, ale głos mu się łamał. – Twierdzi, że całkiem dobrze się realizujesz.

Clary uśmiechnęła się do niego smutno.

– Czy twoja mama ma jeszcze jakieś inne przemyślenia na mój temat?

– Tak. – Odwzajemnił jej uśmiech. – Ale nie zamierzam ci ich powtórzyć.

– To nie w porządku mieć sekrety!

– A kto powiedział, że świat jest w porządku?

***

W końcu położyli się obok siebie jak w dzieciństwie: ramię przy ramieniu, noga Clary przerzucona przez nogę Simona. Palce jej stóp sięgały tuż poniżej jego kolana. Leżąc na plecach, patrzyli w sufit i rozmawiali. Ten zwyczaj pozostał im z czasów, kiedy sufit w pokoju Clary był ozdobiony gwiazdami namalowanymi fosforyzującą farbą. Podczas gdy Jace pachniał mydłem i limetą, jej przyjaciel roztaczał woń parkingu przed supermarketem, ale Clary to nie przeszkadzało.

– Ciekawe, że żartowałem z Isabelle na temat wampirów tuż przed tym, jak to wszystko się stało. – Simon nawinął na palec kosmyk jej włosów. – Po prostu próbowałem ją rozśmieszyć, wiesz. „Co przeraża żydowskie wampiry? Srebrne gwiazdy Dawida? Siekana wątróbka? Czeki na osiemnaście dolarów?".

Clary parsknęła śmiechem. Simon wyglądał na zadowolonego.

– Isabelle się nie śmiała.

Clary miała ochotę rzucić parę uwag, ale się powstrzymała.

– Nie jestem pewna, czy ten rodzaj humoru odpowiada Isabelle.

Simon zerknął na nią z ukosa.

– Sypia z Jace'em?

Clary pisnęła z zaskoczenia i natychmiast się rozkaszlała, piorunując przyjaciela wzrokiem.

– E, nie. Są praktycznie spokrewnieni. Nie robiliby tego. – Zawahała się. – W każdym razie nie sądzę.

Simon wzruszył ramionami.

– I tak mnie to nie obchodzi.

– Jasne.

– Naprawdę! – Przekręcił się na bok. – Wiesz, z początku myślałem, że Isabelle jest... super. Podniecająca. Inna. Potem, na przyjęciu, zrozumiałem, że jest szalona.

Clary zmrużyła oczy.

– Kazała ci wypić niebieski koktajl?

Simon pokręcił głową.

– To moja wina. Widziałem, jak wychodzisz z Jace'em i Alekiem i... sam nie wiem. Wydałaś się inna niż zwykle. Pomyślałem, że się zmieniłaś i że nie ma dla mnie miejsca w tym twoim nowym świecie. Chciałem zrobić coś, żeby stać się jego częścią. Więc kiedy przechodził ten mały zielony ludzik z tacą z drinkami...

Clary jęknęła.

– Jesteś idiotą.

– Nigdy nie twierdziłem, że jest inaczej.

– Przepraszam. To było okropne?

– Bycie szczurem? Nie. Z początku czułem się zdezorientowany. Nagle znalazłem się na poziomie kostek. Przyszło mi do głowy, że wypiłem wywar zmniejszający, ale nie mogłem dociec, dlaczego mam ochotę gryźć papierki po gumie do żucia.

Clary zachichotała.

– Nie. Miałam na myśli hotel wampirów. Było strasznie?

Zanim Simon odwrócił wzrok, dostrzegła błysk w jego oczach.

– Tak naprawdę to niewiele pamiętam z tego, co się działo między przyjęciem a lądowaniem na parkingu.

– Pewnie tak jest lepiej.

Simon zaczął coś mówić, ale w połowie zdania ziewnął przeciągle i umilkł. W pokoju z wolna robiło się coraz ciemniej. Clary wyplątała się z pościeli, wstała z łóżka i rozsunęła zasłony. Na zewnątrz miasto było skąpane w czerwonawym blasku zachodzącego słońca. Pięćdziesiąt przecznic dalej, w śródmieściu, srebrny dach Chrysler Building jarzył się jak pogrzebacz zbyt długo pozostawiony w ogniu.

– Słońce zachodzi. Może powinniśmy pomyśleć o kolacji?

Nie doczekawszy się reakcji, Clary odwróciła się i zobaczyła, że Simon śpi z rękami założonymi pod głową i rozrzuconymi nogami. Westchnęła, podeszła do łóżka, zdjęła mu okulary i położyła je na szafce nocnej. Nie potrafiłaby zliczyć, ile razy w nich zasypiał, a potem budził go trzask pękających szkieł.

Gdzie teraz będę spać? – pomyślała. Co prawda, nie miała nic przeciwko dzieleniu łóżka z Simonem, ale nie zostawił jej dużo miejsca. Zastanawiała się, czy go nie obudzić, ale wyglądał tak spokojnie. Poza tym nie była śpiąca. Właśnie sięgała po szkicownik, kiedy rozległo się pukanie do drzwi.

Przeszła na bosaka przez pokój i cicho przekręciła gałkę. To był Jace. Wykąpany, w świeżych dżinsach i szarej koszuli. Umyte włosy tworzyły złotą wilgotną aureolę wokół jego głowy. Siniaki na twarzy już zmieniały kolor z fioletowego na szary. Ręce trzymał za plecami.

– Spałaś? – zapytał.

– Nie. – Clary wyszła na korytarz i zamknęła za sobą drzwi. – Dlaczego tak pomyślałeś?

Zmierzył wzrokiem jej błękitny top i krótkie spodenki.

– Bez powodu.

– Większą część dnia spędziłam w łóżku – powiedziała zgodnie z prawdą. Na widok Jace'a poziom jej zdenerwowania skoczył w górę o tysiąc procent, ale nie widziała powodu, żeby dzielić się z nim tą informacją. – A ty? Nie jesteś zmęczony?

Jace pokręcił głową.

– Tak samo jak poczta, łowcy demonów nigdy nie śpią. Ani śnieg, ani deszcz, ani upał, ani mrok nocy ich nie zatrzyma...

– Miałbyś poważne kłopoty, gdyby przeszkadzał ci mrok nocy – zauważyła Clary.

Jace uśmiechnął się szeroko. W przeciwieństwie do włosów, jego zęby nieco odbiegały od ideału. Górny siekacz był lekko, uroczo wyszczerbiony.

Clary objęła się rękoma. Na korytarzu panował taki chłód, że dostała gęsiej skórki.

– Co tutaj robisz, tak przy okazji?

– „Tutaj", czyli w twojej sypialni, czy „tutaj" jak w filozoficznym pytaniu o sens naszego pobytu na tej planecie? Jeśli pytasz mnie, czy życie to tylko kosmiczny przypadek, czy istnieje jakiś metaetyczny cel egzystencji, cóż, od wieków stanowi to wielką zagadkę. Prosty ontologiczny redukcjonizm jest błędnym podejściem, ale..

– Idę do łóżka. – Clary sięgnęła do gałki.

Jace wśliznął się zręcznie między nią a drzwi.

– Jestem tutaj, bo Hodge przypomniał mi, że są twoje urodziny – powiedział.

Clary sapnęła z irytacją.

– Dopiero jutro.

– Nie ma powodu, żebyśmy nie mogli zacząć świętować już teraz.

Zmierzyła go wzrokiem.

– Unikasz Aleca i Isabelle.

Pokiwał głową.

– Oboje próbują sprowokować mnie do kłótni.

– Z tego samego powodu?

– Nie mam pojęcia. – Zerknął czujnie w jedną i w drugą stronę korytarza. – Wszyscy chcą ze mną rozmawiać. Hodge też. Wszyscy z wyjątkiem ciebie. Założę się, że ty nie chcesz ze mną rozmawiać.

– Istotnie – potwierdziła Clary. – Chcę jeść. Umieram z głodu.

Jace wyjął rękę zza pleców. Trzymał w niej zmiętą papierową torbę.

– Wykradłem trochę jedzenia z kuchni, kiedy Isabelle nie patrzyła.

Clary się uśmiechnęła.

– Piknik? Jest trochę za późno na Central Park, nie sądzisz? Roi się w nim od...

Jace machnął ręką.

– Skrzatów. Wiem.

– Zamierzałam powiedzieć: rabusiów. Choć żal mi rabusia, który pójdzie za tobą.

– To mądra postawa i pochwalam cię za nią – rzekł Jace z zadowoleniem. – Ale nie myślałem o Central Parku. Co powiesz na oranżerię?

– Teraz? W nocy? Nie będzie ciemno?

Jace uśmiechnął się tajemniczo.

– Chodź, pokażę ci.

17

Kwiat północy

Wielkie puste pokoje, które mijali w drodze na dach, wyglądały jak opuszczone sceniczne dekoracje. Meble zakryte białymi pokrowcami majaczyły w półmroku niczym góry lodowe we mgle.

Kiedy Jace otworzył drzwi oranżerii, Clary uderzyły pomieszane zapachy: intensywna woń ziemi, silniejszy, mydlany aromat kwiatów rozwijających się nocą – powoju białego, anielskich trąb, dziwaczka i paru innych, których nie rozpoznawała, jak na przykłada roślina o żółtych kwiatach w kształcie gwiazdy. Przez szklane drzwi widziała światła Manhattanu jaśniejące jak zimne klejnoty.

– O rany! – Obróciła się powoli, chłonąc widok. – Jak tu pięknie w nocy.

Jace uśmiechnął się szeroko.

– I mamy to miejsce tylko dla siebie. Alec i Isabelle go nie cierpią. Są alergikami.

Clary zadrżała, choć wcale nie było zimno.

– Co to za kwiaty?

Jace wzruszył ramionami i usiadł ostrożnie obok lśniącego zielonego krzewu obsypanego ciasno zwiniętymi pączkami.

– Nie mam pojęcia. Myślisz, że interesuje mnie klasyfikacja botaniczna? Nie zamierzam zostać archiwistą. Nie muszę wiedzieć wszystkiego.

– Wystarczy, żebyś umiał zabijać?

Spojrzał na nią i się uśmiechnął. Gdyby nie ten diaboliczny grymas, wyglądałby jak jasnowłosy anioł z obrazu Rembrandta.

– Właśnie. – Wyjął z torby pakunek owinięty w serwetkę i podał go Clary. – W dodatku robię marne kanapki z serem. Spróbuj.

Clary uśmiechnęła się niechętnie i usiadła naprzeciwko niego. Kamienna podłoga oranżerii przyjemnie chłodziła jej gołe nogi po wielu dniach niesłabnącego upału. Z papierowej torby Jace wyjął jeszcze jabłka, tabliczkę czekolady z owocami i orzechami, butelkę wody.

– Niezła zdobycz – zauważyła Clary.

Kanapki z serem były ciepłe i wilgotne, ale smakowały dobrze. Z jednej z niezliczonych kieszeni kurtki Jace wyłowił nóż z kościaną rączką, obrał jabłka, a następnie pociął je na staranne ósemki.

– Wprawdzie nie przyniosłem tortu urodzinowego, ale mam nadzieję, że to lepsze niż nic – powiedział, podając jej cząstkę.

– „Nic" to właśnie to, czego się spodziewałam, więc dzięki. – Clary odgryzła kawałek owocu. Był zielony i chłodny.

– Nie powinno tak być, że nic się nie dostaje na urodziny. – Jace zaczął obierać drugie jabłko. Skórka odchodziła od miąższu długimi, zwijającymi się paskami. – To wyjątkowa chwila. Moje zawsze były jedynym dniem, w którym ojciec mówił, że mogę robić, co chcę, i dostać wszystko, czego zapragnę.

– Wszystko? – Clary się zaśmiała. – Na przykład co?

– Kiedy miałem pięć lat, zamarzyła mi się kąpiel w spaghetti.

– Ale ci nie pozwolił?

– W tym rzecz, że pozwolił. Stwierdził, że moja zachcianka nie jest droga, więc dlaczego nie? Kazał służącym napełnić wannę wrzątkiem i makaronem, a kiedy woda ostygła... – Jace wzruszył ramionami. – Wykąpałem się.

Służący? Clary nie wypowiedziała tej myśli na głos, tylko zapytała:

– I jak było?

– Ślisko.

– Założę się. – Próbowała wyobrazić go sobie jako małego roześmianego chłopca, siedzącego po uszy w makaronie, ale obraz jakoś nie chciał się uformować w jej głowie. Z pewnością Jace nigdy nie chichotał, nawet w wieku pięciu lat. – O co jeszcze prosiłeś?

– Przeważnie o broń, co na pewno cię nie dziwi. O książki. Dużo czytałem.

– Nie chodziłeś do szkoły?

– Nie. – Mówił wolno, jakby zbliżyli się do tematu, którego nie chciał poruszać.

– Ale twoi przyjaciele...

– Nie miałem przyjaciół. Oprócz ojca. Nikogo więcej nie potrzebowałem.

Clary wytrzeszczyła oczy.

– Żadnych przyjaciół?

Jace wytrzymał jej spojrzenie.

– Aleca spotkałem, kiedy skończyłem dziesięć lat. Wtedy po raz pierwszy poznałem inne dziecko w moim wieku. Po raz pierwszy miałem przyjaciela.

Clary spuściła wzrok. W jej głowie nieproszony pojawił się obraz Aleca. Przypomniała sobie, jak na nią patrzył. On by tego nie zrobił.

– Nie współczuj mi – powiedział Jace, jakby czytał w jej myślach, choć to nie jemu współczuła. – Dał mi najlepsze wykształcenie, najlepsze szkolenie. Pokazał mi cały świat. Londyn, Petersburg, Egipt. Lubiliśmy podróżować. – Jego oczy pociemniały. – Nie byłem nigdzie, odkąd umarł. Nigdzie poza Nowym Jorkiem.

– Jesteś szczęściarzem – stwierdziła Clary. – Ja nigdy w życiu nie byłam poza tym stanem. Mama nie puszczała mnie nawet na szkolne wycieczki do D.C. – Po chwili dodała z żalem: – Teraz domyślam się, dlaczego.

– Bała się, że zwariujesz? Że zobaczysz demony w Białym Domu?

Clary ułamała kawałek czekolady.

– A są demony w Białym Domu?

– Żartowałem. Chyba. – Wzruszył ramionami. – Na pewno ktoś by o tym gdzieś wspomniał.

– Myślę, że po prostu nie chciała, żebym za bardzo się od niej oddalała. Zmieniła się po śmierci mojego taty.

W jej głowie rozbrzmiał głos Luke'a: „Nie jesteś sobą, odkąd to się stało, ale Clary to nie Jonathan".

Jace uniósł brew.

– Pamiętasz swojego ojca?

Clary pokręciła głową.

– Nie. Umarł, zanim się urodziłam.

– Masz szczęście – skwitował Jace. – Przynajmniej za nim nie tęsknisz.

Takie słowa w ustach kogoś innego zabrzmiałyby strasznie, ale w głosie Jace'a nie było goryczy, tylko ból samotności.

– Czy to przejdzie? – zapytała Clary. – To znaczy, tęsknota?

Jace spojrzał na nią z ukosa.

– Myślisz o swojej matce?

Nie. Nie chodziło jej o matkę.

– Właściwie o Luke'u.

– Wiesz, że to nie jest jego prawdziwe imię. – Jace ugryzł w zadumie jabłko. – Zastanawiałem się nad nim i coś w jego zachowaniu mi nie pasuje...

– Jest tchórzem – stwierdziła Clary z rozgoryczeniem. – Słyszałeś, co powiedział. Nie wystąpi przeciwko Valentine'owi. Nawet dla mojej matki.

– Ale właśnie to... – W tym momencie z daleka dobiegło bicie dzwonu. – Północ. – Jace odłożył nóż, wstał i wyciągnął do niej rękę. Jego palce lekko kleiły się od soku. – Patrz.

Wzrok miał utkwiony w zielonym krzewie przy którym siedzieli. Clary już miała go spytać, na co ma patrzeć, ale Jace uciszył ją gestem ręki. Jego oczy błyszczały.

– Zaczekaj chwilę.

Nagle jeden z ciasno zwiniętych pączków zaczął drżeć. Po chwili zrobił się dwukrotnie większy i pękł. Wrażenie było takie, jakby oglądali film w przyspieszonym tempie. Delikatne zielone łodygi otworzyły się, uwalniając ściśnięte w środku płatki oprószone jasnozłotym pyłkiem lekkim jak talk.

– Och! – wykrzyknęła Clary i zobaczyła, że Jace ją obserwuje. – Zakwitają co noc?

– Tylko o północy. Wszystkiego najlepszego, Clarisso Fray.

Clary była dziwnie poruszona.

– Dziękuję.

– Mam coś dla ciebie – powiedział Jace.

Sięgnął do kieszeni, coś z niej wyjął i wcisnął jej do ręki. Był to szary kamień, trochę nierówny, miejscami zupełnie wygładzony.

– Hm – mruknęła Clary, obracając go w palcach. – Wiesz, kiedy dziewczyny mówią, że marzą o dużym kamieniu, nie mają dosłownie na myśli kawałka skały.

– Bardzo zabawne, moja sarkastyczna przyjaciółko. To nie jest skała. Wszyscy Nocni Łowcy mają kamień ze Znakiem czarodziejskiego światła.

– Och. – Clary spojrzała na prezent z nowym zainteresowaniem. Zamknęła wokół niego dłoń, tak jak zrobił to Jace w piwnicy. Nie była pewna, ale wydawało się jej, że widzi blask przesączający się przez palce.

– Zapewni ci światło nawet w największej ciemności tego świata i innych – powiedział Jace.

Clary wsunęła kamyk do kieszeni.

– Dzięki. Miło, że w ogóle coś mi dałeś. – Panujące między nimi napięcie przytłaczało ją jak wilgotne powietrze. – To lepsze niż kąpiel w spaghetti.

– Jeśli z kimś się podzielisz tym osobistym wyznaniem, będę musiał cię zabić – ostrzegł ją Jace ponurym tonem.

– Kiedy miałam pięć lat, chciałam, żeby mama wsadziła mnie do suszarki razem z ubraniami – wyznała Clary. – Różnica jest taka, że ona się nie zgodziła.

– Pewnie dlatego że wirowanie w suszarce może się skończyć fatalnie – zauważył Jace. – Natomiast kąpiel w makaronie rzadko ma śmiertelne skutki. Chyba że ugotuje go Isabelle.

Kwiat północy już gubił płatki. Sfruwały na podłogę, mieniąc się jak okruchy gwiezdnego blasku.

– Kiedy miałam dwanaście lat, zapragnęłam mieć tatuaż – powiedziała Clary. – Na to też mama mi nie pozwoliła.

– Większość Nocnych Łowców otrzymuje pierwsze Znaki w wieku dwunastu lat. Musiałaś mieć to we krwi – powiedział Jace .

– Może. Choć wątpię, czy Nocni Łowcy tatuują sobie na lewym ramieniu Donatella z Żółwi Ninja.

Jace zrobił zakłopotaną minę.

– Chciałaś zrobić sobie żółwia na ramieniu?

– Chodziło mi o zakrycie blizny po szczepieniu na ospę. – Clary odsunęła rękaw topu, pokazując biały ślad w kształcie gwiazdy. – Widzisz?

Jace odwrócił wzrok.

– Robi się późno – stwierdził. – Powinniśmy wracać na dół.

Clary pospiesznie opuściła rękaw. Następne słowa same wypłynęły z jej ust.

– Czy ty i Isabelle... chodziliście kiedyś ze sobą?

Spojrzał na nią pustym wzrokiem. Blask księżyca zmienił barwę jego oczu ze złotych na srebrne.

– Isabelle i ja?

– Myślałam... – Clary poczuła się jeszcze bardziej niezręcznie. – Simon się zastanawiał...

– Może powinien ją zapytać.

– Nie jestem pewna, czy chce – powiedziała Clary. – Zresztą nieważne. To nie moja sprawa.

Jace uśmiechnął się.

– Odpowiedź brzmi: nie. To znaczy, może przyszło nam to kiedyś do głowy, ale ona jest dla mnie prawie jak siostra. Czułbym się dziwnie.

– To znaczy, że ty i Isabelle nigdy...

– Nigdy.

– Ona mnie nienawidzi – stwierdziła Clary.

– Wcale nie. Po prostu przy tobie robi się nerwowa, bo zawsze była jedyną dziewczyną w tłumie adorujących ją chłopców, a teraz przestała być jedyna.

– Przecież jest taka piękna.

– Podobnie jak ty. Ale bardzo się od ciebie różni, z czego zdaje sobie sprawę. Zawsze chciała być drobna i delikatna. Nie może znieść tego, że góruje wzrostem nad większością chłopaków.

Clary nie przychodziła do głowy żadna odpowiedź. Jace nazwał ją piękną. Jeszcze nikt tak o niej nie mówił, z wyjątkiem matki, a ona się nie liczyła. Matki zwykle uważają, że ich dzieci są piękne.

– Powinniśmy wracać na dół – powtórzył Jace.

Clary była pewna, że Jace czuje się nieswojo, kiedy ona tak się na niego gapi, ale nie mogła przestać.

– Dobrze.

Na szczęście jej głos zabrzmiał normalnie. Kolejną ulgą było to, że już nie musiała na niego patrzeć. Księżyc, wiszący teraz bezpośrednio nad nimi, oświetlał wszystko bardzo dokładnie. W jego poświacie Clary zauważyła, że coś leży na podłodze: nóż, którym Jace obierał jabłka. Zrobiła duży krok, żeby go nie nadepnąć, i niechcący wpadła na Jace'a, a on ją przytrzymał, chroniąc przed upadkiem. Kiedy się odwróciła, żeby go przeprosić, nagle znalazła się w jego ramionach.

W pierwszej chwili sprawiał wrażenie, jakby wcale nie chciał jej pocałować. Jego usta spoczywały nieruchomo na jej ustach. Potem objął ją mocniej i przyciągnął do siebie. Jego wargi zmiękły. Clary poczuła słodycz jabłek i szybkie bicie serca Jace'a. Wplotła palce w miękkie, jedwabiste włosy; chciała to zrobić, odkąd pierwszy raz go zobaczyła. W uszach jej szumiało, jakby wokół łopotały dziesiątki skrzydeł...

Nagle Jace odsunął się od niej, lecz nie wypuścił jej z ramion.

– Nie panikuj, ale mamy widownię.

Clary odwróciła głowę. Na gałęzi pobliskiego drzewa siedział Hugo i patrzył na nich błyszczącymi czarnymi oczami. A więc dźwięk, który słyszała, to rzeczywiście był łopot skrzydeł, a nie szał namiętności. Poczuła lekkie rozczarowanie.

– Skoro on tutaj jest, Hodge też musi być w pobliżu – wyszeptał Jace. – Lepiej stąd chodźmy.

– Szpieguje cię? To znaczy, Hodge.

– Nie. Po prostu lubi tutaj przychodzić, żeby pomyśleć. Szkoda... Prowadziliśmy taką błyskotliwą konwersację. – Zaśmiał się.

Ruszyli w dół tą samą drogą, którą przyszli, ale dla Clary była to zupełnie inna podróż. Jace trzymał ją za rękę, co sprawiało, że z każdego miejsca, którego on dotykał: od palców, nadgarstka i wnętrza dłoni rozchodziły się po całym ciele elektryczne impulsy. W jej głowie kłębiły się pytania, ale bała się je zadać, żeby nie zepsuć nastroju. Powiedział „szkoda", więc domyślała się, że wieczór się skończył, przynajmniej jeśli chodzi o całowanie.

Gdy dotarli pod jej drzwi, Clary oparła się o ścianę i spojrzała na Jace'a.

– Dzięki za urodzinowy piknik – powiedziała, siląc się na neutralny ton.

Jace wyraźnie nie miał ochoty puścić jej dłoni.

– Zamierzasz iść spać?

Po prostu jest uprzejmy, pomyślała Clary. Z drugiej strony, to był Jace. On nigdy nie był uprzejmy. Postanowiła odpowiedzieć pytaniem na pytanie.

– A ty nie jesteś zmęczony?

– Jeszcze nigdy nie byłem bardziej rozbudzony.

Pochylił się i ujął jej twarz wolną ręką. Ich usta się zetknęły, z początku lekko, potem mocniej. Dokładnie w tym momencie Simon otworzył drzwi sypialni i wyjrzał na korytarz.

Był rozczochrany, zaspany i bez okularów, ale widział dobrze.

– Co jest, do diabła? – zapytał tak głośno, że Clary odskoczyła od Jace'a, jakby ją sparzył jego dotyk.

– Simon! Co ty... to znaczy, myślałam, że...

– Śpię? Spałem. – Na jego kościach policzkowych wykwitły pod opalenizną ciemnoczerwone plamy, jak zawsze, kiedy był zakłopotany albo zdenerwowany. – Potem się obudziłem i zobaczyłem, że cię nie ma, więc pomyślałem...

Clary nie przychodziła do głowy żadna sensowna odpowiedź. Dlaczego nie przewidziała, że coś takiego może się zdarzyć? Dlaczego nie zaproponowała, żeby poszli do pokoju Jace'a? Wytłumaczenie było proste i jednocześnie okropne. Całkiem zapomniała o Simonie.

– Przepraszam – bąknęła, niepewna, do kogo właściwie to mówi.

Kątem oka dostrzegła, że Jace rzuca jej wściekłe spojrzenie, ale kiedy na niego spojrzała, wyglądał jak zawsze: swobodny, pewny siebie, lekko znudzony.

– W przyszłości, Clarisso, może byłoby rozsądnie wspomnieć, że masz już mężczyznę w swoim łóżku, żeby uniknąć takich niezręcznych sytuacji – powiedział.

– Zaprosiłaś go do łóżka? – spytał Simon, wstrząśnięty.

– Śmieszne, co? – rzucił Jace. – Przecież wszyscy byśmy się nie zmieścili.

– Nie zapraszałam go do łóżka – warknęła Clary. – Po prostu się całowaliśmy.

– Tylko się całowaliśmy? – Ton Jace'a był pełen udawanej urazy. – Tak szybko zapomniałaś o naszej miłości?

– Jace...

Urwała, dostrzegłszy złośliwy błysk w jego oczach. Nagle poczuła ciężar na żołądku.

– Simon, jest już późno – powiedziała ze znużeniem. – Przykro mi, że cię obudziliśmy.

– Mnie również. – Wkroczył dumnie do sypialni i zatrzasnął za sobą drzwi.

Uśmiech Jace'a był mdły jak tost posmarowany masłem.

– Idź za nim. Pogłaszcz go po głowie i powiedz, że nadal jest twoim jedynym, wyjątkowym, najwspanialszym facecikiem. Czy nie to właśnie chcesz zrobić?

– Przestań. Nie bądź taki.

Jace uśmiechnął się szerzej.

– Jaki?

– Jeśli jesteś na mnie zły, powiedz to wprost. Nie zachowuj się tak, jakby nigdy nic cię nie ruszało. Jakbyś byś pozbawiony wszelkich uczuć.

– Może powinnaś się zastanowić, zanim mnie pocałowałaś.

Clary spojrzała na niego z niedowierzaniem.

– Ja cię pocałowałam?

– Nie martw się, dla mnie również nie było to takie pamiętne przeżycie – odparował złośliwie.

Clary patrzyła, jak Jace odchodzi, i miała ochotę się rozpłakać. Jednocześnie korciło ją, żeby go dogonić i kopnąć w kostkę. Wiedząc jednak, że jedno i drugie zachowanie sprawiłoby mu satysfakcję, nie zrobiła nic, tylko ze znużeniem weszła do sypialni.

Simon stał na środku pokoju i wyglądał na zagubionego. Clary usłyszała w głowie zjadliwy głos Jace'a: „Pogłaszcz go po głowie i powiedz mu, że nadal jest twoim jedynym, wyjątkowym, najwspanialszym facecikiem".

Zrobiła krok w jego stronę, ale zatrzymała się, kiedy zobaczyła, co Simon trzyma w ręce. Jej szkicownik, otwarty na ostatnich rysunkach, między innymi postaci Jace'a z anielskimi skrzydłami.

– Ładne – powiedział. – Widać opłaciły się lekcje u Tisch.

Normalnie Clary zbeształaby go za to, że bez pozwolenia zajrzał do jej szkicownika, ale teraz nie była odpowiednia pora na robienie wyrzutów.

– Simon, posłuchaj...

– Zdaję sobie sprawę, że odmaszerowanie z ponurą miną do twojej sypialni nie było najzręczniejszym posunięciem, ale musiałem zabrać moje rzeczy – przerwał jej chłodno, rzucając szkicownik na łóżko.

– Dokąd się wybierasz? – spytała Clary.

– Do domu. Za długo już tutaj siedzę. To nie jest miejsce dla takich śmiertelników jak ja.

Clary westchnęła.

– Przepraszam, w porządku? Nie zamierzałam go pocałować. Po prostu stało się. Wiem, że go nie lubisz.

– Mylisz się – oświadczył Simon jeszcze bardziej oschłym tonem. – Nie lubię wody sodowej bez gazu. Nie lubię gównianych boysbandów. Nie lubię tkwić w korkach. Nie lubię prac domowych z matmy. A Jace'a nienawidzę. Dostrzegasz różnicę?

– Uratował ci życie – przypomniała Clary, czując się jak oszustka. Jace poszedł do hotelu Dumort tylko dlatego, że obawiał się kłopotów, w razie gdyby ona dała się zabić.

– Tak czy inaczej to dupek – rzucił Simon lekceważąco. – Myślałem, że jesteś mądrzejsza.

Clary w końcu się rozgniewała.

– I kto to mówi? Czy to nie ty zamierzałeś zaprosić do Fall Fling dziewczynę z „najbardziej rozkołysanym ciałem". – Starała się naśladować leniwy ton Erica. – Co z tego, że Jace czasami bywa palantem? Nie jesteś moim bratem ani tatą, nie musisz go lubić. Nigdy nie lubiłam żadnej z twoich dziewczyn, ale przynajmniej miałam tyle przyzwoitości, żeby zachować to dla siebie.

– To co innego – wycedził Simon przez zęby.

– Dlaczego?

– Bo widzę, jak na niego patrzysz! A ja nigdy nie patrzyłem w ten sposób na żadną z tych dziewczyn! To po prostu było coś w rodzaju ćwiczeń praktycznych przed...

– Przed czym? – Clary zdawała sobie sprawę, że zachowuje się okropnie, że cała ta sytuacja jest okropna, bo nigdy wcześniej nie kłócili się o sprawy poważniejsze niż to, kto w domku na drzewie wyjadł ostatnie ciastko z pudełka, ale nie mogła się powstrzymać. – Dopóki nie zjawiła się Isabelle? Nie mogę uwierzyć, że wygłaszasz mi kazania na temat Jace'a, a sam robisz z siebie kompletnego idiotę z jej powodu! – Jej głos przeszedł w krzyk.

– Próbowałem wzbudzić w tobie zazdrość! – wrzasnął Simon. Ręce miał zaciśnięte w pięści i opuszczone. – Jesteś taka głupia, Clary, że nic nie widzisz?

Gapiła się na niego oszołomiona. Co on miał na myśli?

– Próbowałeś wzbudzić we mnie zazdrość? Dlaczego miałbyś to robić?

Natychmiast zauważyła, że była to najgorsza rzecz, o jaką mogła go zapytać.

– Bo jestem w tobie zakochany od dziesięciu lat – wyznał Simon z goryczą, która wstrząsnęła Clary. – I stwierdziłem, że chyba pora się dowiedzieć, czy czujesz do mnie to samo. Domyślam się jednak, że nie.

Clary poczuła się tak, jakby kopnął ją w brzuch. Zabrakło jej tchu. Patrzyła na niego wytrzeszczonymi oczami, próbując znaleźć jakąś odpowiedź. Jakąkolwiek.

– Nic nie musisz mówić – uprzedził ją Simon ostrym tonem i ruszył do drzwi.

Clary stała jak sparaliżowana. Nie mogła się ruszyć, żeby go zatrzymać, choć tego chciała. Nie mogła wydobyć z siebie głosu. Zresztą co miałaby mu powiedzieć? „Ja też cię kocham"? Przecież go nie kochała.

Simon zatrzymał się z ręką na klamce i odwrócił do niej. Jego oczy za okularami wyglądały bardziej na zmęczone niż rozgniewane.

– Naprawdę chcesz wiedzieć, co jeszcze moja mama mówiła o tobie?

Clary potrząsnęła głową.

Simon chyba tego nie zauważył.

– Powiedziała, że złamiesz mi serce.

Wyszedł i zamknął za sobą drzwi. Clary została sama.

***

Gdy sobie poszedł, opadła na łóżko i sięgnęła po szkicownik. Przycisnęła go do piersi. Nie miała ochoty rysować. Pragnęła jedynie poczuć znajome zapachy: atramentu, papieru, kredek.

Przemknęło jej przez myśl, żeby pobiec za Simonem, spróbować go dogonić. Ale co miałaby mu powiedzieć? Co mogła powiedzieć? „Jesteś taka głupia, Clary, że nic nie widzisz?".

Przypomniała sobie różne sytuacje, żarty Erica i innych na ich temat, rozmowy, które cichły, kiedy wchodziła do pokoju. Jace wiedział od początku. „Śmiałem się z was, bo bawią mnie deklaracje miłości, zwłaszcza nieodwzajemnionej". Wtedy nie miała pojęcia, o co mu chodzi, a teraz nareszcie zrozumiała.

Oświadczyła wcześniej Simonowi, że kocha tylko trzy osoby: matkę, Luke'a i jego. Zastanawiała się, czy to naprawdę możliwe, żeby w ciągu jednego tygodnia stracić wszystkich, których się kochało. Czy coś takiego w ogóle da się przeżyć? A jednak przez ten krótki czas spędzony na dachu z Jace'em zapomniała o matce. Zapomniała o Luke'u. Zapomniała o Simonie. I czuła się szczęśliwa. Najgorsze właśnie było to, że czuła się szczęśliwa.

Może utrata Simona jest karą za moje samolubstwo, za to, że byłam szczęśliwa, choćby tylko przez chwilę, podczas gdy nadal nie wiem, gdzie jest moja mama, pomyślała. Tak czy inaczej, to, co się stało, nie miało znaczenia. Jace mógł świetnie całować, ale wcale mu na niej nie zależało. Sam to powiedział.

Opuściła szkicownik na kolana. Simon miał rację – dobrze narysowała Jace'a. Uchwyciła twardą linię jego ust, niepasujące do nich smutne oczy. Skrzydła wyglądały tak naturalnie, że gdyby ich dotknęła, na pewno okazałyby się miękkie. Bezwiednie przesunęła dłonią po kartce, błądząc myślami...

Gwałtownie zabrała rękę i wytrzeszczyła oczy. Jej palce nie dotykały suchego papieru, tylko delikatnych piór. Pomknęła wzrokiem ku runom, które nabazgrała w rogu strony. Jaśniały podobnie jak te, które Jace kreślił stelą.

Jej serce zaczęło wybijać szybki, ostry rytm. Skoro runy potrafiły ożywić rysunek, może...

Nie odrywając wzroku od szkicownika, na ślepo sięgnęła po ołówki. Bez tchu odwróciła kartkę i na nowej, czystej pospiesznie zaczęła rysować pierwszą rzecz, która przyszła jej do głowy: kubek do kawy stojący na nocnej szafce przy łóżku. Przypomniawszy sobie lekcje martwej natury, wiernie oddała wszystkie szczegóły: poplamiony brzeg, pęknięcie na uchwycie. Gdy skończyła, sięgnęła po naczynie i postawiła je na papierze. Potem, bardzo ostrożnie, zaczęła kreślić obok niego runy. Jej poczynaniami kierowała siła, której ona sama nie rozumiała.

18

Kielich Anioła

Jace leżał na łóżku i symulował, że śpi – na własny użytek, niczyj inny – kiedy bębnienie do drzwi w końcu zmusiło go do reakcji. Dźwignął się z trudem, krzywiąc się i posykując. Choć w oranżerii udawał, że czuje się świetnie, po przygodach ostatniej nocy był cały obolały.

Wiedział, kto to jest, zanim otworzył drzwi. Może Simonowi znowu udało się zmienić w szczura? Tym razem mógł sobie zostać cholernym gryzoniem na zawsze, bo Jace Wayland nie zamierzał nic zrobić w tej sprawie.

Trzymała w rękach szkicownik. Kosmyki jasnych włosów wymykały się z jej warkoczy. Jace oparł się o futrynę, nie zważając na przypływ adrenaliny spowodowany jej widokiem. Nie po raz pierwszy zastanawiał się, dlaczego Clary tak na niego działa. Isabelle używała swojej urody tak samo jak bata, natomiast Clary nie zdawała sobie sprawy, że jest piękna. Może właśnie dlatego.

Przychodził mu do głowy tylko jeden powód jej wizyty, choć nie miał sensu po tym, co Jace jej powiedział. Słowa były bronią, nauczył go tego ojciec, a on chciał zranić Clary bardziej niż jakąkolwiek inną dziewczynę. Właściwie nigdy wcześniej nie chciał żadnej zranić. Zwykle po prostu ich pragnął, a potem wolał, żeby zostawiły go samego.

– Nie mów mi, że Simon zmienił się w ocelota, a ja mam go ratować, zanim Isabelle przerobi go na etolę – powiedział, przeciągając słowa w sposób, którego Clary nie znosiła. – Niestety, będziesz musiała zaczekać do rana. Teraz nie przyjmuję zleceń. – Wskazał na swoją piżamę z dziurą na rękawie. – Widzisz. Pajacyk.

Clary jakby go nie słuchała.

– Jace, to ważne.

– Nie mów. To nagły przypadek. Potrzebujesz nagiego modela. Cóż, nie jestem w nastroju. Możesz poprosić Hodge'a – dodał po namyśle. – Słyszałem, że zrobi wszystko za...

– Jace! – przerwała mu, podnosząc głos. – Zamknij się na sekundę i wysłuchaj mnie, dobrze?

Wzięła głęboki wdech i z niepewną miną spojrzała mu w oczy, a w nim wezbrało nieznane mu do tej pory pragnienie, żeby ją objąć i powiedzieć, że wszystko jest w porządku. Nie zrobił tego. Z doświadczenia wiedział, że rzadko „wszystko jest porządku".

– Jace – zaczęła tak cicho, że musiał się pochylić, żeby usłyszeć dalsze słowa. – Chyba wiem, gdzie moja matka ukryła Kielich Anioła. Na obrazie.

– Co? – Jace nadal gapił się na nią tak, jakby właśnie oznajmiła, że przyłapała jednego z Cichych Braci, jak nago wywijał fikołki w holu. – Masz na myśli, że ukryła go za obrazem? Wszystkie w twoim mieszkaniu zostały wyrwane z ram.

– Wiem. – Clary zajrzała do jego sypialni i z ulgą stwierdziła, że nikogo tam nie ma. – Może wejdę? Chcę ci coś pokazać.

Jace odsunął się od drzwi.

– Jeśli musisz.

Clary usiadła na łóżku i położyła szkicownik na kolanach. Ubranie, które wcześniej Jace miał na sobie, leżało na kołdrze, ale poza tym w pokoju panował porządek jak w celi mnicha. Na ścianach nie wisiały żadne obrazy, żadne plakaty ani fotografie przyjaciół czy rodziny. Pościel zakrywał biały koc, gładko naciągnięty. Nie tak wyglądały typowe sypialnie nastolatków.

– Spójrz na to – powiedziała Clary, przewracając kartki szkicownika, aż znalazła właściwy rysunek.

Jace usiadł obok niej, odsuwając T-shirt na bok.

– Kubek do kawy.

– Wiem, że to kubek do kawy – powiedziała z irytacją Clary.

– Nie mogę się doczekać, aż narysujesz coś bardziej skomplikowanego, na przykład Most Brookliński albo homara. Pewnie przyślesz mi śpiewający telegram.

Clary go zignorowała.

– Patrz uważnie.

Szybkim ruchem przesunęła dłonią po rysunku, a kiedy cofnęła rękę, trzymała w niej kubek do kawy.

Wcześniej wyobrażała sobie, że Jace zerwie się z łóżka i zdumiony krzyknie coś w rodzaju: „Rety!". Tak się jednak nie stało, zapewne dlatego że widywał w życiu jeszcze dziwniejsze rzeczy, a poza tym nikt dzisiaj nie używał słowa „Rety!". Ale jego oczy się rozszerzyły.

– Ty to zrobiłaś?

Skinęła głową.

– Kiedy?

– Teraz, w mojej sypialni, po tym... po tym, jak Simon wyszedł.

Jego spojrzenie zrobiło się ostrzejsze, ale powstrzymał się od komentarza.

– Użyłaś runów? Jakich?

Clary potrząsnęła głową, muskając palcami pustą kartkę.

– Nie wiem. Same przyszły mi do głowy, więc narysowałam je najdokładniej, jak potrafiłam.

– Te, które widziałaś wcześniej w Szarej Księdze?

– Nie wiem. Nie potrafię ci odpowiedzieć.

– I nikt nigdy nie pokazywał ci, jak to robić? Na przykład, twoja matka?

– Nie, przecież ci już mówiłam. Matka zawsze mi powtarzała, że nie istnieje coś takiego jak magia...

– Założę się, że ona nauczyła cię runów – przerwał jej Jace. – A później kazała ci zapomnieć. Magnus uprzedzał, że twoje wspomnienia powoli będą wracać.

– Może.

– Oczywiście. – Jace wstał i zaczął chodzić po pokoju. – Pewnie to wbrew Prawu używać runów w taki sposób, jeśli nie masz pozwolenia. Ale to teraz nieważne. Myślisz, że twoja matka schowała Kielich w obrazie? Tak jak ty zrobiłaś z kubkiem?

Clary kiwnęła głową.

– Tak, ale nie w moim mieszkaniu.

– A gdzie? W galerii? Obraz może być wszędzie...

– Wcale nie na obrazie – powiedziała Clary. – Na karcie.

Jace zatrzymał się i odwrócił.

– Na karcie?

– Pamiętasz talię tarota Madame Dorothei? Tę, którą namalowała dla niej moja matka?

Jace skinął głową.

– A pamiętasz, jak wyciągnęłam z niej asa kielichów? Później, kiedy zobaczyłam posąg anioła, kielich w jego ręce wydał mi się znajomy. I rzeczywiście widziałam go wcześniej. Na asie. Mama namalowała Kielich Anioła na talii tarota Madame Dorothei.

Jace stanął na wprost niej.

– Bo uznała, że tak będzie najbezpieczniej, a poza tym w ten sposób mogła dać go Dorothei na przechowanie, nie mówiąc jej, co to jest ani dlaczego musi go ukryć – powiedział.

– Albo że w ogóle musi go ukryć. Dorothea nigdy nie wychodzi z domu, nikomu by go nie oddała...

– A twoja matka mogła mieć oko na Kielich i na nią. – W głosie Jace'a pobrzmiewał podziw. – Niezłe posunięcie.

– Chyba tak. – Clary starała się zapanować nad drżeniem głosu. – Wolałabym jednak, żeby tak dobrze go nie ukryła.

– Co masz na myśli?

– Gdyby go znaleźli, może zostawiliby ją w spokoju. Jeśli chodziło im tylko o Kielich...

– I tak by ją zabili, Clary. Ci sami ludzie, którzy zamordowali mojego ojca. Jeśli ona jeszcze żyje, to tylko dlatego że nie znaleźli Kielicha. Ciesz się, że jest tak dobrze schowany.

***

– Naprawdę nie rozumiem, co to ma z nami wspólnego – stwierdził Alec, mrużąc zaspane oczy.

Jace obudził o świcie resztę mieszkańców Instytutu i zaciągnął ich do biblioteki, żeby „opracować strategię bitwy". Alec był jeszcze w piżamie, Isabelle w różowym peniuarze. Hodge, w swoim zwykłym tweedowym garniturze, pił kawę z wyszczerbionego niebieskiego kubka. Tylko Jace wyglądał na naprawdę rozbudzonego.

– Myślałem, że poszukiwania Kielicha są teraz w rękach Clave – dodał Alec.

– Lepiej, jeśli zajmiemy się tym sami – oświadczył niecierpliwym tonem Jace. – Hodge i ja już omówiliśmy tę sprawę i właśnie tak postanowiliśmy.

– Dobrze. – Isabelle wetknęła za ucho warkocz przewiązany różową wstążką. – Ja jestem gotowa.

– A ja nie – burknął Alec. – W mieście są teraz agenci Clave i szukają Kielicha. Przekażcie im informację i niech zrobią, co do nich należy.

– To nie takie proste – powiedział Jace.

– Jest proste. – Alec zmarszczył brwi. – To nie ma nic wspólnego z nami, tylko z twoim... uzależnieniem od niebezpieczeństwa.

Wyraźnie zirytowany Jace pokręcił głową.

– Nie rozumiem, dlaczego się ze mną kłócisz.

Bo nie chce, żeby coś ci się stało, pomyślała Clary, zdumiona jego krótkowzrocznością. Jak mógł nie widzieć, co naprawdę dzieje się z Alekiem?

Z drugiej strony, ona też przegapiła to samo, jeśli chodzi o Simona. Jakie miała prawo go oceniać?

– Dorothea, właścicielka Sanktuarium, nie ufa Clave – wyjaśnił Jace. – Wręcz ich nienawidzi. Ufa tylko nam.

– Ufa mnie – odezwała się Clary. – Nie wiem, jak z tobą. Nie jestem pewna, czy w ogóle cię lubi.

Jace ją zignorował.

– No, dalej, Alec. Będzie dobra zabawa. I pomyśl, jaka chwała na nas spłynie, jeśli zwrócimy Kielich Anioła do Idrisu. Nasze nazwiska nigdy nie zostaną zapomniane.

– Nie zależy mi na chwale – odparł Alec, nie spuszczając wzroku z twarzy Jace'a. – Zależy mi na tym, żeby nie robić nic głupiego.

– Jednak w tym wypadku Jace ma rację – odezwał się Hodge. – Jeśli Clave pójdzie do Sanktuarium, będzie katastrofa. Dorothea ucieknie z Kielichem i pewnie nigdy go nie znajdziemy. Nie, Jocelyn wyraźnie chciała, żeby jedyną osobą, która będzie w stanie znaleźć Kielich, była Clary.

– Więc niech idzie sama – skwitował Alec.

Nawet Isabelle wydała lekki okrzyk zaskoczenia. Jace, który opierał się rękami o biurko, wyprostował się i spojrzał chłodno na Aleca. Tylko on może wyglądać wyniośle w piżamie, pomyślała Clary.

– Jeśli boisz się Wyklętych, zostań w domu – powiedział cicho.

Alec zbladł.

– Nie boję się.

– W takim razie nie ma problemu, prawda? – Jace rozejrzał się po pokoju. – Działamy wszyscy razem.

Alec wymamrotał coś pod nosem, a Isabelle energicznie pokiwała głową.

– Jasne. Będzie zabawnie.

– Nic nie wiem o zabawie, ale oczywiście wchodzę w to – oświadczyła Clary.

– Jeśli obawiasz się, że to niebezpieczne, nie musisz iść – wtrącił pospiesznie Hodge. – Możemy zawiadomić Clave...

– Nie – przerwała mu Clary, zaskakując samą siebie. – Moja mama chciała, żebym to ja znalazła Kielich, a nie Valentine czy oni. – „To nie przed potworami się ukrywała", powiedział Magnus. – Przynajmniej tyle mogę zrobić.

Hodge uśmiechnął się do niej.

– Na pewno wiedziała, że tak powiesz.

– Tak czy inaczej, nie martw się – powiedziała Isabelle. – Wszystko będzie dobrze. Poradzimy sobie z paroma Wyklętymi. Są szaleni, ale niezbyt bystrzy.

– I dużo łatwiej się z nimi rozprawić niż z demonami – dodał Jace. – Nie są tacy podstępni. Aha, będziemy potrzebowali samochodu. Najlepiej dużego.

– Po co? – zapytała Isabelle. – Nigdy wcześniej go nie potrzebowaliśmy.

– Nigdy nie byliśmy odpowiedzialni za niezwykle cenny przedmiot – wyjaśnił Jace. – Nie chcę przewozić go metrem.

– Są taksówki – upierała się Isabelle. – I furgonetki do wynajęcia.

Jace pokręcił głową.

– Wolę mieć pełną kontrolę nad wszystkim. Nie chcę użerać się z taksówkarzami ani firmami wynajmu samochodów, kiedy wykonujemy tak ważne zadanie.

– Nie masz prawa jazdy albo samochodu? – spytał Alec, patrząc na Clary ze skrywaną nienawiścią. – Myślałem, że wszyscy Przyziemni je mają.

– Nie w wieku piętnastu lat – odparła Clary z rozdrażnieniem. – Dostanę je w tym roku.

– Taki z ciebie pożytek.

– Ale moi przyjaciele umieją prowadzić – odparowała Clary. – Simon ma prawo jazdy. – I natychmiast pożałowała swoich słów.

– Naprawdę? – zainteresował się Jace.

– Ale nie ma samochodu – dodała szybko Clary.

– Jeździ samochodem rodziców? – dociekał Jace.

Clary westchnęła.

– Nie. Zwykle jeździ furgonetką Erica, na koncerty i inne takie. Czasami Eric pożycza mu ją przy innych okazjach. Na przykład, na randki.

Jace prychnął.

– Wozi dziewczyny furgonetką? Nic dziwnego, że ma takie powodzenie u dam.

– Samochód to samochód. Po prostu jesteś wściekły, że Simon ma coś, czego ty nie masz.

– Ma wiele rzeczy, których ja nie mam – odparował Jace. – Na przykład krótkowzroczność, złą postawę i beznadziejny brak koordynacji ruchowej.

– Większość psychologów uważa, że wrogość to w rzeczywistości wysublimowany pociąg seksualny – oznajmiła Clary.

– Aha – mruknął Jace. – To mogłoby wyjaśniać, dlaczego tak wiele osób mnie nie lubi.

– Ja cię lubię – wtrącił szybko Alec.

– To dlatego że łączy nas braterskie uczucie – stwierdził Jace, podchodząc do biurka. Wziął słuchawkę czarnego telefonu i wyciągnął rękę do Clary. – Zadzwoń do niego.

– Do kogo? – Clary próbowała zyskać na czasie. – Do Erica? Nigdy nie pożyczy mi swojego samochodu.

– Do Simona. Spytaj go, czy zawiezie nas do twojego domu.

Clary uczyniła ostatni wysiłek.

– Nie znasz Nocnych Łowców, którzy mają samochody?

– W Nowym Jorku? – Uśmiech zniknął z twarzy Jace'a. – Wszyscy są w Idrisie w związku z Porozumieniami, a zresztą i tak upieraliby się, żeby pojechać z nami. Albo to, albo nic.

Przez chwilę patrzyła mu w oczy. Było w nich wyzwanie i coś jeszcze. Jakby się domagał, żeby wyjaśniła mu powody swojej niechęci. Z ponurą miną podeszła do biurka i wyjęła mu z ręki słuchawkę.

Nie miała nawet czasu pomyśleć. Numer Simona znała równie dobrze jak własny. Przygotowała się na rozmowę z jego matką albo siostrą, ale po drugim sygnale odebrał on sam.

– Halo?

– Simon?

Cisza.

Jace obserwował ją uważnie. Clary zamknęła oczy, próbując udawać, że go tu nie ma.

– To ja – powiedziała. – Clary.

– Wiem – burknął Simon. – Spałem.

– Tak, jest wcześnie. Przepraszam. – Zaczęła nawijać kabel telefonu na palec. – Muszę prosić cię o przysługę.

Po dłuższej chwili milczenia Simon roześmiał się ponuro.

– Żartujesz.

– Nie żartuję. Wiemy, gdzie jest Kielich Anioła, i zamierzamy po niego iść. Rzecz w tym, że potrzebujemy samochodu.

Simon znowu się zaśmiał.

– Przepraszam. Mówisz mi, że twoi zabójcy demonów chcą, żeby ktoś ich podrzucił na następny pojedynek z siłami ciemności, jak ujęłaby to moja mama?

– Właściwie pomyślałam, że mógłbyś zapytać Erica, czy nie pożyczyłby nam furgonetki.

– Clary, jeśli sądzisz, że...

– Jeśli znajdziemy Kielich Anioła, odzyskam mamę. To jedyny powód, dla którego Valentine jej jeszcze nie zabił ani nie uwolnił.

Simon wypuścił ze świstem powietrze.

– Myślisz, że tak łatwo będzie dobić targu? Nie wiem, Clary.

– Ja też nie. Wiem tylko, że to jest szansa.

– Ten przedmiot ma wielką moc, prawda? W „D&D" zwykle lepiej nie igrać z potężnymi obiektami, dopóki się nie wie, co potrafią.

– Nie zamierzam z nim igrać. Ja tylko wykorzystam go, żeby odzyskać mamę.

– To nie ma sensu, Clary.

– To nie jest „D&D", Simon! – prawie krzyknęła. – To nie jest gra, w której najgorsze, co może ci się przytrafić, to zły rzut kością. Mówimy o mojej mamie. Valentine będzie ją torturował. Może ją zabić. Muszę coś robić, żeby ją ratować. Tak jak zrobiłam to dla ciebie.

Chwila ciszy.

– Może masz rację. Nie wiem, to nie mój świat. Posłuchaj, dokąd właściwie jedziemy? Żebym mógł powiedzieć Ericowi.

– Tylko go nie zabieraj – ostrzegła pospiesznie Clary.

– Wiem – odparł Simon z przesadną cierpliwością. – Nie jestem głupi.

– Jedziemy do mojego domu. Właśnie tam jest Kielich.

Tym razem milczenie było wyrazem zaskoczenia.

– W twoim domu? Myślałem, że tam się roi od zombie.

– Od Wyklętych. Oni nie są zombie. Tak czy inaczej, zajmą się nimi Jace i pozostali, a ja pójdę po Kielich.

– Dlaczego akurat ty musisz iść po Kielich? – W głosie Simona zabrzmiał niepokój.

– Bo tylko ja potrafię go odzyskać – odparła Clary. – Podjedź po nas jak najszybciej. Będziemy czekać na rogu.

Simon wymamrotał coś pod nosem, a potem rzucił krótko:

– Dobrze.

Clary otworzyła oczy. Świat był zamazany przez łzy.

– Dzięki, Simon. Jesteś...

Ale on już odłożył słuchawkę.

***

– Dylematy władzy są zawsze takie same – stwierdził Hodge w zadumie.

Clary łypnęła na niego z ukosa.

– Co pan ma na myśli?

Siedziała w wykuszu okiennym biblioteki, Hodge w swoim fotelu, a Hugo na jego poręczy. Na niskim stoliku stały resztki jedzenia – dżem, okruchy tostów, masło – i stos talerzy, których nikt nie raczył sprzątnąć. Po śniadaniu wszyscy poszli do swoich pokojów, żeby się przygotować. Clary wróciła pierwsza. I nic dziwnego, bo tylko się uczesała, włożyła dżinsy i koszulę. Pozostali musieli jeszcze się uzbroić. Sztylet, który dał jej Jace, został w hotelu, więc jedynym magicznym przedmiotem w jej posiadaniu był kamień z czarodziejskim światłem spoczywający w kieszeni.

– To dotyczy między innymi twojego Simona, Aleca i Jace'a – powiedział Hodge.

Clary wyjrzała przez okno. Grube krople deszczu bębniły o szyby. Niebo było jednolicie szare.

– A co oni mają ze sobą wspólnego?

– Tam, gdzie jest nieodwzajemnione uczucie, występuje nierównowaga sił – odparł Hodge. – Można ją łatwo wykorzystać, ale nie jest to mądre postępowanie. Miłości często towarzyszy nienawiść. One mogą istnieć obok siebie.

– Simon mnie nie nienawidzi.

– Może z czasem znienawidzi, jeśli uzna, że go wykorzystujesz. – Hodge uniósł rękę, nie dopuszczając jej do głosu. – Wiem, że nie zamierzasz, ale w pewnych sytuacjach konieczność bierze górę nad subtelnością uczuć. I właśnie obecna sytuacja przywiodła mi na myśl inną. Nadal masz to zdjęcie, które ci dałem?

Clary pokręciła głową.

– Nie przy sobie. Jest w moim pokoju. Mogę po nie pójść...

– Nie. – Hodge pogłaskał hebanowe pióra Hugona. – Kiedy twoja matka była młoda, miała przyjaciela, tak jak ty Simona. Byli sobie bliscy jak rodzeństwo. Prawdę mówiąc, często brano ich za brata i siostrę. W miarę jak dorastali, stawało się jasne dla wszystkich, że on ją kocha, ale ona tego nie dostrzegała. Zawsze nazywała go „przyjacielem".

Clary wytrzeszczyła oczy.

– Ma pan na myśli Luke'a?

– Tak. Lucian zawsze myślał, że on i Jocelyn będą razem. Kiedy poznała i pokochała Valentine'a, nie mógł tego znieść. Po ich ślubie opuścił Krąg i zniknął... Pozwolił nam myśleć, że nie żyje.

– Nigdy nic nie mówił... nawet o tym nie napomknął – wykrztusiła Clary. – Przez te wszystkie lata mógł ją zapytać...

– Wiedział, jaka będzie odpowiedź. – Hodge spojrzał na świetlik zalany deszczem. – Lucian nie należał do ludzi, którzy się oszukują. Zadowalał się tym, że jest blisko niej. Może liczył na to, że z czasem jej uczucia się zmienią.

– Ale jeśli ją kochał, dlaczego oświadczył tamtym ludziom, że nie obchodzi go, co się z nią stanie? Dlaczego nie chciał, żeby mu powiedzieli, gdzie ona jest?

– Jak już wspomniałem, tam, gdzie jest miłość, jest również nienawiść. Jocelyn mocno go zraniła przed laty. Mimo to on zawsze trwał przy niej jak wierny pies, nigdy nie robił jej wyrzutów, nie oskarżał, nie wyznawał jej swoich uczuć. Może teraz dostrzegł okazję, żeby odwrócić sytuację. Zranić ją tak, jak on został zraniony.

– Luke by tego nie zrobił. – Mimo wszystko Clary dobrze pamiętała jego lodowaty ton, kiedy mówił, żeby więcej nie prosiła go o przysługi. Widziała twardy wyraz jego oczu, gdy patrzył na ludzi Valentine'a. To nie był Luke, którego znała, przy którym dorastała. Tamten dawny nigdy nie chciałby ukarać jej matki za to, że nie kochała go dostatecznie albo we właściwy sposób. – Ale ona go kochała. – Clary wyraziła na głos swoje myśli, nie zdając sobie z tego sprawy. – Tylko że inaczej, niż on ją. To nie wystarczy?

– Może on tak nie uważał.

– Co się stanie, kiedy odzyskamy Kielich? – zapytała Clary. – Jak powiadomimy Valentine'a, że go mamy?

– Hugo go znajdzie.

Deszcz nadal stukał w okna. Clary zadrżała.

– Idę po kurtkę – oznajmiła, wstając z siedziska.

***

Zielono-różową bluzę z kapturem znalazła na dnie plecaka. Kiedy ją wyjmowała, dostrzegła między rzeczami zdjęcie Kręgu. Jocelyn i Valentine'a. Przyglądała mu się przez dłuższą chwilę, a potem schowała je z powrotem do worka.

Kiedy wróciła do biblioteki, wszyscy już tam byli: Hodge, który siedział czujnie za biurkiem z Hugonem na ramieniu,

Jace cały ubrany na czarno, Isabelle w butach do deptania demonów i ze złotym biczem, Alec z kołczanem strzał przewieszonym przez ramię i skórzaną osłoną na prawej ręce, sięgającą od nadgarstka do łokcia. Wszyscy oprócz Hodge'a mieli zrobione świeże runy, spiralne wzory na każdym nagim skrawku skóry. Jace miał podwinięty lewy rękaw, opierał brodę na obojczyku i w skupieniu malował ośmiokątny Znak na górnej części ramienia.

Alec mu się przyglądał.

– Kiepsko ci idzie – stwierdził w końcu. – Pozwól, że ja to zrobię.

– Jestem leworęczny – przypomniał Jace łagodnym tonem i oddał mu stelę.

Na twarzy Aleca odmalowała się ulga, jakby do tej pory nie był pewien, czy wybaczono mu niedawne zachowanie.

– To podstawowy *iratze* – powiedział Jace, a kiedy przyjaciel pochylił się nad jego ramieniem i zaczął starannie kreślić Znak uzdrawiający, skrzywił się, przymknął oczy i zacisnął pięść, aż jego mięśnie napięły się jak postronki. – Na Anioła, Alec...

– Staram się być delikatny. – Po chwili Alec puścił rękę Jace'a i odsunął się, żeby podziwiać swoje dzieło. – Zrobione.

– Dzięki. – Jace chyba wyczuł obecność Clary, bo odwrócił głowę i spojrzał na nią, mrużąc oczy.

– Wyglądacie na gotowych – stwierdziła, kiedy zarumieniony Alec odsunął się od Jace'a i zajął swoimi strzałami.

– Jesteśmy. Nadal masz ten sztylet, który ci dałem?

– Nie. Zgubiłam go w Dumort, nie pamiętasz?

– Racja. – Jace popatrzył na nią z uznaniem. – Prawie zabiłaś nim wilkołaka. Pamiętam.

Isabelle, która stała przy oknie, wywróciła oczami.

– Zapomniałam, że to cię kręci, Jace. Dziewczyny zabijające potwory.

– Lubię, jak ktoś zabija potwory – przyznał spokojnie Jace. – A najlepiej, jak ja to robię.

Clary zerknęła nerwowo na zegar stojący na biurku.

– Powinniśmy zejść na dół. Simon będzie tu lada chwila.

Hodge wstał z fotela. Wyglądał na bardzo zmęczonego, jakby nie spał od wielu dni.

– Niech was Anioł strzeże – powiedział.

Hugo poderwał się z jego ramienia z głośnym krakaniem i w tym samym momencie dzwony zaczęły wybijać południe.

***

Nadal mżyło, kiedy Simon podjechał na umówiony róg i zatrąbił dwa razy. Clary podskoczyło serce. Dręczył ją niepokój, że przyjaciel się nie zjawi.

Jace zmrużył oczy w siąpiącym deszczu. We czwórkę schronili się pod rzeźbionym kamiennym gzymsem.

– To ta furgonetka? Wygląda jak zgniły banan.

Nie można było temu zaprzeczyć. Eric pomalował samochód na neonowy odcień żółci, teraz przybrudzonej, porysowanej i usianej rdzą niczym plamami rozkładu. Simon zatrąbił ponownie. Clary widziała tylko zamazany kształt za mokrą szybą. Westchnęła i naciągnęła kaptur na głowę.

– Chodźmy.

Ruszyli, rozchlapując brudne kałuże, które zebrały się na chodniku. Buciory Isabelle przyjemnie plaskały przy każdym kroku. Simon zostawił silnik na jałowym biegu i przeszedł na tył, żeby odsunąć drzwi. Z dziur w na pół przegniłej tapicerce sterczały groźnie wyglądające sprężyny. Isabelle zmarszczyła nos.

– Można na tym bezpiecznie usiąść?

– Bezpieczniej niż jechać na dachu – odparł Simon. – A taki masz wybór. – Skinął głową Jace'owi i Alecowi, a całkowicie zignorował Clary. – Hej.

– Hej – odparł Jace i uniósł grzechoczący brezentowy worek marynarski z bronią. – Gdzie mogę to położyć?

Simon wskazał mu tył furgonetki, gdzie chłopcy z zespołu zwykle przewozili instrumenty muzyczne, a tymczasem Alec i Isabelle wgramolili się do środka i zajęli miejsca.

– Strzelec! – powiedziała szybko Clary, kiedy Jace obszedł samochód i stanął przy drzwiach od strony pasażera.

Alec chwycił za łuk przewieszony przez plecy.

– Gdzie?

– Clary zaklepała sobie miejsce z przodu – wyjaśnił Jace, odgarniając mokre włosy z oczu.

– Ładny łuk – zauważył Simon.

Alec zamrugał. Deszcz spływał z jego rzęs.

– Znasz się na łucznictwie? – spytał tonem, który sugerował, że bardzo w to wątpi.

– Ćwiczyłem strzelanie z łuku na obozach – pochwalił się Simon. – Sześć lat z rzędu.

Odpowiedziały mu trzy puste spojrzenia i zachęcający uśmiech Clary. Simon ją zignorował i skierował wzrok na posępne niebo.

– Powinniśmy ruszać, zanim znowu zacznie lać.

Przednie siedzenie było zasłane opakowaniami po chipsach i okruszkami ciastek „Pop-Tart". Clary strzepnęła ich tyle, ile zdołała, a kiedy Simon ruszył, nie czekając, aż ona usiądzie, wpadła na deskę rozdzielczą.

– Au! – syknęła z wyrzutem.

– Przepraszam. – Nawet na nią nie spojrzał.

Clary słyszała, jak z tyłu pozostali cicho rozmawiają. Pewnie omawiali strategię bitwy i najlepszy sposób ucięcia demonowi głowy, żeby jego posoka nie spryskała ich nowych skórzanych butów. Choć przednich siedzeń od reszty furgonetki nic nie oddzielało, niezręczna cisza między nią i Simonem ciążyła jej tak, jakby byli sami.

– O co chodziło z tym „hej"? – zapytała, kiedy Simon włączał się do ruchu na FDR Drive, biegnącej wzdłuż East River.

– Jakim „hej". – Simon zajechał drogę czarnemu SUV-owi, a jego kierowca, w garniturze i z komórką w ręce, wykonał w ich stronę obsceniczny gest przez przyciemniane szyby.

– To „hej", które zawsze wymieniają faceci. Jak wtedy, kiedy zobaczyłeś Jace'a i Aleca, i rzuciłeś „hej", a oni odpowiedzieli „hej". Co jest złego w „cześć"?

Wydawało jej się, że mięsień w jego policzku zadrżał.

– „Cześć" jest dziewczyńskie – wytłumaczył jej Simon. – Prawdziwi mężczyźni są oszczędni w słowach. Lakoniczni.

– Więc jesteś tym bardziej męski, im mniej mówisz?

– Właśnie. – Simon pokiwał głową. Za szybą Clary widziała wilgotną mgłę nad East River, spowijającą nabrzeże szarymi oparami. Woda chłostana przez silny wiatr była spieniona i miała kolor ołowiu. – To dlatego, kiedy na filmach największe łotry się pozdrawiają, nic nie mówią, tylko kiwają głowami. Skinięcie oznacza „jestem sukinsynem i widzę, że ty też jesteś sukinsynem", ale nic nie mówią, bo są jak Wolverine i Magneto, i wyjaśnienia zakłóciłyby ich wibracje.

– Nie mam pojęcia, o czym mówisz – odezwał się Jace z tylnego siedzenia.

– To dobrze – powiedziała Clary.

Nagrodził ją ledwo widoczny uśmiech Simona, który właśnie skręcił na Most Manhattański, kierując się w stronę Brooklynu i domu Clary.

***

Nim dotarli na miejsce, w końcu przestało padać. Promienie słońca przebiły się przez resztki mgły i zaczęły osuszać kałuże stojące na chodnikach.

Nocni Łowcy kazali Simonowi i Clary zaczekać w samochodzie, a sami poszli sprawdzić, jak to ujął Jace, „poziomy demonicznej aktywności".

Simon odprowadzał ich wzrokiem, gdy szli w stronę domu podjazdem wysadzanym różami.

– „Poziomy demonicznej aktywności"? Mają urządzenie, które mierzy, czy demony znajdujące się w środku ćwiczą power jogę?

– Nie. – Clary odrzuciła z głowy mokry kaptur, żeby poczuć słońce na włosach. – Sensor mówi im, jak potężne są demony... jeśli w ogóle tam jakieś są.

Przyjaciel był pod wrażeniem.

– Sprytne urządzenie.

– Simon, jeśli chodzi o ostatnią noc...

Przerwał jej, unosząc rękę.

– Nie musimy o tym rozmawiać. Ja bym tak wolał.

– Pozwól mi powiedzieć tylko jedno. Wiem, że oczekiwałeś ode mnie innej reakcji na swoje wyznanie.

– To prawda. Zawsze miałem nadzieję, że kiedy wreszcie powiem dziewczynie „kocham cię", ona odpowie „wiem", jak Leia Hanowi w „Powrocie Jedi".

– To głupie – wyrwało się Clary.

Simon spiorunował ją wzrokiem.

– Przepraszam – bąknęła Clary. – Posłuchaj, Simon, ja...

– Nie. To ty posłuchaj. Przyjrzyj mi się. Potrafisz to zrobić?

Spojrzała w ciemne oczy z jaśniejszymi plamkami przy zewnętrznym brzegu tęczówki, na znajome, trochę nierówne brwi, długie rzęsy, ciemne włosy i niepewny uśmiech, zgrabne dłonie muzyka. Wszystko to było częścią Simona, a on był częścią jej. Czy gdyby musiała powiedzieć prawdę, przysięgłaby, że nie miała pojęcia, że on ją kocha? A może po prostu chodziło o to, że nie wiedziałaby, jak się wtedy zachować?

Westchnęła.

– Zobaczyć, co kryje się pod czarem, to łatwizna. O wiele trudniej jest przejrzeć ludzi.

– Wszyscy widzimy to, co chcemy widzieć – stwierdził cicho Simon.

– Nie Jace. – Clary pomyślała o jego jasnych, obojętnych oczach.

– On bardziej niż ktokolwiek.

Clary zmarszczyła brwi.

– Co...

– Wszystko w porządku – odezwał się za nią Jace. – Obeszliśmy cały dom i nic. Niska aktywność. Prawdopodobnie są tylko Wyklęci, a oni pewnie nas nie zaatakują, dopóki nie spróbujemy dostać się do mieszkania na górze.

– Jeśli to zrobią, będziemy gotowi – dodała Isabelle z drapieżnym uśmiechem.

Alec wyjął z furgonetki ciężki brezentowy worek i rzucił go na chodnik.

– Skopmy tyłki demonom! – wykrzyknął wojowniczo.

Jace spojrzał na niego z lekkim zdziwieniem.

– Dobrze się czujesz?

– Świetnie. – Nie patrząc na niego, Alec zostawił łuk i kołczan, a zamiast nich wybrał sobie drewnianą pałkę. Pod jego dotykiem wysunęły się z niej dwa lśniące ostrza. – Tak lepiej.

Siostra spojrzała na niego z konsternacją.

– A łuk...

– Wiem, co robię, Isabelle – przerwał jej Alec.

Łuk leżał na tylnym siedzeniu i lśnił w blasku słońca. Simon sięgnął po niego, ale cofnął rękę, kiedy mijała go roześmiana grupka młodych kobiet pchających wózki w stronę parku. Nie zauważyły trójki uzbrojonych po zęby nastolatków przycupniętych przy żółtej furgonetce.

– Jak to się stało, że was widzę? – zapytał Simon. – Co z tym waszym czarem niewidzialności?

– Widzisz nas, bo znasz prawdę – wyjaśnił Jace.

– Tak. Chyba tak.

Kiedy go poprosili, żeby został przy samochodzie, zaprotestował słabo, ale Jace wytłumaczył mu, jakie to ważne, żeby przy chodniku czekał na nich pojazd na jałowym biegu.

– Światło słoneczne jest zabójcze dla demonów, ale nie robi krzywdy Wyklętym. Co, jeśli będą nas ścigać? Albo samochód zostanie odholowany?

Ostatnim, co Clary zobaczyła, kiedy się odwróciła, żeby mu pomachać z frontowego ganku, były jego długie nogi oparte o deskę rozdzielczą, podczas gdy on grzebał w kolekcji płyt Erica. Wydała ciche westchnienie ulgi. Przynajmniej Simon był bezpieczny.

Gdy tylko weszli do holu, poczuła silny, trudny do określenia odór. Było to połączenie smrodu zepsutych jaj, zgniłego mięsa i wodorostów gnijących na rozpalonej plaży. Isabelle zmarszczyła nos, a Alec zrobił się zielony na twarzy, natomiast Jace wyglądał, jakby wdychał rzadki zapach perfum.

– Były tu demony – stwierdził z nieskrywaną radością. – Niedawno.

Clary spojrzała na niego z niepokojem.

– Ale już ich nie ma...

– Nie. Wyczulibyśmy je. – Skinął głową w stronę drzwi Dorothei. Były zamknięte i nie sączyła się spod nich nawet odrobina światła. – Może będzie musiała odpowiedzieć na parę pytań, kiedy Clave się dowie, że przyjmowała u siebie demony.

– Wątpię, czy Clave będzie zadowolone z naszej akcji – powiedziała Isabelle. – W rezultacie ona pewnie wyjdzie na tym wszystkim lepiej niż my.

– Nie będą się czepiać, jeśli na koniec przyniesiemy im Kielich. – Alec wodził wzrokiem po przestronnym foyer, krętej klatce schodowej, poplamionych ścianach. – Zwłaszcza gdy przy okazji zabijemy paru Wyklętych.

Jace pokręcił głową.

– Są w mieszkaniu na górze. Przypuszczam, że nie będą nas niepokoić, dopóki nie spróbujemy się tam dostać.

Isabelle zdmuchnęła kosmyk włosów z twarzy i spojrzała na Clary, marszcząc brwi.

– Na co czekasz?

Clary mimo woli zerknęła na Jace'a, a on uśmiechnął się do niej. „Ruszaj" – wyczytała z jego oczu.

Clary ostrożnie zbliżyła się do mieszkania Dorothei. Świetlik pokrywała gruba warstwa brudu, żarówki przy wejściu nadal nikt nie wymienił, tak że ciemny hol rozjaśniało jedyne czarodziejskie światło Jace'a. Powietrze było gorące i duszne: wokół Clary pojawiały się cienie, niczym magiczne, szybko rosnące rośliny w koszmarnym lesie. Zapukała do sąsiadki, najpierw delikatnie, potem mocniej.

Drzwi się otworzyły i do holu wylało się złote światło. W progu stała Madame Dorothea, masywna i imponująca w obszernej zielono-pomarańczowej szacie. Tego dnia miała na głowie neonowożółty turban, ozdobiony wypchanym kanarkiem i ząbkowaną tasiemką. W jej uszach dyndały duże kolczyki, wielkie stopy były bose, co zdziwiło Clary, bo do tej pory widywała sąsiadkę wyłącznie w rozczłapanych kapciach. Jeszcze bardziej zaskoczył ją widok paznokci pomalowanych bladoróżowym lakierem.

– Clary! – wykrzyknęła Dorothea i porwała ją w objęcia, tak że dziewczyna całkiem zginęła w fałdach wyperfumowanego cielska, zwojach aksamitu i frędzlach szala. – Dobry Boże, dziewczyno! – Czarownica potrząsnęła głową, aż jej kolczyki zadźwięczały jak dzwoneczki na wietrze. – Ostatnim razem, kiedy cię widziałam, wypadłaś przez moją Bramę. Gdzie trafiłaś?

– Do Williamsburga – odparła Clary, z trudem łapiąc oddech.

Brwi Dorothei wjechały na czoło.

– A powiadają, że na Brooklynie nie ma dogodnego transportu publicznego. – Gospodyni szerzej otworzyła drzwi i gestem zaprosiła ich do środka.

Mieszkanie nie zmieniło się od ich ostatniej wizyty. Na stole leżała ta sama talia tarota i stała kryształowa kula. Clary aż zaświerzbiły palce, żeby wziąć karty do ręki i zobaczyć, co się kryje pod ich śliskimi pomalowanymi koszulkami.

Dorothea z ulgą opadła na fotel i zmierzyła Nocnych Łowców oczami jak paciorki, takimi samymi jak u wypchanego kanarka na jej turbanie. W naczyniach umieszczonych po obu stronach stołu paliły się świece zapachowe, ale nie zdołały przytłumić silnego odoru wypełniającego każdy kąt domu.

– Domyślam się, że jeszcze nie znalazłaś matki?

Clary pokręciła głową.

– Nie, ale wiem, kto ją porwał.

Spojrzenie Dorothei pomknęło ku Alecowi i Isabelle, która przyglądała się Ręce Fatimy wiszącej na ścianie. Jace, wyjątkowo niedbały w swojej roli ochroniarza, siedział na poręczy fotela. Uspokojona, że nieproszeni goście jeszcze nic nie zniszczyli, czarownica wróciła spojrzeniem do Clary.

– Czy to...?

– Valentine. Tak.

Dorothea westchnęła.

– Tego się obawiałam. – Oparła się o poduszki. – Wiesz, czego od niej chce?

– Wiem, że była jego żoną...

– Miłość się skończyła – powiedziała gospodyni.

Jace zachichotał cicho. Dorothea spojrzała na niego.

– Co cię tak bawi, chłopcze?

– Co pani może o tym wiedzieć? To znaczy, o miłości.

Dorothea złożyła miękkie białe ręce na kolanach.

– Więcej, niż przypuszczasz. Czytałam w twoich fusach od herbaty, pamiętasz, Nocny Łowco? Nie zakochałeś się jeszcze w niewłaściwej osobie?

– Niestety, Damo Nieba, moją jedyną prawdziwą miłością pozostaję ja sam.

Dorothea wybuchnęła śmiechem.

– Przynajmniej nie martwisz się odrzuceniem, chłopcze.

– Niekoniecznie. Od czasu do czasu się odtrącam, żeby było ciekawiej.

Czarownica znowu się roześmiała.

– Na pewno zastanawia się pani, po co tutaj przyszliśmy, Madame Dorotheo – powiedziała Clary.

Dorothea się uspokoiła i wytarła oczy.

– Proszę mnie tytułować właściwie, tak jak chłopak. Możesz nazywać mnie damą. Sądziłam, że chcieliście się nacieszyć moim towarzystwem. Czyżbym się myliła?

– Nie mam czasu, żeby cieszyć się czyimkolwiek towarzystwem – odparła Clary. – Muszę pomóc mojej matce, a żeby to zrobić, potrzebuję pewnej rzeczy.

– Czego?

– Kielicha Anioła. Valentine uważał, że ukryła go moja matka, i dlatego ją porwał.

Dorothea wyglądała na szczerze zaskoczoną.

– Kielich Anioła? – W jej głosie brzmiało niedowierzanie. – Kielich, w którym Razjel zmieszał krew aniołów z ludzką, dał tę miksturę do wypicia człowiekowi i w ten sposób stworzył pierwszego Nocnego Łowcę?

– Właśnie ten – potwierdził Jace nieco oschłym tonem.

– Dlaczego, u licha, myślał, że ma go Jocelyn? – zdziwiła się Dorothea. – Akurat ona? – I nagle zrozumiała, zanim Clary zdążyła odpowiedzieć. – Bo to wcale nie była Jocelyn Fray, tylko Jocelyn Fairchild, jego żona. Ta, którą wszyscy uważali za zmarłą. Oczywiście. Zabrała Kielich i uciekła, prawda? – Coś błysnęło w jej oczach, ale tak szybko opuściła powieki, że Clary uznała, że się jej przywidziało. – I co zamierzasz teraz zrobić? Gdziekolwiek twoja matka go ukryła, niełatwo będzie go znaleźć, nawet gdybyś tego chciała. Mając Kielich, Valentine mógłby zrobić straszne rzeczy.

– Chcę go odnaleźć – oświadczyła Clary. – Chcemy...

– Wiemy, gdzie on jest – przerwał jej gładko Jace. – Chodzi tylko o odzyskanie go.

Oczy Dorothei się rozszerzyły.

– Gdzie?

– Tutaj – odparł Jace z taką pewnością siebie, że Isabelle i Alec przestali myszkować na półce z książkami i odwrócili się, zaciekawieni.

– Tutaj? Czy to znaczy, że macie go ze sobą?

– Niezupełnie, droga Damo Nieba. – Jace najwyraźniej świetnie się bawił. – Miałem na myśli to, że pani go ma.

Dorothea rozdziawiła usta.

– To nie jest zabawne! – stwierdziła po chwili.

Zaniepokojona jej ostrym tonem Clary przestraszyła się, że wszystko popsuli. Dlaczego Jace musiał zawsze wszystkich zrażać?

– Pani go ma, ale nie... – wtrąciła pospiesznie.

Czarownica dźwignęła się z fotela i wyprostowała. Patrząc z góry, spiorunowała ich wzrokiem.

– Mylicie się, sądząc, że ukrywam Kielich – oświadczyła chłodno. – W dodatku macie czelność tu przychodzić i zarzucać mi kłamstwo.

– O, rany! – wyszeptał Alec. Jego ręka powędrowała do pałki.

Skonsternowana Clary potrząsnęła głową.

– Nikt nie zarzuca pani kłamstwa, naprawdę. Ja tylko mówię, że Kielich jest tutaj, ale pani o tym nie wie.

Madame Dorothea wytrzeszczyła oczy; niemal ukryte w fałdach twarzy, były twarde jak marmur.

– Wytłumacz to – zażądała.

– Moja matka go tutaj ukryła przed laty. Nic nie powiedziała, bo nie chciała pani w to mieszać.

– Dała go pani pod inną postacią – wyjaśnił Jace. – W formie prezentu.

Dorothea spojrzała na niego pustym wzrokiem.

Czy ona naprawdę nic nie pamięta? – pomyślała Clary.

– Talia tarota – podpowiedziała. – Ta, którą dla pani namalowała.

Czarownica pobiegła wzrokiem ku kartom leżącym na stole. Jej oczy się rozszerzyły.

Clary podeszła do stolika i wzięła talię do ręki. Karty okazały się ciepłe w dotyku i śliskie. Wcześniej nie była w stanie, ale teraz poczuła moc runów pulsującą w koniuszkach jej palców. Dotykiem odnalazła asa kielichów i wyciągnęła go z talii. Resztę odłożyła z powrotem na stół.

– Jest – powiedziała.

Wszyscy patrzyli na nią wyczekująco, w bezruchu. Clary powoli odwróciła kartę i spojrzała na dzieło swojej matki: smukłą dłoń obejmującą złotą nóżkę Kielicha Anioła.

– Jace, daj mi stelę – poprosiła.

Rurka była ciepła. Clary przesunęła nią po runach namalowanych z tyłu karty – zakrętas tutaj, kreska tam, a razem oznaczały coś zupełnie innego. Kiedy odwróciła kartę z powrotem, stwierdziła, że malunek zmienił się subtelnie: palce nie były już tak mocno zaciśnięte na nóżce, dłoń niemal podawała jej Kielich.

Clary wsunęła stelę do kieszeni. Potem sięgnęła po namalowany obrazek, jakby wsuwała dłoń w otwór. Zamknęła palce na podstawie Kielicha, a kiedy cofnęła rękę, trzymała w niej naczynie. Wydawało jej się, że słyszy ciche westchnienie. Karta, teraz pusta, rozsypała się w popiół i opadła na dywan.

19

Abbadon

Clary nie była pewna, czego się spodziewać – okrzyków radości, może gorących oklasków. Zamiast tego usłyszała ciszę. Przerwał ją dopiero Jace, mówiąc:

– Myślałem, że będzie większy.

Clary spojrzała na Kielich, który trzymała w ręce. Był wielkości zwykłego kieliszka do wina, tylko dużo cięższy. Szumiała w nim moc, niczym krew płynąca w żyłach.

– Jest w sam raz – stwierdziła z urazą.

– Tak, ale spodziewałem się czegoś, no wiesz... – rzucił protekcjonalnie i nakreślił rękami kształt mniej więcej wielkości kota.

– To Kielich Anioła, a nie Muszla Klozetowa Anioła – odezwała się Isabelle. – Skończyliśmy? Możemy iść?

Dorothea przekrzywiła głowę. Jej świdrujące oczy rozbłysły.

– Jest uszkodzony! – wykrzyknęła. – Jak to się stało?

– Uszkodzony? – Clary ze zdziwieniem spojrzała na Kielich. Jej zdaniem wyglądał normalnie.

– Pokaż mi go – zażądała czarownica i zrobiła krok w stronę Clary, wyciągając ręce po Kielich.

Clary cofnęła się odruchowo i nagle między nimi wyrósł Jace. Trzymał dłoń w pobliżu rękojeści miecza zatkniętego za pasek.

– Bez obrazy, ale oprócz nas nikt nie może dotknąć Kielicha Anioła – oświadczył spokojnie.

Dorothea przez chwilę mierzyła go wzrokiem, a potem jej oczy znowu przybrały dziwnie pusty wyraz.

– Nie spieszmy się – powiedziała. – Valentine byłby niezadowolony, gdyby coś się stało Kielichowi.

Z cichym świstem Jace wysunął miecz zza paska i uniósł go, zatrzymując tuż pod brodą Dorothei.

– Nie wiem, co tu się dzieje, ale my wychodzimy – oznajmił.

Oczy czarownicy rozbłysły.

– Oczywiście, Nocny Łowco. – Zaczęła się cofać do ściany z kotarą. – Chciałbyś skorzystać z Bramy?

Czubek miecza zachwiał się, a na twarzy Jace'a pojawił się wyraz konsternacji.

– Nie dotykaj tego...

Dorothea zachichotała i błyskawicznym ruchem szarpnęła zasłony wiszące na całej długości ściany. Brama za nimi była otwarta.

Alec gwałtownie zaczerpnął tchu.

– Co to jest?

Clary dostrzegła tylko kawałek tego, co znajdowało się za Bramą – czerwone skłębione chmury przecinane ciemnymi błyskawicami i coś czarnego pędzącego prosto na nich. W tym momencie Jace krzyknął, żeby padli. Sam rzucił się na podłogę, pociągając Clary za sobą. Leżąc na brzuchu na dywanie, uniosła głowę w chwili, kiedy rozpędzony kształt uderzył w Madame Dorotheę. Czarownica krzyknęła, rozpościerając ramiona. Zamiast powalić ją na podłogę, ciemny kształt spowił czarownicę jak całun, a jego czerń wsączyła się w nią jak atrament wsiąkający w papier. Plecy kobiety zgarbiły się, cała jej postać zaczęła się wydłużać, rosnąć, rozciągać, zmieniać. Po podłodze rozsypały się z głośnym grzechotem jakieś przedmioty. Były to bransolety Dorothei, poskręcane i połamane. Wśród rozrzuconych ozdób leżały małe białe kamyki. Dopiero po chwili Clary zorientowała się, że to zęby.

Obok niej Jace wyszeptał coś tonem pełnym niedowierzania.

– Mówiłeś, że tu nie ma dużej demonicznej aktywności! – wykrztusił zdławionym głosem Alec. – Mówiłeś, że poziomy są niskie!

– Były niskie – warknął Jace.

– Więc mamy inne pojęcie o tym, co znaczy „niski"! – krzyknął Alec.

Tymczasem istota, która kiedyś była Dorotheą, ryknęła i zawirowała. Garbata, gruzłowata, groteskowo zniekształcona, sprawiała wrażenie, jakby się coraz bardziej rozrastała...

Clary oderwała od niej wzrok, kiedy Jace wstał, ciągnąc ją za sobą. Isabelle i Alec zerwali się z podłogi, ściskając broń. Ręka Isabelle trzymająca bicz drżała lekko.

– Ruszaj się! – Jace popchnął Clary w stronę wyjścia.

Kiedy obejrzała się przez ramię, zobaczyła tylko gęstą wirującą szarość, jak chmury burzowe, z ciemną postacią w środku...

Cała czwórka wypadła do holu. Isabelle pierwsza znalazła się przy frontowych drzwiach, sięgnęła do gałki... i odwróciła się do nich z pobladłą twarzą.

– Nie mogę ich otworzyć. To musi być czar...

Jace zaklął i zaczął grzebać w kieszeniach kurtki.

– Gdzie, do diabła, jest moja stela?

– Ja ją mam – powiedziała Clary.

Kiedy sięgnęła do kieszeni, w foyer rozległ się huk, jakby strzelił piorun. Podłoga zafalowała pod jej nogami. Clary zachwiała się i omal nie upadła. Chwyciła się balustrady. Kiedy spojrzała w stronę mieszkania Dorothei, zobaczyła ziejącą w ścianie dziurę o poszarpanych brzegach, przez którą coś się wydostawało... niemal wyciekało...

– Alec! – krzyknął Jace.

Alec stał przed dziurą ze spopielałą twarzą i wyrazem przerażenia w oczach. Jace podbiegł do niego, klnąc, chwycił go za ramię i odciągnął do tyłu w chwili, gdy galaretowata istota wygramoliła się z mieszkania do holu.

Clary zaparło dech. Ciało stwora było blade i wyglądało jak posiniaczone. Spod oślizłej skóry wyzierały kości, nie białe i świeże, tylko brudne, sczerniałe i popękane, jakby spoczywały w ziemi przez tysiąc lat. Dłonie były pozbawione mięśni, szkieletowe, chude ramiona pokryte cieknącymi ranami, przez które przeświecało jeszcze więcej pożółkłych kości, twarz jak u kościotrupa, z zapadniętymi otworami w miejscu nosa i oczu. Pazury orały podłogę. Nadgarstki i przedramiona oplatały jasne pasy tkaniny: jedyne, co zostało z jedwabnych szali i turbanu Madame Dorothei. Potwór miał co najmniej dziewięć stóp wysokości.

Spoglądał w dół na czwórkę nastolatków pustymi oczodołami.

– Dajcie mi Kielich Anioła – zażądał głosem jak wiatr przeganiający śmieci po pustym chodniku. – Oddajcie go, a pozwolę wam żyć.

Clary spojrzała w panice na swoich towarzyszy. Isabelle miała taką minę, jakby ktoś zdzielił ją pięścią w żołądek. Alec stał bez ruchu. Tylko Jace nie stracił rezonu.

– Kim jesteś? – zapytał spokojnym głosem, choć wydawał się bardziej poruszony niż zwykle.

Istota skłoniła głowę.

– Jestem Abbadon, Demon Otchłani. Do mnie należą puste miejsca między światami. Mój jest wiatr i wyjąca ciemność. Tak się różnię od miaukliwych stworzeń, które nazywacie demonami, jak orzeł od muchy. Nie miejcie nadziei, że mnie pokonacie. Oddajcie mi Kielich albo zginiecie.

– To jest Wielki Demon – powiedziała Isabelle. Jej bicz zadrżał. – Jace, jeśli...

– A co z Dorotheą? – wyrwało się Clary. Jej głos zabrzmiał piskliwie. – Co się z nią stało?

Demon skierował na nią puste oczodoły.

– Ona posłużyła tylko jako naczynie. Otworzyła Bramę, a ja ją opanowałem. Jej śmierć była szybka. – Przeniósł wzrok na Kielich. – Twoja taka nie będzie.

Ruszył w stronę Clary, ale na drodze stanął mu Jace z jaśniejącym mieczem w jednej ręce i serafickim nożem w drugiej. Alec obserwował go blady z przerażenia.

– Na Anioła. – Jace zmierzył potwora wzrokiem od stóp do głów. – Wiedziałem, że Wielkie Demony są brzydkie, ale nikt mnie nie ostrzegł przed ich zapachem.

Abbadon zasyczał, ukazując dwa rzędy wyszczerbionych zębów ostrych jak szkło.

– Nie jestem pewien co do tego wiatru i wyjącej ciemności, bo odór bardziej mi się kojarzy z wysypiskiem śmieci – ciągnął Jace. – Na pewno nie pochodzisz ze Staten Island?

Gdy demon rzucił się na niego, Nocny Łowca zamachnął się ostrzami ruchem szybkim jak błyskawica. Oba zagłębiły się w najbardziej mięsistej części Abbadona: w brzuchu. Stwór zawył i uderzył go, odrzucając w bok jak kocur karcący niesfornego kociaka. Jace przetoczył się po podłodze i natychmiast wstał, ale najwyraźniej był ranny, bo trzymał się za ramię.

Isabelle to wystarczyło. Skoczyła do przodu i zdzieliła demona biczem. Na jego szarej skórze pojawiło się głębokie nacięcie, które zaraz nabrzmiało krwią. Abbadon zignorował dziewczynę i ruszył ku Jace'owi.

Zdrową ręką Jace wyciągnął drugi seraficki nóż. Coś do niego szepnął i ostrze zajaśniało. Nocny Łowca wyglądał jak dziecko przy górującym nad nim monstrum, ale uśmiechał się szeroko, nawet kiedy demon zaatakował ponownie. Isabelle krzyknęła i zdzieliła napastnika biczem. Krew trysnęła z rany gęstym strumieniem...

Demon machnął ręką ostrą jak brzytwa. Jace zatoczył się do tyłu, ale nie odniósł żadnej rany, bo między nim a przeciwnikiem wyrósł smukły, czarny, uzbrojony cień. Alec! Abbadon ryknął. Pałka z ostrzami wbiła się w jego pierś. Stwór uniósł z głuchym warknięciem kościste pazury. Potężnym ciosem poderwał Aleca z ziemi i cisnął nim w odległą ścianę. Chłopak uderzył w nią z nieprzyjemnym trzaskiem i osunął się na podłogę.

Isabelle zawołała jego imię. Alec się nie poruszył. Nocna Łowczyni rzuciła się w jego stronę, ale w tym momencie demon odwrócił się i uderzył ją z rozmachem. Dziewczyna upadła, kaszląc krwią, a kiedy zaczęła się podnosić, Abbadon zdzielił ją ponownie. Tym razem znieruchomiała.

Następnie demon ruszył w stronę Clary.

Jace stał zmartwiały i patrzył na bezwładne ciało Aleca jak zahipnotyzowany. Clary krzyknęła, kiedy Abbadon się do niej zbliżył. Zaczęła się cofać w górę po schodach, potykając się na nierównych stopniach. Stela paliła jej skórę. Gdyby tylko miała przy sobie broń, jakąkolwiek...

Isabelle dźwignęła się do pozycji siedzącej. Odgarnęła z twarzy zakrwawione włosy i zawołała coś do Jace'a, między innymi imię Clary. Jace zamrugał, jakby go ocucono. Zaczął biec w jej stronę. Demon był już tak blisko, że Clary widziała czarne rany na jego skórze i coś pełzającego w środku. Abbadon wyciągnął rękę...

Jace odepchnął ją na bok, zamachnął się serafickim nożem i trafił demona w pierś, obok dwóch już tkwiących tam ostrzy. Demon warknął z irytacją, jakby to były zwykłe ukłucia.

– Nocny Łowco, z przyjemnością cię zabiję, posłucham trzasku twoich kości, jak u tamtego cherlaka...

Jace wskoczył na balustradę i z góry spadł na Abbadona. Impet odrzucił demona do tyłu. Nocny Łowca, uczepiony ramion stwora, wyrwał seraficki nóż z jego piersi, aż trysnęła posoka, i wbił go jeszcze kilka razy w jego plecy. Ręce ociekały mu czarnym płynem.

Warcząc, Abbadon ruszył tyłem w stronę ściany. Jace musiał go puścić, żeby uniknąć zmiażdżenia. Wylądował gładko na podłodze i ponownie uniósł broń. Ale demon okazał się szybszy. Chwycił Jace'a pazurami za gardło i przycisnął go do schodów.

– Powiedz im, żeby oddali mi Kielich – wysyczał. – Każ to zrobić, a ja pozwolę im żyć.

Jace przełknął ślinę.

– Clary...

Ale Clary nie dowiedziała się, co chciał jej powiedzieć, bo w tym momencie otworzyły się drzwi frontowe. Przez chwilę widziała tylko jasność, a kiedy mruganiem odpędziła ogniste powidoki, zobaczyła, że w progu stoi Simon. Całkiem zapomniała, że przyjaciel czeka na zewnątrz, niemal zapomniała o jego istnieniu.

Zerknął na nią, przycupniętą na schodach, na Abbadona i Jace'a. W ręce trzymał łuk Aleca, kołczan miał przewieszony przez plecy. Wyciągnął z niego strzałę, nasadził ją na cięciwę i z wprawą uniósł łuk, jakby robił to już setki razy.

Strzała przeleciała z głośnym bzyczeniem, niczym wielki bąk, nad głową Abbadona i poszybowała w stronę dachu...

Roztrzaskała świetlik. Brudne szkło posypało się w dół jak deszcz, do środka wpadło słońce, mnóstwo światła. Złote promienie wręcz zalały foyer jasnym blaskiem.

Abbadon wrzasnął i zatoczył się do tyłu, rękami osłaniając zniekształconą głowę. Jace przycisnął dłoń do nietkniętego gardła i patrzył z niedowierzaniem, jak demon pada z rykiem na podłogę. Clary niemal się spodziewała, że zaraz buchnie płomieniami, ale on zaczął się w sobie zapadać. Jego nogi, tułów i czaszka pomarszczyły się jak płonący papier i w ciągu minuty stwór całkiem zniknął. Zostały po nim tylko wypalone ślady.

***

Simon opuścił łuk. Na jego twarzy malowało się zaskoczenie.

Jace leżał na schodach, gdzie cisnął go demon. Próbował się podnieść. Widząc to, Clary zsunęła się po stopniach i uklękła przy nim.

– Jace...

– Nic mi nie jest. – Usiadł, wycierając krew z ust. Zakaszlał i splunął czerwoną śliną. – Alec....

– Twoja stela. – Clary sięgnęła do kieszeni. – Będziesz jej potrzebował?

Światło słoneczne wlewało się przez roztrzaskany świetlik i padało na jego twarz. Było na niej widać ogromny wysiłek.

– Nic mi nie jest – powtórzył Jace i odsunął ją, niezbyt łagodnie. Wstał chwiejnie i omal nie upadł. Po raz pierwszy poruszał się tak niezgrabnie. – Alec?

Clary odprowadziła go wzrokiem, kiedy, kuśtykając, szedł przez hol w stronę nieprzytomnego przyjaciela. Schowała Kielich do kieszeni bluzy i zapięła ją na zamek. Tymczasem Isabelle, która wcześniej podpełzła do brata, trzymała jego głowę na kolanach i głaskała go po włosach. Pierś Aleca opadała i unosiła się powoli. Simon stał oparty o ścianę i gapił się na nich, kompletnie wykończony. Clary uścisnęła jego rękę, kiedy go mijała.

– Dziękuję – wyszeptała. – To było fantastyczne.

– Nie dziękuj mnie, tylko instruktorom łucznictwa z letnich obozów B'nai B'rith – powiedział.

– Simon, ja nie...

– Clary! – zawołał Jace. – Przynieś moją stelę.

Clary podeszła do Nocnych Łowców i uklękła przy nich. Kielich Anioła obijał się o jej bok. Twarz Aleca była biała, zbryzgana kroplami krwi, oczy nienaturalnie niebieskie. Jego ręka zostawiła krwawe plamy na nadgarstku Jace'a.

– Czy ja... – Umilkł na widok Clary, jakby zobaczył ją po raz pierwszy. W jego spojrzeniu dostrzegła coś, czego się nie spodziewała. Triumf. – Zabiłem go?

Twarz Jace'a wykrzywił bolesny grymas.

– Ty...

– Tak – pospiesznie przerwała mu Clary. – Nie żyje.

Alec spojrzał na nią i roześmiał się. Na jego ustach pojawiła się spieniona krew. Jace uwolnił nadgarstek z uścisku rannego i ujął w dłonie jego twarz.

– Nie ruszaj się – powiedział.

Alec zamknął oczy.

– Rób, co musisz – wyszeptał.

Isabelle podała Jace'owi swoją stelę.

– Masz.

Skinął głową i przeciągnął czubkiem steli po przodzie koszuli Aleca. Materiał rozszedł się jak przecięty nożem. Jace rozchylił go, obnażając pierś przyjaciela. Isabelle obserwowała go z niepokojem. Skóra Aleca była bardzo biała, tylko miejscami poznaczona starymi bliznami. Teraz widniały na niej również świeże rany: czerwone, zaognione ślady po pazurach. Jace zacisnął szczęki, dotknął stelą ciała rannego i przesunął nią po nim z wprawą wynikającą z długoletniej praktyki. Najgorsze, że kiedy rysował uzdrawiające znaki, one znikały, jakby pisał na wodzie.

W końcu odrzucił stelę i zaklął:

– Cholera!

– Co się dzieje? – zapytała ze strachem w głosie Isabelle.

– Abbadon poharatał go pazurami i zostawił w nim demoniczną truciznę – odparł Jace. – Znaki nie działają. – Delikatnie dotknął czoła przyjaciela. – Słyszysz mnie?

Alec się nie poruszył. Cienie pod jego oczami wyglądały jak ciemnogranatowe siniaki. Gdyby nie oddychał, Clary pomyślałaby, że już nie żyje.

Isabelle opuściła głowę, zasłaniając włosami twarz brata. Objęła go i wyszeptała:

– Może trzeba...

– Zawieźć go do szpitala. – Nad nim stał Simon z łukiem w ręce. – Pomogę zanieść go do samochodu. Na Siódmej Alei jest szpital metodystów...

– Żadnych szpitali – przerwała mu Isabelle. – Musimy zawieźć go do Instytutu.

– Ale...

– W szpitalu nie będą wiedzieli, jak go leczyć – wyjaśnił Jace. – Zranił go Wielki Demon. Żaden Przyziemny lekarz nie wie, jak leczyć takie obrażenia.

Simon pokiwał głową.

– Dobrze, więc zanieśmy go do samochodu.

Na szczęście furgonetka nie została odholowana. Isabelle rzuciła brudny koc na tylne siedzenie, i kiedy położyli na nim Aleca, usiadła i ułożyła jego głowę na swoich kolanach. Jace ukucnął obok nich na podłodze. Jego koszula była na rękawach i piersi poplamiona krwią, demona i ludzką. Kiedy spojrzał na Simona, Clary zobaczyła, że złoto w jego oczach zniknęło, zastąpione czymś, czego wcześniej nigdy w nich nie widziała. Paniką.

– Jedź szybko, Przyziemny – powiedział. – Jedź, jakby ścigało cię piekło.

Simon ruszył.

***

Popędzili Flatbush i wpadli na most, jadąc równo z pociągiem linii Q, który z hukiem toczył się nad niebieską wodą. Słońce odbijające się od roziskrzonej rzeki raziło Clary w oczy. Trzymała się kurczowo siedzenia, kiedy Simon skręcił w ostry zjazd z mostu z szybkością pięćdziesięciu mil na godzinę.

Myślała o okropnych rzeczach, które powiedziała Alecowi, o tym, jak rzucił się na Abbadona, o wyrazie triumfu na jego twarzy. Kiedy odwróciła głowę, zobaczyła, że Jace klęczy obok przyjaciela, a krew rannego wsiąka w koc. Pomyślała o małym chłopcu z martwym sokołem. Kochać to niszczyć.

Gdy znowu spojrzała przed siebie, miała w gardle twardą gulę. Zobaczyła Isabelle w źle ustawionym lusterku wstecznym. Otulała brata kocem. Gdy podniosła wzrok, napotkała spojrzenie Clary.

– Daleko jeszcze?

– Jakieś dziesięć minut. Simon jedzie najszybciej, jak może.

– Wiem – powiedziała Isabelle. – Simon, to, co zrobiłeś, było niesamowite. Tak błyskawicznie zareagowałeś. Nie przypuszczałam, że Przyziemny może wpaść na taki pomysł.

Simon nie wyglądał na speszonego pochwałami. Wzrok miał utkwiony w jezdni przed sobą.

– Masz na myśli przestrzelenie świetlika? Przyszło mi to do głowy, kiedy weszliście do środka. Mówiliście, że demony nie znoszą bezpośredniego światła słonecznego. Potem samo działanie zajęło mi chwilę. Poza tym, jeśli się nie wiedziało, że w dachu jest świetlik, można go było nawet nie zauważyć.

Ja o nim wiedziałam, pomyślała Clary. Powinnam była działać. Nawet jeśli nie miałam łuku, mogłam czymś rzucić albo powiedzieć o nim Jace'owi.

Poczuła się beznadziejna, bezużyteczna. Prawda była taka, że w decydującym momencie wpadła w przerażenie. Zbyt wielkie, żeby mogła jasno myśleć. Teraz ogarnął ją palący wstyd.

– Dobra robota – rzucił krótko Jace.

Simon zmrużył oczy.

– Możesz mi powiedzieć, skąd się tam wziął ten demon? – zapytał.

– To była Madame Dorothea – powiedziała Clary. – Tak jakby.

– Nigdy nie grzeszyła urodą, ale nie pamiętam, żeby wyglądała aż tak źle.

– Chyba została opętana – odparła powoli Clary, starając się poukładać wszystko w głowie. – Chciała, żebym oddała jej Kielich. Potem otworzyła Bramę...

– To było sprytne – stwierdził Jace. – Demon ją opętał, a potem ukrył większą część swojej eterycznej postaci za Bramą, gdzie Sensor nie mógł go wykryć. Weszliśmy do środka, spodziewając się walki z kilkoma Wyklętymi, a zamiast tego trafiliśmy na Wielkiego Demona. Abbadona, jednego ze Starożytnych. Pana Upadłych.

– Cóż, wygląda na to, że Upadli będą musieli od tej pory radzić sobie bez niego – skwitował Simon.

– Nie jest martwy – odezwała się Isabelle. – Jeszcze nikt nie zabił Wielkiego Demona. Żeby umarł, trzeba by wykończyć jego fizyczną i eteryczną postać. My go po prostu odstraszyliśmy.

– Aha. – Simon wyglądał na rozczarowanego. – A co z Madame Dorotheą? Nic się jej nie stało...

Urwał, bo Alec zaczął się krztusić i rzęzić. Jace zaklął pod nosem.

– Dlaczego jeszcze nie jesteśmy na miejscu?

– Jesteśmy. Po prostu nie chcę władować się w ścianę.

Kiedy Simon podjechał na róg, Clary zobaczyła, że drzwi Instytutu są otwarte, a w łukowatym wejściu stoi Hodge. Gdy tylko furgonetka się zatrzymała, Jace wyskoczył na chodnik, po czym nachylił się do środka i wziął Aleca na ręce, jakby ten ważył tyle co dziecko. Isabelle podążyła za nim. Brama Instytutu zatrzasnęła się za nimi z hukiem.

Ogarnięta nagłym zmęczeniem Clary spojrzała na Simona.

– Przepraszam. Nie wiem, jak wytłumaczysz Ericowi tę krew.

– Pieprzyć Erica – rzucił beztrosko przyjaciel. – Dobrze się czujesz?

– Nie mam nawet draśnięcia. Wszyscy zostali ranni, ale ja nie.

– To ich praca, Clary – przypomniał jej Simon łagodnym tonem. – Walka z demonami, tym właśnie się zajmują.

– A co ja robię? – zapytała, szukając odpowiedzi w jego oczach.

– Zdobyłaś Kielich, tak czy nie?

Clary skinęła głową i poklepała się po kieszeni.

– Tak.

Na twarzy Simona odmalowała się ulga.

– Bałem się pytać. To dobrze, tak?

– Tak. – Clary pomyślała o matce i zacisnęła dłoń na Kielichu. – Wiem, że tak.

***

Na szczycie schodów powitał ją Church, miaucząc jak syrena mgłowa, a następnie zaprowadził ją do izby chorych. Przez otwarte podwójne drzwi Clary zobaczyła nieruchomą postać leżącą na jednym z białych łóżek. Hodge pochylał się nad Alekiem, Isabelle stała obok niego ze srebrną tacą w rękach.

Jace'a z nimi nie było. Stał przed izbą chorych oparty o ścianę, z zakrwawionymi dłońmi zaciśniętymi w pięści. Kiedy Clary zatrzymała się przed nim, otworzył oczy. Miał rozszerzone źrenice, przez co całe złoto zostało wchłonięte przez czerń.

– Co z nim? – zapytała łagodnie.

– Stracił dużo krwi. Zatrucia jadem demonów są częste, ale ponieważ to był Wielki Demon, Hodge nie jest pewien, czy antidotum, które zwykle stosuje, zadziała.

Clary odetchnęła głęboko.

– Jace...

Drgnął.

– Nie.

Clary znów zaczerpnęła tchu.

– Nie chciałam, żeby coś stało się Alecowi. Tak mi przykro.

Spojrzał na nią, jakby zobaczył ją po raz pierwszy.

– To nie twoja wina, tylko moja – powiedział.

– Twoja? Nie, to nie jest...

– Właśnie, że tak... – Głos mu się łamał. – *Mea culpa, mea maxima culpa.*

– Co to znaczy?

– Moja wina, moja bardzo wielka wina, po łacinie. – Z roztargnieniem, jakby bezwiednie, odgarnął jej lok z czoła. – Część mszy.

– Myślałam, że nie wierzysz.

– Mogę nie wierzyć w grzech, ale czuję się winny – odparł. – My, Nocni Łowcy, żyjemy według pewnego kodeksu, a on nie jest elastyczny. Honor, wina, pokuta, te rzeczy są dla nas realne i nie mają nic wspólnego z religią, a jedynie z tym, kim jesteśmy. Oto, kim jestem, Clary, jednym z Clave. – W jego głosie zabrzmiała rozpacz. – Mam to we krwi i w kościach. Więc powiedz mi, skoro uważasz, że to nie moja wina, dlaczego, kiedy zobaczyłem Abbadona, nie pomyślałem o swoich towarzyszach wojownikach, tylko o tobie? – Ujął w dłonie jej twarz. – Wiem... wiedziałem, że Alec zachowuje się inaczej niż zwykle. Wiedziałem, że coś jest nie tak. Ale mogłem myśleć tylko o tobie...

Pochylił głowę, tak że ich czoła się zetknęły, a jego oddech owiewał jej rzęsy. Clary zamknęła oczy i pozwoliła, żeby jego bliskość ogarnęła ją jak fala.

– Jeśli on umrze, będzie tak, jakbym go zabił – powiedział Jace. – Pozwoliłem umrzeć ojcu, a teraz zabiłem jedynego brata, jakiego miałem.

– To nieprawda – szepnęła Clary.

– Prawda. – Niemal do siebie przylegali, a mimo to Jace trzymał ją tak mocno, jakby nic nie mogło go upewnić, że jest realna. – Co się ze mną dzieje, Clary?

Clary zaczęła gorączkowo zastanawiać się nad odpowiedzią... i usłyszała chrząknięcie. Otworzyła oczy. W drzwiach izby chorych stał Hodge. Jego wymuskany garnitur był pokryty rdzawymi plamami.

– Zrobiłem, co mogłem. Dostał środki przeciwbólowe, ale... – Pokręcił głową. – Muszę skontaktować się z Cichymi Braćmi. Ten przypadek przekracza moje umiejętności.

Jace wolno odsunął się od Clary.

– Ile czasu zajmie im dotarcie tutaj? – zapytał.

– Nie wiem. – Hodge ruszył korytarzem. – Natychmiast wysłałem Hugona, ale Bracia przybywają według swojego uznania.

– Ale tym razem... – Nawet Jace musiał wyciągać nogi, żeby dotrzymać kroku Hodge'owi. Clary została daleko w tyle i wytężała słuch, żeby usłyszeć, co mówią. – Inaczej on umrze.

– Możliwe – przyznał Hodge.

W bibliotece było ciemno i pachniało deszczem. Pod otwartym oknem zebrała się kałuża wody. Na ich widok Hugo zakrakał i podskoczył na swojej grzędzie. Hodge podszedł do niego, po drodze zapalając lampę na biurku.

– Szkoda, że nie odzyskaliście Kielicha – rzekł z rozczarowaniem w głosie, sięgając po papier i pióro wieczne. – Myślę, że to byłoby jakimś pocieszeniem dla Aleca, a z pewnością dla jego...

– Przecież ja mam Kielich. – Clary zrobiła zdziwioną minę. – Nie powiedziałeś mu, Jace?

Jace zamrugał, ale Clary nie umiała stwierdzić, czy to z powodu zaskoczenia, czy nagłego blasku.

– Nie było czasu. Wnosiłem Aleca na górę...

Hodge zesztywniał, trzymając pióro w powietrzu.

– Masz Kielich?

– Tak. – Clary wyjęła naczynie z kieszeni.

Było chłodne, jakby kontakt z jej ciałem nie wystarczył, żeby ogrzać metal. Rubiny iskrzyły się jak czerwone oczy. Pióro wyśliznęło się z palców Hodge'a i upadło na podłogę. Światło lampy skierowane ku górze nie był korzystne dla jego twarzy. Uwypuklało wszystkie zmarszczki surowości, troski i rozpaczy.

– To jest Kielich Anioła?

– Ten sam – potwierdził Jace. – Był..

– Mniejsza o to – przerwał mu Hodge. Odłożył papier na biurko, podszedł do swojego ucznia i chwycił go za ramiona. – Wiesz, co zrobiłeś?

Jace ze zdziwieniem spojrzał na nauczyciela. W tym momencie Clary zwróciła uwagę na kontrast między zniszczoną twarzą starszego mężczyzny i gładką chłopca. Jasne włosy opadające na oczy Jace'a nadawały mu jeszcze młodszy wygląd.

– Nie jestem pewien, co masz na myśli.

Hodge z sykiem wypuścił powietrze przez zęby.

– Jesteś do niego taki podobny.

– Do kogo? – spytał Jace zdumiony. Najwyraźniej Hodge nigdy wcześniej nie mówił takich rzeczy.

– Do swojego ojca – odparł nauczyciel. Przeniósł wzrok na Hugona, który zawisł w powietrzu, machając czarnymi skrzydłami, i rzucił krótko: – Hugin.

Ptak z przeraźliwym krakaniem i wyciągniętymi szponami zanurkował prosto ku twarzy Clary.

***

Usłyszała krzyk Jace'a, poczuła ból w policzkach, ostry dziób, pazury, pióra. Clary wrzasnęła i instynktownie zasłoniła oczy dłońmi.

Kielich Anioła wyślizgnął się jej z rąk.

– Nie!

Próbowała go złapać, ale jej ramię przeszył silny ból. Nogi same się pod nią ugięły. Upadła, boleśnie uderzając kolanami w twardą podłogę. Szpony rozorały jej czoło.

– Wystarczy, Hugo – powiedział Hodge spokojnym głosem.

Ptak posłusznie odfrunął. Krztusząc się, Clary ostrożnie wytarła krew z oczu. Miała wrażenie, że jej twarz jest cała w strzępach.

Hodge się nie poruszył. Stał w tym samym miejscu, trzymając Kielich Anioła. Hugo zataczał wokół niego duże kręgi, kracząc cicho. A Jace... Jace leżał na podłodze u stóp nauczyciela, nieruchomo, jakby nagle zapadł w sen.

Wszystkie myśli pierzchły z jej głowy.

– Jace! – Mówienie bolało, w ustach czuła krew.

Nie poruszył się.

– Nie jest ranny – uspokoił ją Hodge.

Clary zaczęła się podnosić. Próbowała rzucić się na niego, ale odbiła się od niewidzialnej bariery. Rozwścieczona zamachnęła się pięścią.

– Hodge! – wrzasnęła, bezsilnie kopiąc w niewidzialną ścianę. – Nie bądź głupi. Kiedy Clave się dowie, co zrobiłeś...

– Dawno mnie już tu nie będzie – dokończył Hodge, klękając obok Jace'a.

– Ale... – Clary nagle zrozumiała. – Nie wysłałeś żadnej wiadomości do Clave, prawda? To dlatego byłeś taki dziwny, kiedy cię o to zapytałam. Chciałeś odzyskać Kielich dla siebie.

– Nie, nie dla siebie.

Clary zaschło w gardle.

– Pracujesz dla Valentine'a – wyszeptała.

– Nie pracuję dla Valentine'a. – Nauczyciel podniósł rękę Jace'a i coś z niej zdjął. Grawerowany pierścień, z którym chłopak się nie rozstawał. Hodge wsunął go na swój palec. – Ale rzeczywiście jestem jego człowiekiem.

Szybkim ruchem trzy razy przekręcił pierścień na palcu. Przez chwilę nic się nie działo. Potem Clary usłyszała dźwięk otwieranych drzwi i obejrzała się, żeby sprawdzić, kto wchodzi do biblioteki. Kiedy wróciła spojrzeniem do Hodge'a, zobaczyła, że powietrze wokół niego drga i lśni jak powierzchnia jeziora widziana z daleka. Gdy w następnej chwili srebrna, migocząca kurtyna się rozstąpiła, obok Hodge'a stał wysoki mężczyzna, jakby raptem nastąpiła koalescencja cząsteczek wilgotnego powietrza.

– Masz Kielich, Starkweather? – zapytał.

Hodge bez słowa uniósł naczynie. Wyglądał jak sparaliżowany, czy to ze strachu, czy ze zdumienia. Zawsze wydawał się Clary wysoki, ale teraz był zgarbiony i mały.

– Mój pan Valentine – wykrztusił w końcu. – Nie spodziewałem się ciebie tak szybko.

Valentine! Trochę przypominał przystojnego chłopca ze zdjęcia, choć oczy miał czarne. Jego twarz zaskoczyła Clary. Była zamknięta, skupiona, poważna. Wyglądała jak oblicze kapłana o smutnych oczach. Od czarnych mankietów szytego na miarę garnituru odcinały się bielą pofałdowane blizny, świadczące o latach używania steli.

– Mówiłem ci, że przyjdę przez Bramę – powiedział głosem dźwięcznym i dziwnie znajomym. – Nie wierzyłeś mi?

– Tak, tylko... myślałem, że przyślesz Pangborna albo Blackwella, a nie że zjawisz się osobiście.

– Sądzisz, że przysyłałbym ich po Kielich? Nie jestem taki głupi. Wiem, jaka to pokusa. – Kiedy wyciągnął rękę, Clary zobaczyła na jego palcu taki sam pierścień jak Jace'a. – Daj mi go.

Ale Hodge mocno trzymał skarb.

– Chcę najpierw tego, co mi obiecałeś.

– Najpierw? Nie ufasz mi, Starkweather? – Valentine uśmiechnął się bez cienia wesołości. – Zrobię to, o co prosiłeś. Umowa to umowa. Choć muszę przyznać, że byłem zaskoczony, kiedy dostałem twoją wiadomość. Nie podejrzewałem, że masz coś przeciwko temu, by żyć w ukryciu i kontemplować, że się tak wyrażę. Nigdy nie wyrywałeś się na pole bitwy.

– Nie wiesz, jak to jest – powiedział Hodge z przeciągłym westchnieniem. – Przez cały czas się bać...

– To prawda. Nie wiem. – W głosie Valentine'a brzmiał smutek, jakby naprawdę żal mu było dawnego towarzysza, ale w oczach kryła się niechęć i ślad pogardy. – Ale nie wzywałbyś mnie tutaj, gdybyś nie zamierzał oddać mi Kielicha.

Po twarzy Hodge'a przebiegł cień.

– Nie jest łatwo zdradzić to, w co się wierzyło, tych, którzy ci ufają.

– Masz na myśli Lightwoodów czy ich dzieci?

– Jednych i drugich.

– Tak, Lightwoodowie. – Valentine sięgnął do mosiężnego globusa stojącego na biurku i zaczął wodzić długimi palcami po zarysach kontynentów i mórz. – Ale co tak naprawdę jesteś im winien? To na ciebie spadła kara, która powinna dosięgnąć ich. Gdyby nie mieli takich koneksji w Clave, zostaliby wyklęci razem z tobą. A tak, mogą chodzić w blasku słońca jak zwykli ludzie. Mogą wyjeżdżać z domu i do niego wracać. – Kiedy wymawiał słowo „dom", jego głos zadrżał, palce znieruchomiały na globusie. Clary była pewna, że dotykają miejsca, gdzie leży Idris.

Hodge uciekł wzrokiem.

– Zrobili to, co każdy by zrobił.

– Nie każdy. Ty nie i ja również nie. Pozwolić przyjacielowi cierpieć zamiast mnie? Musisz być rozgoryczony, Starkweather. Świadomość, że bez mrugnięcia okiem skazali cię na taki los...

Hodge wzruszył ramionami.

– Ale to nie wina dzieci. One nic nie zrobiły...

– Nie wiedziałem, że tak lubisz dzieci, Starkweather – rzucił Valentine takim tonem, jakby ta myśl go rozbawiła.

Z piersi Hodge'a wyrwało się westchnienie.

– Jace...

– Nie mów o nim. – Valentine po raz pierwszy pozwolił sobie na gniew. Zerknął na nieruchomą postać leżącą na podłodze. – On krwawi. Dlaczego?

Hodge przycisnął Kielich do serca. Jego kostki zbielały.

– To nie jego krew. Jest nieprzytomny, ale nie ranny.

Valentine spojrzał na niego z uśmiechem.

– Ciekawe, co o tobie pomyśli, kiedy się ocknie. Zdrada zawsze jest brzydka, ale zdrada dziecka... dwa razy gorsza, nie uważasz?

– Nie skrzywdzisz go – wyszeptał Hodge. – Przysiągłeś, że nie zrobisz mu krzywdy.

– Nigdy tego nie przysięgałem – uciął Valentine. Odsunął się od biurka i ruszył w stronę Hodge'a, a ten zaczął się cofać jak małe zwierzątko schwytane w pułapkę. Miał nieszczęśliwą minę. – A co byś zrobił, gdybym powiedział, że zamierzam go skrzywdzić? Walczyłbyś ze mną? Zatrzymał Kielich? Nawet gdyby udało ci się mnie zabić, Clave nigdy nie zdjęłoby z ciebie klątwy. Ukrywałbyś się tutaj do śmierci, tak przerażony, że bałbyś się szerzej otworzyć okno. Co byś oddał, żeby już więcej się nie bać? Co byś oddał, żeby znowu znaleźć się w domu?

Clary oderwała od nich wzrok. Już nie mogła znieść wyrazu twarzy Hodge'a.

– Obiecaj, że nie zrobisz mu krzywdy, a dam ci Kielich – rzekł zdławionym głosem nauczyciel.

– Nie – odparł Valentine jeszcze ciszej. – I tak mi go dasz. – Wyciągnął rękę.

Hodge zamknął oczy. Przez chwilę jego twarz wyglądała jak marmurowe oblicze jednego z aniołów podtrzymujących biurko: zbolała, poważna, przytłoczona straszliwym ciężarem. Potem zaklął żałośnie i podał naczynie Valentine'owi. Jego dłoń trzęsła się jak liść na silnym wietrze.

– Dziękuję. – Valentine wziął od niego Kielich i przyjrzał mu się w zadumie. – Zdaje się, że wyszczerbiłeś brzeg.

Hodge milczał. Twarz miał szarą. Valentine schylił się i wziął Jace'a na ręce. Podniósł go bez wysiłku. Gdy Clary zobaczyła, że nienagannie skrojona marynarka napina się na jego ramionach i plecach, uświadomiła sobie, że jest potężnym mężczyzną, z torsem jak pień dębu. Jace, bezwładny w jego ramionach, wyglądał przy nim jak dziecko.

– Wkrótce będzie razem z ojcem – powiedział Valentine, patrząc na bladą twarz chłopca. – Tam gdzie jego miejsce.

Hodge drgnął. Valentine odwrócił się i ruszył w stronę kurtyny z drgającego powietrza, przez którą wszedł. Zostawił Bramę otwartą. Jej blask raził oczy, jakby silne słońce odbijało się od powierzchni lustra.

Hodge wyciągnął błagalnie rękę.

– Zaczekaj! – krzyknął. – A co z twoją obietnicą? Przyrzekałeś, że zdejmiesz ze mnie klątwę.

– To prawda – przyznał Valentine. Zatrzymał się i spojrzał twardo na Hodge'a.

Nauczyciel gwałtownie wciągnął powietrze i cofnął się, przykładając dłoń do piersi, jakby coś trafiło go w serce. Spomiędzy jego palców trysnął na podłogę czarny płyn. Hodge uniósł pooraną twarz i spojrzał na Valentine'a dzikim wzrokiem.

– Już? – wykrztusił. – Klątwa jest zdjęta?

– Tak. I może kupiona wolność przyniesie ci radość.

Po tych słowach Valentine przeszedł przez kurtynę. Przez chwilę jego postać migotała, jakby stał pod wodą. Potem zniknął, zabierając ze sobą Jace'a.

20

Szczurzy zaułek

Hodge patrzył za nim, dysząc ciężko i zaciskając pięści. Lewą dłoń miał ubrudzoną ciemnym płynem, który wysączył się z jego piersi. Na twarzy radość mieszała się z nienawiścią do samego siebie.

– Hodge! – Clary zabębniła w niewidzialną ścianę, która ich rozdzielała. Ból przeszył jej ramię, ale był niczym w porównaniu z pieczeniem w piersi. Miała wrażenie, że serce jej zaraz wyskoczy. Jace, Jace, Jace! Imię dźwięczało w jej głowie, jakby się domagało, żeby je wykrzyczeć. – Hodge, wypuść mnie!

Nauczyciel odwrócił się i pokręcił głową.

– Nie mogę – powiedział, wycierając nienagannie czystą chusteczką poplamioną rękę. W jego głosie brzmiał szczery żal. – Próbowałabyś mnie zabić.

– Nie. Obiecuję.

– Nie zostałaś wychowana jako Nocny Łowca, więc twoje obietnice nic nie znaczą. – Brzeg chusteczki dymił, jakby został umoczony w kwasie, a dłoń nadal była czarna. Hodge zrezygnował z prób doczyszczenia jej.

– Nie słyszałeś go?! – krzyknęła Clary z rozpaczą. – On zabije Jace'a.

– Nic takiego nie powiedział. – Hodge stał teraz przy biurku. Otworzył szufladę i wyciągnął z niej kawałek papieru. Z kieszeni marynarki wyjął pióro i postukał nim o blat, żeby napłynął atrament. Clary wytrzeszczyła oczy. Zamierzał napisać list?

– Valentine powiedział, że Jace wkrótce będzie z ojcem. Ojciec Jace'a nie żyje. Co innego mógł mieć na myśli?

Hodge nie podniósł wzroku znad kartki, na której coś bazgrał.

– To skomplikowane. Nie zrozumiesz.

– Rozumiem wystarczająco dużo. – Gorycz omal nie wypaliła jej języka. – Wiem, że Jace ci ufał, a ty wydałeś go człowiekowi, który nienawidził jego ojca i pewnie nienawidzi Jace'a. Zrobiłeś to, bo jesteś zbyt tchórzliwy, żeby żyć z przekleństwem, na które sobie zasłużyłeś.

Hodge gwałtownie uniósł głowę.

– Tak myślisz?

– Tyle wiem.

Nauczyciel odłożył pióro i potrząsnął głową. Wyglądał na zmęczonego i starego, dużo starszego od Valentine'a, choć byli w tym samym wieku.

– Znasz tylko parę oderwanych od siebie szczegółów, Clary. I lepiej, żeby tak pozostało. – Starannie złożył kartkę i cisnął ją w ogień. Papier zapłonął jasną zielenią i chwilę później zniknął.

– Co robisz? – zapytała Clary.

– Wysyłam wiadomość. – Hodge odwrócił się od kominka. Stał blisko, oddzielony od niej jedynie niewidzialną barierą. Clary przycisnęła palce do ściany, żałując, że nie może ich wepchnąć mu w oczy... choć były równie smutne jak oczy Valentine'a. – Jesteś młoda. Przeszłość nic dla ciebie nie znaczy, nie jest nawet inną krainą, jak dla starych, ani koszmarem, jak dla winnych. Clave nałożyło na mnie klątwę, bo pomagałem Valentine'owi. Ale nie byłem jedynym członkiem Kręgu, który mu służył. Czy Lightwoodowie nie byli równie winni jak ja? Albo Waylandowie? Lecz tylko ja zostałem skazany na życie w zamknięciu. Nie mogę nawet wystawić ręki przez okno.

– To nie moja wina – powiedziała Clary. – Ani Jace'a. Dlaczego postanowiłeś ukarać go za to, co Clave zrobiło tobie? Mogę zrozumieć oddanie Valentine'owi Kielicha, ale Jace'a? On go zabije, tak jak zabił jego ojca...

– Valentine nie zabił ojca Jace'a – przerwał jej Hodge.

Z piersi Clary wyrwał się szloch.

– Nie wierzę ci! Wszystko, co mówisz, to same kłamstwa! Przez cały czas nas okłamywałeś!

– Ach, ten moralny absolutyzm młodych, który nie dopuszcza żadnych okoliczności łagodzących. – Hodge westchnął. – Nie rozumiesz, Clary, że na swój sposób staram się być dobrym człowiekiem?

Potrząsnęła głową.

– To nie działa w taki sposób. Dobre uczynki nie równoważą złych. Ale... – Przygryzła wargę. – Gdybyś mi powiedział, gdzie jest Valentine...

– Nie – prawie wyszeptał. – Mówi się, że Nefilim to potomstwo ludzi i aniołów. Całe to anielskie dziedzictwo oznacza jedynie dłuższą drogę do upadku. – Dotknął palcami niewidzialnej powierzchni. – Nie zostałaś wychowana jako jedna z nas. Nie bierzesz udziału w tym życiu pełnym blizn i zabijania. W każdej chwili możesz odejść. Opuścić Instytut i nigdy nie wrócić.

Clary pokręciła głową.

– Nie mogę tego zrobić.

– W takim razie przyjmij moje kondolencje – rzucił Hodge i wyszedł z biblioteki.

***

Gdy drzwi zamknęły się za Hodge'em, Clary została sama w kompletnej ciszy. Słyszała tylko swój chrapliwy oddech i drapanie palców po nieustępliwej magicznej barierze oddzielającej ją od wyjścia. Zrobiła to, czego wcześniej sobie zabroniła, i rzuciła się na ścianę. Potem jeszcze raz i jeszcze, aż rozbolały ją oba boki i ogarnęło wyczerpanie. Osunęła się na podłogę, z trudem hamując łzy.

Gdzieś po drugiej stronie niewidzialnego muru umierał Alec, a Isabelle czekała, aż Hodge przyjdzie i go uratuje. Gdzieś tam Valentine cucił Jace'a, potrząsając nim mocno. Gdzieś tam z każdą chwilą malały szanse jej matki. A ona była tutaj – uwięziona, bezużyteczna i bezradna jak dziecko.

Raptem usiadła prosto. Przypomniała sobie, jak u Madame Dorothei Jace wcisnął jej w rękę stelę. Oddała mu ją? Wstrzymując oddech, pomacała lewą kieszeń bluzy. Była pusta. Powoli wsunęła dłoń do prawej. Spocone palce trafiły na kłaczki brudu, a potem dotknęły czegoś twardego, gładkiego i zaokrąglonego. Steli.

Z dudniącym sercem zerwała się na równe nogi i lewą ręką namacała magiczny mur. Potem zebrała się na odwagę i wysunęła przed siebie stelę, aż trafiła jej czubkiem w barierę. W jej umyśle już formował się obraz. W mulistej wodzie płynęła w górę ryba, wzór łusek stawał się coraz wyraźniejszy, w miarę jak zbliżała się ku powierzchni. Najpierw ostrożnie, potem z większą pewnością siebie Clary przesunęła stelą po ścianie. W powietrzu przed nią zawisły jaśniejące białoszare linie.

Gdy poczuła, że Znak jest ukończony, opuściła rękę, oddychając ciężko. Przez chwilę wszystko było nieruchome i ciche. Znak raził ją w oczy jak jaskrawy neon. Potem usłyszała dźwięk, ogłuszający łoskot, jakby obok niej spadała lawina kamieni. Znak, który narysowała, sczerniał i rozsypał jak popiół. Podłoga zatrzęsła się pod jej nogami, chwilę później wszystko ucichło, a ona zrozumiała, że jest wolna.

Podbiegła do okna i rozsunęła zasłony. Zapadał zmrok, ulica w dole była skąpana w czerwono-fioletowej poświacie. Chodnikiem szedł Hodge. Jego siwa głowa podskakiwała nad tłumem.

Clary wybiegła z biblioteki i popędziła w dół po schodach. Zatrzymała się tylko na chwilę, żeby wsunąć stelę do kieszeni bluzy. Zanim pokonała resztę stopni i wypadła na ulicę, w boku już czuła kolkę. Ludzie spacerujący z psami o parnym zmierzchu uskakiwali na bok, kiedy gnała co tchu wzdłuż East River. Skręcając za róg, dostrzegła swoje odbicie w ciemnej szybie budynku. Spocone włosy przykleiły się jej do czoła, twarz była pokryta zakrzepłą krwią.

Kiedy dotarła do skrzyżowania, na którym ostatnio widziała Hodge'a, przez chwilę myślała, że go zgubiła. Puściła się biegiem przez tłum tarasujący wejście do metra, rozpychając ludzi łokciami i kolanami. Zgrzana i obolała, wyrwała się z tłumu w samą porę, by dostrzec tweedowy garnitur znikający w wąskiej uliczce między dwoma rzędami domów.

Ominęła śmietnik i wpadła w alejkę. Gardło paliło ją żywym ogniem przy każdym oddechu. Choć na ulicy panował wieczorny półmrok, tutaj było ciemno jak w nocy. Zobaczyła Hodge'a stojącego w drugim krańcu uliczki, która kończyła się ślepo na tyłach restauracji. Na zewnątrz piętrzyły się śmieci: stosy toreb z jedzeniem, brudne papierowe talerze, plastikowe sztućce, które zatrzeszczały nieprzyjemnie pod jego butami, kiedy się odwrócił i na nią spojrzał. Clary przypomniała sobie wiersz, który czytała na lekcji angielskiego: „Myślę – jesteśmy w szczurzym zaułku/ Gdzie zmarli ludzie pogubili kości".

– Śledziłaś mnie – stwierdził Hodge. – Nie powinnaś była.

– Zostawię cię w spokoju, jeśli mi powiesz, gdzie jest Valentine.

– Nie mogę tego zrobić. On się dowie, że ci powiedziałem, i moja wolność będzie równie krótka jak życie.

– I tak będzie krótka, kiedy Clave odkryje, że dałeś Kielich Anioła Valentine'owi – zauważyła Clary. – Po tym, jak podstępem nakłoniłeś nas, żebyśmy go zdobyli. Jak możesz z samym sobą wytrzymać, wiedząc, co on zamierza zrobić?

Hodge się zaśmiał.

– Boję się Valentine'a bardziej niż Clave, i ty też byś się bała, gdybyś była mądra. On i tak w końcu znalazłby Kielich, z moją pomocą czy bez niej.

– I nie obchodzi cię, że użyje go, żeby zabijać dzieci?

Hodge zrobił krok do przodu. Clary dostrzegła że coś błyszczy w jego ręce.

– Czy to wszystko naprawdę ma dla ciebie aż takie znaczenie? – spytał.

– Już ci mówiłam. Nie mogę tak po prostu sobie odejść.

– Szkoda – skwitował, unosząc rękę.

Clary nagle sobie przypomniała, że bronią Hodge'a jest chakram. Uchyliła się, zanim zobaczyła jasny metalowy krążek metalu lecący w stronę jej głowy. Ze świstem minął jej twarz o cal i wbił się w żelazne schody przeciwpożarowe po lewej stronie.

Gdy Clary uniosła wzrok, zobaczyła, że Hodge patrzy na nią, trzymając w prawej ręce drugi dysk.

– Jeszcze możesz uciec – powiedział.

Instynktownie zasłoniła się rękami, choć logika podpowiadała jej, że chakram potnie je na kawałki.

– Hodge...

Obok niej śmignęło coś dużego i ciemnego. Usłyszała krzyk Hodge'a. Kiedy stworzenie stanęło między nią a napastnikiem, zobaczyła je wyraźniej. Był to wilk o długości sześciu stóp i kruczoczarnej sierści z pojedynczym szarym pasmem.

Hodge, nadal ściskający w ręce metalowy dysk, miał twarz białą jak płótno.

– Ty – wykrztusił. – Myślałem, że uciekłeś...

Clary ze zdziwieniem stwierdziła, że Hodge mówi do wilka.

Zwierzę obnażyło kły i wywiesiło czerwony język. Z jego oczu ziała nienawiść, czysta ludzka nienawiść.

– Przyszedłeś po mnie czy po dziewczynę? – zapytał nauczyciel. Na jego czole perlił się pot, ale ręka była pewna.

Wilk ruszył w jego stronę, warcząc głucho.

– Jest jeszcze czas – rzucił pospiesznie Hodge. – Valentine przyjmie cię z powrotem...

Wilk zawył i skoczył na niego. Clary zobaczyła błysk srebra i usłyszała nieprzyjemny odgłos, kiedy chakram wbił się w bok zwierzęcia. Wilk opadł na tylne łapy. Z jego sierści, w miejscu gdzie sterczał dysk, ciekła krew, ale mimo to ponownie zaatakował człowieka.

Hodge krzyknął raz i upadł, gdy potężne szczęki zacisnęły się na jego ramieniu. W powietrze trysnęła fontanną krew, jak farba z przebitej puszki, i spryskała czerwienią cementową ścianę.

Wilk uniósł głowę znad bezwładnego ciała i spojrzał na dziewczynę. Jego zęby ociekały szkarłatem.

Clary nie miała w płucach dość powietrza, żeby wydać z siebie jakikolwiek dźwięk. Puściła się biegiem w stronę znajomych neonowych świateł ulicy, do bezpiecznego, realnego świata. Usłyszała za sobą warczenie, poczuła gorący oddech na nagich łydkach. Przyspieszyła resztkami sił...

Wilcze szczęki zacisnęły się na jej nodze, szarpnęły ją w tył. Zanim uderzyła głową w twardy chodnik i pogrążyła się w ciemności, odkryła, że jednak ma dość powietrza w płucach, żeby krzyczeć.

***

Obudził ją dźwięk kapiącej wody. Powoli otworzyła oczy. Niewiele zobaczyła. Leżała na szerokiej pryczy w małym, obskurnym pomieszczeniu. Na rozchwianym stole opartym o brudną ścianę stał tani mosiężny świecznik z grubą czerwoną świecą, jedynym oświetleniem izby. Sufit był popękany i zagrzybiony, wilgoć sączyła się przez rysy w kamieniu. Clary odnosiła niejasne wrażenie, że czegoś tutaj brakuje, ale nad wszystkimi jej odczuciami dominował silny zapach mokrego psa.

Usiadła i natychmiast tego pożałowała. Ból przeszył jej głowę jak rozżarzony szpikulec i zaraz potem ogarnęła ją fala mdłości. Dobrze, że nic nie miała w żołądku.

Nad pryczą, na gwoździu wbitym między dwa kamienie wisiało lustro. Gdy Clary w nie spojrzała, przeraziła się. Nic dziwnego, że twarz ją bolała. Od kącika prawego oka biegły do brzegu ust długie równoległe zadrapania. Prawy policzek był pokryty krwią, podobnie jak szyja, cały przód koszuli i bluza.

Nagle Clary ze strachem chwyciła się za kieszeń i odetchnęła z ulgą, kiedy namacała stelę.

I wtedy uświadomiła sobie, co dziwnego jest w tym pomieszczeniu. Całą jedną ścianę stanowiła gruba żelazna krata sięgająca od sufitu do podłogi. To była więzienna cela.

Gdy Clary chwiejnie wstała z pryczy, poczuła silne zawroty głowy. Chwyciła się stołu, żeby nie upaść. Nie zemdleję, przykazała sobie twardo.

W tym momencie usłyszała kroki na zewnątrz celi. Ktoś nadchodził korytarzem. Clary oparła się o stół.

Mężczyzna niósł lampę. Clary widziała tylko jego sylwetkę: wysoki wzrost, szerokie ramiona, zmierzwione włosy. Dopiero kiedy otworzył drzwi i wszedł do środka, zobaczyła, kto to jest.

Wyglądał tak samo jak zawsze: wytarte dżinsy, koszula z denimu, buty robocze, nierówno ostrzyżone włosy, okulary. Ranę, którą ostatnim razem zauważyła na boku jego szyi, pokrywała świeżo zagojona, lśniąca skóra.

Luke.

Tego było dla niej za wiele. Skutki wyczerpania, braku snu i jedzenia, utraty krwi i przerażenie dopadły ją nagle jak wezbrana fala. Poczuła, że kolana się pod nią uginają, i osunęła się na ziemię.

Luke przyskoczył do niej jednym susem. Poruszał się tak szybko, że nie zdążyła runąć na podłogę, bo złapał ją i podniósł jak wtedy, gdy była małą dziewczynką. Posadził ją na pryczy i cofnął się, patrząc na nią z niepokojem.

– Clary? – Wyciągnął do niej rękę. – Dobrze się czujesz?

Odsunęła się i uniosła ręce, żeby się przed nim zasłonić.

– Nie dotykaj mnie.

Przez jego twarz przemknął wyraz głębokiego bólu. Ze znużeniem przesunął dłonią po czole.

– Chyba na to zasłużyłem.

– Owszem.

W oczach Luke'a odmalowała się troska.

– Nie oczekuję, że mi zaufasz...

– To dobrze, bo nie zamierzam ci zaufać.

– Clary... – Zaczął spacerować po celi. – To, co zrobiłem... Nie spodziewam się, że zrozumiesz. Wiem, że uważasz, że cię opuściłem...

– Opuściłeś. Powiedziałeś, że mam więcej do ciebie nie dzwonić. Nigdy nie zależało ci na mojej matce. Kłamałeś we wszystkim.

– Nie. Nie we wszystkim.

– Naprawdę nazywasz się Luke Garroway?

Jego ramiona opadły.

– Nie – odparł i spuścił wzrok. Na przodzie niebieskiej koszuli rozprzestrzeniała się ciemnoczerwona plama.

Clary usiadła prosto.

– To krew? – Na chwilę zapomniała, że ma być wściekła.

– Tak – odparł Luke, trzymając się za bok. – Rana musiała się otworzyć, kiedy cię podniosłem.

– Jaka rana?

– Dyski Hodge'a nadal są ostre, choć ręka nie ta, co kiedyś. Możliwe, że mam uszkodzone żebro.

– Hodge? Kiedy...?

Spojrzał na nią, a ona nagle przypomniała sobie wilka w zaułku, całego czarnego z wyjątkiem jednego szarego pasa na boku. I przypomniała sobie wbijający się w niego dysk. Zrozumiała.

– Jesteś wilkołakiem.

Luke zabrał rękę z koszuli. Jego palce były czerwone.

– Tak – potwierdził lakonicznie. Podszedł do ściany i zastukał w nią energicznie trzy razy. Następnie odwrócił się do niej. – Jestem.

– Zabiłeś Hodge'a – stwierdziła Clary.

– Nie. – Pokręcił głową. – Nieźle go poraniłem, ale kiedy wróciłem po ciało, już go nie było.

– Rozszarpałeś mu ramię. Widziałam.

– Tak, ale może warto nadmienić, że próbował cię zabić. Zrobił krzywdę jeszcze komuś?

Clary zagryzła wargę. Poczuła słonawy smak, ale to krwawiła rana po ataku Hugo.

– Jace'owi – wyszeptała. – Hodge pozbawił go przytomności i oddał... Valentine'owi.

– Valentine'owi? – powtórzył Luke zaskoczony. – Wiedziałem, że dał mu Kielich Anioła, ale nie miałem pojęcia...

– Skąd wiedziałeś? – zaatakowała go Clary, ale potem sobie przypomniała. – Słyszałeś, jak rozmawiałam z nim w zaułku. Zanim na niego skoczyłeś.

– Skoczyłem na niego, jak się wyraziłaś, bo właśnie zamierzał odciąć ci głowę – powiedział Luke i spojrzał na drzwi celi.

Stał w nich wysoki mężczyzna, a za nim drobna kobieta, tak niska, że wyglądała jak dziecko. Oboje byli w zwyczajnych ubraniach: dżinsach i bawełnianych koszulach, oboje mieli takie same rozczochrane włosy, z tym że kobieta jasne, a mężczyzna siwo-czarne, borsucze, i oboje takie same młodo-stare twarze, bez zmarszczek, ale ze znużonymi oczami.

– Clary, poznaj mojego drugiego i trzeciego, Gretel i Alarica.

Mężczyzna skłonił masywną głowę.

– Już się poznaliśmy.

Clary wytrzeszczyła oczy.

– Tak?

– W hotelu Dumort – przypomniał Alaric. – Wbiłaś mi nóż w żebra.

Clary cofnęła się pod ścianę.

– Ja... och, przepraszam.

– Nie trzeba. To był świetny rzut. – Wsunął rękę do kieszeni na piersi i wyjął z niej sztylet Jace'a z mrugającym czerwonym okiem. Podał go jej. – Zdaje się, że to twój.

Clary się zawahała.

– Ale...

– Nie martw się – uspokoił ją mężczyzna. – Wyczyściłem ostrze.

Clary wzięła nóż. Luke zaśmiał się pod nosem.

– Patrząc z perspektywy czasu, najazd na Dumort może nie był tak dobrze zaplanowany, jak powinien – przyznał. – Wysłałem grupę moich wilków, żeby cię obserwowały i obroniły, gdybyś znalazła się w niebezpieczeństwie. Kiedy pojechałaś do hotelu...

– Jace i ja dalibyśmy sobie radę. – Clary wsunęła sztylet za pasek.

Gretel posłała jej pobłażliwy uśmiech i zwróciła się do Luke'a:

– Po to nas wezwałeś, panie?

– Nie – powiedział Luke, dotykając boku. – Moja rana się otworzyła, a Clary też ma parę skaleczeń, które wymagają opatrzenia. Jeśli nie masz nic przeciwko temu...

Gretel skłoniła głowę.

– Pójdę po apteczkę – oznajmiła i wyszła z celi. Alaric podążył za nią jak przerośnięty cień.

– Nazwała cię „panem” – odezwała się Clary, kiedy zostali sami. – I o co ci chodziło z tym „drugim i trzecim”? Co drugi i trzeci?

– Moi zastępcy – odparł Luke. – Ja jestem przywódcą stada wilków, więc Gretel zwraca się do mnie „panie”. Wierz mi, że długo nie mogłem się do tego przyzwyczaić.

– Moja matka wiedziała?

– O czym?

– Że jesteś wilkołakiem.

– Tak. Od chwili, kiedy to się stało.

– Oczywiście żadne z was nie pomyślało, żeby mi o tym napomknąć.

– Powiedziałbym ci, ale twoja matka uparła się, że masz nic nie wiedzieć o Nocnych Łowcach czy Świecie Cieni. Nie potrafiłbym ci wyjaśnić, dlaczego jestem wilkołakiem, nie przedstawiając ci całej sytuacji, a Jocelyn nie chciała, żebyś ją poznała. Nie wiem, ile się dowiedziałaś...

– Dużo – oznajmiła Clary. – Wiem, że moja matka była Nocnym Łowcą. Wiem, że wyszła za Valentine'a i że ukradła mu Kielich Anioła, a potem się ukryła. Wiem, że po tym, jak mnie urodziła, co dwa lata prowadziła mnie do Magnusa Bane'a, żeby odbierał mi Wzrok. Wiem, że kiedy w zamian za życie mojej mamy Valentine próbował cię zmusić, żebyś mu powiedział, gdzie jest Kielich, powiedziałeś mu, że ona się dla ciebie nie liczy.

Luke wpatrywał się w ścianę.

– Nie wiedziałem, gdzie jest Kielich. Jocelyn mi nie powiedziała.

– Mogłeś się targować...

– Valentine się nie targuje. Nigdy. Jeśli nie ma przewagi, nawet nie siada do stołu. Jest pełen determinacji i całkowicie pozbawiony współczucia. Choć może kiedyś kochał twoją matkę, nie zawahałby się jej zabić. Nie, nie zamierzałem układać się z Valentine'em.

– Więc postanowiłeś zostawić ją na pastwę losu? – rzuciła z wściekłością Clary. – Jesteś przywódcą całego stada wilkołaków i tak po prostu uznałeś, że ona wcale nie potrzebuje twojej pomocy? Wiesz co, było mi źle, kiedy myślałam, że ty też jesteś Nocnym Łowcą i odwróciłeś się do niej plecami z powodu jakiejś głupiej przysięgi czy czegoś w tym rodzaju, ale teraz wiem, że jesteś po prostu oślizłym Podziemnym, którego nie obchodzi, że przez te wszystkie lata traktowała cię jak przyjaciela, jak równego sobie. I teraz tak jej odpłaciłeś!

– Posłuchaj siebie – powiedział Luke cicho. – Mówisz jak Lightwood.

Clary zmrużyła oczy.

– Znasz Aleca i Isabelle?

– Miałem na myśli ich rodziców, których znałem bardzo dobrze, kiedy wszyscy byliśmy Nocnymi Łowcami.

Clary rozdziawiła usta ze zdumienia.

– Wiem, że należałeś do Kręgu, ale jakim cudem nie odkryli, że jesteś wilkołakiem? Nie wiedzieli?

– Nie, bo nie urodziłem się wilkołakiem. Stałem się nim. I już wiem, że jeśli chcę cię przekonać, musisz usłyszeć całą historię. To długa opowieść, ale myślę, że mamy czas.

Część trzecia

Upadek kusi

„Upadek kusi, tak jak kusiło wchodzenie na szczyt".
– William Carlos Williams, „Upadek"

21

Opowieść wilkołaka

Prawda jest taka, że znałem twoją matkę od dziecka. Dorastaliśmy w Idrisie. To piękny kraj, a ja zawsze żałowałem, że nigdy go nie widziałaś. Pokochałabyś strzeliste sosny, czarną ziemię i lodowate, krystaliczne rzeki. Jest tam sieć małych miasteczek i stolica Alicante, gdzie spotyka się Clave. Nazywają ją Szklanym Miastem, bo jego wieże są z tego samego materiału odpychającego demony co nasze stele. W blasku słońca lśnią jak szkło.

Kiedy Jocelyn i ja osiągnęliśmy stosowny wiek, wysłano nas do szkoły w Alicante. Tam poznałem Valentine'a.

Starszy ode mnie o rok, był zdecydowanie najbardziej popularnym chłopcem w szkole: przystojny, bystry, bogaty, zaangażowany i do tego świetny wojownik. Ja byłem nikim – ani bogaty, ani błyskotliwy, ze zwyczajnej wiejskiej rodziny. W dodatku nauka kosztowała mnie dużo wysiłku. Jocelyn była urodzonym Nocnym Łowcą, ja nie. Nie tolerowałem najsłabszego Znaku, nie potrafiłem przyswoić najprostszych technik. Czasami myślałem, żeby uciec i wrócić do domu, okrywając się wstydem. Albo nawet zostać Przyziemnym. Żałosne.

To Valentine mnie uratował. Przyszedł do mojego pokoju. Nawet nie sądziłem, że zna moje imię. Zaproponował, że mnie wyszkoli. Powiedział, że wie, że mam kłopoty, ale dostrzegł we mnie zadatki na dobrego Nocnego Łowcę. Pod jego okiem poprawiłem się, zdałem egzaminy, dostałem pierwsze Znaki, zabiłem pierwszego demona.

Wielbiłem go. Uważałem, że słońce wstaje i zachodzi dla Valentine'a Morgensterna. Oczywiście nie byłem jedynym nieudacznikiem, którego uratował. Byli inni. Hodge Starkweather, który radził sobie lepiej z książkami niż z ludźmi; Maryse Trueblood, której brat ożenił się z Przyziemną; Robet Lightwood, którego przerażały Znaki. Valentine wziął ich wszystkich pod swoje skrzydła. Myślałem wtedy, że to z dobroci, teraz nie jestem taki pewien. Teraz sądzę, że zyskiwał sobie wyznawców, którzy otaczali go kultem.

Valentine miał obsesję na punkcie idei, że w każdym pokoleniu jest coraz mniej Nocnych Łowców, że jesteśmy wymierającym gatunkiem. Twierdził, że gdyby tylko Clave mogło swobodniej używać Kielicha Razjela, powiększyłyby się nasze szeregi. Nauczyciele uważali to podejście za świętokradztwo. Nikt nie może wybierać, czy zostanie Nocnym Łowcą, czy nie. Valentine pytał nonszalancko, dlaczego wszystkich ludzi nie uczynić Nocnymi łowcami? Dlaczego nie obdarować ich zdolnością widzenia Świata Cieni? Dlaczego samolubnie zachowywać moc dla siebie?

Kiedy nauczyciele odpowiadali, że większość ludzi nie przeżyłaby transformacji, Valentine zarzucał im, że kłamią, bo próbują zatrzymać moc Nefilim dla nielicznej elity. Tak wtedy mówił. Teraz myślę, że pewnie uważał ofiary za dopuszczalny skutek uboczny. W każdym razie, przekonał naszą małą grupkę, że ma rację. Utworzyliśmy Krąg, a naszym celem było ratowanie rasy Nocnych Łowców przed wymarciem. Oczywiście w wieku siedemnastu lat jeszcze nie wiedzieliśmy, jak to zrobić, ale byliśmy pewni, że w końcu dokonamy czegoś wielkiego.

A potem nadeszła noc, kiedy ojciec Valentine'a został zabity w czasie rutynowego napadu na obóz wilkołaków. Kiedy Valentine wrócił do szkoły po pogrzebie, nosił czerwone Znaki żałoby. Zmienił się również pod innymi względami. Coraz częściej zdarzały mu się ataki wściekłości graniczącej z okrucieństwem. Przypisałem to nowe zachowanie smutkowi i jeszcze bardziej starałem się go zadowolić. Nigdy nie reagowałem na jego gniew gniewem. Miałem jedynie chore poczucie, że go rozczarowałem.

Jedyną osobą, która potrafiła łagodzić jego wybuchy, była twoja matka. Zawsze trzymała się trochę z boku naszej grupy, czasami drwiąco nazywała nas fanklubem Valentine'a. To się zmieniło, kiedy umarł jego ojciec. Cierpienie Valentine'a wzbudziło w niej współczucie. Zakochali się w sobie.

Ja też go kochałem. Był moim najbliższym przyjacielem, więc cieszyłem się, że jest z Jocelyn. Po ukończeniu szkoły pobrali się i wyjechali do jego rodzinnej posiadłości. Ja też wróciłem do domu, ale Krąg nadal istniał. Powstał jako coś w rodzaju szkolnej przygody, ale rozrósł się i umocnił, a Valentine wraz z nim. Jego ideały również się zmieniły. Krąg nadal głośno domagał się Kielicha Anioła, ale od śmierci ojca Valentine stał się jawnym zwolennikiem wojny przeciwko wszystkim Podziemnym, nie tylko tym, którzy naruszyli Porozumienia. „Ten świat jest dla ludzi", argumentował, „a nie dla półdemonów. Demonom nigdy nie można w pełni zaufać".

Nie podobał mi się nowy kierunek Kręgu, ale trwałem w nim, po części dlatego że nadal nie potrafiłem zawieść Valentine'a, a po części dlatego że prosiła mnie o to Jocelyn. Też miała nadzieję, że zdołam wprowadzić umiarkowanie do Kręgu, ale okazało się to niemożliwe. Nie dało się utemperować Valentine'a, a Robert i Maryse Lightwoodowie, małżeństwo, byli równie zajadli. Tylko Michaela Waylanda dręczyły wątpliwości, tak jak mnie, ale mimo naszej niechęci trzymaliśmy się razem. Jako grupa niestrudzenie polowaliśmy na Podziemnych, szukając tych, którzy popełnili choćby najmniejsze wykroczenie. Valentine nigdy nie zabił istoty, która nie naruszyła Porozumień, ale robił inne rzeczy. Widziałem, jak przymocował srebrne monety do oczu dziewczynki wilkołaka i oślepił ją, żeby zmusić do wyjawienia, gdzie jest jej brat. Widziałem... ale nie musisz tego wysłuchiwać. Nie. Przepraszam.

Później Jocelyn zaszła w ciążę. W dniu, kiedy mi o tym powiedziała, wyznała również, że zaczęła się bać swojego męża. Jego zachowanie stało się dziwne, nieobliczalne. Na całe noce znikał w piwnicach posiadłości. Czasami słyszała krzyki przez ściany...

Poszedłem do niego. Roześmiał się i zbył jej obawy jako kaprysy i urojenia kobiety spodziewającej się pierwszego dziecka. Zaprosił mnie na nocne polowanie. Wciąż staraliśmy się zlikwidować gniazdo wilkołaków, którzy zabili przed laty jego ojca. Byliśmy *parabatai*, doskonałym zespołem myśliwych złożonym z dwóch wojowników, którzy oddaliby za siebie nawzajem życie w razie potrzeby. Tak więc kiedy Valentine powiedział mi, że będzie tej nocy strzegł moich pleców, uwierzyłem mu. Nie zauważyłem wilka, dopóki na mnie nie skoczył. Pamiętam, jak jego zęby wbiły się w moje ramię, i nic więcej. Kiedy się obudziłem, leżałem z obandażowaną ręką w domu Valentine'a. Jocelyn też tam była.

Nie wszystkie ugryzienia wilkołaków powodują likantropię. Rana się zagoiła, ale następne tygodnie były udręką czekania na pełnię księżyca. Gdyby Clave wiedziało, zamknęłoby mnie w celi obserwacyjnej. Ale Valentine i Jocelyn milczeli. Trzy tygodnie później księżyc wstał pełny i jasny, a ja zacząłem się zmieniać. Pierwsza Przemiana zawsze jest najcięższa. Pamiętam oszołomienie, agonię, ciemność i przebudzenie kilka godzin później na łące wiele mil od miasta. Byłem umazany krwią, u moich stóp leżało rozszarpane ciało jakiegoś małego leśnego zwierzęcia.

Wróciłem do rezydencji, a oni powitali mnie w drzwiach. Jocelyn rzuciła się mi na szyję, szlochając, ale Valentine ją odciągnął. Stałem w progu zakrwawiony i drżący. Ledwo mogłem myśleć. W ustach miałem jeszcze smak surowego mięsa. Nie wiem, czego się spodziewałem, ale sądzę, że powinienem był wiedzieć.

Valentine zwlókł mnie ze schodów i zaciągnął do lasu. Oświadczył, że sam powinien mnie zabić, ale nie potrafił się do tego zmusić. Dał mi sztylet, który kiedyś należał do jego ojca. Kazał mi postąpić honorowo i samemu zakończyć życie. Pocałował nóż, a potem mi go wręczył. Wrócił do rezydencji i zaryglował drzwi.

Biegłem przez całą noc, czasami jako człowiek, czasami jako wilk, aż przekroczyłem granicę. Wpadłem w środek obozowiska wilkołaków, wymachując sztyletem, i zażądałem walki z likantropem, który mnie ugryzł i zmienił w jednego z nich. Śmiejąc się, wskazali mi przywódcę klanu. Stanął przede mną, z rękami i zębami nadal zakrwawionymi po polowaniu.

Nigdy nie byłem dobry w walce jeden na jednego. Na swoją broń wybrałem łuk. Miałem świetny wzrok i celne oko. Bezpośrednich starć nigdy nie lubiłem. To Valentine wprawił się w walce wręcz. Ale wtedy chciałem jedynie umrzeć i zabrać ze sobą stworzenie, które mnie zniszczyło. Pewnie myślałem, że jeśli zdołam pomścić siebie i jednocześnie zabiję wilki, które zamordowały jego ojca, Valentine będzie mnie opłakiwał. Kiedy ze sobą walczyliśmy, czasem jako ludzie, czasem jako wilki, zobaczyłem, że przywódca jest zaskoczony moją gwałtownością. Kiedy noc przeszła w dzień, zaczął odczuwać zmęczenie, ale moja wściekłość nie słabła. Gdy słońce zaczęło chylić się ku zachodowi, wbiłem sztylet w jego szyję. Umarł, obryzgując mnie krwią.

Spodziewałem się, że stado rzuci się na mnie i rozszarpie. Ale oni uklękli u moich stóp i obnażyli gardła w poddańczym geście. Wilki mają takie prawo, że ten, kto zabije przywódcę, zajmuje jego miejsce. Tak więc, zamiast śmierci i zemsty, znalazłem nowe życie.

Zostawiłem za sobą swoje stare ja i prawie zapomniałem, jak to jest być Nocnym Łowcą. Ale nie zapomniałem Jocelyn. Myśl o niej stale mi towarzyszyła. Bałem się o nią, wiedziałem jednak, że jeśli zbliżę się do rezydencji, Krąg będzie mnie ścigać do skutku.

W końcu ona przyszła do mnie. Spałem w obozie, kiedy obudził mnie mój drugi i powiedział, że czeka na mnie młoda kobieta, Nocny Łowca. Od razu wiedziałem, kto to jest. Widziałem dezaprobatę w jego oczach, kiedy pędziłem jej na spotkanie. Wszyscy oczywiście wiedzieli, że kiedyś byłem Nocnym Łowcą, ale uważano to za wstydliwy sekret, o którym nigdy się nie mówiło. Valentine by się uśmiał.

Czekała na mnie tuż za obozem. Już nie była w ciąży. Twarz miała bladą i wymizerowaną. Powiedziała, że urodziła dziecko, chłopczyka, i dała mu imiona Jonathan Christopher. Rozpłakała się na mój widok. Była zła, że jej nie zawiadomiłem, że żyję.

Valentine powiedział Kręgowi, że odebrałem sobie życie, ale ona mu nie uwierzyła. Wiedziała, że nigdy czegoś takiego bym nie zrobił. Uważałem, że jej wiara we mnie jest nieuzasadniona, ale czułem taką ulgę na jej widok, że nie zaprzeczyłem.

Spytałem, jak mnie znalazła. Powiedziała, że w Alicante krążą plotki o wilkołaku, który kiedyś był Nocnym Łowcą. Valentine też je słyszał, więc przyszła mnie ostrzec. Wkrótce potem on też się zjawił, ale ukryłem się przed nim, jak to potrafią wilkołaki, więc odszedł bez przelewu krwi.

Potem zacząłem w tajemnicy spotykać się z Jocelyn. To był rok Porozumień i w całym Podziemnym Świecie aż huczało od plotek o planach Valentine'a, żeby zerwać negocjacje. Słyszałem, że zażarcie spierał się z Clave w kwestii Przymierza, ale bez rezultatu. Tak więc Krąg w wielkim sekrecie ułożył nowy plan. Sprzymierzyli się z demonami, największymi wrogami Nocnych Łowców, żeby przemycić broń do Wielkiej Sali Anioła, gdzie miały zostać podpisane Porozumienia. Przy pomocy pewnego demona Valentine ukradł Kielich Anioła, a na jego miejscu zostawił kopię. Minęły miesiące, zanim Clave się zorientowało, że Kielich zniknął, ale wtedy było już za późno.

Joceylyn próbowała się dowiedzieć, co Valentine zamierza zrobić z Kielichem, ale bez powodzenia. Wiedziała jedynie, że Krąg planuje napaść na nieuzbrojonych Podziemnych i wymordować ich w sali obrad. Po takiej rzezi oczywiście nie doszłoby do zawarcia Przymierza.

Mimo chaosu były to, o dziwo, szczęśliwe dni. Jocelyn i ja w tajemnicy wysyłaliśmy wiadomości do skrzatów, czarowników, a nawet do odwiecznych wrogów wilczego rodu, wampirów, żeby ostrzec ich o planach Valentine'a. Działaliśmy razem, wilkołaki i Nefilim.

W dniu Porozumień obserwowałem z kryjówki, jak Morgensternowie opuszczają rezydencję. Pamiętam, jak Jocelyn nachyliła się i pocałowała jasną główkę synka. Pamiętam, jak słońce lśniło na jej włosach. Pamiętam jej uśmiech.

Pojechali do Alicante powozem. Podążyłem za nimi na czterech łapach, a stado biegło ze mną. Wielka Sala Anioła była pełna Clave i Podziemnych. Kiedy przyniesiono Porozumienia do podpisu, Valentine wstał, a Krąg razem z nim. Wyciągnęli broń. W sali zapanował chaos, i wtedy Jocelyn podbiegła do wielkich podwójnych drzwi i otworzyła je szeroko.

Moje stado wpadło do sali pierwsze, wypełniając noc wyciem. Po nas zjawili się rycerze faerie ze szklaną bronią i skręconymi rogami. Po nich przybyły Nocne Dzieci z obnażonymi kłami, czarownicy władający ogniem i żelazem. Kiedy tłum w panice uciekł z ratusza, rzuciliśmy się na członków Kręgu.

Sala Anioła jeszcze nigdy nie widziała takiego rozlewu krwi. Nie atakowaliśmy tych Nocnych Łowców, którzy nie należeli do Kręgu. Jocelyn oznaczyła ich czarem. Ale wielu zginęło, a za kilku ja czuję się odpowiedzialny. Oczywiście później obwiniono nas o znacznie więcej ofiar. Jeśli chodzi o Krąg, okazał się dużo liczniejszy, niż przypuszczałem. Gdy starli się z Podziemnymi, zacząłem przedzierać się przez masę walczących w stronę Valentine'a. Myślałem tylko o tym, że to ja go zabiję, że ja będą miał tę zasługę. Znalazłem go w końcu przy wielkim posągu Anioła, jak zakrwawionym sztyletem rozprawiał się z jednym z rycerzy. Kiedy mnie zobaczył, uśmiechnął się dziko i drapieżnie.

– Wilkołak, który walczy mieczem i sztyletem, to równie nienaturalny widok jak pies, które je nożem i widelcem – powiedział.

– Znasz ten miecz, znasz ten sztylet – odparłem. – I wiesz, kim jestem. Jeśli musisz się do mnie zwracać, używaj mojego imienia

– Nie znam imion połowy ludzi – rzekł Valentine. – Kiedyś miałem przyjaciela, człowieka honoru, który zadałby sobie śmierć, zanim jego krew została skażona. Teraz stoi przede mną bezimienne monstrum z jego twarzą. – Uniósł broń i krzyknął: – Powinienem był cię zabić, kiedy miałem okazję!

Rzucił się na mnie, a ja odparowałem cios. Zaczęliśmy walczyć na podium, podczas gdy wokół nas szalała bitwa i kolejno padali członkowie Kręgu. Zobaczyłem, że Lightwoodowie rzucają broń i uciekają. Hodge czmychnął na samym początku. I wtedy ujrzałem Jocelyn pędzącą do schodów w moją stronę. Na jej twarzy malował się strach.

– Valentine, przestań! – krzyknęła. – To Luke, twój przyjaciel, prawie twój brat...

Valentine chwycił ją z warknięciem i przyciągnął przed siebie. Przystawił sztylet do jej gardła. Rzuciłem broń. Nie chciałem ryzykować, że zrobi jej krzywdę. Zobaczył to w moich oczach.

– Zawsze jej pragnąłeś – wysyczał. – A teraz we dwoje uknuliście zdradę. Pożałujecie tego, co zrobiliście.

Po tych słowach zerwał medalionik z szyi Jocelyn i rzucił nim we mnie. Srebrny łańcuszek smagnął mnie jak płonący bat. Krzyknąłem i upadłem do tyłu. W tym momencie Valentine zniknął w ścisku, ciągnąc Jocelyn ze sobą. Pobiegłem za nim, poparzony, krwawiący, ale był dla mnie zbyt szybki. Wycinał sobie ścieżkę w kłębowisku walczących, deptał martwych.

Wytoczyłem się na blask księżyca. Sala płonęła, niebo było rozjarzone od ognia. Widziałem zielone trawniki, które ciągnęły się aż po ciemną rzekę i biegnącą wzdłuż niej drogę, ludzi uciekających w noc. W końcu znalazłem Jocelyn nad brzegiem rzeki.

Valentine zniknął, a ona bała się o Jonathana, bardzo chciała wrócić do domu. Znaleźliśmy konia, Jocelyn na niego wsiadła i odjechała. Ja przybrałem wilczą postać i pobiegłem za nią.

Wilki są szybkie, ale wypoczęty koń szybszy. Zostałem daleko w tyle. Jocelyn przybyła do rezydencji przede mną.

Kiedy zbliżyłem się do domu, od razu wiedziałem, że stało się coś strasznego. Tutaj też w powietrzu wisiał ciężki swąd spalenizny i jeszcze jakiś inny zapach, gęsty i słodki, odór demonicznych czarów. Stałem się znowu człowiekiem i pokuśtykałem długim podjazdem, jasnym w świetle księżyca jak rzeka srebra prowadząca do... ruin. Rezydencja obróciła się w popiół, nocny wiatr rozsiewał go po trawnikach, przez co całe były pokryte białym pyłem. Zostały tylko fundamenty, które wyglądały jak spalone kości, tu okno, tam pochylony komin, ale sam dom, cegły i zaprawa, bezcenne książki i starożytne gobeliny, przekazywane kolejnym pokoleniom Nocnych Łowców, wszystko to poszło z dymem, który teraz snuł się na tle tarczy księżyca.

Valentine zniszczył dom demonicznym ogniem. Żaden inny nie płonie takim żarem ani nie pozostawia po sobie tak niewiele.

Ruszyłem do tlących się zgliszcz. Znalazłem Jocelyn klęczącą na resztkach frontowych schodów, poczerniałych od ognia. Leżały tam kości. Zwęglone i czarne, ale z pewnością ludzkie, ze strzępami ubrań, fragmentami biżuterii, której nie strawił pożar. Do szkieletu matki Jocelyn nadal przywierały czerwone i złote nici, stopiony sztylet przykleił się do szkieletowej ręki jej ojca. Wśród kolejnego stosu prochów błyszczał srebrny amulet Valentine'a z insygniami Kręgu nadal płonącymi białym żarem. A wśród tych szczątków leżały rozrzucone drobne kości dziecka.

„Pożałujecie tego, co zrobiliście", zapowiedział Valentine. I kiedy klęczałem obok Jocelyn na spalonych stopniach, zrozumiałem, że miał rację. Żałowałem i żałuję do dzisiaj.

Tamtej nocy wróciliśmy do miasta, gdzie nadal szalały pożary i panował chaos, a potem ruszyliśmy przez ciemny kraj. Minął tydzień, zanim Jocelyn się odezwała. Zabrałem ją z Idrisu. Uciekliśmy do Paryża. Nie mieliśmy pieniędzy, ale ona odmówiła pójścia do Instytutu z prośbą o pomoc. „Skończyłam z Nocnymi Łowcami", oświadczyła. Skończyła ze Światem Cieni.

Siedziałem w małym tanim pokoju hotelowym, który wynajęliśmy, i próbowałem przemówić jej do rozsądku, ale na próżno. Była uparta. W końcu wyjaśniła mi powód swojej determinacji. Od paru tygodni wiedziała, że znowu jest w ciąży. Postanowiła rozpocząć nowe życie, tylko ona i dziecko. Nie chciała, żeby choć szept o Clave czy Przymierzu zatruł jej przyszłość. Pokazała mi amulet, który zabrała ze stosu kości. Sprzedała go na pchlim targu w Clignancourt, a za uzyskane pieniądze kupiła bilet na samolot. Nie chciała mi zdradzić, dokąd się wybiera. „Im dalej od Idrisu, tym lepiej", powiedziała.

Odcięcie się od przeszłości oznaczało, że Jocelyn zostawia również mnie, więc spierałem się z nią, ale bezskutecznie. Wiedziałem, że nawet gdyby nie spodziewała się dziecka, i tak zaczęłaby zupełnie nowe życie, a ponieważ wybór zwykłego świata był lepszy niż śmierć, w końcu niechętnie zgodziłem się na jej plan. Pożegnałem ją na lotnisku. Ostatnie słowa, które powiedziała Jocelyn w obskurnej hali odlotów, zmroziły mnie do szpiku kości: „Valentine nie zginął".

Gdy odleciała, wróciłem do swojego stada, ale nie znalazłem spokoju. Serce ściskał mi ból, zawsze budziłem się z jej imieniem na ustach. Nie byłem już takim przywódcą jak kiedyś.

Za dużo wiedziałem. Owszem, uczciwym i sprawiedliwym, ale nieobecnym duchem. Nie mogłem znaleźć sobie przyjaciół ani towarzyszki życia wśród wilkołaków. Za bardzo byłem człowiekiem, za bardzo Nocnym Łowcą, żeby czuć się dobrze wśród likantropów. Polowałem, ale polowanie nie dawało mi satysfakcji. A kiedy przyszedł w końcu czas na zawarcie Porozumień, wybrałem się do miasta, żeby je podpisać.

W Sali Anioła, wyszorowanej z krwi, ponownie zasiedli Nocni Łowcy i cztery rasy półludzi, żeby podpisać dokument, który miał zaprowadzić między nami pokój. Byłem zaskoczony, kiedy zobaczyłem Lightwoodów. Oni wydawali się równie zdziwieni, że nie zginąłem. Powiedzieli, że tylko oni, Hodge, Starkweather i Michael Wayland jako jedyni członkowie dawnego Kręgu uniknęli śmierci w tamtą noc. Michael, pogrążony w żałobie po stracie żony, ukrył się w wiejskiej posiadłości z małym synem. Clave ukarało pozostałą trójkę wygnaniem do Nowego Jorku, gdzie mieli prowadzić Instytut. Lightwoodowie, którzy mieli koneksje w najwyższych sferach Clave, wykpili się dużo lżejszym wyrokiem niż Hodge. Na niego nałożono klątwę. Jechał z nimi, ale pod groźbą śmierci nie mógł opuścić uświęconego terenu Instytutu. Oczekiwali, że poświęci się swoim studiom i będzie doskonałym nauczycielem dla ich dzieci.

Kiedy podpisaliśmy Przymierze, wyszedłem z sali i udałem się nad rzekę, gdzie w noc Powstania znalazłem Jocelyn. Obserwując ciemną, płynącą wodę, zrozumiałem, że nigdy nie znajdę spokoju w moim rodzinnym kraju. Musiałem być z nią albo nigdzie. Postanowiłem jej poszukać.

Opuściłem stado, wyznaczając innego przywódcę. Myślę, że z ulgą przyjęto moje odejście. Podróżowałem jak wilk, bez bagażu, samotnie, w nocy, trzymając się bocznych dróg. Wróciłem do Paryża, ale nie znalazłem tam żadnego śladu. Pojechałem do Londynu. W Londynie wsiadłem na statek do Bostonu.

Przez jakiś czas mieszkałem w miastach, potem w Górach Białych na zimnej północy. Dużo podróżowałem, ale coraz więcej myślałem o Nowym Jorku i wygnanych Nocnych Łowcach. Jocelyn w pewnym sensie też była wygnańcem. W końcu zjawiłem się w Nowym Jorku, z jednym workiem marynarskim, nie mając pojęcia, gdzie szukać twojej matki. Łatwo byłoby mi znaleźć wilcze stado i przyłączyć się do niego, ale oparłem się pokusie. Tak jak w innych miastach, rozsyłałem wieści w Podziemnym Świecie, szukając jakiegokolwiek śladu Jocelyn, ale nie znalazłem żadnego, jakby po prostu rozpłynęła się w zwykłym świecie. Powoli wpadałem w rozpacz.

W końcu trafiłem na nią przypadkiem. Kiedy włóczyłem się po ulicach Soho, mój wzrok przyciągnął obraz wiszący w oknie galerii na brukowanej Broome Street.

Był to pejzaż, który od razu rozpoznałem, widok z okna jej rodowej posiadłości: zielone trawniki ciągnące się do linii drzew, za którymi biegła niewidoczna droga. Rozpoznałem jej styl, pociągnięcia pędzla, wszystko. Zastukałem do drzwi galerii, ale była zamknięta. Jeszcze raz przyjrzałem się obrazowi i tym razem zobaczyłem podpis. I tak poznałem jej nowe nazwisko: Jocelyn Fray.

Wieczorem ją odszukałem. Mieszkała na piątym piętrze w domu bez windy w dzielnicy artystów East Village. Wszedłem po brudnych, słabo oświetlonych schodach, z sercem w gardle, i zapukałem do jej drzwi. Otworzyła je mała dziewczynka z ciemnorudymi warkoczami i badawczymi oczami. A potem zobaczyłem za nią Jocelyn z rękami poplamionymi farbą i twarzą taką samą jak wtedy, gdy byliśmy dziećmi...

Resztę tej historii znasz.

22

Ruiny Renwick

Kiedy skończył mówić, w celi przez dłuższą chwilę panowała cisza. Jedynym dźwiękiem było ciche kapanie wody ściekającej po kamiennych ścianach. Milczenie w końcu przerwał Luke:

– Powiedz coś, Clary.

– Co mam powiedzieć?

Westchnął.

– Może, że rozumiesz?

Clary czuła krew pulsującą w uszach. Miała wrażenie, że jej życie zostało zbudowane na warstewce lodu cienkiej jak papier, teraz ten lód zaczynał pękać, a jej groziło, że wpadnie w lodowatą ciemność. W czarny nurt, który unosił wszystkie sekrety matki, zapomniane szczątki wraku jej życia.

Spojrzała na Luke'a. Jego postać wydawała jej się niewyraźna, zamazana, jakby Clary patrzyła na niego przez brudną szybę.

– Mój ojciec – powiedziała. – To zdjęcie, które mama zawsze trzymała na półce nad kominkiem...

– To nie był twój ojciec – przerwał jej Luke.

– Czy on w ogóle istniał? – Clary podniosła głos. – Czy w ogóle był jakiś John Clark, czy jego również moja matka wymyśliła?

– John Clark istniał, ale nie był twoim ojcem, tylko synem dwójki waszych sąsiadów, kiedy mieszkałyście w East Village. Zginął w wypadku samochodowym, tak jak mówiła ci matka, ale ona go nie znała. Miała jego zdjęcie, bo sąsiedzi zlecili jej namalowanie portretu syna w mundurze wojskowym. Dała im portret, ale fotografię zatrzymała i udawała, że uwieczniony na niej mężczyzna to twój ojciec. Chyba uważała, że tak będzie łatwiej. Gdyby utrzymywała, że uciekł albo zaginął, chciałabyś go odszukać. Martwy człowiek...

– Nie zaprzeczy kłamstwom – dokończyła za niego Clary z goryczą. – Nie uważała, że to złe wmawiać mi przez te wszystkie lata, że mój ojciec nie żyje, podczas gdy prawdziwym jest...

Luke milczał, pozwalając, żeby sama dokończyła zdanie, żeby sama domyśliła się rzeczy nie do pomyślenia.

– Valentine. – Jej głos zadrżał. – To chcesz mi powiedzieć, tak? Że Valentine jest moim ojcem?

Luke kiwnął głową. Jego mocno splecione palce były jedyną oznaką napięcia.

– Tak.

– O, Boże! – Clary zerwała się na równe nogi. Nie mogła dłużej usiedzieć w bezruchu. Podeszła do krat celi. – To niemożliwe. To po prostu niemożliwe.

– Clary, proszę, nie denerwuj się...

– Nie denerwuj się? Oznajmiasz mi, że moim tatusiem jest człowiek z gruntu zły, i chcesz, żebym się nie denerwowała?

– Na początku nie był zły – powiedział Luke niemal przepraszającym tonem.

– Och, błagam. Oczywiście, że był zły. Wszystko, co wygadywał o czystości ludzkiej rasy i nieskażonej krwi... Zupełnie jak ci koszmarni goście od white power. A wy dwoje byliście gotowi iść za nim w ogień.

– To nie ja zaledwie parę minut temu mówiłem o „oślizłych" Podziemnych – zauważył spokojnie Luke. – Albo o tym, że nie można im ufać.

– To nie to samo! – krzyknęła Clary przez łzy. – Miałam brata. I dziadków. Nie żyją?

Luke kiwnął głową, patrząc na swoje duże ręce spoczywające na kolanach.

– Nie żyją.

– Jonathan – wyszeptała Clary. – Byłby starszy ode mnie? O rok?

Luke nie odpowiedział.

– Zawsze chciałam mieć brata.

– Nie zadręczaj się – rzekł Luke ze współczuciem. – Chyba potrafisz zrozumieć, dlaczego twoja marka trzymała to wszystko przed tobą w sekrecie, prawda? Co by ci to dało, gdybyś wiedziała, co straciłaś jeszcze przed swoimi narodzinami?

– Ta szkatułka z inicjałami J.C. – Umysł Clary pracował gorączkowo. – Jonathan Christopher. Mama zawsze nad nią płakała. Był w niej pukiel włosów mojego brata, a nie ojca.

– Tak.

– A mówiąc „Clary to nie Jonathan", miałeś na myśli mojego brata. Mama była wobec mnie nadopiekuńcza, bo już straciła jedno dziecko.

Zanim Luke zdążył odpowiedzieć, zakratowane drzwi otworzyły się ze szczękiem i do celi weszła Gretel. „Apteczka", którą Clary wyobrażała sobie jako twarde plastikowe pudełko z czerwonym krzyżem na wierzchu, okazała się dużą drewnianą tacą pełną zwiniętych bandaży, parujących misek z niezidentyfikowanymi płynami i ziół o ostrym cytrynowym zapachu. Gretel postawiła ją obok pryczy i gestem kazała pacjentce usiąść. Clary zrobiła to niechętnie.

– Grzeczna dziewczyna – powiedziała kobieta wilk, maczając płótno w jednej z misek. Delikatnie starła nim krew z jej twarzy. – Co ci się stało? – zapytała z dezaprobatą, jakby podejrzewała, że Clary sama podrapała się skrobaczką do sera.

– Sam się zastanawiałem – przyznał Luke, obserwując zabieg z rękami skrzyżowanymi na piersi.

– Hugo mnie zaatakował. – Clary starała się nie skrzywić, kiedy rany zapiekły ją od środka odkażającego.

– Hugo?

– Ptak Hodge'a. W każdym razie myślę, że jego. A może należy do Valentine'a?

– Hugin – powiedział cicho Luke. – Hugin i Munin to były kruki Valentine'a. Ich imiona oznaczają „Myśl" i „Pamięć".

– Cóż, powinny się, nazywać „Atakuj" i „Zabij" – stwierdziła Clary. – Hugo omal nie wydrapał mi oczu.

– Do tego go wyszkolono. Hodge musiał go zabrać po Powstaniu. Ale ptak należy do Valentine'a.

– Podobnie jak Hodge – zauważyła Clary.

Skrzywiła się, kiedy Gretel zaczęła czyścić długie skaleczenie na jej ramieniu, pokryte brudem i zaschniętą krwią, a na koniec je zabandażowała.

– Clary...

– Nie chcę już rozmawiać o przeszłości – przerwała mu gwałtownie. – Chcę wiedzieć, co teraz zrobimy. Teraz, kiedy Valentine ma moją mamę, Jace'a i Kielich, a my nie mamy nic.

– Nie powiedziałbym, że nie mamy nic – nie zgodził się Luke. – Dysponujemy potężnym stadem wilków. Problem polega na tym, że nie wiemy, gdzie jest Valentine.

Clary pokręciła głową. Kilka kosmyków spadło jej na oczy. Odgarnęła je niecierpliwym gestem. Boże, cała lepiła się od brudu. W tej chwili najbardziej pragnęła wziąć prysznic.

– Valentine nie ma jakiejś kryjówki? Tajnego schronienia?

– Jeśli je ma, to rzeczywiście jest bardzo tajne – odparł Luke.

Gretel puściła ramię Clary. Zielonkawa maść, którą je posmarowała, uśmierzyła ból, ale ręka nadal była jak drewniana.

– Zaczekaj chwilę – powiedziała Clary.

– Nigdy nie rozumiem, dlaczego ludzie to mówią – stwierdził Luke. – Nigdzie się nie wybierałem.

– Czy Valentine może być gdzieś w Nowym Jorku?

– Może.

– Do Instytutu wszedł przez Bramę. Magnus mówił, że w Nowym Jorku są tylko dwie. Jedna u Dorothei, a druga u Renwicka. Ta u Dorothei została zniszczona, a poza tym jakoś sobie nie wyobrażam, żeby tam się ukrywał, więc...

– Renwick? – Na twarzy Luke'a odmalowało się zdziwienie. – To nie jest nazwisko Nocnego Łowcy.

– A jeśli Renwick to nie osoba, tylko miejsce? – podsunęła Clary. – Restauracja, hotel czy coś w tym rodzaju.

Oczy Luke'a nagle się rozszerzyły. Spojrzał na Gretel, która właśnie szła do niego z apteczką, i wydał polecenie:

– Przynieś mi książkę telefoniczną.

Kobieta zatrzymała się w pół kroku i popatrzyła na niego z naganą, trzymając w wyciągniętych rękach tacę.

– Ale pańskie rany...

– Zapomnij o moich ranach i idź po książkę telefoniczną – warknął Luke. – Jesteśmy na komisariacie policji. Musi tu gdzieś być.

Gretel postawiła tacę na ziemi i wymaszerowała z celi z rozdrażnieniem na twarzy. Luke spojrzał na Clary ponad okularami, które jak zwykle zsunęły mu się na koniec nosa.

– Dobry pomysł.

Clary nie odpowiedziała. Żołądek miała ściśnięty w twardy supeł, tak że nawet oddychanie sprawiało jej trudność. Gdzieś w zakamarkach umysłu zaczęła jej świtać jakaś myśl, ale odepchnęła ją zdecydowanie. Nie mogła sobie pozwolić na marnowanie energii na coś innego niż najważniejsza sprawa.

Gretel wróciła z żółtą książką o zawilgoconych stronicach i podała ją przywódcy, nadal urażona. Luke zaczął przeglądać ją na stojąco, podczas gdy kobieta wilk zajęła się smarowaniem jego boku kleistymi maściami, a potem bandażowaniem.

– W książce telefonicznej jest siedmiu Renwicków – oznajmił Luke. – Żadnych restauracji, hoteli czy innych tego rodzaju miejsc. – Podsunął okulary na grzbiet nosa, ale zaraz znowu się zsunęły. – To nie Nocni Łowcy. Wydaje mi się nieprawdopodobne, żeby Valentine urządził sobie kwaterę główną w domu Przyziemnego albo Podziemnego. Choć może...

– Masz telefon? – przerwała mu Clary.

– Nie przy sobie. – Luke łypnął na Gretel sponad książki telefonicznej. – Mogłabyś przynieść mi telefon?

Kobieta prychnęła z oburzeniem, cisnęła zakrwawione szmaty na podłogę i po raz drugi wymaszerowała z celi. Luke odłożył książkę na stolik, wziął bandaż i zaczął nim owijać pionowe cięcie na żebrach.

– Przepraszam – powiedział, kiedy zauważył spojrzenie Clary. – Wiem, że to brzydki widok.

– Jeśli złapiemy Valentine'a, możemy go zabić? – spytała znienacka Clary.

Luke omal nie upuścił bandaża.

– Co?

Clary zaczęła się bawić nitką sterczącą z kieszeni dżinsów.

– Zabił mojego starszego brata. Zabił moich dziadków. Tak czy nie?

Luke obciągnął koszulę.

– I myślisz, że jego śmierć wymaże tamte zbrodnie? Że przywróci im życie?

Zanim Clary zdążyła odpowiedzieć, wróciła Gretel. Z męczeńskim wyrazem twarzy podała Luke'owi toporną, staroświecką komórkę. Ciekawe, kto płaci rachunki za telefon, pomyślała Clary i wyciągnęła rękę.

– Pozwolisz, że zadzwonię?

Luke się zawahał.

– Clary...

– W sprawie Renwicka. To zajmie tylko chwilę.

Luke niechętnie podał jej telefon. Clary wybrała numer i odwróciła się bokiem, żeby mieć choć złudzenie prywatności.

Simon odebrał po trzecim sygnale.

– Halo?

– To ja.

– Nic ci nie jest? – Jego głos wzrósł o oktawę.

– Wszystko w porządku. Dlaczego pytasz? Słyszałeś coś od Isabelle?

– Nie. Co miałbym usłyszeć od Isabelle? Coś się stało? Chodzi o Aleca?

– Nie. – Clary nie chciała kłamać, że z Alekiem jest dobrze. – Nie chodzi o niego. Chcę tylko, żebyś czegoś poszukał w necie.

Simon prychnął.

– Żartujesz. Nie mają tam komputera? Wiesz co, lepiej nie odpowiadaj. – Clary usłyszała dźwięk otwieranych drzwi i głośne miauknięcie, kiedy kot został przepędzony ze swojego ulubionego miejsca na klawiaturze. Mogła dokładnie wyobrazić sobie, jak Simon siada przed komputerem i zaczyna śmigać palcami po klawiszach. – Co mam znaleźć?

Podała mu nazwisko. Przez cały czas czuła na sobie zaniepokojony wzrok Luke'a. W taki sam sposób patrzył na nią, kiedy w wieku jedenastu lat miała grypę z wysoką gorączką. Przynosił jej wtedy kostki lodu do ssania i czytał na głos ulubione książki z podziałem na role.

– Masz rację – powiedział Simon, wyrywając ją z zamyślenia. – To jest miejsce. Albo przynajmniej było. Teraz jest opuszczone.

Clary mocniej ścisnęła telefon w spoconej dłoni.

– Mów.

– „Znany zakład psychiatryczny, więzienie dla dłużników i szpital zbudowany na wyspie Roosvelta w dziewiętnastym wieku" – przeczytał Simon. – „Budynek, zaprojektowany przez architekta Jacoba Renwicka z przeznaczeniem dla najbiedniejszych ofiar niekontrolowanej epidemii ospy wietrznej na Manhattanie, w następnym wieku został opuszczony z powodu złego stanu. Wstęp do ruin jest zabroniony".

– W porządku, wystarczy – powiedziała Clary z dudniącym sercem. – To musi być to. Wyspa Roosvelta? Mieszkają tam ludzie?

– Nie wszyscy mieszkają w Park Slope, księżniczko – odparł Simon z udawanym sarkazmem. – Mam cię znowu gdzieś podwieźć?

– Nie! Poradzę sobie. Niczego nie potrzebuję. Po prostu chciałam informacji.

– W porządku.

Był lekko urażony, ale Clary powiedziała sobie w duchu, że to nieważne. Liczyło się tylko to, że jest bezpieczny w domu. Rozłączyła się i spojrzała na Luke'a.

– Na południowym krańcu wyspy Roosvelta znajduje się opuszczony szpital o nazwie Renwick. Myślę, że Valentine właśnie tam się ukrywa.

Luke po raz kolejny poprawił okulary.

– Wyspa Blackwella. Oczywiście.

– Jak to Blackwella? Powiedziałam...

Uciszył ją gestem ręki.

– Tak kiedyś nazywano wyspę Roosvelta. Wyspa Blackwella. Należała do starego rodu Nocnych Łowców. Powinienem był się domyślić. – Odwrócił się do Gretel. – Sprowadź Alarica. Niech zbierze tu wszystkich najszybciej jak to możliwe. – Jego usta wykrzywił półuśmiech, który przypomniał Clary chłodny grymas na twarzy Jace'a w czasie walki. – Powiedz im, żeby przygotowali się do bitwy.

***

Ruszyli przez kręty labirynt korytarzy z celami, aż w końcu dotarli do dawnego holu komisariatu policji. Budynek był teraz opuszczony, ukośne promienie popołudniowego słońca rzucały ruchomą siatkę świateł i cieni na puste biurka, szafki z czarnymi dziurkami wygryzionymi przez korniki, spękane płytki podłogowe z wypisanym na nim mottem policji nowojorskiej: *Fidelis ad Mortem*.

– Wierni do śmierci – przetłumaczył Luke, idąc za jej spojrzeniem.

– Niech zgadnę – powiedziała Clary. – W środku to opuszczony komisariat policji, z zewnątrz Przyziemni widzą przeznaczony do rozbiórki budynek mieszkalny, niezabudowaną działkę albo...

– Chińską restaurację. Bez stolików w środku, tylko dania na wynos.

– Chińską restaurację? – powtórzyła z niedowierzaniem Clary.

Luke wzruszył ramionami.

– Cóż, jesteśmy w Chinatown. Rzeczywiście mieścił się tu kiedyś komisariat.

– Ludzie pewnie się dziwią, że nie ma numeru telefonu dla zamawiających.

Luke uśmiechnął się szeroko.

– Jest. Po prostu nie odbieramy go zbyt często. Czasami, jeśli szczeniaki są znudzone, dostarczają komuś wieprzowinę mu shu.

– Żartujesz.

– Wcale nie. Napiwki się przydają. – Otworzył frontowe drzwi, wpuszczając do środka strumień blasku słonecznego.

Nadal niepewna, czy Luke nie żartuje, Clary podążyła za nim Baxter Street do miejsca, gdzie stał zaparkowany jego samochód. W pickupie panował kojąco znajomy zapach wiórów, starego papieru i mydła, na lusterku wstecznym dyndała para wyblakłych kości do gry ze złotego pluszu, które sama mu podarowała, kiedy miała dziesięć lat, bo podobne wisiały w Sokole Millennium. Na podłodze walały się papierki po gumie do żucia i puste kubki po kawie. Clary usiadła na miejscu dla pasażera i z westchnieniem oparła głowę o zagłówek. Była straszliwiej zmęczona.

Luke zamknął za nią drzwi i powiedział:

– Zostań tutaj.

Sam poszedł porozmawiać z Gretel i Alarikiem, którzy stali na stopniach dawnego komisariatu i czekali cierpliwie. Clary zabawiała się, mrużąc i otwierając oczy, przez co obraz był ostry albo zamazany, albo znikał i się pojawiał. Raz widziała stary komisariat policji, chwilę potem zniszczony front restauracji z markizą i szyldem „Jadeitowy Wilk – Chińska Kuchnia".

Luke wskazywał swoim zastępcom dół ulicy. Jego pickup stał pierwszy w długim szeregu furgonetek, motocykli, jeepów; był tam nawet stary szkolny autobus, który wyglądał jak wrak. Rząd pojazdów ciągnął się wzdłuż całej przecznicy i znikał za rogiem. Konwój wilkołaków. Clary zastanawiała się, w jaki sposób wyżebrali, pożyczyli, ukradli albo zarekwirowali tyle samochodów w tak krótkim czasie. Dobrze przynajmniej, że nie musieli wszyscy jechać tramwajem powietrznym.

Luke wziął białą papierową torbę od Gretel, skinął głową i wrócił do pickupa. Wcisnął się za kierownicę i wręczył jej pakunek.

– Pod twoją opiekę.

Clary zerknęła na niego podejrzliwie.

– Co to jest? Broń?

Ramiona Luke'a zatrzęsły się od tłumionego śmiechu.

– Bułeczki z wieprzowiną gotowane na parze – powiedział, wyjeżdżając na ulicę. – I kawa.

Kiedy ruszyli na północ, Clary otworzyła torbę. Zaburczało jej w żołądku. Rozerwała bułkę i łapczywie ugryzła pierwszy kęs, rozkoszując się słonym smakiem wieprzowiny i miękkością białego ciasta. Popiła dużym łykiem bardzo słodkiej kawy i podała bułeczkę Luke'owi.

– Chcesz?

– Jasne.

Prawie jak za dawnych czasów, pomyślała, kiedy skręcili w Canal Street. Wtedy kupowali gorące pączki w piekarni Golden Carriage i zjadali połowę w drodze do domu przez Most Manhattański.

– Więc opowiedz mi, jaką rolę odgrywa w tej historii Jace – zagaił Luke.

Clary omal się nie udławiła następnym kęsem. Pospiesznie sięgnęła po kawę.

– Co?

– Masz jakieś pojęcie, czego może od niego chcieć Valentine?

– Nie.

Luke zmrużył oczy w zachodzącym słońcu.

– Myślałem, że Jace to jedno z dzieci Lightwoodów?

– Nie. – Clary sięgnęła po trzecią bułeczkę. – On nazywa się Wayland. Jego ojciec to...

– Michael Wayland?

Clary kiwnęła głową.

– Valentine go zabił, kiedy Jace miał dziesięć lat. To znaczy, Michaela.

– To do niego podobne.

Clary usłyszała w głosie Luke'a jakąś dziwną nutę. Zerknęła na niego z ukosa. Czyżby jej nie uwierzył?

– Jace widział, jak jego ojciec umiera – dodała, jakby chciała go ostatecznie przekonać.

– To straszne. Biedny, pokręcony dzieciak.

Jechali mostem Pięćdziesiątej Dziewiątej. Clary spojrzała w dół i zobaczyła, że rzeka jest cała złota i czerwona w zachodzącym słońcu. Widziała południowy kraniec wyspy Roosvelta, ale na razie tylko jako niewyraźną plamę na północy.

– On nie jest taki zły – powiedziała. – Lightwoodowie dobrze się nim opiekowali.

– Wyobrażam sobie. Zawsze byli blisko z Michaelem. – Luke skręcił na lewy pas. W bocznym lusterku Clary widziała karawanę pojazdów wykonujących ten sam manewr. – Nic dziwnego, że chętnie zajęli się jego synem.

– Co się dzieje, kiedy wschodzi księżyc? – spytała nagle Clary. – Zamieniasz się w wilka?

Usta Luke'a drgnęły.

– Niezupełnie. Tylko młodzi, którzy dopiero ulegli transformacji, nie potrafią jej kontrolować. Reszta przez lata zdążyła się nauczyć, jak to robić. Teraz tylko księżyc w pełni potrafi wymusić na mnie Przemianę.

– Więc kiedy nie ma pełni, czujesz się tylko trochę wilkiem? – drążyła Clary.

– Można tak powiedzieć.

– Jeśli masz ochotę, możesz wystawić głowę przez okno.

Luke się roześmiał.

– Jestem wilkołakiem, a nie golden retrieverem.

– Od jak dawna jesteś przywódcą klanu? – zainteresowała się Clary.

Luke się zawahał.

– Od tygodnia.

Clary spojrzała na niego ze zdumieniem.

– Od tygodnia?

Luke westchnął.

– Kiedy Valentine porwał twoją matkę, wiedziałem, że mam niewielkie szanse w starciu sam na sam z nim, a nie mogłem oczekiwać pomocy od Clave – powiedział beznamiętnym tonem. – Jeden dzień zajęło mi wytropienie najbliższego stada likantropów.

– Zabiłeś przywódcę klanu, żeby zająć jego miejsce?

– To był najszybszy sposób, jaki zdołałem wymyślić, żeby zdobyć znaczną liczbę sojuszników w krótkim czasie – odparł Luke bez żalu w głosie, choć również bez dumy. Clary przypomniała sobie głębokie zadrapania na jego dłoniach i twarzy, które zauważyła, gdy zakradła się do jego domu. I jak się skrzywił, kiedy podniósł rękę. – Robiłem to już wcześniej. Byłem pewien, że uda mi się i tym razem. – Wzruszył ramionami. – Twoja matka zniknęła. Wiedziałem, że ty mnie znienawidzisz. Nie miałem nic do stracenia.

Clary oparła na desce rozdzielczej stopy obute w zielone tenisówki. Przez porysowaną przednią szybę, nad czubkami butów, widziała księżyc wschodzący nad mostem.

– Teraz już masz – skwitowała.

***

Szpital na południowym krańcu wyspy Roosvelta był w nocy podświetlony. Jego upiorna sylwetka odcinała się wyraźnie na tle ciemnej rzeki i rozjarzonego Manhattanu. Luke i Clary milczeli, kiedy wyłożona płytami droga, którą wjechali na wyspę, zmieniła się w żwirową, a na koniec w gruntową. Dalej wiodła wzdłuż wysokiego ogrodzenia z siatki, zwieńczonego zwojami drutu kolczastego niczym odświętnymi girlandami.

Kiedy droga zrobiła się zbyt wyboista, żeby mogli nią dalej jechać, Luke zatrzymał samochód i zgasił światła. Spojrzał na Clary.

– Jest jakaś szansa, że zaczekasz tu na mnie, jeśli cię o to poproszę?

Clary pokręciła głową.

– W samochodzie niekoniecznie musi być bezpieczniej. Kto wie, co patroluje terytorium Valentine'a?

Luke zaśmiał się cicho.

– Terytorium? Posłuchaj siebie.

Wysiadł z pickupa i przeszedł na jej stronę. Mogła sama wyskoczyć, ale było jej miło, że zachowywał się jak kiedyś, gdy była za mała, żeby wysiąść samodzielnie.

Trafiła stopami na ubitą ziemię, wzbijając tumany kurzu. Samochody, które jechały za nimi, zatrzymywały się kolejno, tworząc coś w rodzaju kręgu wokół pickupa Luke'a. Ich reflektory przesunęły się w polu widzenia Clary, oświetlając siatkę i zmieniając jej kolor na białosrebrny. Sam szpital był ruiną skąpaną w ostrym świetle, które jeszcze uwypuklało jego opłakany stan: mury z blankami, bez dachów, sterczące z nierównej ziemi jak połamane zęby, kamienne gzymsy porośnięte zielonym dywanem bluszczu.

– To rudera – stwierdziła cicho Clary z cieniem lęku w głosie. – Nie rozumiem, jak Valentine mógłby się tu ukrywać.

Luke spojrzał na budowlę.

– To silny czar – powiedział. – Spróbuj dostrzec, co jest pod światłem.

W tym momencie podszedł do nich Alaric. Lekki wiatr rozchylał jego bluzę z denimu, ukazując pierś pokrytą bliznami. Wilkołaki idące za nim wyglądały jak całkiem zwyczajni ludzie.

Gdyby zobaczyła ich gdzieś razem, mogłaby pomyśleć, że to grupa znajomych. Dostrzegała w nich pewne podobieństwo: śmiałość spojrzenia, pewne siebie miny. Mogłaby uznać ich za farmerów, ponieważ byli ogorzali od słońca, szczupli i bardziej żylaści niż przeciętni mieszkańcy miasta. Możliwe również, że wzięłaby ich za gang motocyklowy. Tak czy inaczej, wcale nie wyglądali jak potwory.

Zebrali się na szybką naradę przy pickupie Luke'a, jak drużyna futbolowa. Clary poczuła się wykluczona. Odwróciła się i spojrzała na szpital. Tym razem próbowała dojrzeć, co kryje się pod oświetloną fasadą, tak jak czasami próbuje się zobaczyć, co jest pod cienką warstwą farby. Jak zwykle pomogło zastanowienie się, jak sama by to namalowała. Światła przygasły, a ona ujrzała porośnięty dębami trawnik, a na jego końcu bogato zdobioną neogotycką budowlę, wyrastającą ponad drzewami, jak nadbudówka wielkiego statku. Okna na niższych piętrach były ciemne i zasłonięte okiennicami, ale przez łukowate okna trzeciego piętra wylewał się blask, co wyglądało jak rząd ognisk płonących wzdłuż grzbietu odległego pasma górskiego. Frontowe drzwi osłaniał wysunięty do przodu ciężki kamienny ganek.

– Widzisz? – To był Luke, który podszedł do niej cicho, z gracją... cóż... wilka.

Clary nadal patrzyła na budynek.

– Wygląda bardziej jak zamek niż szpital.

Luke wziął ją za ramiona i obrócił twarzą do siebie.

– Clary, posłuchaj mnie. – Jego uścisk był boleśnie mocny. – Chcę, żebyś trzymała się blisko mnie. Idź, kiedy ja zacznę iść. Chwyć się mojego rękawa, jeśli musisz. Inni będą nas otaczać i chronić, ale jeśli znajdziesz się poza kręgiem, nie dadzą rady cię strzec. Doprowadzą nas do drzwi. – Zabrał ręce z jej ramion, a kiedy się odsunął, Clary zobaczyła metaliczny błysk pod jego kurtką. Nie zdawała sobie sprawy, że Luke nosi broń, ale potem przypomniała sobie, co powiedział Simon o zawartości starego worka marynarskiego. – Obiecujesz, że zrobisz, co ci każę?

– Obiecuję.

Płot był prawdziwy, a nie wyczarowany. Alaric potrząsnął nim na próbę, a potem leniwie uniósł rękę. Spod paznokci wyrosły mu długie pazury. Chlasnął nimi siatkę, tnąc metal na wstążki. Opadły na ziemię jak klocki tinkertoy.

Następnie Alaric pokazał innym, żeby przechodzili. Wlali się do środka płynnie jak fala. Luke chwycił Clary za ramię i pchnął ją przed sobą, a sam ruszył za nią.

Gdy za płotem spojrzeli w stronę szpitala, zobaczyli, że na ganku zbierają się ciemne postacie i schodzą po schodach.

Alaric uniósł głowę i zaczął węszyć.

– W powietrzu wisi zapach śmierci.

– Wyklęci – szepnął Luke i pchnął Clary za siebie.

Clary ruszyła za nim, potykając się lekko na nierównym gruncie, a stado otoczyło ją i Luke'a. Zbliżając się, opadali na czworaki, warcząc i obnażając długie kły, ich kończyny zmieniały się w długie łapy pokryte futrem, ubrania porastały sierścią. W głowie Clary rozległ się cichy, ale natarczywy głos: „Wilki! Uciekaj!". Została jednak na miejscu, choć dygotała z napięcia.

Kolejne wilki zamknęły krąg, zwrócone zadami do wewnątrz, tak że ona i Luke znaleźli się w centrum gwiazdy. W ten sposób posuwali się dalej w stronę frontowego ganku szpitala. Clary, nadal schowana za Lukiem, nawet nie zauważyła, kiedy zaatakowali pierwsi Wyklęci. Usłyszała skowyt bólu, potem warczenie i coraz głośniejsze wycie. Następnie rozległ się huk, charkot, krzyk i dźwięk jakby dartego papieru...

Czy Wyklęci są jadalni? – przemknęło jej przez głowę.

Spojrzała na Luke'a. Jego twarz stężała. Teraz, poza kręgiem wilków, Clary wyraźnie zobaczyła całą scenę, oświetloną jasno przez reflektory i łunę Manhattanu: dziesiątki Wyklętych o skórze trupio bladej w blasku księżyca, pokrytej licznymi runami, które wyglądały jak skaleczenia. Ich spojrzenia były puste. Rzucili się na wilki, a one zwarły się z nimi, tnąc pazurami, kłapiąc zębami. Clary zobaczyła, że jeden z Wyklętych – kobieta – upada do tyłu z rozerwanym gardłem. Inny wojownik zaatakował przeciwnika jedną ręką, podczas gdy druga leżała na ziemi metr dalej, a z kikuta tryskała krew. Czarna krew, słonawa jak woda z bagna, płynęła strumieniami, aż trawa zrobiła się od niej śliska. Nogi same wysunęły się spod Clary, ale Luke złapał ją w ostatniej chwili, ratując przed upadkiem.

– Trzymaj się mnie.

Przecież się trzymam, chciała powiedzieć, ale z jej ust nie wydostały się słowa. Grupa nadal, choć bardzo wolno, posuwała się w stronę szpitala. Uścisk Luke'a był żelazny. Clary nie potrafiła stwierdzić, kto wygrywa. Wilki miały po swojej stronie siłę i szybkość, ale Wyklęci stawali do walki z ponurą zawziętością i bardzo trudno było ich zabić. Clary zobaczyła, że wielkie cętkowane zwierzę powala jednego z przeciwników, podcinając mu nogi, a potem skacze do jego gardła. Nieszczęśnik nadal się poruszał, mimo rozharatanej szyi, i zdołał jeszcze siekierą przeciąć lśniący bok Alarica.

Clary nawet nie zauważyła, kiedy jeden z Wyklętych przedarł się przez krąg ochronny i nagle wyrósł tuż przed nią. Białooki, ze zmierzwionymi włosami, uniósł nóż ociekający krwią.

Wrzasnęła. Luke błyskawicznie odepchnął ją w bok i złapał stwora za nadgarstek. Nóż upadł na ziemię, ręka Wyklętego zwisła bezwładnie, lecz on parł ku nim, jakby nic się nie stało. Luke zawołał Alarica ochrypłym głosem. Mocno trzymał ją za ramię, więc nawet nie mogła sięgnąć po sztylet zatknięty za pasek. Nie zdążyła krzyknąć, żeby ją puścił, kiedy między nimi przeleciała srebrna błyskawica. To była Gretel. Wylądowała przednimi łapami na piersi napastnika i powaliła go na ziemię. Z jej gardła wydobył się wściekły skowyt, ale Wyklęty był silniejszy. Odrzucił ją na bok jak szmacianą lalkę i zerwał się z trawy.

Clary poczuła, że ktoś podnosi ją z ziemi. Krzyknęła, ale to był Alaric, w częściowo wilczej postaci, z ostrymi pazurami zamiast palców u rąk. Mimo to trzymał ją delikatnie.

– Zabierz ją stąd! – krzyknął Luke. – Zanieś ją do drzwi!

– Luke! – Clary wykręciła się w ramionach Alarica.

– Nie patrz – warknął wilkołak.

Ale ona spojrzała. I zobaczyła, że Luke biegnie na ratunek Gretel. Niestety, było już za późno. Wyklęty podniósł nóż z trawy mokrej od krwi i wbił go w plecy wilczycy kilka razy, podczas gdy on drapała ziemię pazurami i próbowała walczyć. W końcu znieruchomiała, a światło w jej srebrzystych oczach zgasło. Luke z dzikim okrzykiem wbił miecz w gardło Wyklętego...

– Mówiłem ci, żebyś nie patrzyła – skarcił ją Alaric i obrócił się tak, że zasłonił jej widok swoją potężną sylwetką. Pobiegł do schodów, stukając pazurami po granicie.

– Alaric... – zaczęła Clary.

– Tak?

– Przepraszam, że rzuciłam w ciebie nożem.

– Nie przepraszaj. To był celny rzut.

Clary próbowała coś dojrzeć za jego plecami.

– Gdzie Luke?

– Tutaj.

Alaric się odwrócił. Luke wchodził po stopniach, chowając miecz do pochwy przytroczonej do boku i zakrytej kurtką. Ostrze było czarne i kleiste.

Wilkołak postawił Clary na ganku, a ona od razu się odwróciła. W kotłowaninie ciał i lśniącej broni nigdzie nie mogła dojrzeć Gretel ani Wyklętego, który ją zabił. Poczuła, że ma mokrą twarz. Dotknęła jej wolną ręką, żeby sprawdzić, czy nie jest ranna, ale stwierdziła, że to nie krew, tylko łzy. Luke popatrzył na nią z lekkim zdziwieniem.

– Ona była zwykłą Podziemną – powiedział.

– Nie mów tak. – Oczy Clary zapłonęły gniewem

– Rozumiem – mruknął Luke i zwrócił się do zastępcy: – Dziękuję, że się nią zaopiekowałeś. Dalej pójdziemy...

– Idę z wami – oświadczył Alaric, zaciskając ręce o długich paznokciach. Przemiana w człowieka już prawie się dokonała, ale jego oczy i kły nadal pozostały wilcze.

– Nie – rzucił krótko Luke.

– Ty jesteś przywódcą stada, a ja twoim drugim, teraz kiedy Gretel nie żyje. Nie byłoby dobrze, gdybym pozwolił ci iść samemu. – Warkot Alarica brzmiał stanowczo.

– Ja... – Luke spojrzał na Clary, a potem na trawnik przed szpitalem. – Tutaj jesteś mi bardziej potrzebny, Alaricu. Przykro mi. To rozkaz.

W oczach wilkołaka zabłysła uraza, ale odsunął się na bok. Drzwi szpitala były wykonane z grubego drewna bogato rzeźbionego we wzory, które Clary już znała: róże Idrisu, runy, słońca z promieniami. Kiedy Luke je kopnął, ustąpiły z trzaskiem pękającej zasuwy. Otworzył je szerzej i pchnął Clary do przodu.

– Wchodź.

Potknęła się na progu i zdążyła jeszcze dostrzec spojrzenie Alarica, który obserwował ich błyszczącymi, wilczymi oczami. Za nim widziała trawnik usłany ciałami i ziemię przesiąkniętą krwią, czarną i czerwoną. Kiedy drzwi się zatrzasnęły, poczuła ulgę. Znaleźli się w mrocznym holu, kamiennym przedsionku oświetlonym tylko przez jedną pochodnię. Po wrzawie bitwy cisza aż dzwoniła w uszach. Clary łapczywie zaczerpnęła tchu, zachłystując się czystym powietrzem, pozbawionym wilgoci i zapachu krwi. Luke chwycił ją za ramię.

– Dobrze się czujesz?

Clary wytarła policzki.

– Nie powinieneś był mówić, że Gretel to tylko Podziemna. Ja tak nie uważam.

– Cieszę się, że to słyszę. – Sięgnął po pochodnię osadzoną w metalowym uchwycie. – Nie podobała mi się perspektywa, że Lightwoodowie zmienią cię w kopię siebie samych.

– Nie zmienili.

Pochodnia nie chciała wyjść z uchwytu. Luke zmarszczył brwi. Clary pogrzebała w kieszeni i wydobyła z niej gładki runiczny kamień, który Jace dał jej na urodziny. Uniosła go wysoko. Spomiędzy jej palców przebiło się światło, jakby zgniotła ziarno ciemności i wypuściła uwięziony w środku blask. Luke zrezygnował z prób zdjęcia łuczywa ze ściany.

– Czarodziejskie światło?

– Jace mi je dał.

Clary czuła pulsowanie w ręce, niczym bicie serca małego ptaka. Zastanawiała się, gdzie w tym gmaszysku z szarych kamieni znajduje się Jace. Czy jest przerażony? Czy zastanawia się, czy jeszcze kiedyś ją zobaczy?

– Minęły lata, odkąd walczyłem przy czarodziejskim świetle – powiedział Luke, ruszając w górę po schodach. Stopnie zatrzeszczały głośno pod jego stopami. – Idź za mną.

W magicznym blasku ich cienie, dziwacznie wydłużone, padały na gładkie marmurowe ściany. Zatrzymali się na kamiennym, łukowatym podeście. Z góry sączyło się światło.

– Czy tak właśnie wyglądał ten szpital setki lat temu? – zapytała szeptem Clary.

– Główny zrąb budowli Renwicka oczywiście się zachował, ale sadzę, że Valentine, Blackwell i inni co nieco tu pozmieniali według własnego gustu. Spójrz. – Przesunął butem po podłodze.

Clary spojrzała w dół i zobaczyła Znak wyryty w granicie pod ich stopami: koło z łacińskim napisem w środku *In Hoc Signo Vinces.*

– Co to znaczy? – spytała.

– „Pod tym znakiem zwyciężysz". To było motto Kręgu.

Clary uniosła wzrok ku światłu.

– Więc są tutaj.

– Tak. – W głosie Luke'a brzmiała niecierpliwość. – Chodźmy.

Poszli dalej w górę krętymi schodami, aż w końcu dotarli do początku długiego, wąskiego korytarza, oświetlonego licznymi pochodniami. Clary zacisnęła dłoń i czarodziejskie światło zgasło jak wypalona gwiazda.

Po obu stronach korytarza ciągnęły się drzwi, wszystkie zamknięte. Clary zastanawiała się, czy to były sale, kiedy istniał tu szpital, czy może prywatne pokoje. Na podłodze zauważyła ślady butów, z grudkami wilgotnej ziemi i źdźbłami trawy. Ktoś niedawno tędy szedł.

Pierwsze drzwi otworzyli bez kłopotu, ale pokój okazał się pusty. Zobaczyli tylko wypolerowaną drewnianą podłogę i kamienne ściany oświetlone niesamowitym blaskiem księżyca wlewającym się przez okno. Z zewnątrz docierała przytłumiona wrzawa bitwy, rytmiczna jak szum oceanu. Drugi pokój był pełen broni: mieczy, maczug i siekier. Zimna, naga stal połyskiwała jak srebro w księżycowym świetle. Luke zagwizdał cicho.

– Niezła kolekcja.

– Myślisz, że Valentine tego wszystkiego używa?

– Nie. Podejrzewam, że to dla jego armii.

Za trzecimi drzwiami trafili na sypialnię. Zasłony na łożu z baldachimem były niebieskie, perski dywan w niebieskie, czarne i szare wzory, meble białe jak w pokoju dziecinnym. Wszystko pokrywała cienka warstwa kurzu.

Na łóżku spała Jocelyn.

Leżała na plecach, z jedną ręką przerzuconą niedbale przez pierś, z włosami rozsypanymi na poduszce. Miała na sobie białą koszulę nocną, której Clary nigdy dotąd nie widziała. Oddychała równomiernie i spokojnie. Coś jej się śniło. W blasku księżyca Clary widziała, jak poruszają się powieki matki.

Z cichym okrzykiem rzuciła się do niej... ale Luke ją zatrzymał, obejmując ręką przez pierś niczym żelazną obręczą.

– Zaczekaj – powiedział. – Musimy być ostrożni.

Clary łypnęła na niego ze złością, ale gdy zobaczyła jego oczy, pełne gniewu i bólu, podążyła za jego spojrzeniem i zobaczyła coś, czego wcześniej nie chciała dostrzec. Na kostkach i nadgarstkach Jocelyn miała zapięte srebrne kajdanki. Końce łańcuchów tkwiły w kamiennej podłodze po obu stronach łoża. Na nocnym stoliku stała bateria szklanych pojemników, butelek i rurek, a na tacy leżały groźne, ostre, lśniące instrumenty z chirurgicznej stali. Z jednej szklanej butli do żyły w lewej ręce Jocelyn biegła gumowa rurka.

Clary wyrwała się Luke'owi i podbiegła do łóżka. Objęła bezwładne ciało matki, ale miała wrażenie, jakby próbowała uściskać szmacianą lalkę. Jocelyn była nieruchoma i sztywna, jej wolny oddech nie stał się ani trochę szybszy.

Tydzień wcześniej, pierwszej strasznej nocy po odkryciu, że matka zniknęła, Clary wołała ją i płakała. Teraz, kiedy w końcu się wyprostowała, z jej oczu nie poleciała ani jedna łza. Nie było w niej przerażenia ani żalu nad sobą, tylko gorzka wściekłość i chęć odnalezienia człowieka, który to wszystko zrobił.

– Valentine.

– Oczywiście. – Luke stanął przy niej, lekko dotknął twarzy Jocelyn, uniósł jej powieki. Oczy pod nimi były puste jak marmurowe kulki. – Nie jest pod wpływem narkotyków. Podejrzewam, że to rodzaj czaru.

Clary wypuściła powietrze z płuc w na pół kontrolowanym szlochu.

– Jak ją stąd wydostaniemy?

– Nie mogę dotknąć kajdanków – powiedział Luke. – Są ze srebra. Masz...

– Sala z bronią – przerwała mu Clary. – Widziałam tam siekierę. Moglibyśmy przeciąć łańcuchy...

– Nie da się ich przeciąć. – Głos, który dobiegł od drzwi, był niski, zgrzytliwy i znajomy. Clary odwróciła się i zobaczyła Blackwella. Uśmiechał się szeroko. Miał na sobie tę samą szatę koloru krwi co poprzednio, spod jej rąbka wystawały ubłocone buciory. – Graymark, jaka miła niespodzianka.

– Idiota z ciebie, skoro jesteś zaskoczony – stwierdził Luke. – Nie zjawiłem się po cichu.

Blackwell spurpurowiał na twarzy, ale nie rzucił się na niego.

– Więc jesteś przywódcą klanu? – Zarechotał nieprzyjemnie. – Nie możesz zerwać ze zwyczajem zmuszania Podziemnych, żeby wykonywali za ciebie brudną robotę? Wojsko Valentine'a właśnie roznosi ich na strzępy, a ty siedzisz sobie tutaj bezpiecznie ze swoimi dziewczynami. – Popatrzył na Clary z szyderczym uśmieszkiem. – Ta jest chyba dla ciebie za młoda, Lucian.

Clary zarumieniła się z gniewu i zacisnęła dłonie w pięści, ale Luke zachował spokój.

– Nie nazwałbym tego wojskiem, Blackwell. To Wyklęci. Udręczone, niegdyś ludzkie istoty. Jeśli sobie dobrze przypominam, Clave nie patrzy pobłażliwym okiem na tego rodzaju rzeczy: porywanie i torturowanie ludzi, uprawianie czarnej magii.

– Do diabła z Clave – warknął Blackwell. – Nie potrzebujemy ich i całej tej łaskawości dla mieszańców. Poza tym, Wyklęci już niedługo nimi będą. Gdy Valentine użyje Kielicha, staną się Nocnymi Łowcami, równie dobrymi jak reszta nas, lepszymi niż mięczaki kochające Podziemnych, które w dzisiejszych czasach uchodzą za wojowników w oczach Clave. – Obnażył zęby w drapieżnym uśmiechu.

– Jeśli taki jest jego plan, dlaczego jeszcze tego nie zrobił? – zapytał Luke. – Na co czeka?

Blackwell uniósł brwi.

– Nie wiesz? On ma...

Przerwał mu łagodny śmiech. U jego boku pojawił się Pangborn, cały ubrany na czarno, ze skórzanym pasem przewieszonym przez ramię.

– Wystarczy, Blackwell – powiedział. – Jak zwykle za dużo gadasz. – Błysnął ostrymi zębami, patrząc na Luke'a. – Interesujące posunięcie, Graymark. Nie sądziłem że masz dość odwagi, żeby poprowadzić swój najnowszy klan na samobójczą misję.

Na policzku Luke'a drgnął mięsień.

– Jocelyn. Co on jej zrobił?

Pangborn się zaśmiał.

– Myślałem, że cię to nie obchodzi.

– Nie rozumiem, czego on od niej chce – ciągnął Luke, ignorując drwinę. – Ma już Kielich, po co mu jeszcze Jocelyn? Valentine nigdy nie posuwał się do bezsensownych morderstw. Zawsze zabijał w jakimś celu. A teraz?

Pangborn obojętnie wzruszył ramionami.

– Nie ma dla nas znaczenia, co z nią zrobi. Była jego żoną. Może jej nienawidzi?

– Wypuśćcie ją, a ja odwołam klan – powiedział Luke. – Będę waszym dłużnikiem.

– Nie! – Wściekły krzyk Clary sprawił, że Pangborn i Blackwell zwrócili na nią spojrzenia. Obaj mieli miny pełne niedowierzania, jakby zobaczyli mówiącego karalucha. – A co z Jace'em? On gdzieś tutaj jest.

Blackwell zachichotał.

– Jace? Nigdy nie słyszałem o kimś takim. Mógłbym poprosić Pangborna, żeby wypuścił Jocelyn, ale wolałbym nie. Zawsze była dla mnie wredna. Uważała się za lepszą od nas z tym swoim wyglądem i pochodzeniem. Po prostu dobrze urodzona suka, nic więcej. Wyszła za niego tylko po to, żeby go od nas odciągnąć...

– Jesteś rozczarowany, że sam się z nią nie ożeniłeś, Blackwell? – odparował Luke, ale Clary usłyszała w jego głosie zimną wściekłość.

Blackwell zrobił krok w jego stronę, purpurowy na twarzy.

Luke błyskawicznym ruchem porwał skalpel leżący na stoliku przy łóżku i cisnął nim przez pokój. Nóż dwa razy obrócił się w powietrzu i wbił w gardło Blackwella. Ten zakrztusił się, przewrócił oczami i opadł na kolana, trzymając się za szyję. Spomiędzy jego palców trysnął szkarłatny płyn. Ranny otworzył usta, jakby chciał coś powiedzieć, ale wydostała się z nich tylko cienka strużka krwi. Ręce zsunęły mu się z gardła, a on sam padł na ziemię jak ścięte drzewo.

– Nieprzyjemny widok – powiedział Pangborn, z niesmakiem patrząc na ciało towarzysza.

Krew rozlała się po podłodze, tworząc czerwoną kałużę. Luke wziął Clary za ramię i szepnął jej coś do ucha, ale ona usłyszała jedynie stłumione dzwonienie w głowie. Przypomniały się jej słowa wiersza z lekcji angielskiego, że kiedy się widziało pierwszą śmierć, następne się nie liczą. Poeta nie wiedział, o czym mówi.

Luke ją puścił.

– Klucze, Pangborn – rzucił krótko.

Nocny Łowca szturchnął trupa butem i uniósł wzrok. Wyglądał na zirytowanego.

– Bo co? Rzucisz we mnie strzykawką? Na stoliku był tylko jeden nóż. – Sięgnął za siebie i wyciągnął długi, groźnie wyglądający miecz. – Obawiam się, że jeśli chcesz kluczy, będziesz musiał sam po nie przyjść. Nie dlatego, że Jocelyn Morgenstern obchodzi mnie w taki czy inny sposób, ale dlatego, że od lat nie mogę się doczekać, żeby cię zabić.

Ostatnie słowo sprawiło mu wyraźną przyjemność. Ruszył przez pokój. Ostrze zabłysło w blasku księżyca. Clary zobaczyła, że Luke wyciąga do niej rękę – dziwnie wydłużoną, z paznokciami jak małe sztylety – i uświadomiła sobie dwie rzeczy: że jest bliski Przemiany i że wcześniej wyszeptał jej do ucha jedno słowo.

„Uciekaj".

Pobiegła. Okrążyła zygzakiem Pangborna, który ledwo na nią spojrzał, ominęła ciało Blackwella i z dudniącym sercem wypadła na korytarz, zanim transformacja Luke'a dobiegła końca. Nie obejrzała się, ale usłyszała wycie, długie i przeszywające, szczęk metalu o metal, głośny brzęk tłukącego się szkła. Może przewrócili nocny stolik? – pomyślała.

Popędziła do sali z bronią, prosto do siekiery, którą wcześniej wypatrzyła. Toporek okazał się tak mocno przytwierdzony do ściany, że nawet nie drgnął, choć Clary ciągnęła z całej siły. Spróbowała zdjąć miecz, potem pałkę z ukrytymi ostrzami, a w końcu nawet mały sztylet, ale jej wysiłki zdały się na nic. Wreszcie, z połamanymi paznokciami i krwawiącymi palcami, musiała się poddać. W tym pokoju działała magia, nie runiczna, tylko dzika, mroczna, tajemnicza moc.

Clary wyszła z sali. Na tym piętrze nie było nic, co mogłoby się jej przydać. Pokuśtykała korytarzem – zaczynała odczuwać bolesne zmęczenie w nogach i ramionach – i dotarła do podestu. W górę czy w dół? Przypomniała sobie, że parter jest pusty i nieoświetlony. Oczywiście miała w kieszeni magiczny kamień, ale wzdragała się przed samotnym wejściem do tych mrocznych pomieszczeń. Na wyższych piętrach dostrzegła światło, a poza tym wydawało się jej, że widzi jakiś ruch.

Ruszyła w górę. Bolały ją stopy, nogi, całe ciało. Rany zostały opatrzone i zabandażowane, ale i tak ją piekły. Czuła pulsowanie w miejscach, gdzie Hugo rozorał jej policzek, w ustach miała gorzki, metaliczny smak.

Dotarła na ostatni podest, lekko zaokrąglony jak dziób statku i równie cichy jak niższe piętra budynku. Nie docierały tutaj odgłosy walki toczącej się na zewnątrz. Przed nią ciągnął się kolejny długi korytarz, z takimi samymi licznymi drzwiami, ale niektóre były otwarte i wylewało się z nich światło. Ruszyła przed siebie, instynktownie kierując się ku ostatnim drzwiom po lewej stronie. Ostrożnie zajrzała do środka.

W pierwszej chwili pomieszczenie skojarzyło się jej z wystawą w Metropolitan Museum, gdzie rekonstruowano pokoje z różnych okresów historycznych. Miała wrażenie, jakby cofnęła się w przeszłość. Ściany wyłożone drewnem lśniły, jakby zostały niedawno polakierowane, podobnie jak długi stół jadalny zastawiony delikatną porcelaną. Naprzeciwko drzwi, między dwoma olejnymi portretami, wisiało lustro w ozdobnej, złoconej ramie. Wszystko błyszczało w blasku pochodni: talerze na stole, półmiski z jedzeniem, kieliszki z rżniętego szkła w kształcie lilii, obrusy tak białe, że aż oślepiały. Dwa duże okna były zasłonięte ciężkimi aksamitnymi storami. Przy jednym z nich stał Jace, tak nieruchomo, że Clary z początku wzięła go za posąg. Lewą ręką odchylał zasłonę. W ciemnej szybie odbijały się dziesiątki świec rozstawionych w pokoju, niczym robaczki świętojańskie uwięzione w szkle.

– Jace! – Usłyszała własny głos, jakby dochodził z oddali; brzmiało w nim zdumienie, wdzięczność i tęsknota tak silna, że aż bolesna.

Odwrócił się, puszczając zasłonę. Na jego twarzy malowało się zdziwienie.

– Jace! – powtórzyła Clary, biegnąc do niego.

Chwycił ją i mocno objął.

– Clary. – Jego głos był tak zmieniony, że prawie nierozpoznawalny. – Co tutaj robisz?

– Przyszłam po ciebie.

– Nie powinnaś była. – Nagle wypuścił ją z objęć i odsunął od siebie, cofając się o krok. – Boże, ty idiotko! – Dotknął jej policzka. – Co to za pomysły? – Mówił gniewnym tonem, ale wzrok, którym wodził po jej twarzy, i gest, jakim odgarnął jej włosy, były czułe. Jeszcze nigdy go takim nie widziała. Wyczuwało się w nim kruchość, jakby został zraniony. – Dlaczego ty nigdy nie myślisz?

– Myślałam – powiedziała Clary. – Myślałam o tobie.

Na chwilę zamknął oczy.

– Gdyby coś ci się stało... – Przesunął łagodnie dłońmi od jej ramion do nadgarstków, jakby chciał się upewnić, że ona naprawdę tu jest. – Jak mnie znalazłaś?

– Przyszłam z Lukiem, żeby cię uratować.

Nadal trzymając ją za ręce, przeniósł wzrok z jej twarzy na okno i lekko skrzywił kącik ust.

– Więc to są... Przyszłaś ze stadem wilków? – zapytał z dziwną nutą w głosie.

– To klan Luke'a. On jest wilkołakiem i...

– Wiem – przerwał jej Jace. – Powinienem był się domyślić... – Zerknął na drzwi. – Gdzie on jest?

– Na dole – odparła Clary. – Zabił Blackwella. Ja weszłam na górę, żeby poszukać ciebie...

– Będzie musiał ich odwołać – stwierdził Jace.

Clary spojrzała na niego nic nierozumiejącym wzrokiem.

– Co?

– Luke. Będzie musiał odwołać swoje stado. Zaszło nieporozumienie.

– Co, sam siebie porwałeś? – Siliła się na przekorny ton, ale jej głos był zbyt słaby. – Chodźmy, Jace.

Pociągnęła go za rękę, ale stawił jej opór. Patrzył na nią uważnie, a ona uświadomiła sobie nagle to, czego w pierwszej chwili, ucieszona jego widokiem, nie zauważyła.

Ostatni raz widziała go rannego i posiniaczonego, w ubraniu zaplamionym krwią i ziemią, z włosami brudnymi od posoki i kurzu. Teraz miał na sobie luźną białą koszulę i ciemne spodnie, a umyte włosy, jasnozłote i puszyste, łagodnie okalały mu twarz. Gdy odgarnął z oczu parę kosmyków, zobaczyła, że znowu ma na palcu ciężki srebrny pierścień.

– To twoje ubranie? – spytała zdezorientowana. – Jesteś obandażowany... – Zawiesiła głos. – Wygląda na to, że Valentine dobrze się tobą opiekuje.

Uśmiechnął się ze znużeniem i czułością.

– Gdybym powiedział ci prawdę, uznałabyś, że zwariowałem.

Serce zatrzepotało jej w piersi jak koliber bijący skrzydełkami.

– Nie.

– Ten strój dał mi ojciec.

Trzepotanie zmieniło się w łomot.

– Jace – zaczęła ostrożnie. – Twój ojciec nie żyje.

– Nie. – Pokręcił głową. Clary odniosła wrażenie, że Jace hamuje jakieś silne emocje: przerażenie albo zachwyt. Albo jedno i drugie. – Myślałem, że nie żyje, ale to nieprawda. To wszystko była pomyłka.

Clary pamiętała, co powiedział Hodge o Valentinie i jego umiejętności wymyślania czarujących i przekonujących kłamstw.

– Valentine ci tak powiedział? To kłamca. Pamiętasz, co mówił Hodge? Jeśli twierdzi, że twój ojciec żyje, na pewno kłamie, żeby skłonić cię do zrobienia tego, czego on chce.

– Widziałem ojca – powiedział Jace. – Rozmawiałem z nim. Dał mi to. – Szarpnął nową, czystą koszulę, jakby to był niezbity dowód. – Mój ojciec żyje. Przez te wszystkie lata myślałem, że jest martwy, ale to nieprawda. Hodge mnie oszukał.

Clary rozejrzała się po pokoju pełnym lśniącej porcelany, skwierczących pochodni, luster.

– Jeśli twój ojciec naprawdę żyje, to gdzie jest? Jego też Valentine porwał?

Oczy Jace'a błyszczały. Pod rozchyloną koszulą Clary widziała cienkie, białe blizny na obojczyku, jedyne skazy na gładkiej, złotej skórze.

– Mój ojciec...

Drzwi, które Clary zamknęła za sobą, otworzyły się ze skrzypieniem i do pokoju wszedł mężczyzna.

Valentine. Jego srebrzyste, krótko obcięte włosy lśniły jak stalowy hełm. Usta miał zaciśnięte. Z pochwy przytroczonej do szerokiego pasa wystawała rękojeść długiego miecza. Trzymając na niej dłoń, spytał:

– Zabrałeś swoje rzeczy? Nasi Wyklęci powstrzymają wilki jeszcze tylko... – Na widok nieproszonego gościa urwał w pół zdania. Nie należał do ludzi, którzy tracą rezon, ale Clary zobaczyła błysk zdumienia w jego oczach. Spojrzał na Jace'a. – Co to ma znaczyć?

Tymczasem Clary już sięgała po sztylet zatknięty za pasek. Chwyciła go i odchyliła rękę do tyłu. Wściekłość dudniła jej w uszach jak werbel. Miała okazję zabić tego człowieka. Chciała go zabić.

Jace chwycił ją za nadgarstek.

– Nie!

– Ale, Jace... – Spojrzała na niego z niedowierzaniem.

– Clary, to jest mój ojciec – powiedział twardo.

23

Valentine

– Widzę, że zjawiłem się nie w porę – stwierdził Valentine głosem suchym jak pustynny wiatr. – Synu, zechciałbyś mi wyjaśnić, kto to jest? Jedno z dzieci Lightwoodów?

– Nie. – Jace mówił znużonym, nieszczęśliwym głosem, ale nie puścił jej nadgarstka. – To jest Clary, Clarissa Fray. Moja przyjaciółka. Ona...

Czarne oczy Valentine'a zmierzyły ją od rozczochranej głowy po wytarte tenisówki. Zatrzymały się na sztylecie, który nadal ściskała w ręce. Po jego twarzy przemknął nieokreślony wyraz: po części rozbawienia, po części irytacji.

– Skąd masz ten nóż, młoda damo?

– Jace mi go dał – odparła chłodno Clary.

– Oczywiście, że tak – rzekł Valentine łagodnym tonem. – Mogę go zobaczyć?

– Nie!

Clary zrobiła krok do tyłu, jakby się bała, że Valentine się na nią rzuci. Poczuła, że nóż gładko wysuwa się z jej palców. Jace spojrzał na nią z przepraszającą miną.

– Jace! – krzyknęła, wyrażając w tym jednym słowie cały ból zdrady.

– Nadal nie rozumiesz, Clary – stwierdził Jace. Podszedł do Valentine'a i wręczył mu sztylet z uniżonością, od której zrobiło się jej niedobrze. – Proszę, ojcze.

Valentine wziął nóż i obejrzał go dokładnie.

– To kindżał, czerkieska broń. Kiedyś był drugi do pary. – Obrócił broń w ręce i podsunął ją pod oczy Jace'owi. – Widzisz, tu na ostrzu jest wyryta gwiazda Morgensternów. Jestem zdziwiony, że Lightwoodowie tego nie zauważyli.

– Nigdy im go nie pokazałem – wyjaśnił Jace. – Szanowali moją prywatność. Nie myszkowali w moich rzeczach.

– Oczywiście, że nie. – Valentine oddał kindżał Jace'owi. – Myśleli, że jesteś synem Waylanda.

Jace wsunął sztylet za pasek.

– Ja też – powiedział cicho.

W tym momencie Clary zrozumiała, że Jace nie żartuje ani nie prowadzi jakiejś chorej gry. On naprawdę uważał Valentine'a za swojego odzyskanego ojca.

Ogarnęła ją zimna rozpacz. Jace gniewny, Jace wrogi, Jace wściekły – z tym potrafiłaby sobie poradzić. Ale ten nowy Jace: kruchy, jaśniejący blaskiem swojej wspaniałości, był jej całkowicie obcy.

Valentine spojrzał na nią ponad płową głową Jace'a. Jego spojrzenie było chłodne i jednocześnie rozbawione.

– Może usiądziemy? – zaproponował.

Clary z przekorą skrzyżowała ręce na piersi.

– Nie.

– Jak chcesz. – Valentine zajął miejsce u szczytu stołu. Po chwili Jace też usiadł obok na pół opróżnionej butelki wina. –

Ale usłyszysz parę rzeczy, które sprawią, że będziesz potrzebowała krzesła.

– Powiem, jeśli tak się stanie – odburknęła Clary.

– Dobrze. – Valentine odchylił się na oparcie i splótł ręce za głową.

Kołnierzyk jego koszuli rozchylił się, odsłaniając obojczyki pokryte bliznami. Takimi samymi jak u jego syna, jak u wszystkich Nefilim. „Życie pełne blizn i zabijania", powiedział Hodge.

– Clary... – zaczął Valentine, jakby smakował dźwięk jej imienia. – Skrót od Clarissy? Ja nie wybrałbym takiego imienia. – Wykrzywił usta.

On wie, że jestem jego córką, pomyślała Clary. Skądś wie. Ale się do tego nie przyznaje. Dlaczego?

Z powodu Jace'a, uświadomiła sobie. Jace pomyślałby... nie potrafiła sobie wyobrazić, co by pomyślał. Valentine widział, jak się obejmują, kiedy wszedł do pokoju. Musiał zdawać sobie sprawę, że ma w zanadrzu nowinę o niszczycielskiej sile. Gdzieś za tymi niezgłębionymi czarnymi oczami bystry umysł pracował szybko, zastanawiając się, jak najlepiej wykorzystać tę wiedzę.

Clary rzuciła kolejne błagalne spojrzenie Jace'owi, ale on patrzył na stojący przy jego lewej ręce kieliszek, do połowy napełniony ciemnoczerwonym płynem. Jego pierś szybko unosiła się i opadała. Był bardziej zdenerwowany, niż to okazywał.

– Nie obchodzi mnie, jakie byś wybrał – odparowała Clary.

– Z pewnością – rzucił Valentine, pochylając się.

– Nie jesteś ojcem Jace'a. Próbujesz nas oszukać. Jego ojcem był Michael Wayland. Lightwoodowie to wiedzą. Wszyscy to wiedzą.

– Lightwoodowie byli źle poinformowani – oznajmił Valentine. – Naprawdę wierzyli, że Jace jest synem ich przyjaciela

Michaela. Podobnie jak Clave. Nawet Cisi Bracia nie wiedzą, kim on naprawdę jest. Choć wkrótce się dowiedzą.

– Ale pierścień Waylandów...

– A, tak, pierścień. – Valentine spojrzał na dłoń Jace'a, na której sygnet lśnił jak łuski węża. – Zabawne, jak odwrócone M przypomina W, prawda? Oczywiście, gdybyś raczyła się nad tym zastanowić, pewnie uznałabyś za trochę dziwne, że symbolem rodu Waylandów jest spadająca gwiazda. Natomiast nic dziwnego, że jest to znak Morgensternów.

Clary wytrzeszczyła oczy.

– Nie mam pojęcia, o czym mówisz.

– Wciąż zapominam, jak powierzchowne jest wykształcenie Przyziemnych – powiedział z żalem Valentine. – Morgenstern znaczy „gwiazda poranna". Jak w „O, jakże spadłeś z nieba, ty, gwiazdo poranna, synu jutrzenki! Powalony jesteś na ziemię, pogromco narodów!".

Po plecach Clary przebiegł dreszcz.

– Masz na myśli szatana.

– Albo inną wielką moc utraconą z powodu odrzucenia poddaństwa. Tak jak było ze mną. Nie chciałem służyć skorumpowanemu rządowi i dlatego straciłem rodzinę, ziemię, niemal życie...

– Powstanie to była twoja wina! – krzyknęła Clary. – Zginęli w nim ludzie! Nocni Łowcy tacy jak ty!

– Clary. – Jace pochylił się, omal nie przewracając łokciem kieliszka. – Wysłuchaj go, dobrze? Nie jest tak, jak myślałaś. Hodge nas okłamał.

– Wiem. Wydał nas Valentine'owi. Był jego pionkiem.

– Nie – powiedział Jace. – To Hodge przez cały czas chciał zdobyć Kielich Anioła. To on nasłał Pożeraczy za twoją matką.

Mój ojciec... Valentine dowiedział się o tym dopiero później i przybył, żeby go powstrzymać. Sprowadził tutaj twoją matkę, żeby ją wyleczyć, a nie skrzywdzić.

– Wierzysz w te bajki? – rzuciła Clary zdegustowana. – To nieprawda. Hodge pracował dla Valentine'a. Razem próbowali zdobyć Kielich. Hodge nas wrobił, to prawda, ale był tylko narzędziem.

– Ale to on potrzebował Kielicha Anioła – odparł Jace. – Żeby zdjąć z siebie klątwę i uciec, zanim mój ojciec powie o wszystkim Clave.

– Wiem, że to nieprawda! – oświadczyła Clary z żarem. – Byłam tam! – Odwróciła się do Valentine'a. – Byłam w pokoju, kiedy przyszedłeś po Kielich. Nie widziałeś mnie, ale ja tam byłam. Widziałam ciebie. Wziąłeś Kielich i zdjąłeś klątwę z Hodge'a. On nie mógł zrobić tego sam. Tak mówił.

– Zdjąłem klątwę – przyznał Valentine spokojnym tonem – ale kierowała mną litość. On był taki żałosny.

– Wcale się nad nim nie litowałeś. Nic nie czułeś.

– Wystarczy, Clary! – krzyknął Jace. Jego policzki płonęły, oczy mu błyszczały. – Nie mów tak do mojego ojca.

– On nie jest twoim ojcem!

Jace miał taką minę, jakby go spoliczkowała.

– Dlaczego uparłaś się, żeby nam nie wierzyć?

– Bo ona cię kocha – rzekł Valentine.

Clary poczuła, że krew odpływa z jej twarzy. Bała się tego, co Valentine może za chwilę powiedzieć. Miała takie wrażenie, jakby zbliżała się do bezdennej przepaści prowadzącej w nicość. Zakręciło jej się w głowie.

– Co? – wykrztusił Jace kompletnie zaskoczony.

Valentine patrzył na Clary z rozbawieniem, jakby przyszpilił ją jak motyla do tablicy.

– Ona się boi, że cię wykorzystuję. Że zrobiłem ci pranie mózgu. Oczywiście tak nie jest. Gdybyś zajrzała we własne wspomnienia, Clary, wiedziałabyś.

– Clary... – Jace zaczął się podnosić, nie odrywając od niej wzroku. Oczy miał podkrążone, pełne napięcia. – Ja...

– Siadaj! – rzucił krótko Valentine. – Pozwól jej samej do tego dojść, Jonathanie.

Jace posłusznie opadł na krzesło. Clary miała zupełny mętlik w głowie. Jonathan?

– Myślałam, że masz na imię Jace. W tej sprawie też skłamałeś?

– Nie. Jace to skrót.

Była teraz bardzo blisko przepaści, tak blisko, że mogła niemal spojrzeć w dół.

– Od czego?

Popatrzył na nią, jakby nie mógł zrozumieć, dlaczego robi tyle zamieszania z powodu drobiazgu.

– To moje inicjały. J.C.

Zajrzała w otchłań i zobaczyła długi spadek w ciemność.

– Jonathan – wyszeptała. – Jonathan Christopher.

Jace ściągnął brwi.

– Skąd...?

– Jace – odezwał się Valentine kojącym głosem. – Chciałem cię oszczędzić. Pomyślałem, że opowieść o matce, która umarła, mniej cię zrani niż prawda o kobiecie, która porzuciła cię w dniu pierwszych urodzin.

Smukłe palce Jace'a zacisnęły się konwulsyjnie na nóżce kieliszka. Clary przez chwilę myślała, że szkło zaraz pęknie.

– Moja matka żyje?

– Tak – powiedział Valentine. – Żyje. Śpi w jednym z pokoi na dole. – I, zanim Jace zdążył się odezwać, dodał szybko: – Jocelyn jest twoją matką, Jonathanie. A Clary... Clary jest twoją siostrą.

***

Jace gwałtownie cofnął rękę. Kieliszek się przewrócił, spieniony szkarłatny płyn rozlał się po białym obrusie.

– Jonathanie – powiedział Valentine.

Twarz Jace'a przybrała chorobliwy bladozielony kolor.

– To nieprawda, pomyłka, to nie może być prawda... – powtarzał.

Valentine patrzył na niego spokojnie.

– To powód do radości – rzekł cichym, zamyślonym głosem. – Tak ja uważam. Wczoraj byłeś sierotą, Jonathanie. A teraz masz ojca, matkę i siostrę, o istnieniu której nie miałeś pojęcia.

– To niemożliwe – upierał się Jace. – Clary nie jest moją siostrą. Gdyby nią była...

– Wtedy co? – zapytał Valentine.

Jace nie odpowiedział, ale wyraz jego zzieleniałej twarzy do głębi poruszył Clary. Obeszła stół i uklękła obok krzesła, na którym siedział. Sięgnęła po jego dłoń.

– Jace...

Odsunął się od niej gwałtownie. Ścisnął w garści mokry obrus.

– Nie.

Nienawiść do Valentine'a paliła Clary w gardle jak nieprzelane łzy. Trzymał prawdę w tajemnicy, a nie mówiąc tego, co wiedział – że jest jego córką – uczynił ją wspólniczką swojego milczenia. A teraz, kiedy ta prawda spadła na nich jak ciężki głaz, siedział rozparty na krześle i obserwował rezultaty z chłodnym zainteresowaniem. Jak Jace mógł nie dostrzegać jego okrucieństwa?

– Powiedz mi, że to nieprawda – poprosił Jace, wpatrując się w obrus.

Clary przełknęła ślinę.

– Nie mogę.

– Więc teraz przyznajesz, że przez cały czas mówiłem prawdę? – zapytał Valentine.

– Nie – warknęła Clary, nie patrząc na niego. – Mówisz kłamstwa z odrobiną prawdy, to wszystko.

– To staje się męczące – stwierdził Valentine. – Jeśli chcesz znać prawdę, Clarisso, ona właśnie taka jest. Słyszałaś o Powstaniu i dlatego uważasz mnie za łotra. Mam rację?

Clary nie odpowiedziała. Patrzyła na Jace'a, który wyglądał, jakby zaraz miał zwymiotować. Valentine ciągnął bezlitośnie:

– To proste, naprawdę. Historia, którą poznałaś, jest prawdziwa w niektórych fragmentach, ale w innych nie. To kłamstwa wymieszane z odrobiną prawdy, jak sama stwierdziłaś. Faktem jest, że Michael Wayland nigdy nie był ojcem Jace'a. Zginął w czasie Powstania, a ja przybrałem jego nazwisko, kiedy uciekłem ze Szklanego Miasta z moim synem. To było całkiem łatwe. Wayland nic miał rodziny, a jcgo najbliżsi przyjaciele, Lightwoodowie, zostali skazani na wygnanie. On sam popadłby w niełaskę za udział w Powstaniu, więc prowadziłem życie na uboczu, dość spokojne, sam z Jace'em w posiadłości Waylandów. Czytałem książki. Wychowywałem syna. I czekałem. – W zamyśleniu przesunął palcami po brzegu kieliszka. Był leworęczny.

Jak Jace. – Po dziesięciu latach dostałem list. Nadawca pisał, że zna moją prawdziwą tożsamość i jeśli nie podejmę pewnych kroków, ujawni ją. Nie wiedziałem, od kogo jest list, ale to nie miało znaczenia. Nie zamierzałem spełnić żądań autora. Poza tym wiedziałem, że nie uwolnię się od szantażysty i już nigdy nie będę bezpieczny, dopóki nie zostanę uznany za zmarłego. Tak więc po raz drugi wyreżyserowałem swoją śmierć, z pomocą Blackwella i Pangborna, a Jace'a przysłałem tutaj, pod opiekę Lightwoodów.

– I pozwoliłeś mu myśleć, że nie żyjesz? Przez te wszystkie lata utrzymywałeś go w przekonaniu, że jest sierotą? To podłe.

– Nie – odezwał się Jace, zasłaniając twarz rękami. Mówił przez palce, stłumionym głosem. – Nie, Clary.

Valentine popatrzył na syna z uśmiechem, którego Jace nie widział.

– Tak, bo Jonathan musiał sądzić, że nie żyję. Musiał myśleć, że jest synem Michaela Waylanda, inaczej Lightwoodowie nie opiekowaliby się nim tak, jak to robili. To wobec Michaeala mieli dług, a nie wobec mnie. Kochali go ze względu na Michaela, a nie ze względu na mnie.

– Może kochali go dla niego samego – wtrąciła Clary.

– Chwalebna, aczkolwiek sentymentalna interpretacja – skomentował Valentine. – Niestety, mało prawdopodobna. Nie znasz Lightwoodów tak, jak ja kiedyś znałem. – Chyba nie zauważył, że Jace drgnął, a jeśli nawet, to zignorował reakcję syna. – Tak czy inaczej, to nieistotne. Lightwoodowie mieli chronić Jace'a, a nie zastępować mu rodzinę. On ma rodzinę. Ma ojca.

Jace odjął ręce od twarzy i wykrztusił:

– Moja matka...

– Uciekła po Powstaniu. Ja byłem człowiekiem skompromitowanym. Clave by mnie ścigało, gdyby wiedziało, że żyję. Jocelyn wolała nie mieć ze mną nic wspólnego, więc uciekła. – W jego głosie zabrzmiał ból. Udaje, pomyślała Clary z goryczą. Podstępna kreatura. – Nie wiedziałem, że była wtedy w ciąży. Z Clary. – Uśmiechnął się lekko, powoli wodząc palcem po kieliszku. – Ale, jak powiadają ludzie, krew ciągnie do krwi. Los w końcu doprowadził do naszego spotkania. Rodzina znowu jest w komplecie. Możemy skorzystać z Bramy. – Spojrzał na Jace'a. – Wrócić do Idrisu. Do rodowej posiadłości.

Jace zadrżał, ale kiwnął głową, nadal wpatrując się tępo w swoje ręce.

– Będziemy tam razem. Tak jak powinniśmy.

Cudowna perspektywa, pomyślała Clary. Ty, twoja żona w śpiączce, syn bez kontaktu z otoczeniem po przeżytym wstrząsie i córka, która szczerze cię nienawidzi. Nie wspominając o tym, że dwójka twoich dzieci być może jest w sobie zakochana. Tak, to wygląda na idealne rodzinne pojednanie. Ale na głos powiedziała tylko:

– Nigdzie z tobą nie jadę, moja matka też.

– On ma rację, Clary – odezwał się Jace ochryple. Rozprostował dłonie. Koniuszki palców miał czerwone. – To jedyne miejsce, do którego możemy się udać i tam wszystko naprawić.

– Chyba nie mówisz poważnie.

Z dołu dobiegł potężny huk, jakby zawaliła się ściana szpitala. Luke, pomyślała Clary, zrywając się z krzesła.

Jace, choć nadal zielony na twarzy, zareagował automatycznie. Poderwał się, sięgając ręką do pasa.

– Ojcze, oni...

– Są w drodze. – Valentine wstał od stołu.

Clary usłyszała kroki. Chwilę później drzwi się otworzyły i w progu stanął Luke. Na jego widok z trudem stłumiła okrzyk. Był cały umazany krwią, dżinsy i koszula się od niej lepiły. Dolną połowę twarzy i ręce aż po nadgarstki miał czerwone. Clary nie wiedziała, ile z tej krwi, jeszcze niezakrzepłej, jest jego. Wykrzyknęła imię Luke'a i rzuciła się przez pokój. Omal nie potknęła się w biegu, ale w końcu przypadła do niego, chwytając za przód koszuli, zupełnie jak wtedy, gdy miała osiem lat.

Na chwilę ujął w dłoń tył jej głowy i przytulił Clary do siebie w niedźwiedzim uścisku, a potem odsunął łagodnie.

– Jestem cały we krwi – powiedział. – Nie martw się, nie jest moja.

– Więc czyja? – zapytał Valentine.

Clary się odwróciła. Luke opiekuńczo obejmował ją ramieniem. Valentine obserwował ich oboje spod przymrużonych powiek. Jace obszedł stół i z wahaniem stanął za ojcem. Clary nie pamiętała, żeby wcześniej kiedykolwiek się wahał.

– Pangborna – odparł krótko Luke.

Valentine przesunął dłonią po twarzy, jakby przykra nowina sprawiła mu ból.

– Rozszarpałeś mu gardło zębami?

– Właściwie zabiłem go tym – odparł Luke, wolną ręką sięgając po długi sztylet, który wcześniej wbił w szyję Wyklętego. Na rękojeści iskrzyły się niebieskie kamienie. – Pamiętasz go?

Valentine spojrzał na nóż i zacisnął zęby.

– Tak.

Clary zastanawiała się, czy pamięta również ich wcześniejszą rozmowę. „To kindżał, czerkieska broń. Kiedyś był drugi do pary".

– Dałeś mi go siedemnaście lat temu i kazałeś odebrać sobie nim życie – przypomniał Luke, ściskając w ręce broń o klindze dłuższej niż miał w kindżał z czerwoną rękojeścią, zatknięty za pasek Jace'a. Było to coś pomiędzy sztyletem a mieczem, o czubku ostrym jak igła. – I omal tego nie zrobiłem.

– Spodziewasz się, że zaprzeczę? – W głosie Valentine'a było słychać wspomnienie dawnego smutku. – Próbowałem uratować cię przed samym sobą, Lucian. Popełniłem wielki błąd. Gdybym miał siłę, żeby cię zabić, mógłbyś umrzeć jako człowiek.

– Tak jak ty? – W tym momencie Clary zobaczyła w nim dawnego, dobrze znanego jej Luke'a, który zawsze wiedział, kiedy kłamała albo udawała, i karcił ją, kiedy zachowywała się arogancko. W jego głosie usłyszała rozgoryczenie, że dawna miłość do Valentine'a zmieniła się w nienawiść. – Człowiek, który przykuwa łańcuchami do łóżka nieprzytomną żonę, w nadziei że później torturami wydobędzie z niej informacje? To jest twoje męstwo?

Rysy Valentine'a wykrzywił grymas gniewu, ale zaraz zniknął i jego twarz znowu była gładka.

– Nie torturowałem jej – oświadczył. – Jest przykuta dla własnego bezpieczeństwa.

– A przed czym ją chronisz? – zapytał Luke. – Jedyne, co jej zagraża, to ty. Całe życie uciekała przed tobą.

– Kochałem ją – rzekł Valentine. – Nigdy bym jej nie skrzywdził. To ty nastawiłeś ją przeciwko mnie.

Luke się roześmiał.

– Nie musiałem nastawiać jej przeciwko tobie. Sama nauczyła się ciebie nienawidzić.

– To kłamstwo! – ryknął Valentine, nagle rozwścieczony.

Dobył miecza z pochwy wiszącej przy pasie i wymierzył go w serce Luke'a. Klinga była płaska i matowo czarna, ozdobiona wzorem ze srebrnych gwiazd.

Jace zrobił krok w jego stronę.

– Ojcze...

– Milcz, Jonathanie! – krzyknął Valentine, ale było już za późno.

Wstrząśnięty Luke przeniósł wzrok na Jace'a.

– Jonathan? – wyszeptał.

– Nie nazywaj mnie tak – warknął Jace, krzywiąc usta. Jego złote oczy płonęły. – Sam cię zabiję, jeśli będziesz tak się do mnie zwracał.

Luke nie odrywał od niego oczu, jakby zapomniał o ostrzu wycelowanym w jego serce.

– Twoja matka byłaby dumna – powiedział tak cicho, że nawet Clary stojąca obok niego musiała wytężyć słuch.

– Ja nie mam matki – oświadczył Jace. Jego ręce drżały. – Kobieta, która mnie urodziła, odeszła, nim zdążyłem zapamiętać jej twarz. Byłem dla niej nikim, więc ona też jest dla mnie nikim.

– To nie twoja matka cię zostawiła – rzekł Luke i przeniósł wzrok na Valentine'a. – Sądziłem, że nawet ty nie jesteś zdolny do tego, żeby wykorzystać własne dziecko jako przynętę. Widać się myliłem.

– Wystarczy. – Ton Valentine'a był niedbały, ale kryła się w nim gwałtowność i groźba. – Puść moją córkę, bo zabiję cię tu i teraz.

– Nie jestem twoją córką! – wtrąciła się Clary z nienawiścią w głosie.

Luke odsunął ją na bok tak mocno, że omal nie upadła, i rzucił szorstko:

– Uciekaj stąd! Idź tam, gdzie jest bezpiecznie.

– Nie zostawię cię!

– Mówię poważnie. Znikaj! – Luke już unosił sztylet. – To nie jest twoja walka.

Clary ruszyła w stronę drzwi. Może uda się jej pobiec po pomoc, po Alarica...?

Nagle wyrósł przed nią Jace, blokując drogę do wyjścia. Clary już zapomniała, jak szybko on umie się poruszać. I cicho jak kot.

– Oszalałaś? – syknął. – Wyważyli frontowe drzwi. To miejsce roi się od Wyklętych.

Clary go odepchnęła.

– Wypuść mnie...

Jace zamknął ją w żelaznym uścisku.

– Żeby cię rozerwali na strzępy? Nie ma mowy.

Z tyłu zadźwięczała stal. Clary wyrwała się Jace'owi i zobaczyła, że Valentine zaatakował Luke'a, a ten błyskawicznie odparował cios. Teraz obaj tańczyli z wyciągniętymi mieczami, zadając pchnięcia i robiąc uniki.

– O Boże, pozabijają się – wyszeptała.

Oczy Jace'a były niemal czarne.

– Nie rozumiesz – powiedział. – Tak właśnie trzeba...

Urwał i z sykiem wciągnął powietrze, kiedy Luke pokonał gardę przeciwnika i zadał mu cios w ramię. Trysnęła krew, plamiąc białą koszulę. Valentine odrzucił głowę do tyłu i zaśmiał się głośno.

– Niezły sztych – skomentował. – Nie sądziłem, że jesteś taki zdolny, Lucian.

Luke stał prosto, trzymając przed sobą ostrze w taki sposób, że Clary nie widziała jego twarzy.

– Sam mnie go nauczyłeś.

– Ale to było lata temu – przypomniał Valentine głosem miękkim jak jedwab. – Od tamtej pory raczej nie potrzebowałeś noża, skoro miałeś do dyspozycji kły i pazury, co?

– Tym łatwiej będzie mi wyrwać ci serce.

Valentine potrząsnął głową.

– Wyrwałeś mi serce lata temu – powiedział. Clary nie potrafiła stwierdzić, czy smutek w jego głosie jest prawdziwy, czy udawany. – Kiedy mnie zdradziłeś i opuściłeś. – Luke zrobił wypad, ale Valentine błyskawicznie odskoczył do tyłu. Jak na dość postawnego mężczyznę poruszał się zadziwiająco lekko. – To ty nastawiłeś moją żonę przeciwko swoim. Przyszedłeś do niej, kiedy była najsłabsza, z tą swoją bezradnością i budzącym litość pragnieniem. Ja byłem daleko, a ona myślała, że cię kocha. Była głupia.

U Jace'a, który stał obok niej, Clary wyczuła napięcie niczym w iskrzącym się kablu elektrycznym.

– Valentine mówi o twojej matce – powiedziała cicho.

– Porzuciła mnie – prychnął Jace. – Też mi matka.

– Myślała, że nie żyjesz. Skąd to wiem? Bo trzymała szkatułkę w swojej sypialni. Były na niej inicjały J.C.

– Coś podobnego! Wielu ludzi ma szkatułki. Przechowują w nich różne rzeczy. Słyszałem, że to najnowsza moda.

– W tamtej był kosmyk twoich włosów. Dziecięcy pukiel. I zdjęcie. Wyjmowała je co roku i płakała. Strasznie, z głębi serca...

Jace zacisnął pięść.

– Przestań – rzucił przez zęby.

– Co mam przestać? Mówić ci prawdę? Była pewna, że umarłeś. Nigdy by cię nie zostawiła, gdyby wiedziała, że żyjesz. Sam myślałeś, że twój ojciec nie żyje...

– Widziałem, jak umiera! Nie było tak, że od kogoś o tym usłyszałem i postanowiłem uwierzyć!

– Znalazła osmalone dziecięce kości – ciągnęła Clary. – W ruinach swojego domu. Razem ze szczątkami swoich rodziców.

W końcu Jace na nią spojrzał. Clary zobaczyła niedowierzanie w jego oczach, a na twarzy wysiłek, kiedy rozpaczliwie próbował zachować resztki złudzeń. Prawie tak, jakby patrzyła przez czar, widziała, jak kruszy się jego wiara w ojca, którą nosił niczym przezroczystą zbroję, chroniącą go przed prawdą. Pomyślała, że gdzieś w tej zbroi jest słaby punkt i jeśli uda się jej znaleźć właściwe słowa, może ją rozbije.

– To śmieszne – powiedział. – Przecież ja nie zginąłem. Nie było tam żadnych kości.

– Były.

– Więc to był czar – stwierdził szorstko Jace.

– Zapytaj ojca, co się stało z jego teściami – podsunęła Clary i sięgnęła do jego ręki. – Spytaj go, czy ich szkielety też wyczarował...

– Zamknij się! – Jace stracił panowanie nad sobą. Twarz miał białą jak płótno.

Clary zobaczyła, że Luke patrzy w ich stronę, zaskoczony wybuchem Jace'a. Przeciwnik wykorzystał tę chwilę nieuwagi i wbił miecz w jego pierś, tuż pod obojczykiem.

Luke szeroko otworzył oczy, raczej ze zdumienia niż bólu, a Valentine szarpnięciem wyciągnął ostrze z rany, zakrwawione aż po rękojeść. Z dzikim śmiechem zaatakował ponownie i tym razem wytrącił broń z dłoni rannego. Gdy broń upadła z brzękiem na podłogę, kopnął ją pod stół. Luke osunął się na ziemię.

Valentine uniósł miecz nad leżącym, gotowy do zadania ostatecznego ciosu. Inkrustowane srebrne gwiazdy zabłysły na klindze, a Clary, zmartwiałej z przerażenia, przemknęła przez głowę myśl: Jak to możliwe, że śmiertelnie groźna rzecz jest taka piękna?

Jace odwrócił się do niej.

– Clary...

Chwila paraliżu minęła. Clary uskoczyła przed wyciągniętymi rękami Jace'a i podbiegła do Luke'a, który leżał na podłodze, opierając się na jednej ręce. Rzuciła się ku niemu w chwili, kiedy Valentine opuścił miecz.

Kiedy spadało na nią ostrze, co trwało ułamek sekundy, choć jej się wydawało, że całe eony, ujrzała oczy Valentine'a i zrozumiała, że mógłby powstrzymać cios, gdyby chciał. Wyczytała z nich również świadomość, że zabije ją, jeśli tego nie zrobi. I decyzję, żeby jednak opuścić rękę do końca.

Zasłoniła się rękami, zacisnęła powieki...

Usłyszała szczęk stali i krzyk, a kiedy otworzyła oczy, zobaczyła, że Valentine trzyma się za krwawiącą dłoń, w której już nie ma broni. Czarny miecz leżał kilka stóp dalej na kamiennej posadzce, a obok niego kindżał z czerwoną rękojeścią. Clary odwróciła się zaskoczona i zobaczyła, że Jace stoi przy drzwiach, z nadal uniesioną ręką. To on cisnął sztyletem i wytrącił ojcu broń.

Bardzo blady, powoli opuścił rękę, patrząc błagalnie na Valentine'a.

– Ojcze...

Valentine spojrzał na swoją zakrwawioną dłoń i przez jego twarz przemknął spazm wściekłości, niczym błysk światła. Jednak kiedy się odezwał, jego głos był łagodny.

– Doskonały rzut, Jonathanie.

– Ale twoja ręka – wykrztusił Jace. – Myślałem...

– Nie skrzywdziłbym twojej siostry – przerwał mu Valentine, idąc po miecz. Podniósł również czerwony kindżał i wsadził go za pasek. – Powstrzymałbym cios. Ale twoja troska o rodzinę jest godna pochwały.

Kłamca. Clary nie miała czasu na słuchanie wykrętów Valentine'a. Spojrzała na Luke'a i poczuła mdlący strach. Ranny leżał na plecach, z na pół przymkniętymi oczami, oddychał z trudem. Z dziury w jego rozciętej koszuli wydobywały się bańki krwi.

– Potrzebuję bandaża – rzuciła zdławionym głosem Clary. – Jakiegoś płótna, czegokolwiek.

– Nie ruszaj się, Jonathanie – rozkazał Valentine. Jace zamarł z ręką w kieszeni. – Clarisso, ten człowiek jest wrogiem naszej rodziny, wrogiem Clave. – Jego głos był gładki jak naoliwiona stal. – Jesteśmy łowcami, a to czasami oznacza konieczność zabijania. Z pewnością to rozumiesz.

– Łowcami demonów – powiedziała Clary. – Zabójcami demonów. Nie mordercami. To różnica.

– On jest demonem, Clarisso – rzekł Valentine tym samym miękkim głosem. – Demonem z ludzką twarzą. Wiem, jak podstępne bywają takie potwory. Pamiętaj, już raz go oszczędziłem.

– Potwory? – powtórzyła Clary. Pomyślała o Luke'u, który bujał ją na huśtawce, kiedy miała pięć lat, coraz wyżej i wyżej. Luke'u, który na uroczystości zakończenia szkoły średniej robił jej zdjęcia jak dumny ojciec. Luke'u, który sortował pudła z książkami przychodzące do jego sklepu, szukał czegoś, co mogłoby się jej spodobać, i odkładał to na bok. Luke'u, który podnosił ją, żeby zerwała sobie jabłko z drzewa rosnącego przy jego wiejskim domku. Luke'u, którego miejsce próbował zająć ten mężczyzna. – On nie jest potworem – oświadczyła stalowym głosem. – Ani mordercą. Ty nim jesteś.

– Clary! – To był Jace.

Zignorowała go, nie odrywając wzroku od czarnych, zimnych oczu ojca.

– Zamordowałeś rodziców swojej żony, nie w bitwie, tylko z zimną krwią. I założę się, że zabiłeś również Michaela Waylanda i jego synka. Dorzuciłeś ich kości do szczątków moich dziadków, żeby mama myślała, że ty i Jace nie żyjecie. Włożyłeś naszyjnik na szyję Michaela Waylanda, zanim go spaliłeś, żeby wszyscy wzięli jego kości za twoje. Po całej tej twojej gadce o nieskażonej krwi Clave, nie obchodziła cię wcale ich krew ani niewinność, kiedy ich zabijałeś, prawda? Na zimno zarżnąłeś starych ludzi i dziecko. I to właśnie jest potworne.

Kolejny spazm wściekłości wykrzywił rysy Valentine'a.

– Wystarczy! – ryknął, unosząc czarny miecz. W tym głosie kryła się cała prawda o nim. Furia, która napędzała go przez całe życie. Nieustający, piekielny gniew. – Jonathanie! Zabierz swoją siostrę z mojej drogi, bo, na Anioła, sam ją usunę, żeby zabić potwora, którego broni!

Jace wahał się przez krótką chwilę. Potem uniósł głowę.

– Oczywiście, ojcze – powiedział i ruszył przez pokój w stronę Clary. Chwycił ją brutalnie za ramię, poderwał do góry i odciągnął od Luke'a.

– Jace – wyszeptała przerażona Clary.

– Nie. – Jego palce boleśnie wpijały się w jej ciało. Pachniał winem, metalem i potem. – Nic do mnie nie mów.

– Ale...

– Kazałem ci milczeć. – Potrząsnął nią mocno.

Clary spojrzała na Valentine'a, który stał triumfalnie nad pokonanym przeciwnikiem. Z pogardą trącił go czubkiem buta. Luke wydał stłumiony jęk.

– Zostaw go! – krzyknęła Clary, próbując wyrwać się Jace'owi. Niestety, był dużo silniejszy od niej.

– Przestań! – syknął jej do ucha. – Tylko pogarszasz swoją sytuację. Lepiej nie patrz.

– Tak jak ty? – odparowała równie cicho. – Zamykasz oczy i udajesz, że nic się nie dzieje. Myślisz, że to wszystko nieprawda. Powinieneś być mądrzejszy...

– Clary, przestań. – Jego ton uciszył ją na krótką chwilę. Brzmiała w nim rozpacz.

Valentine się zaśmiał.

– Gdybym pomyślał, żeby wziąć ze sobą miecz z prawdziwego srebra, mógłbym rozprawić się z tobą jak należy, Lucian.

Luke warknął coś, czego Clary nie dosłyszała. Miała nadzieję, że coś bardzo niegrzecznego. Próbowała się wykręcić Jace'owi. Pośliznęła się i niechybnie by upadła, gdyby jej nie podtrzymał. Objął ją, ale nie tak, jak kiedyś sobie wyobrażała.

– Przynajmniej pozwól mi wstać – powiedział Luke. – Pozwól mi umrzeć na stojąco.

Valentine spojrzał na niego z góry i wzruszył ramionami.

– Możesz umrzeć na plecach albo na kolanach – odparował. – Tylko człowiek zasługuje na to, żeby umrzeć, stojąc, a ty nie jesteś człowiekiem.

– Nie! – krzyknęła Clary, kiedy Luke zaczął z trudem dźwigać się do pozycji klęczącej.

– Dlaczego pogarszasz sprawę? – rzucił Jace ochrypłym szeptem, pełnym napięcia. – Mówiłem ci, żebyś nie patrzyła.

Clary dyszała z wyczerpania i bólu.

– Dlaczego koniecznie musisz okłamywać samego siebie?

– Nie okłamuję! – Jego uścisk stał się brutalniejszy, choć nie próbowała się wyrwać. – Po prostu chcę tego, co było dobre w moim życiu: ojca, rodziny. Nie mogę znowu go stracić.

Luke teraz klęczał wyprostowany, a kiedy Valentine uniósł zakrwawiony miecz, zamknął oczy i wyszeptał jakieś słowa. Być może modlitwy, Clary tego nie wiedziała. Wykręciła się w ramionach Jace'a, żeby spojrzeć mu w twarz. Jego szczęki były zaciśnięte, wargi wyglądały jak cienka kreska, ale oczy...

Krucha zbroja pękała. Potrzebny był jeszcze ostatni cios.

– Przecież masz rodzinę – powiedziała Clary. – Rodzina to po prostu ludzie, którzy cię kochają. Tak jak Lightwoodowie kochają ciebie. Alec, Isabelle... – Jej głos się załamał. – Luke jest moją rodziną, a tym zmuszasz mnie, żebym patrzyła, jak umiera, tak jak patrzyłeś na śmierć swojego ojca, kiedy miałeś dziesięć lat? Tego właśnie chcesz, Jace? Takim człowiekiem chcesz być? Jak...

Urwała przerażona, że posunęła się za daleko.

– Jak mój ojciec – dokończył Jace.

Jego głos był lodowaty, odległy, ostry jak nóż.

Straciłam go, pomyślała z rozpaczą Clary.

– Na ziemię! – warknął i pchnął ją mocno.

Upadła na kolana, ale natychmiast się wyprostowała i zobaczyła, że Valentine unosi miecz nad głową. Blask żyrandola odbity od klingi zakłuł ją w oczy oślepiającymi refleksami.

– Luke! – krzyknęła.

Broń opadła. Trafiła w podłogę, bo Luke'a już w tamtym miejscu nie było. Jace rzucił się przez pokój jak błyskawica i przewrócił go na bok, ratując przed ciosem. Potem stanął przed ojcem, z twarzą białą, ale spokojną, i rzekł z powagą:

– Myślę, że powinieneś odejść.

Valentine z niedowierzaniem spojrzał na syna.

– Co powiedziałeś?

Luke usiadł. Świeża krew splamiła przód jego koszuli. Tymczasem Jace wyciągnął rękę i delikatnie, jakby od niechcenia, pogładził jeszcze drżącą rękojeść miecza wbitego w podłogę.

– Słyszałeś, ojcze.

– Jonathanie Morgenstern... – Głos Valentine'a zabrzmiał jak trzask bicza.

Jace błyskawicznym ruchem wyciągnął miecz z desek podłogi i przystawił go do szyi ojca, kilka cali poniżej brody. Trzymał go lekko, równo i pewnie.

– To nie jest moje nazwisko. Nazywam się Jace Wayland.

Valentine nie odrywał od niego wzroku.

– Wayland?! – ryknął. – Nie masz w sobie krwi Waylandów! Michael Wayland był dla ciebie obcy...

– Tak jak ty – odparł Jace spokojnie. Drobnym gestem przesunął broń w lewo. – Ruszaj!

Valentine potrząsnął głową.

– Nigdy. Nie przyjmę rozkazu od dziecka.

Czubek miecza dotknął jego gardła. Clary patrzyła na nich obu z fascynacją i przerażeniem.

– Jestem bardzo dobrze wyszkolonym dzieckiem – ostrzegł Jace. – Sam mnie nauczyłeś sztuki zabijania. Wystarczy, że poruszę dwoma palcami, a poderżnę ci gardło. Na pewno zdajesz sobie z tego sprawę.

– Rzeczywiście odebrałeś dobre wyszkolenie – przyznał Valentine. Choć mówił lekceważącym tonem, nie wykonał najmniejszego ruchu. – Ale nie mógłbyś mnie zabić. Zawsze miałeś miękkie serce.

– Może on by nie potrafił, ale ja owszem. – Luke, mimo że blady i zakrwawiony, stanął na nogi o własnych siłach. – I nie jestem pewien, czy zdołałby mnie powstrzymać.

Spojrzenie płonących oczu Valentine'a przesunęło się na niego i zaraz wróciło do syna. Jace nawet nie drgnął, kiedy Luke się odezwał. Stał jak posąg, z nieruchomym mieczem w ręce.

– Słyszysz, jak ten potwór mi grozi, Jonathanie – urągliwym tonem rzucił Valentine. – Jesteś po jego stronie?

– On ma rację – powiedział Jace łagodnie. – Nie jestem pewien, czy umiałbym go powstrzymać, gdyby chciał zrobić ci krzywdę. Wilkołaki szybko dochodzą do siebie.

Valentine wykrzywił usta.

– A więc, tak jak twoja matka, wolisz tę kreaturę, tego półdemona od własnej rodziny?

Po raz pierwszy miecz zadrżał lekko w ręce Jace'a.

– Opuściłeś mnie, kiedy byłem dzieckiem. Pozwoliłeś mi myśleć, że nie żyjesz, i odesłałeś, żebym mieszkał z obcymi. Nigdy mi nie powiedziałeś, że mam matkę i siostrę. Zostawiłeś mnie samego! – Ostatnie słowa wykrzyczał.

– Zrobiłem to dla twojego bezpieczeństwa – obruszył się Valentine.

– Gdyby zależało ci na nim, gdyby obchodziła cię własna krew, nie zabijałbyś jego dziadków – wtrąciła z furią Clary. – Zamordowałeś niewinnych ludzi.

– Niewinnych? – warknął Valentine. – Na wojnie nie ma niewinnych! Stanęli po stronie Jocelyn! Przeciwko mnie! Pozwoliliby, żeby odebrała mi syna!

Luke wciągnął ze świstem powietrze.

– Wiedziałeś, że zamierza cię opuścić – powiedział. – Jeszcze przed Powstaniem wiedziałeś, że zamierza uciec?

– Oczywiście, że wiedziałem! – ryknął Valentine. Stracił panowanie nad sobą. Widać było, że gotuje się z wściekłości. Żyły na jego szyi nabrzmiały, dłonie zacisnęły się w pięści. – Zrobiłem to, co musiałem. Broniłem swego i w rezultacie dałem im więcej, niż się należało: stos pogrzebowy przysługujący tylko największym wojownikom Clave!

– Spaliłeś ich – powiedziała Clary.

– Tak! – krzyknął Valentine. – Spaliłem ich.

Jace jęknął.

– Moi dziadkowie...

– Nawet ich nie znałeś – przypomniał Valentine. – Nie udawaj żalu, którego nie czujesz.

Czubek miecza zadrżał. Luke położył dłoń na ramieniu Jace'a.

– Spokojnie.

Jace nie spojrzał na niego, tylko oddychał jak po ciężkim biegu. Clary widziała pot perlący się na jego czole, włosy przyklejone do skroni. Na grzbietach dłoni uwydatniły się żyły. On go zabije, pomyślała. Zabije Valentine'a.

Zrobiła krok do przodu i rzekła pospiesznie:

– Musimy mieć Kielich, bo wiesz, co on z nim zrobi.

Jace oblizał wyschnięte wargi.

– Gdzie jest Kielich, ojcze?

– W Idrisie – odparł Valentine beznamiętnie. – Czyli tam, gdzie nigdy go nie znajdziesz.

Ręka Jace'a drżała.

– Powiedz...

– Daj mi miecz, Jonathanie. – Luke mówił opanowanym, niemal uprzejmym tonem.

– Co? – Głos Jace'a zabrzmiał tak, jakby dobiegał z dna studni.

Clary zrobiła kolejny krok i ponagliła go:

– Daj Luke'owi miecz.

Jace pokręcił głową.

– Nie mogę.

Clary podeszła dostatecznie blisko, żeby go dotknąć.

– Możesz – powiedziała łagodnie. – Proszę.

Nie patrzył na nią. Spojrzenie miał utkwione w ojcu. Chwila przedłużała się w nieskończoność. Wreszcie Jace skinął głową. Nie opuścił miecza, ale pozwolił, żeby Luke stanął obok niego i położył rękę na jego dłoni ściskającej rękojeść.

– Możesz teraz puścić, Jonathanie. – Widząc minę Clary, Luke szybko się poprawił: – Jace.

Wydawało się, że Jace nie zwrócił uwagi na ten drobiazg. Wypuścił miecz z ręki i cofnął się o krok. Na twarz wróciły mu kolory, tak że miała teraz barwę kitu, a na wargach była krew w miejscu, gdzie je zagryzł. Clary bardzo chciała go dotknąć, objąć, ale wiedziała, że nigdy jej na to nie pozwoli.

– Mam propozycję – odezwał się Valentine zadziwiająco spokojnym tonem.

– Niech zgadnę – powiedział Luke. – „Nie zabijaj mnie", tak?

Valentine roześmiał się bez cienia wesołości.

– Nie poniżyłbym się do błagania o życie – oświadczył.

– To dobrze – odparł Luke, dotykając jego brody czubkiem miecza. – Nie zamierzam cię zabijać, póki mnie do tego nie zmusisz, Valentine. Szczególnie na oczach twoich dzieci. Chcę tylko dostać Kielich.

Hałas dobiegający z dołu stał się głośniejszy. Clary odniosła wrażenie, że ktoś zbliża się do drzwi.

– Luke...

– Słyszę.

– Kielich jest w Idrisie – powtórzył Valentine, przenosząc wzrok za plecy Luke'a.

– Jeśli to prawda, musiałeś skorzystać z Bramy, żeby go tam ukryć. Pójdziemy po niego razem. – Luke się pocił. Oczy miał niespokojne. Na korytarzu coś się działo, najpierw dobiegły stamtąd krzyki, a potem donośny łoskot. – Clary, zostań z bratem. Kiedy my przejdziemy przez Bramę, zróbcie to samo, żeby przenieść się w bezpieczne miejsce.

– Nigdzie się stąd nie ruszę – oświadczył Jace.

Coś uderzyło w drzwi.

– Valentine, Brama! – krzyknął Luke.

– A jeśli nie? – Valentine czujnie nasłuchiwał odgłosów zamieszania.

– Zabiję cię, jeśli będę musiał – uprzedził Luke. – Nawet na oczach twoich dzieci. Brama! No, już!

Valentine szeroko rozłożył ręce.

– Jak sobie życzysz.

Cofnął się w chwili, gdy drzwi wpadły do środka razem z zawiasami. Luke uskoczył w bok, ratując się przed zmiażdżeniem, a potem odwrócił się błyskawicznie, ściskając w ręce miecz.

W progu stanął potężny wilk o cętkowanym futrze, przygarbiony, z obnażonymi kłami, warczący groźnie. Z jego niezliczonych ran ciekła krew.

Jace zaklął cicho. W dłoni trzymał serafick nóż. Clary chwyciła go za nadgarstek.

– Nie! To przyjaciel.

Jace posłał jej spojrzenie pełnie niedowierzania, ale opuścił rękę.

– Alaric...

Luke krzyknął coś w nieznanym jej języku. Zastępca przyczaił się, jakby zamierzał na niego skoczyć. I wtedy Clary zobaczyła, że Valentine sięga do pasa. Dostrzegłszy błysk czerwonych kamieni, przypomniała sobie, że on nadal ma przy sobie sztylet Jace'a.

Usłyszała głos wołający imię Luke'a, pomyślała, że to jej własny, ale kiedy poczuła, że gardło ma jak zaklejone, uświadomiła sobie, że to krzyknął Jace.

Kiedy sztylet wyleciał z dłoni Valentine'a i, obracając się w powietrzu, pofrunął przez pokój niczym srebrny motyl, Luke odwrócił się jak w zwolnionym tempie, uniósł miecz... W tym momencie coś wielkiego i płowoszarego rzuciło się między niego a przeciwnika. Clary usłyszała wycie, narastające i urwane w połowie, a potem brzęk stali uderzającej w podłogę. Gwałtownie zaczerpnęła tchu i rzuciła się do biegu, ale zatrzymał ją Jace.

Wilk padł u stóp Luke'a. Z jego ciała tryskała krew. Łapami z trudem sięgnął do rękojeści noża sterczącego mu z piersi.

Valentine się roześmiał.

– Oto, jak odpłacasz za niezachwianą wierność, którą tak tanio sobie kupiłeś, Lucian – zadrwił. – Pozwalasz im umierać za ciebie. – Cofał się, nie spuszczając go z oczu.

Luke, z pobladłą twarzą, spojrzał na niego, a następnie na Alarica. Potem bez słowa potrząsnął głową i opadł na kolana przy rannym wilkołaku. Jace, nadal trzymając Clary za ramiona, rzucił stanowczym tonem:

– Zostań tutaj. Słyszysz?

I ruszył za ojcem, który, nie wiadomo dlaczego, pobiegł w stronę przeciwległej ściany. Zamierzał wyskoczyć przez okno? Clary widziała jego odbicie w dużym lustrze w złoconych ramach i wyraz twarzy – coś w rodzaju ulgi zmieszanej z pogardą. Ogarnęła ją mordercza wściekłość.

– Niech mnie diabli, jeśli będę tu sterczeć – wymamrotała i popędziła w ślad za Jace'em. Zatrzymała się tylko po to, żeby podnieść kindżał z niebieską rękojeścią, który leżał pod stołem, gdzie kopnął go Valentine. Broń pasowała do jej ręki, dodawała pewności siebie. Clary odrzuciła przewrócone krzesło i zbliżyła się do lustra.

Twardy blask bijący od serafickiego noża i padający z dołu na twarz Jace'a podkreślał ciemne kręgi pod jego oczyma i zapadnięte policzki. Valentine odwrócił się i stanął plecami do lustra, w którym odbijał się cały pokój. Clary zobaczyła w nim, że Luke odkłada miecz i delikatnie wyciąga z piersi Alarica kindżał z czerwoną rękojeścią. Na ten widok zrobiło się jej niedobrze. Mocniej ścisnęła broń.

– Jace... – zaczęła.

Nie obejrzał się, choć oczywiście widział ją w lustrze.

– Mówiłem ci, żebyś zaczekała.

– Jest taka sama jak jej matka – stwierdził Valentine. Jedną rękę trzymał za plecami i przesuwał nią po brzegu grubej, złoconej ramy lustra. – Nie lubi robić tego, co jej się każe.

Jace już nie drżał, ale Clary wyczuwała, jak krucha jest jego samokontrola, a nerwy napięte jak struny.

– Pójdę z nim do Idrisu – oznajmił. – Przyniosę Kielich.

– Nie możesz... – Urwała, widząc grymas na jego twarzy.

– Masz lepszy pomysł? – zapytał.

– Luke...

– Lucian zajmuje się rannym towarzyszem – wtrącił Valentine aksamitnym głosem. – Jeśli chodzi o Kielich i Idris, nie są daleko. Można powiedzieć, że po drugiej stronie lustra.

Jace zmrużył oczy.

– Lustro jest Bramą?

Usta Valentine'a rozciągnęły się w uśmiechu, kiedy opuścił rękę i cofnął się, a obraz w lustrze zamigotał i zmienił się w rodzaj akwareli. Zamiast pokoju, całego w ciemnym drewnie, rozjaśnionego blaskiem wielu świec, Clary ujrzała zielone pola, szmaragdowe liście drzew i rozległą łąkę ciągnącą się do dużego kamiennego domu, który stał w oddali. Słyszała brzęczenie pszczół i szelest liści na wietrze, czuła zapach kapryfolium niesiony jego łagodnymi podmuchami.

– Mówiłem wam, że to niedaleko. – Valentine stał teraz w drzwiach o złotej framudze, a jego włosy poruszał ten sam wiatr, który przeczesywał liście na odległych drzewach. – Jest tak, jak zapamiętałeś, Jonathanie? Nic się nie zmieniło?

Clary ścisnęło się serce. Nie miała wątpliwości, że to rodzinny dom Jace'a, pokazany na przynętę, tak jak kusi się dziecko cukierkiem albo zabawką. Spojrzała na niego, ale on sprawiał wrażenie, że w ogóle jej nie dostrzega. Patrzył na Bramę i widoczny za nią pejzaż: zielone pola i rezydencję. Zobaczyła, że jego twarz łagodnieje, a na usta wypływa lekki uśmiech smutku i tęsknoty.

– Nadal możesz wrócić do domu – powiedział jego ojciec. W blasku serafickiego ostrza jego sylwetka na tle Bramy zasłaniała jasne pola i łąkę.

– Teraz tutaj jest mój dom – oświadczył z mocą Jace.

Valentine spojrzał na syna z grymasem furii na twarzy. Clary miała nigdy nie zapomnieć wyrazu jego oczu. Nagle zatęskniła za matką. Jocelyn, nawet gdy była wściekła, nigdy nie patrzyła na nią w ten sposób. Zawsze patrzyła na córkę z miłością.

Ogarnęło ją jeszcze większe współczucie dla Jace'a.

– Dobrze. – Valentine zrobił krok do tyłu przez Bramę, stając na ziemi Idrisu. Jego usta wykrzywił uśmiech. – Ach, dom.

Jace ruszył w stronę Bramy i zatrzymał się z ręką na złotej framudze. Wahał się, choć Idris migotał przed jego oczami jak miraż na pustyni. Wystarczyłby tylko jeden krok...

– Jace, nie! – powiedziała szybko Clary. – Nie idź za nim.

– Kielich... – przypomniał Jace.

Twarz miał nieprzeniknioną, ale broń w jego ręce gwałtownie zadrżała.

– Niech Clave go odzyska! Jace, proszę.

Jeśli przejdziesz przez Bramę, możesz nigdy nie wrócić. Valentine cię zabije. Nie chcesz w to uwierzyć, ale on to zrobi.

– Twoja siostra ma rację. – Valentine stał pośród zielonej trawy i polnych kwiatów. Ich źdźbła falowały wokół jego stóp. Clary zrozumiała, że choć stoją zaledwie kilka cali od siebie, znajdują się w innych krainach. – Naprawdę sądzisz, że potrafisz wygrać? Choć masz seraficki nóż, a ja żadnej broni? Jestem silniejszy od ciebie, ty zaś nie znajdziesz w sobie dość odwagi, żeby mnie zabić. A będziesz musiał mnie zabić, Jonathanie, jeśli chcesz odebrać mi Kielich.

Jace mocniej ścisnął nóż.

– Mogę...

– Nie, nie możesz. – Valentine sięgnął przez Bramę i chwycił syna za nadgarstek. Przyciągnął go do siebie, aż czubek serafickiego noża dotknął jego piersi. Część ręki Jace'a, która znalazła się po drugiej stronie Bramy, migotała, jakby była zanurzona w wodzie. – Zrób to. Wbij ostrze. Na trzy cale, może cztery. – Szarpnął broń do przodu, aż czubek sztyletu przeciął tkaninę koszuli. Tuż nad sercem wykwitł czerwony mak. Jace krzyknął cicho, gwałtownym ruchem uwolnił rękę i aż zatoczył się do tyłu. – Tak myślałem. Masz zbyt miękkie serce.

Z oszałamiającą szybkością zamachnął się pięścią na syna. Clary krzyknęła, ale cios nie sięgnął Jace'a, tylko dzielącej ich lustrzanej tafli. Huk zabrzmiał tak, jakby roztrzaskało się tysiąc kruchych przedmiotów. Na szkle, które nie było szkłem, pojawiła się pajęcza sieć rys. Nim Brama zmieniła się w lawinę poszarpanych odłamków, Clary usłyszała pogardliwy śmiech Valentine'a.

***

Szkło rozsypało się po podłodze srebrzystą kaskadą. Clary cofnęła się, ale Jace stał bez ruchu, kiedy wokół niego padała szklana ulewa, i wpatrywał się w puste ramy lustra.

Clary spodziewała się, że będzie klął, krzyczał albo złorzeczył ojcu, ale on czekał w milczeniu, aż deszcz się skończy. Wtedy ukląkł i ostrożnie wziął do ręki jeden z większych kawałków i obrócił go w rękach.

Clary kucnęła obok niego, odkładając nóż, którego ciężar już nie dodawał jej otuchy.

– Nic nie mogłeś zrobić – powiedziała.

– Owszem, mogłem. – Jace patrzył na szczątki lustra. Jego drobinki miał nawet na włosach. – Mogłem go zabić. – Pokazał jej odłamek, który trzymał w ręce. – Spójrz.

W kawałku szkła zachował się obraz Idrisu: skrawek błękitnego nieba, cień zielonych liści. Clary westchnęła.

– Jace...

– Wszystko w porządku?

Clary podniosła wzrok. Nad nimi stał Luke. Był bez broni i miał pod oczami sine kręgi.

– Nic nam nie jest – powiedziała. Za nim dostrzegła leżącą na podłodze nieruchomą postać, do połowy zakrytą długim płaszczem Valentine'a. Spod materiału wystawała ręka zakończona pazurami. – Alaric?

– Nie żyje. – Choć Luke ledwo znał swojego zastępcę, w jego głosie brzmiał ból.

Clary wiedziała, że nigdy go nie opuści przytłaczający ciężar winy. „Oto, jak odpłacasz za niezachwianą wierność, którą tak tanio sobie kupiłeś, Lucian. Pozwalasz im umierać za ciebie".

– Mój ojciec uciekł – oznajmił Jace posępnym tonem. – Z Kielichem. Sami mu go daliśmy. Zawiodłem.

Luke wyciągnął rękę i strzepnął szkło z jego włosów. Nadal miał wysunięte pazury, palce poplamione krwią, ale Jace nie uchylił się przed jego dotykiem. Nic nie odpowiedział.

– To nie twoja wina – rzekł Luke i popatrzył na Clary. Jego spojrzenie mówiło: „Twój brat cię potrzebuje, zostań z nim".

Gdy Clary kiwnęła głową, Luke podszedł do okna, otworzył je szeroko i coś zawołał do wilków. Do pokoju wpadł silny podmuch, od którego zaskwierczały świece.

Clary uklękła obok Jace'a.

– Wszystko w porządku – powiedziała z wahaniem, choć sytuacja wcale nie wyglądała dobrze. Położyła dłoń na jego ramieniu. Tkanina koszuli była szorstka pod palcami i wilgotna od potu, ale jej dotyk odbierała jako dziwnie kojący. – Znaleźliśmy moją mamę. Mamy ciebie. Mamy wszystko, co się liczy.

– On miał rację. To dlatego nie mogłem się zmusić, żeby przejść przez Bramę – wyszeptał Jace. – Nie mógłbym tego zrobić. Nie mógłbym go zabić.

– Gdybyś to zrobił, właśnie wtedy byś zawiódł – oświadczyła Clary.

Jace w odpowiedzi wymamrotał coś cicho pod nosem. Clary nie usłyszała jego słów, ale ostrożnie wyjęła odłamek z jego dłoni, skaleczonej w dwóch miejscach i krwawiącej. Odłożyła go na podłogę i ujęła rękę brata.

– Szczerze mówiąc, Jace, nie masz lepszych pomysłów niż bawienie się rozbitym szkłem? – zażartowała.

Jace wydał z siebie odgłos podobny do zduszonego śmiechu, a potem wyciągnął ręce i wziął ją w ramiona. Clary była świadoma, że Luke obserwuje ich od okna, ale przezornie zamknęła oczy i ukryła twarz na ramieniu Jace'a. Pachniał solą i krwią. I dopiero kiedy jego usta znalazły się przy jej uchu, zrozumiała, co wcześniej wyszeptał. Najprostszą ze wszystkich litanii: jej imię.

Epilog

Szczyt kusi

Korytarz szpitalny był oślepiająco biały. Po wielu dniach przebywania w blasku pochodni, lamp gazowych i niesamowitego czarodziejskiego światła, w jaskrawym elektrycznym oświetleniu wszystko wydawało się blade, mdłe i nienaturalne. Kiedy Clary podpisywała się w rejestracji, zauważyła, że pielęgniarka ma dziwnie żółtą skórę. Może jest demonem? – pomyślała, oddając jej wypełniony formularz.

– Ostatnie drzwi na końcu korytarza – poinformowała ją z miłym uśmiechem kobieta.

Albo ja wariuję.

– Wiem – powiedziała Clary. – Byłam tu wczoraj.

I przedwczoraj i jeszcze dzień wcześniej.

Zbliżał się wieczór, na korytarzu nie było tłoku. Stary mężczyzna w szlafroku szurał kapciami po wykładzinie, ciągnąc za sobą przenośną butlę z tlenem. Dwóch lekarzy w zielonych chirurgicznych kitlach niosło styropianowe kubki z kawą, parujące w chłodnym powietrzu. W szpitalu klimatyzacja działała pełną parą, choć na zewnątrz już czuło się jesień.

Drzwi na końcu korytarza były otwarte. Clary zajrzała do środka, nie chcąc budzić Luke'a, jeśli drzemał na krześle przy łóżku, tak jak poprzednie dwa razy, kiedy tu przychodziła. Teraz nie spał, tylko rozmawiał z wysokim mężczyzną w szacie koloru pergaminu. Kiedy Cichy Brat się odwrócił, jakby wyczuł jej obecność, zobaczyła, że to Jeremiasz.

– Co się dzieje? – spytała, krzyżując ręce na piersi.

Z trzydniowym zarostem, w okularach podsuniętych na czubek głowy, Luke wyglądał na bardzo zmęczonego. Pod luźną flanelową koszulą odznaczały się bandaże, którymi nadal miał owiniętą klatkę piersiową.

– Brat Jeremiasz właśnie wychodzi – powiedział.

Cichy Brat zarzucił kaptur na głowę i ruszył do drzwi, ale Clary stanęła mu na drodze.

– No, więc? – rzuciła wyzywająco. – Pomożecie mojej matce czy nie?

Jeremiasz przysunął się bliżej, aż Clary poczuła zimno płynące od jego ciała niczym para od góry lodowej. „Nie możesz ratować innych, dopóki nie uratujesz siebie", rozległ się głos w jej głowie.

– Te mądrości z ciasteczek z wróżbą mają długą brodę – skwitowała Clary. – Co jest mojej mamie? Wiecie? Czy Cisi Bracia mogą jej pomóc tak, jak pomogli Alecowi?

Nikomu nie pomogliśmy, odparł Jeremiasz. *Nie jest naszym zadaniem pomaganie tym, którzy sami odłączyli się od Clave.*

Po tym oświadczeniu Jeremiasz ominął ją i wyszedł na korytarz. Clary odprowadziła go wzrokiem i stwierdziła, że nikt nie zwraca na niego uwagi. Kiedy przymrużyła oczy, zobaczyła otaczającą go migotliwą aurę czaru. Była ciekawa, co widzą inni.

Kolejnego pacjenta? Spieszącego się doktora w chirurgicznym kitlu? Smutnego odwiedzającego?

– Mówił prawdę – odezwał się za nią Luke. – Nie wyleczył Aleca. Zrobił to Magnus Bane. A Jeremiasz nie wie, co jest twojej matce.

– Ja wiem – oznajmiła Clary, wracając do sali.

Wolno podeszła do łóżka. Miała trudności z powiązaniem tej drobnej białej postaci, oplecionej siecią rurek podłączonych do licznych urządzeń, z żywą, płomiennowłosą matką. Oczywiście jej włosy nadal były rude, rozrzucone po poduszce jak miedziany szal, ale skóra miała taką barwę jak u woskowej śpiącej królewny z muzeum Madame Tussaud. Pierś Jocelyn opadała i unosiła się tylko dzięki skomplikowanej aparaturze.

Clary ujęła w dłonie szczupłą rękę matki, tak jak poprzedniego dnia i jeszcze dzień wcześniej. Czuła puls w nadgarstku, równy i mocny. Ona chce się obudzić, pomyślała. Wiem, że chce.

– Oczywiście, że chce – odezwał się Luke, a Clary ze zdziwieniem uświadomiła sobie, że wypowiedziała te słowa na głos. – Ma dla kogo wyzdrowieć, choć nie o wszystkich wie.

Clary delikatnie położyła dłoń matki na pościeli.

– Masz na myśli Jace'a.

– Oczywiście, że mam na myśli Jace'a. Opłakiwała go przez siedemnaście lat. Gdybym mógł jej powiedzieć, że już dłużej nie musi się smucić... – Głos mu się załamał.

– Podobno ludzie w śpiączce słyszą, co się do nich mówi – powiedziała Clary. Co prawda, lekarze twierdzili, że to nie jest zwykła śpiączka spowodowana urazem, niedotlenieniem, zawałem czy udarem. Było tak, jakby pacjentka po prostu zasnęła i nie mogła się obudzić.

– Wiem – rzekł Luke. – Rozmawiam z nią. Prawie bez przerwy. – Uśmiechnął się ze znużeniem. – Mówiłem jej, jaka byłaś dzielna. Że może być z ciebie dumna. Ze swojej córki-wojownika.

W gardle Clary wyrosła nagle bolesna gula. Przełknęła ślinę, odwracając wzrok od Luke'a i wyglądając przez okno. Zobaczyła jedynie pusty ceglany mur budynku stojącego naprzeciwko. Żadnych ładnych widoków drzew czy rzeki.

– Zrobiłam zakupy, o które prosiłeś – powiedziała. – Masło orzechowe, mleko, płatki i chleb od Fortunato Brothers. – Pogrzebała w kieszeni dżinsów. – Mam resztę...

– Zatrzymaj ją. Możesz zapłacić za taksówkę.

– Simon mnie odwiezie. – Clary spojrzała na zegarek „Butterfly" zawieszony na breloczku od kluczy. – Pewnie już czeka na dole.

– To dobrze. Cieszę się, że spędzisz z nim trochę czasu. – Na twarzy Luke'a malowała się ulga. – Tak czy inaczej, zatrzymaj pieniądze. Wyjdź gdzieś wieczorem.

Clary już chciała zaprotestować, ale się pohamowała. Mama zawsze powtarzała, że Luke jest w trudnych chwilach jak skała: solidny, godny zaufania, niezłomny.

– Przyjdź wreszcie do domu, dobrze? – poprosiła. – Ty też potrzebujesz snu.

– Zdaje się, że snu mamy w nadmiarze – zażartował, ale Clary widziała zmęczenie na jego twarzy, kiedy wrócił na krzesło przy łóżku i delikatnie odgarnął kosmyk włosów z twarzy Jocelyn.

Poczuła pieczenie w oczach i odwróciła się szybko.

Kiedy wyszła ze szpitala głównymi drzwiami, van Erica już stał przy krawężniku; jego silnik pracował na jałowym biegu. Niebo było idealnie niebieskie, jak ogromna chińska waza, ciemnoszafirowe nad Hudsonem, gdzie już zachodziło słońce. Simon pochylił się i otworzył jej drzwi, a ona wsiadła na miejsce pasażera.

– Dokąd? – zapytał, włączając się do ruchu na Pierwszej Alei. – Do domu?

Clary westchnęła.

– Nawet nie wiem, gdzie on jest.

Simon zerknął na nią z ukosa.

– Użalasz się nad sobą, Fray? – Jego ton był drwiący, ale łagodny. Gdyby się obejrzała, zobaczyłaby ciemne plamy na tylnym siedzeniu, gdzie nie tak dawno leżał zakrwawiony Alec z głową na kolanach Isabelle.

– Tak. Nie. Nie wiem. – Clary znowu westchnęła, szarpiąc kosmyk miedzianych włosów. – Wszystko się zmieniło. Czasami żałuję, że nie może być tak jak dawniej.

– A ja nie – powiedział Simon ku jej zaskoczeniu. – No to gdzie jedziemy? Powiedz mi przynajmniej, czy do centrum, czy do Uptown.

– Do Instytutu – zadecydowała Clary. – Przepraszam – dodała pospiesznie, kiedy Simon wykonał raptowny zwrot, łamiąc wszelkie przepisy. Furgonetka aż zatrzeszczała w proteście, skręcając na dwóch kołach. – Powinnam powiedzieć ci wcześniej.

– Uhm – mruknął Simon. – Jeszcze tam nie byłaś, odkąd...?

– Jeszcze nie. Jace do mnie zadzwonił, że z Alekiem i Isabelle wszystko w porządku. Podobno ich rodzice już wracają z Idrisu, bo ktoś wreszcie ich powiadomił, co się naprawdę dzieje. Będą za parę dni.

– Czy to było dziwne? – spytał Simon, siląc się na obojętny ton. – Telefon od Jace'a po tym, jak się dowiedziałaś...

– Tak? – Głos Clary zabrzmiał ostro. – Odkąd czego się dowiedziałam? Że jest zabójcą transwestytą, który lubi męczyć koty?

– Nic dziwnego, że jego kot wszystkich nienawidzi.

– Och, zamknij się, Simon – rzuciła Clary z rozdrażnieniem. – Wiem, co masz na myśli. Nie, to nie było dziwne. Między nami przecież do niczego nie doszło.

– Do niczego?

– Do niczego – powtórzyła twardo Clary, wyglądając przez okno, żeby nie dostrzegł rumieńców na jej policzkach. Właśnie mijali rząd restauracji, między innymi Taki, jasno oświetloną w zapadającym zmierzchu.

Skręcili za róg w chwili, kiedy słońce znikało za budynkiem Instytutu, zalewając ulicę w dole perłową poświatą, którą tylko oni mogli zobaczyć. Simon zatrzymał się przed drzwiami i wyłączył silnik.

– Chcesz, żebym poszedł z tobą?

Clary się zawahała.

– Nie. Powinnam zrobić to sama.

Wyraz rozczarowania, który pojawił się na jego twarzy, szybko zniknął. Simon bardzo wydoroślał przez ostatnie dwa tygodnie, doszła do wniosku Clary. Podobnie jak ona. I dobrze, bo nie chciałaby go stracić. Był częścią niej, podobnie jak talent do rysowania, zakurzone powietrze Brooklynu, śmiech matki i krew Nocnego Łowcy w jej żyłach.

– Będziesz później potrzebowała podwózki? – zapytał.

Pokręciła głową.

– Luke dał mi pieniądze na taksówkę. A jutro po mnie przyjedziesz? Moglibyśmy zrobić popcorn i obejrzeć parę odcinków „Trigun". Przydałaby mi się odrobina psychoterapii.

Simon pokiwał głową.

– Brzmi nieźle.

Nachylił się i musnął ustami jej policzek. Był to pocałunek lekki jak liść, ale po plecach Clary przebiegł dreszcz. Spojrzała na przyjaciela.

– Myślisz, że to był przypadek? – zapytała.

– Co było przypadkiem?

– Że trafiliśmy do Pandemonium tej samej nocy, kiedy Jace i pozostali zjawili się tam w pościgu za demonem? Dzień przed tym, jak Valentine porwał moją matkę?

– Nie wierzę w przypadki – oświadczył Simon.

– Ja też nie.

– Ale muszę przyznać, że to był fortunny zbieg okoliczności – stwierdził Simon.

– Fortunny Zbieg Okoliczności – powtórzyła Clary. – Niezła nazwa dla zespołu.

– Lepsza niż większość tych, które my wymyśliliśmy – zgodził się Simon.

– Jasne, że tak.

Clary wyskoczyła z furgonetki i zatrzasnęła za sobą drzwi. Kiedy biegła ścieżką z płyt poprzerastanych trawą, usłyszała trąbienie. Nie odwracając się, pomachała Simonowi.

Wnętrze katedry było chłodne i ciemne, pachniało deszczem i wilgotnym papierem. Jej kroki odbijały się głośnym echem od kamiennych ścian i posadzki. Clary pomyślała o kościele na Brooklynie, do którego poszła z Jace'em. Może Bóg istnieje, a może nie. Tak czy inaczej, jesteśmy zdani na siebie.

Kiedy zasunęły się za nią drzwi windy, zerknęła na swoje odbicie w lustrze. Większość siniaków i skaleczeń już zniknęła bez śladu. Clary zastanawiała się, czy Jace widział ją kiedyś tak wymuskaną jak dzisiaj. Idąc z wizytą do szpitala, ubrała się w czarną plisowaną spódnicę i staromodną bluzkę z marynarskim kołnierzem, wargi pociągnęła różowym błyszczykiem. Teraz uznała, że wygląda na osiem lat.

Zresztą i tak to, co Jace pomyśli sobie o jej wyglądzie, teraz czy kiedykolwiek, nie miało znaczenia. Zastanawiała się, czy między nimi będzie kiedyś tak, jak między Simonem a jego siostrą: mieszanina znudzenia, irytacji i miłości. Nie mogła sobie tego wyobrazić.

Zanim drzwi windy się otworzyły, usłyszała głośne miauczenie.

– Hej, Church – powiedziała, klękając przy szarym kocurze wyciągniętym na podłodze. – Gdzie są wszyscy?

Church, który w pierwszej chwili sprawiał wrażenie, że chce, by Clary pogłaskała go po brzuchu, teraz zawarczał groźnie. Clary poddała się z westchnieniem.

– Szurnięty kot. Gdzie...

– Clary! – Isabelle wypadła na korytarz w długiej czerwonej spódnicy i z włosami upiętymi na czubku głowy. – Jak dobrze cię widzieć!

Porwała w objęcia Clary i uściskała ją, omal nie przewracając.

– Isabelle, ja też się cieszę, że cię widzę – wykrztusiła Clary.

– Tak się o ciebie martwiłam. Kiedy poszliście z Hodge'em do biblioteki, a ja zostałam z Alekiem, usłyszałam eksplozję. Gdy tam pobiegłam, zobaczyłam, że was nie ma, a w środku jest straszny bałagan. Wszędzie była krew i jeszcze coś czarnego i lepkiego. – Zadrżała. – Co to było?

– Klątwa Hodge'a – wyjaśniła Clary.

– A, racja. Jace opowiadał mi o Hodge'u.

– Tak? – zdziwiła się Clary.

– Że kazał zdjąć z siebie klątwę i sobie poszedł. Tak. Można by sądzić, że przynajmniej się pożegna. Trochę mnie zawiódł, ale przypuszczam, że bał się Clave. Jestem pewna, że kiedyś się z nami skontaktuje.

Więc Jace nie powiedział im, że Hodge ich zdradził, pomyślała Clary, niepewna, co o tym sądzić. Z drugiej strony, skoro chciał oszczędzić Isabelle przykrości i rozczarowania, może nie powinna się wtrącać.

– Tak czy inaczej – ciągnęła Isabelle – to było okropne i nie wiem, co byśmy zrobili, gdyby nie zjawił się Magnus i nie uzdrowił Aleca. – Zmarszczyła brwi. – Jace opowiedział nam, co się stało na wyspie. Właściwie wiedzieliśmy o tym wcześniej, bo Magnus wisiał na telefonie przez całą noc. Wszyscy w Podziemiu o tym mówili. Jesteś sławna, wiesz.

– Ja?

– Jasne. Córka Valentine'a.

Clary zadrżała.

– Domyślam się, że Jace też jest sławny.

– Wy oboje – potwierdziła Isabelle tym samym, przesadnie wesołym tonem. – Słynni brat i siostra.

Clary spojrzała na nią ze zdziwieniem i powiedziała:

– Prawdę mówiąc, nie spodziewałam się, że ucieszy cię mój widok.

Isabelle wsparła ręce na biodrach.

– Dlaczego? – zapytała z urazą.

– Nie sądziłam, że aż tak mnie lubisz.

Isabelle spojrzała w dół na swoje srebrzyste palce u stóp. Jej sztuczna wesołość zniknęła bez śladu.

– Ja też nie sądziłam – przyznała. – Ale kiedy poszłam szukać ciebie i Jace'a i okazało się, że nigdzie was nie ma... – Zawiesiła głos. – Martwiłam się nie tylko o niego, ale również o ciebie. Jest w tobie coś... kojącego. A Jace jest przy tobie dużo lepszy.

Clary szerzej otworzyła oczy.

– Naprawdę?

– Tak. Mniej ostry w obyciu. Nie to, że zaraz łagodniejszy, ale przynajmniej pozwala dostrzec w sobie dobroć. – Zrobiła pauzę. – Z początku cię nie lubiłam, ale potem zrozumiałam, jaka byłam głupia. To, że nigdy nie miałam przyjaciółki, nie oznacza, że nie mogę zaprzyjaźnić się teraz.

– Ja też – powiedziała Clary. – Isabelle?

– Tak?

– Nie musisz udawać miłej. Wolę, kiedy jesteś sobą.

– To znaczy jędzą? – Isabelle się roześmiała.

Clary już miała zaprotestować, ale w tym momencie do holu wkuśtykał Alec, wsparty na kulach. Jedną nogę miał zabandażowaną, nogawkę dżinsów podwiniętą do kolana. Na jego skroni, pod ciemnymi włosami, bielił się drugi opatrunek. Poza tym wyglądał całkiem dobrze jak na kogoś, kto cztery dni wcześniej omal nie umarł. Pomachał jej kulą w geście pozdrowienia.

– Cześć – rzuciła Clary, zaskoczona, że widzi go na nogach. – Jesteś...?

– Zdrowy? Tak. Za parę dni obejdę się bez kul.

Clary poczuła ucisk w gardle. Gdyby nie ona, w ogóle nie potrzebowałby szczudeł.

– Cieszę się, że z tobą wszystko w porządku, Alec – powiedziała z całą szczerością, na jaką potrafiła się zdobyć.

Alec zamrugał.

– Dzięki.

– Więc Magnus cię wyleczył? – zapytała. – Luke mówił...

– Tak! – wtrąciła się Isabelle. – To było coś! Zjawił się, wyprosił wszystkich z pokoju i zamknął drzwi, a za chwilę posypały się spod nich na korytarz niebieskie i czerwone iskry.

– Nic z tego nie pamiętam – stwierdził Alec.

– Potem siedział przy łóżku Aleca przez całą noc aż do rana, żeby się upewnić, że już jest z nim dobrze – dodała Isabelle.

– Tego też nie pamiętam.

Czerwone wargi Isabelle rozciągnęły się w uśmiechu.

– Ciekawe, skąd Magnus wiedział, że ma przyjść? Pytałam go, ale nie odpowiedział.

Clary pomyślała o złożonej kartce, którą Hodge wrzucił w ogień po zniknięciu Valentine'a. Był dziwnym człowiekiem. Poświęcał czas i robił, co się da, żeby uratować Aleca, a jednocześnie zdradził wszystkich i wszystko, na czym mu zależało.

– Nie mam pojęcia – powiedziała.

Isabelle wzruszyła ramionami.

– Pewnie gdzieś usłyszał, co się stało. Zdaje się, że jest podłączony do ogromnej sieci plotkarskiej.

– Jest Wysokim Czarownikiem Brooklynu – przypomniał Alec z lekkim rozbawieniem i zwrócił się do Clary: – Jace siedzi w oranżerii, jeśli chcesz się z nim zobaczyć. Zaprowadzę cię.

– Tak?

– Jasne. Dlaczego nie?

Clary zerknęła na Isabelle, a ona ponownie wzruszyła ramionami. Najwyraźniej Alec nie podzielił się z siostrą swoimi planami.

– Idźcie. Ja i tak mam coś do zrobienia. – Machnęła na nich ręką. – Sio!

Ruszyli korytarzem. Alec szedł szybko mimo kul. Clary musiała truchtać, żeby dotrzymać mu kroku.

– Mam krótkie nogi – zaprotestowała w końcu.

– Przepraszam – bąknął skruszony i zwolnił. – Posłuchaj... To, co mówiłaś... co dotyczyło mnie i Jase'a, a ja na ciebie nawrzeszczałem...

– Pamiętam.

– Kiedy powiedziałaś, że to dlatego, że... no wiesz... – Jąkał się, nie wiedząc, jak sformułować zdanie. Spróbował jeszcze raz. – Kiedy powiedziałaś, że jestem...

– Alec, przestań.

– Jasne. Nieważne. – Zacisnął usta. – Nie chcesz o tym rozmawiać.

– Nie o to chodzi. Po prostu czuję się okropnie z powodu tego, co powiedziałam. To było straszne. I nieprawdziwe...

– Właśnie, że prawdziwe. Każde słowo.

– Co nie oznacza, że zachowałam się w porządku. Nie wszystko, co jest prawdą, zaraz trzeba ogłosić. To było podłe z mojej strony. A jeśli chodzi o demony, Jace wcale nie wypominał, że żadnego nie zabiłeś, tylko cię chwalił. Mówił, że zawsze chroniłeś jego i Isabelle. Potrafi być dupkiem, ale... – Już miała na końcu języka „kocha cię", ale się powstrzymała. – Nigdy nie powiedział o tobie złego słowa. Przysięgam.

– Nie musisz przysięgać. Ja już wiem. – Mówił spokojnie, nawet z pewnością siebie, której nigdy wcześniej u niego nie zauważyła. Popatrzyła na niego zaskoczona. – Wiem, że Abbadona też nie zabiłem, ale doceniam, że tak mi powiedziałaś.

Clary zaśmiała się niepewnie.

– Doceniasz to, że cię okłamałam?

– Zrobiłaś to z dobrego serca. To dużo znaczy po tym, jak cię potraktowałem.

– Myślę, że Jace nieźle by się na mnie wkurzył z powodu kłamstwa, gdyby nie to, że wtedy martwił się o ciebie. Ale jeszcze bardziej by się wściekł, gdyby wiedział o tamtej naszej rozmowie.

– Mam pomysł. – Kąciki ust Aleca się uniosły. – Nie mówmy mu. Może Jace potrafi obciąć głowę demonowi Du'sien z odległości pięćdziesięciu stóp, mając do dyspozycji tylko korkociąg i gumkę recepturkę, ale czasami myślę, że nie za bardzo zna się na ludziach.

– Chyba tak – zgodziła się Clary z uśmiechem.

Dotarli do podstawy spiralnych schodów prowadzących na dach.

– Nie mogę wejść na górę. – Alec postukał kulą o stopień. Rozległ się metaliczny dźwięk.

– W porządku. Sama trafię.

Alec zrobił ruch, jakby chciał się odwrócić, ale potem zmierzył ją spojrzeniem.

– Powinienem był się domyślić, że jesteś siostrą Jace'a. Oboje macie talenty artystyczne.

Clary zatrzymała się z nogą na najniższym stopniu. Była zaskoczona.

– Jace potrafi rysować?

– Nie. – Kiedy Alec się uśmiechnął, jego niebieskie oczy się rozjarzyły, a Clary zrozumiała, dlaczego tak się spodobał Magnusowi. – Tylko żartowałem. On nie potrafi narysować prostej kreski.

Pokuśtykał o kuli, chichocząc. Clary patrzyła za nim z rozbawieniem. Mogła przyzwyczaić się do Aleca, który stroi sobie żarty z Jace'a, nawet jeśli jego poczucie humoru było dość dziwne.

Oranżeria wyglądała tak, jak Clary ją zapamiętała, choć teraz niebo nad szklanym dachem było szafirowe. Od czystego, mydlanego zapachu rozjaśniło się jej w głowie. Oddychając głęboko, ruszyła przez gęstwinę gałęzi i liści.

Jace siedział na marmurowej ławce stojącej na środku oranżerii. Z pochyloną głową, leniwie obracał coś w rękach. Kiedy zanurkowała pod gałęzią, podniósł wzrok i szybko zamknął tajemniczy przedmiot w dłoni.

– Clary. Co tutaj robisz?

– Przyszłam się z tobą zobaczyć. Chciałam wiedzieć, co u ciebie.

– W porządku.

Miał na sobie dżinsy i biały T-shirt. Sińce na ciele wyglądały jak ciemne plamy na białym miąższu jabłka. Oczywiście, pomyślała Clary, prawdziwe rany są wewnątrz.

– Co to jest? – spytała, wskazując na zaciśniętą pięść Jace'a.

Rozchylił palce. Na jego dłoni leżał kawałek srebrnego lustra o nierównych brzegach, zabarwionych na niebiesko i zielono.

– Fragment Bramy.

Clary usiadła obok niego na ławce.

– Widzisz w nim coś?

Jace obrócił odłamek w rękach, tak że światło przesunęło się po jego powierzchni jak fala.

– Skrawek nieba, drzewa, ścieżkę... Obracam go pod różnymi kątami, próbuję dojrzeć rezydencję. I ojca.

– Valentine'a – poprawiła go Clary. – Dlaczego chcesz go zobaczyć?

– Może zobaczyłbym, co robi z Kielichem Anioła. Teraz, kiedy Clave już wie, co się stało, Lightwoodowie niedługo wrócą. Niech oni się tym zajmą.

Dopiero teraz spojrzał na nią. Clary zastanawiała się, jak to możliwe, że są do siebie tak niepodobni. Dlaczego jej nie przypadły w udziale wywinięte czarne rzęsy albo wydatne kości policzkowe? Uważała, że to niesprawiedliwe.

– Kiedy spojrzałem przez Bramę i zobaczyłem Idris, wiedziałem, że Valentine tylko czeka, czy się złamię. Ale to i tak nie miało znaczenia, bo naprawdę chciałem wrócić do domu. Nawet nie przypuszczałem, że aż tak bardzo.

Clary pokręciła głową.

– Nie rozumiem, co jest takiego wspaniałego w Idrisie. To tylko miejsce, a ty i Hodge mówicie o nim w taki sposób... – Nie dokończyła zdania.

Jace zamknął dłoń na odłamku.

– Byłem tam szczęśliwy. To jedyne miejsce, gdzie czułem się taki szczęśliwy.

Clary urwała gałązkę z najbliższego krzaka i zaczęła obrywać z niej listki.

– Żałowałeś Hodge'a i dlatego nie powiedziałeś Alecowi i Isabelle, co zrobił.

Jace tylko wzruszył ramionami.

– W końcu i tak się dowiedzą – stwierdziła Clary.

– Tak, ale to nie ja im powiem.

– Jace... – Clary spojrzała na powierzchnię stawu, całą zieloną od opadłych liści. – Jak mogłeś być tam szczęśliwy? Wiem, co myślałeś, ale Valentine był okropnym ojcem. Zabił twojego sokoła, okłamywał cię, bił... Nawet nie próbuj zaprzeczać.

Po ustach Jace'a przemknął cień uśmiechu.

– Tylko w co drugi czwartek.

– Więc jak mogłeś...

– Bo przynajmniej wtedy byłem pewien, kim jestem i gdzie jest moje miejsce. To brzmi głupio, ale... – Wzruszył ramionami. – Zabijam demony, bo tego mnie nauczono, ale to nie ja. Jestem w tym dobry, bo po śmierci ojca, kiedy sądziłem, że on naprawdę nie żyje, poczułem się wolny, bez żadnych zobowiązań. Nie było nikogo, kto by po mnie płakał. Nikogo, kto wtrącałby się do mojego życia tylko dlatego, że mi je dał. – Jego twarz wyglądała jak wyciosana z kamienia. – Już tak się nie czuję.

Clary wyrzuciła ogołoconą z liści gałązkę.

– Dlaczego? – zapytała.

– Z twojego powodu. Gdyby nie ty, przeszedłbym z ojcem przez Bramę. Gdyby nie ty, poszedłbym za nim nawet teraz.

Clary spojrzała na zaśmiecony staw. Czuła ucisk w gardle.

– Myślałam, że cię denerwuję.

– Tak długo byłem wolny, że o niepokój przyprawiała mnie myśl o jakimkolwiek uwiązaniu. Ale ty sprawiłaś, że zależy mi na tym, by mieć swoje miejsce.

– Chcę, żebyś gdzieś ze mną poszedł – powiedziała nagle Clary.

Jace zerknął na nią z ukosa. Na widok złotych włosów opadających mu na oczy Clary raptem zrobiło się smutno.

– Gdzie?

– Miałam nadzieję, że pójdziesz ze mną do szpitala.

– Wiedziałem. – Zmrużył oczy. – Clary, ta kobieta...

– To również twoja matka, Jace.

– Wiem. Ale jest dla mnie obca. Zawsze miałem tylko jednego rodzica, a on odszedł. To gorsze, niż gdyby umarł.

– Wiem. I zdaję sobie sprawę, że nie ma sensu ci mówić, jaką wspaniałą, cudowną, zdumiewającą osobą jest moja mama i że miałbyś szczęście, gdybyś ją poznał. Nie proszę cię o to ze względu na ciebie, tylko dla siebie. Myślę, że gdyby usłyszała twój głos...

– Wtedy co?

– Może by się obudziła. – Clary spojrzała mu w oczy.

Jace wytrzymał jej wzrok, a potem wykrzywił usta w trochę bladym, ale szczerym uśmiechu.

– Dobrze. Pójdę z tobą. – Wstał z ławki. – Nie musisz mówić dobrych rzeczy o twojej matce. Ja już to wszystko wiem.

– Tak?

Wzruszył lekko ramionami.

– To ona cię wychowała, prawda? – Spojrzał na szklany dach. – Słońce już prawie zaszło.

Clary też wstała.

– Powinniśmy ruszać do szpitala. – I po namyśle dodała: – Zapłacę za taksówkę. Luke dał mi trochę gotówki.

– Nie będzie potrzebna. – Uśmiech Jace'a stał się szerszy. – Chodź. Muszę ci coś pokazać.

***

– Skąd go masz? – zapytała Clary, gapiąc się na motocykl stojący na skraju dachu. Był jaskrawozielony, ze srebrnymi kołami i siodełkiem pomalowanym w płomienie.

– Magnus się skarżył, że ktoś zostawił go przed jego domem po ostatnim przyjęciu. Przekonałem go, żeby mi go dał.

– I przyleciałeś nim tutaj? – Clary nadal wytrzeszczała oczy.

– Uhm. Coraz lepiej mi idzie. – Przerzucił nogę przez siodełko i pokazał jej, żeby usiadła za nim. – Wskakuj, pokażę ci.

– Przynajmniej tym razem wiesz, że działa – zauważyła Clary, sadowiąc się za nim. – Jeśli rozbijemy się na parkingu Key Food, zabiję cię, wiesz o tym?

– Nie bądź śmieszna. Na Upper East Side nie ma parkingów. Po co jeździć samochodem, skoro wszystko można zamówić z dostawą do domu?

Motocykl wystartował z rykiem, zagłuszając jego śmiech. Clary krzyknęła i złapała Jace'a za pasek, kiedy runęli w dół z pochyłego dachu Instytutu.

Wiatr tarmosił jej włosy, kiedy wznosili się ponad katedrę, okoliczne kamienice i wieżowce. A potem, jak niedbale otworzona szkatułka z biżuterią, roztoczyło się przed jej oczami miasto ludniejsze i bardziej tajemnicze, niż kiedykolwiek przypuszczała. Zobaczyła szmaragdowy prostokąt Central Parku, gdzie w letnie wieczory spotykał się baśniowy ludek. Światła klubów i śródmiejskich barów, w których do rana tańczyły wampiry. Zaułki Chinatown, którymi nocami przemykały wilkołaki o futrach lśniących w blasku ulicznych latarń albo przechadzali się czarownicy o kocich oczach, odziani w obszerne peleryny. A kiedy przelatywali nad rzeką, pod srebrną powierzchnią wody dostrzegła śmigające ogony, lśnienie długich włosów ozdobionych perłami i usłyszała wysoki, dźwięczny śmiech rusałek.

Jace odwrócił głowę i spojrzał na nią przez ramię. Wiatr mierzwił jego włosy.

– O czym myślisz?! – krzyknął.

– O tym, jak inaczej wygląda wszystko tam w dole. No wiesz, teraz, kiedy widzę.

– Wszystko w dole jest dokładnie takie samo, jak było – odparł, skręcając w stronę East River i Mostu Brooklyńskiego. – To ty jesteś inna.

Clary kurczowo zacisnęła ręce na jego pasku, kiedy zanurkowali ku rzece.

– Jace!

– Nie bój się. – Mówił irytująco rozbawionym tonem. – Wiem, co robię. Nie utopimy się.

Clary zmrużyła oczy przed porywistym wiatrem.

– Sprawdzasz, czy Alec miał rację? Że te motocykle mogą jeździć pod wodą?

– Nie. – Jace ostrożnie wyrównał lot tuż nad powierzchnią rzeki. – Myślę, że to tylko bajki.

– Wszystkie bajki są prawdziwe.

Nie usłyszała jego śmiechu, tylko poczuła wibrowanie klatki piersiowej przenoszące się na koniuszki jej palców. Trzymała się mocno, kiedy Jace zatoczył koło i przyspieszył tak, że wystrzelili w górę jak ptak uwolniony z klatki. Żołądek podszedł Clary do gardła, kiedy srebrna rzeka oddaliła się błyskawicznie, a tuż pod jej stopami przesunęły się pylony mostu, jednak tym razem oczy miała otwarte, żeby wszystko dobrze widzieć.

Spis treści

ERAGON

Christopher Paolini

Chłopak z Montany, który nigdy nie chodził do szkoły, miał tylko 15 lat, gdy napisał powieść fantasy „Eragorn", o piętnastoletnim chłopcu, który znajduje tajemniczy kamień. Kamień okazuje się być jajem smoka. Wkrótce Eragon nawiązuje ścisłą więź psychiczną ze smoczycą, której nadaje imię Saphira. Eragon z pomocą Saphiry unika śmierci, ale w zamachu ginie jego wuj.

Chłopiec zaprzysięga zemstę i wyrusza w drogę by pomścić jego śmierć. Wkrótce okazuje się, że chłopak jest pierwszym z nowego pokolenia Jeźdźców Smoków, legendarnych wojowników dosiadających smoków, zamordowanych przez złego króla Galbatorixa. Eragon staje się decydującą postacią w wojnie między siłami Galbatorixa i ruchem oporu Vardenów.

Od tamtej pory minęło cztery lata, a „Eragon" jest na trzecim miejscu listy bestsellerów „The New York Times", prześcigając w rankingu cztery z pięciu tomów przygód o Harrym Potterze.

KSIĘGA CMENTARNA

Neil Gaiman

Na aukcji internetowej w ebay.com za prawo do umieszczenia na nagrobku swojego imienia i nazwiska pewien internauta zapłacił 3383 USD. Nagrobek zaś pojawia się w najnowszej książce Neila Gaimana pt.: „Księga cmentarna".

Ta książka jest owiana mrocznym klimatem – akcja rozgrywa się na cmentarzu, a głównym bohaterem jest niezwykły chłopiec – Nik, który jest jedynym żyjącym mieszkańcem cmentarza. Wychowany od maleńkości przez duchy, nauczył się dawno zapomnianych zwyczajów od swoich opiekunów oraz technik znanych jedynie duchom, jak choćby zdolności Znikania. Czy wychowany przez duchy chłopiec doświadczy cudów i terroru żywych i umarłych?

Ta mrożąca krew w żyłach opowieść Gaimana jest pierwszą powieścią dla młodzieży od czasu wydania międzynarodowego bestsellera „Koralina". I podobnie jak „Koralina", „Księga cmentarna" z pewnością oczaruje i zaskoczy zarówno młodych czytelników, jak i legiony jego stałych dorosłych fanów.

NIGDZIEBĄDŹ

Neil Gaiman

Bardzo straszna.

Bardzo śmieszna.

Bardzo osobliwa.

Najlepsza humorystyczna powieść fantasy lat dziewięćdziesiątych.

Pełna niezwykłych przygód, barwnych postaci i niesamowitych zdarzeń.

Neil Gaiman, laureat World Fantasy Award, jest znany w Polsce z powieści „Dobry Omen", napisanej wspólnie z Terrym Pratchettem.